THE CHRISTMAS SURPRISE

L. STEELE

VORWORT

*H*OL *DIR HIER DEINEN KOSTENLOSEN ZEITGENÖSSISCHEN* L*IEBESROMAN*
VON L. S*TEELE!*

1

ZARA

»Nein.«

»Was soll das heißen, nein?« Der Mann, der neben mir auf dem Fahrersitz seines Wagens sitzt, der Mann, der so viel von dem repräsentiert, was ich in jeder Hinsicht hasse, starrt mich an.

»Genau das.« Ich schaue aus dem Fenster. Warum habe ich zugestimmt, dass er mich zum Essen einlädt? Warum habe ich ihn nicht abgewiesen? Warum habe ich seine Herausforderung angenommen, als er mich vorhin gefragt hat, ob ich Angst hätte? Ich mag ihn attraktiv finden, aber ich werde ihn niemals anziehend finden – nicht einmal, wenn er der letzte Mann auf diesem Planeten wäre. Weil er für alles steht, was ich hasse.

Hunter Whittington ist die Verkörperung des Anspruchsdenkens schlechthin. Er stammt aus dem alten Geldadel und wurde darauf getrimmt, seinen Platz als Premierminister des Vereinigten Königreichs einzunehmen. Er gehört zur Klasse der elitären, hochnäsigen, arschkriecherischen Oxbridge-Absolventen, die meinen, sie hätten das Recht, andere zu dominieren. Ein übel gelaunter Snob, der bei den alten Hasen sehr beliebt ist, der als gerissen, rücksichtslos und gefährlich gilt, der sich aber auch um nichts schert. Abgesehen davon, dass er sehr darauf bestanden hat, dass ich mit ihm zu diesem Abendessen gehe.

»Ich dachte, wir hätten für heute Abend einen Waffenstillstand vereinbart?«, fragt Mr. Hochnäsig.

Ich werfe mein Haar über eine Schulter. »Ich habe zugestimmt, mit dir zu Abend zu essen. Das bedeutet nicht, dass ich fügsam und lieb sein werde.«

»Schade, denn wenn du lächelst, bist du eigentlich ganz charmant.«

Spöttisch erwidere ich: »Ist das alles, was du kannst? Deine Komplimente lassen mich kalt.«

»Wenn ich dir ein Kompliment mache, wirst du es merken«, entgegnet er. »Das war nur eine Feststellung.«

»Und ich stelle fest, dass ich es jetzt schon bereue, mit dir hier zu sein.«

Hunter betätigt den Blinker und biegt vom Highway auf eine Nebenstraße ab. Er hat die Hemdsärmel hochgekrempelt, und die Adern in seinen Armen treten hervor. Ach ja, ich vergaß zu erwähnen, dass dieser arrogante Arsch sehr gut definierte Unterarme mit wohlgeformten Muskeln hat, die von gebräunter Haut und einer Reihe von dunklen Härchen bedeckt sind. Meine Finger kribbeln.

Wie es sich wohl anfühlt, mit den Fingern darüber zu fahren und die rauen Strähnen auf meiner Haut zu spüren? Wie es sich wohl anfühlt, wenn er mit den Fingerspitzen meinen Arm hinauf und über meine Schulter fährt, dann über meine Brüste und … Was zur Hölle sind das für Gedanken? Klar, Hunter Whittington hat die Art von Gesicht, das auf dem Cover von GQ nicht fehl am Platz wäre. Sein Körperbau ähnelt dem eines Hollywood-Actionhelden, und seine breiten Schultern laden dazu ein, sich an seine Brust zu schmiegen. Er bereitet mir weiche Knie, lässt meine Kehle trocken werden und die Stelle zwischen meinen Schenkeln zum Leben erwachen … Das alles ändert jedoch nichts an der Tatsache, dass er für die Art von Werten steht, die ich immer gehasst habe. Er ist ein egoistischer Wichser, der in eine der reichsten Familien des Landes hineingeboren wurde. In eine Familie, die mit dem Königshaus verwandt ist.

Er ist einer von der Sorte, die keinen einzigen Tag in ihrem Leben arbeiten müssen, wenn sie es nicht wollen. Die Art, der alles auf einem Silbertablett serviert wurde. Die Art, die das genaue Gegenteil dessen ist, wie ich aufgewachsen bin. Außerdem hasste ich ihn von Anfang an.

Ich lernte ihn im *7A Club* kennen, einer Einrichtung, die von JJ Kane und Sinclair Sterling geleitet wird, zweien der mächtigsten Männer des Landes und Gründer des Clubs. Er wurde ins Leben gerufen, um Talente zu finden und in sie zu investieren. Sie haben mich eingeladen, Gründungsmitglied zu werden, und ich war die einzige Frau am Tisch. Angesichts meiner beruflichen Laufbahn ist das für mich nichts Ungewöhnliches. Was mich jedoch verwirrt hat, ist die unwillkürliche Reaktion, die ich auf diesen Mann habe. Ich habe sofort eine Abneigung gegen ihn empfunden und er gegen mich. Wir haben es bei diesem ersten Treffen kaum geschafft, höflich miteinander umzugehen. Als wir dann auch noch beruflich miteinander zu tun hatten, wurde es noch schlimmer.

Er hat seine Kandidatur für das Amt des Premierministers eingereicht, und ich bin ein bekannter PR-Spin-Doctor, zu dem die Größen des Landes – von Influencern bis hin zu Politikern – kommen, wenn sie ihren Ruf retten müssen. Das macht das Ganze gelinde gesagt chaotisch. Denn ich darf auf keinen Fall persönlich in einen Skandal verwickelt werden.

Sein Einzug in die Downing Street hängt davon ab, dass er skandalfrei bleibt. Und mein Job hängt davon ab, dass ich nicht selbst zum Skandal werde. Ich muss von den Medien immer als unparteiisch angesehen werden, ansonsten verliere ich meinen Einfluss auf die Berichterstattung. Das bedeutet, dass meine Verbindung zu ihm rein professionell bleiben muss, was zur Folge hat, dass ich ihm gegenüber höflich sein muss.

Wenn die Medien Wind davon bekommen, wie sehr wir einander hassen, werden sie sich wie Geier darauf stürzen. Ganz zu schweigen davon, dass es nie gut ist, jemanden auf persönlicher Ebene zu hassen. Das würde den Eindruck erwecken, als könnte ich nicht objektiv sein, wenn es um die Menschen in den Nachrichten geht, und das kann ich mir nicht leisten. Ich habe meine Karriere als jemand aufgebaut, der nie in Medienkonflikte hineingezogen wird, und das soll auch so bleiben. Daher muss ich diese ... Situation zwischen Hunter und mir entschärfen, zudem sie immer untragbarer wird.

Deshalb habe ich zugestimmt, als er mich zum Abendessen eingeladen hat, damit wir versuchen können, uns zu einigen. Ich habe ja auch keine andere Wahl. Als ich abgelehnt habe, hat er mich herausgefordert, indem er gesagt hat, dass ich vielleicht zu viel Angst hätte, Zeit mit ihm unter vier Augen zu verbringen, und dass ich feststellen könnte, dass ich ihn tatsächlich mag. Ich weiß, dass er mit mir spielt, dass er an meinen Stolz appelliert. Und doch konnte ich nicht Nein sagen. Das ist meine Schwäche. Ich kann einer Konfrontation nie widerstehen.

Ich sitze also in dem Auto, das er vor einem Gebäude geparkt hat, das von der Straße abgesetzt ist.

Hinter uns hält der Wagen des Sicherheitsdienstes, der uns gefolgt ist. Ein anderes Auto fährt vor und parkt vor uns. Ich packe meine Sachen zusammen und greife nach dem Türgriff, aber Hunter ist bereits herumgelaufen und hält mir die Tür auf. Mein Magen zieht sich zusammen. Ein Wirbelstrom bildet sich in meiner Brust. Es ist so nervig, dass er mir seine guten Manieren vor die Nase halten muss.

Ich steige aus und richte mich auf. »Das hättest du nicht tun müssen. Ich kann meine Tür selbst öffnen.« Ich runzle die Stirn.

»Meine Mutter hat mir Manieren beigebracht.«

Ich gebe einen spöttischen Laut von mir, gehe an ihm vorbei und den Weg zum Restaurant hinauf, ohne auf ihn zu warten. Er folgt mir und holt mich mit seinen langen Beinen rasch ein, geht an mir vorbei und hält mir die Tür zum Lokal auf. Ich schaue ihn finster an, betrete das Restaurant und bleibe stehen. Das Licht ist gedämpft, und die Wände sind in einem hellen Elfenbeinton gestrichen. Beide Seiten des Restaurants bestehen aus Glaswänden. Zu meiner Rechten, hinter der Glaswand, befindet sich etwas, das wie ein Wald aus Bambusbäumen aussieht. Und hinter der Glaswand zu meiner Linken befindet sich ein künstlich angelegter Springbrunnen. Das

Ganze wirkt beruhigend, wie in einem Zen-Raum. Seltsamerweise sind alle Tische leer.

»Wo sind die Gäste?«

»Alle wichtigen Leute sind hier.« Er nimmt meinen Mantel, übergibt ihn einem Oberkellner, der wie aus dem Nichts aufgetaucht ist, zuckt dann mit den Schultern und reicht dem Mann sein Jackett. Hunter führt mich zum Tisch in der Mitte des Raumes – dem einzigen mit Silberbesteck und Kerzen. Er zieht den Stuhl für mich heraus, und ich setze mich. Am Tisch gibt es allerdings drei Stühle.

»Kommt noch jemand?«, frage ich.

»Der ist für deine Tasche.«

Wie bitte? Ich blinzle, dann frage ich: »Kannst du das erklären?«

»Ich weiß, wie sehr du deine Accessoires liebst, vor allem deine Schuhe und Handtaschen. Und ich weiß, dass du deine Tasche nie auf den Boden stellen würdest. Und sie auf den Tisch zu stellen, ist einfach unhöflich, also …« Er zuckt mit einer Schulter.

»Du hast also einen zusätzlichen Stuhl für meine Birkin besorgt?«

»Ist das falsch von mir?«

»Das ist …« Ich zögere. Ich will nicht zugeben, dass er recht hat. Dass er richtig vermutet hat, dass ich sehr auf meine Schuhe und Handtaschen achte. Sie sind ein Teil von mir. Sie zeigen der Welt, wer ich bin. Sie sind nicht nur mein Markenzeichen, sondern auch eine Erklärung dafür, wie sehr ich mich selbst schätze. Irgendwie hatte ich nicht erwartet, dass dieser … hochnäsige Trottel das verstehen würde. Dennoch hat er genau das getan und noch mehr. Wahrscheinlich nur ein Glückstreffer. Vielleicht interpretiere ich auch zu viel hinein. Ich stelle meine Handtasche auf den Stuhl und sage leise: »Danke.«

»Gern geschehen.« Er neigt den Kopf.

Ich schaue mich noch einmal im Restaurant um. »Wir sind also die Einzigen hier?«

»Und die Bodyguards.«

In meinem peripheren Blickfeld erkenne ich meine Sicherheitsleute, die sich an strategischen Punkten im Lokal und am Eingang postiert haben. Es ist dunkel genug, dass ihre schwarzen Anzüge mit den Schatten verschmelzen. Aber ich kann natürlich nicht vergessen, dass sie da sind. Das ist ein notwendiges Übel, mit dem ich lebe, seit ich diesen Job übernommen habe.

»Du weißt, dass ich nicht sie gemeint habe.«

»Und dann ist da noch das Servicepersonal.« Er wedelt mit einer Hand in der Luft, und wie von Geisterhand materialisiert sich ein Kellner mit einer Flasche Champagner neben ihm.

»Feiern wir etwas?«, frage ich mit finsterem Blick.

»Du hast zugestimmt, mit mir zu Abend zu essen …«

»Ich habe dir zwei Stunden gegeben, um mich davon zu überzeugen, dass ich dich nicht hassen sollte.« Er will etwas sagen, aber ich hebe einen Finger. »Davon hast du jetzt noch achtzig Minuten.«

Hunter verzieht die Lippen und entgegnet dann: »Bist du immer so … engstirnig?«

»Bist du immer so … sorglos?«, gebe ich zurück.

Sein Grinsen wird breiter. »Der Schein kann trügen.«

»Was du nicht sagst.«

Er zieht eine Augenbraue hoch, als der Kellner den Champagnerkorken knallen lässt. Das Geräusch hallt durch den Raum und unterstreicht noch einmal, dass wir hier die Einzigen sind.

»Du hast mir immer noch nicht gesagt, wo die anderen sind«, murmle ich.

Der Kellner gießt den Champagner in mein Glas, dann in das von Hunter. Er stellt die Flasche in den Eiskübel, der auf einem Ständer neben dem Tisch steht, den ich erst jetzt bemerke. Dann verschwindet er in der Dunkelheit.

»Angesichts der möglichen Spekulationen, wenn man uns beide zusammen sieht, musste ich natürlich eine Lösung finden, um dich zum Abendessen an einem öffentlichen Ort auszuführen und gleichzeitig sicherzustellen, dass wir ungestört sind.«

»Also hast du dein Geld und deinen Einfluss genutzt, um das Restaurant zu kaufen?«

»Ich habe einfach den Besitzer, der zufällig ein Freund ist, gefragt, ob er uns unterbringen kann. Und er konnte es.«

»Ist es immer so einfach für dich? Mit einem Finger schnippen, und alle deine Bedürfnisse werden erfüllt? Den Kopf neigen, und

Lakaien springen auf, um dich zu bedienen? Bekommst du immer, was du willst?«

»Außer dich.«

Er sieht mich mit seinen blaugrünen Augen von der anderen Seite des Tisches aus an. Das Kerzenlicht hebt die goldbraunen Flecken in deren Tiefen hervor und streichelt sein dunkles Haar, sodass es fast blau wirkt. Die Vertiefungen unter seinen Wangenknochen scheinen ausgeprägter zu sein, das Grübchen in seinem Kinn wirkt noch köstlicher.

Ich versuche, den Blick von ihm loszureißen, aber es ist, als würde er mich mit einem Traktorstrahl festhalten. Die Luft zwischen uns wird schwerer. Mein Herz rast. Das ist doch lächerlich. Okay, er sieht gut aus. Das wusste ich bereits. Was mir nicht klar war, ist, dass sich hinter dieser polierten Maske, die er der Welt präsentiert, ein ungezähmtes Tier verbirgt. Eine Bestie, die nur darauf wartet, die Dunkelheit in sich zu entfesseln. Er hat etwas Verruchtes an sich, was ich ihm nie zugetraut hätte. Jetzt aber spüre ich, wie etwas Ursprüngliches an den Fesseln nagt, die er sich selbst angelegt hat.

Ich umfasse den Stiel meines Champagnerglases. »Ich habe nicht gesagt, dass ich Champagner will.«

»Du liebst ihn. Er ist dein Lieblingsgetränk«, erklärt er.

Meine Augenbrauen schießen in die Höhe. »Und woher weißt du das?«

»Das ist nichts, was man nicht mit ein bisschen Recherche herausfinden könnte.«

Ich versteife mich. »Du hast Informationen über mich einholen lassen?«

»Etwas, das du bereits wusstest. Außerdem hast du das Gleiche bei mir getan.«

Ich blinzle und bin überrascht, dass ich unvermittelt auflachen muss. »Touché.« Ich erhebe mein Glas.

Er scheint selbst verblüfft zu sein. Dann verzieht er die Lippen zu einem Lächeln, das so offen, so echt ist, dass etwas tief in seinem Inneren flattert. Wahrscheinlich ist es nur mein Hunger, das ist alles. Ich hatte sehr wenig zu Mittag und kein Frühstück. Das ist der Grund, warum sich mein Magen verkrampft.

»Außerdem müssen deine schauspielerischen Fähigkeiten verbessert werden.«

»Wie bitte?«

»Du wusstest, dass du verfolgt wirst, da du meinem Ermittler ein paar Mal entwischt bis.«

Ich zucke mit einer Schulter. »Dann such dir einen besseren Ermittler.«

Diesmal ist er es, der laut auflacht. »Wenn du so weitermachst, glaube ich noch, dass das unser Vorspiel ist.«

»Das hättest du wohl gern«, spotte ich.

Sein Grinsen wird breiter. »Die Tatsache, dass du dem Detektiv, den ich auf dich angesetzt hatte, entwischt bist, lässt mich natürlich spekulieren, was du zu verbergen hast.«

Mir wird heiß, dann hebe ich das Kinn an. »Vielleicht habe ich einen Liebhaber.«

»Nein, hast du nicht.«

Ich ziehe die Schultern zurück. »Sie scheinen sich dessen sehr sicher zu sein, Herr Minister.«

Er starrt mich an. »Warum ist das so sexy, wenn es von dir kommt?«

Hitze durchströmt meine Haut, und mein Mund wird trocken. Warum ist es so heiß, ihn dieses Wort mit vier Buchstaben sagen zu hören? Warum macht mich der Gedanke, dass dieser Mann versaut sein könnte, so an? Ich werfe mein Haar über eine Schulter und entgegne: »Immer mit der Ruhe. Ich habe dich nur *Minister* genannt, nicht *Premierminister*, was du nicht bist ...«

»Dennoch, du kannst niemand anderem gehören.«

»Ach nein?«

Er nickt. »Du gehörst mir, Zara, und ich werde alles in meiner Macht Stehende tun, damit du das akzeptierst.«

Mein Magen rumort. Meine Muschi krampft sich zusammen. Ich spüre das Kribbeln zwischen meinen Beinen, das mir sagt, dass ich erregt bin, und ich presse die Schenkel zusammen, um es zu lindern. Warum ist seine Absichtserklärung so erotisch? Warum ist der Ausdruck in seinen Augen, wenn er den Blick auf mich, und nur auf mich, richtet, so erotisch, dass ich mich fühle, als hätte ich im Lotto gewonnen, weil ich der Mittelpunkt seiner Aufmerksamkeit geworden bin?

Ich straffe die Schultern und umfasse den Stiel meines Glases fester. »Und wenn du das nicht schaffst?«

»Ich habe noch nie verloren. Und ich habe nicht die Absicht, jetzt damit anzufangen.« Er stößt mit mir an. »Auf uns!«

»Es gibt kein Uns!«, spotte ich.

»Noch nicht.«

»Wie bitte?« Ich starre ihn an. »Ich bin mir nicht sicher, ob ich dich richtig verstanden habe.«

»Doch, hast du. Du willst es nur nicht zugeben.«

Er führt das Glas an seine Lippen und trinkt einen Schluck seines Champagners. Die Sehnen an seinem Hals bewegen sich dabei. Mein Pulsschlag beschleunigt sich.

Dumm. Das ist wirklich dumm. Ich habe ihn unterschätzt. Ich dachte, ich würde ihn hassen. Oh, unbewusst hatte ich bemerkt, wie mein Körper auf seine Nähe reagierte, aber das schob ich einfach beiseite. Ich bin nicht der Typ, der sich von seinen Begierden leiten lässt. Nicht, nachdem ich mein ganzes Leben lang so hart gearbeitet habe, um dahin zu kommen, wo ich jetzt bin. Um Klischees zu durchbrechen. Um etwas für meine Gemeinschaft und mein Land zu bewirken. Das ist es, was ich immer gewollt habe. Deshalb bewarb ich mich erfolgreich um ein Stipendium für ein Jurastudium und gründete dann meine eigene PR-Firma. Deshalb konzentrierte ich mich so sehr auf meine Ziele, dass ich alles andere außer Acht ließ. Deshalb nahm ich seine Herausforderung an, Zeit mit ihm zu verbringen. Ich war zuversichtlich, dass ich aus unserer Begegnung als Siegerin hervorgehen würde. Aber jetzt bin ich mir nicht mehr so sicher. Und eine Sache, die ich nicht bin, ist dumm. Ich weiß, wann ich mich strategisch zurückziehen muss. »Entschuldige bitte, aber ich muss gehen.«

Ich stelle mein Glas auf den Tisch und will aufstehen, aber er streckt eine Hand aus und ergreift meine. Ein elektrischer Strom schießt durch meinen Arm. Mein Atem stockt. Ich schaue auf die Stelle, an der er die Finger um mein Handgelenk gelegt hat, dann hebe ich den Kopf und sehe, dass sein Blick auf meinem Gesicht ruht. Ein Teil der Farbe scheint daraus gewichen zu sein. Er lässt mich los, und ich setze mich wieder hin. Wir starren einander an, und die Stille dehnt sich aus.

Dann rollt der Kellner einen Wagen mit Essen herein. Was zum …? Hat er beschlossen, auch für mich zu bestellen? Überheblicher Wichser. Der Kellner stellt einen Teller vor mir ab, dann einen vor Hunter, bevor er sich wieder zurückzieht. Die ganze Zeit über haben wir unsere Blicke nicht voneinander abgewandt. Meine Kehle schnürt sich zu. Mein Puls pocht an meinen Schläfen. Feuchtigkeit sammelt sich zwischen meinen Beinen, und ich spanne meine Muschi an und zapple auf meinem Stuhl herum.

»Das …« Er neigt den Kopf und lächelt. »Das ist es, wovon ich spreche.«

»Was?« Ich lache oder versuche es zumindest, aber alles, was dabei herauskommt, ist ein Husten.

»Du hast es immer gespürt, genau wie ich. Diese Chemie zwischen uns.«

»Wir haben uns nur ein paar Mal persönlich getroffen.«

»Und doch, jedes Mal, wenn ich einen Raum betrete, in dem du bist, findet mein Blick dich sofort.«

Meine Wangen werden heiß, aber ich schaffe es, unbeeindruckt dreinzublicken. »Nicht meine Schuld.« Ich zucke mit einer Schulter.

»Nimm es nicht einfach so hin. Wenn wir es nicht ansprechen«, er deutet auf den Bereich zwischen uns, »wird es stärker und irgendwann so monumental werden, dass es etwas oder jemanden verletzen wird. Möglicherweise sogar uns beide.«

Ich tue so, als würde ich gähnen, aber als ich mir die Hand vor den Mund halte, zittern meine Finger. »Ich habe keine Ahnung, was du meinst.«

Er zieht die Augenbrauen zusammen, und einen Moment lang sieht er enttäuscht aus. »Seltsam, ich hatte dich für die Art von Frau gehalten, die sich nicht scheut, die Wahrheit auszusprechen, egal wie unangenehm sie ist.«

»Ich bin auch eine Frau, die weiß, wann es besser ist, das Offensichtliche zu ignorieren.«

»Du belügst dich also lieber selbst, als der Tatsache ins Auge zu sehen, dass die Chemie zwischen uns explosiv ist?«

»Das hast du gesagt, nicht ich.« Ich beiße mir auf die Innenseite meiner Wange.

»Ich habe eine bessere Idee, wie wir beide ehrlich zu uns selbst sein und skandalfrei aus der Sache herausgehen können.«

»Du weißt also, wie gefährlich es für uns beide ist, zusammen gesehen zu werden, geschweige denn, miteinander zu essen?«

»Deshalb habe ich dafür gesorgt, dass wir ungestört sind.« Er deutet mit einer Hand auf unsere Umgebung. »Und ich habe absolutes Vertrauen in das Personal des Restaurants und in meine Sicherheitsleute. Außerdem habe ich meinen Sicherheitsdienst angewiesen, dafür zu sorgen, dass dir niemand hierher gefolgt.«

Ich starre ihn an. »Ich bin mir nicht sicher, ob ich von deiner Umsichtigkeit beeindruckt sein oder ob ich mich davor gruseln soll, dass du sämtliche Möglichkeiten durchdacht hast.«

»Eines solltest du über mich wissen, ich bin dem Offensichtlichen immer einen Schritt voraus«, murmelt er.

»Eines solltest du wissen …« Ich beuge mich vor. »Ich denke immer zehn Schritte weiter als mein Gegner.«

Dieses Mal ist er derjenige, der lacht. »Bin ich dein Gegner?«

»Bist du es etwa nicht?«

»Wenn es um unsere Arbeit geht, sind wir nicht einer Meinung. Aber ich glaube, dass wir diese intensive Feindseligkeit, die wir füreinander empfinden, zu unserem Vorteil nutzen können, wenn es um unser Privatleben geht.«

Ich entgegne patzig: »Mein Privatleben geht nur mich etwas an.«

»Nicht mehr. Nicht, seit du mir aufgefallen bist. Nicht, seit du nicht aufhören kannst, mich mit Blicken zu verfolgen, wenn wir im selben Raum sind, und mich online zu stalken, wenn wir nicht zusammen sind.«

»Ich stalke dich nicht …«, gebe ich zurück.

Er grinst. »Das habe ich mir schon gedacht. Du bist genauso besessen von mir wie ich von dir.«

Ich öffne den Mund, um zu protestieren, aber er hält einen Finger hoch. »Versuch gar nicht erst, es zu leugnen. Wir beide wissen, dass unsere Abneigung nicht dadurch begründet ist, dass wir zu unterschiedlichen Seiten gehören, sondern daran, dass wir total aufeinander fixiert sind.«

»Ich werde diese Aussage nicht mit einer Antwort würdigen.«

»Du musst nur mein Angebot annehmen.«

»Was für ein Angebot wäre das?«

»Lass es uns herausficken!«

2

HUNTER

»Du willst mich verarschen, oder?« Zwei rote Flecken prangen auf ihren Wangen. Auf ihrem Gesicht spiegeln sich Überraschung und Entsetzen, aber ihre Pupillen sind so stark geweitet, dass nur noch ein schmaler goldener Kreis ihrer Iris zu sehen ist. Ihr Brustkorb hebt und senkt sich. Sie ist erbost, aber auch erregt. Ich hätte nicht gedacht, dass es möglich ist, sie zu schockieren, aber offensichtlich habe ich es geschafft. Genau das habe ich natürlich gehofft. Nur habe ich nicht geglaubt, dass ich es schaffen könnte.

Seit ich Zara Chopra zum ersten Mal gesehen habe, fasziniert und überrascht sie mich. Um ehrlich zu sein, bin ich mir nicht einmal sicher, ob ich sie mag. Zum einen ist sie kurvenreich, und ich hätte nie gedacht, dass ich diese Sanduhrfigur anziehend finde. Meine bisherigen Freundinnen waren schlanker, meist Models und Schauspielerinnen, oder solche, die ihren Lebensunterhalt mit ihrem Aussehen verdienen.

Zara hingegen hat markante Gesichtszüge und eindeutig mehr zu bieten als nur ein hübsches Gesicht. Tatsächlich ist sie das genaue Gegenteil von der Art Frau, mit der ich normalerweise ausgehe. Wir haben uns nicht nur jedes Mal gestritten, wenn wir uns gesehen haben, sondern sie hat auch deutlich gemacht, dass die Abneigung auf Gegenseitigkeit beruht. Was, wie ich zugeben muss, ein Schlag für mein Ego ist. Ich habe noch nie eine Frau getroffen, die mir widerstehen kann. Bis sie gekommen ist. Vielleicht habe ich ihr deshalb dieses Angebot gemacht. Vielleicht macht die Tatsache, dass wir nicht einer Meinung sind, sie zu der Art von Herausforderung, die ich genieße.

Ich habe sie nicht mit der Absicht hierher eingeladen, sie zu schockieren, aber da sie von meinem Gehabe unbeeindruckt scheint, muss ich sie testen. Ich wollte sie überrumpeln – was mir auch gelungen ist. Und vielleicht auch mich selbst. Denn bis ich meine eigenen Worte hörte, war mir nicht klar, wie ernst ich es meine. Wie gern ich sie jetzt über diesen Tisch beugen und erforschen möchte, was es bedeutet, wenn sie sich unter mir windet, auf meinem Schwanz aufgespießt, während ich sie wieder und wieder zum Kommen bringe.

»Sehe ich aus wie ein Mann, der etwas sagt, das er nicht so meint?«

»Du bist Politiker«, erwidert sie spöttisch.

»Und du nicht?«

»Ich bin eine Problemlöserin. Ich bin nicht diejenige, die die Probleme verursacht. Das überlasse ich euch Politikern.«

»Ganz die geschmeidige Verkäuferin.«

Sie atmet tief durch. »Ich bin nicht hergekommen, um mich beleidigen zu lassen.«

»Das war keine Beleidigung. Verkäufer gehören zu den überzeugendsten und cleversten Menschen, die ich kenne.«

»Du wirst mir verzeihen, wenn ich dir nicht zustimme. Du lädst mich zum Essen ein, dann sagst du mir, du hättest mich beschatten lassen, dann bestellst du mein Lieblingsgetränk und«, sie blickt auf ihren Teller, dann wieder zu mir, »mein Lieblingsessen.«

»Also, ich habe meine Hausaufgaben gemacht. Was soll's?«

»Dann«, sie hebt den Zeigefinger, »sagst du mir, dass du mich ficken willst.«

»Ich sagte, wir sollten uns gegenseitig ficken.«

»Nein, danke.«

Ich beuge mich vor. »Hast du Angst, dass es dir zu sehr gefallen würde?«

»Darauf werde ich nicht antworten. Auf so etwas falle ich nicht mehr rein.«

Ich mustere ihr immer noch errötetes Gesicht. »Du machst dir Sorgen, dass du nach unserem Fick für jeden anderen verdorben sein könntest.«

»Dein Ego kennt keine Grenzen.«

»Und dein Ego würde sich nie mit jemandem zufriedengeben, der kleinere Eier hat als ich.«

Sie starrt mich an, dann wirft sie den Kopf zurück und lacht. Es ist ein herzhaftes Lachen, das aus der Tiefe ihres Wesens kommt. Ihre Augen sind geschlossen und ihr Mund geöffnet. Es ist kein schönes Lachen, sondern ein böses, lebensfrohes. Es ist das Lachen einer Frau, die weiß, wie man das Leben genießt.

»Wir werden uns amüsieren, Zara. Eine Nacht. Du und ich. Lass uns herausfinden, warum wir uns zueinander hingezogen fühlen, obwohl wir uns nicht ausstehen können.«

Sie senkt den Kopf und blickt mich mit ihren leuchtenden, braunen Augen an. Das Kerzenlicht tanzt über ihre Haut und hebt ihre hohen Wangenknochen, ihre nach oben gebogene Nase und ihr störrisches Kinn hervor. Sie wird eine harte Nuss sein. Sie wird niemals kampflos aufgeben. Sie wird sich mir bei jedem Schritt widersetzen, und ich finde das verdammt aufregend. Niemand hat je mein Interesse auf diese Weise geweckt. Wenn ich sie sehe, bin ich sofort kampfbereit, und ich will ihr gleichzeitig den Hintern versohlen und sie küssen.

»Was sagst du? Zwölf Stunden. Bis die Sonne aufgeht, erforschen wir, warum wir uns so sehr zueinander hingezogen fühlen, auch wenn wir einander hassen.«

Einer ihrer Mundwinkel bewegt sich nach oben. Sie greift nach ihrem Champagnerglas und trinkt einen Schluck. »Sehr clever. Meinst du, du kannst mich in Versuchung führen, indem du mir all die Gründe nennst, die unsere Beziehung aufregend machen?«

»Du bist also auch der Meinung, dass wir eine Beziehung eingehen werden?«

Zara runzelt die Stirn. »Ich habe mich versprochen.«

»War es ein Freudscher Versprecher?«

»Nein, ein ganz normaler Versprecher.« Sie fährt mit einem Finger über den Rand ihres Champagnerglases und meine Eier ziehen sich zusammen. Verdammt noch mal! Jetzt will sie mich scharf machen, während sie unsere gegenseitige Anziehungskraft immer noch leugnet. Jede ihrer kleinen Handlungen ist darauf ausgelegt, mich zu reizen. Sie ist die geborene Verführerin, eine Sirene, die Männer mit ihrem Gesang verzaubert. Und in ihren Augen liegt der Ausdruck einer Jägerin. Sie ist ungezähmt und hemmungslos, ein Wildfang, der meine Welt auf den Kopf stellen will. Eine schlaue Füchsin, die mein Herz und meine Seele stehlen und deren Name in jede Zelle meines Körpers eingebrannt sein wird.

Die Härchen in meinem Nacken stellen sich auf. Eine warnende Stimme in meinem Kopf raunt mir zu, dass ich mich zurückziehen und abhauen sollte, und zwar so schnell wie möglich, bevor das Ganze zu kompliziert wird.

Allein die Tatsache, dass ich diesen Gedanken habe, dass ich, Hunter Whittington, zum ersten Mal in meinem Leben in Betracht ziehe, das Schlachtfeld zu verlassen, ohne auch nur zu versuchen, mit meinem Gegner zu kämpfen, lässt mich innehalten. Ich bin kein Feigling. Man braucht Mut, um eine Karriere in der Öffentlichkeit anzustreben. Man braucht Nerven aus Stahl, um sich zu entschließen, für das höchste Amt in diesem Land zu kandidieren. Man braucht eiserne Entschlossenheit und eine besondere Art von Verrücktheit, um sich auf diese Reise zu begeben. Und ich hätte es nicht getan, wenn ich Herausforderungen nicht über alles lieben würde. Wenn ich nicht die Gelegenheit genießen würde, einen Kampf zu gewinnen. Wenn ich es nicht lieben würde, mir meinen Weg über Hindernisse zu bahnen. All das scheint sie zu verkörpern. Ich fahre mit einem Finger über meine Unterlippe.

»Ich würde gern meine Zunge in dich hineinstecken«, murmle ich.

Ihre Augen weiten sich. An ihrem Hals pulsiert eine Ader. Sie beißt sich auf die Unterlippe, und ich spüre das Ziehen bis in meinen Schwanz.

Ich halte mein eigenes Champagnerglas fester in der Hand. »Das hat dir gefallen, nicht wahr?«

Spöttisch entgegnet sie: »Von dir hätte ich mehr erwartet als ein Klischee.«

»Klischees existieren, weil sie wahr sind.«

»Und ich dachte, du wärst zu originellerem Denken fähig.«

»Du willst nicht wissen, was ich gerade denke.«

Sie hält meinem Blick kühn stand. »Warum sagst du es mir nicht?«

Ich lasse mein Glas los, beuge mich vor und nehme ihres aus ihrer Hand. Dann drehe ich es, bis ich den Abdruck ihrer Lippen am Rand vor mir habe, und trinke einen Schluck. »Bist du dir sicher, dass du das hören willst?«

Sie hebt eine Augenbraue. »Sag es mir einfach, dann wirst du schon sehen.«

»Ich möchte deine Kurven streicheln. Ich will dich halten und küssen, beißen und an dir saugen. Ich will dich lecken, dich schmecken, meine Finger in dir versenken. Ich will dich an den Rand bringen, wieder und wieder, bis dein Blut von Pheromonen durchströmt wird. Bis du so high bist von der Erfahrung, dass du für jeden anderen verdorben bist. Bis du nur noch an mich denken kannst. Alles, was du schmecken kannst, bin ich. Bis jeder deiner Atemzüge mir gehört. Bis«, ich lege meine Hand auf ihre, »ich dich auf die Knie zwinge und du mich anflehst, dir jede versaute Sache zu zeigen, die ich mit dir anstellen kann. Bis ich jeden deiner geheimen, perversen Träume zum Leben erwecke. Bis du mich anflehst, dir zu zeigen, wie weit ich dich treiben kann. Bis du sogar von dir selbst überrascht bist.«

Ihr Atem stockt.

»Ich will dich so erregen, dass du an nichts anderes denkst als daran, wie es sein wird, meinen Schwanz in deiner Muschi zu haben, meine Finger in deinem Arsch, meine Zunge in deinem Mund, und wie ich dich bis zum Äußersten treiben werde, bis du mich anflehst zu kommen, und selbst dann werde ich dich nicht lassen …«

»Es sei denn?«, haucht sie.

»Es sei denn, du unterwirfst dich mir.«

3

ZARA

Seine Worte sind schmutzig und explizit, obszön und verdammt heiß. Ich sollte sie aber nicht heiß finden. Ich sollte nicht von seinem nicht vorhandenen Filter, während er genau beschreibt, was er mit mir anstellen will, verdammt angemacht werden. Aber das geschieht. Ich mag Sex. Ich mag Männer. Ich genieße es, wie es sich anfühlt, wenn mein Körper so behandelt wird, als wäre er für das Vergnügen eines anderen geschaffen worden. Ich möchte herausfinden, wie es sich anfühlt, dominiert zu werden. Aber dafür werde ich nie jemanden zu nahe an mich heranlassen.

Deshalb bin ich eine selbstbewusste Frau, die sich ihrer Sexualität und ihrer Wirkung auf Männer bewusst ist, von denen sich die meisten durch mein Auftreten bedroht fühlen. Eine starke Karrierefrau. Das ist der Grund, warum die Männer, die ich anziehe, mehr als glücklich sind, wenn ich im Bett bestimme. Das ist etwas, das ich hasse und gleichzeitig genieße, denn dann habe ich die Kontrolle. Und wenn ich die Kontrolle habe, kann ich mich nicht bedroht fühlen. Damit fühle ich mich wohl, und vielleicht ist das der Grund, warum ich es vorziehe, mit Männern zu schlafen, über die ich die Kontrolle habe.

Aber dieser Mann ist anders als alle anderen, denen ich je in meinem Berufs- oder Privatleben begegnet bin. Er fühlt sich von mir nicht bedroht, und jedes Mal, wenn ich ihn herausfordere, scheint er entschlossen zu sein, sofort zurückzuschlagen. Und das ist gelinde gesagt erfrischend. Es ist auch ärgerlich. Denn ich will nichts an diesem Mann mögen. Aber allein die Tatsache, dass er mir in die Augen sehen und mir sagen kann, was er mit mir vorhat, macht mich an. Andererseits möchte ich mich ihm auch widersetzen. Die Härchen auf meinen Unterarmen stellen sich auf. Meine Eingeweide krampfen sich zusammen, und das nur, weil ich wütend auf ihn bin. Nur daran liegt es.

»Mich dir unterwerfen, was? Wenn du glaubst, dass ich mich dir unterwerfe, täuschst du dich aber gewaltig.«

Ein paar Sekunden lang starrt er mir in die Augen, dann grinst er. Der Trottel besitzt tatsächlich die Frechheit zu grinsen. »Ist das eine Challenge?«

Oh, darauf gehe ich auf keinen Fall ein. »Es ist mir egal, wie du es aufnimmst. Diese Unterhaltung ist beendet.« Ich springe auf, schnappe mir meine Handtasche und wende mich zum Gehen, als … »Das passiert also, wenn du auf dein Gegenstück triffst? Du drehst dich um und rennst weg?«, fragt er.

Ich atme tief ein. *Ich werde nicht die Beherrschung verlieren. Ich werde nicht die Beherrschung verlieren.* Ich mache einen weiteren Schritt nach vorn, als er wieder spricht.

»Ich schätze, ich hatte recht. Du bist zu feige, um herauszufinden, wie gut es zwischen uns sein könnte. Ich wette, du hast Angst, dass du für jeden anderen verdorben bist, dass du …«

Ich drehe mich um und zeige mit dem Finger in seine Richtung. »Hier geht es nicht um mich. Ich gehe, bevor ich etwas sage oder tue, das sich zu etwas auswächst, mit dem keiner von uns beiden umgehen kann.«

Sein Grinsen wird breiter. »Oh, bitte. Sag bitte unbedingt, was du denkst. Deshalb habe ich dich ja hergebracht, damit wir reinen Tisch machen können.«

»Indem du mir so ein Angebot unterbreitest?«

»Das ist ein Weg, den wir einschlagen könnten. Und der angenehmste Weg.« Er grinst.

»Hörst du dir eigentlich selbst zu?«, fahre ich ihn an.

»Hörst *du dir* selbst zu?« Er lehnt sich zurück. »Du bist wütend auf mich.«

»Danke, dass du es bemerkt hast, Captain Offensichtlich.«

»Wann hast du dich das letzte Mal über jemanden geärgert?«

Ich schaue ihn böse an. »Ist das eine Fangfrage?«

»Denk mal nach, Zara. Wann hat dich das letzte Mal jemand so sehr geärgert, dass du ein Essen stehen gelassen hast, ohne es zu probieren?«

Ich schaue auf den Teller, der vor meinem verlassenen Stuhl steht. Es sind Fish and Chips, mein Lieblingsgericht. Und er hat es für mich bestellt.

»Es ist scharf und Heilbutt.« Er bezieht sich auf den mageren weißen Fisch, der nur schwer erhältlich ist. Als Beilage gibt es einen Salat mit Kopfsalat, Rucola und Granatapfelkernen. Das ist eine Kombination, die ich liebe und die auf den meisten Speisekarten nicht zu finden ist. Ich weiß das, weil ich das Salatrezept selbst erfunden habe.

Ich schaue ihn böse an. »Woher wusstest du …«

»Dass du diese bestimmte Art von Fisch und Fish and Chips extra scharf magst? Dass du dein Grünzeug nur isst, wenn es mit Granatapfelkernen versetzt ist?« Seine Lippen verziehen sich zu einem halb schelmischen, halb zufriedenen Lächeln. »Habe ich dich überrascht?«

Ich mache ein spöttisches Geräusch. »Wahrscheinlich nur etwas anderes, das in den Berichten auftaucht, die du über mich in Erfahrung gebracht hast.«

»Warum setzt du dich nicht hin und isst es auf?«

»Lieber nicht.« Ich betrachte den Fisch und mein Magen knurrt.

Er muss es gehört haben, denn er lacht. »Komm schon, Zara! Du musst zugeben, dass die Interaktion in der vergangenen halben Stunde das anregendste Gespräch war, das du seit Langem mit einem anderen Menschen geführt hast.«

»Schmeichle dir nicht selbst«, murmle ich. Aber er hat recht. Ich habe mich noch nie so lebendig gefühlt wie in der Zeit, die ich mit ihm verbracht habe. Es ist eine Mischung aus Nervosität und Aufregung, mit atemloser Vorfreude. Ein Gefühl, das ich nur habe, wenn ich vor einer neuen Herausforderung stehe. Die mich reizt. Das ist der einzige Grund, warum ich noch hier und nicht abgehauen bin. Das und diese Chemie zwischen uns, die ich nicht verstehen kann. Ein Problem, das ich lösen muss. Ich bin schließlich eine Problemlöserin. Nichts reizt mich mehr als ein Puzzle, das zusammengesetzt werden muss.

»Setz dich! Iss!« Er lehnt sich erneut zurück. »Ich verspreche, ich werde nicht darauf hinweisen, dass du meine Frage von vorhin immer noch nicht beantwortet hast.«

Ich schüttle den Kopf. »Und ich dachte, ich hätte ein großes Ego. Aber deines ist vielleicht noch kolossaler.«

»Nicht das Einzige, das kolossal ist.« Er grinst.

Ich gebe einen würgenden Laut von mir. »Wie unoriginell von dir.«

»Iss mit mir zu Abend, und ich verspreche dir, dass ich noch mehr kreative Sprüche auftischen werde.«

Ich nehme Platz, stelle meine Tasche auf den Stuhl neben mir und greife zu Messer und Gabel. Ich schneide den Fisch an und stecke mir eine kleine Portion in den Mund. Die zarten, fast blumigen Noten des Fleisches zergehen auf meiner Zunge. Mit den scharfen Gewürzen, in denen der Fisch mariniert wurde, vereinigen sich zwei Kontraste in meinem Gaumen.

»Wow.« Ich kaue und schlucke. »Das ist unglaublich.«

»Nicht wahr?« Er stürzt sich auf sein eigenes Essen, einen Burger mit Pommes, was eine weitere Überraschung darstellt. Ich hätte nicht gedacht, dass dieser Mann in der Lage ist, etwas so Profanes zu essen. Aber ich kenne ihn ja auch gar nicht, also sollte ich wohl nicht überrascht sein. Vielleicht hätte ich keine voreiligen Schlüsse ziehen sollen. Möglicherweise ist das der Grund, warum er mich hierhergebracht hat – damit er meine Meinung über ihn positiv beeinflussen kann. Nun, dazu braucht es schon mehr als einen Teller Fish and Chips, auch wenn es vielleicht die besten sind, die ich je gegessen habe. Was, wenn er sich die Zeit genommen hat, um herauszufinden, was mir schmeckt, und dementsprechend bestellt hat? Wie auch immer, er hat es einfach getan, ohne mich zu fragen, in der Annahme, ich würde seinen Plänen zustimmen. Das zeigt nur, wie egoistisch er ist und dass er denkt, er könne über mich bestimmen. Ich kann es kaum erwarten, ihm zu zeigen, dass ich meinen eigenen Kopf habe. Ich bin keines dieser leicht zu manövrierenden Flittchen, mit denen er zweifellos gern abhängt.

Er spießt ein Stück seines Burgers auf und hält es mir hin. »Hier, probier mal!«

»Hm«, ich schaue von dem Essen auf seiner Gabel zu ihm, »willst du mich füttern?«

»Das würde ich gern.« Er lächelt halb, aber hinter diesem Lächeln steckt keinerlei böse Absicht. Nun, sofern das bei einem Arschloch wie ihm möglich ist. Als ich zögere, führt er den Bissen näher an meinen Mund heran, sodass er meine Lippen streift. »Mach schon, du weißt, dass du es willst.«

Der Duft des Burgers ist so aromatisch, dass mir das Wasser im Mund zusammenläuft. *Ach, scheiß drauf! Es ist doch nur Essen.* Mich von ihm füttern zu lassen, bedeutet nicht, dass ich mich ihm unterwerfe. Ich tue nur so, als würde ich seine Spielchen mitmachen. Ich versuche, ihn in einem falschen Gefühl der Sicherheit zu wiegen, damit er seinen Schutzschild fallen lässt und mir ein wenig mehr von sich selbst zeigt.

Und er versucht, mich dazu zu verleiten, das Gleiche zu tun. Klar, das tut er, aber ich bin zu schlau, um auf seine Tricks hereinzufallen, ganz gleich, wie geschickt sie sind.

Ich öffne den Mund, und er steckt den Bissen hinein. Ich presse die Lippen aufeinander und säubere die Zinken, während er die Gabel zurückzieht. Die ganze Zeit über hält er meinen Blick fest. Seine blaugrünen Augen werden dunkler, bis sie fast azurblau sind. Mein Bauch krampft sich zusammen, und der Puls zwischen meinen Beinen beschleunigt sich. Irgendwie hat sich die einfache Aufgabe, mich zu füttern, in einen Akt der Verführung verwandelt. Verdammt, aber er ist gut. Dann überwältigen die Geschmacksnoten meine Sinne. Das Fleisch ist so zart, dass es sich auf meiner Zunge aufzulösen scheint, und die Kräuter darin sind so frisch, dass ich den Wind in den Bäumen und das Knirschen des Grases zwischen meinen Zehen spüren kann, während ich barfuß über eine Wiese irgendwo weit weg von dieser Stadt laufe.

Ich schlage meine Augenlider auf – wann habe ich sie geschlossen? – und starre ihn erstaunt an.

»Ich weiß«, sagt er lachend. »James Hamilton ist der talentierteste Koch des Landes.«

»Du hast James Hamilton angerufen und ihn gebeten, sein Restaurant für uns zu schließen?«

Er hebt die Augenbrauen. »Habe ich es endlich geschafft, dich zu beeindrucken?«

»Du hast den vielleicht gefragtesten Koch der Welt, der unser Essen zubereitet hat, also würde ich sagen, ja.«

»Essen ist also der Weg, um deine Abwehrhaltung zu überwinden?«

»Das habe ich nie gesagt.«

»Das brauchst du auch nicht. Allein die Tatsache, dass du nach dem Essen entspannter bist, spricht für sich.«

»Gutes Essen, guter Drink …« Ich hebe mein Glas. »Ich gebe zu, ich bin nicht mehr so angespannt wie vorhin. Sagen wir einfach, ich war hungrig.«

Er lacht. »Na los, du kannst mich für meine Bemühungen loben. Es ist erlaubt.«

»Gut, es war keine schlechte Leistung«, gebe ich zu.

Er grinst. »Es wird interessant sein, meinen Einsatz bei dir zu erhöhen.«

»Du musst bei mir nichts erhöhen, Hunter.«

Sein Grinsen wird breiter. »Nun, dann vielleicht nicht erhöhen, aber vielleicht gibt es etwas, das sich in deiner Gegenweit vergrößern will, Zara.«

Ich blinzle. Der Bereich zwischen meinen Beinen spannt sich an. *Ich fand das nicht heiß. Nein! Doch. O mein Gott!* Das war eine zum Niederknien komische Bemerkung – nicht besonders originell, aber verdammt, sie scheint bei mir zu wirken. *Wie soll ich das nur überleben?* Ich hebe eine Hand, und die Handfläche zeigt zu ihm. »Versuch nicht, mich von dem abzulenken, was ich sagen will, Hunter.«

»Und was wäre das?«

»Dass wir anders sind. Wir haben nichts gemeinsam. Und es ist Wahnsinn zu glauben, wir könnten miteinander schlafen und damit durchkommen. Aber ich habe James Hamiltons Essen gekostet, also ist es kein völlig vergeudeter Abend.«

»Sag das noch mal!« Er mustert mich mit einem merkwürdigen Ausdruck in den Augen. Als ob er etwas begriffen hat, aber sein Bestes tut, um es nicht zuzugeben.

»Hm, dass es kein völlig vergeudeter Abend ist?«

»Nein, das davor.«

»Dass wir nichts gemeinsam haben?«

»Davor.«

»Hm?« Ich versuche, mich zu erinnern. »Davor habe ich gesagt, dass wir sehr verschieden sind, und davor sagte ich … deinen Namen?«

»Sag ihn noch mal«, murmelt er.

»Das ist doch Wahnsinn.« Ich lege meine Gabel zurück auf meinen peinlich leeren Teller. »Ich sollte jetzt wirklich gehen.«

»Zara.« Er flüstert meinen Namen, und ein Schauer der Vorfreude läuft über meinen Rücken. Meine Nervenenden scheinen zu funken. Mein Puls schießt in die Höhe. Und das alles nur, weil er meinen Namen in diesem Tonfall gesagt hat. In diesem sehr dominanten Tonfall.

Ich stehe auf und er kneift die Augen zusammen. »Setz dich, Zara!«

Mein Hintern knallt auf den Stuhl und ich blinzle. Was zum …? Habe ich gerade seinen Befehl befolgt? Habe ich ihm gehorcht, ohne es zu wollen? Wann habe ich das das letzte Mal getan? Wann ist mir das jemals als Erwachsene passiert? Kein Mann hat es je gewagt, mir zu befehlen, mich seinem Willen zu beugen. Ich habe noch nie die Befehle eines anderen befolgt. Nicht auf diese Weise. Nicht in meinem Privatleben. Und was noch schlimmer ist, ich fühle mich deswegen nicht schuldig.

Mir ist mulmig zumute, als wäre ich von einer Klippe gestürzt, aber anstatt zu fallen, werde ich in die Höhe gezogen und warte darauf, dass mein Magen den Rest meines Körpers einholt. Mein Blut fließt schneller durch meine Adern. Der Puls zwischen meinen

Beinen schlägt härter, stärker. Und alles nur, weil er meine Handlungen gelenkt hat. Das ist doch Wahnsinn. Ich fühle mich total überfordert. Als hätte jemand die Schnüre durchtrennt, die mich am Boden halten, und jetzt schwebe ich …

Ich atme tief ein und aus. Wut breitet sich in meinem Magen aus. Ich fächere sie noch mehr auf, bis sie sich auch in meinem Blut und meinen Armen ausbreitet. Ich greife nach dem Champagnerglas und schütte ihm das Getränk ins Gesicht.

4

HUNTER

Gerade noch sind wir in diesen inzwischen vertrauten Willenskampf
verwickelt, bei dem wir einander anstarren und keiner von uns bereit
ist aufzugeben. Der Nervenkitzel der Verfolgungsjagd entfaltet sich
in mir. Mein Blut strömt schneller durch meine Adern. Meine Sicht
verengt sich. Adrenalin durchflutet mich, aber bevor ich handeln
kann, hat sie mir den Champagner ins Gesicht geschüttet. Die Flüssigkeit brennt in meinen Augen, läuft über meine Wangen, und ich
reagiere rein instinktiv. Ich springe auf, beuge mich vor und packe
ihren Arm, bevor sie ihn zurückziehen kann.

»Lass mich los!«, fährt sie mich an.

»Nein.«

Ich ziehe meinen Griff um ihr Handgelenk fester an, und das
leere Champagnerglas gleitet ihr aus den Fingern. Es fällt mit einem
leisen Schlag auf den Tisch und rollt ein Stück, dann bleibt es liegen.

»Das hättest du nicht tun sollen«, sage ich langsam.

»Du hast es verdient«, keift sie.

»Du bist wunderschön.«

Sie hält inne. »Wie bitte?«

»Du hast mich schon verstanden. Du bist herrlich, wenn du
wütend bist. Deine Augen lodern wie Feuer. Deine Wangen haben

eine wunderbare Farbe, und ich möchte sie am liebsten abschlecken.«

Sie schüttelt den Kopf. »Ist das wirklich real? Ich muss träumen, dass ich in diesem Restaurant sitze und einer der Menschen, die ich am meisten hasse, meine Hand hält.«

»Hassficken. Stell dir vor, wie explosiv es sein wird, wenn wir es miteinander treiben.«

»Träum weiter!« Sie wirft sich das Haar über die Schulter.

»Das kann Realität werden, Z.«

»Nenn mich nicht so!«

»Ich habe das Gefühl, dass wir die Anfangsphase unserer Beziehung bereits hinter uns gelassen haben.«

Sie hebt den Zeigefinger ihrer linken Hand. »Erstens: Es gibt keine Beziehung. Und zweitens«, sie hält den Mittelfinger hoch, »kannst du dich selbst ficken.« Sie senkt den Zeigefinger und oben bleibt nur der Mittelfinger.

»Wunderbar! Du machst mich an, wenn du wütend wirst.«

»Hast du mir nicht zugehört?« Sie streckt mir den Mittelfinger entgegen. »Ich will nichts mit dir zu tun haben.«

»Und ich will alles, was du mir geben kannst.« Ich ergreife ihre freie Hand und ziehe sie zu mir heran, sodass wir beide über den Tisch gebeugt und unsere Gesichter so nahe beieinander sind, dass unsere Nasen fast aneinander stoßen. Ich führe ihren ausgestreckten Mittelfinger zu meinem Mund und schließe die Lippen um ihn.

Sie holt scharf Luft und ihre Pupillen weiten sich. Die goldbraunen Flecken in ihren Augen glitzern, bis sie zu Silbersplittern werden und aufleuchten. Ich wickle die Zunge um ihren Finger und sauge fester.

Ein Stöhnen entweicht ihren Lippen. Ihr Geschmack durchflutet meinen Mund, dringt in mein Blut ein. Meine Leistengegend verhärtet sich. Der Schritt meiner Hose spannt sich an. Sie senkt den Blick auf meinen Mund und schluckt. Ihre Lippen öffnen sich. Ihr Duft – Orangenblüten und Vanille mit einem Hauch von Pfeffer – überflutet meine Sinne.

Sie beugt sich näher heran, bis sich unsere Wimpern berühren, und schaut mich an. Lust flackert in den Tiefen ihrer Augen auf.

Mein Puls pocht in meinen Ohren, und verdammt, ich will sie küssen. Und das werde ich auch – allerdings jetzt noch nicht. Zuerst muss ich sie reizen, sie verspotten, sie verführen. Vielleicht auch umwerben. Sie überreden, damit sie bereitwillig kommt. *Komm, kleines Kätzchen!*

»Vielleicht nächstes Mal.« Ich lasse sie so plötzlich los, dass sie zurück auf ihren Stuhl fällt.

»Was zum …?« Sie starrt mich an.

»Du wolltest weg? Das ist deine Chance.«

»Nach diesem … diesem …« Sie scheint um Worte verlegen zu sein.

Innerlich juble ich. Regel Nummer eins bei jeder Verhandlung ist es, den Gegner zu überrumpeln, und genau das habe ich getan. Die Frage ist, was wird sie als Nächstes tun?

Sie scheint ihre Gefühle wieder unter Kontrolle zu haben. »Du bist ein Arschloch.«

»Alphaloch.« Ich grinse breit.

Sie kneift die Augen zusammen. »Spielst du Schach?«

»Hm?« Jetzt bin ich an der Reihe, überrascht zu sein.

»Schach, Whittington. Spielst du Schach?«

»Willst du mit deinen eigenen Waffen geschlagen werden?«

»Das hättest du wohl gern.« Sie strafft die Schultern. »Lass uns unsere Begegnung auf eine gleichberechtigtere Basis stellen.«

»Ah, du willst mich also wiedersehen?«

Sie schürzt die Lippen.

»Du hast es gesagt, nicht ich«, erinnere ich sie.

»Das wollte ich nicht, aber du hast mich so wütend gemacht, dass ich nicht gemerkt habe, dass ich mich verpflichtet habe, dich wieder-zusehen.«

»Machst du einen Rückzieher?«

Sie hebt das Kinn an. »Ich nehme mein Wort nicht zurück.«

»Ich auch nicht.«

»Gut.« Sie schnieft.

»Gut.« Ich grinse noch breiter.

»Wisch dir das Grinsen aus dem Gesicht. Du musst nicht so selbstzufrieden dreinblicken.«

Mein Telefon vibriert. »Unsere zwei Stunden sind um. Die Zeit vergeht wirklich schnell, wenn man Spaß hat.«

Sie gibt einen unhöflichen Laut von sich. »Wie auch immer.«

»Ah, der berühmte Ausdruck, der als letztes Mittel eingesetzt wird, wenn einem keine anderen Beleidigungen einfallen.«

Sie nimmt ihre Tasche und schiebt sie sich über die Schulter. »Auf Wiedersehen, Whittington.«

»Nicht so schnell.« Ich gehe um den Tisch herum und verschränke ihren Arm mit meinem. Sie zittert ein wenig. Das ist gut. Sie reagiert auf meine Nähe. Das heißt, sie wird mich vermissen, wenn ich nicht da bin. Das wird helfen, die Vorfreude auf unser nächstes Treffen zu steigern.

Als wir den Platz des Oberkellners am Eingang erreichen, tritt er mit unseren Mänteln vor. Ich halte ihren hoch, und sie schiebt ihre Arme durch die Ärmel. Ich ziehe ihr den Mantel über die Schultern und beuge mich weit genug vor, um an ihrem Haar zu schnuppern. Orangenblüten und Vanille necken meine Sinne. Mein Schwanz wird augenblicklich härter. Es ist, als wäre ich fest verdrahtet, um auf sie auf jeder Ebene zu reagieren. Was gelinde gesagt interessant ist. Wenn die Chemie zwischen uns endlich explodiert, wird es ein Feuerwerk.

Ich trete zurück und schiebe meine Arme durch die Ärmel meines Jacketts, das der Oberkellner mir hinhält.

»Danke, Charles.«

»Angenehm, Sir. Madam.« Er neigt den Kopf und verschwindet wieder in der Dunkelheit.

Unser Sicherheitspersonal geht voraus, und ich führe Zara zur Tür. Als wir aus dem Restaurant treten, wartet mein Aston Martin auf uns. Ich öffne die Beifahrertür, und sie setzt sich hinein. Ich umrunde das Auto, setze mich auf den Fahrersitz und starte den Motor.

Wir fahren ein paar Sekunden schweigend, dann rucke ich mit dem Kinn in Richtung Handschuhfach. »Mach es auf!«

Sie wirft einen Blick auf die eingebaute Tür im Armaturenbrett und sieht mich dann stirnrunzelnd an. »Das möchte ich lieber nicht.«

»Ich verspreche, es ist nicht das, was du denkst«, sage ich.

Die Furche zwischen ihren Augenbrauen vertieft sich. »Du hast keine Ahnung, was ich jetzt gerade denke.«

»Du denkst daran, wie gern du mich ohrfeigen und dann küssen würdest.« Ich grinse.

Ihre Kinnlade fällt herunter, dann lacht sie. »So verdammt eingebildet.«

»Aus gutem Grund.«

»Da frage ich jetzt lieber nicht nach«, entgegnet sie.

»Los, mach das Handschuhfach auf und sieh hinein, Alice.«

Sie sieht mich unter ihren dichten Wimpern an. »Nur weil du dich auf *Alice im Wunderland* bezogen hast.«

»Wusstest du, dass *Matrix* davon inspiriert wurde?«

Sie blinzelt. »Wirklich?«

»Nein«, erwidere ich grinsend.

Sie runzelt die Stirn, dann kichert sie. »Du kannst charmant sein, das muss ich dir lassen.«

»Und du willst das Handschuhfach öffnen.« Ich nicke wieder in dessen Richtung. »Na los, mach schon!«

»Hm.« Sie beugt sich vor und drückt auf den Knopf an dem Panel, das daraufhin nach unten gleitet. In der Mitte des Handschuhfachs liegt ein buntes, rechteckiges Päckchen. Sie greift danach und zieht es heraus, dann hält sie es mir hin.

»Haribo?«, fragt sie verblüfft.

»Deine Lieblingssüßigkeit«, erwidere ich.

»Du hast mir Haribo-Gummibärchen gekauft?« Ihre Stimme klingt nun etwas atemlos.

»Öffne sie«, dränge ich.

Sie reißt die kleine Packung auf und schüttet ein paar davon in ihre Handfläche. »Sie haben alle die gleiche Farbe.«

»Gold«, sagen wir gleichzeitig.

»Wie gesagt deine Lieblingssüßigkeit«, wiederhole ich.

»Man bekommt nie Haribo-Bären in einer Farbe in einer Packung.«

»Ich schon.«

Sie sieht zu mir auf und dann wieder auf die Packung. »Ich weiß nicht, was ich davon halten soll.« In ihrer Stimme schwingt jetzt ein Hauch von Panik mit.

»Es sind nur Süßigkeiten, Zara. Interpretiere nichts in diese Geste.«

»Du tust das, um mich aus der Fassung zu bringen.«

»Ist es mir gelungen?«

Sie zuckt mit den Schultern. »Natürlich nicht.«

»Gut, warum isst du dann nicht eines?«

Sie schaut auf den Goldklumpen in ihrer Handfläche. »Vielleicht werde ich das.«

Sie steckt sich ein Gummibärchen in den Mund und schiebt den Rest zurück in die Packung, bis auf eines. Sie lässt diese in ihre Tasche fallen und hält dann die Hand mit dem Gummibärchen vor mein Gesicht.

Ohne den Blick von der Straße zu wenden, öffne ich den Mund, und Zara schiebt das Gummibärchen hinein. Ich schließe meine Lippen um ihre Finger und lecke die Süßigkeit von ihnen. Der Geschmack von Zara, komplexer als die Süße des Bärchens, geht direkt in meine Leistengegend.

Ich atme scharf ein, und sie ebenfalls.

Sie lehnt sich zurück, und aus dem Augenwinkel beobachte ich, wie sie die Finger zum Mund führt und daran saugt. Ein weißer Hitzeblitz schießt durch meine Brust. Ich schließe die Finger fester um das Lenkrad.

Ihre Brust hebt und senkt sich, und ich spüre, wie etwas durch ihren Körper pulsiert. Die Luft zwischen uns wird schwer vor Lust, aufgeladen mit der Art von Verlangen, die jeden Moment explodieren könnte. Ich wusste, dass die Chemie zwischen uns explosiv ist, aber das hier ist ein ganz anderes Level.

Ein paar Sekunden lang sagt keiner von uns etwas, dann berührt sie das Panel am Armaturenbrett. Die Klänge von Mozarts *Die Arie der Königin der Nacht* schallen durchs Auto. Die Anspannung lässt etwas nach. Aber nur, weil ich die Sache erst einmal auf sich beruhen lasse.

»Ich habe dich nicht für jemanden gehalten, der klassische Musik hört«, murmelt sie.

»Meine Mutter liebte sie. Am liebsten erinnere ich mich daran, wie sie gestrickt und dabei klassische Musik gehört hat, während mein Vater im Arbeitszimmer an seinen Unterlagen arbeitete.«

»Das klingt nach einer sehr gemütlichen Szene.«

»Sie war Hausfrau. Sie liebte ihren Mann und ihre Söhne.« Zumindest, bis alles den Bach runterging.

»Du hast einen Bruder?« Sie dreht sich zu mir und sieht mich an.

Ich nicke.

»Ist er älter als du?«

»Jünger.«

»Ich vermute, er ist nicht in der Politik, sonst hätte ich schon von ihm gehört.«

»Ist er nicht. Er zieht es vor, nicht mit den Whittingtons in Verbindung gebracht zu werden. Er hat seiner Familie den Rücken gekehrt und lebt derzeit in Thailand. Zumindest war er dort, als ich das letzte Mal von ihm hörte.«

»Ah, er ist also der Rebell und du bist der gehorsame Sohn?«

»Sehe ich aus wie ein gehorsamer Sohn?«, frage ich spöttisch.

»Du siehst aus, als könnte dich niemand zu etwas zwingen, was du nicht tun willst.«

»Sehr scharfsinnig, Frau Anwältin.« Ich werfe ihr einen Seitenblick zu, bevor ich mich wieder der Straße zuwende. »Warum hat eine Juristin beschlossen, in die große böse Welt der PR einzusteigen?«

»Du meinst, die einzigen Berufe, die noch schlimmer sind als der eines Anwalts, sind Journalist oder Spin-Doctor, und ich habe mich für Letzteres entschieden?«

»Du sagst es.« Ich lächle.

»Ich habe Jura studiert, weil meine Eltern mich vor die Wahl gestellt haben, entweder Ärztin oder Anwältin zu werden, und ich wusste, dass ich nicht zur Ärztin tauge, also …« Sie zuckt mit einer Schulter.

»Und PR?«

»Ich habe eine gute Auffassungsgabe und war schon immer von den Medien fasziniert. Außerdem glaube ich, dass mich der Anwaltsberuf auf die knallharte Welt der PR vorbereitet hat, meinst du nicht auch?«

»Als Politiker muss ich leider zugeben, dass ich Spin-Doctors verabscheue, aber ich weiß, dass ich ohne sie nicht auskomme.«

»Du sagst es«, erwidert sie leichthin.

Ich lache. »Du bist wie ein frischer Wind.«

»Du meinst, im Gegensatz zu den Models, die du normalerweise datest?«

»War das ein Date?«

»Sag du es mir.«

Ich bleibe an einer roten Ampel stehen und drehe mich zu ihr. »Wenn das ein Date wäre, hätte ich unser Sicherheitspersonal aus dem Restaurant entlassen und dem Personal gesagt, dass es uns ungestört lassen soll. Dann hätte ich dich über den Tisch gebeugt und so hart gefickt, dass du den Abdruck meines Schwanzes noch tagelang gespürt hättest.«

Ihr Atem stockt. Selbst im schwachen Licht kann ich sehen, wie sich ihre Pupillen weiten.

»Erregt dich das, Zara, hm?«

»Für einen Vorschlag war das nicht sehr originell.«

»Das war kein Vorschlag. Das war eine Absichtserklärung.«

Sie lacht und lehnt sich dann zurück. »Ich werde niemals mit dir schlafen, Whittington.«

Ein vertrautes Gefühl der Erregung schießt durch mein Blut. Die Härchen auf meinen Unterarmen stellen sich auf. Meine Finger kribbeln, und bevor ich es mir anders überlegen kann, schlinge ich eine Hand um ihren Nacken und ziehe sie zu mir.

»Warte, was tust du …«

Ich küsse sie. Ich presse meine Lippen auf ihre und atme ihren Atem ein. Ein paar Sekunden lang ist ihr Körper steif, entweder aus Überraschung oder weil sie sich zurückhält. Ihre Anspannung scheint nicht nachlassen zu wollen. Ich küsse sie zärtlicher, knabbere an ihrer Unterlippe, und mit einem Stöhnen öffnet sie ihre Lippen. Ich schiebe meine Zunge hinein, ringe mit ihrer. Sauge an ihr, sauge aus ihr. Ziehe sie so nah an mich heran, wie es unsere Sicherheitsgurte zulassen. Ich beuge den Kopf weiter hinunter und vertiefe den

Kuss. Ein weiteres Stöhnen entweicht ihr. Mein Blut fließt in meine Leistengegend. Der Schritt meiner Hose spannt sich an. Hitze breitet sich in meiner Brust aus. Ein Schauer läuft mir den Rücken hinunter. Alle Zellen in meinem Körper scheinen Funken zu sprühen. Verdammt, ich muss näher an sie heran, muss in ihr sein, muss …

Ein Hupen durchschneidet den Dunst, und wir brechen auseinander. Eine Ader pulsiert an ihrem Hals, ihr prächtiges Haar fällt um ihre Schultern. Ihre Lippen sind geschwollen, und sie starrt mich mit einem verwirrten Gesichtsausdruck an. Sie ist nicht die Einzige, die überrascht ist. Ich hätte es nicht für möglich gehalten, dass ich eine Frau so schnell so sehr begehren könnte. Vor allem eine, auf die ich seit unserer ersten Begegnung stark reagiert habe – was nicht oft vorkommt.

Ich dachte, ich würde sie hassen. Wie sich herausgestellt hat, ist meine Reaktion auf sie vielschichtiger als das. Sie ist nicht schwarz oder weiß. Sie ist komplexer. Unerwartet. Das Auto hinter uns hupt erneut. Ich trete aufs Gaspedal, und wir fahren schweigend, bis ich von der Hauptstraße in die Seitenstraße abbiege, die zu ihrer Wohnung führt.

»Wenn du glaubst, dass dieser Kuss etwas verändert hat, irrst du dich.«

»Wenn du glaubst, dass dieser Kuss etwas *bedeutet* hat, irrst du dich.«

»Oh, glaub mir, ich weiß genau, was es war. Eine chauvinistische Art für dich, mich zum Schweigen zu bringen. Ich habe dir gesagt, dass ich nicht mit dir schlafen werde, also hast du es natürlich als Herausforderung aufgefasst. Du wolltest dir selbst und mir beweisen, dass ich dich will, und ich versichere dir, selbst wenn ich es täte – was nicht der Fall ist –, würde ich mir jemand anderen suchen, der meine Lust befriedigt.«

Ich bremse so abrupt, dass wir gegen unsere Sicherheitsgurte geschleudert werden. Ich parke, löse meinen Sicherheitsgurt, beuge mich vor, löse ihren, umfasse erneut ihren Nacken und ziehe sie über die Mittelkonsole.

»Was …?«

Ich lasse sie den Satz nicht zu Ende sprechen. Ich presse meinen Mund auf ihren und küsse sie heftig. Sie legt eine Hand auf meine Schulter und lässt sie dort. Ich drücke sie fester an mich, hebe meine andere Hand und vergrabe meine Finger in ihrem Haar. Ich ziehe daran, und sie erschaudert. Ich vertiefe den Kuss, und mit einem Stöhnen ergreift sie mit ihrer freien Hand die Vorderseite meines Hemdes und zieht mich noch näher zu sich. Sie beißt mir auf die Unterlippe und mein Schwanz zuckt. Meine Oberschenkel werden hart. Ich schiebe meine Zunge in ihren Mund und lasse sie über ihre Lippen tanzen. Ihr Brustkorb hebt und senkt sich, ihre Brüste pressen sich an meine Brust. Ihr Geschmack überzieht meinen Mund, ihr Duft dringt in meine Haut ein, ihre Kurven verschmelzen mit mir, und mir dreht sich der Kopf. Ich keuche, und eine Schweiß-perle rinnt mir die Wirbelsäule hinunter. Meine Bauchmuskeln spannen sich an, und ich beende den Kuss und starre in ihre Augen. Sie hält meinem Blick stand, aber der Ausdruck in ihren Augen ist verwirrt und wütend. Sie bewegt sich, und ich errate ihre Absicht, aber ich halte sie nicht auf, als ihre Handfläche meine Wange trifft. Mein Gesicht schnellt durch den Schlag zur Seite, aber ich schaue nicht weg.

Sie betrachtet mein Gesicht mit einem Ausdruck, der an Panik erinnert. »Tu das nie wieder!«, fährt sie mich an.

»Hast du Angst, dass du das nächste Mal nicht mehr aufhören kannst?«

»Wenn ich du wäre, würde ich mir Sorgen machen, ob ich meine Eier behalten kann«, entgegnet sie.

»Ich habe dir gesagt, wir hätten es einfach rausficken sollen.«

»Du bist unverbesserlich.« Sie hebt wieder die Hand, und diesmal erwische ich ihr Handgelenk. Blitzschnell drehe ich es hinter ihren Rücken, sodass ihre Brüste hervortreten. Ausgiebig betrachte ich ihr Gesicht und lassen den Blick dann ihren schlanken Hals hinunterwandern bis zu der Stelle, an der sich ihre Titten unter ihrem Mantel wölben. Als ich den Kopf wieder hebe, ist ihr Gesicht bereits gerötet.

»Ich werde mich nicht dafür entschuldigen, was ich getan habe«, sage ich.

»Du handelst entsprechend deines Images als rücksichtsloser Trottel«, schnauzt sie.

»Wenn du weiter so schmutzig redest, bin ich nicht verantwortlich für das, was dann passiert.«

Sie versucht, sich loszureißen, aber ich halte sie fester.

»Du magst körperlich stärker sein als ich, aber ich verspreche dir, dass ich dir niemals nachgeben werde.« Sie fletscht die Zähne, und verdammt, alle meine Sinne sind auf sie gerichtet. Ich möchte nichts lieber, als sie über meinen Schoß zu werfen und ihren kurvigen Hintern zu versohlen, bevor ich sie so hart nehme, dass wir beide Sterne sehen. Aber das muss leider noch warten.

»Das bleibt abzuwarten.« Ich schiebe sie zurück auf ihren Platz und richte mich dann auf.

»Du bist ein Tier!«, schnauzt sie.

»Nur mit dir.«

Sie blinzelt und bricht dann plötzlich in Gelächter aus. »Das klingt normalerweise abgedroschen, aber dir glaube ich es beinahe. Beinahe.«

Ich fahre mir mit den Fingern durchs Haar und trommle dann aufs Lenkrad. »In der Regel gehe ich beim ersten Date nicht so ran …«

»Das ist kein Date.«

»Ich bin mit dir in ein Restaurant gegangen, wir haben gegessen und uns geküsst. Zweimal. Das ist ein Date.«

Sie holt tief Luft, und ein paar Sekunden lang sitzen wir schweigend da. Dann murmelt sie: »Du hast mir auch Haribos gekauft.«

»Das habe ich.«

»Vielen Dank dafür.«

Ich nicke einmal. »Gern geschehen.«

»Ich nehme an, du hast recht.« Sie richtet ihre Wirbelsäule auf. »Es ist ein Date. Aber glaub mir, es wird nie wieder vorkommen.«

Wir werden sehen.

Sie schnappt sich ihre Tasche, die auf den Boden gefallen ist. Als sie die Tür aufstößt, bin ich schon um das Auto herumgegangen. Ich halte ihr die Beifahrertür auf, als sie aussteigt.

»Du musst mich nicht bis zu meiner Wohnung begleiten.«

»Ganz im Gegenteil.« Ich nicke meinem Sicherheitspersonal zu, das auf beiden Seiten des Fahrzeugs postiert ist, und begleite sie dann die Auffahrt hinauf. Mit ihrer Schlüsselkarte öffnet sie die Haustür, und ich folge ihr hinein, die breite Treppe hinauf und bis zu ihrer Wohnung.

»Ich werde dich nicht hineinbitten.«

»Das habe ich auch nicht erwartet.«

Sie öffnet ihre Tür, tritt ein und dreht sich zu mir um. »Ich werde mich auch nicht für den heutigen Abend bedanken, außer vielleicht für den Champagner und das Essen, was beides, wie ich zugeben muss, außergewöhnlich war.«

Sie will die Tür schließen, aber ich stelle meinen Fuß dazwischen. »Wir sehen uns wieder.«

Sie lacht. »Auf gar keinen Fall.«

»Ich werde meinen Willen durchsetzen, so oder so.«

Sie reckt das Kinn in die Luft. »Nicht, wenn ich es verhindern kann.«

»Unterschätze mich nicht!« Ich kneife die Augen zusammen. »Wenn ich etwas will, dann hole ich es mir.«

»Bevormunde mich nicht! Wenn ich einmal eine Entscheidung getroffen habe, ist es sehr schwer, sie zu ändern.«

Aufregung macht sich in mir breit. Adrenalin durchflutet mein Blut. Verdammte Scheiße, dieser Kampf mit Worten, dieses Aufeinandertreffen von Dickschädeln ist so erregend wie ein Vorspiel.

»Und was, wenn ich dich dazu bringe, wieder mit mir auszugehen?«

Sie schnaubt. »Das wird nicht passieren. Aber wenn doch, verspreche ich dir, dass ich dann diejenige sein werde, die den Kuss initiiert.«

Ich strecke eine Hand aus. »Abgemacht.«

5

———

ZARA

»Damit ich das richtig verstehe. Cesar Underwoods Auto wurde geblitzt, aber er behauptet, sein Wagen sei gestohlen worden und er sei es nicht gewesen?«

Steve, meine rechte Hand, nickt. »Wir vermuten, dass es entweder daran liegt, dass er jemanden besucht hat, den er nicht besuchen sollte, oder sein Auto wirklich gestohlen wurde.«

Seit diesem Abendessen mit Hunter sind drei Monate vergangen. In dieser Zeit haben die Medien immer häufiger von ihm berichtet. Offensichtlich wird er von seiner Partei auf die Rolle des nächsten Premierministers vorbereitet. Bald sind Wahlen, und es gibt Gerüchte, dass der amtierende Premierminister zurücktreten wird und Hunter seinen Platz als Spitzenkandidat einnehmen soll. Trotz meiner persönlichen Probleme mit Hunter muss ich zugeben, dass er ein charismatischer Kandidat ist.

Dass er im Vergleich zu seinem Gegenkandidaten relativ jung ist, seine Präsenz, die die Kameras gut einfangen können, seine starke Persönlichkeit, die auf allen Medienplattformen fast genauso stark rüberkommt wie im wirklichen Leben, und die Tatsache, dass man gezwungen ist, ihm zuzuhören, wenn er spricht, haben dazu geführt, dass seine Umfragewerte in die Höhe geschnellt sind. Und in dieser ganzen Zeit hat er mich weder angerufen noch eine Nachricht geschickt. Nicht, dass ich das erwartet hätte. Okay, vielleicht habe ich das …

Ein wenig. Ein Mann lädt einen nicht zum Essen ein, um einem dann einen Augenfick zu verpassen, wie es Hunter getan hat, nur um sich dann zurückzuziehen, weil man ihn abgewiesen hat. Ein solcher Mann akzeptiert kein Nein als Antwort. Wenn überhaupt, dann wird meine Ablehnung seiner Annäherungsversuche ihn nur noch mehr herausfordern. Er wird einen Weg finden, sich wieder an mich heranzupirschen, und zwar auf eine Weise, die mich überraschen wird. Das ist der einzige Grund, warum ich die Berichterstattung über ihn verfolgt habe. Es ist das Beste, seinen Gegner im Auge zu behalten, jeden seiner Schritte zu verfolgen und ihn nicht aus den Augen zu lassen. Und ich bin unerbittlich dabei. Ich verfolge seine Social-Media-Aktivitäten sowie seine regelmäßigen Auftritte bei diversen Veranstaltungen, jedes Mal mit einer anderen Frau am Arm. Ich bin mir nicht sicher, wer ihn berät, aber das ist der einzige Fehler, den ich in seiner ansonsten konstanten Medienpräsenz entdecken kann. Bei den Wählern ist er in aller Munde, aber nicht immer aus den richtigen Gründen. Aber das scheint ihn nicht zu beunruhigen. Da er ein eingebildetes Arschloch ist, ist es ihm wahrscheinlich egal, wie er auf die Menschen wirkt. Oder vielleicht ist er zuversichtlich, dass er mit seinem strahlenden Lächeln jeden vermeintlichen Fehler ausbügeln kann.

Wie auch immer, ich bin nicht seine PR-Managerin, also brauche ich mir keine Sorgen zu machen. Oder? Natürlich bin ich Krisenmanagerin, Spin-Doctor und Anwältin in einer Person und damit die Beste in diesem Business. Ich bin diejenige, die von Prominenten, Medienpersönlichkeiten und Politikern in Not aufgesucht wird – wie Cesar Underwood, der momentan auf beiden Seiten des großen Teichs einer der angesagtesten Schauspieler ist. Nur noch übertroffen von Declan Beauchamp, den ich zufällig auch persönlich kenne.

Ich verschränke die Arme vor der Brust und schaue mich am Konferenztisch meiner Firma um. »Glaubt jemand, dass Cesar die Wahrheit sagt?«

Meine Mitarbeiter schütteln den Kopf.

»Glaubt jemand, dass er eine Affäre hat und auf dem Weg zu seiner Geliebten war?«

Die Gesichter meines Teams drücken Zustimmung aus.

Ich atme tief ein und aus. »Das habe ich mir gedacht.«

»Man sollte meinen, dass Prominente wenigstens *versuchen*, originell zu sein, wenn sie sich Lügen ausdenken«, murmelt Casey, meine Spezialistin für soziale Medien, ohne den Blick von dem Gerät in ihrer Hand zu wenden.

»Ich gehe davon aus, dass die Medien das nicht glauben, und der Rest des Internets auch nicht.«

»Das ist keine Überraschung.« Sie zuckt zusammen.

»So schlimm, hm?«

»Schlimmer.« Schließlich hebt sie den Kopf. »Er hat seine Ehefrau betrogen, die von ihren Followern heiß und innig geliebt wird und mit ihrem ersten gemeinsamen Kind schwanger ist. Ihre Fans schreien nach Vergeltung.«

»Er ist in einer unmöglichen Situation.« Kate, meine Senior Associate und Krisenmedienmanagerin, trommelt mit den Fingern auf den Tisch. »Wer würde seine schwangere Frau, die einer der größten Hollywoodstars und allseits beliebt ist, im ersten Ehejahr betrügen?«

»Jemand, der offensichtlich nichts Gutes erkennt, wenn er es sieht.« Casey verdreht die Augen.

»Oder jemand, der vor etwas davonläuft und sich nicht darum schert, erwischt zu werden«, wirft Steve ein.

»So dumm ist er nicht«, gibt Kate zu bedenken.

»Ich weiß es nicht. Wenn Männer sich wie Gefangene fühlen, sind sie zu allem fähig, um zumindest einen Hauch von Freiheit zu erlangen«, murmelt Steve.

Kate blinzelt. »Du meinst, er fühlt sich durch die Ehe mit einer Frau, von der jeder Mann träumt, eingeengt und läuft deshalb vor ihr weg?«

Steve zuckt mit einer Schulter. »Oder vielleicht hat er nur ein wenig Raum zum Atmen gebraucht. Ein Riesenhit in Hollywood, gefolgt von der Heirat mit einer Frau, die die Fans anhimmeln und schwanger ist – und das alles in weniger als einem Jahr.«

»Du hast gerade alle Gründe aufgezählt, warum er kein bisschen Sympathie von den Medien oder den Fans erhält«, sagt Kate.

Steve hebt die Hände. »So viele Veränderungen können für jeden eine emotionale Belastung sein. Wenn man dann noch im Scheinwerferlicht lebt, wo die Öffentlichkeit jeden Schritt genau beobachtet, ist es fast verständlich, warum er in sein Auto gesprungen und abgehauen ist. Wäre er nicht von einer Radarkamera erwischt worden, hätte keiner von uns etwas geahnt.«

»Warum hat er dann gelogen? Warum hat er nicht zugegeben, dass er es war, und zahlt die Strafe?« Kate hebt das Kinn.

»Nun, das ist die große Frage.« Steve legt die Fingerspitzen aneinander.

»Weil er so unter Druck stand, hat er sich für eine Affäre entschieden«, bietet Casey an.

Sowohl Kate als auch Steve sehen sie an.

»Was denn? Ich will ihn nicht entschuldigen, aber wenn wir uns daran halten, was Steve gesagt hat, dann ist das ein Grund dafür, dass er am Ende seiner Kräfte war und etwas Verrücktes getan hat. Obwohl es im Großen und Ganzen nicht so verrückt ist, verglichen mit dem, was andere vor ihm getan haben.«

»Ich neige dazu, dir zuzustimmen«, sagt Steve langsam.

»Was auch immer der Grund sein mag, wir können uns darauf einigen, dass er sich wie ein Schuldiger verhalten hat, indem er gelogen hat.« Kate schürzt die Lippen.

»Und das ist der Punkt. Wir sind nicht hier, um über unsere Kunden zu urteilen. Wir sind dazu da, ihre Probleme zu lösen. Deshalb kommen die Reichen und Mächtigen zu uns.« Ich stemme die Hände in die Hüften. »Also, wo ist Cesar Underwood jetzt?«

»Ich habe ihn in den Zen-Besprechungsraum gebracht«, antwortet Mandy.

Jetzt bin ich an der Reihe zusammenzuzucken. Wir benutzen diesen Raum nur, wenn der jeweilige Kunde so gestresst ist, dass die anderen Beruhigungsmaßnahmen keine Wirkung gezeigt haben.

Ich straffe die Schultern, drehe mich um und verlasse den Raum, Kate und Steve im Schlepptau. Ich erreiche die Tür zum Konferenzraum und klopfe einmal, bevor ich sie öffne.

Der sanfte Klang von Flöten und Vogelgezwitscher aus den Lautsprechern erfüllt die Luft. Wasser plätschert aus einem kleinen Brunnen in einer Ecke. Zusammen mit der einfachen Holzliege, die an eine Wand gelehnt ist, den gepolsterten Sesseln gegenüber, einer Lavalampe in einer anderen Ecke und den Topfpflanzen am Fenster strahlt der Raum Ruhe und Entspannung aus. Und das, obwohl von dem Mann darin eine Welle der Spannung ausgeht. Ich betrete den Raum, und er dreht sich zu mir um.

»Zara!« Er sieht genauso aus wie auf dem Plakat, an dem ich jeden Tag auf dem Weg zur Arbeit vorbeikomme. Fast zwei Meter groß, breite Schultern, dichtes Haar, das ihm in Wellen ins Gesicht fällt. Mit seinem kräftigen Unterkiefer und den hohen Wangenknochen ist er so gut aussehend, dass man ihn bereits als den attraktivsten Mann der Welt bezeichnet hat. Allerdings ist er bei Weitem nicht so charismatisch wie Hunter. Wie seltsam, dass ich das denke. Ich will sicher nicht behaupten, dass Hunter gut aussieht – überhaupt nicht. Okay, vielleicht tut er es. Aus einem gewissen Blickwinkel. Und warum denke ich gerade jetzt an ihn?

»Cesar.« Ich nicke in seine Richtung.

»Sie müssen mir helfen, Zara, bitte.« Mit wenigen Schritten kommt er zu mir und ergreift meine Hand.

»Und das werde ich, versprochen, Cesar.« Ich versuche, meine Hand zu befreien, aber er hält sie fest. »Ich habe nichts falsch gemacht, Zara, ich schwöre es.«

»Nur dass Sie zur falschen Zeit am falschen Ort waren«, murmelt Kate leise vor sich hin.

Ich werfe ihr einen finsteren Blick zu und Kate wischt sich den ungläubigen Ausdruck aus dem Gesicht. Sie ist ein echter Profi. Deshalb habe ich sie vor sechs Jahren direkt nach dem College eingestellt. Sie ist mit der Firma gewachsen, und ich weiß, dass ich auf ihre Loyalität und ihre Diskretion zählen kann. Wie bei allen anderen Mitgliedern meines Teams. Jetzt tritt sie vor und klopft ihm auf die Schulter. Wenigstens ist mein Team unempfänglich für sein blendendes Aussehen. Aber etwas anderes würde ich von meinen Mitarbeitern auch nicht erwarten.

Auf den ersten Blick scheint es schwierig zu sein, den Verlockungen von Ruhm und Schönheit zu widerstehen. Aber die Menschen zahlen einen hohen Preis, um in der Öffentlichkeit zu stehen. Die Prominenten, Medienpersönlichkeiten und Politiker, die durch die Türen meiner Firma kommen, haben mir und meinem Team die Schattenseiten des Berühmtseins deutlich gemacht. Ganz gleich, wie bekannt oder wie gut aussehend die Person vor der Kamera ist, meine Arbeit hat mich nur in meiner Überzeugung bestätigt, dass diejenigen, die Zugang zu Geld und Macht haben, in der Regel auch am meisten zu verbergen haben. Und Hunter … Ich frage mich, welche Geheimnisse er hat.

»Zara, haben Sie gehört, was ich gesagt habe?« Cesars Stimme durchbricht meine Gedanken.

»Ob wir Ihnen glauben oder nicht, ist nicht der Punkt. Es spielt keine Rolle, was Sie getan haben. Wir werden unser Bestes tun, um es zu verdrehen und dafür zu sorgen, dass die Medien es abkaufen, damit Sie ungeschoren davonkommen und zu Ihrer Frau zurückkehren können.« Ich betrachte sein Gesicht. »Vorausgesetzt, dass es das ist, was Sie wollen.«

»Ja!« Er schüttelt enthusiastisch meine Hand, die er immer noch nicht losgelassen hat. »Ja, das ist es, was ich will.«

Es klopft an der Tür und ich drehe mich um und sehe, dass Mandy den Kopf hereingesteckt hat. »Äh, Brittney Ward ist hier.«

»Was?« Cesars Gesicht verzieht sich bei der Erwähnung des Namens seiner Frau. Seine Knie scheinen nachzugeben, und jetzt bin ich es, die ihn mit meinem freien Arm an der Schulter packt, um ihn zu stützen.

»Cesar, geht es Ihnen gut?«

»Ja! Nein!« Er blickt sich mit Entsetzen in den Augen um. »Ich bin noch nicht bereit, ihr gegenüberzutreten.«

Ich muss mich sehr beherrschen, nicht die Augen zu verdrehen. Natürlich ist er das nicht. Ich schaue zu Steve, der bereits zur Tür geht. »Ich werde sie eine Weile bei Laune halten.«

Ich nicke ihm dankbar zu. Er hat unter meiner Führung viel gelernt. Steve ist ein ehemaliger Soldat, der sich seinen Offizieren widersetzt hat, als diese ihn aufgefordert haben, das Feuer auf ein Zielobjekt in Afghanistan zu eröffnen, bei dem auch Frauen und

Kinder ums Leben gekommen wären. Er wurde vor ein Kriegsgericht gestellt und verurteilt. Als ich von seinem Fall erfuhr, habe ich eingegriffen, ihm geholfen und ihn erfolgreich verteidigt. Er kam frei und ist mir seither treu ergeben. Er arbeitet gern für mich und tut, was ich von ihm verlange, ohne Fragen zu stellen.

Die Tür fällt hinter ihm zu.

»Setzen Sie sich doch.« Ich führe Cesar zum Sessel. Als ich meine Hand zurückziehe, lässt er sie los. Ich lasse mich auf den Sessel gegenüber von ihm fallen. Kate schenkt ihm ein Glas Wasser ein und reicht es ihm. Er leert es in einem Zug, und als er es abstellt, zittert seine Hand. Kate füllt es nach und sieht mich kurz an, bevor sie sich auf die Liege setzt.

Cesar trinkt das zweite Glas Wasser, als ob es etwas Stärkeres wäre, und stellt es dann auf den Beistelltisch. Er scheint seine Fassung wiedererlangt zu haben, denn als er mich jetzt ansieht, wirkt sein Gesicht entspannter.

Ich beuge mich vor und schaue ihn an. »Also, wie lautet die wahre Geschichte?«

6

HUNTER

»Wann willst du deine Kandidatur für das Amt des Premierministers bekannt geben?« Declan Beauchamp, einer meiner engsten Freunde und inzwischen ein bekannter Filmstar, zielt, dann versenkt er seine Billardkugel in der Tasche. Er richtet sich auf, geht herum und zielt erneut.

Wir befinden uns im *7A Club* am Piccadilly Circus. Sinclair Sterling und JJ Kane sind dessen Eigentümer, wobei Sterling genug bezahlt hat, um den Namen seines Unternehmens am Eingang anbringen zu lassen. Als JJ Kane die Idee für einen Club hatte, um Menschen, die in irgendeiner Form einen Beitrag für die Stadt leisten, als Mitglieder zu gewinnen, war ich wenig überzeugt. Aber innerhalb nur weniger Monate hat Liam Kincaid dank dieses Clubs in ein Start-up investiert, das heute der Star in Silicon Valley ist. Ein Start-up, das ihm ein Vielfaches seiner ursprünglichen Investition einbringen wird. Es hat nicht nur Liam deutlich reicher gemacht, sondern auch den Unternehmer hinter dieser Idee zum Liebling der Geschäftswelt. Vielleicht hat er also doch eine Ahnung von dem, was er tut.

Außerdem hat sich der Club als einer der wenigen Orte außerhalb meines Hauses erwiesen, an dem ich ungestört bin. Und in dem Moment, in dem ich meine Kandidatur erkläre, kann ich mich von jedwedem Gedanken an Ruhe verabschieden. Ich werde wahrscheinlich auch nicht mehr in den Club kommen. Vor allem deshalb, weil jeder meiner Schritte beobachtet werden wird und ich nicht unbedingt die Aufmerksamkeit auf meine Freunde lenken möchte. Auch wenn jeder von ihnen auf seine Weise berühmt ist, möchte ich ihnen nicht die Art von Interesse zumuten, die ich von den Medien erhalte. Ich klopfe mit meinem Queue auf den Boden und richte dann den Blick auf Declan.

»Wozu die Eile?«, frage ich.

»Ich dachte, das wäre dein Lebenstraum.«

Ich neige den Kopf und beobachte seinen nächsten Stoß.

Eine scheinbar harmlose Aussage, die mich aber in letzter Zeit immer wieder beschäftigt. Ist es mein Lebenstraum, Premierminister zu werden? Oder lebe ich den Traum von jemand anderem? Genauer gesagt den meines Vaters. Als ältester Sohn der Whittingtons wird angenommen, dass ich in die Fußstapfen meines alten Herrn sowie seines Vorgängers treten würde. Tatsächlich habe ich dies als meinen unvermeidlichen Lebensweg betrachtet und ihn angenommen, ohne zu hinterfragen. Aber in den vergangenen paar Monaten habe ich begonnen, das Ganze anzuzweifeln.

Vielleicht liegt es daran, dass ich so kurz vor der Verwirklichung des Traums stehe, den ich schon so lange hege. Vielleicht aber auch daran, dass ich zunehmend infrage stelle, wie sehr ich ihn wirklich will. Vielleicht liegt es daran, dass ich stets bis spät in die Nacht arbeite, mich auf mich selbst konzentriere und immer in ein leeres Zuhause komme. Ein Abend mit einer dunkelhaarigen, bernsteinäugigen Göttin hat mir klar gemacht, dass ich es nicht allein schaffen will. Ich will jemanden, mit dem ich meine Gedanken teilen kann. Jemanden, der mir Paroli bietet. Jemanden, der mich herausfordert und mich auf meine Schwächen aufmerksam macht. Jemanden, der mich in mehr als einer Hinsicht stimuliert. Jemanden, dessen Gesichtszüge mich in meinen Träumen verfolgen. Jemanden, dessen Duft ich in meinem Gedächtnis abspeichere. Dessen Lachen ich immer noch höre, wenn ich die Augen schließe. Dessen Gesicht ich mir vorstelle, wenn ich aufwache und mein Schwanz hart ist – und das ist nicht nur die Morgenlatte.

Es ist eine schmerzhafte, körperliche Sehnsucht, die tief aus meinem Inneren zu kommen scheint. Von einem Ort, den ich stets ignoriert habe, und mit einer nie dagewesenen Intensität. Aus diesem Grund habe ich beschlossen, sie nicht anzurufen. Mich ihr nicht zu nähern. Nichts mit ihr zu tun zu haben … Nicht, bis ich eine Entscheidung getroffen habe, was ich mit diesem neuen Gefühlszustand anfangen soll.

Es ist nicht so, dass ich sie mehr mag als früher. Ich betrachte Zara Chopra immer noch als einen Störfaktor, und zwar in vielerlei Hinsicht. Ist sie eine Ablenkung? Vielleicht. Ein möglicher Flirt? Eindeutig. Sie bringt mein gut strukturiertes Leben durcheinander und stört meinen Seelenfrieden.

Bis vor ein paar Monaten war ich mir sicher, was ich wollte, wohin ich wollte, welche Art von Frau ich in meinem Leben haben wollte. Dann habe ich sie kennengelernt, und die Funken zwischen uns sprühten. Das verwirrte mich. Wie jeder vernünftige Mann schlug ich ihr vor, dass wir miteinander ficken, um einander aus unseren Gedanken zu vertreiben. Das wäre auch das Beste gewesen. Für uns beide.

Aber Tatsache ist, dass sie mich abgewiesen hat, und ich trage die Erinnerung an sie immer noch mit mir herum. In mir ist ein brennendes Verlangen, und ich kann mich so oft selbst befriedigen, wie ich will, es lässt nicht nach. Keine andere Frau, mit der ich je ausgegangen bin, hat mich auch nur annähernd so berührt wie sie. Es ist ein Verlangen, das mittlerweile jede Zelle meines Körpers und jede Faser meines Wesens durchdringt, das jeden wachen Gedanken und jeden meiner Atemzüge während des Schlafs beherrscht. Ein Verlangen, das mich sogar jetzt noch hart macht, wenn ich nur an sie denke. Und ich bin nicht einmal in ihrer Nähe. Ich habe sie seit drei Monaten nicht gesehen. Ich habe nicht mit ihr gesprochen. Ich habe jedes Treffen mit Freunden gemieden, bei dem sie hätte anwesend sein können, was angesichts der vielen Menschen, die wir beide kennen, eine bemerkenswerte Leistung ist.

Da ich in eine wichtige Phase meiner Karriere eintrete, darf ich mir keine Ablenkungen erlauben. Jetzt muss ich mich mehr denn je konzentrieren. Ich muss planen, strategisch vorgehen, Zeit damit verbringen, meine Gegner zu analysieren und Schlachtpläne zu entwerfen. Ich muss mit meinen Parteikollegen Brainstorming betreiben, sie umgarnen und für mich gewinnen. Ich habe mein Bestes gegeben, um mich zu konzentrieren, aber trotz aller Bemühungen war ich nicht in der Lage, die Zielstrebigkeit, die bislang mein Markenzeichen war, an den Tag zu legen. Diese Zielstrebigkeit war der Grund, warum ich mit meinen neununddreißig Jahren auf dem besten Weg bin, der jüngste Regierungschef dieses Landes zu werden. Vorausgesetzt ich gewinne die Wahl, woran ich jedoch nicht zweifle. Wenn ich doch nur einen kühlen Kopf bewahren könnte.

Die Spielkugel kracht gegen eine weitere, die in die Tasche rollt. »Ja!« Declan reckt eine Faust in die Höhe. Er geht herum, legt den Queue quer über den Tisch und versenkt eine weitere Kugel, dann noch eine. Als er schließlich daneben trifft, richte ich meinen Stoß aus … und verfehle.

Declan bricht in Gelächter aus. »Deine Konzentration ist im Eimer.«

»Sei nicht so erfreut darüber«, murmle ich, während er seinen Queue in Position bringt und natürlich die letzte Kugel versenkt.

»Du kannst mir nicht vorwerfen, dass ich dein Elend genieße. In all den Jahren, in denen ich dich kenne, habe ich dich noch nie so unkonzentriert erlebt.«

Er richtet sich auf und stützt die Spitze seines Queues auf dem Boden ab. »Willst du wieder spielen?«

»Ja. Willst *du* wieder spielen?«, fragt eine neue Stimme.

Ich drehe mich um und sehe Zara, die mit einer Hüfte an den Türrahmen gelehnt dasteht.

Hitze durchflutet mich. Meine Nervenenden knistern. Ich betrachte die dunklen Locken, die sich um ihre Schultern schlängeln, die Art, wie sie das Kinn anhebt, das herausfordernde Funkeln in diesen herrlichen Augen, und mein gesamter Körper scheint sich in einen Strudel der Begierde zu verwandeln. Verdammt, sie sieht noch besser aus, als ich sie in Erinnerung habe. Sie trägt einen dieser

Röcke, die sich an ihre Hüften schmiegen und ihr bis knapp unter die Knie reichen. Er soll zwar professionell aussehen, betont dafür aber viel zu sehr die perfekte Gitarrenform ihres Körpers. Zusammen mit einem Blazer, den sie fast bis obenhin zugeknöpft hat – wobei das Rot ihrer Bluse unter dem Ausschnitt hervorlugt – gleicht sie einem Geschenk, das ich kaum erwarten kann auszupacken.

Sie stößt sich vom Türrahmen ab und stolziert auf uns zu. Als sie den Tisch erreicht hat, sagt sie zu Declan: »Schön, dich wiederzusehen. Du warst unglaublich gut in deinem letzten Film.«

»Danke. Und ich freue mich auch, dich zu sehen.« Er schenkt ihr ein Lächeln, dann nimmt er ihre Hand in seine und führt sie zu seinem Mund. Zumindest denke ich, dass er das tun wird. Bevor ich mich zurückhalten kann, bin ich zwischen die beiden getreten und zwinge ihn, ihre Hand loszulassen.

Er hebt eine Augenbraue in meine Richtung und lacht. *Arschloch.*

»Was tust du da?«, fährt Zara mich an.

Ich drehe den Kopf in Richtung Ausgang.

Declans Grinsen wird breiter. »Es sieht so aus, als ob mein Freund hier nicht möchte, dass jemand dich in Beschlag nimmt.«

»Raus!«, schnauze ich.

Er lacht, dann geht er um uns herum. »Schön, dich zu sehen, Zara.« Er wirft seinen Queue in ihre Richtung, und sie fängt ihn geschickt auf. »Gute Reflexe.« Er schüttelt den Kopf. »Das kann man von dir nicht behaupten, Wichsgesicht.« Er hält seinen ausgestreckten Mittelfinger über eine Schulter und schlendert hinaus.

»Wichsgesicht?«, fragt Zara und hustet.

»Er kann sehr kreativ sein, wenn es um Beleidigungen geht«, gebe ich zu.

»Willst du spielen?« Sie nickt in Richtung des Billardtisches.

Ich schaue ihr ins Gesicht. »Worum spielen wir?«

»Was immer du willst«, erwidert sie leichthin.

»Was auch immer es ist, du wirst verlieren.«

»Du warst derjenige, der verloren hat, als ich hereingekommen bin«, sagt sie.

»Gegen dich werde ich nicht verlieren.«

»Ach ja?« Sie wirft ihren Queue von einer Hand in die andere. »Und warum ist das so?«

»Wegen des Einsatzes, um den ich spiele.«

7

———

ZARA

»Einsatz, hm?« Ich bin froh, dass meine Stimme ein leises Schnurren ist.

Ich bin eines der Vorstandsmitglieder des *7A Clubs*. Allerdings auch die einzige Frau im Vorstand, was ich zu ändern gedenke. Heute Morgen habe ich beschlossen, für ein Treffen mit einem potenziellen Kunden hier vorbeizuschauen. Ich beendete die Besprechung und war auf dem Weg nach draußen, als ich Hunters Stimme hörte, während ich am Billardzimmer vorbeiging. Instinktiv wollte ich ihn meiden und weitergehen, was mich verdammt ärgerte. Wenn es jemand anderes wäre, würde ich hingehen und Hallo sagen, warum also behandelte ich ihn anders? Warum mache ich mir solche Sorgen, dass ich verraten könnte, was für eine starke Wirkung er auf mich hat? Er ist nur ein arroganter Trottel. Was ist schon dabei, dass er verdammt sexy ist? Sicher habe ich unsere letzte Begegnung angenehmer im Gedächtnis behalten, als sie tatsächlich war. Und dieser Kuss … O mein Gott, dieser Kuss. Er kann nicht so gut gewesen sein, wie ich ihn in Erinnerung habe, oder?

Es gab nur einen Weg, das herauszufinden. Ich musste den Raum betreten und mich ihm stellen. Und genau das habe ich getan. Ich habe den Raum betreten und bin in die Rolle der selbstbewussten Karrierefrau geschlüpft, die vor keiner Herausforderung zurückschreckt. Eine Rolle, die ich über die Jahre hinweg perfektioniert habe. Nur habe ich immer erkannt, wann ich mich wieder zurückziehen muss. Das ist der Grund, warum ich erfolgreich bin.

Ich weiß, wann ich aufgeben und wann ich meinen Vorteil ausspielen muss, und bei dieser ganzen Situation schreit mein Inneres, dass ich von hier verschwinden sollte. Weg von ihm, bevor ich mich in etwas verstricke, das mir über den Kopf wächst. Aber ich habe ihn so lange nicht gesehen. Ich habe seine hohen Wangenknochen vermisst, seine schmale Oberlippe, die durch die pralle Unterlippe ausgeglichen wird, die mich dazu verleitet, mich vorzubeugen und daran zu knabbern, um herauszufinden, ob er so gefährlich schmeckt, wie er aussieht. Er hat sein Jackett ausgezogen und die Ärmel seines Hemds hochgekrempelt, und diese geäderten Unterarme ... Mein Gott, die reichen aus, um mein Höschen in Flammen aufgehen zu lassen.

Ich bin mir des Pochens zwischen meinen Schenkeln bewusst, des süßen Schmerzes in meinem Unterleib, der zum Leben erwacht, sobald sein Blick auf mir ruht. Es ist, als würde mich ein Traktorstrahl zu ihm ziehen, und im letzten Moment ist es mir gelungen, den Blick von ihm zu lösen und Declan zu begrüßen. Und dann hat sich Hunter direkt vor mich gestellt. Er hat mir die Sicht auf den anderen Mann versperrt, und eine Sekunde lang war ich schockiert. Ich gebe es nur ungern zu, aber es hat mich auch erregt.

Das ist die Bewegung eines Alphamännchens, das seinen Anspruch geltend macht. Ein Urinstinkt, den er sich zunutze gemacht hat, um dem anderen Männchen klarzumachen, dass er hier nichts zu suchen hat. Es ist sowohl unnötig – ich betrachte Declan als einen Freund und nichts weiter – als auch so primitiv, so elementar in seiner Rohheit, dass es mir den Atem verschlägt.

Ich presse die Oberschenkel zusammen, und mein Inneres verkrampft sich in dem Bewusstsein, dass ich innerlich so leer bin. Ich habe mich noch nie so gefühlt, nicht in Bezug auf einen Mann, und die schiere Unmittelbarkeit und Stärke meiner Reaktion macht mich unfähig zu protestieren. Außerdem, verdammt, ist es so schön, ihn zu sehen. Erst jetzt wird mir klar, wie sehr ich ihn vermisst habe, während er da steht, voller Kraft und Anmut und so viel Männlichkeit, dass ich die Beine spreizen und ihn willkommen heißen möchte.

Wow! Das ist neu. Ich weiß, dass ich mich zu ihm hingezogen fühle, aber der Gedanke, etwas mit ihm anzufangen, ist gelinde gesagt Karriere-Selbstmord. Er steht im Licht der Öffentlichkeit, und wenn die Boulevardpresse die Chemie zwischen uns entdeckt, würde mein Ruf einen Sturzflug erleiden. Ich wäre die Frau, für die der Premierminister-Kandidat etwas übrig hat. Vergessen wäre, was ich bisher aus eigener Kraft erreicht habe. Das ist ein Narrativ, das ich mir auf keinen Fall aufzwingen lassen will. Deshalb werde ich aus jeder Begegnung mit ihm als Siegerin hervorgehen. Deshalb werde ich dieses Spiel mit ihm gewinnen.

»Weißt du noch, was du das letzte Mal gesagt hast?« Er beugt sich leicht nach vorn. »Wenn du noch einmal mit mir ausgehst, küsst du mich aus eigenem Antrieb.«

»Ich bin mir dessen bewusst«, murmle ich.

Er verzieht die Lippen. »Wenn du dieses Spiel verlierst, gehst du auf ein zweites Date mit mir.«

»Ich werde nicht verlieren.«

Er lacht. »Du bist sehr selbstbewusst.«

»Ist das ein Problem?«

Er kneift die Augen zusammen. »Das Problem ist nur, dass ich immer öfter an dich denken muss, je mehr ich versuche, mich von dir fernzuhalten.«

Ich blinzle. »Wie bitte?«

Sein Blick wird intensiver. »Du klingst überrascht.«

»Das ... bin ich auch. Ich hätte nicht erwartet, dass du ...«

»... ich sage, was ich auf dem Herzen habe?«

Ich nicke. »Das ist nicht die Art von Offenheit, die ich von einem Mann erwartet hätte, der aus einem privilegierten Umfeld stammt.«

Er runzelt die Stirn. »Du fällst schon wieder ein Urteil über mich.«

Ich versteife mich. »Ich fälle kein Urteil.«

»Oh, doch!« Er schiebt seine freie Hand in die Hosentasche. »Seit wir uns kennen, sagst du mir ständig, dass du meine Herkunft hasst, dass du meine Erziehung verachtest ...«

»Ich habe nie …«

»Ich würde zu der Sorte eingebildeter, versnobter, reicher Arschlöcher gehören, die meinen, die Welt schulde ihnen etwas.« Er legt den Kopf schief.

Hitze steigt mir in die Wangen, aber ich schaue nicht weg. »Du weißt noch, was ich gesagt habe, Wort für Wort, ja?«

Hunter verzieht die Lippen. »Ich erinnere mich an alles über dich, Feuer.«

Die Hitze breitet sich nun in meiner Brust aus, bis hinunter zu meinem verräterischen Innersten. Meine Zehen krümmen sich. Ich mag seinen Spitznamen für mich. Vielleicht ein bisschen zu sehr. Ich recke das Kinn in die Höhe. »Nenn mich nicht so!«

»Du bist feurig, stur und bringst alles um dich herum zum Leuchten. Du schnauzt mich an, und ich möchte dich über meinen Schoß legen und dir den Hintern versohlen. Du schaust mich finster an, und ich möchte dich küssen. Du forderst mich heraus und entschuldigst dich nicht, und das macht mich nur noch mehr an. Du versuchst ständig …«

»Hör auf!«, sage ich mit zusammengebissenen Zähnen. »Wenn du glaubst, dass du dich in mein Bett einschmeicheln kannst …«

»Ich glaube das nicht nur, ich weiß, dass ich dich ficken werde.«

»Ach?«, entgegne ich spöttisch.

»Du kannst es leugnen, so viel du willst, aber die Chemie zwischen uns würde ausreichen, ein Lagerfeuer ohne Streichholz zu entzünden.«

»Wow, ein Dichter bist du also auch.« Ich tippe mit einem Finger gegen meine Wange. »Aber das ist unerheblich.«

»Hmm.« Er mustert mich von oben bis unten. »Wie wäre es, wenn wir darum spielen? Wenn du gewinnst, lasse ich dich gehen. Gewinne ich, dann …«

»Dann?«, frage ich genervt.

»Dann küsst du mich, hier und jetzt.«

»Ich dachte, du hast gesagt, wenn ich dieses Spiel verliere, gehe ich mit dir auf ein zweites Date.«

»Oh, das auch …« Er grinst. »Aber zuerst küsst du mich.«

»Träum weiter, Kumpel. Ich werde nicht verlieren.«

Ich werfe meinen Queue in seine Richtung, und er schnappt ihn sich.

Ich schiebe den Knopf meines Blazers aus der Öse und Hunter stockt der Atem.

Das ist die wahre Macht, die ich über ihn habe, und ich werde jeden einzelnen Moment seiner Vernichtung in diesem Spiel genießen.

Ich öffne den nächsten Knopf und sein Blick folgt meiner Bewegung. Ich löse den letzten Knopf meines Blazers und die Vorderseite fällt auf. Langsam lasse ich den Blazer von meinen Armen gleiten und halte ihn ihm hin. Er nimmt meinen Queue in die andere Hand, sodass er sowohl meinen als auch seinen in derselben Hand hält, und nimmt mir den Blazer ab. Er hält ihn an sein Gesicht und schnuppert daran. Der Bereich zwischen meinen Beinen erwacht zum Leben. Ja, ich weiß, er hat nicht an meinem Höschen geschnüffelt, aber o Gott, er hätte es genauso gut tun können. Er zieht einen Mundwinkel nach oben, dann hängt er meinen Blazer über eine Stuhllehne. Währenddessen gehe ich zum Billardtisch und positioniere die acht Kugeln in der Startposition.

Dann richte ich mich auf, drehe mich um und erschrecke, denn er steht direkt vor mir. Und er hat nur einen Queue in der Hand. Hm?

»Willst du nicht mitspielen?«

»Das tue ich schon, Baby.« Zum Satzende hin ist seine Stimme ganz leise geworden und meine Nervenenden knistern. Eine Hitzewelle scheint von ihm auszugehen und gegen meine Brust zu prallen. Ich atme scharf ein und er grinst. *Idiot.* Wahrscheinlich weiß er genau, was seine Nähe mit mir anstellt. Er hält mir meinen Queue hin und ich nehme ihn ihm ab. Oder versuche es zumindest, denn als ich meine Finger darum schlinge und daran ziehe, lässt er nicht los. Sowohl seine als auch meine Hand hält den Queue fest und seine Finger sind nur wenige Zentimeter von meinen entfernt. Er berührt mich nicht, aber die Art und Weise, wie sein Blick über mein Gesicht wandert … Das lässt sich nicht in Worte fassen. Sein Duft ist ein tiefes, holziges Bouquet, das durch mein Haar, um meinen Hals und über meine Wirbelsäule schlängelt. Ich ziehe am Queue und diesmal lässt Hunter ihn los.

Ich drehe mich um, dann richte ich meinen Stoß aus. Ich beuge mich über den Tisch, wohl wissend, dass der Rock über meinem Hintern spannt. Wohl wissend, dass der Saum meine Oberschenkel hinaufgerutscht ist. Wohl wissend, dass der seitliche Ausschnitt auseinandergezogen ist und einen Streifen Haut für Hunters Blick freigelegt hat. Ich spüre, wie er sich versteift. Zwar kann ich ihn nicht sehen, aber dennoch spüre ich die Spannung, die von ihm ausgeht. Gut! Dieses Spiel kann man auch zu zweit spielen, und wenn dieser Trottel denkt, ich sei eine dieser Frauen, die auf seinen Charme und ein paar Schmeicheleien hereinfallen, dann irrt er sich gewaltig.

Mit einem Klacken durchbricht die weiße Kugel die Formation und ich versenke zwei Kugeln. Ich richte mich auf und drehe mich um. Gerade noch sehe ich, wie Hunter den Blick von der Stelle wendet, auf die er zuvor gestarrt hat – von meinem Hintern. Ich bin zwar nicht Kim Kardashian, aber ich übertreibe nicht, wenn ich sage, dass mein Hintern fast genauso spektakulär ist.

Meine Figur ist aufgeblüht, sobald ich in die Pubertät gekommen bin. Bald habe ich bemerkt, dass Jungs vor allem meinen Hintern lieben. Ich bin außerdem nicht gerade flachbrüstig, aber während mein Busen das ist, was einer meiner Ex-Freunde als »ganz nett« bezeichnet hat, regt mein Hintern die Fantasie der Männer an. Und dieses Arschloch ist nicht anders.

Ich strecke mich ein wenig, mache ein Hohlkreuz und gehe dann um den Tisch herum, wobei ich darauf achte, einen zusätzlichen Schwung in meine Hüften zu bringen. Ich wackle mit dem Hintern, dann beuge ich mich wieder vor und positioniere meinen Queue so, dass ich fast halb über den Tisch gebeugt bin, als ich meinen nächsten Stoß ansetze. Ich lasse mir Zeit und konzentriere mich auf die weiße Kugel. Wieder spüre ich, wie sein Blick meine Wirbelsäule hinunter zu meinem Hintern und tiefer zu der Stelle wandert, an der mir der Rock fast bis zu diesem hochgerutscht ist. Aber es ist alles noch im Rahmen. Ich bin mir sicher, dass man mein Höschen nicht sehen kann. Ich bin mir aber auch sicher, dass der Stoff so weit über meinen Hintern gezogen ist, dass die Wölbungen meiner Pobacken gut zu sehen sind. Ich konzentriere mich auf meinen Stoß und stoße dann den Queue nach vorn. Die Spielkugel trifft die Objektkugel auf der anderen Seite des Tisches mit einem lauten Knall, als ein Schlag meinen Hintern erhitzt. Der Schock jagt mir einen Schauer über den Rücken. Was zum …?

Ich richte mich abrupt auf und wirble mit erhobenem Queue herum. Hunter streckt einen Arm aus und ergreift mein Handgelenk, um mich aufzuhalten. Der Abdruck seiner Handfläche scheint sich in meinen Hintern eingebrannt zu haben. Ein Knurren steigt meine Kehle hoch. Ich versuche, meine Hand wegzuziehen, aber sein Griff wird fester. Ich lasse den Queue los, der daraufhin klappernd zu Boden fällt. Ich hebe meinen freien Arm, aber Hunter ergreift ihn und verdreht ihn hinter meinem Rücken. Er zieht mich zu sich, bis meine Brüste gegen seine Brust gepresst werden. Ich spüre, wie sich seine Muskeln in meine Rundungen graben. Ich versuche, mich loszureißen, aber er zieht mich noch näher heran, bis wir einander von der Brust über das Becken bis zu den Oberschenkeln berühren. Bis sich sein heißer, harter Ständer in meinen Unterleib bohrt. Bis mir ein weiterer Schauer den Rücken hinunterläuft. Bis sich mein Inneres zusammenkrampft. Bis Nässe meine Schamlippen überzieht und meine Zehen sich krümmen.

»Lass mich los!«, schnauze ich.

Er verzieht die Lippen. »Nachdem du mich so gereizt hast?«

»Ich habe dich nicht gereizt.«

»Wie nennst du es dann, wenn du auf dem Billardtisch liegst, als würdest du ihn vögeln?«

»Ich nenne es, mir einen Wettbewerbsvorteil zu verschaffen.« Ich blecke die Zähne.

Sein Grinsen wird breiter. »Und ich werde dieses Vorgehen nun zu *meinem* Vorteil ausnutzen.«

8

HUNTER

Ich beuge den Kopf hinunter, ganz langsam, um ihr genug Zeit zu geben, ihren zu bewegen. Ich halte ihre Hände fest, damit sie sich nicht rühren kann, aber ich gebe ihr die Möglichkeit, ihr Gesicht von meinem wegzudrehen. Ich halte inne. Meine Lippen sind so nahe an ihren, dass sich unsere Atemzüge vermischen. Wir sind so dicht beieinander, dass ich die goldenen Funken erkennen kann, die tief in ihren Augen aufblitzen.

»Ich werde dich jetzt küssen.«

Ich weiß nicht, warum ich sie warne. Es ist nicht meine Art, meine Absichten kundzutun. Wenn ich etwas will, nehme ich es mir. Aber mit ihr ist es irgendwie anders. Ich möchte, dass sie bei jedem Schritt mit an Bord ist. Und vielleicht sage ich es laut, weil ich erwarte, dass sie die Wahl, die ich ihr lasse, ausnutzt und sich abwendet. Stattdessen hebt sie das Kinn und stellt sich auf die Zehenspitzen, sodass ihre Lippen meine berühren. Ein Lustschauer fährt mir über den Rücken. Meine Eier werden hart. Sie muss es spüren, denn ein Stöhnen entweicht ihr, als sie sich mir hingibt.

Auf einmal bewegen wir uns aufeinander zu. Ich öffne meinen Mund über ihrem und sauge an ihren Lippen. Während ich den Kuss vertiefe, schaue ich ihr in die Augen und streiche mit der

Zunge über ihre Lippen und beiße hinein. Sie drückt ihre Brüste an meine Brust und ihre Hüften gegen meinen pulsierenden Ständer. Das Blut fließt in meine Leistengegend. Die goldenen Funken in ihren Augen leuchten auf, bis sie wie ein statisches Flackern wirken. Die Härchen in meinem Nacken stellen sich auf. Ich umfasse ihre Pobacken mit einer Hand. Sie stöhnt, und der Laut schießt direkt in meinen Schwanz. Ich drücke ihren weichen Hintern, und sie schreit auf. Ihr Gesicht ist errötet. Ihre Augen sehen aus wie flüssiges Gold, und verdammt, das ist wirklich das Erregendste, was ich je gesehen habe.

Ich hebe sie hoch und setze sie auf den Billardtisch. Sie schlingt die Arme um meinen Hals, und ich klemme meinen Körper zwischen ihre Knie, um ihre Beine weiter auseinanderzudrücken.

»Warte, mein Rock …«

Man hör ein Reißen, und plötzlich stehe ich zwischen ihren Schenkeln.

»Mein Rock …«

»Scheiß auf den Rock!« Ich drücke meinen Mund auf ihren und schlucke, was auch immer sie gerade sagen wollte, hinunter. Sie erstarrt für eine Sekunde, und ich nutze ihr vorübergehendes Schweigen aus. Ich fahre mit der Zunge zwischen ihre Lippen, und als sie sie öffnet, stürze ich mich hinein und lasse meine Zunge über ihre tanzen, neige den Kopf und vertiefe den Kuss. Ich sauge an ihr, schlucke ihren Atem und knete ihre herrlichen Schenkel, deren Anblick mich in den vergangenen fünfzehn Minuten in den Wahnsinn getrieben hat. Ich hebe eine Hand und schlinge meine Finger um ihren Nacken. Mit der anderen bringe ich sie dazu, ihre spektakulären Beine um meine Taille zu schlingen. Ein Schaudern überkommt sie. Ich knabbere an ihrer Unterlippe, und mit einem Stöhnen schmilzt sie in mich hinein. Sie hebt die Beine und legt sie um meine Taille. Ich löse meinen Griff um ihren Hals und umfasse ihren Hinterkopf, vertiefe den Kuss und beuge mich nach vorn und in sie hinein. Sie sträubt sich kurz, lässt sich dann aber von mir auf den Rücken auf den verdammten Billardtisch legen, auf den ich vorhin so eifersüchtig war, als sie sich über ihn gebeugt hat. Mit einer Hand stütze ich ihren Kopf, dann drücke ich mit der anderen ihr Kinn, um sie in Position zu halten. Während ich sie weiterhin ansehe, küsse ich sie leidenschaftlich. Und sie küsst mich ebenfalls.

Sie gräbt die Fingerspitzen in mein Haar und zieht daran. Mein Schwanz pocht noch mehr. Ihre Brust hebt und senkt sich, und sie presst ihre Schenkel zusammen, um mich noch näher in das Tal zwischen ihren Beinen zu ziehen. Ich bin jetzt so hart, dass mein Schwanz durch meine Boxershorts und meine Hose hindurchstechen könnte. Ich löse meinen Griff um ihr Kinn und umfasse ihre Brust. Ich drücke zu, und ihr gesamter Körper zuckt. Ich zupfe an ihrer Brustwarze, die sich durch den Stoff ihrer Seidenbluse abzeichnet, und zwicke sie. Zara schlingt die Beine fester um meine Taille. Noch hat sie die Augenlider nicht geschlossen, aber ich auch nicht.

Wenn wir ohne Worte miteinander reden könnten, dann wäre das genau jetzt der Fall. Mein Körper kommuniziert mit ihrem, mein Blick ist mit ihrem verbunden, mein Atem vermischt sich mit ihrem, meine Lippen verschmelzen mit ihren, und mein Schwanz sehnt sich nach ihrem Innersten. Mein Herz pocht heftig in meiner Brust. Eine Sekunde lang halte ich inne, umschließe ihre Brust mit einer Hand, dann reiße ich meinen Mund von ihrem.

Wir starren einander an. Mein Blut pocht in den Schläfen, meine Kehle ist trocken, ein Kloß bildet sich in meiner Brust und wächst, bis er mich zu erdrücken scheint. Ich trete zurück und ziehe Zara mit mir hoch. Sie blinzelt und schaut mir in die Augen, dann lässt sie die Beine sinken. Ich halte sie an den Schultern fest, bis ich sicher bin, dass sie stabil steht, bevor ich mich von ihr wegbewege.

»Das hätte nicht passieren dürfen. Es tut mir leid.«

»Wie bitte?« Ihre Stimme ist sanft, ihr Gesichtsausdruck offen. In ihren Augen liegt pure Lust. Ich will wieder auf sie zugehen, halte mich aber zurück. Ich tue das Richtige.

»Es war ein Fehler. Ein Moment der Schwäche, von dem ich mich habe überwältigen lassen. Es wird nicht wieder vorkommen.«

»Warte mal …!« Sie hebt eine Hand. »Du nennst das, was wir gerade getan haben, einen Fehler?«

»Ja.«

»Du Mistkerl!« Die Lust verschwindet aus ihrem Blick. Ihre

Züge verhärten sich. Ihre Augen blitzen, als würde ein goldenes Feuer darin lodern. Verdammt, ist sie ein schöner Anblick!

Sie schaut sich um, dann schnappt sie sich eine Billardkugel.

»Was tust du …«

Sie wirft sie in meine Richtung. Dank meiner guten Reflexe kann ich mich ducken. Die Kugel streift an meiner Wange vorbei. Ich richte mich auf und sehe, wie sie noch eine schleudert, dann noch eine. Ich weiche nach links und dann nach rechts aus, trete vor sie und schlinge die Arme um sie, um sie gefangen zu halten.

»Lass mich los!«, knurrt sie.

»Erst, wenn du dich beruhigt hast.«

»Beruhigen? Ich werde dir zeigen, wie ruhig ich bin.« Sie richtet sich auf und versenkt die Zähne seitlich in meinem Hals. O Gott, mein Schwanz zuckt. An der Stelle, an der sie mich gebissen hat, strahlt Hitze aus. Sie lehnt sich zurück, und ich sehe das Blut, das ihre Zähne bedeckt.

»Verdammt!« Ich beuge mich vor und drücke meinen Mund auf ihren. Sie zappelt in meinem Griff, versucht, sich zu befreien, aber ich lasse nicht los. Ich küsse sie und sauge den Geschmack meines Blutes von ihrem Mund auf, bis sie aufhört, sich zu wehren. Muskel für Muskel entspannt sie sich in meinen Armen. Ich lasse meinen Kuss weicher werden und genieße ihren betörenden Duft. Ein Stöhnen dringt aus ihrem Mund. Ich lockere meinen Griff um sie, und sie reißt sich los, legt die Hände auf meine Brust und drückt sie dagegen. Sie ist nicht stark genug, um mich zu bewegen, aber ich halte inne. Wir starren einander an. Ich sehe die gleiche Verwirrung in ihrem Blick, die auch ich spüre.

»Tut mir leid, das habe ich nicht so gemeint«, murmle ich. Sie öffnet den Mund, als wolle sie etwas erwidern, und ich lege ihr einen Finger auf die Lippen. »Nicht, Baby.«

Sie schluckt, streckt dann ihre Zunge heraus und leckt meinen Finger. Ein Blitz schlägt mitten in meinem Bauch ein. Meine Oberschenkelmuskeln spannen sich an. »Verdammt, Feuer, das ist verrückt.«

»Das kannst du laut sagen.« Ihre Stimme klingt heiser und sie räuspert sich. Ich führe meinen Finger an meinen Mund und sauge daran. Ihr Blick wird intensiver.

»Du hast recht, wir sollten das nicht tun. Es war ein Fehler.« Sie schluckt.

Ich nicke. »Ein vorübergehender Zustand der Verrücktheit.«

Sie schaut zur Seite, dann wieder zu mir. »Es wird nicht wieder vorkommen.«

»Das darf nicht passieren«, stimme ich zu.

Wir schauen einander an, und die Luft zwischen uns wird schwer. Funken sprühen aus unseren Augen. Das Blut pumpt schneller durch meine Adern. Wir bewegen uns aufeinander zu, als … »Hunter, schön, dich hier zu sehen!«, ruft eine Stimme, die ich als die von JJ Kane erkenne.

Ich springe zurück, Zara versteift sich und streicht ihren Rock glatt.

Ich bleibe an Ort und Stelle und hoffe, dass ich sie verdecke, sodass man sie von der Tür aus nicht sieht. Sie streicht sich eine Haarsträhne aus dem Gesicht, dann verwandeln sich ihre Züge zu dem, was ich inzwischen als ihr *Mediengesicht* bezeichne.

»Wenn du weißt, was für uns beide gut ist, wirst du dich von mir fernhalten.« Sie dreht sich um und geht zu dem Stuhl, über dessen Lehne ich ihren Blazer gehängt habe. Der Riss in ihrem Rock ist kaum zu sehen, und ihre selbstbewussten Schritte lenken von dem Makel ihres Outfits ab.

Sie zieht sich den Blazer an und sagt dann zu JJ: »Ich wollte gerade gehen.«

Er schaut von ihr zu mir und dann wieder zu ihr. »Es ist nichts Dringendes, ich kann später wiederkommen.«

»Nein, wirklich, wir sind hier fertig.« Ohne einen weiteren Blick auf mich zu werfen, marschiert sie zur Tür. »Netter Laden, den du hier hast. Allerdings kann ich nicht dasselbe über die Mitglieder sagen, für die du ihn geöffnet hast.« Sie drängt sich an ihm vorbei und verschwindet.

»Autsch!« JJ zuckt zusammen. »Was habe ich unterbrochen?«

»Nichts.« Alles. Ich bücke mich und hebe den heruntergefallenen Queue auf, dann gehe ich zur Truhe und verstaue ihn neben meinem.

Wenigstens dürfen unsere Queues die Nacht zusammen verbringen. Ich schüttle den Kopf. Habe ich das wirklich gedacht? Offensichtlich habe ich den Verstand verloren. Ich brauche eine Ablenkung. Vielleicht sollte ich eines der Models anrufen, mit denen ich in letzter Zeit ausgegangen bin – aber die waren alle langweilig, perfekt gekleidet und absolut nichtssagend.

»Hunter?«

Ich schließe die Truhe und drehe mich zu JJ um. »Was hast du gesagt?«

»Dass du dich entspannen musst, du bist zu verkrampft.«

»Genau das denke ich auch.« Ich gehe an ihm vorbei, als er fortfährt: »Ich dachte, ich könnte nicht mit ihr zusammen sein, aber dann wurde mir klar, dass das Einzige, was mich aufhält, ich selbst bin.«

Ich halte inne und schaue ihn über meine Schulter an. »Ich nehme an, du sprichst von dir und deiner Freundin?«

»Lena. Sie war die Freundin meines Sohnes, bevor wir zusammenkamen.«

Ich habe davon gehört, mich aber nicht wirklich mit den Einzelheiten befasst.

»Ich dachte, wir wären nicht gut füreinander. Ich bin sechsundzwanzig Jahre älter als sie, weißt du?«

»Führt dieses Gespräch irgendwohin?« Ich schaue ihn finster an.

JJ zieht einen Mundwinkel nach oben. »Unterhalte mich.« Er holt zwei Zigarren aus seiner Jackentasche und bietet mir eine an. Ich zögere, dann nehme ich sie doch an. Er geht zur Bar auf der anderen Seite des Raumes und holt einen Zigarrenschneider aus einer Kiste, schneidet ein Ende seiner Zigarre ab, dreht sich um, nimmt meine Zigarre und tut das Gleiche mit meiner, bevor er sie mir zurückgibt. Er zündet beide mit einem Feuerzeug an. Wir paffen ein paar Sekunden lang. Dann zeigt er mit seiner Zigarre in meine Richtung. »Ich habe versucht, mit ihr Schluss zu machen. Weiß Gott, das habe ich wirklich. Aber jedes Mal, wenn ich sie zurücklassen wollte, war es, als ob ein Teil von mir verschrumpeln und absterben würde. Da wurde mir klar, dass sie der wichtigste Teil von mir ist. Ein Leben ohne sie ist wie ein Leben ohne Luft … oder

Wasser … oder irgendetwas von diesen Dingen, die lebenswichtig sind. Verstehst du, was ich meine?«

»Wenn du meinst, dass du eine romantische Ader zu haben scheinst, die mich, wie ich zugeben muss, überrascht, dann ja.«

Er lacht. »Du erinnerst mich an mich selbst, als ich dachte, meine Gefühle mitzuteilen sei ein Zeichen von Schwäche. Mir war nicht klar, wie mutig es war, ihr mitzuteilen, was in mir vorgeht. Mir war nicht klar, wie lebensverändernd es sein würde, mit ihr zusammen zu sein. In dem Moment, als ich aufhörte, gegen meine Instinkte anzukämpfen, und meine Wahrheit akzeptierte, stellte sich alles auf den Kopf. Ich wusste, dass ich einen Weg finden würde, um mit ihr zusammen zu sein – koste es, was es wolle.«

»Du hast nicht im Rampenlicht gestanden. Du hattest nicht vor, eine Kampagne für das höchste Amt des Landes zu starten.«

»Du hast recht, das hatte ich nicht.« Er steckt sich die Zigarre zwischen die Lippen und zieht daran, dann bläst er eine Rauchwolke aus. »Für mich stand nur die Beziehung zu meinem Sohn auf dem Spiel. Sie und Isaac lebten unter meinem Dach. Natürlich hatten sie bereits Probleme, aber trotzdem … Sie war genau genommen seine Freundin. Ich war außerdem ihr Chef. Die Beziehung war auf so vielen Ebenen verboten. Natürlich fand sie später heraus, dass er sie betrogen hat, aber trotzdem …« Er blickt auf die Spitze seiner Zigarre. »Alle äußeren Anzeichen deuteten darauf hin, dass es falsch war, auch nur daran zu denken, etwas mit ihr anzufangen.«

»Aber du konntest dich nicht zurückhalten.«

Er lacht laut auf. »Alles in mir hat darauf bestanden, dass sie die Richtige für mich ist. Dass ich sie nicht gehen lassen darf. Dass ich um sie kämpfen werde, egal wie, selbst wenn ich unlautere Mittel anwenden müsste.«

»Gegen deinen eigenen Sohn?«

»Genau. Ich hatte mich von ihm entfremdet. Eine mögliche Beziehung mit Lena bedeutete, dass ich ihn verlieren könnte …« Er zuckt zusammen. »Aber das ist nicht passiert.«

»Nicht?«

Er blickt zu mir auf. »Es stellte sich heraus, dass wir doch einen Weg gefunden haben, es zu überstehen. Isaac und ich sind bei

Weitem nicht die besten Freunde, aber wenigstens bleibt er mit mir in Kontakt. Das ist mehr, als ich vorher über unsere Beziehung sagen konnte. Ich hätte meine Frau nicht gefunden und meinen Sohn nicht zurückbekommen, wenn ich meine Zweifel nicht beiseitegeschoben und mich nicht auf das konzentriert hätte, was mein Herz mir sagt – dass es das Richtige für mich ist.«

Ich paffe an meiner Zigarre, und der süße Duft mit Kirschgeschmack erinnert mich an Zara. Verdammt, alles erinnert mich an sie. Was verrückt ist. Wir haben keine gemeinsame Zukunft. Ich werde der Premierminister dieses Landes. Darauf muss ich meine Aufmerksamkeit richten. Nichts darf zwischen mir und dem Ziel stehen, das ich schon so lange verfolge. Auch wenn es anfangs nicht mein Traum war, habe ich ihn irgendwann für mich übernommen. Ich habe ihn so weit verinnerlicht, dass er ein Teil von mir ist. Ein Teil, den ich nicht ablegen kann. Und wenn ich die Gedanken an sie tief in mir vergraben muss, um mein Ziel zu erreichen, dann soll es so sein. Ich lege meine Zigarre auf den Rand des Aschenbechers und richte mich auf. »Gutes Gespräch.« Ich drehe mich um und gehe zur Tür.

»Hunter?«, ruft JJ mir nach. »Manchmal hat man nur eine Chance, das wahre Glück zu finden. Vermassle sie nicht!«

9

ZARA

»Was, wenn das meine einzige Chance auf wahres Glück ist und ich sie vermassle?« Das Gesicht meiner Freundin Solene füllt den Bildschirm meines Handys aus. Sie ist ein aufstrebender Popstar, dessen letzter Song auf Platz eins der Charts gelandet ist. Danach hat sich ihr Leben über Nacht verändert, und sie ist immer noch dabei, damit fertig zu werden. Vor allem mit den Auswirkungen auf ihr Privatleben.

Ich habe Solene durch meine andere Freundin Isla, eine Hochzeitsplanerin, kennengelernt. Ich bin Isla vor ein paar Jahren bei einem Auftrag zum ersten Mal begegnet, und wir haben uns auf Anhieb gut verstanden. Durch sie habe ich auch Lena kennengelernt, und wir vier haben viel zusammen unternommen. Als Lena JJ kennengelernt hat und mit ihm zusammengezogen ist, haben Solene, Isla und ich uns oft zu dritt getroffen.

Jetzt ist auch Isla verheiratet, und damit sind Solene und ich die letzten Singles in unserem Bekanntenkreis. Nein, streich das! Solene hat einen Freund, der zufällig auch einer der heißesten Stars in Hollywood ist. Und obwohl ihre Karrieren steil bergauf gehen, läuft in ihrer Beziehung nicht alles glatt, wie man an Solenes verkniffenen Gesichtszügen erkennen kann.

»Was, wenn ich es schon vermasselt habe?« Sie zieht die Schultern ein.

»Warum, weil du dich entschieden hast, auf deine Tournee zu gehen, anstatt bei deinem Freund zu bleiben?« Ich mache ein spöttisches Geräusch.

»Wir sind erst seit sechs Monaten zusammen, unsere Beziehung ist also noch frisch«, entgegnet sie leise.

»Sechs Monate sind eine lange Zeit. Und wenn ihr beide euch liebt, dann sollte es doch egal sein, wie weit ihr voneinander entfernt seid, oder?«

Sie legt ihr Handy auf die Seite ihres Schminktisches und beginnt, sich zu schminken. »Da hast du sicher recht.«

Ich kneife die Augen zusammen. »Was soll das bedeuten?«

Sie klopft sich Make-up auf die Wangen und antwortet: »Es ist nur so, dass ich mir manchmal nicht ganz sicher bin, was wir füreinander empfinden.«

»Entweder man liebt einander oder man liebt einander nicht. Es gibt hier keine Grauzone, oder?« Nicht, dass ich geeignet wäre, Beziehungsratschläge zu geben, wenn man bedenkt, dass ich keine Ahnung habe, worum es bei der letzten Begegnung mit Hunter überhaupt ging. Ich wollte ihm – und mir selbst – beweisen, dass ich für seine Bemühungen unempfänglich bin. Ich habe kläglich versagt. Klar, ich habe ihm meinen Körper präsentiert, und ich habe erwartet, dass er reagieren würde, aber ich war auch zuversichtlich, dass ich in der Lage wäre, ihm zu widerstehen. Mann, wie falsch ich lag! Und ich kann einfach nicht aufhören, an ihn zu denken. Ich bin so wütend auf mich.

In dem Moment, als seine Lippen meine berührt haben, als sich sein Atem mit meinem vermischt und sein Duft meine Sinne betört hat, war es, als würde ich in einen Fugue-Zustand fallen. Mein Körper verlangte danach, dass ich mich an ihn drücke und seinen Geschmack, seine Berührung und das Gefühl seiner harten Muskeln an meiner Haut in mir aufnehme. Mein Höschen war klatschnass, als er sich zwischen meine Beine drängte.

Das war vor zwei Monaten, und ich habe immer noch nicht vergessen, wie sich dieser große, harte Ständer in seiner Hose gegen

meine weichste Stelle gedrückt hat. Wie sich seine Finger um meinen
Nacken und um mein Handgelenk herum angefühlt haben. Wie es
mich erregt hat, als er gierig nach meinem Hintern griff und drückte
und …

»Zara? Bist du noch da?«

»Hm?« Ich starre auf den Bildschirm. »Natürlich, ich bin hier.«

»Hmm …« Solene sieht mich eindringlich an. »Ich glaube, du bist
abgelenkt.«

Ich lache. »*Moi?* Abgelenkt? Du weißt, dass das nicht möglich
ist.«

Sie nimmt ihren Kajal in die Hand und betrachtet mich nachdenklich. »Ich weiß nicht, eine Sekunde lang sah es so aus, als wärst
du weggedriftet.«

»Ich bin ganz und gar hier.«

Sie mustert weiter meine Gesichtszüge. »Du hast dunkle Ringe
unter den Augen. Hast du gut geschlafen?«

»Ich habe gut geschlafen«, lüge ich. Nein, habe ich eigentlich
nicht. Das Alphaloch verfolgt mich nicht nur im Wachzustand.
Vergangene Nacht habe ich mich hin und her gewälzt, und als ich
endlich einschlief, habe ich von Olly geträumt. Das habe ich schon
eine Weile nicht mehr. Ich dachte, ich hätte sein Ableben endlich
hinter mir gelassen, aber vielleicht verlässt einen so etwas nie wirklich. Vielleicht setzt sich die Trauer irgendwo tief in einem fest, wo
man sie nicht sehen kann, und entfaltet sich dann, wenn man sich am
verwundbarsten fühlt. Und so fühle ich mich jetzt – dank Hunter
Arschgesicht Whittington.

»Bist du sicher? Gibt es etwas, worüber du mit mir reden
möchtest?«

»Nicht jetzt.« Ich meine, was soll ich denn sagen? Dass ich mich
in den einzigen Mann verknallt habe, von dem ich mich fernhalten
sollte? Dass, je mehr ich versuche, nicht an ihn zu denken, mein
Körper anscheinend nicht vergessen kann, wie es sich anfühlt, in
seiner Nähe zu sein? Nein. Am besten tue ich so, als wäre nichts
passiert. Und es *ist* auch nichts passiert. Wir haben zu Abend gegessen. *Und du hast dich von ihm auf dem Billardtisch fast vögeln lassen, an
einem Ort, an dem jeder hätte hereinspazieren können. Aber verdammt, war*

das heiß. Nicht nur, wie er mich dazu gebracht hat, auf ihn zu reagieren, sondern auch die Tatsache, dass es ihm egal war, dass wir jeden Moment hätten entdeckt werden können. Und irgendwie hat mich sein Selbstvertrauen angetörnt, die Tatsache, dass er sich nicht darum geschert hat, was das für seinen Ruf bedeuten könnte. Und dass die ganze Situation so verboten war. Aber wenn ich darüber nachdenke, kommt mir das alles wie der reinste Wahnsinn vor. »Mir geht's gut, wirklich.« Ich lächle erzwungen.

Sie verzieht die Lippen. »Mir kannst du nichts vormachen, aber gut. Wenn du nicht bereit bist, darüber zu reden, lasse ich es sein.«

»Danke. Ich verspreche, ich erzähle dir mehr, wenn es etwas zu erzählen gibt, okay?«

»Hm.« Mit einem letzten Blick auf mich wendet sie sich ihrem Spiegel zu und beginnt, ihre Augenlider zu schminken. »Wir haben einander noch nicht unsere Gefühle gestanden.«

»Das ist doch normal, oder?«

»Ist es das?« Sie schließt ein Auge und wendet sich dann dem anderen zu. »Als meine Schwester Olivia mit Massimo zusammengekommen ist, haben sie sich innerhalb weniger Wochen ihre Gefühle füreinander erklärt.«

Sie meint den Massimo, der einst zur berüchtigten Cosa Nostra gehörte. In den vergangenen Monaten haben er und seine Brüder sich jedoch legalen Unternehmungen gewidmet. Sie haben ihr Vermögen in die Gründung von *CN Enterprises* gesteckt, und Massimo ist der Finanzvorstand.

»Angeblich ist es eher die Ausnahme als die Regel, dass man sich innerhalb weniger Wochen nach dem Kennenlernen zu seinen Gefühlen bekennt und heiratet«, wende ich ein.

»Ich weiß.« Sie legt den Kajal weg und greift dann nach der Wimperntusche. »Ich schätze, ihre Beziehung hat meine Erwartungen erhöht. Ich denke immer, dass Declan seine Gefühle für mich kundtun wird, aber bis jetzt hat er nichts gesagt.«

»Ich beide habt euch aber sofort ineinander verliebt. Du bist mit ihm in die USA gereist, nachdem du ihn kennengelernt hast, nicht wahr?«

Ich warte, während sie ihre Wimperntusche aufträgt. »Ich war hin und weg von ihm. Sobald ich ihn gesehen habe, gab es nichts anderes mehr.«

»Was hat sich also verändert?«

Sie nimmt einen Lippenstift in die Hand und schürzt die Lippen. »Wir sind beide so schnell erfolgreich geworden. Er war bereits fast an der Spitze, als ich ihn kennengelernt habe, und jetzt, mit seinem zweiten großen Filmhit, ist er heißbegehrt in Hollywood. Er muss aus seinem Erfolg Kapital schlagen und die besten Angebote unterschreiben, die er in die Finger kriegt. Und dann kam völlig unerwartet mein großer Erfolg …«

»Ihr beide müsst euch also auf eure Karrieren konzentrieren. Das kommt vor, nicht wahr?«

»Ich wusste immer, dass es eine Herausforderung wäre, da wir beide so anspruchsvolle Berufe haben. Was es noch komplizierter macht, ist die Tatsache, dass wir im Blickpunkt der Medien stehen.«

»Du meinst Hashtag *solan*?« Ich kichere.

Sie schweigt, um sich die Lippen zu schminken, und legt dann den Stift hin. »Wir hatten kaum Gelegenheit, uns kennenzulernen, und jetzt sind die Medien schon hinter uns her. Die Paparazzi sind überall. Wir können nicht mehr aus unserem Haus in L. A. gehen, ohne fotografiert zu werden. Ich will nicht undankbar klingen. Deshalb bin ich nach L. A. gezogen, um mir einen Namen zu machen. Und Declan ist so talentiert …«

»Du auch.«

»Danke. Aber es ist nicht einfach. Und jetzt dreht er in London und ich stehe kurz vor dem Beginn meiner Tournee.«

»Die übrigens schon hervorragende Kritiken erhalten hat.«

»Meine Songs sind besser angekommen, als ich erwartet habe.«

»Tu doch nicht so überrascht! Du bist unglaublich talentiert, und das Video von deinem Song mit euch beiden ist bezaubernd.«

Sie errötet. »Danke. Es tut so gut, es von dir zu hören und …«

Mein Telefon vibriert. Ich schaue auf die Nachricht, die auf dem Bildschirm auftaucht. »O mein Gott, das Baby kommt!«

»Das Baby? Wessen? Summers oder Karmas oder …«

»Summers.«

Mein Handy vibriert erneut. Ich lese die zweite Nachricht von Lena.

»Und Karmas«, murmle ich.

»Was? Alle beide?«, ruft Solene.

Ich halte das Telefon von meinem Gesicht weg. »Ja, sieht so aus. Ich muss los, Babe.«

»Schreib mir und halte mich auf dem Laufenden.«

»Das werde ich.« Ich werfe ihr eine Kusshand zu und lege auf, dann schnappe ich mir meine Tasche und renne zur Tür hinaus.

***

Ich stürme in den Warteraum des St. George's Hospital und bleibe stehen. Der Raum ist überfüllt. Summers Ehemann Sinclair ist eng mit dem Rest der Sieben von *7A Investments* befreundet, und Karmas Ehemann Michael ist einer der sieben Sovrano-Brüder und der ehemalige Don der Cosa Nostra.

Die Ehefrauen der Sieben haben sich mit denen der Sovranos angefreundet. Und angesichts der Tatsache, dass Summer und Karma Schwestern sind, bedeutet das, dass eine Menge Leute an der Ankunft dieser beiden Babys interessiert sind. Trotzdem habe ich nicht erwartet, dass so viele hier sein würden.

Durch Isla habe ich den Rest der Sieben und die Sovranos kennengelernt. Summer hat mich in verschiedene Treffen einbezogen. Anfangs lehnte ich ab, aber sie bestand darauf, dass ich teilnehme – so ist Summer einfach, wie ich festgestellt habe – und schließlich gab ich nach.

Jetzt erkenne ich die bekannten Gesichter von Arpad, einem der Sieben, und seiner Frau Karina sowie von Westons Frau Amelie, die sich mit Karina unterhält. Dann sind da noch JJ und Lena, die von ihrem Stuhl aufspringt, sobald sie mich sieht. Ich gehe zu ihr und wir umarmen uns.

»Du bist gekommen«, schwärmt sie.

»Natürlich bin ich gekommen.« Ich lehne mich zurück und schaue in ihr Gesicht. »Wie lange wird es wohl noch dauern?«

»Wir wissen es nicht. Das sind Babys, schon vergessen? Sie

haben ihren eigenen Zeitplan.« Amelie kommt zu uns, und obwohl ich kein Freund von Gruppenumarmungen bin, schreit dieser Anlass geradezu danach. Ich schlinge die Arme um die beiden Frauen.

»Isla, hast du …«

»Ich habe ihr eine Nachricht geschickt, dass sie nicht überstürzt aus ihren vierten oder fünften Flitterwochen zurückkehren soll«, sagt Lena lachend.

Liam und Isla haben vor sechs Monaten auf Liams Insel bei Venedig geheiratet. Seitdem hat das Paar seine Zeit zwischen der Insel und London aufgeteilt. Es scheint, als würden sie bei jeder Gelegenheit dorthin zurückkehren.

»Und Karma? Wie geht es ihr?« Ich schaue zwischen Lena und Amelie hin und her. »Ich dachte, es wären noch ein paar Wochen bis zur Geburt.«

»Es ist eine Frühgeburt. Aber hoffentlich wird alles gut«, erwidert Lena mit sanfter Stimme.

»Weston ist jetzt bei ihr, zusammen mit Michael«, fügt Amelie hinzu.

Karma hat ein Herzleiden, das sich durch ihre Schwangerschaft noch verschlimmert hat. Michael hat sich während der gesamten Zeit große Sorgen um sie gemacht. Deshalb sind sie von Sizilien nach London gezogen, damit Karma in Summers Nähe sein kann und die Schwestern einander während der Schwangerschaft unterstützen können. Weston, der ein Herzspezialist ist, hat Karma in den vergangenen Monaten überwacht.

»Ich bin sicher, sie schafft das.« Ich klopfe Amelie auf die Schulter.

»Oh, das hoffe ich«, erwidert Lena und senkt das Kinn.

»Sie ist eine Kämpfernatur. Ich bin mir sicher, dass ihr Baby sehr bald wohlauf sein wird«, sage ich entschlossen.

»Das glaube ich auch.« Karina gesellt sich zu uns. »Die Medizin ist so weit fortgeschritten, und das Baby kommt nur ein paar Wochen zu früh. Sie ist in guten Händen.«

Ich schaue sie dankbar an. Normalerweise fällt es mir in solchen Situationen zu, die Starke in der Gruppe zu sein. Das ist meine Standardposition – meine Zweifel zu verbergen und die Person zu sein, auf die sich alle anderen stützen können. Und ich spüre in Karina eine verwandte Seele. Ihr familiärer Hintergrund ist außerdem etwas anders als der der anderen. Sie stammt aus einer russischen Familie, und ihre Brüder gehören zur Bratva. Zudem leitet sie eine erstklassige Sicherheitsfirma, an die sich die Sieben und die Sovranos wenden, wenn sie zusätzliche Sicherheitsmaßnahmen benötigten. Sie nickt in meine Richtung, dann legt sie einen Arm um Amelies Schultern.

Die Tür springt auf, und die Härchen in meinem Nacken stellen sich auf.

10

HUNTER

Ich stürme durch die Tür des Wartezimmers, und die erste Person, die ich sehe, ist sie. Sie steht im Kreis der anderen Frauen und ihr wunderschönes dunkles Haar fällt über ihren Rücken. Diesmal trägt sie ein Kleid – ein dunkelblaues, das sich an ihre Taille schmiegt, sich über ihren üppigen Hintern erstreckt, ihre wohlgeformten Oberschenkel umspielt und schließlich unter den Knien endet. Sie trägt auch Strümpfe. Netzstrümpfe, die hinten eine Naht haben. Sofort fließt mein Blut in die Leistengegend. Was zum Teufel? Oh, und fast hätte ich es vergessen, sie trägt High Heels mit zehn Zentimeter hohen Absätzen, die ihre Beine noch länger erscheinen lassen, die Muskeln ihrer Waden betonen und ihren spektakulären Hintern hervorheben, sodass ich den Blick nicht davon abwenden kann. Ich bin hier, um die Frauen meiner Freunde bei der Entbindung ihrer Kinder zu unterstützen. Stattdessen habe ich einen Ständer, der sich mit Sicherheit am Schritt meiner Hose abzeichnet. Ich trete ein und Zara dreht sich zu mir um. Ihre bernsteinfarbenen Augen leuchten. Eine Sekunde lang blitzt so etwas wie Freude in ihrem Gesicht auf. Ihre Augen weiten und ihre Lippen öffnen sich. Sie macht einen Schritt auf mich zu, dann bleibt sie stehen.

Ich gehe weiter, bis ich vor ihr zum Stehen komme. Selbst mit diesen Fick-mich-Absätzen reicht sie mir nur bis zu den Schultern. Sie ist beileibe nicht klein, allerdings auch keine große Frau. Sie ist höchstens einen Meter siebzig groß. Die perfekte Größe für mich, um sie hochzuheben und sie dazu zu bringen, ihre Beine um meine Taille zu schlingen, während ich mich in ihrer heißen Weichheit vergrabe ... Als ob sie meine Gedanken lesen könnte, hebt sie das Kinn. Ihre bernsteinfarbenen Augen werden zu geschmolzenem Gold. Silberne Funken blitzen darin auf. Aber ihre Atmung ist unregelmäßig, und ihr Brustkorb hebt und senkt sich rasch. Ihr Duft nach Orangenblüten und Vanille umspielt meine Nase, und mein Herz klopft heftig. Ich hebe eine Hand, um ihre Wange zu berühren, als ...

»Hunter, du bist hier!« Arpad klopft mir auf den Rücken. »Wo ist Declan?«

»Ich habe ihm eine Nachricht geschickt. Er ist unterwegs.«

»Hast du nicht eine Kampagne zu führen?«, fragt Zara spöttisch. Die Freude, die ich vorhin auf ihrem Gesicht gesehen habe, wird durch die hochmütige Unnahbarkeit ersetzt, die ich jetzt als ihre Maske erkenne.

»Ich habe noch zwei Monate Zeit, bevor ich meine Nominierung einreiche«, entgegne ich milde.

»Musst du nicht das tun, was reiche Arschlöcher wie du im Vorfeld der Nominierung tun?« Sie wirft ihr Haar über eine Schulter.

»Stört es dich, dass ich hier bin?«

Sie gibt sich verblüfft, dann lacht sie. »Natürlich nicht.«

»Bist du sicher?« Ich mustere ihr Gesicht. »Denn du scheinst verunsichert zu sein, mich zu sehen.«

»Das ist dein Ego, das da spricht. Nicht alles auf dieser Welt dreht sich um dich.«

»Außer, dass ...«

Arpad räuspert sich. »Ähm, Leute, vielleicht wollt ihr das draußen klären?«

»Nicht nötig«, sage ich gleichzeitig mit Zara. Ich werfe ihr einen strengen Blick zu, und sie sieht mich finster an.

»Wir sind hier fertig.« Sie wendet sich zum Gehen, als ich einen

Arm ausstrecke und meine Finger um ihr Handgelenk schlinge. Hitze strömt durch mich hindurch. Sie muss das Gleiche empfinden, denn sie versteift sich.

»Ich glaube, wir müssen uns unterhalten.«

Sie wirft mir einen Blick über eine Schulter zu, und ich lasse ihre Hand sofort los.

»Wir haben uns nichts zu sagen«, schnauzt sie.

»Ganz im Gegenteil. Ich glaube, wir müssen unser letztes Treffen besprechen.«

»Unser letztes Treffen?« Sie runzelt die Stirn.

»Es sei denn, du möchtest hier darüber sprechen?« Ich schaue die Menschen im Raum an, die nun alle unsere Interaktion verfolgen.

Sie folgt meinem Blick, presst die Lippen aufeinander und wirft ihren Freundinnen böse Blicke zu, aber das hat keine Wirkung. Amelie lächelt sie süß an. Lena legt einen Arm auf Amelies Schulter und grinst. Karina hat ein verruchtes Grinsen im Gesicht.

»Ich glaube nicht, dass es besser wäre, jetzt zu gehen. Was, wenn die Babys kommen, während wir weg sind?«

»Ich schreibe dir, wenn ich etwas höre«, sagt Amelie fröhlich.

»Hmm.« Sie atmet aus und wendet sich mir zu. »Gut, lass uns gehen. Aber ich wähle den Ort aus.«

»Hier willst du dich also unterhalten?« Ich schaue mich in der belebten Cafeteria im Erdgeschoss des Krankenhauses um. Viele Tische sind von Ärzten in Kitteln besetzt, andere von Krankenschwestern in Uniformen. An anderen Tischen wiederum sitzen Menschen in Alltagskleidung. Entweder sind es Mitarbeiter oder Leute, die Patienten besuchen wollen. Lautes Stimmengewirr erfüllt die Luft.

»Hast du ein Problem damit?«, erwidert sie.

»Ich weiß, was du vorhast.«

»Oh, jetzt versuchst du also, meine Gedanken zu lesen?«

»Du glaubst, dass es sicherer ist, dieses Gespräch in der Öffentlichkeit zu führen. Deshalb hast du mich hierhergebracht, nicht wahr?«

»Ich habe dich hierhergebracht, weil ich gehört habe, dass der Kaffee hier gut sein soll.«

Ich werfe ihr einen ungläubigen Blick zu. »In einer Krankenhaus-Cafeteria?«

»Mach dich nicht lustig, bevor du ihn nicht probiert hast.« Sie geht zur Büfettheke und stellt einen Salat auf ihr Tablett. Ich schnappe mir ebenfalls ein Tablett und stelle einen Teller mit Nudeln darauf. Als wir an der Kasse ankommen, habe ich noch etwas Obst und ein Stück Schokoladenkuchen hinzugefügt.

»Ist das alles, was du nimmst?« Ich schaue auf ihr Tablett, auf dem sich neben zwei Tassen Kaffee nur noch der Salat befindet.

Sie wirft mir einen vernichtenden Blick zu. »Hast du ein Problem damit?« Sie greift nach ihrer Handtasche, aber ich beuge mich vor und halte meine Karte an das Lesegerät an der Kasse.

»Ich kann mein Essen selbst bezahlen«, sagt sie mit harter Stimme.

»Zu spät.« Ich lächle die Kassiererin an, die auch lächelt.

»Sie kommen mir bekannt vor«, sagt die auf einmal und mustert mein Gesicht.

»Das passiert manchmal. Ich habe die Art von Gesicht, von der die Leute denken, dass sie sie schon einmal gesehen haben.«

Die Kassiererin starrt mich weiter an, dann erhellt sich ihr Gesicht. »Oh, ich weiß, wer Sie sind. Hunter Whittington.« Ihr Lächeln wird breiter. »Sie waren gestern Abend so gut in Newsnight auf BBC.«

»Danke.«

Die Kasse spuckt die Quittung aus, und die Kassiererin reicht sie mir. Ich wende mich zum Gehen, aber sie zieht einen Streifen Blankopapier aus der Kasse, nimmt einen Stift, geht um den Tresen herum und drückt ihn mir in die Hand. »Kann ich bitte ein Autogramm haben? Für meinen Sohn.«

»Ihr Sohn weiß, wer ich bin?« Ich runzle die Stirn.

»Nein, aber Sie sind berühmt, nicht wahr?«

Neben mir schnaubt Zara. Ein zaghaftes Lächeln umspielt meine

Lippen. Ich stelle mein Tablett ab und nehme der Frau den Stift und das Papier ab.

»Ich suche uns einen Platz.« Zara dreht sich um und geht. Ich kann den Blick nicht von ihren hin und her schwingenden Hüften abwenden.

»Sind Sie beide zusammen?«, fragt die Kassiererin.

»Kann ich bitte mein Essen bezahlen?«, höre ich eine wütende Stimme hinter mir.

»Entschuldigen Sie, dass ich Sie aufgehalten habe.« Ich kritzle rasch meine Unterschrift und gebe Papier und Stift an die Frau zurück.

»Verzeihen Sie, aber …« Die Kassiererin will noch etwas sagen, aber ich nehme mein Tablett, drehe mich um und gehe zu Zara, die bereits Platz genommen hat. Ich setze mich ihr gegenüber, weg von der Menge, und werfe noch einmal einen Blick auf mein volles Tablett und die einsame Salatschüssel auf ihrem.

»Bist du sicher, dass du nicht etwas von meinem Essen mit mir teilen willst?«

Sie schiebt eine Tasse Kaffee in meine Richtung. »Ganz sicher.«

Ich schaue auf den Kaffee und dann wieder zu ihr. »Wirklich?«

Sie legt den Kopf schief. »Vertraust du mir nicht?«

Ich blicke ihr in die Augen. »Doch, ich vertraue dir.« Ich greife nach dem Kaffee und trinke, ohne den Blick von ihr zu wenden, einen Schluck. Ein intensiver Geschmack erfüllt meinen Mundraum, gefolgt von einem süßen Aroma mit genau dem richtigen Hauch von Bitterkeit, umhüllt von einer Intensität, die mich aufstöhnen lässt.

»Wow!«

»Sagte ich doch.«

Ich stelle meine Tasse zurück auf den Tisch. »Was ist mit dir?«

»Was soll mit mir sein?«

»Vertraust du mir, Zara?«

Sie senkt den Blick, dann sticht sie mit der Gabel in den Salat und spießt einige Blätter auf. »Nie im Leben.«

Ich blinzle, dann lache ich laut auf. »Mein Gott, Frau, kannst du noch perfekter sein?«

Sie starrt mich ungläubig an. »Hast du gehört, was ich gerade gesagt habe?«

»Hast du gehört, was *ich* gesagt habe?«, entgegne ich grinsend.

»Musst du auf meine Fragen immer mit einer Gegenfrage reagieren?«

»Musst du immer so tun, als würde dir unser verbaler Schlagabtausch keinen Spaß machen?«

Ihre Lippen zucken, dann verändern sich ihre Züge zu einem Ausdruck von hochmütiger Gleichgültigkeit. »Worüber wolltest du mit mir sprechen?« Sie führt die Gabel zum Mund und schließt die Lippen um die Zinken. Fasziniert beobachte ich, wie sie ein wenig Dressing von ihren Lippen leckt. Der Anblick ihrer rosa Zunge jagt mir einen Schauer der Lust über den Rücken. Meine Hose wird im Schritt enger. Verdammt, das ist nicht der richtige Zeitpunkt! Ich sollte den Blick wirklich von ihrem Mund abwenden, anstatt mir vorzustellen, wie gern ich diese Lippen um meinen Schwanz hätte. Meine Eier spannen sich an. Wenn mein Schwanz noch härter wird, riskiere ich einen peinlichen Unfall, wie es ihn seit meinem sechzehnten Lebensjahr nicht mehr gegeben hat.

»Hunter?«, fragt sie, und Hitze pulsiert durch meine Adern.

»Noch einmal«, befehle ich.

»Wie bitte?«

»Nenn mich noch einmal bei meinem Namen«, murmle ich.

»Ist das dein Ernst?« Die Schärfe in ihrer Stimme durchschneidet meine Gedanken. Ich hebe den Kopf und sehe, dass sie mich anstarrt.

»Unbedingt. Ich habe nicht vergessen können, was zwischen uns passiert ist, Zara.«

Sie lacht spöttisch. »Ich habe keine Ahnung, wovon du redest.«

»Willst du damit sagen, dass du nicht darüber nachgedacht hast, was passiert wäre, wenn wir an dem Tag im Club nicht von JJ unterbrochen worden wären?«

Sie hält meinen Blick eine Sekunde lang fest, dann schaut sie weg. »Was an diesem Tag geschehen ist, war ein Fehler.«

»Sieh mich an und sag das noch mal!«

Sie schluckt, atmet ein, dann dreht sie sich zu mir und schaut mir in die Augen. »Es war ein Fehler.«

Ich schaue ihr in die Augen, aber die Maske, die sie für die Welt trägt, ist wieder aufgesetzt. Sie ist fast so gut darin, ihre Gefühle zu verbergen, wie ich. Sie ist ein ebensolcher Profi wie ich, der perfekt mit den Medien spielen kann. Wir passen so gut zueinander, und ich habe noch nie eine Frau kennengelernt, deren Bedürfnisse und Fähigkeiten so ähnlich sind wie meine.

»Zara …« Ich lege meine Hand auf ihre. »Du meinst es nicht so.«

Wieder schießt ein elektrischer Funke durch meinen Arm. Meine Kehle schnürt sich zu. Ein Gefühl der Schwerelosigkeit breitet sich in meiner Brust aus. Aber alles, was ich tue, ist, mit ihr in einer überfüllten Cafeteria Händchen zu halten. Der Lärm verklingt. Die anderen Leute verschwinden. Es ist, als wären wir in unserer eigenen Welt gefangen, in der es nur sie und mich gibt. Und dieses … erregende Gefühl, das uns verbindet.

Sie muss das Gleiche empfinden, denn ihre Wangen werden rot. »Du hast mich in den zwei Monaten seit jenem Tag kein einziges Mal angerufen«, sagt sie mit leiser Stimme.

»Zwei Monaten und fünfzehn Stunden, um genau zu sein«, murmle ich.

Sie macht große Augen. »Woher weißt du …« Sie verstummt, betrachtet mein Gesicht und presst die Lippen aufeinander. Dann fährt sie fort: »Warum hast du mich nicht angerufen, Hunter? Wir sehen uns erneut, und dann sehe ich dich zwei verdammte Monate lang nicht. Es ist, als ob du dir vorgenommen hättest, mir nur nach langen Zeitabständen über den Weg zu laufen.«

»Ich war auf Reisen. Wenn ich mich recht erinnere, warst du diejenige, die mir sagte, ich solle mich von dir fernhalten.«

»Ich weiß, was ich gesagt habe, aber das tut nichts zur Sache. Du hast mir nicht einmal eine Nachricht geschickt.«

»Du hättest auch anrufen oder eine Nachricht schicken können«, sage ich.

»Warum sollte ich?« Sie will ihre Hand zurückziehen, aber ich halte ihr Handgelenk fest. »Tu das nicht, Zara. Lass mich nicht abblitzen.«

»Das wird nicht funktionieren, Hunter. Wir haben beide zu viel zu verlieren.«

»Ich mehr als du.«

Sie schürzt die Lippen. »Ach, denkst du, ja? Du bist doch der Mann ...«

»Der Mann, der sich wählen lassen will, um dieses Land zu führen.«

»Und ich habe mir eine Karriere als Krisenmanagerin aufgebaut. Ich bin jemand, auf den man sich verlassen kann, wenn es darum geht, heikle Mediensituationen für meine Kunden zu entschärfen. Stell dir vor, es würde herauskommen, dass ich mit dir zusammen war.«

»Darum werden wir uns kümmern, wenn es so weit ist.«

»Du hast leicht reden. Du bist dann nicht derjenige, dessen Kompetenz infrage gestellt wird.«

»Weil du mich datest?«

»Wer hat etwas von Dating gesagt?« Sie zerrt wieder an ihrer Hand, und diesmal lasse ich sie los.

»Ich sage es jetzt. Ich möchte sehen, was passiert, wenn wir offiziell miteinander ausgehen.«

11

ZARA

»Ausgehen? Hast du mich gerade zu einem Date eingeladen?«

»Sieht so aus, ja.« Er verzieht die Lippen und verdammt, sein Grinsen ist so heiß. Genauso wie der unsichtbare Abdruck seiner Finger um mein Handgelenk, den ich immer noch spüren kann. Er vergisst mich monatelang – mal wieder. Und wenn wir uns dann wiedersehen, denkt er, er kann da weitermachen, wo wir aufgehört haben?

»Nein!«, schnauze ich ihn an.

Er blinzelt. Überraschung zeichnet sich auf seinen Zügen ab, verschwindet aber schnell wieder. »Okay.« Er nimmt die Gabel in die Hand und beugt sich über seinen Teller mit Nudeln.

»Das war's? Okay?«

Er leckt die Nudelsoße von seiner Gabel, und mein Innerstes krampft sich zusammen. Wie würde es sich anfühlen, wenn er mit seiner Zunge über meine Muschi leckt? *O Gott, das hast du nicht gerade gedacht!* Ich steche mit der Gabel in meinen Salat und schaufle mir etwas davon in den Mund.

»Du willst mich nicht daten. Das verstehe ich.«

»Hmm.« Ich schiebe weitere Blätter zwischen meine Lippen und beobachte, wie er die Nudeln mit Genuss verschlingt. Er kaut, und die Sehnen an seinem Hals spannen sich an, als er schluckt. Mein Magen verkrampft sich, und Feuchtigkeit sammelt sich zwischen meinen Beinen. Verdammt, ich sollte für ihn unempfänglich sein. Besonders nachdem er mich in den vergangenen Monaten ignoriert hat. Wenn ich es mir recht überlege, gibt es ein seltsames Muster bei unseren Treffen. Wir sehen uns, scheinbar zufällig, und unsere gegenseitige Anziehungskraft flammt auf. Am Ende tue ich etwas Verrücktes, wie ihn zu küssen, oder er fingert mich, oder ich bekomme eine Ahnung davon, was er zwischen seinen Beinen hat … Und dann ist er weg. Puff. Einfach so. Es ist fast so, als würde er mir zeigen, wie es zwischen uns sein könnte, und dann verschwindet er, sodass ich hungrig zurückbleibe. Und dann muss ich mich beherrschen, ihn nicht online zu stalken. Abgesehen von den Schlagzeilen, wenn er mit seinen Models an irgendeinem gesellschaftlichen Ereignis teilnimmt. Bestimmt will er, dass ich das sehe, damit ich eifersüchtig werde. Ich schiebe den Salat weg.

»Keinen Hunger?«

»Nein.«

Er isst seine Nudeln auf – nein, inhalieren wäre eigentlich das richtige Wort – und greift nach dem Schokoladenkuchen. Er schabt mit dem Löffel über die Glasur und schiebt ihn zwischen seine Lippen. Er leckt den Löffel ab, und mein Innerstes krampft sich erneut zusammen und meine Zehen krümmen sich.

Ich greife nach der Kaffeetasse und trinke einen Schluck. Die Bitterkeit des Gebräus mit einem Hauch von nussiger Süße umspielt meinen Gaumen. »Mmm.« Ich schließe die Augen, genieße den Kaffee und lasse mich von seiner Wärme einhüllen.

Als ich die Lider öffne, sieht er mich mit seinen blaugrünen Augen an, die jetzt wie eine stürmische See aussehen. Seine Nasenlöcher blähen sich. Sein Unterkiefer ist angespannt. Er scheint sich sehr zu bemühen, die Kontrolle über sich zu behalten.

Das ist gut. Zwei können dieses Spiel spielen, und ich habe nicht vor, es zu verlieren. Ich trinke einen weiteren Schluck Kaffee, und er atmet tief ein. Ich schlucke und Hunter kneift die Augen zusammen.

Dann nimmt er ein Stückchen vom Schokoladenkuchen und bietet es mir an.

»Willst du mich hier füttern?«

»Keiner beobachtet uns.«

»Es gibt immer jemanden, der uns beobachtet. Das solltest du wissen.«

»In der Tat. Aber ich bin bereit, das Risiko einzugehen. Die Frage ist, bist du es auch?«

Mein Herz schlägt so schnell in meiner Brust wie die Flügel einer Libelle. Bin ich bereit, das Risiko einzugehen? Das ist die große Frage. Eine, auf die ich keine Antwort habe. Ich schaue mich um und stelle fest, dass uns niemand Beachtung schenkt. Außerdem steht unser Tisch seitlich in einer Nische, sodass wir etwas abgeschirmt sind.

»Wo ist dein Sicherheitspersonal?«

»In der Nähe.«

Ich scanne noch einmal die Leute an den anderen Tischen, aber ich sehe niemanden, der seinem Sicherheitsteam ähnelt.

»Sie sind gut in ihrem Job«, sagt er.

»In der Tat. Was ist mit dir? Bist du gut in dem, was du tust?« Verdammt, ich hatte nicht vor, das so anzüglich klingen zu lassen. Mein Unterbewusstsein ist mir einen Schritt voraus.

Hunter schürzt die Lippen und schenkt mir ein strahlendes Lächeln, das seine Gesichtszüge erhellt und mich zur alleinigen Empfängerin seiner herrlichen Ausstrahlung macht. Auch wenn ich genau weiß, was er tut, hält es meinen Puls nicht davon ab, an meinen Handgelenken, am Halsansatz und zwischen meinen Beinen zu pochen. Er ist mächtig. Er muss nur seinen Charme spielen lassen, und nur wenige würden ihm widerstehen können.

Hunter schaut auf den Löffel mit Schokoladenkuchen, den er in der Hand hält, dann wieder auf mein Gesicht.

Ich blicke finster drein.

»Zara.« Er sagt das leise, und ein Kribbeln der Vorfreude ergreift mich. Kein Mann war bisher in der Lage, mir zu befehlen, was ich tun soll. Doch dieser bringt mich mit dem bloßen Tonfall seiner Stimme dazu, jede seiner Forderungen gierig zu erfüllen. Er ist gut, das muss ich ihm lassen. Werde ich ihm nachgeben?

Er sieht mir in die Augen, und die Luft zwischen uns wird

schwer, aufgeladen mit allem Unausgesprochenen, gefärbt von der Lust, die jede unserer Begegnungen prägt. Eine Hitzewolke scheint von seinem Körper aufzusteigen und auf meine Brust zu prallen. Ich keuche auf. Er beugt sich vor und schiebt den Löffel zwischen meine Lippen.

Das cremige Dessert schmilzt auf meiner Zunge. Der herbe Geschmack von Kakao in Kombination mit der Süße des Zuckers umhüllt meine Geschmacksknospen. Ich schlucke, und das Stück gleitet meine Kehle hinunter und scheint direkt auf mein Innerstes zuzusteuern. Hunter schafft es immer, meine intimsten Stellen in Aufruhr zu bringen, und ich habe keine Ahnung, warum.

Er steckt sich den Löffel in den Mund und saugt daran. Ein loderndes Feuer scheint unter meiner Haut auszubrechen. Ich halte mich an der Tischkante fest und atme unregelmäßig. Ich muss den Blick von ihm abwenden, sofort. Ich versuche es, aber es ist, als wären wir miteinander verbunden, verschlungen, verknüpft, aneinander gekettet. Es ist, als hätte sich ein Teil von ihm in mir verfangen und würde mich festhalten.

Ich beuge mich vor und er auch. Er legt den Löffel ab und kommt näher. Ich kann die feinen Linien in seinen Augenwinkeln sehen, das Aufblitzen von Gold in seiner Iris, als ob er von dieser geheimen Feuerkraft zehrte, die ihn von innen heraus erhellt. Die ihn umgibt und die Menschen zu ihm hinzieht. Ich bin nur ein hilfloses Insekt, das in seinem Netz gefangen ist, und er zieht mich an. Wir sind uns so nahe, dass sein Atem meine Wange streift. Ich schaue auf seinen Mund und öffne die Lippen.

Mein Handy summt. Ich ignoriere es und senke die Augenlider. Sein Telefon klingelt, und ich spüre, wie er zögert. Ich reiße die Augen auf und sehe, dass er mich so sehnsüchtig anschaut, dass mir der Atem stockt. Sein Telefon klingelt weiter. Mein Telefon summt wieder.

»Die Babys!«, rufen wir gleichzeitig.

»Er ist so süß.« Ich berühre die winzigen Finger des Babys, das Summer im Arm hält. Zwölf Stunden Wehen zu Hause, gefolgt von fünf Stunden Wehen im Krankenhaus, und dann ist das Baby endlich auf der Welt. Mit einem Gewicht von fast vier Kilo ist es auch schwerer als erwartet.

»Ich kann nicht glauben, dass du ihn ohne Epiduralanästhesie herausgepresst hast.« Ich zucke zusammen.

Karmas Baby wurde ein paar Minuten nach Summers Baby geboren, allerdings fast vier Wochen zu früh, sodass es auf die Neugeborenenstation gebracht wurde. Karma erholt sich immer noch von dem Notkaiserschnitt. Michael hat sich entschieden, bei ihr zu bleiben. Uns wurde gesagt, dass wir sie morgen sehen können. Beide Schwestern haben Jungen zur Welt gebracht.

Summer hatte eine natürliche Geburt und danach sind sowohl sie als auch das Baby in guter Verfassung. Sie erholt sich rasch und will uns allen ihren Sohn zeigen. Jetzt beobachte ich, wie sie dessen Stirn küsst. »Ich gebe zu, es ist das Schwerste, was ich je getan habe. Aber es ist es wert.«

»Das glaube ich«, sage ich leise. Ich fahre mit der Fingerspitze über seine winzigen Fingerknöchel. »Er ist perfekt.«

»Das ist er«, stimmt Summer lächelnd zu.

Sinclair, der neben ihr sitzt, küsst sie auf die Stirn. »Das hast du gut gemacht, Baby. Ich bin mir nicht sicher, ob ich das durchgestanden hätte.« In seiner Stimme liegt ein Hauch von Ehrfurcht.

Ich schaue zu ihm hoch und stelle fest, dass er ein wenig blass ist. Summer hingegen strahlt. In ihren Augen liegt ein ätherisches Licht, das mir sagt, dass sie noch immer nicht von den Endorphinen heruntergekommen ist, die ihren Körper während der Geburt überflutet haben.

»Ich hoffe, du schenkst ihr etwas, das sie für alles entschädigt, was sie durchgemacht hat.« Ich schaue ihn streng an.

Summer lacht. »Das«, sie schaut das Baby an, »reicht mir als Geschenk. Ich brauche nichts weiter.«

Sinclair reibt seine Wange an ihrem Haar. »Du weißt, ich würde den Mond vom Himmel holen und ihn dir zu Füßen legen, wenn ich könnte, Baby. Du hast mir gezeigt, was es bedeutet zu fühlen. Ohne dich bin ich von einer Katastrophe in die nächste getaumelt. Dann kamst du und hast mir gezeigt, was es heißt dazuzugehören. Ich liebe dich, Summer.«

»Aaaah!« Summer hebt den Kopf für einen Kuss.

Ich schaue weg und mein Blick begegnet Hunters, der auf der gegenüberliegenden Seite des Bettes steht.

Alle anderen haben sich das Baby paarweise angesehen, um das Neugeborene nicht zu bedrängen, bis es nur noch Hunter und mich gibt. Als wir zusammen hineingelassen werden, protestiere ich nicht. Ich komme mir dumm vor, darauf zu beharren, allein hineinzugehen. Aber mit ihm hier zu sein und Summer und Sinclair dabei zuzusehen, wie sie ihre ersten Momente als Familie mit dem Baby genießen, ist irgendwie schwieriger, als ich erwartet habe.

»Willst du ihn halten?« Summers Stimme durchbricht meine Gedanken.

»Aber er ist doch gerade erst geboren«, wende ich ein.

Summer lacht und hält ihn in meine Richtung. Mein Magen krampft sich zusammen. Ich schaue verzweifelt in Hunters Richtung.

Er muss meine Panik spüren, denn er tritt vor. »Ich nehme ihn.« Er nimmt das kleine Bündel von Summer entgegen und schmiegt das Baby fest an seine Brust. Der Anblick des winzigen Säuglings an seiner großen, breiten Brust, während er ihn vorsichtig hält, ist gleichzeitig ergreifend und heiß. Ziemlich heiß. Ich habe den Anblick von Männern, die Babys halten, noch nie sexy gefunden – bis jetzt. Und ich habe mich auch noch nie so wirklich zu Babys hingezogen gefühlt.

Ich habe Freunde, die von ihrer biologischen Uhr besessen sind und schwören, dass sie Kinder brauchen, um sich vollständig zu fühlen, aber bei mir war das nie so. Vielleicht liegt es daran, dass ich in meiner Familie die Starke sein musste und es von klein auf gewohnt war, Verantwortung zu übernehmen. Oder es liegt daran, dass mein Vater mich immer ermutigt hat, unabhängig zu sein. Weil ich von klein auf mit Klischees brechen wollte. Weil ich meinen Zwillingsbruder beschützen und für ihn stark sein musste. Weil ich mich so sehr auf meine Karriere konzentriert habe.

Wie dem auch sei, Kinder zu haben, war für mich nie besonders wichtig. Warum bin ich also so erschüttert, als ich Hunter mit einem Baby sehe? Warum ist mein Mund trocken, dreht sich mein Magen und schlägt mein Herz so heftig, dass ich sicher bin, dass es meinen Brustkorb durchbrechen wird? »Entschuldigt mich.« Ich stehe auf und gehe stolpernd zur Tür.

12

HUNTER

»Zara, warte!« Ich übergebe das Baby wieder an Summer und folge Zara aus dem Krankenhauszimmer. In der einen Sekunde geht es ihr gut. In der nächsten springt sie auf und stürmt zur Tür. Ich bin mir nicht sicher, was sie aufgeregt hat, aber ich habe vor, der Sache auf den Grund zu gehen.

Sie eilt den Korridor entlang und in den Warteraum an dessen Ende. Als ich ihn betrete, steht sie am Fenster und schaut hinaus.

»Was ist los?« Ich stelle mich neben sie, aber sie weigert sich, mich anzuschauen. »Zara, warum bist du so aufgebracht?«

»Ich bin nicht aufgebracht«, entgegnet sie mit harter Stimme. Aber als ich versuche, ihr ins Gesicht zu sehen, schaut sie weg.

»Du bist definitiv aufgebracht.« Ich trete um sie herum, und sie schaut sofort wieder weg.

»Zara. Feuer.«

»Hör schon auf mit deinen albernen Spitznamen! Vor allem, wenn du es nicht so meinst«, platzt sie heraus.

»Woher willst du wissen, dass ich es nicht so meine?«

»Wenn dem so wäre, wärst du nach unserem letzten Treffen nicht einfach verschwunden. Keine Nachricht, kein Anruf, nicht einmal ein verdammtes Dick-Pic.«

Ich unterdrücke ein Lachen. »Du willst, dass ich dir ein Dick-Pic schicke?«

»Nein. Ich will nichts mit dir zu tun haben. Kriegst du das nicht in deinen Dickschädel?«

»Und trotzdem bist du sauer auf mich, weil ich mich nicht bei dir gemeldet habe.«

»Ich bin nicht sauer auf dich. Ich bin wütend auf mich selbst.« Sie schlägt die Hände vor sich zusammen.

»Und ich versuche herauszufinden, warum.«

»Ich brauche dir nichts zu sagen.« Sie holt ein Taschentuch aus ihrer Handtasche und tupft sich unter die Augen.

»Zara, Baby, nicht weinen. Bitte.« Ich umfasse ihre Schulter und drehe sie zu mir, aber sie wendet den Blick ab. »Bitte sag mir, was dich aufgeregt hat. Bitte!«

»Diese Frage darfst du nicht stellen …«

»Weil ich in den vergangenen Monaten keinen Kontakt zu dir hatte?«

»Ich weiß, ich habe dir gesagt, du sollst dich von mir fernhalten, und ich hatte recht. Ich bin mir also nicht sicher, warum ich jetzt so aufgebracht bin.«

Sie versucht, sich von mir zu entfernen, aber ich lasse nicht los.

»Ist es wegen des Babys?« Ich mustere ihr Gesicht.

»Was?« Sie versteift sich. »Wie kommst du darauf?«

»Weil ich dachte, wir hätten in der Cafeteria eine Art Vereinbarung getroffen. Ich dachte, du wärst einverstanden, mit mir auszugehen.«

Sie reckt das Kinn vor. »Du bist derjenige, der gesagt hat, dass du mit mir ausgehen willst. Ich habe dem nicht zugestimmt.«

»Willst du damit sagen, dass du mich nicht daten willst?« Ich schaue ihr in die Augen. »Willst du das, Zara?«

»Ich will damit sagen, dass etwas zwischen uns unmöglich ist. Ich habe zu hart gearbeitet, um dahin zu kommen, wo ich jetzt bin. Ich kann das nicht alles wegwerfen, indem ich mich mit dir einlasse. Ich möchte nicht als jemand gesehen werden, der sich durch Sex an die Spitze seines Berufs gebracht hat.«

»Ich bin nicht einmal dein Kunde, Zara.«

»Aber deine Partei schon. Ich habe früher für sie gearbeitet. Ich habe meine Karriere darauf aufgebaut, eine Problemlöserin zu sein. Jemand, der die schwierigsten Mediensituationen entschärfen kann. Ich bin die Expertin, an die sich Medienpersönlichkeiten – einschließlich Popstars und Politiker – wenden, wenn sie Hilfe benötigen. Ich bin gut in dem, was ich tue.«

»Das weiß ich.«

»Und ich bin sauber.«

»Was willst du damit sagen?« Ich runzle die Stirn.

»Dass mein Ruf darauf beruht, dass ich zwar anderen bei ihren PR-Kampagnen geholfen, mich selbst aber immer von jedem Skandal ferngehalten habe. Ich habe meinen Ruf intakt gehalten, indem ich mich nie mit jemandem eingelassen habe. Das ist der Grund, warum die Medien nie etwas über mich gefunden haben. Deshalb werde ich respektiert. Deshalb bin ich in der Lage, Einfluss auf die Meinungsmacher zu üben. Deshalb lassen sich Journalisten und auch Prominente von mir führen. Die Position, die ich innerhalb der Medien eingenommen habe, ist meine Währung. Ich darf sie nicht verspielen.«

»Du vergleichst das, was zwischen uns ist, mit einem Skandal?« Sie nickt.

»Aber was wäre, wenn es nicht so sein müsste?« Ich beuge mich näher an sie heran. »Was, wenn wir dieser – wie auch immer gearteten – Verbindung zwischen uns zumindest eine Chance geben?«

»Irgendwann wird es herauskommen müssen. Du wirst dich zur Wahl stellen. Ich habe mit anderen Mitgliedern deiner Partei zusammengearbeitet. Irgendwann werden die Leute die Puzzleteile zusammenfügen und wissen, was los ist.«

»Warum kümmern wir uns nicht erst darum, wenn es so weit ist?«

Sie lacht. »Typisch. Jemand, der aus wohlhabenden Verhältnissen kommt, braucht natürlich nicht zu planen. Vielleicht kann man Dinge spontan erledigen, aber ich bin nicht so. Ich wäre nicht dahin gekommen, wo ich jetzt bin, ohne jeden Schritt meiner Karriere zu planen. Und dazu gehörte nicht …«

»Jemand wie ich …«

Sie schluckt, dann nickt sie. »Genau. Ich habe nicht damit gerechnet, dass jemand wie du auftaucht. Ich kann es mir nicht leisten, jemanden wie dich in meinem Leben zu haben, auch nicht auf privater Ebene. Du bist eine Ablenkung, mit der ich mich nicht lange aufhalten will. Wir sind zu verschieden, du und ich, und es gibt keine gemeinsame Basis für uns.«

Ich packe sie fester an den Schultern. »Bist du dir da sicher? Gibt es nichts, was ich tun kann, um deine Meinung zu ändern?«

Erneut nickt sie. »Es gibt da eine Sache.«

»Was? Ich würde alles tun.«

»Vergiss, dass du mich je kennengelernt hast.«

Hitze durchzuckt meine Brust. Mein Magen verkrampft sich. Es sollte nicht so schwer sein, von ihr wegzugehen. Wir kennen uns doch kaum. Warum fühlt es sich dann an, als würde ich einen Teil von mir abschneiden, von dem ich nicht einmal wusste, dass er zu mir gehört?

»Zara …«

Sie schüttelt den Kopf. »Es gibt nichts mehr zu sagen, Hunter.« Sie zieht sich zurück, und ich lasse sie los. Sie hängt sich den Riemen ihrer Tasche über die Schulter, dreht sich um und geht zur Tür.

»Zara!«, rufe ich ihr nach.

Sie bleibt stehen.

»Es ist noch nicht vorbei.«

»Der Kaffee hier ist eigentlich ganz gut.« Ich schiebe den Pappbecher in Michaels Richtung. Wir sitzen an einem Tisch in einer Ecke des Wartezimmers.

»Ich glaube, ich sollte bei Karma sein.« Sein Blick ist auf den Türrahmen gerichtet. Sein Hemd ist zerknittert, und zum ersten Mal, seit ich ihn kenne, trägt er weder Jackett noch Krawatte. Sein Haar ist zerzaust und er hat einen Dreitagebart, der von Grau durchsetzt ist. Michael hat dunkle Ringe unter den Augen und Vertiefungen unter den Wangenknochen. Er sieht aus wie jemand, dessen Frau ein vier Wochen altes Frühchen per Notkaiserschnitt zur Welt gebracht hat.

Er hat darauf bestanden, an Karmas Seite zu bleiben und seine Finger mit ihren zu verschränken, während sie schlief. Es bedurfte Sinclairs und meiner gemeinsamen Anstrengung, ihn aus ihrem Zimmer zu bekommen. Er hat erst eingewilligt, als Zara vorgeschlagen hat, bei ihr zu bleiben. Zara, die sich zu meiner Verärgerung geweigert hat, meine Anwesenheit auch nur zur Kenntnis zu nehmen. Nicht, dass ich etwas anderes erwartet hätte, nachdem wir uns gestern getrennt haben. Bald darauf habe ich das Krankenhaus verlassen und bin heute Morgen zurückgekehrt, um nach Karma und Michael zu sehen.

Der Warteraum war wieder einmal voll – diesmal mit Michaels Brüdern, die vor Karmas Zimmer und dem Kinderzimmer Wache halten. Nicht dass Karma in Gefahr wäre, denn die Sovranos haben mit den meisten ihrer Feinde Frieden geschlossen – und Gerüchten zufolge diejenigen neutralisiert, die ihr Angebot zur Beendigung der Clankriege nicht angenommen haben.

Da es sich bei dem Neugeborenen jedoch um Michaels Erben handelt, die nächste Generation der Sovranos, fühlen sie sich verpflichtet, wachsam zu sein und dafür zu sorgen, dass niemand zu Mutter und Kind vordringt. Das Krankenhaus hat nicht gegen ihre Anwesenheit protestiert, was nicht verwunderlich ist, da die Sovranos ausgesprochen viel Einfluss haben. Und obwohl ich sicher bin, dass dieser sich auch darauf erstreckt, die Medien von einer Berichterstattung über sie abzuhalten, möchte ich das Schicksal nicht herausfordern, indem ich mit ihnen in der Öffentlichkeit gesehen werde. Aber Michael ist mein Freund, und ich möchte für ihn und Sinclair da sein. Deshalb habe ich auf dem Weg hierher zwei Kaffeebecher geholt und darauf bestanden, dass er mit uns im Wartezimmer einen Kaffee trinkt.

»Sie ist in guten Händen«, versichere ich ihm.

»Weston ist der Beste auf seinem Gebiet.« Sinclair beugt sich auf seinem Stuhl vor. »Zusammen mit dem Chefarzt der Geburtshilfe des Krankenhauses wird er nichts unversucht lassen.«

Michael streicht sich mit den Fingern durchs Haar. »Die Ärzte waren wunderbar, und dem Baby geht es gut. Ich mache mir nur Sorgen, welche Auswirkungen die Entbindung auf Karma hat.«

»Die schwierige Zeit ist vorbei, und sie kann sich auf ihr Baby freuen. Sie wird sehr bald wieder auf den Beinen und gesund sein.« Sinclair trinkt einen Schluck von seinem Kaffee, und ein überraschter Ausdruck huscht über seine Züge. »Was zum ...« Er blickt auf den Becher und dann wieder zu mir.

»Habe ich doch gesagt.« Ich versuche, nicht daran zu denken, dass ich hier mit Zara saß, als sie erst gestern das Gleiche zu mir sagte. Gestern, als sie wiederholt hat, dass ich nicht versuchen sollte, mit ihr in Kontakt zu bleiben, während mir ihre Handlungen das Gegenteil gesagt haben. Sie war verärgert darüber, dass ich ihr seit unserem letzten Treffen keine Nachricht geschrieben oder sie angerufen habe. Dennoch hat sie darauf bestanden, dass sich zwischen uns nichts entwickeln könne. Sie ist nicht einmal bereit, uns eine Chance zu geben, was verdammt frustrierend ist.

»Hast du mich gehört, Hunter?« Sinclairs Stimme unterbricht meine Gedanken.

»Zara hat mich mit dem Kaffee bekannt gemacht.« Ich drücke die Schultern durch und versuche, den stechenden Schmerz zu vertreiben, der sich dort eingenistet hat.

»Zara, hm?« Michael scheint munterer zu werden und sieht mich eindringlich an. »Also, du und Zara ...«

»Ich und Zara, nichts«, füge ich schnell hinzu.

»Ich glaube, er protestiert zu viel. Findest du nicht auch, dass er ziemlich heftig protestiert?«, fragt Sinclair Michael.

»Ja, ich glaube auch, dass er zu sehr protestiert«, stimmt Michael zu.

Ich mache ein spöttisches Geräusch. »Seit wann sind der Ex-Verbrecher und sein Opfer einer Meinung?«

Beide versteifen sich. »Sei vorsichtig, Whittington. Deinen Wählern Honig ums Maul zu schmieren, scheint deine Zunge gelockert zu haben«, sagt Michael mit leiser Stimme.

Ich hebe die Hände. »Du hast recht. Es tut mir leid. Ich habe da eine Grenze überschritten.« Ich blicke zwischen den beiden hin und her. »Aber ihr müsst zugeben, dass ihr beide euch am Tisch gegenübersetzt und euch gegen mich verbündet, ist so ganz anders als euer Gehabe vor wenigen Jahren.«

Die beiden tauschen Blicke aus. Etwas geht zwischen ihnen vor, dann lässt Sinclair seine Halswirbelsäule knacken und erwidert: »Es stimmt, dass Michaels Familie hinter dem Vorfall steckte, als der Rest der Sieben und ich entführt worden sind. Aber jetzt, da ich Vater bin, habe ich erkannt, dass kein Kind für die Sünden seines Vaters bezahlen sollte. Ich habe auch nicht gerade ein makelloses Leben geführt. Und es stimmt, dass das, was uns angetan wurde, den Verlauf unseres Lebens für immer verändert hat. Es hat uns emotional verkrüppelt, und wenn wir nicht unsere Frauen kennengelernt hätten, die uns den Mut gegeben haben, wieder Gefühle zuzulassen, hätte alles ganz anders ausgesehen. Sie haben uns verändert nebeneinander auf derselben Station ein Neugeborenes zur Welt gebracht.«

»Außerdem sind unsere Frauen Schwestern«, fügt Michael hinzu.

»Summer würde es mir nie verzeihen, wenn ich einen Groll gegen den Mann ihrer Schwester hegte«, gibt Sinclair zu.

»Und ich entschuldige mich zutiefst dafür, was mit den Sieben geschehen ist.«

Ich schaue zwischen den beiden hin und her. »Ich nehme an, diese Entschuldigung hat auch einen finanziellen Aspekt.«

»Mir kam der Gedanke, dass die Möglichkeit, in Sinclairs Unternehmen zu investieren, den Schmerz über das Geschehene lindern könnte. Aber dann sagte Karma, ich solle mich in Sinclairs Lage versetzen. Sie fragte mich, wie ich mich fühlen würde, wenn ich als Kind entführt und seelisch gequält worden wäre und die Familie des Täters mir dann gesagt hätte, sie würde es mit Geld wiedergutmachen.« Er zuckt zusammen. »Das hat das Ganze ins rechte Licht gerückt.«

Sinclair legt den Kopf schief. »Und Summer hat mich gefragt, wie es sich anfühlen würde, wenn jemand wegen etwas, was ich getan habe, einen Groll gegen mein Kind hegen würde. Wir müssen nach vorn blicken. Unsere Söhne sind Cousins.«

»Ich möchte nicht, dass eines meiner Kinder durch meine Vergangenheit befleckt wird«, stimmt Michael zu.

»Und ich möchte nicht, dass eines meiner Kinder den Rachefeldzug fortsetzt, der mich den größten Teil meines Lebens beschäftigt hat«, bestätigt Sinclair.

Ich reibe mir das Kinn. »Wenn Politiker doch nur in wichtigen Fragen einer Meinung sein könnten.« Ich atme tief ein. »Ich sage das, weil ich einer von ihnen bin. Manchmal fällt es mir schwer, Dinge aus dem Blickwinkel der Opposition zu sehen. Und wenn ich euch beiden so zuhöre, kommt mir der Gedanke, dass es das Beste für mein Land ist, wenn ich eine gemeinsame Basis finde, anstatt mich mit ihr anzulegen.«

»Vielleicht wäre das aber kein kluger Schachzug. Es würde deine Botschaft verwässern«, meint Michael.

»Vielleicht«, erwidere ich und klopfe mit den Fingern auf den Tisch, »aber der einzige Grund, warum ich in den öffentlichen Dienst gegangen bin, ist, dass ich etwas für die Gemeinschaft und mein Land bewirken möchte.«

»Hast du Zweifel, ob du wirklich kandidieren solltest?« Sinclair sieht mich eindringlich an.

»Vielleicht.«

»Hat es etwas mit einer gewissen dunkelhaarigen Frau zu tun, die es geschafft hat, dir die Stirn zu bieten, und die sich von dir nicht verarschen lässt?«, fragt Michael.

»Möglicherweise.« Ich schaue auf die Tasse, die vor ihm steht. »Hast du den Kaffee auch schon probiert?«

Er blickt darauf, hebt dann die Tasse zum Mund und trinkt einen Schluck. Er blinzelt, dann fragt er: »Und der kommt aus der Krankenhaus-Cafeteria?«

»Gut, nicht wahr?« Ich lächle.

»Fast so gut wie der Espresso in Italien und weit besser als das Gesöff, das man in den meisten Coffeeshops hierzulande kriegt.« Er trinkt einen weiteren Schluck, und die Muskeln in seinen Schultern entspannen sich. »Danke Zara, dass sie dich mit diesem Gebräu bekannt gemacht hat.«

»Was das betrifft …« Ich stütze die Ellbogen auf den Tisch und lege die Fingerspitzen aneinander. »Ich brauche eure Hilfe.«

13

ZARA

»Wie geht es dir jetzt?« Ich nehme Karmas Hand in meine.

Sie verzieht leicht die Lippen. »Ich fühle mich, als wäre ich einen Marathon gelaufen. Oder viele Marathons. Aber das ist es alles wert.«

Ich drücke ihre Finger. »Du sprichst wie eine echte Mama. Du bist so verdammt mutig, Karma.«

»Weil ich ein Kind bekommen habe?«, entgegnet sie trocken.

»Nicht nur deswegen. Du weißt, was ich meine.«

Sie blickt zur Seite, dann zu mir. »Es war dumm von mir, dass ich Michael nicht von meinem Herzleiden erzählt habe.«

»Vielleicht. Aber du wolltest das Baby, und ich kann verstehen, dass du Michael nicht beunruhigen wolltest, da dein Herzleiden die Dinge noch komplizierter gemacht hat.«

Sie blinzelt. »Wirklich?«

Ich kichere. »Tu nicht so überrascht! Zugegeben, ich bin nicht unbedingt ein mütterlicher Typ, aber ich respektiere, wie wichtig es für dich ist, Mama zu sein.«

»Du irrst dich.« Sie mustert mein Gesicht. »Du bist sehr wohl der mütterliche Typ.«

»Bin ich nicht«, spotte ich.

»Du hast Isla durch die Höhen und Tiefen vor ihrer Hochzeit mit Liam geholfen. Du setzt dich für Schwache ein. Sobald du von Summer und mir gehört hast, hast du alles stehen und liegen gelassen und bist ins Krankenhaus gerast. Das ist absolut selbstlos – eine der wichtigsten Eigenschaften einer Mutter.«

Hitze steigt mir in die Wangen. »Ich habe getan, was jede gute Freundin getan hätte.«

»Du hast den Freundschaftsrahmen gesprengt. Du bist hier und hältst meine Hand, damit mein Mann eine Pause machen kann.«

Ich beuge den Kopf hinunter, sodass mein Haar mein Gesicht verdeckt. »Es ist keine große Sache. Jeder andere hätte dasselbe getan.«

»Du hast ein unglaublich arbeitsreiches Leben, eine Agentur zu leiten und in diesem Moment einige sehr heikle PR-Katastrophen zu entschärfen. Wenn ich dich bitten würde, dein Telefon herauszuholen, würde ich sicher unzählige verpasste Anrufe, Nachrichten und einen überquellenden E-Mail-Posteingang sehen, aber stattdessen sitzt du hier mit mir. In der ganzen Zeit, in der du mit mir gesprochen hast, hast du nicht ein einziges Mal auf dein Handy geschaut. Und ich habe es summen gehört.«

Ich lache. »Ich bin hier, weil ich dich sehen will. Natürlich werde ich nicht auf mein Handy schauen, während ich mit dir rede. Das wäre respektlos, um nicht zu sagen unhöflich.«

Sie starrt mich an.

»Was denn?«

»Was glaubst du, wie viele Menschen das sagen würden, was du gerade von dir gegeben hast?«

»Ich weiß nicht, wie es bei anderen ist. Das ist nur meine Denkweise.«

»Ganz genau.« Ihr Lächeln wird breiter.

»Was ist? Spuck's aus! Offensichtlich hast du einige Zeit damit verbracht, darüber nachzudenken. Was auch immer es ist.« Ich muss mich sehr beherrschen, nicht die Augen zu verdrehen.

»Eigentlich nicht, aber du bist leicht zu durchschauen, zumindest für mich.«

»Oh?« Ich neige den Kopf.

»Du hältst deine Gefühle unter Kontrolle und denkst, sie zu zeigen sei ein Zeichen von Schwäche«, sagt sie

»Stimmt das denn nicht?«

»Siehst du? Das ist es, was ich meine. Ich wette, du erlebst gerade ganz schön viele Emotionen, aber wenn man dich ansieht, könnte man meinen, du bist der Inbegriff von Anmut, Schönheit und Kultiviertheit. Was du natürlich auch bist …«

»Natürlich«, erwidere ich tonlos.

»Es ist nur so, du zeigst deine Gefühle nicht gern der Außenwelt. Vielleicht nicht einmal deinen engsten Freunden.«

Ich zucke mit den Schultern. Und doch habe ich Hunter mehr von mir preisgegeben, als ich beabsichtigt habe.

»Hmmm.« Sie schürzt die Lippen.

»Was ist denn jetzt?« Ich ziehe an meinem Arm und sie lässt ihn los.

»Es ist nur …« Sie mustert mein Gesicht.

»Nur was?« Ich rutsche unruhig hin und her und versuche, eine bequemere Position zu finden. Nie hätte ich gedacht, dass Karma so einfühlsam und intuitiv ist, wenn es darum geht, die Gefühle anderer zu ergründen.

»Wenn du dem richtigen Mann begegnest, wirst du dich absolut verlieben.« Erneut verzieht sie die Lippen zu diesem selbstgefälligen Lächeln. So ist das eben, jemand, der verheiratet ist und ein Baby hat, lächelt und deutet damit an, ein Geheimnis zu kennen, eines, in das man selbst noch nicht eingeweiht wurde.

Aber nicht einmal sie weiß genau, wie sehr Hunter mich gedanklich beschäftigt, und ich habe vor, das auch so zu belassen. Ich wedle mit einer Hand in der Luft herum. »Diese Person gibt es nicht.«

»Das sagen sie alle. Ich …« Sie zuckt zusammen.

Ich versteife mich. »Geht es dir gut? Brauchst du etwas? Soll ich den Arzt rufen?«

»Hör auf, jetzt benimmst du dich wie mein Mann. Es war nur ein leichter Schmerz von den Stichen.«

Ich verziehe das Gesicht.

Sie gluckst. »Ich wette, wenn du so weit bist, wirst du ohne Epiduralanästhesie entbinden.«

»Gott bewahre, dass ich jemals schwanger werde!«, rufe ich entsetzt aus.

»Und ich wette, dass du am nächsten Tag wieder auf den Beinen bist.«

»Ähm … ich bin nicht Superwoman.«

»Bist du sicher?«, entgegnet sie süffisant.

»Warte!« Ich blinzle. »War das eine Falle? Ich habe das Gefühl, ich bin in eine Falle getappt.«

»Ich bin mir nicht sicher, was du meinst.« Sie lässt meine Hand los und lehnt sich seufzend gegen das Kissen.

»Bist du dir sicher, dass es dir gut geht? Ich kann die Krankenschwester rufen, wenn du mehr Schmerzmittel willst.«

»Du brauchst mehr Schmerzmittel? Warum brauchst du mehr Schmerzmittel?« Michael eilt ins Zimmer. Er umrundet das Bett und lässt sich neben Karma auf einen Stuhl fallen. »Geht es dir gut, meine Schöne?« Er nimmt ihre Hand in seine, beugt sich vor und mustert ihr Gesicht. »Hast du Schmerzen?«

»Nein, habe ich nicht, Capo«, antwortet sie leise.

Sein Brustkorb hebt und senkt sich, und er scheint seine Emotionen nur schwer unter Kontrolle halten zu können.

»Bist du sicher? Wenn ich etwas tun kann, um es dir angenehmer zu machen …«

Sie schüttelt den Kopf. »Mir geht es gut. Hast du ihn schon gesehen?«

Er betrachtet sie liebevoll. »Ich schaue dich jetzt an.«

Ein Schatten huscht über ihre Züge. »Er sieht dir so ähnlich.«

Er schluckt. »Ich hätte dich beinahe verloren.«

»Aber das hast du nicht. Ich werde nirgendwohin gehen, Capo. Ich habe vor, steinalt zu werden, mehr Kinder mit dir zu haben und dich so sehr zu nerven, dass du dir wünschen wirst, du hättest mich nie geheiratet.«

»Es vergeht kein einziger Tag, an dem ich Gott nicht dafür danke, dass er dich zu mir geführt hat. Und was weitere Kinder angeht …«

Sie drückt ihm einen Finger auf den Mund. »Lass uns noch nicht darüber streiten.«

Er scheint widersprechen zu wollen, schüttelt dann aber den Kopf. »Gut, darüber wollen wir jetzt nicht reden. Aber Karma, du musst verstehen, dass ich nicht zulassen werde, dass dir etwas zustößt. Wenn dir etwas passiert wäre ...«

»Küss mich, Capo«, murmelt sie.

Das ist mein Stichwort. Ich hebe meine Tasche auf, stehe auf und gehe zur Tür. Im Türrahmen steht Hunter, der sich mit einem anderen der Sovrano-Brüder unterhält, Luca. Ich weiß, wer er ist, weil Karma uns vorhin vorgestellt hat.

Alle Brüder, die ich bisher kennengelernt habe, sind groß, dunkelhaarig und sehen gut aus. Sie haben diese leicht exotische Art, die sizilianische Männer auszeichnet. Aber ihre Gesichter sind meist ausdruckslos. Und während Luca genauso unwirsch wirkt wie die anderen, besitzt er auch eine Spur von Verruchtheit, die ihn unberechenbarer als die anderen wirken lässt.

Hunter ist genauso groß wie Luca und auf den ersten Blick wirkt er zugänglicher, aber ich weiß mittlerweile, dass das ein Trugschluss ist. Seine Art von Charisma ist gefährlicher, denn er kann einen hypnotisieren, sodass man denkt, man träfe seine eigenen Entscheidungen, während man in Wirklichkeit seiner Führung folgt. Hunters Art von Dominanz ist in diesem Sinne irreführender, da man letztendlich das tut, was er will.

In gewisser Weise ist es wie bei mir. Deshalb erkenne ich sein Vorgehen auch. Wir sind uns ähnlicher, als ich dachte. Das macht ihn zu einem so gefährlichen Gegner. Ich kann seine Züge vorhersehen und er zweifelsohne meine. Ich kann nachvollziehen, wie er denkt. Und auch wenn er mir oft zwei Schritte voraus ist, während ich meinen nächsten Zug plane, werde ich mein Bestes tun, ihn zu überlisten.

»Entschuldigt mich!« Ich recke das Kinn vor.

Luca tritt sofort zur Seite. Hunter hingegen rührt sich nicht von der Stelle.

Ich schaue ihn böse an.

Er grinst lässig.

Mein Blutdruck schnellt in die Höhe. »Darf ich vorbeigehen?«, frage ich mit zusammengebissenen Zähnen.

»Ich halte dich nicht auf«, entgegnet er.

»Das ist nicht der richtige Zeitpunkt, Hunter.«

»Im Gegenteil …« Er lässt eine Hand in eine seiner Hosentaschen gleiten. »Für mich ist jeder Moment, in dem ich dir begegne, der beste Zeitpunkt, um dich zu überreden, mit mir auszugehen.«

»Dieser Zug ist abgefahren«, entgegne ich.

»Du stehst immer noch hier, oder?«

Ich drücke die Schultern zurück. »Lass mich los oder ich trete dir in die Eier.«

Luca lacht.

Sowohl Hunter als auch ich starren ihn an.

Er blickt zwischen uns hin und her, dann macht er einen weiteren Schritt zurück, dreht sich um und verwickelt einen seiner Brüder in ein Gespräch. Seine Stimme ist so leise, dass ich nur das eine oder andere Wort auf Italienisch verstehen kann.

Hunter wendet sich wieder mir zu. »Du wirst mich nicht in die Knie zwingen, Feuer.« Er verzieht die Lippen. »Du hast ein persönliches Interesse an meinen Eiern, schon vergessen?«

Ein Lachen bildet sich in meiner Brust, aber ich drücke es wieder hinunter. »Ha, träum weiter!«

Er schaut mir in die Augen. »Und meine Träume handeln immer von dir.«

Mein Herz schlägt schneller in meiner Brust. Mein Magen macht Purzelbäume. Wie ein dummes Schulmädchen, das in einen Typen verknallt ist. Ich benehme mich, als wäre ich wieder sechzehn. Stimmt, ich war noch nie in jemanden so verknallt, nicht einmal als ich sechzehn war. Ich war zu sehr damit beschäftigt, über Jungs zu lachen, die sich in mich verliebt und mich um ein Date gebeten haben, aber ich habe sie immer abgewiesen. So wie ich es bei ihm getan habe. Nur dieses Mal muss ich ständig an ihn denken. Ein Grund mehr, diesen Wahnsinn hinter mir zu lassen und mit dem fortzufahren, was als Nächstes auf meiner Agenda und in meiner vorgeplanten Laufbahn steht.

»Hunter«, sage ich mit tiefer, sanfter Stimme. »Lass mich durch!«

»Nein.« Sein Grinsen wird breiter.

»Wenn du es nicht tust, muss ich …«

»Was musst du?«

»Dann muss ich mich an dir vorbeidrängen.«

»Bitte.« Er beugt sich vor, bis die Wärme seines Körpers mich einhüllt. Ich zittere und kann meinen Herzschlag in meinen Ohren hören. Schweiß perlt auf meinen Handflächen, aber mein Mund ist völlig trocken. Zum Teufel damit! Ich drehe mich zur Seite und schiebe mich durch den Spalt zwischen dem Türrahmen und seinem muskulösen Arm.

14

HUNTER

Sie schiebt sich an mir vorbei und einen Moment lang möchte ich mich umdrehen und sie gegen den Türrahmen drücken. Vielleicht erwartet sie das auch, denn sie sieht mir direkt in die Augen. Überraschung zeichnet sich auf ihren Zügen ab, als ich einen Schritt zurücktrete und ihr dann den Korridor hinunter zum Aufzug folge. Sie drückt auf den Knopf und dreht sich zu mir um. »Was tust du da?«, zischt sie.

»Was glaubst du denn, was ich hier tue?«

Sie kneift die Augen zusammen. »Lass es!«

»Was?«

»Glaube ja nicht, dass du meine Meinung bezüglich eines Dates mit dir ändern kannst.«

Ich schürze die Lippen. »Würde mir im Traum nicht einfallen.«

»Warum stehst du dann hier herum?«

»Ich warte natürlich auf den Aufzug.«

Sie presst die Lippen zusammen. »Sie …«, beginnt Zara, aber der Aufzug klingelt. Die Türen öffnen sich und geben den Blick auf ein leeres Inneres frei.

Ich drücke mit einer Hand gegen die Tür, um sie offen zu halten, dann bedeute ich ihr mit einem Rucken meines Kinns einzutreten.

Sie öffnet den Mund, als wolle sie protestieren, dann scheint sie es sich anders zu überlegen und tritt ein. Ich folge ihr und drücke den Knopf für das Erdgeschoss. Die Türen schließen sich und der Aufzug fährt nach unten.

Wir stehen einige Sekunden lang schweigend da und sehen zu, wie die Angaben für die Stockwerke heruntergezählt werden. Der Duft von Orangenblüten und Vanille scheint sich zu intensivieren. Ich balle die Hände zu Fäusten. *Tu das nicht! Du wirst für das Amt des Premierministers dieses Landes kandidieren. Du darfst nicht alles vermasseln und deinen Ruf riskieren.* Aber welche Wahl habe ich? Wenn ich sie jetzt gehen lasse, sehe ich sie vielleicht nie wieder. Und dann habe ich die Gelegenheit verloren, sie zu fühlen, sie zu halten, sie zu berühren, sie zu küssen …

Ich strecke einen Arm aus und drücke auf den Stopp-Knopf. Der Aufzug kommt ruckartig zum Stehen.

»Was tust du da? Bist du verrückt?«

Sie streckt einen Arm aus, aber ich packe sie an den Schultern und stoße sie gegen die Wand. Ihr fällt die Kinnlade herunter. »Hast du den Verstand verloren?«

»Würdest du es mir übel nehmen, wenn dem so wäre?« Ich presse die Hände links und rechts von ihrem Kopf an die Aufzugwand. »Hast du eine Ahnung, was die Nähe zu dir mit mir macht, Zara? Weißt du, wie sehr ich deine Haut an meiner spüren will? Meine Lippen auf deinen? Wie sehr ich will, dass sich mein Atem mit deinem vermischt? Wie sehr ich deine Kurven streicheln und kneten will, während ich mich in deiner heißen, engen Muschi vergrabe?«

Ihre Wangen erröten. Ihr Brustkorb hebt und senkt sich. Sie öffnet den Mund, dann schaut sie über meine Schulter und auf die Kamera in der hinteren Ecke des Aufzugs.

»Sie funktioniert nicht.«

»Hm?« Sie schwenkt den Kopf in meine Richtung. »Woher weißt du das?«

»Ich habe meine Mittel und Wege«, versichere ich ihr.

Sie macht große Augen. »Willst du mir etwa sagen, dass du weißt, wie du in diesem Aufzug zu dieser Kamera gelangen und dafür sorgen kannst, dass sie außer Betrieb ist? Und zwar genau jetzt?«

Ich drücke die Brust heraus und schaue ihr in die Augen.

Sie holt scharf Luft. »So setzt du also deine Macht ein …«

»… und meine Verbindungen.« *Danke, Michael.*

»Um sicherzustellen, dass du kriegst, was du willst?«

»Nur wenn es um dich geht. Ich würde jedes Mittel nutzen, um dich zu der Einsicht zu bringen, dass dein Verhalten falsch ist.«

»Und dazu gehört auch, die Hilfe der Mafia anzunehmen, um die Kamera in diesem Aufzug auszuschalten?«, schnauzt sie.

Sehr gut. Sie ist schlauer, als ich ihr zugetraut habe, aber ein Teil von mir wusste das bereits. Sie und ich zusammen? Wir wären unschlagbar. Aber zuerst muss ich mein Feuer zähmen. Nicht, dass Feuer gezähmt werden kann. Eingedämmt vielleicht, zumindest vorübergehend. Und ich will mein Feuer auf keinen Fall löschen. Aber wird dieser Kampf zwischen zwei willensstarken Menschen nicht aufregend sein? Ein Hauch von Vorfreude pulsiert durch meine Adern. Meine Eier spannen sich an. Ich stelle mich breitbeiniger hin, um meinem Schwanz, der zwischen meinen Beinen pocht, Platz zu machen, und neige den Kopf. »Wenn es sein muss.«

Sie scheint verblüfft, dann strafft sie die Schultern. »Ich muss dir zwar Anerkennung für deinen Einfallsreichtum zollen, aber ich muss dich auch warnen. Du wirst es nie schaffen, mich umzustimmen.«

»Ist das eine Herausforderung, Feuer?«

»Das ist eine Tatsache, Hunter.« Sie hebt das Kinn. »Deine Herkunft gibt dir das Selbstvertrauen, dich in einer moralischen Grauzone zu bewegen. Du vertraust darauf, dass du damit durchkommst, obwohl du weißt, dass du deine Karriere riskierst … Und wofür?«

»Für dich.«

Mit großen Augen mustert sie mein Gesicht, und sie muss dort etwas sehen, das ihr eine Bestätigung vermittelt. Sie schluckt. »Hunter, mach es nicht noch schwerer für uns beide.«

»Es ist ganz einfach, Zara. Wir werden ein tolles Paar sein und die Art von Sex haben, die es nur einmal im Leben gibt. Du weißt das.«

»Entschuldige bitte, aber hörst du dir selbst zu?«

»Hörst du dir denn zu, Feuer?« Ich mustere sie eindringlich.

»Ich schlafe nicht mit dir, Hunter.«

»Doch, das wirst du.«

Zaras Schultern zittern und ihre Pupillen weiten sich. Oh, sie spürt die Gewissheit, die jeden Teil von mir zu ihr zieht. Sie spürt die Wahrheit meiner Worte. Ihr Unterbewusstsein nimmt all das wahr, auch wenn ihr rationaler Verstand nicht bereit ist, es zu akzeptieren.

Sie reckt erneut das Kinn vor. »Nein.« Eine Ader in ihrem Hals pulsiert schneller.

»Doch«, murmle ich.

Sie lehnt sich mit dem Kopf an die Wand des Aufzugs. »Ich habe keine Ahnung, warum du so drauf bist …«

»Es liegt an der Nähe deines Körpers.«

Sie kichert und reibt sich dann eine Schläfe. »Herrje, ich kann nicht glauben, dass ich mir erlaubt habe, darüber zu lachen. Hunter, du musst damit aufhören. Du kannst nicht …« Sie wedelt mit einer Hand in der Luft.

»Was kann ich nicht?«

»Das hier …« Sie gestikuliert zwischen uns.

»Ich weiß wirklich nicht, was du meinst.«

»Du willst, dass ich es laut sage, oder? Bitte schön. Du kannst nicht einfach diese dramatischen Aussagen machen, als ob du sie ernst meinen würdest.«

»Ich meine sie ernst.«

»Nein, das glaube ich dir nicht. Es reicht mir mit deinen kitschigen Plattitüden.«

»An der Wahrheit ist nichts kitschig, Feuer.«

»O mein Gott!« Sie drückt die Augen zusammen. »Hörst du dir wirklich selbst zu? Du klingst wahnhaft, besessen …«

»Das stimmt. Deinetwegen.« Ich beuge mich näher zu ihr, bis meine Brust ihre berührt, bis mein Atem die Haare auf ihrer Stirn aufrichtet, bis sich ihr Duft intensiviert, ich ihn tief einatme und ihre Essenz tief in meiner Lunge halte.

Erneut zittern ihre Schultern. »Hunter, das ist alles falsch. Ich kann dich das nicht tun lassen. Ich darf nicht zulassen, dass du deine Karriere aufs Spiel setzt … und meine.«

Ich streiche ihr eine Haarsträhne hinters Ohr. »Oder vielleicht schaffen wir so den Sprung auf einen Weg, der anders ist, aber viel befriedigender für uns beide.«

Sie zieht einen Mundwinkel hoch und öffnet die Augen, und in deren Tiefen sehe ich Schmerz und Bedauern – und noch etwas anderes. Etwas, das mir Hoffnung gibt und mir gleichzeitig das Herz zerquetscht. Es ist eine Art Wehmut, eine verzweifelte Sehnsucht. Eine Sehnsucht nach etwas, das so greifbar nahe ist. Nach etwas, dem sie den Rücken kehren wird. Schon wieder.

»Tu's nicht!«, schnauze ich.

»Es ist bereits geschehen.« Sie senkt den Kopf, und als sie diesmal die Augenlider hebt, sehe ich nur stille Akzeptanz und eine stählerne Entschlossenheit. Das lässt das Band um meine Brust noch fester werden. Ich drücke Zara fester an mich, und sie versteift sich. »Lass mich los, Hunter.«

»Ich kann nicht.«

»Ach ja?« Sie presst die Lippen aufeinander.

»Wenn ich das täte, würdest du mich dafür hassen, dass ich meinen Vorteil nicht ausgenutzt habe, als ich die Gelegenheit dazu hatte.«

»Wenn du mich nicht loslässt, werde ich dich noch mehr hassen.«

»Ich lasse es darauf ankommen.« Ich halte sie fest an mich gedrückt und sie beginnt sich zu wehren. Jede Berührung ihrer Hüften steigert meine Erregung nur noch mehr. Ich drücke wiederum meine Hüften gegen sie, und sie keucht. Ein Feuer lodert in ihren Augen auf. Endlich, verdammt.

Vorhin ist es mir nur vorübergehend gelungen, meine Impulse zu kontrollieren. Aber mit ihr allein in diesem engen, geschlossenen Raum zu sein, kombiniert mit ihrer Sturheit, uns keine Chance geben zu wollen, hat mich über den Rand hinausgetrieben. Ich bereue nicht, dass ich die Situation so manipuliert habe, dass sie hier mit mir in der Falle sitzt. Ich habe keine Gewissensbisse, dass ich sie momentan gegen ihren Willen festhalte. Ich werde jede Gelegenheit nutzen, um sie zu überzeugen, uns eine Chance zu geben.

Ich beuge den Kopf hinunter, bis sich unsere Atemzüge vermischen. Ich sauge ihren Duft ein, ziehe ihn tief in meine Lunge, lasse ihn in meine Zellen dringen und erlaube ihm, zusammen mit einem Teil meines Blutes in meinen Schwanz zu strömen. Mir dreht sich der Kopf. Meine Muskeln verhärten sich. Ich bin so verzaubert von ihr, dass ich erst merke, dass sie mich geohrfeigt hat, als sich mein Kopf zur Seite dreht und Schmerzen meine Wange durchfahren.

Wut strömt durch meine Adern. Meine Erregung steigert sich ins Unermessliche. Ich starre Zara an. Ihr Atem geht stoßweise, ihre Pupillen weiten sich, und etwas in ihr scheint zu zerspringen. Gott sei Dank! Es ist der gleiche animalische Instinkt, den ich zu unterdrücken versucht habe, seit ich sie kennengelernt habe. Wir bewegen uns gleichzeitig.

15

———

ZARA

Er bewegt sich zur selben Zeit wie ich. Unsere Münder verschmelzen miteinander. Unsere Zähne prallen aufeinander. Ein Knurren dringt aus seiner Brust. Dann packt er mich unterm Hintern und hebt mich hoch. Ich schlinge die Beine um seine Hüften. Ein reißendes Geräusch ertönt und ich versteife mich für eine Sekunde. Dann schiebt er sein Becken nach vorn, und sein langer, harter Schwanz drückt gegen mein Inneres. Meine Muschi krampft sich zusammen, meine Klitoris pocht, und meine Brustwarzen sind so hart, dass ich fürchte, dass sie meine Bluse und meinen Blazer zerreißen werden.

Ich habe zu viel an. Ich schlinge die Arme um seinen Hals, schmiege mich an ihn, an seine harte, männliche Brust, die so breit ist, dass ich mich immer zierlich und ganz und gar weiblich fühle. Das ist das erste Mal. Es ist nicht so, dass ich mich nicht zu anderen Männern hingezogen gefühlt hätte. Aber keiner war bisher machohaft genug, stark genug, sicher genug, dominant genug, um sich von meiner Persönlichkeit nicht angegriffen zu fühlen. Mit Hunter war das nie ein Problem. Er ist so kraftvoll, so selbstbewusst, so vollkommen männlich. Und damit meine ich nicht nur die Tatsache, dass er einen Meter neunzig groß ist und so breite Schultern hat, dass mir der Atem stockt und sich meine Eierstöcke zusammenziehen. Es ist seine Einstellung, sein Blick, die Art und Weise, wie er einen Raum mustert. All das ist so sexy, so heiß. Am liebsten würde ich ihn besteigen und lecken und ohrfeigen und dann küssen. So wie jetzt gerade.

Als ob er die aufgewühlten Emotionen, die Kapitulation tief in mir spüren würde, als ob er wüsste, dass meine Gedanken unzusammenhängend geworden sind, neigt er den Kopf, öffnet den Mund über meinem und verschlingt mich. Er knabbert an meiner Unterlippe, und als ich stöhne, schiebt er seine Zunge über meine, saugt meinen Atem ein, leckt an meinen Lippen. Es fühlt sich an, als würde er mich völlig verschlingen. Ein Stöhnen entweicht mir. Es klingt so gierig, so verlangend, dass es mich noch mehr anmacht. Mein Höschen ist völlig nass, und ich kann die Süße meiner Erregung in der Luft riechen.

Während ich mich an ihn klammere, mit meinen Knöcheln um seine Taille und meinen Armen um seinen Hals, mit seinem Schwanz, der so fordernd gegen meine Muschi stößt, dass ich versucht bin, mir den Slip vom Leib zu reißen und ihn in mich hineinzuziehen, weiß ich mit Sicherheit, dass ich meinen Meister gefunden habe.

Ein Schauer überkommt mich. Mein Magen rumort. Mein ganzer Körper scheint sich zu verflüssigen, und Hunter drückt meinen Hintern zusammen, um mich aufrecht zu halten. Meine Brüste sind an seinen Oberkörper gepresst, und seine Zunge füllt meinen Mundraum. Mein Kopf scheint sich von meinem restlichen Körper gelöst zu haben. Ich habe einen Out-of-Body-Moment, in dem es mir so vorkommt, als würde ich auf den erregenden Anblick, der sich mir bietet, hinabblicken. Dann verlässt er meinen Mund, um mir Küsse auf die Wangen und den Hals zu hauchen. Er schiebt den Ausschnitt meiner Bluse beiseite, vergräbt seine Nase in der Wölbung meiner Schulter und atmet tief ein. Das ist so anzüglich, so erregender als alles andere, was er bisher mit mir gemacht hat, dass mir die Augen zufallen. Mein Kitzler pocht, mein Innerstes schmilzt, und ich reibe mich hingebungsvoll an seinem Schritt. O Gott, ich werde kommen! Ich werde … Ein Klingeln durchschneidet den

Dunst der Empfindungen, die meinen Körper erfasst haben. Ich versteife mich und Hunter auch.

Was zum …? Ich versuche, meine Gehirnzellen dazu zu bringen, einen zusammenhängenden Gedanken zu fassen.

»Ignoriere es!« Er gräbt seine Zähne in die Wölbung meiner Schulter, und meine Muschi krampft sich zusammen. Feuchtigkeit sammelt sich zwischen meinen Beinen. Hitze strömt in meine Extremitäten. Jeder Teil von mir ist nun darauf ausgerichtet, die Seine zu werden. *Seine. Seine. Seine.*

Das Klingeln schallt weiter durch den Raum, und ich reiße die Augen auf. Ich nehme die Enge des Aufzugs wahr, und ein kaltes Gefühl ergreift mein Herz. Ich klopfe gegen seine Schulter. »Lass mich los!«

Er hört nicht auf mich.

»Hunter, lass mich los, verdammt!« Ich winde mich gegen ihn, und sein Schwanz wird länger und noch größer. *O mein Gott!* Meine Finger kribbeln, weil sie ihn so gern berühren würden. Mein Mund wird wässrig, weil er ihn schmecken will. Meine Klitoris schwillt an, und ich drücke mein Becken nach oben und gegen seinen Schritt. Ich sehne mich nach Erlösung.

Das Klingeln beginnt erneut und Hunter flucht. Ohne mich loszulassen, greift er nach dem Telefon an einer der Aufzugswände. »Was ist?«, bellt er.

Er lauscht der Stimme am anderen Ende und holt tief Luft. »Nein, alles in Ordnung.« Er hört wieder zu. »Ja, Ms. Chopra ist bei mir.«

Ich versteife mich. *Wer ist das? Sein Sicherheitspersonal? Jetzt wissen sie also, dass wir im Aufzug gefangen sind? Seit wann? Seit fünf Minuten? Seit zehn? Mehr?* Ich wehre mich gegen ihn, und er drückt mich so fest an sich, dass ich mich nicht mehr bewegen kann. *Arschloch.* Trotzdem ist er nicht einmal ins Schwitzen gekommen. Und er hält mich nur mit einem Arm. Sein Schwanz ist … ähm … immer noch hart, während er telefoniert, und das ist ganz schön beeindruckend.

»Wir sehen uns im Erdgeschoss.« Er legt auf und der Aufzug setzt sich in Bewegung.

»Hunter, lass mich runter!«

Er sieht mich finster an. »Du bist die nervigste Frau, die ich je kennengelernt habe.«

»Dito.«

»Und die hartnäckigste.«

»Auch das kann ich nur zurückgeben.«

»Und die schönste.«

»Du auch«, schnauze ich und erstarre dann. »Du bist ein Idiot.«

»Ja.«

»Lass mich los, du verdammter …«

Er weicht zurück, und ich schlage mit dem Hintern auf dem Aufzugboden auf. *Was zur Hölle?* Ich streiche mir eine Haarsträhne aus dem Gesicht und springe auf. »Du hast mich fallen lassen? Wie konntest du das tun, du …«

»Du hast mich gebeten, dich loszulassen.«

Rasende Wut macht sich in mir breit. Ich gehe einen Schritt auf ihn zu, und er nickt in Richtung der Anzeige über der Tür. Wir sind in der zweiten Etage. *Verdammte Scheiße!* Ich streiche meinen Rock glatt. Das ist mein zweiter zerrissener Rock, und dieser ist von Chanel, verdammt! Dann richte ich meine Frisur. Ich schnappe mir meine Birkin vom Boden und hänge sie mir über die Schulter. Wenn man bedenkt, dass ich so in unsere gegenseitige Lust vertieft war, dass ich gar nicht gemerkt habe, dass ich sie auf den Boden des Aufzugs habe fallen lassen … Das ist schon was. Um ehrlich zu sein, hätte eine Bombe neben uns hochgehen können, und ich hätte es nicht bemerkt. Diese Art von Ablenkung ist episch, ein einmaliges Ereignis, und … Nein, das reicht jetzt. Es war ein Kuss. Einfach nur ein Kuss. Ein atemberaubender Kuss zwar, aber dennoch … Nein, es war etwas Bedeutsames, ich gebe es zu.

Das ist so ungerecht. Warum fühle ich mich so sehr zu Hunter hingezogen? Warum ist er so unwiderstehlich? So heiß und sexy, ganz zu schweigen von charismatisch? Und er will etwas für seine Gemeinschaft und sein Land tun. Ja, ich habe mir einige seiner Reden im Parlament angehört. Er scheut sich nicht, der Opposition gegenüber harte Themen anzusprechen und Maßnahmen infrage zu stellen, mit denen er nicht einverstanden ist. Er ist dafür bekannt, Risiken einzugehen, seine Meinung zu sagen und diejenigen herauszufordern, die eine andere haben als er. Er gilt als Kämpfer für die Underdogs, und das finde ich ebenfalls sehr attraktiv.

Ich sage es nur ungern, aber wenn es einen Mann gibt, der stark genug ist, sich gegen mich zu behaupten, dann ist er es. Und er braucht es nicht einmal zu versuchen. Das ist sowohl nervig als auch äußerst verführerisch. Dass er einfach nur so sein kann und ich mich zu ihm hingezogen fühle. Dass er mich in seinen Bann ziehen kann, ohne dass ich protestiere und er sich sonderlich anstrengt. Das ist frustrierend und ach so erotisch. Verlockend und total erregend. Aber ich kann es mir nicht leisten, mich damit zu befassen.

Ich werde es hinter mir lassen und mit meinem Leben weitermachen. Konzentriert bleiben. Weiter vorwärtsgehen. Ich atme tief ein und aus. Als sich die Aufzugtüren öffnen, eile ich hinaus. Hunter ist dicht hinter mir. Ich schiebe mich an seinem Sicherheitspersonal vorbei und laufe dann schneller. Natürlich bleibt er mir auf den Fersen. Ich erreiche die Doppeltüren, die aus dem Krankenhaus hinausführen, öffne sie und trete hindurch. Da schlägt mir ein Blitzlichtgewitter entgegen.

16

———

HUNTER

»Mr. Whittington, ist Zara Ihre Freundin?«

»Zara, gehen Sie mit Mr. Whittington aus?«

Das Blitzlichtgewitter geht weiter.

Was zum Teufel? Woher wussten die Paparazzi, dass ich hier bin? Ich versuche zwar nicht, meine Aufenthaltsorte geheim zu halten, aber ich habe ja auch nicht der ganzen Welt verkündet, dass ich heute hier sein würde. Vielleicht hat mich jemand vorhin beim Hineingehen gesehen?

Zwei meiner Sicherheitsleute flankieren uns. Einer geht zu meiner Rechten und ein weiterer zu Zaras Linker neben uns her.

»Hier entlang«, sagt David, einer meiner Leibwächter, und führt uns durch das Gedränge der Presseleute. Einer der Fotografen stellt sich uns in den Weg und zielt mit seiner Kamera auf unsere Gesichter. Ich strecke eine Hand aus, um das Objektiv abzudecken. »Keine Fotos.«

»Wie wär's dann mit einem Kommentar?« Er senkt die Kamera. »Sind Sie beide zusammen?«

»Ian, nicht wahr?« Ich lächle und strecke eine Hand aus. »Wie geht es Ihnen heute?«

Ian zögert, dann nimmt er meine Hand. »Sie haben die Frage immer noch nicht beantwortet. Ist sie Ihre Freundin?«

»Sie ist … *eine* Freundin.«

»War das ein Zögern, das ich da gespürt habe?« Ian kneift die Augen zusammen.

»Habe ich Sie schon einmal belogen?«

Er schüttelt langsam den Kopf.

»Wir waren hier, um eine gemeinsame Freundin zu besuchen, und Sie haben uns dabei erwischt, wie wir zusammen hinausgegangen sind.«

»Hmm.« Er sieht nicht überzeugt aus.

»Wenn ich eine Freundin habe – falls das jemals der Fall sein sollte –, werde ich es Sie auf jeden Fall wissen lassen.«

Er lässt meine Hand los. »Ich werde Sie daran erinnern.«

Ich nicke, dränge mich an ihm vorbei und greife nach Zaras Hand, um sie vor der Meute zu schützen, aber sie schüttelt sie ab. Sie stürmt lächelnd an mir vorbei, allerdings sieht dieses Lächeln nicht sonderlich echt aus. Ihr Blick ist ruhig, auf jeden Fall ruhiger als das, was ich jetzt fühle.

Wir erreichen mein Auto, und ich halte ihr die Tür auf.

»Ich fahre nicht mit demselben Auto wie du.«

»Steig ein, Zara!«

»Sie beobachten uns immer noch«, zischt sie.

»Und ich nehme *eine Freundin* mit.«

»Ich habe mein eigenes Auto.«

»David wird uns damit folgen.«

Sie sieht mich finster an und ich füge hinzu: »Feuer, bitte!«

Vielleicht liegt es daran, dass ich *bitte* gesagt habe. Oder daran, dass sie es kaum erwarten kann, von hier wegzukommen, aber sie holt ihren Schlüssel heraus und drückt ihn mir in die ausgestreckte Hand. Ich übergebe ihn an David. Zara und ich setzen uns auf den Rücksitz, und einer meiner Sicherheitsleute lässt sich auf dem Beifahrersitz nieder. Dann fahren wir los.

»Wir werden Ms. Chopra zuerst in ihrer Wohnung absetzen.«

Mein Chauffeur nickt, und ich fahre die Scheibe zwischen Vorder- und Rücksitzen hoch.

Sie hebt eine Augenbraue. »Schick.«

»Habe ich die hartgesottene Ms. Chopra beeindruckt?«

Sie zuckt mit einer Schulter. »Ich habe noch nie einen Range Rover mit so einem Ding gesehen.« Sie nickt in Richtung der Trennwand.

»Das ist eine Sonderanfertigung.«

Sie wirft mir einen Seitenblick zu. »Ich nehme an, er ist auch gepanzert.«

»Und er hat eine autonome Sauerstoffversorgung.«

»Solltest du mir das alles offenbaren?«

»Es ist kein Geheimnis, du kannst es auf Wikipedia nachlesen. Aber selbst wenn es dort nicht zu finden wäre, würde ich es dir sagen.«

Sie schüttelt den Kopf. »Mach das nicht!«

»Was soll ich nicht machen?«

»Dich so verhalten, als hätten wir eine gemeinsame Zukunft, denn die haben wir nicht.«

»Aber wir könnten es.«

Sie kneift sich in den Nasenrücken. »Du hörst mir nicht zu.«

»Doch, aber ich stimme nicht mit dir überein.«

»Wir waren zusammen im Krankenhaus und du hast gesehen, was passiert ist. Die Reporter waren sofort da.«

»Und du und ich sind Veteranen im Umgang mit den Medien«, betone ich.

»Deshalb kann ich auch nicht glauben, dass ich mich beim Verlassen des Krankenhauses habe erwischen lassen.«

»Du konntest nicht wissen, dass sie so schnell eine Geschichte erschnüffeln würden.«

»Es gibt keine Geschichte.« Sie senkt die Hand und verschränkt die Finger in ihrem Schoß.

»Noch nicht.«

Sie hebt das Kinn. »Es wird nie eine geben.«

»Du bist stur.«

»Und du bist eine Nervensäge.«

»Ich kann eine Menge tun, um die Schmerzen in jedem Teil deines Körpers zu lindern, Baby.«

Sie stöhnt. »Igitt, das war furchtbar kitschig!«

»Warum lächelst du dann?«

Ihre Lippen zucken. »Ich lächle nicht.«

»Doch.«

Sie bedeckt ihren Mund mit einer Hand.

»Das ist Manipulation.«

Die Haut um ihre Augen legt sich in Falten.

Ich grinse. »Jetzt lächelst du wirklich.«

Sie lässt die Hand sinken und umschlingt ihre Taille. »Du bist gut darin, vom eigentlichen Thema abzulenken. Ein geborener Politiker.«

»Und du machst einen fantastischen Job mit deiner PR-Agentur.«

»Du klingst überrascht.«

»Das war ein echtes Kompliment.« Ich hebe die Hände. »Ehrlich.«

»Hm.« Schließlich dreht sie sich zu mir und mustert mich. »Offenbar meinst du es wirklich ernst«, sagt sie schließlich.

»Natürlich meine ich es ernst. Ich habe immer deine Arbeitsmoral bewundert, deine Konzentration und wie du die kniffligsten Mediensituationen für deine Kunden entschärft hast, einschließlich der Art und Weise, wie du dich vorhin verhalten hast.« Ich zeige mit einem Daumen über meine Schulter.

»Ich bin PR-Beraterin.« Sie legt den Kopf schief. »Obwohl ich zugeben muss, dass es sich ganz anders anfühlt, im Fokus der Kamera zu stehen, als die Person zu sein, die die Fäden zieht. Das ist eine wichtige Lektion. Ich verlange oft viel von meinen Kunden, wenn sie mit ihren Problemen zu mir kommen. Ich habe vergessen, wie herausfordernd es ist, wenn man von Paparazzi umringt ist.«

»Du bist von Natur aus einfühlsam …«

»Nein, bin ich nicht!«, platzt sie heraus.

»…wie sehr du auch versuchen magst, es zu verbergen«, beende ich meinen Satz.

»Hör auf, bei mir nach guten Eigenschaften zu suchen«, murmelt sie.

»Hör auf, dich selbst so herunterzumachen.«

Wir starren uns an, und wieder umspielt ein zögerliches Lächeln ihre Lippen. »Du bist hartnäckig.«

»Das bin ich.«

Der Moment dehnt sich aus, und der Raum zwischen uns ist wieder einmal aufgeladen mit dieser Anziehungskraft, die seit dem Moment unserer Begegnung zwischen uns herrscht. Ich streiche über eine Stelle unterhalb ihrer Lippen. Sie weicht zurück.

»Dein Lippenstift war verschmiert.«

»O Gott, und so haben mich die Fotografen gesehen?« Sie kramt in ihrer allgegenwärtigen Tasche – die jetzt auf dem Sitz zwischen uns steht – und holt ihren Lippenstift und ihre Puderdose heraus. Sie schminkt sich, und mir wird ganz heiß. Sie schmatzt mit den Lippen, und verdammt, ich komme fast in meiner Hose. Offenbar habe ich einen Laut von mir gegeben, denn sie wirft mir einen Seitenblick zu. »Alles in Ordnung?«, fragt sie mit unschuldiger Stimme.

»Übertreibe es nicht, Feuer.«

Sie legt den Kopf schief. »Soll ich dich dann Schwefel nennen?«

»Du darfst mich *dein* nennen.«

Ihre Gesichtszüge verhärten sich. »Tu das nicht, Hunter.«

»Jetzt, nachdem du dein Make-up aufgefrischt hast, wird es Zeit.«

»Zeit wofür?«

»Für das hier.« Ich umschlinge ihren Nacken und ziehe sie zu mir.

Ihre Augen weiten sich. Ihr Brustkorb hebt und senkt sich. Sie schluckt, weicht aber nicht zurück.

»Willst du das, Zara?«

Sie antwortet nicht.

»Sag mir, dass du meine Lippen nicht auf deinen haben willst. Sag mir, dass du meinen Atem nicht auf deinem spüren willst, meine Finger, die deinen Arsch zusammendrücken, meinen Schwanz in deiner Muschi, während ich in dich stoße und dich an den Rand bringe, aber dich nicht kommen lasse … Nicht bevor ich mich zurückgezogen und deinen Arsch genommen habe. Und selbst dann, wenn du mich anflehst, werde ich dich nicht kommen lassen – nicht bevor du zustimmst, dass du mir gehörst. Und dann …«

»Und dann?«, flüstert sie.

»Ich werde dich immer noch nicht kommen lassen – nicht bevor ich dir gezeigt habe, wie explosiv es ist, wenn du in meinen Armen liegst. Bis ich dich davon überzeugt habe, wie gut wir zusammen sind. Bis ich jedes Loch in deinem Körper besetzt habe und dir eine Art von Vergnügen bereitet habe, die du noch nie zuvor gespürt hast. Bis jeder Teil deines Körpers mir gehört. Bis deine Kurven nach meinen Streicheleinheiten schreien, deine Haut sich nach meiner Berührung sehnt, dein Verstand mir nicht mehr widerstehen kann und deine Gefühle und Sinne auf mich ausgerichtet sind. Nicht bevor du anerkennst, dass du mir gehörst.«

Ihre Pupillen weiten sich. Das Gold darin wird heller, bis es fast silbern erscheint. Sie schaut auf meine Lippen, und eine Ader in ihrem Hals pulsiert schneller.

Ich ziehe meinen Griff um ihren Nacken fester an. »Sag mir, ich soll aufhören, Zara, und ich werde es tun.«

»Hunter, ich … kann nicht.« Sie sieht mir in die Augen. »Und wenn du mich jetzt küsst, werde ich dir das nie verzeihen.«

17

ZARA

Das ist das Letzte, was ich zu ihm gesagt habe. Auf dem Rücksitz seines Wagens, wo uns das getönte Glas der Fenster von der Außenwelt abgeschirmt hat. Er hat mir noch eine Sekunde in die Augen geschaut, und sein Griff um meinen Nacken schien sich fast unmerklich zu verstärken. Aber dann löste er seine Finger. Er hat seinen Arm zurückgezogen und den Kopf abgewandt, und es war, als würde eine physische Mauer zwischen uns errichtet werden. Hunter ließ die Trennwand herunterfahren, die uns vor seinem Chauffeur und seinem Bodyguard auf dem Vordersitz verborgen hat, und für den Rest der Fahrt hat er mich keines Blickes mehr gewürdigt. Er hat sein Handy herausgeholt und begonnen, durch seine Nachrichten zu blättern. Das war eine Premiere.

Das hat er früher nie getan. Er hat sich immer hundertprozentig auf mich konzentriert, und jetzt, wo er das nicht mehr tut, fehlt es mir. Ein paar Sekunden zuvor hatte er seine Hände auf mir, sein Blick war auf mich gerichtet. Und dann war es auf einmal, als hätte er sich von mir zurückgezogen. Ganz und gar. Natürlich hat er das auch. Das schreckliche, flaue Gefühl in meiner Magengrube sagte mir, dass ich ihn verloren habe. Unwiderruflich. Ich habe ihm gesagt, dass ich ihm den Kuss nie verzeihen würde, aber es ist mir nicht in den Sinn gekommen, dass er *mir* nicht verzeihen könnte.

Ich habe ihn einmal zu oft weggestoßen, und jetzt wird er mich nie wieder auf diese Weise ansehen. Es ist wirklich vorbei, und er wird nie wieder so in meinem Leben auftauchen, wie er es bisher getan hat.

Die Tatsache, dass seit diesem Vorfall schon mehr als drei Monate vergangen sind, bestätigt das.

Ich schaue aus meinem Bürofenster und sehe das Gedränge der Leute in den Straßen von Soho. Die Weihnachtsbeleuchtung wurde vor ein paar Wochen angebracht. Die Weihnachtsdekoration in den Schaufenstern ist schon seit einigen Monaten zu sehen. Als der Herbst in den Winter überging, die Temperaturen sanken und vor frühem Schneefall gewarnt wurde, stürzte ich mich in die Arbeit.

Ein neuer Kunde, ein bekannter Politiker, hat die Behauptungen einer Frau zurückgewiesen, die behauptete, seine uneheliche Tochter zu sein. Diesmal habe ich ihm nicht nur geholfen, die Flut negativer Publicity zu überstehen, die auf die Interviews seiner Tochter mit der Presse folgte, sondern habe auch ein Treffen zwischen den beiden vermittelt. Ich habe mich darauf verlassen, dass er sie akzeptieren würde, wenn er ihr von Angesicht zu Angesicht gegenüberstände, und genau das ist auch geschehen. Er hat sich sogar bereit erklärt, auf ihrem Social-Media-Feed zu erscheinen und sich öffentlich für die emotionalen Schmerzen zu entschuldigen, die er ihr zugefügt hat. Er hat sie auch öffentlich als seine Tochter anerkannt, und die beiden haben sich in einem sehr rührenden Moment umarmt. Das betrachte ich als Erfolg.

Und vielleicht hätte ich vor ein paar Monaten nicht so sehr darauf bestanden, dass er sich mit seiner Tochter trifft. Vielleicht hätte ich mich nur auf die Aufgabe konzentriert, für die er mich engagiert hat, nämlich seinen Ruf wiederherzustellen — was ich übrigens mit Bravour getan habe. Aber ich wusste, dass ich etwas bewirken kann, und so habe ich darauf bestanden, dass er seine Tochter kennenlernt. Tatsächlich hat die öffentliche Behauptung seiner Tochter dazu beigetragen, seinen Ruf zu verbessern und ihn beliebter zu machen. Es hat alles geklappt, und es war nicht alles von mir geplant.

Werde ich weicher? Taue ich auf? Ich spüre, dass ich es besser machen will, dass ich Gutes tun will, wo ich kann. Oh, täusche dich nicht, ich bin immer noch eine knallharte Karrierefrau, aber irgendwie besteht etwas in mir darauf, mehr beizutragen. Der Teil von mir, den ich seit dem Tod meines jüngeren Bruders verleugnet habe … dieser emotionale Kern in mir wurde lebendig. Und vielleicht muss ich Hunter dafür danken.

Ich werde mir nicht eingestehen, dass er mir fehlt, so sporadisch unser Kontakt auch gewesen sein mag. Allerdings habe ich mich mit Summer und Karma und ihren Freunden getroffen, in der Hoffnung, ihn zu sehen … Und um mich selbst zu testen. Vermisse ich ihn tatsächlich? Oder ist nur mein Ego angekratzt, weil er mir nicht mehr den Hof machen will? Vielleicht war die Tatsache, dass er so hartnäckig war und ein Nein als Antwort nicht akzeptierte, mehr als nur ein wenig schmeichelhaft. Es war das erste Mal, dass ein Mann mich so sehr wollte, und ich habe es genossen. Dass er einen Rückzieher gemacht hat, war ernüchternd. Ich habe mich ein wenig entkräftet gefühlt.

Vielleicht lag es auch an der Weihnachtszeit, die ich zugegebenermaßen nicht gerade als die schönste empfinde. Sie erinnert mich daran, wie sehr ich meinen jüngeren Bruder vermisse. Natürlich sehe ich dann immer auch meine Eltern und meinen Zwilling, aber diese Jahreszeit erinnert mich immer auch an ein weiteres Jahr, in dem Olly nicht mehr in unserem Leben ist.

Mein Telefon vibriert. Ich drehe mich zu meinem Tisch und schaue überrascht auf das Display. Dann halte ich mir das Handy ans Ohr. »Lord Alan, was kann ich heute für Sie tun?«

»Zara, wie geht es Ihnen?«, höre ich meinen Mentor am anderen Ende der Leitung fragen. Er wirkt wie ein mürrischer, alter englischer Gentleman, aber seine Ansichten waren schon immer der Zeit voraus. Zweifellos hat er deshalb das Potenzial in mir und in meinem Unternehmen erkannt und mich für mein erstes Projekt eingestellt. Ich sollte den Ruf eines Rockstars retten, nachdem er sein Hotelzimmer verwüstet hatte und beim Urinieren aus dem Fenster erwischt worden war. Ein Bild, mit dem die Paparazzi einen Riesenspaß hatten. Ich habe ihm nicht nur geholfen, seinen Ruf wiederherzustellen, sondern habe ihn auch mit einigen Wohltätigkeitsorganisationen bekannt gemacht, die er bis heute unterstützt. Ein doppelter Sieg.

»Mir geht es sehr gut. Wie geht es Heather?«, frage ich nach seiner Frau.

»Ebenfalls gut. Sie will, dass ich weniger arbeite, aber Sie kennen mich ja. Ich ruhe mich aus, wenn ich tot bin.«

»Wirklich? Ich kann mir nicht vorstellen, dass das in nächster Zeit passiert. Sie lieben Ihre Arbeit doch viel zu sehr.«

»Sehr richtig.« Er lacht, dann wird er leiser. Ich spüre, dass er seine nächsten Worte mit Bedacht wählen will, und warte ein paar Sekunden. Tatsächlich räuspert er sich und sagt dann: »Ich habe ein sehr interessantes Projekt für Sie. Etwas, das Sie zur ersten Adresse in Sachen Medienmanagement machen wird.«

»Hört sich interessant an«, erwidere ich und schaue aus dem Fenster auf ein junges Paar, das Arm in Arm den Bürgersteig entlanggeht. Es bleibt stehen, um ein Schaufenster zu bewundern. Die Frau lehnt den Kopf an die Schulter des Mannes, und er legt den Arm um sie. Es ist nicht anders als Hunderte von Paaren, die ich schon gesehen habe, aber irgendwie erinnert mich die Art, wie ihr dunkles Haar über ihren Rücken fließt, die selbstbewusste Haltung des Mannes, die Art, wie er sie noch fester an sich zieht, als wolle er sie vor den Augen der Welt verstecken, an Hunter und mich.

»Zara, sind Sie noch da?«, fragt Lord Alan.

»Ja, natürlich.« Ich wende mich vom Fenster ab und gehe durch mein Büro. »Es ist also ein vertrauliches Projekt, und Sie können mir nicht sagen, wer der Kunde ist?«

»Nicht vor dem Tag, an dem Sie starten.«

Ich kaue an der Innenseite meiner Wange. »Ist das nicht höchst ungewöhnlich?«

»Nicht in Situationen wie dieser, in der wir es uns nicht leisten können, dass Informationen durchsickern.«

»Hmm.« Ich gehe zu der Couch in der Ecke des Raumes und lasse mich darauf nieder. »Geht es um etwas Politisches?«

Er erwidert nichts darauf.

»Ist die Führungsspitze einer der politischen Parteien in Schwierigkeiten?«

»Ich habe nicht gesagt, dass es etwas Politisches ist.« Er klingt zurückhaltend.

»Das mussten Sie auch nicht. Wenn Lord Alan, der sich aus der Branche und dem öffentlichen Leben zurückgezogen hat, mich anruft, weiß ich, dass es um mehr gehen muss als um einen Prominenten, der mit heruntergelassenen Hosen erwischt wurde. Oder einen Sportler, der bei einer Affäre mit einer Reality-TV-Moderatorin erwischt wurde.«

»Es hat Ihnen aber viel Spaß gemacht, die Kampagnen für diese Kunden zu leiten«, sagt er lachend. Er bezieht sich auf einen meiner früheren Erfolge, bei dem ich eine Übereinkunft zwischen besagtem Sportler und seiner von ihm getrennten Frau herbeigeführt habe, damit sie den Medien nicht von seinen anderen Lastern erzählt. Eine wahre Geschichte.

»Das war eine der befriedigendsten Kampagnen, an denen ich je gearbeitet habe. Die Ehefrau kam mit einer hohen Abfindung davon, und er hat später seine Geliebte geheiratet, sodass alle zufrieden waren.«

»Und wenn Sie diese Kampagne in Angriff nehmen und umsetzen, werden Sie Ihre Position als Königsmacherin in der britischen Medienlandschaft festigen, eine Position, die Sie, wie ich weiß, anstreben.«

»Es hat also definitiv etwas mit Politik zu tun«, sage ich.

»Das kann ich weder bestätigen noch dementieren, Frau Anwältin«, entgegnet er lachend.

»Das ist also ein Ja.«

»Das habe ich nicht gesagt.«

»Richtig.« Wenn es etwas gibt, was Lord Alan gut kann, dann ist es, einem Problem aus dem Weg zu gehen. Er kann überhaupt nicht in eine Diskussion verwickelt werden. Es sei denn, er will seinen Standpunkt darlegen, wozu er im Moment nicht in der Stimmung ist. Von ihm habe ich gelernt, wie ich ein Gespräch so lenken kann, dass es mir nützt.

»Sie werden also annehmen?«

Ich atme tief ein und aus. »Sie wissen, dass ich Sie nie abweisen würde.«

»Ich weiß. Und vielleicht ist es falsch von mir, Sie darum zu bitten, aber ich glaube, Sie werden mir am Ende dankbar sein.«

»Gibt es sonst nichts, was Sie mir darüber erzählen können?«

»Graham!«, höre ich eine Frauenstimme seinen Namen im Hintergrund rufen.

»Ich rufe Sie an, wenn die Einzelheiten geklärt sind, meine Liebe. Grüßen Sie Ihren Bruder von mir.« Er legt auf.

Ich lege mein Handy auf den Tisch. Meinen Bruder soll ich grüßen, der in den vergangenen drei Monaten in Übersee Kricket gespielt hat und keine Anzeichen für eine Heimkehr gezeigt hat? Diesen Bruder? Das letzte Mal, dass ich von Cade gehört habe, war ein eiliger Anruf, bevor er die Umkleidekabine verließ, um aufs Spielfeld zu laufen. Ich bezweifle, dass ich vor dem neuen Jahr Kontakt mit ihm haben werde.

Natürlich könnte ich Weihnachten auch bei meinen Eltern verbringen. Aber sie betreiben immer noch den Laden an der Ecke in Leicester, also werden sie wahrscheinlich über die Feiertage arbeiten. Nicht einmal an Weihnachten werden sie sich freinehmen. Ich habe ihnen schon oft gesagt, dass sie es sich leisten könnten, Leute einzustellen, die sie vertreten, aber sie denken nicht einmal daran. Es ist eine ununterbrochene Tradition von vierzig Jahren, dass der Laden geöffnet bleibt. Das einzige Mal, dass er geschlossen wurde, war der Tag, an dem mein Vater einen Herzinfarkt erlitten hat — nicht, dass er danach langsamer gemacht hätte. Er bestand darauf, dass meine Mutter den Laden am nächsten Tag öffnet, was sie widerwillig tat, während er im Krankenhaus lag. Und das andere Mal war, als die Königin starb. Sie sind überzeugte Royalisten, meine Eltern, und haben die Königin für ihre Arbeitsmoral, ihre Hartnäckigkeit und ihre Hingabe bewundert — Werte, die sie uns dreien ebenfalls vermitteln wollten. Und gegen die mein Bruder und ich rebelliert haben, auf unsere eigene Weise.

Die Eltern meines Vaters sind vom indischen Subkontinent nach Großbritannien eingewandert. Meine Mutter ist Engländerin, aber nachdem sie meinen Vater geheiratet hat, hat sie sich völlig zu seinem Denk- und Lebensstil bekehrt, was bedeutet, dass man seinen Wert mit seiner Arbeit gleichsetzen muss. Obwohl ich mich nach Kräften bemüht habe zu rebellieren, muss etwas von ihrer Denkweise an mir hängen geblieben sein, denn offensichtlich habe ich meine Arbeitswut von ihnen geerbt.

Warum sonst sollte ich an Heiligabend um vier Uhr nachmittags an meinem Schreibtisch im Büro sitzen? Ich muss hier definitiv raus.

Ich greife nach meiner Tasche, als mein Telefon wieder klingelt. Amelies Name leuchtet auf dem Display auf.

»Hey du!«, sage ich zur Begrüßung.

»Bist du noch im Büro?« Amelie starrt mich mit großen Augen von dem Display aus an.

»Ich wollte gerade gehen.«

»Oh, kommst du zu unserer Weihnachtsfeier?«

Ich zucke zusammen. »Hm, das hatte ich eigentlich nicht vor, wenn ich ehrlich bin.«

»Aua, Z!«, entgegnet Amelie. »Alle sind hier, auch Karma und Summer.« Karmas Sohn war fast einen Monat lang auf der Neugeborenenstation. Seit sie ihn nach Hause gebracht hat, gedeiht der Junge prächtig und ist jedes Mal, wenn ich ihn sehe, größer geworden.

Summers Baby sieht aus wie eine Mischung aus ihr und Sinclair und ist der süßeste kleine Junge, den ich je gesehen habe.

»Victoria und Saint werden ebenfalls mit ihrem Kind hier sein«, fügt sie hinzu.

Sie meint damit Saint, einen der Sieben, und seine Frau Victoria, die ihr Baby zu Hause bekommen hat. Ich verbringe gern Zeit mit ihnen, aber im Moment brauche ich einfach etwas Zeit für mich.

»Ich überlege, London über Weihnachten für eine Weile zu verlassen.«

»Wirklich?« Sie legt den Kopf schief.

»Ja.« Ich reibe mir den Nacken. »Ich bin erschöpft, und ich glaube, ich könnte eine Auszeit gebrauchen.«

»Du hast in letzter Zeit so viel gearbeitet«, sagt sie, während sie mein Gesicht mustert. »Ich verstehe, warum du wegwillst, aber ich wünschte, du könntest herkommen. Es wäre schön, dich hierzuhaben. Sogar Hunter Whittington hat versprochen, vorbeizukommen.«

»Hat er das?«

»Ja. Ich habe ihn auch nicht mehr gesehen, seit dem Tag, als er nach Summers Entbindung im Krankenhaus war.«

»Oh?«, mache ich und schaffe es hoffentlich, desinteressiert dreinzublicken.

»Er kandidiert doch nicht für das Amt des Premierministers. Ich frage mich, warum.«

Ich mich auch. Und das liegt nicht daran, dass ich seine Auftritte in den Medien verfolgt habe. Ganz und gar nicht. Es liegt nur daran, dass er oft für Schlagzeilen sorgt und mein Team mich über alle Ereignisse in der britischen Unterhaltungsbranche und Politik auf dem Laufenden hält, das ist alles. »Ich weiß es nicht.«

»Willst du wirklich nicht herkommen?«

»Nein.« Und schon gar nicht, wenn *Wie-heißt-er-noch* dort ist. Ich habe mich bislang so gut gehalten. Ihm von Angesicht zu Angesicht zu begegnen, würde mich nur in Versuchung bringen, und darauf kann ich verzichten. »Ich glaube, es ist das Beste, wenn ich eine Weile wegfahre. Neue Energie tanken, den Kopf frei kriegen und all das, verstehst du?«

»Wohin willst du denn?«

»Ähm … Ich … Um ehrlich zu sein, habe ich das noch nicht durchdacht. Ich bin erst jetzt auf den Gedanken gekommen.«

»Hmm.« Sie sieht mich nachdenklich an.

»Was?« Ich runzle die Stirn. »Habe ich etwas im Gesicht?«

»Nein, aber ich habe vielleicht etwas für dich.«

Ich neige den Kopf zur Seite.

»Ich kenne den perfekten Ort für dich, um dem allen zu entkommen.«

»Wirklich?«

»Ein kleines Cottage, nur zwei Stunden von London entfernt. Es liegt in einem wunderschönen kleinen Dorf, das aus *Liebe braucht keine Ferien* stammen könnte.«

»Meinst du den Film mit Kate Winslet und Cameron Diaz?«

»Ja. In dem Häuschen haben Weston und ich vergangenes Weihnachten auch zum ersten Mal miteinander geschlafen.«

»Wirklich?« Ich lache. »Das ist eine Geschichte, die ich hören muss.«

»Ich werde dir ein anderes Mal mehr erzählen. Wenn du jetzt aufbrichst, kommst du rechtzeitig vor dem Abend an.«

»Ähm, okay.« Sie scheint furchtbar scharf darauf zu sein, mich zum Gehen zu bewegen. Vielleicht kann sie sehen, wie müde ich bin. »Bist du dir sicher, dass es in Ordnung ist? Wem gehört das Haus?«

»Oh, es wird von allen Sieben gemeinsam genutzt und ist kürzlich renoviert worden. Sie haben einen Hausmeisterdienst, der es in Schuss hält, falls einer von ihnen für ein Wochenende vorbeischauen möchte. Es ist«, ihre Gesichtszüge erhellen sich, »voll ausgestattet. Der Hausmeister kommt heute Nachmittag vorbei, um ein paar Lebensmittel zu bringen. Schick mir eine Liste mit deinen Lieblingsspeisen, und wir werden dafür sorgen, dass sie vorhanden sind. So kannst du zu Weihnachten etwas Besonderes kochen.«

Ich lache. »Ich und kochen?«

»Oder auch nicht.« Sie zuckt mit einer Schulter. »Es sollte genug in der Küche sein, dass du dir etwas Einfaches zu essen machen kannst, wenn du willst.«

»Das klingt perfekt«, gebe ich zu.

»Es ist toll dort, du wirst es lieben.«

»Hmm.« Ich kaue auf meiner Unterlippe. »Und niemand fährt dieses Wochenende dorthin?«

»Alle sind über Weihnachten hier. Im Gegensatz zu dir, die angeblich lieber allein sein möchte.«

Ich ziehe die Schultern ein. »Ich weiß, und ich will nicht die Weihnachtshasserin spielen. Es ist nur so, seit Isla und Liam beschlossen haben, auf die Insel bei Venedig zu ziehen …«

»Sie fehlt dir, was?«

Ich reibe mir den Nacken. Isla fehlt mir mehr, als ich gedacht hätte. Mir war nicht klar, wie eng meine Freundschaft mit ihr und Solene ist. Und da Solene auf Tournee war und mich nur selten anrufen konnte, war ich auf Isla als enge Freundin angewiesen. Aber jetzt, da sie verheiratet ist und außerdem in einem anderen Land lebt, fühle ich mich etwas verloren. Normalerweise würde ich arbeiten. Wenn ich nicht im Büro bin oder mich entspanne, ist da eine Lücke in meinem Leben. Dann gehen mir Gedanken an Hunter durch den Kopf, und das passiert leider öfter, als mir lieb ist. Deshalb wird mir dieser Ausflug guttun.

»Sie fehlt mir, aber ich gönne ihr das Glück.«

»Du verdienst ebenfalls Glück«, murmelt Amelie sanft.

»Und ich werde es heute Abend mit einer schönen Flasche Wein erleben.«

»Und einem Whirlpool.«

»Ein Whirlpool?« Ich starre sie an. »Dieses Cottage hat einen Whirlpool?«

»Auf der hinteren Veranda. Sie ist überdacht, und man kann den Blick auf die Landschaft genießen, die sich vor einem ausbreitet.« Amelie schaut verträumt drein. »Es ist so … erholsam.«

Ist ihr Tonfall etwa anzüglich geworden? Ich schaue sie eindringlich an, aber ihr Gesichtsausdruck ist heiter und offen, wenngleich ihre Wangen ein wenig errötet sind.

»Ist es wirklich so perfekt wie auf einer Postkarte?«

»Mehr als du dir vorstellen kannst. Am liebsten wäre ich dorthin gefahren, aber wir haben uns verpflichtet, diese Party auszurichten, also …« Sie zuckt mit einer Schulter.

Jemand ruft ihren Namen. Sie dreht sich um und winkt jemandem über die Schulter zu, dann blickt sie wieder zu mir. »Wenn du nicht willst, dann …«

»Du hast mich überzeugt. Wo ist dieses Cottage, wie komme ich dorthin, und was noch wichtiger ist, brauche ich keine Schlüssel, um hineinzugelangen?«

18

HUNTER

Ich fahre den Wagen die kurze Einfahrt des Cottages hinauf und in die Garage auf der Rückseite. Mir ist eine an der Vorderseite des Hauses aufgefallen, aber Weston erwähnte, dass sie im Moment als Lagerraum genutzt wird. Ich stelle den Motor ab, und es kehrt Stille ein. Die Art von Stille, die nicht nur geräuschlos ist, sondern bei der man sich selbst atmen hören kann, bei der man spürt, wie die Anspannung von den Schultern gleitet, bei der man das Nichtvorhandensein von Vibrationen spürt, die durch den Verkehr, Flüge und Verkehrshubschrauber verursacht werden. Eine Stille ohne das Geräusch von acht Millionen Seelen, die in der Metropole namens London Atem holen.

Einer Stadt, in der ich aufgewachsen bin. Einer Stadt, die ich liebe, trotz der Höhen und Tiefen, die ich dort in einem Leben erfahren habe, das mir bislang zugegebenermaßen mehr Höhen als Tiefen beschert hat. Manche würden sagen, es ist ein privilegiertes Leben. Eines, in dem ich für die Spitzenposition in diesem Land vorbereitet wurde. Die Position, die mein Vater einst innehatte und von der ich mit Sicherheit wusste, dass ich sie eines Tages auch einnehmen würde. Ich habe diese Überzeugung nie infrage gestellt, war mit meinen Entscheidungen zufrieden – oder mit den Entscheidungen, die für mich standardmäßig getroffen wurden und die ich als meine eigenen annahm –, bis ich ihr begegnete.

Sie hat gesagt, dass sie mir nie verzeihen würde, wenn ich sie an diesem Tag in der Aufzugskabine küsse, aber ich habe es trotzdem getan. Als sie mich das letzte Mal gebeten hat, mich von ihr fernzuhalten, habe ich ihrer Bitte entsprochen, und sie war sauer auf mich. Es ergab also Sinn, ihre Einwände zu ignorieren und sie zu küssen … zumindest habe ich das gedacht.

Aber dann habe ich ihr in die Augen geschaut und ihren inneren Konflikt gesehen. Ich wusste, dass sie diesen Kuss als Vorwand benutzen würde, um sich von mir fernzuhalten. Und das ist etwas, was ich nicht zulassen werde. Ich habe sie geküsst, um ihr zu zeigen, was sie sich entgehen lässt. Und ich habe recht. Es war ein überwältigender, erschütternder, pulsierender Kuss, der einem die Eier abschnürt. Und sie hat es auch gespürt. Und wenn ich sie weiter geküsst hätte, wäre ich auf der Stelle in dieser verdammten Aufzugskabine gestorben. Das war der einzige Grund, warum ich sie habe gehen lassen. Nicht, weil es diese dunkle Sehnsucht in mir nicht erfüllt hätte, sie genau dort zu nehmen, an einem Ort, an dem wir beide jeden Moment hätten kompromittiert werden können – denn es war mir völlig egal, entdeckt zu werden. Aber ihr war es nicht egal. Und ich durfte nicht riskieren, sie auf diese Weise zu verletzen. Wenn es nach mir gegangen wäre, hätte ich sie auf der Stelle gefickt, wäre hinausgegangen und hätte den Journalisten draußen gesagt, dass sie mir gehört. Aber das hätte sie total verärgert, und obwohl Versöhnungssex mit Zara genauso explosiv wäre wie Hass-Sex, den wir zweifellos bald haben werden – Tatsache ist, dass ich möchte, dass sie mit mir zusammen sein will.

Wenn wir zusammenkommen, und das werden wir, dann deshalb, weil sie es genauso braucht wie ich. Weil sie zugibt, dass sie sich genauso danach sehnt wie ich, und beschließt, alle Vorsicht in den Wind zu schlagen und erwachsen genug zu sein, um zu dieser wahnsinnigen Anziehungskraft zwischen uns zu stehen.

Aber es ist mehr als nur Chemie. Es ist die Art von Verbindung, die man selten zu einem anderen Menschen verspürt. Dieses innere

Wissen, das einem signalisiert, dass man mit dieser Person einmal zusammen war, und das einen für jede andere verderben wird.

Sie wusste es. Ich wusste es auch. Aber sie hat sich geweigert, es zu akzeptieren. Und obwohl Geduld nicht meine stärkste Tugend ist, hatte ich dieses Mal keine andere Wahl, als mich zurückzulehnen und abzuwarten. Das widerspricht meiner Persönlichkeit so sehr, das ist so gegen meinen natürlichen Instinkt, ihr hinterherzujagen, dass es weitaus anstrengender war als die Vorbereitung meiner Kampagne zur Wahl des Premierministers. Das kann ich auch nicht ewig aufschieben. Aber ich habe einen Plan, und hoffentlich wird er bald aufgehen.

Allerdings musste ich aus London raus. Als ich bei Amelie und Weston ankam, war das Haus voll mit Freunden, Haustieren und Kindern. Es war schön, mit ihnen zusammen zu sein, mit den Sieben und den Sovrano-Brüdern zu plaudern und mit den Babys zu spielen, aber als ich die Wellen der häuslichen Zufriedenheit gespürt habe, die von ihnen ausgingen, wurde mir zum ersten Mal bewusst, was mir fehlt. Und allein die Tatsache, dass ich das gedacht habe, überraschte mich.

Vielleicht war ich doch müder, als ich gedacht habe. Vielleicht brauche ich wirklich eine Pause. Ich habe es Weston gegenüber erwähnt, und er sagte, er kenne den idealen Ort, an dem ich ungestört entspannen könne. Er gab mir eine Wegbeschreibung zu dem Cottage ein paar Stunden außerhalb Londons, wo er sich vergangenes Weihnachten mit Amelie getroffen hat. Ich war skeptisch, aber er hat die gut gefüllte Bar erwähnt und die Tatsache, dass sie aufgestockt worden ist, sodass ich mich nicht um Einkäufe kümmern muss, und dann hat er von dem Whirlpool auf der hinteren Terrasse gesprochen. Damit war es entschieden.

Ich habe die Wegbeschreibung und den Zugangscode für die Haustür mitgenommen und mich dann auf den Weg nach Hause gemacht, um meine Tasche zu packen. Als ich kurz mit meinen Eltern telefoniert habe, waren sie enttäuscht, dass ich Weihnachten nicht nach Hause komme. Dann bin ich zum Cottage gefahren.

Jetzt stoße ich die Tür meines Jaguars auf – meine bevorzugte Automarke, wenn ich selbst fahre – und steige aus. Auf dem Weg hierher habe ich es geschafft, dem Sicherheitspersonal zu entkommen. Das war vielleicht nicht der klügste Schachzug, aber ich habe ein wenig Zeit gebraucht, ohne dass mir jemand im Nacken sitzt. Nur ein Abend zum Entspannen. Ich bin mir sicher, dass meine Leute mich bis morgen aufspüren werden. In der Zwischenzeit bin ich allein mit meinen Gedanken – und natürlich den Gedanken an sie – und einem ganzen Abend. Und wenn ich Glück habe, dem ganzen morgigen Tag, ohne Anrufe, ohne Störungen und ohne Einmischung. Ich öffne die Hintertür, schnappe mir meine Reisetasche und schließe das Auto ab. Ich gehe die Treppe hinauf, gebe den Zugangscode für die Tür ein, und sie geht mit einem Klicken auf. Ich betrete das Haus, schalte das Licht ein und schaue mich um.

Weston hat nicht übertrieben, als er sagte, es sei kürzlich renoviert worden und biete alle Annehmlichkeiten unter einem Dach. Das Sternenlicht fällt durch die Fenster auf der rechten Seite herein und erhellt den Raum. Ein Kamin dominiert den Raum. Zu meiner Rechten steht eine Couch. Auf der gegenüberliegenden Seite befindet sich eine Bar. Alle Einrichtungsgegenstände sind neu.

Ich mache einen Schritt, und meine gestiefelten Füße sinken in den Plüschteppich. Als ich den Kamin erreicht habe, lege ich den Schalter an der Wand daneben um. Sofort lodern die Flammen. Ich gehe um den Kamin herum, dann durch die Tür und einen kurzen Flur hinunter, der in die Küche führt. Rechts ist eine weitere Tür, die vermutlich zum Schlafzimmer führt. Ich gehe hindurch, lasse meine Tasche auf den Teppichboden fallen und strecke mich. Ein Drink und dann ein langes Bad im Whirlpool, das klingt perfekt. Ich ziehe meine Krawatte und mein Hemd aus, dann meine Schuhe und Socken, meine Hose und meine Boxershorts. Ich schnappe mir ein Handtuch und wickle es um meine Taille, bevor ich zur Bar zurückkehre. Ich greife nach der Flasche Whisky – Macallan vierundzwanzig Jahre alt; die Seven geizen natürlich nicht mit Alkohol – und schenke mir ein Glas ein. Da ist auch eine Zigarrenkiste. Ich klappe sie auf, cutte das Ende, zünde eine Zigarre an und klemme sie mir zwischen die Zähne. Ich schnappe mir das Glas und gehe zurück durch den Flur und an der Küche vorbei zur hinteren Veranda und dem Whirlpool.

Fast habe ich die Schiebetüren erreicht, als ich die Klänge von Musik höre. Hm? Die Fensterscheibe ist beschlagen. Deshalb habe ich das Flackern des Lichts, das hindurchschimmert, nicht bemerkt. Ich mache einen Schritt nach vorn, und die Töne werden lauter. Ich erreiche die Türen und öffne sie leicht.

Die Musik löst sich in die Akkorde eines Songs auf, der mir bekannt vorkommt, den ich aber nicht einordnen kann. Ich kann jedoch erkennen, wer die Person im eingelassenen Whirlpool ist. Sie kehrt mir den Rücken zu und hat ihr dunkles Haar zu einem unordentlichen Dutt auf dem Kopf zusammengesteckt. Ein paar Strähnen haben sich gelöst und kleben an ihrem schlanken Hals. Ihre Schultern sind nackt und sie hat einen Arm über den Wannenrand gestreckt. Während ich sie beobachte, schlingt sie die Finger ihrer Hand um den Stiel eines Weinglases und hebt es hoch. Gleichzeitig dreht sie den Kopf, sodass ich den Schwung ihrer Wimpern, ihre nach oben gerichtete Nase und die vollen Lippen sehen kann, die sie um den Rand des Glases legt und einen Schluck trinkt.

Das Blut fließt in meine Leistengegend. Ich brauche nicht nach unten zu schauen, um zu wissen, dass ich hart bin. Ihre Kehle bewegt sich, während sie schluckt, und ich frage mich, wie es sich anfühlt, wenn sie an meinem Schwanz saugen würde. Das Licht der Kerzen, die sie überall verteilt hat, verleiht dem Tableau eine traumartige Atmosphäre.

Die Stimme der Frau, die durch den Lautsprecher hallt, den Zara auf dem Podest neben der Badewanne aufgestellt hat, trällert davon, dass sie sich getäuscht, dass sie zu viel verlangt hat und sich im Allgemeinen die Schuld an der unvermeidlichen Trennung gibt, von der so viele Popstars singen. Trotzdem muss ich zugeben, dass die Melodie eindringlich ist.

Ich paffe an meiner Zigarre und blase den Rauch aus, bevor ich merke, dass sie ihn wahrscheinlich riechen und merken wird, dass ich hier bin. Nicht, dass ich vorgehabt habe, ihr wie ein Stalker nachzuspionieren. Aber sie zu beobachten, ohne dass sie weiß, dass ich das tue, ist ein Genuss. Auch wenn ich vielleicht langsam wie ein Typ aus einem dieser Popsongs klinge, die ich so sehr verabscheue.

Sie lehnt den Kopf zurück, und obwohl ich ihren Körper nicht sehen kann, spüre ich dennoch, wie entspannt sie ist. Wie sie in diesem Moment ganz in sich selbst versunken ist. Dennoch hoffe ich, dass sie auch ein wenig von mir träumt. Ich trinke einen Schluck von meinem Whisky, der sich seinen Weg durch meine Speiseröhre bahnt und eine angenehme Wärme verursacht. Nichts davon ist vergleichbar mit der Hitze ihrer Muschi, wenn sie sich irgendwann um meinen Schaft krampft. Ich stöhne fast laut auf bei dieser Vorstellung und der Lust, die sich in meinen Leisten festsetzt.

Ich habe die Stadt verlassen, um den Gedanken an sie zu entfliehen … und begegne nun hier dem Objekt meiner Begierde.

Ich war so kurz davor, Michaels Vorschlag anzunehmen und Kameras an ihrem Telefon und Computer anzubringen, damit ich verfolgen kann, wo sie ist. Und wenn ich das getan hätte, hätte ich gewusst, dass sie hier ist, und hätte Westons Einladung vielleicht nicht angenommen. Natürlich hätte mich das von der moralischen Grauzone in die Zone *inakzeptabel* katapultiert, da mache ich mir keine Illusionen. Ich hatte schon immer diesen dunklen Fleck in meiner Persönlichkeit, den ich sorgfältig vor der Welt versteckt habe. Und das wäre auch so geblieben, wenn ich ihr nicht begegnet wäre.

Sie bringt eine ursprüngliche, animalische Seite in mir zum Vorschein, die ich bisher zu leugnen versucht habe. Etwas an ihr erweckt in mir den Wunsch, sie ihr zu offenbaren, und sei es nur, um ihre Reaktion zu testen. Um zu sehen, ob sie mich dann noch mehr hasst oder, wenn ich richtig liege, eine andere Seite an ihr hervorlockt. Eine, die ich zwar erahnt, aber nie in vollem Umfang gesehen habe. Einen Teil von ihr, der mich dazu drängt, sie unterwerfen zu wollen.

Ich puste noch einmal Rauch von meiner Zigarre aus, lasse mein Handtuch fallen und gehe die Stufen hinunter, die zum Whirlpool führen. Ich lasse mich in das sprudelnde Wasser sinken und stelle mein Whiskyglas auf den Rand neben mir. »Hallo, Feuer.«

19

ZARA

In der einen Sekunde trällert Taylor Swift von ihrer verlorenen Liebe zu Jake Gyllenhaal und wie er wieder mit ihr zusammenkommen wollte, nur um ihr erneut das Herz zu brechen. In der nächsten höre ich eine vertraute männliche Stimme, die mich in meinen Träumen und, wenn ich ehrlich bin, fast in jedem wachen Moment verfolgt hat.

Ich reiße die Augen auf, und da ist er, im Whirlpool. Das Kerzenlicht hebt die Vertiefungen seiner Wangen hervor und verwandelt seine Haut in eine goldene, kandierte Oberfläche, an der ich gern lecken und saugen würde. Er hat eine Zigarre zwischen die Zähne geklemmt, aus deren angezündetem Ende eine Rauchfahne wie der gegabelte Schwanz eines Teufels emporweht. Und verdammt, die abstehenden Haarbüschel auf seinem Kopf sehen beinahe aus wie Hörner. Sein Oberkörper ist nackt … Seine wie gemeißelt aussehende Brust und seine breiten Schultern machen den Whirlpool, der sich für eine Person zu groß angefühlt hatte, nun zu klein für uns beide.

Wir beide hier? Was zum Teufel macht er hier? Ich habe geglaubt, den süßen Kirschduft von Zigarrenrauch zu riechen, aber ich habe es als Einbildung abgetan. Allerdings war dem nicht so. Das

Arschloch, das mich in meinen Träumen heimgesucht hat, sitzt mir im Whirlpool gegenüber. Er nimmt die Zigarre aus dem Mund und hält sie aus dem Wasser. Mit der anderen Hand greift er nach seinem Whiskyglas und hält es in meine Richtung.

»Hallo, Feuer.«

Ich balle die Hände zu Fäusten. Ja, es besteht kein Zweifel. Er ist wirklich hier. Ich träume nicht. Nicht, dass ich wirklich daran gezweifelt hätte – ich neige nicht zu Höhenflügen, bei denen mein Geist Illusionen heraufbeschwört, die nur allzu real erscheinen –, aber bis er das gesagt hat, hat sich ein Teil von mir gefragt, ob ich so lange und so intensiv an ihn gedacht habe, dass die Bilder in meinem Kopf vielleicht lebendig geworden sind. Wenigstens weiß ich jetzt, dass ich nicht schuld bin. Er ist hier und – ich senke den Blick wieder auf seine Brust – trägt keine Kleidung. Zumindest nicht am oberen Teil seines wunderschönen, wohlgeformten, muskelbepackten Körpers.

Der Dampf kondensiert auf seiner Brust. Die Tröpfchen glitzern wie Tautropfen auf Blättern am frühen Morgen. Vielleicht sollte ich sagen, wie die Flecken eines Leoparden, denn wie er so daliegt, die Augen halb geschlossen, als warte er auf den unvermeidlichen Wutausbruch von mir, ähnelt er einem Raubtier … einer Bestie … einer geschmeidigen Katze. Er ist ein Abbild von Männlichkeit und scheint in sich zu ruhen und gleichzeitig bereit, bei der geringsten Provokation zuzuschlagen.

Habe ich schon erwähnt, dass sein Oberkörper nackt ist? Ich schlucke. Er zieht einen Mundwinkel nach oben. Seine Augen glänzen. Der Bastard genießt das hier. Zweifellos denkt er, ich würde einen Anfall bekommen und mich danebenbenehmen – was ich auch gern täte –, aber diese Genugtuung gönne ich ihm nicht. Ich greife nach meinem Weinglas und erhebe es. »Prost, Schwefel.«

Er ist einen Moment lang verblüfft, dann lacht er. Der Laut reizt meine ohnehin schon gespannten Nervenenden und dringt direkt in mein Innerstes vor. Hitze breitet sich zwischen meinen Beinen aus. Meine Zehen krümmen sich. Mein Gott, und das alles nur, weil das Wichsgesicht gelacht hat?

Vielleicht ist es keine so gute Idee, so zu tun, als ob ich mit seinem plötzlichen Auftauchen einverstanden wäre. Vielleicht wäre es besser, einen Anfall zu bekommen. Das hier sollte eine Auszeit für mich sein. Warum ist er hier? So oder so, es ist klar, dass ich nicht hierbleiben kann, jetzt, da er hier ist. Ich sollte auf der Stelle von hier verschwinden. Warum beinhalten eigentlich alle meine letzten Sätze *hier*?

Ich stelle mein halb gefülltes Glas so schwungvoll auf den Rand des Whirlpools, dass der Wein über die Seiten schwappt. Dann will ich mich aufrichten, aber Hunters Arm schnellt hervor und er umschließt mit den Fingern mein Handgelenk. Ein Blitz geht von seiner Berührung aus. Jetzt geht das schon wieder los.

Offenbar hat sich in den vergangenen Monaten nichts geändert. Wenn überhaupt, ist mein Körper sogar noch empfänglicher für seine Berührungen und das Pochen zwischen meinen Beinen intensiver geworden. Mein gesamter Körper scheint mit einem überwältigenden Gewicht beschwert zu sein scheint, auch wenn sich mein Kopf leichter anfühlt, als würde ich über meinem Körper schweben und diese bizarre Situation beobachten.

Ich schaue auf seine Hand um meinen Arm, dann wieder in sein Gesicht, aber er lässt nicht los.

»Bleib hier!«, dröhnt seine Stimme aus der Ferne. Sein Blick ist intensiv und seine blaugrünen Augen haben sich zu einem seltsamen Farbton aufgehellt, den ich nur als farblos beschreiben kann. Es ist, als ob all seine Emotionen darin tobten, bereit, in einem so intensiven Gefühlsball auf mich zurückgeschleudert zu werden, dass ich keine Chance habe. Ich räuspere mich, aber es kommt nur ein Krächzen heraus. »Hunter …«

»Nein, sag nichts. Lass uns einfach den Rest des Abends genießen, okay?«

Ich schaue ihn an und nicke. »Okay.«

»Okay.« Sein Griff lockert sich, und er scheint mich nur mit großem Widerwillen loszulassen. Ich setze mich wieder hin, greife nach meinem Weinglas und trinke einen Schluck. Ich stelle es wieder auf den Wannenrand, dann lehne ich mich zurück. Da ich nichts mit meinen Händen anzufangen weiß, lege ich sie in den Schoß. Sein Blick folgt der Bewegung, und seine Augen blitzen auf. Ich trage meinen knappsten Bikini, der kaum meine Brustwarzen bedeckt, und untenrum einen String-Tanga. Um ehrlich zu sein, hätte ich den gar nicht angezogen, denn ich dachte, ich wäre allein. Es ist nur so … Ich habe den Bikini angezogen und bin in die Wanne gestiegen, da wurde mir klar, dass ich mir die Mühe hätte sparen können. Danach war ich zu faul, ihn wieder auszuziehen. Gott sei Dank … oder vielleicht auch nicht. Vielleicht hätte ich es genossen, ihn zu schockieren, wenn ich nichts anhätte – nicht, dass er schockiert gewesen wäre. Er war wahrscheinlich mit vielen Frauen zusammen gewesen. Ein Stachel bohrt sich in meine Brust … Wow, was hat das zu bedeuten? Ich habe keinen Anspruch auf ihn. Obwohl ich einen haben könnte. Wenn ich das will.

»Ich kann dich denken hören«, sagt er.

»Und ich wünschte, ich müsste deine Stimme gar nicht hören.«

Er verzieht die Lippen. »Ich kann es kaum erwarten, deine Stimme zu hören, wenn du endlich meinen Namen schreist, während du kommst.«

Das heiße Gefühl in meiner Brust bläht sich zu einer gewaltigen Lavaexplosion auf, die bis in meine Extremitäten vordringt. Meine Arme und Beine zittern. Ein Schauder erfasst mich, und ich muss mich sehr beherrschen, nicht die Beine zusammenzudrücken. O mein Gott, wenn Hunter so schmutzig redet, ist das der Stoff, aus dem meine Träume gemacht sind. Und ich will ehrlich sein, ich habe seinen Namen viele Male in all meinen erotischen Fantasien gestöhnt, in denen er genau das mit mir gemacht hat.

»Lass mich raten, du hattest keine Ahnung, dass ich hier bin«, murmle ich.

»Wenn ich gewusst hätte, dass du hier bist, hätte ich …« Er mustert mein Gesicht. »Ich wäre trotzdem gekommen. Damit das klar ist: Ich habe dein Auto draußen nicht gesehen. Ich hatte keine Ahnung, dass jemand im Haus ist.«

»Ich habe mein Auto in die Garage gestellt«, entgegne ich

»Das würde erklären, warum ich es nicht gesehen habe. Ich schätze, wir sitzen hier die ganze Nacht fest.« Seine Augen glänzen.

Entsetzt reiße ich die Augen auf. *Nein, nein, nein! Ich kann die Nacht nicht mit ihm verbringen. Das kann ich einfach nicht.* Wenn doch, werde ich der Anziehungskraft zwischen uns nicht widerstehen können.

»Du musst gehen, sofort!«, platze ich heraus.

»Hast du in letzter Zeit mal rausgeschaut?« Er blickt zum Himmel jenseits der geschlossenen Veranda. Ich folge seinem Blick und entdecke weiche herabrieselnde Schneeflocken.

»Du verarschst mich doch.«

»Es ist ein Sturm im Anmarsch. Das habe ich auf dem Weg hierher im Wetterbericht gehört.«

»Bist du sicher, dass du es nicht nur arrangiert hast, damit wir beide die Nacht miteinander verbringen müssen?« Ich schaue ihn finster an.

»Verbringen wir die Nacht miteinander?« Er legt den Kopf schief.

Meine Oberschenkel spannen sich an. Jede Zelle in meinem Körper ist in Alarmbereitschaft. Jede Pore in meiner Haut öffnet sich in Erwartung. Ich bin so was von am Arsch. Was soll ich jetzt bloß tun?

»Zara?« Seine Stimme ist tief und sanft, und doch hat sie etwas Hartes an sich. Eine gewisse Spannung liegt darin. Sie erreicht mich und entzündet den Hitzeball, der sich in meinem Bauch eingenistet hat. Lodernd breitet er sich in meinem Körper aus und meine Zehen krümmen sich.

»Feuer«, murmelt er, und dieses Mal ist seine Stimme von Verzweiflung geprägt. Die Haut um seine Augen spannt sich an. Seine Haltung ist locker, aber jeder Muskel in seinem Körper ist angespannt. Die Muskeln in seinen Schultern sind steif und definiert, und, o Gott, ich möchte die Hand ausstrecken und ihre Form nachzeichnen und ihre Dimensionen spüren. Ich möchte mich an ihm reiben und die Schweißtropfen ablecken, die an seiner Schläfe herunterlaufen. Ich möchte mich auf seinen dicken, langen, großen Schwanz hinablassen und mich dann an ihm festkrallen, bis er seine Kontrolle aufgibt und mich so hart fickt, dass ich nicht mehr denken kann.

»Du bringst mich um den Verstand«, knurrt er, und etwas in mir zerspringt.

Ich stehe auf.

20

HUNTER

Das Wasser ergießt sich von ihren Schultern und gleitet von ihren Hüften. Eine Sekunde lang steht sie da, eine Mischung aus Meerjungfrau und Artemis, der Jägerin. Ihr Bikini-Oberteil bedeckt kaum ihre Brustwarzen, die sich durch den Stoff abzeichnen. Ihre Taille ist schmal und ihre Hüften sind breit genug, um die klassische Sanduhrfigur zu formen, die mich verrückt macht, seit ich sie zum ersten Mal gesehen habe. Ihre Oberschenkel sind voll und kräftig. Meine Finger kribbeln, meine Handflächen schmerzen und ich möchte ihren Hintern zusammendrücken und sie markieren, damit sie jedes Mal, wenn sie auf die Stelle sieht, weiß, wem sie gehört.

Sie macht ein paar wenige Schritte und stellt sich vor mich. Ich neige den Kopf nach hinten und beobachte, wie sie mir die Zigarre aus den Fingern nimmt. Sie führt sie an ihre Lippen und schließt sie darum, und verdammt, mein Schwanz steht sofort stramm. Wem will ich was vormachen? Er stand schon vorher stramm, aber jetzt ist er … noch strammer? Sie zieht an der Zigarre und bläst eine Rauchwolke aus.

»Du spielst mit dem Feuer, Feuer«, knurre ich.

»Und wenn ich heute Nacht verbrannt werden will?«

»Willst du verbrannt werden?«

Sie mustert mein Gesicht. »Nur wenn du mit mir brennst.«

Ich entreiße ihr die Zigarre und streiche über ihre Finger. Sie zittert, und ein heftiges Gefühl zieht meine Brust zusammen. Ohne den Blickkontakt zu unterbrechen, stecke ich die Zigarre zwischen meine Lippen. Ihr Geschmack – etwas Würziges und Scharfes und so verdammt Vertrautes – benebelt meine Sinne. Ich starre sie an, aber sie weicht nicht zurück. Verdammte Scheiße, ich werde es genießen, sie zu zähmen.

»Da ist allerdings eine Sache«, murmelt sie.

»Oh?« Ich schiebe die Zigarre in meinen Mundwinkel. »Verhandeln wir?«

»Vielleicht.« Zum ersten Mal sieht sie unsicher aus. Mein Herz schlägt schneller. Verdammt, was ist das für ein Wahnsinn, dass allein der Gedanke, dass sie sich nicht wohlfühlt, mich dazu bringt, ihre Unsicherheiten beseitigen zu wollen?

»Was ist los?«, belle ich und meine Stimme klingt rauer als beabsichtigt.

Sie runzelt die Stirn. »Es ist nur für eine Nacht.«

»Hm?«

»Du. Ich. Wir ficken. Aber nur heute Nacht. Morgen gehen wir getrennte Wege.«

»Wenn das Wetter es zulässt.« Ich meine damit den Schnee, der immer heftiger zu fallen beginnt.

»Wenn das Wetter mitspielt«, stimmt sie zu.

»Und wenn es morgen immer noch schneit, geht die Abmachung weiter.«

Sie zieht die Augenbrauen zusammen. »Ich muss morgen wieder in London sein.«

»Ich auch. Aber wenn es zu gefährlich ist zu fahren …« Ich zucke mit einer Schulter.

»Dann fahre ich, sobald der Schnee weg ist, egal wie spät es ist.«

»Nur, wenn du mich dich fahren lässt.«

»Ich habe ein Auto …«

»Ich werde dafür sorgen, dass es zurückgebracht wird«, entgegne ich.

Sie schürzt die Lippen, dann nickt sie. »Gut.«

Ich schaue sie von oben bis unten an. »Natürlich darf ich heute Abend alles mit dir machen, was ich will.«

Sie blinzelt. »Was soll das heißen?«

»Du lässt mich tun, was ich mit dir tun will. Und du tust alles, was ich dir sage.«

»In angemessenem Rahmen.«

»Wähle ein Safeword!«, befehle ich.

»Wie bitte?« Sie zuckt mit den Schultern. »Ich stehe nicht auf SM.«

»Ich schon.«

»Ah …« Sie öffnet und schließt den Mund. »Und wenn es mir nicht gefällt?«

»Oh, das wird es«, entgegne ich grinsend.

Sie errötet. Ihre Augen funkeln, und ich würde am liebsten aufspringen, sie über eine Schulter werfen und mit ihr ins Schlafzimmer gehen. Aber Geduld. Geduld. Wir wollen die Tigerin ja nicht verschrecken.

Sie beißt sich auf die Unterlippe und mir steht der Schweiß auf der Stirn. Dieses Spiel des Wartens und der Verlockung spiele ich normalerweise nicht mit Frauen. Aber wenn man eine herrliche Göttin umwirbt, tut man, was nötig ist.

»Welche Art von SM meinst du?«, fragt sie schließlich.

»Es kann alles sein.« Ich blase eine Rauchwolke aus. »Du hast ein Safeword, und sobald du es sagst, höre ich auf.«

»Einfach so?« Sie runzelt die Stirn.

»Einfach so. Aber denk daran, sobald du es sagst, ist die Nacht vorbei.«

»Hm.« Sie schürzt die Lippen. »Also sage ich das Wort, und das war's. Kein Sex mehr.«

»So ähnlich.«

»Du hast viel Vertrauen in deine Fähigkeit, deine Libido auszuschalten.«

Mein Grinsen wird breiter. »Du wirst nicht wollen, dass ich aufhöre, das verspreche ich dir.«

Sie macht ein spöttisches Geräusch. »Mach keine Versprechungen, die du nicht halten kannst.«

»Haben wir einen Deal?«

Sie kneift die Augen zusammen.

»Während du die Vor- und Nachteile abwägst, hast du ein Fältchen in deinem Mundwinkel.«

»Wirklich?« Sie reibt sich den linken Mundwinkel.

Ich zeige mit dem Finger darauf. »Komm her und ich zeige es dir.«

Sie beugt sich langsam vor, bis ihr Gesicht knapp über meinem ist. Ich streiche mit einem Daumen über ihren Mund. Sie schluckt, weicht aber nicht zurück.

Ich fahre mit dem Daumen über ihre Unterlippe und Zara stöhnt leise.

»Sag Ja«, murmle ich.

»Und wenn nicht?«

»Das wirst du.«

Sie schüttelt den Kopf. »Deine verdammte Arroganz! Ich hoffe, du hast die Mittel, um sie zu untermauern.«

»Ist das ein Ja?«

»Ja«, flüstert sie.

»Wähle ein Safeword.«

»Muss ich das?«

»Du hast zugestimmt, Feuer.«

Sie blickt mir in die Augen und nickt dann.

»Für welches Wort hast du dich entschieden?«

»Granatapfel.«

Ich nicke. »Das Symbol der Fruchtbarkeit und des Überflusses. Dessen Kerne haben dazu geführt, dass Persephone an Hades gebunden wurde.«

»Ich habe nicht um eine Lektion in Mythologie gebeten«, spottet sie.

Ich lasse die Hand sinken und nicke mit dem Kinn zu ihrer Seite der Wanne. »Geh zurück in deine Ecke.«

»Wie bitte?« Ihre Kinnlade klappt herunter. Aber verdammt noch mal, ihr Gesichtsausdruck ist jede Auseinandersetzung wert, die noch folgen wird. Ich werde sie für mich gewinnen, daran habe ich keinen Zweifel. Und ich werde dafür sorgen, dass sie jede

Sekunde unserer gemeinsamen Nacht genießt. Und wenn sie mich anschließend noch mehr hasst, spornt mich das nur weiter an, sie für mich beanspruchen zu wollen.

»Du hast mich gehört.« Ich greife nach meinem Whiskyglas und leere es. »Außerdem brauche ich noch einen Drink.«

Sie sieht mich ausdruckslos an, also wiederhole ich die Worte langsam: »Ich brauche noch einen Drink.«

Sie verdreht die Augen. »Ich habe dich schon beim ersten Mal verstanden, du Wichser. Wenn du einen Drink brauchst, kannst du ihn dir verdammt noch mal selbst holen.«

Ich starre sie an und sie erwidert meinen Blick.

Ich neige den Kopf, und sie schlägt sich mit den Händen auf die Hüften, was dazu führt, dass ihre Brüste wackeln. Ihre Brustwarzen zeichnen sich noch deutlicher unter dem Stoff ab, während sich Wassertropfen auf ihrer Brust und in der Senke zwischen ihren Brüsten festsetzen. Mein Schwanz wird noch härter, aber ich will nicht, dass sie das mitbekommt. Nicht, dass ich jetzt etwas zu verbergen hätte, aber ich ziehe es vor, so zu tun, als hätte ich die Oberhand. Zumindest vorläufig.

»Feuer«, sage ich mit leiser Stimme und sie schluckt.

Zara wirft die Hände hoch. »Gut, ich werde dir einen holen. Aber nur, weil ich mein Wort nicht brechen will.«

»Ich verlasse mich darauf.«

Sie greift nach meinem Whiskyglas, dann dreht sie sich um und steigt aus dem Whirlpool. Eine Sekunde lang hält sie inne. Ihre kurvige Figur wird von dem flackernden Kerzenlicht umschmeichelt. Ihr Arsch ist verdammt noch mal der phänomenalste, atemberaubendste Hintern, den ich je gesehen habe. Am liebsten würde ich meine Zähne in diesem reifen Pfirsichpo versenken.

»Du starrst«, murmelt sie, ohne sich umzudrehen.

»Stört dich das etwa?«

»Nur wegen deines dummen Vorhabens, mich in die Schranken weisen zu wollen, wird unsere Lustbefriedigung unnötig hinausgezögert.«

»Das steigert nur die erotische Spannung, Baby.«

»Warum gibst du nicht zu, dass du es tust, um Kontrolle über mich zu haben?«

»Oder vielleicht stehe ich einfach darauf, mich selbst zu quälen.«

Sie dreht sich um und schaut mich über eine Schulter an. »Bist du immer so … ehrlich?«

»Dachtest du, ich würde das Offensichtliche leugnen? Wenn es um dich und mich geht, will ich dir die Wahrheit sagen … Es sei denn, es gibt einen guten Grund, etwas zu verschweigen.«

Sie kneift die Augen zusammen. »Du verheimlichst mir also etwas?«

»Je schneller du den Whisky holst, desto schneller wirst du es herausfinden.«

»Unser Wortgefecht kommt doch gerade erst so richtig in Fahrt.«

»Das ist nicht das Einzige, was in Fahrt kommt, Baby.«

Sie schaut auf meinen Schritt. Ihre Augen weiten sich und ihre Wangen erröten.

Ich kann mir das Grinsen nicht verkneifen, das meine Lippen umspielen will. »Beantwortet das deine Frage, wie gut ich ausgestattet bin?«

»Wie du damit umgehst, wird sich zeigen, Schwefel.« Sie hebt ihr Glas auf und macht sich dann auf den Weg zur Tür. Dabei schwingt sie ihren Hintern ausgiebig hin und her. Hitze durchströmt mich und Schweißperlen rinnen mir über die Schultern. Bei diesem Tempo werde ich derjenige sein, der seine Bedürfnisse zuerst stillt, bevor ich sie überhaupt dazu gebracht habe, sich zu unterwerfen. Und das werde ich auf keinen Fall zulassen. Sie muss sich mir gegenüber öffnen und verwundbar genug werden, um zu spüren, was ich für sie empfinde.

Sie verschwindet im Haus, nur um einige Sekunden später mit meinem und ihrem Glas wieder aufzutauchen. Sie kommt die Treppe herunter und steigt in das sprudelnde Wasser, das ihr bis zu den Hüften reicht. Sie hält mir mein Glas hin. Ich nehme es ihr ab und lasse meine Finger noch einmal über ihre streifen. Ihr Atem stockt. Eine Ader in ihrem Hals pulsiert so rasch wie der Flügelschlag eines Kolibris.

»Geht es dir gut, Feuer?«

»Warum sollte es mir nicht gut gehen?«

Ich spreize die Beine und zeige mit dem Kinn auf meinen Schritt.

»Du willst, dass ich mich … dahin setze?«

»Hast ein Problem damit?«

»Nein, natürlich nicht.« Sie dreht sich um und stellt ihr Glas auf den Wannenrand. Natürlich muss sie sich bücken, was bedeutet, dass ihr prächtiger Hintern direkt vor meinem Gesicht ist. Meine Finger kribbeln, meine Oberschenkelmuskeln versteifen sich, und jede Gehirnzelle in meinem Kopf hat vorübergehend einen Kurzschluss. Mein Gott, ich würde alles dafür geben, meine Zähne in diesem üppigen Hintern zu vergraben – eine Reaktion, die sie zweifellos von mir erwartet, weshalb sie mir ihren Arsch zur Schau stellt. Aber ich werde ihr diese Genugtuung nicht geben. Aber ich muss einen Laut von mir gegeben haben, denn sie blickt sich mit einem hämischen Gesichtsausdruck um. »Alles in Ordnung da hinten?«

Das ist der letzte Strohhalm. Zwei können dieses Spiel spielen. Und ich habe nicht vor zu verlieren. Nicht in dieser Runde. Ich lege die Hände auf ihre Hüften, dann beuge ich mich vor und vergrabe mein Gesicht in ihrem Arsch.

21

ZARA

»O mein Gott!« Das Weinglas kippt um, aber ich kann es im letzten Moment auffangen. Hunters Zunge ist zwischen meinen Arschbacken. Hitze durchströmt mich. Ich versuche, mich wegzubewegen, aber er hält mich an den Hüften fest. Ich bin nicht prüde, bei Weitem nicht. Ich bin eine starke, unabhängige Frau, die immer geglaubt hat, dass der perfekt zu mir passende Mann eine Illusion ist, dass die einzige Person, auf die ich mich verlassen kann, ich selbst bin. Dass die Person, die mich so zu schätzen weiß, wie ich bin, erst noch geboren werden muss. Das ist etwas, woran ich fest geglaubt habe, und niemand, den ich je kennengelernt habe, hat mich dazu gebracht, diese Annahme zu überdenken. Aber die Art und Weise, wie dieser Mann meinen Körper anbetet, indem er diesen sehr intimen, sehr verbotenen Teil von mir leckt, lässt mich jeden meiner Glaubenssätze infrage stellen. Und das liegt nicht nur daran, wie mein Körper auf seine Berührung reagiert, wie mein Herz gegen meinen Brustkorb schlägt wie mein Lieblingsvibrator auf höchster Stufe, wie sich meine Brustwarzen verhärten und meine Oberschenkelmuskeln zittern, wie ich mich nicht davon abhalten kann, mich gegen sein Gesicht zu drücken. Aber verdammt noch mal, das will ich nicht. Ich will nicht, dass er merkt, wie erregt ich bin, weil er an meinem Arsch nuckelt. »Hunter, hör auf!«, keuche ich.

Das spornt ihn nur noch mehr an. Er zieht meine Pobacken weiter auseinander und schiebt mein Bikinihöschen beiseite, dann streicht er mit der Zunge über mein Loch. Meine Augen rollen zurück. Er schiebt seine Zunge in meinen hinteren Kanal und ich erschaudere. Vor Lust zieht sich mein Unterleib zusammen und ich presse die Schenkel zusammen. Gleich komme ich. O Gott, ich komme …

Er zieht die Zunge heraus. »Wage es nicht zu kommen, Feuer.« Ich höre seine Stimme wie aus weiter Ferne. Er hat aufgehört, mich mit seiner magischen Zunge zu quälen. Ich stoße meinen Hintern zurück und versuche, das Gefühl zu vertreiben, das mich an den Rand gebracht hat. Hunter lacht.

Der Schwachkopf lacht tatsächlich, und meine Lust ist wie weggeblasen. Ich ziehe mich zurück – und dieses Mal lässt er mich gewähren. Ich drehe mich um, richte mein Bikinihöschen und hebe eine Hand, aber er fängt sie auf. Dann wischt er sich mit dem Rücken seiner freien Hand über den Mund. Die Geste ist so erotisch, so anzüglich, dass sich meine Muschi verkrampft. Der Lustschauer, der so abrupt verschwunden war, steigt wie eine Welle wieder an die Oberfläche. Ich schlage die Knie zusammen und würde im Wasser versinken, wenn er nicht mein Handgelenk fest im Griff hätte.

Er betrachtet mein Gesicht. »Alles okay?«

»Nein. Warum hast du aufgehört?«

»Ich habe dir doch gesagt, dass ich dich nicht kommen lassen werde. Jedenfalls nicht so einfach.«

Wichser! Ich versuche, mich wieder von ihm zu lösen, aber er hält mein Handgelenk fester.

»Lass mich los!«

»Wenn du nicht mehr wütend bist.«

»Du kannst mir nicht vorschreiben, was ich fühlen soll«, knurre ich.

»Wollen wir wetten?«

»Fick dich!« Ich sollte ihn nicht merken lassen, wie sehr er mich verunsichert. Aber verdammt, ich darf es ihm doch zeigen, oder etwa nicht? Zuerst taucht er hier auf, unter demselben Dach, im selben Whirlpool wie ich, während ich ziemlich erregende Gedanken über ihn habe. Und dann setzt er diese erregenden Gedanken auf die erotischste Art und Weise um, was ich nicht von ihm erwartet hätte. Um ehrlich zu sein, bin ich mir nicht sicher, was ich erwartet habe, aber sicher nicht das. Auf jeden Fall nicht Hunter Whittington, der meinen Arsch knetet, als gehöre er ihm. Nicht Mr. Schlammspritzer, der seine Zunge in meine verbotene Stelle bohrt und mich an den Rand bringt, nur um mich dann nicht kommen zu lassen.

»Das werde ich, nur jetzt noch nicht.« Er grinst.

»Fahr zur Hölle!«

»Nur wenn du mit mir kommst, Baby.«

»Aaah!« Ich drücke die Augen zusammen. Es ist nicht meine Art, die Fassung zu verlieren, wenn ich es mit einem Mann zu tun habe. Schon gar nicht mit Mr. Wichsgesicht, der mir meinen Höhepunkt verwehrt hat. »Musst du immer eine Antwort auf alles parat haben?«

»Nur bei dir, Feuer.«

Etwas in seiner Stimme, eine Sanftheit, die im Widerspruch zu der Rücksichtslosigkeit steht, mit der er mich aus meinem Rausch herausgeholt hat, lässt mich die Augen öffnen.

Er sieht mich mit einem seltsamen Licht in seinen Augen an. Ist das Besessenheit? Hunger, vielleicht? Eher ein besitzergreifender Blick, der mir zusammen mit seiner Dominanz weiche Knie beschert. Verdammt. Ich wusste, ich hätte diesem One-Night-Stand-Arrangement nicht zustimmen dürfen. Er hat mich durch Manipulation dazu gebracht zuzustimmen. Das heißt aber nicht, dass ich es auch durchziehen muss. Ich trete einen Schritt zurück, und er steht auf.

Einfach so richtet er sich auf. Das Wasser läuft ihm in Kaskaden von den Schultern. Er sieht aus wie Chris Hemsworth in *Thor: Love & Thunder* oder Chris Pine in dieser Nacktszene in *Outlaw King*. O Gott, jetzt vergleiche ich ihn schon mit Superhelden und Filmstars. Das war's, ich bin wirklich verwirrt … aber zu meiner Verteidigung, er steht vor mir und hat keinen Fetzen Kleidung an.

Diese wie gemeißelt aussehenden Brust- und Bauchmuskeln, die schlanke Teile und dann dieser riesige, monströse, enorme, gigantische, kolossale Schwanz, der direkt auf seinen Bauchnabel zeigt. Tatsache ist, das ist der prächtigste, schönste, größte Penis, den ich je gesehen habe.

Meine Knie werden wieder weich. Ich stolpere vorwärts, und er hält mich mit einer Hand auf meiner Schulter auf, bevor ich gegen diese Wand aus Muskeln – auch bekannt als seine Brust – fallen kann. Bevor ich die Härte der beeindruckenden Männlichkeit zwischen seinen Beinen spüren kann. Und seine Eier, oh, seine Eier sind ein Kunstwerk.

Sie sollten ihren eigenen Ausstellungsraum in der Tate Modern erhalten, zusammen mit seinem Schwanz. Diese Skulptur würde ich *Huntersäule* nennen. Habe ich offiziell den Verstand verloren, und das nur, weil ich seinen Penis gesehen habe? Zu meiner Verteidigung sei gesagt, dass ich schon viele männliche Schwänze gesehen habe, aber noch keinen, der so gewaltig ist wie seiner.

Die Hitze, die sich in mein Inneres zurückgezogen hat, schießt nach vorn, bis sie jeden Teil von mir zu durchfluten scheint. Meine Brustwarzen spannen sich an, bis es sich anfühlt, als ob sie bereit wären, mein Bikinioberteil zu durchbohren. Was meine Muschi angeht …? Sie ist im siebten Himmel und so feucht, dass sie voll und ganz für eine Penetration bereit ist – was ich nicht zulassen werde. Noch nicht.

Ich drehe meinen Arm und ziehe daran. Diesmal lässt er mich los. Ich stolpere zurück, richte mich auf und hebe das Kinn. »Ich gehe duschen.«

22

HUNTER

Sie steigt aus dem Whirlpool und verschwindet durch die Tür, bevor ich ihr nachrufen kann. Ich habe gesehen, wie sie auf meine Leistengegend gestarrt hat. Sie hat den Beweis für meine Erregung gesehen. Dann haben sich ihre Augen geweitet, Farbe ist in ihr Gesicht gestiegen und sie hat weiter hungrig auf meinen Schwanz gestarrt, der sich unter ihrer Aufmerksamkeit noch mehr aufgerichtet hat. Nun, zumindest weiß sie jetzt, dass ich die Ausrüstung habe, um mein übergroßes Ego aufrechtzuerhalten.

Was ich nicht erwartet habe, ist, dass sie sich so schnell zurückziehen würde. Offenbar hat sie nicht damit gerechnet, mich nackt zu sehen. Es hatte den Effekt, den ich mir erhofft habe. Ich habe sie von den Gedanken abgelenkt, die in ihrem Kopf herumschwirren. Ich bin mir fast sicher, dass sie unsere Abmachung für diese Nacht aufkündigen will, und das hätte ich auf keinen Fall akzeptiert. Also habe ich mich entschieden, sie stattdessen abzulenken, und wie es aussieht, ist mir das gelungen – vielleicht zu gut.

Ich lasse mich wieder in den Whirlpool sinken und tauche mit dem Kopf ganz unter, bevor ich wieder hochkomme. Ich möchte ihr Zeit geben, sich abzukühlen. Andererseits, wenn ich ihr zu viel Zeit gebe, wird sie wahrscheinlich kalte Füße bekommen, was ich nicht zulassen werde.

Ich erhebe mich, steige aus der Wanne und gehe durch die Tür. Meine nassen Füße klatschen auf den Holzdielen, als ich an der Küche vorbei, den Flur hinunter und ins Schlafzimmer gehe. Ich bemerke, dass das Gepäck im begehbaren Kleiderschrank am Ende des Flurs verstaut ist, was ich beim ersten Mal übersehen habe.

Ich öffne die Tür des Badezimmers und trete ein. Die Dusche läuft, und durch die beschlagene Wand der Kabine kann ich ihren Körper ausmachen. Ich gehe zum Waschbecken, putze mir die Zähne, spüle mir den Mund aus und gehe dann zur Duschkabine. Ich stoße deren Tür auf und trete ein. Sie versteift sich, dreht sich aber nicht um. Stattdessen kippt sie den Kopf nach hinten, sodass das Wasser über ihr Gesicht und ihr Haar läuft, das in langen, gewundenen Locken auf ihrem Rücken klebt.

Ich gieße etwas Shampoo in meine Handfläche und massiere es in ihr Haar. Ihre Schultermuskeln werden steif, aber sie hält mich nicht auf. Ich grabe meine Finger in ihre Kopfhaut und knete sie in kreisenden Bewegungen. Ein Stöhnen entweicht ihren Lippen. Sie lehnt sich zurück in meine Berührung, als könne sie nicht anders. Ich fahre fort, ihre Kopfhaut zu massieren, und sie lehnt sich noch weiter zurück. Ich beuge mich vor, sodass ihr Rücken an meiner Brust anliegt. Ihre Augen sind geschlossen und ihre langen Wimpern glänzen aufgrund der Feuchtigkeit. Ich fahre mit den Fingern durch ihr Haar, dann hinunter zu ihren Schultern. Ich drücke meine Fingerknöchel hinein und sie stöhnt. Der Laut ist so sexy, so heiß, dass sich meine Leisten anspannen. Meine Eier verhärten sich und mein Schwanz zuckt, als er sich zwischen ihre Arschbacken drängt. Ihre Muskeln verkrampfen sich, und ich drücke ihre Schultern nach unten. »Entspann dich, Baby.«

Sie atmet tief ein, und nach und nach lockern sich ihre Muskeln. Ich drücke weiter auf ihre Schultern, arbeite mich ihren Bizeps hinunter und dann wieder hoch. Ich fahre mit den Fingerknöcheln an beiden Seiten ihrer Wirbelsäule entlang, und sie stöhnt wieder. »Das fühlt sich so gut an.« Ihre Stimme ist entspannt und die Worte klingen ein wenig undeutlich. Ich neige ihren Kopf, damit der

Schaum des Shampoos ihren Rücken hinunterfließen kann. Sie lehnt den Kopf an meine Schulter, und ich beuge mich vor und küsse ihre Schulter.

Sie schlingt einen Arm um mich und ich ziehe mein Kinn an ihrem Hals hoch. Sie zittert. Ich umfasse ihre Brüste und drücke zu, und sie wölbt sich weiter gegen mich. Ihre Augen sind weiterhin geschlossen, ihr Atem geht flach. Ich schaue hinunter zu der Stelle zwischen ihren Beinen. Dann streiche ich über ihre Schamlippen. Zara keucht daraufhin. Ich schiebe zwei Finger in sie hinein und sie stellt sich auf die Zehenspitzen. Sie dreht das Gesicht in meine Richtung und ich drücke meine Lippen auf ihre. Ich lecke über ihren Mund, und sie öffnet ihn sofort. Ich lasse meine Zunge über ihre gleiten, sauge an ihrer Unterlippe. Ihre Muschi krampft sich um meine Finger. Mein Schaft pocht, meine Eier werden schwerer. Verdammt, ich muss in ihr sein. Ich lasse ihre Lippen los, dann greife ich nach der Spülung. Ich trete zurück und schütte sie zwischen ihre Pobacken.

»Was tust du …«

»Pst.« Ich küsse sie erneut und sie öffnet sich völlig. Dann positioniere ich meinen Schwanz an ihrem hinteren Loch.

Sie will protestieren, aber ich vertiefe den Kuss und schlucke ihre Worte hinunter. Mit den Fingern stoße ich in sie hinein und ziehe sie wieder heraus. Sie spreizt die Beine und erlaubt mir, einen dritten Finger in ihre Muschi zu stecken. Ich ficke sie noch härter und ihr ganzer Körper zittert. In diesem Moment stoße ich meine Hüften vor und dringe in ihr enges Loch ein. Sie ist so entspannt, dass ich mit einem sanften Ruck in sie eindringe und durch ihren widerstrebenden Muskelring gleite. Sie keucht in meinen Mund, und ich spüre, wie sie zittert. Ich küsse sie weiter, damit sie sich an meine Größe gewöhnen kann. Als sie sich wieder entspannt, ziehe ich meinen Mund zurück. Ich drücke leichte Küsse auf ihre Kieferpartie und ihr Ohr. Ich lecke an dessen Innenseite, und sie stöhnt. »Hunter, bitte.«

»Sag mir, was du willst, Baby.«

»Du bist so groß«, stöhnt sie.

»Dann kann ich dich noch besser ausfüllen, Feuer.«

»Es tut weh.« Sie blickt finster zu mir auf.

»Gut.«

»Was zum Teufel? Wie kannst du es wagen …?«

»Entspann dich, Liebling, es wird gleich besser werden.«

»Du hast leicht reden, du bist ja nicht derjenige, der einen Monsterschwanz in seinem Hintern stecken hat.«

»Du meinst das?« Ich ziehe mich ein wenig zurück, dann gleite ich wieder in sie hinein, und ihr ganzer Körper zuckt. Ich drücke leicht in ihre Klitoris und Zara keucht.

»O Gott! O Gott!«

»Du meinst, oh, Hunter, nicht wahr?«

»Du bist so verdammt selbstgefällig, du Arschgesicht.«

Ich lache. »Ich bin derjenige, der in deinem Arsch steckt, Baby.« Ich ziehe mich zurück, schiebe die Hüften wieder vor und versenke mich tiefer in ihr. Gleichzeitig schiebe ich meine Finger in ihre Muschi hinein und ziehe sie wieder heraus. Ihr Kopf fällt nach vorn. Ich drücke ihren Körper gegen die Wand der Duschkabine und presse auch ihre Handflächen dagegen. »Halt dich fest, Baby!«

Ich umfasse ihre Hüfte mit einer Hand. Mit den Fingern der anderen Hand ficke ich sie weiter. Dann ramme ich meinen Schwanz in ihren Arsch. Jedes Mal, wenn ich tiefer eindringe, stöhnt sie. Als ich mich zurückziehe, folgt sie mir und jagt dem Gefühl der Fülle hinterher, an das sie sich bereits gewöhnt hat. Ich bleibe ein paar Sekunden lang dort, und sie schaut finster über ihre Schulter. »Diesmal bringst du besser zu Ende, was du angefangen hast.«

»Du meinst so?« Ich schiebe meine Hüften mit so viel Kraft vor, dass meine Eier gegen ihren Hintern klatschen. Sie schlägt mit einer Hand gegen die Wand, dann spreizt sie ihre Beine noch weiter, um noch mehr von meiner Länge aufzunehmen. »O Gott! O Gott! O Gott!«, ruft sie.

Ich neige die Hüften und stoße in sie hinein. Dieses Mal versinke ich ganz in ihr. Ich stoße zu, und die Spannung an der Basis meiner Wirbelsäule wird zu einem festen Ball. Ihr gesamter Körper zittert. Ihre Knie wollen wieder nachgeben. Ich drücke ihre Hüfte fester an mich, um sie aufrecht zu halten, dann neige ich meine Hüften und beginne wieder, sie ernsthaft zu ficken. Sie drückt sich gegen meinen

Schwanz und schwarze Punkte tanzen vor meinen Augen. Verdammt, ich bin so kurz davor. Ich drücke mit dem Handballen auf ihren Kitzler und Zara schreit auf.

Ich senke den Kopf, bis meine Wange an ihre gepresst ist. »Komm mit mir, jetzt sofort!«

23

———

ZARA

Kaum sind die Worte aus seinem Mund, explodiert die Spannung in mir. Vibrationen fahren meine Wirbelsäule hinauf und dringen in meinen Kopf. »O mein Gott, Hunter!« Mein Arsch umklammert seinen Schwanz und die Innenwände meiner Muschi ziehen sich um seine Finger zusammen. Ich komme und höre sein leises Knurren, als auch er den Höhepunkt erreicht. Ich lasse mich nach vorn fallen, aber er legt einen Arm um meine Taille und zieht mich an sich. Ich spüre, wie er in mir pocht, und als er sich zurückzieht, kann ich ein protestierendes Stöhnen nicht unterdrücken. Er streckt eine Hand aus und schaltet die Dusche ab, dann nimmt er mich wieder in die Arme. »Was tust du da?«

»Ich kümmere mich um dich, Baby.«

Ich schaue ihn böse an. »Ich kann mich allein um mich kümmern.«

»Daran habe ich keinen Zweifel, aber tu mir den Gefallen.«

Ich schaue ihn an und er lacht. »Du bist verdammt süß, weißt du das?« Er beugt sich hinunter und küsst mich auf die Nase. Es ist eine so zärtliche Geste, dass ich ihn überrascht anstarre.

»Du brauchst nicht so überrascht zu schauen. Du bist äußerst liebenswert, wenn du vergisst, biestig zu sein, und diese knallharte Maske aufsetzt, die du der Welt gern zeigst.«

»Ich *bin* knallhart«, behaupte ich, gähne dann und verderbe die Wirkung dieser Worte.

»Natürlich bist du das.« Er trägt mich aus der Duschkabine und lässt mich neben der Badewanne herunter. Dann nimmt er ein Handtuch und legt es mir auf den Kopf. Rasch trocknet er mein Haar und meinen Körper ab. Mit demselben Handtuch reibt er sich ebenfalls trocken und wirft es zur Seite. Warum ist es so intim, dass er für sich dasselbe Handtuch benutzt wie für mich? Es ist doch nur ein Handtuch. Das hat nichts zu bedeuten. Er hebt mich hob und geht zum Bett, lässt mich auf den Boden sinken, zieht die Decke weg und nickt dann in Richtung Matratze.

Ich lege mich hin und drehe mich auf die Seite. Er zieht die Decke über mich. Die Matratze senkt sich, und im nächsten Moment umhüllt mich die Wärme seines Körpers. Er schiebt einen Arm unter meinen Hals, schlingt den anderen um meine Taille und zieht mich an sich. Dann liegen wir in der Löffelchenstellung da. In der Löffelchenstellung! Es ist das unglaublichste Gefühl der Welt. Ich spüre, wie sein harter Körper jeden Zentimeter meines Rückens umarmt, sein Schwanz – immer noch halbsteif – ist zwischen meinen Arschbacken, seine Schenkel umschließen meine, und seine Füße, oh, seine Füße sind so warm. Ich schiebe meine eiskalten Zehen dazwischen und er lacht. »Frau, deine Füße sind eiskalt, obwohl du gerade aus der Badewanne kommst.«

»Meine Hände sind auch kalt.« Ich lege sie auf seine, und es fühlt sich so gut an. Es ist nur für eine Nacht. Das hat nichts zu bedeuten. Seine Wärme hüllt mich ein und sickert in mein Blut. Meine Muskeln sind so entspannt. Mein Kopf fühlt sich so leicht an. Offensichtlich hat der Sex dazu beigetragen, einen Teil der Anspannung abzubauen, die ich in mir trage. Ich schließe die Augen, aber dann reiße ich sie plötzlich wieder auf. »Wir haben kein Kondom benutzt!«, rufe ich.

Darauf folgt Schweigen. »Ich bin gesund. Morgen kann ich dir meinen letzten Test zeigen.«

»Ich bin ebenfalls gesund«, erwidere ich langsam.

Wieder Schweigen. Dann sagt er: »Es ist nicht so, dass ich nicht daran gedacht hätte, ein Kondom zu verwenden, aber ich wollte es nicht.«

Ich starre auf den Schnee, der draußen vor dem Fenster fällt. »Du wolltest kein Kondom benutzen?«

Ich spüre, wie er den Kopf schüttelt.

»Ist es für dich okay, wenn wir auch beim nächsten Mal, wenn ich dich ficke, keines verwenden?«, fragt er.

»Und wenn ich darauf bestehe?« Ich schlucke.

»Willst du wirklich, dass ich ein Kondom benutze?«, kontert er.

Natürlich habe ich erwartet, dass er meine Frage mit einer Gegenfrage beantworten würde. Nur wollte ich nichts auf seine erwidern, weil … ich nicht will, dass er ein Kondom verwendet. Aber verdammt, das überrascht mich.

Ich drehe mich in seinen Armen und schaue ihn an. »Ich habe noch nie jemanden erlaubt, mich ohne Kondom zu ficken.«

»Ich habe noch nie eine Frau ohne Kondom gefickt«, gibt er zu.

Wir sehen einander an. Seine blaugrünen Augen sind in diesem Licht dunkelblau. Dann beugt er sich vor und küsst mich wieder auf die Nase. »Denk nicht zu viel darüber nach. Es gibt nur dich und mich, Baby, in diesem Cottage. Sonst niemanden. Vergiss die Welt da draußen für die nächsten paar Stunden. Es gibt nur uns. Du kannst du selbst sein. Ich verspreche, ich werde es niemandem sagen.«

Ich lächle halb. »Solange du auch du selbst sein kannst.«

Sein Ausdruck wird ernst und Hunter erwidert: »Immer, und nur mit dir.«

Warum klingt das wie ein Versprechen? Nein, das bilde ich mir nur ein. Wahrscheinlich, weil ich so müde bin.

»Okay«, sage ich und nicke.

»Okay.« Er küsst mich auf die Lippen, dann zieht er meinen Kopf unter sein Kinn. »Schlaf, damit ich dich auf die erotischste Art und Weise wecken kann.«

Wieder schließe ich die Augen.

Bilder schießen durch meinen Kopf. Ich weiß, dass ich träume, und ich bin machtlos, es zu verhindern. Es ist immer das Gleiche. Ich jage Olly nach, der lachend vor mir wegläuft, auf die Straße. Ich rufe ihm etwas zu. Er bleibt mitten auf der Straße stehen und dreht sich um, als ein Auto auf ihn zurast. Er dreht sich um und sieht es, und seine Augen weiten sich. »Zaradi!« Er ruft meinen Namen mit dem Ehrentitel »di« am Ende, um seinen Respekt vor mir auszudrücken. Denn ich bin seine große Schwester. Jemand, der auf ihn hätte aufpassen müssen. Jemand, der ihn niemals aus hätte entkommen lassen dürfen und ihn hätte aufhalten müssen, damit er dem Auto nicht in die Quere kommt. Olly, mein kleiner, wunderbarer Olly. Verschwunden innerhalb weniger Sekunden.

»Zara, mach die Augen auf!«

Ich reiße die Augen auf und sehe Hunter, der mich finster ansieht. Sein Gesicht ist blass trotz seiner Bräune, oder ist es vielleicht nur das Mondlicht, das es in ein aus Marmor gemeißeltes Abbild verwandelt? So glatt und doch so hart, und innen weich. Er mustert mich. »Du hast geträumt«, murmelt er.

Ich schlucke.

»Ich hole dir etwas Wasser.«

Er will sich zurückziehen, aber ich halte ihn am Arm fest. »Nein, verlass mich nicht.«

Er sieht mich eindringlich an und nickt dann. »Willst du mir davon erzählen?«

Ich schüttle den Kopf.

Schmerz blitzt in seinen Zügen auf, und meine Brust zieht sich zusammen. Ein brennendes Gefühl macht sich in meinem Brustkorb breit. »Das werde ich, nur jetzt noch nicht.« Ich beiße mir auf die Innenseite meiner Wange. »Glaubst du mir das?«

Er holt tief Luft, beugt den Kopf hinunter und streicht mit seinen Lippen über meine. »Alles, was du willst, Baby.«

Tränen treten mir in die Augen. Es ist untypisch für mich zu weinen – nicht vor einem anderen Menschen, und schon gar nicht im Bett eines Mannes, von dem ich mich habe ficken lassen. Aber es gab schon so viele erste Male mit Hunter, dass ich langsam den Überblick verliere. Ist das gut oder schlecht? Oder ist das hier unter diesem Dach und mit ihm, während wir über Weihnachten eingeschneit sind, vielleicht gar nicht so wichtig?

Als ob er meine Gedanken lesen könnte, streichelt er meine Wange und sagt: »Ich tue alles, damit du dich besser fühlst, Feuer.«

»Alles?« Ich lege den Kopf schief.

24

HUNTER

»Alles«, murmle ich.

Ihre Augen leuchten, aber sie blinzelt rasch und es ist weg. Dann schenkt sie mir ein leichtes Lächeln. »Da ist diese eine Sache.«

»Oh?«

Sie löst ihren Griff um mein Handgelenk und fährt mit den Fingern meinen Unterarm hinauf. Eine Gänsehaut macht sich darauf breit. Meine Schultermuskeln spannen sich an.

»Ich habe da so ein brennendes Gefühl in meiner Mitte«, murmelt sie.

»Etwa hier?« Ich küsse sie auf die Nasenspitze.

»Nicht die Mitte meiner Nase«, entgegnet sie gespielt entrüstet.

»Ist es vielleicht hier?« Ich beuge den Kopf hinunter und küsse die Vertiefung an ihrem Hals. Ihr Duft – eine Mischung aus Orangenblüten und Vanille mit einem Hauch von Pfeffer – steigt mir sofort in die Nase. Mein Schwanz wird härter. »Oder vielleicht hier?« Ich drücke leichte Küsse auf die Stelle zwischen ihren Brüsten.

Ihr Atem stockt. Sie umklammert meine Schultern und ich kann das Brummen der Befriedigung nicht unterdrücken, das in meiner

Kehle aufsteigt. Ich küsse mich weiter hinunter zu ihrem Bauchnabel. »Oder ist es hier?«

»Nein.« Ihre Stimme zittert.

»Dann vielleicht hier?« Ich ziehe mein Kinn an ihrem Unterbauch hinunter zu der Stelle direkt über ihrer Klitoris.

Sie windet sich unter mir, dann fährt sie mit den Fingern in mein Haar.

»Nicht da.« Ungeduld ist in ihrer Stimme zu hören und ich lache leise.

Sie zieht an meinem Haar und mir läuft es heiß den Rücken hinunter. Meine Eier spannen sich an.

Ich drücke einen Kuss auf die Innenseite ihres Oberschenkels und Zara stöhnt. Ich knabbere an der Haut über ihrem Oberschenkel und sie drückt die Hüften nach oben und jagt meiner Zunge hinterher.

Ich lache, und sie gibt einen wütenden Laut von sich. »Willst du mich verrückt machen, Whittington?«

»Immer, Feuer.«

Sie bäumt sich auf, aber ich drücke meine Hände auf ihre Brust und drücke ihren Körper nach unten.

»Scheiß auf Geduld!«, schnauzt sie.

»Wo bleibt da der Spaß, hm?«

»Ich frage mich langsam, ob du meine Klitoris überhaupt finden kannst«, keucht sie, als ich mit der Zunge über ihre Schamlippen streiche. Ich wirble um den geschwollenen Knubbel, der dazwischen versteckt ist, und sie reißt an meinem Haar. »O Gott, Hunter!«

Endlich, verdammt. »Wenn ich gewusst hätte, dass du nur so meinen Namen aussprechen kannst, hätte ich dich sofort geleckt, als ich dich kennengelernt habe.«

»Als ob ich das zugelassen hätte.«

Ich dringe mit der Zunge in ihren Kanal ein und sie stöhnt auf.

»Was hast du gesagt?«

Sie keucht. »Ich habe gesagt, dass …« Sie schreit auf, denn ich habe meine Hände unter ihren Hintern geschoben und drücke ihre Pobacken zusammen. Gleichzeitig beiße ich in ihren Kitzler.

Sie dreht ihren Kopf von links nach rechts und reißt mit solcher Kraft an meinem Haar, dass ich fürchte, dass sie mir ein Büschel herausgerissen hat. »O mein Gott! O mein Gott!« Sie stößt ihr Becken in mein Gesicht, während ich sie weiter mit meiner Zunge ficke.

Ihr gesamter Körper zittert.

Ich ziehe mich kurz zurück, um ihre Beine über meine Schultern zu werfen. Ich umfasse ihre Arschbacken erneut und positioniere sie so, dass sie aufstöhnt, als ich die Zunge wieder in sie schiebe. Rote Flecken leuchten auf ihrem Hals und auf ihren Wangen. Ihre Augen sind zusammengepresst. Ihr Mund ist offen und sie keucht. Ihr ganzer Körper sprüht Funken vor Verlangen. Er ist ein Bogen der Lust, und ich bin der Pfeil, der in ihr Zentrum eindringen und sie so heftig kommen lassen wird, dass sie tagelang nicht mehr klar sehen kann. Ich fahre fort, sie zu vernaschen, und als sie ihre Beine in einem schraubstockähnlichen Griff um meinen Hals schlingt, während sie ihre Muschi gegen meine Zunge presst, weiß ich, dass sie kurz davor ist. Ich übe Druck auf ihre Schenkel aus, sodass sie sie so weit spreizt, dass ich mich aufrichten und mich über sie beugen kann. »Öffne die Augen!«, befehle ich.

Sie hebt die Lider, und ihre Pupillen sind so groß, dass nur noch ein schmaler goldener Kreis um das Schwarz zu sehen ist. Ich setze mich auf die Knie und sie runzelt die Stirn.

Ich drehe mich um und positioniere mich so, dass meine Hüften über ihrem Gesicht sind und ihre Muschi direkt unter meinem ist.

»Mach den Mund auf!«

Sie folgt ohne zu murren.

»Ist das okay für dich, Baby?« Ich schaue sie an.

Sie hält meinen Blick fest, dann schlingt sie die Finger um meinen Schwanz und schiebt ihn zwischen ihre Lippen. Ohne zu zögern, nimmt sie ihn ganz auf, während sie mit der anderen Hand meine Hüfte festhält. Ein Stöhnen entringt sich mir. Ich presse die Augen zusammen und muss mich sehr beherrschen, nicht ihren Mund zu ficken, stütze mich mit den Ellbogen links und rechts von ihren Oberschenkeln ab und zwinge mich, meine Lider zu öffnen.

»Erinnerst du dich an dein Safeword?«

Sie nickt.

»Wenn du willst, dass ich aufhöre, tippe auf meinen Oberschenkel.«

Ihre Augen weiten sich. Dann zieht sie den Kopf zurück und lässt meinen Schwanz herausgleiten, bevor sie das Kinn anhebt und ihn wieder in den Mund nimmt.

»Verdammt.« Ich beobachte, wie sie sich, ohne den Blickkontakt zu unterbrechen, wieder zurückzieht und mit der Zunge an meinem Glied entlang streicht.

»Du bist verdammt großartig, weißt du das?«

Sie nimmt meinen Schwanz ganz auf, dann würgt sie. Speichel rinnt an ihren Mundwinkeln herunter, und vielleicht ist das der Moment, in dem ich mich ein wenig in sie verliebe. Na gut, vielleicht ist das etwas übertrieben, aber verdammt, sie ist die perfekteste Frau der Welt, wie sie gerade meine Eier massiert und meinen Schwanz bearbeitet.

Ich beuge den Kopf hinunter zu ihrer Muschi, drücke Zaras Beine auseinander und lecke sie hingebungsvoll.

Sie stöhnt. Ihr Griff um meine Hüfte wird fester. Sie ist noch erregter als vorhin. Lusttropfen bilden sich zwischen ihren Beinen, und ich lecke sie auf. So verdammt süß. Sie schmeckt nach Honig und Nelken. Eine Geschmackskombination, die ich nie vergessen werde. Ich neige den Kopf, lasse meine Zunge in sie gleiten und ziehe sie wieder heraus. Rein, raus, rein, raus. Als ich meinen Rhythmus gefunden habe, zuckt ihr gesamter Körper. Ihre Bewegungen werden hektisch und sie schiebt meinen Schwanz in ihre Kehle und zieht ihn wieder heraus. Und noch einmal. Das Blut strömt in meine Leisten. Schweißperlen rinnen mir über die Schultern. Ich reibe mein stoppliges Kinn an ihrer Klitoris und Zara keucht. Sie wölbt den Rücken, sodass mein Schwanz unmöglich tief in ihre Kehle gleiten kann. Die Spannung an der Basis meiner Wirbelsäule explodiert und mein ganzer Körper zittert. Verdammt, ich bin schon zu nah dran. Zu früh. Aber dieses Mal will ich in ihr kommen. Ich ziehe meinen Schwanz aus ihrem Mund, dann drehe ich mich um und lasse mich zwischen ihren Beinen nieder.

»Bist du bereit, Baby?«

Sie nickt.

Ich schlinge ihre Hände um das Kopfteil, dann werfe ich ihre Beine über meine Schultern. »Halt dich fest!«

25

ZARA

Vielleicht hätte ich ihn bitten sollen, ein Kondom zu benutzen. Aber ich will nicht, dass er das tut. Wenn dies die einzige Nacht ist, die ich mit ihm verbringe, möchte ich ihn ganz und gar spüren. Mit nichts dazwischen. So habe ich noch nie gefühlt, und das macht diese ganze Situation gefährlich, aber … Es ist nur eine Nacht. Morgen fahre ich wieder. Ich werde dafür sorgen, dass sich unsere Wege nicht mehr kreuzen. Das wird zwar schwierig mit all unseren gemeinsamen Freunden, aber ich werde es schon schaffen.

In diesem Moment umklammert er mich mit seinen muskulösen Armen und positioniert sich an meinem Eingang. Er schaut mir in die Augen, schiebt seine Hüften vor und dringt in mich ein. Ich weiß, er ist groß. Er war schon in einer engeren Öffnung, ganz zu schweigen davon, dass ich ihn gerade in meinem Rachen hatte, aber das …

O Gott, er fühlt sich so riesig an. So gewaltig. So verdammt gut. Ich stöhne und er presst seinen Mund auf meinen und schluckt das Geräusch hinunter. Er zieht sich zurück, dann stößt er mit solcher Wucht wieder in mich hinein, dass sich das Bett bewegt. Das Kopfteil prallt gegen die Wand, und etwas kracht auf den Boden. Dann stößt Hunter erneut in mich.

Seine Lippen sind immer noch auf meinen, und sein Blick ist intensiv. Seine blaugrünen Augen erinnern jetzt an die stürmische See. Seine Schultern sind so breit, sein Körper ist so groß, so fest, seine Brust so heiß, dass ich das Gefühl habe, von ihm verschlungen zu werden. Als er sich das nächste Mal aus mir zieht, lässt er meinen Mund los und flüstert: »Du fühlst dich so verdammt gut an, Feuer. Ich werde nie genug von dir bekommen.«

Ich möchte ihm sagen, dass es mir ebenso geht. Wirklich. Ich öffne den Mund, aber alles, was herauskommt, ist ein Stöhnen. Hunter zieht einen Mundwinkel nach oben. Er legt eine Hand auf meine Hüfte, dann stößt er wieder zu. Er neigt die Hüften und hält in mir inne. Er berührt einen Teil von mir tief im Inneren. Einen, der mehrere Vibrationen auslöst, die meine Wirbelsäule hinaufschnellen. Mir dreht sich der Kopf. Schweiß klebt an meinen Schultern. Ich grabe die Fersen in seinen Rücken und umfasse das Kopfteil fester. »Hunter!«, keuche ich. Ich will noch mehr sagen, aber ich kann nicht.

Doch er scheint zu verstehen, denn er beugt den Kopf hinunter, bis seine Wimpern meine berühren. »Komm mit mir, Zara!« Er stößt noch einmal in mich und trifft dieselbe Stelle. »Komm jetzt!«

Ich habe augenblicklich einen Orgasmus. Er stürzt auf mich ein und ich schreie auf. Funken sprühen über mein Gesicht, und bevor ich ohnmächtig werde, höre ich seinen heiseren Schrei.

Als ich wieder zu mir komme, liege ich an seiner Brust und seine Arme sind um mich geschlungen. Sein Herz schlägt schnell und ich spüre das Pochen an meiner Wange. Die Wärme seines Körpers hüllt mich ein, als läge ich in der Sonne.

Ich drücke mein Gesicht an seine Brust und lecke eine Schweiß-perle auf.

»Hast du mich gerade abgeleckt?«, grummelt er.

»Ich möchte mehr tun, als dich abzulecken.« Ich drehe mich um und lege mein Kinn auf seine Brust. Er verschränkt die Arme im Nacken und die Bewegung lässt seinen Bizeps prall werden.

»Für jemanden, der die meiste Zeit im Parlament verbringt und politische Reden schwingt, bist du wirklich gut gebaut.«

»Ich verbringe auch Zeit auf der Straße mit meinen Wählern. Und ich trainiere meistens am Morgen.«

»Lass mich raten. Um fünf Uhr morgens aufstehen, um zu trainieren, während du die Morgennachrichten anhörst …«

»Um vier Uhr dreißig. Und außerdem beobachte ich die Aktienmärkte«, korrigiert er mich.

»Dann läufst du fünf Kilometer auf deinem Laufband.«

»Zehn. Und normalerweise draußen.« Er grinst.

»Und du isst politische Phrasen zum Frühstück.«

»Ich würde lieber dich essen.«

Ich sehe ihn blinzelnd an. »Du denkst immer nur an das eine.«

»An dich und den öffentlichen Dienst. Nichts anderes hat mich in meinem ganzen Leben so sehr fasziniert.«

»Hunter, nicht.« Ich beginne, mich zurückzuziehen, aber er dreht mich um und beugt sich über mich.

»Warum sprichst du nicht gern über uns?«

»Es ist doch nur für eine Nacht.«

»Bist du sicher?«

»Was meinst du?« Ich schaue ihn finster an.

Er ruckt mit dem Kopf in Richtung des Fensters. Ich drehe mich um und sehe, dass das graue Licht der Morgendämmerung durch das Fenster fällt. Außerdem schneit es. Die Flocken fallen so heftig, dass sie eine weiße Schicht vor der Fensterscheibe bilden.

»O nein!«

»O doch!«

Ich drehe mich um und sehe einen Ausdruck der Zufriedenheit auf seinem Gesicht. »Du wusstest, dass das passieren würde. Du wusstest, dass wir heute eingeschneit sein würden.«

»Ich habe es gehofft, ja.«

»Es wäre also nie nur bei einem One-Night-Stand geblieben.«

»Genau genommen ist es nur die Fortsetzung unseres One-Night-Stands, wenn du das Bett nicht verlässt«, erwidert er grinsend.

»Ich finde, das ist völlig unlogisch.«

»Und ich finde, es ist an der Zeit, dass du aufhörst zu denken.«

Er legt sich mit seinem ganzen Gewicht auf mich und seine Erektion schmiegt sich an meine Muschi.

»Oh.« Ich schlucke.

»In der Tat.« Er beugt sich herunter und küsst mich auf die Nase.

»Ich wünschte, du würdest das nicht tun.«

»Was?«

»So zärtlich sein.«

»Du willst nicht, dass ich zärtlich bin?« Hunter zieht die Augenbrauen zusammen.

»Ich möchte lieber, dass du mich hart fickst.«

Er legt den Kopf schief. »Damit du einen weiteren Grund hast, warum wir nicht zusammen sein sollten? Damit du mir die Schuld dafür geben kannst, dass du zugestimmt hast, von mir gefickt zu werden?«

Wenn er das so ausdrückt, hört es sich irgendwie falsch an. Als würde ich ihm die Verantwortung für unser Zusammensein aufbürden, und irgendwie ist das ihm gegenüber unfair. Aber auch die Tatsache ist unfair, dass ich mich so stark zu ihm hingezogen fühle, und nachdem wir gefickt haben, weiß ich, dass es nicht leicht sein wird, ihn zu vergessen. Vielleicht sogar unmöglich. Also leugne ich nicht, was er sagt. Aber ich stimme ihm auch nicht zu.

Die Sekunden vergehen, dann streicht er mir eine Haarsträhne hinters Ohr. »Weißt du, was ich finde, was wir tun sollten?«

»Was?«

»Frühstücken.«

Er stellt das Frühstückstablett auf die Matratze zwischen uns. Er hat darauf bestanden, dass ich im Bett bleibe und döse, während er etwas zu essen zubereitet. Ich habe halbherzig protestiert, aber als er mich daran erinnert hat, dass es sich um einen One-Night-Stand handelt, der nur gilt, solange ich das Bett nicht verlasse, habe ich eingewilligt. Außerdem liebe ich es auszuschlafen, und ich erlaube mir das nie. All die Jahre, in denen meine Eltern mich und meinen Zwillingsbruder

Cade morgens zum Lernen geweckt haben, weil das die beste Zeit war, um Mathe zu üben, bevor wir zur Schule gehen mussten, haben mir einen Sinn für Disziplin eingeflößt, den ich bis heute nicht abschütteln kann. Gefangen in diesem Zimmer und in diesem Bett, während draußen ein Sturm tobt, habe ich das Gefühl, einen Grenzbereich gefunden zu haben, der nicht zu meinem normalen Leben gehört. Einen Raum und eine Zeit, in denen keine Regeln gelten. Außerdem hat mich der Sex der vergangenen Nacht so entspannt, dass ich, als ich mich in sein Kissen gekuschelt und seinen Duft eingeatmet habe, sofort die Augen geschlossen habe und eingeschlafen bin. Ich bin aufgewacht, als er das Frühstückstablett in der Mitte des Bettes abgestellt hat.

Jetzt setze ich mich auf, klemme mir die Decke unter die Arme und betrachte das wahnsinnig tolle Frühstück. Auf dem Tablett steht ein Teller mit zwei Spiegeleiern, Speck, gebackenen Bohnen, Würstchen, Kartoffelpuffern und Toast. Daneben stehen Butter in einer Schüssel, ein Glas Orangensaft und eine Tasse Kaffee.

»Das ist viel für eine Person«, murmle ich.

»Es ist für uns beide.«

Er setzt sich aufs Bett. Zwar trägt er jetzt eine graue Jogginghose, aber seine prächtige Brust ist nackt. Ich werde mich nie an diesem durchtrainierten Torso sattsehen, diesen Bauchmuskeln und dem Haarstreifen, der sich bis zu diesem sehr markanten Teil von ihm hinunterzieht. Zu dem Teil, den ich vor nicht allzu langer Zeit mit meinen Fingern umschlossen habe. Den ich in meine Kehle genommen und gespürt habe, wie er härter wird und meinen Mund ausfüllt – was mir ein Kompliment von ihm eingebracht hat.

»Männer stehen auf Blowjobs, hm?«

»Gefällt es dir etwa nicht, wenn ich dich lecke?« Er grinst.

Mein Bauch krampft sich zusammen. Was hat es nur mit diesem Mann auf sich? Wenn er so schmutzig daherredet, rührt es etwas Ursprüngliches in mir an. Trotzdem schaffe ich es, ihn anzusehen, ohne rot zu werden: »Du darfst mich jederzeit vernaschen.« Ich greife nach einem Stück Toast, aber er kommt mir zuvor.

»Lass mich.« Er bestreicht den Toast mit Butter, hält ihn mir hin und ich knabbere daran. Dann gibt er mir etwas von den Bohnen, gefolgt von den Kartoffelpuffern und schließlich dem knusprigen Speck.

»Mmm.« Ich lecke mir über die Lippen. »Du kannst offenbar kochen.«

»Überrascht es dich, dass ich aufgeblasenes Arschloch mir die Hände schmutzig machen kann?«

Dieses Mal kann ich nicht verhindern, dass ich rot werde. »Aufgeblasenes Arschloch, das gefällt mir.« Ich greife nach meiner Tasse Kaffee, und wieder einmal kommt er mir zuvor.

»Aber, aber, nicht schummeln, Feuer.« Er Hält die Tasse mit dem Kaffee an meine Lippen. Ich nippe daran, und seine Augen leuchten auf. Er führt die Tasse an seinen Mund und nippt an derselben Stelle. Wie kann es so erotisch sein, aus einer Tasse zu trinken? Er stellt sie ab und gibt mir noch mehr von den Puffern. »Du magst Kartoffeln, was?«

»Was kann man daran nicht mögen? Sie sind mein Lieblingsgemüse. Ich kann es in jeder Form essen. Pommes frites und Chips sind mein Verhängnis.«

Er gibt mir mehr von den Kartoffelpuffern und sie zergehen auf meiner Zunge. Ich habe schon oft welche gegessen und kann ohne Zweifel sagen, das ist Gourmet-Küche.

»Hast du eine Ausbildung als Koch gemacht?«

»So offensichtlich, was?« Er schneidet erneut ein Stück von einem der Würstchen ab und bietet es mir an. Ich kaue darauf, und wieder verbindet sich das intensive Grün des Schnittlauchs mit dem Biss der Pfefferkörner mit der zähen Textur des Fleisches und füllt meinen Mund.

»Ich bin keine gute Köchin, um ehrlich zu sein. Aber dieses Essen könnte aus einem sehr guten Restaurant stammen.« Ich lecke mir über die Lippen.

Sein Blick ist auf meinen Mund gerichtet, und er gibt mir mehr von dem Würstchen. »Ich könnte dir den ganzen Tag beim Essen zusehen.«

Ich werde rot. Ich bin gut darin, Komplimente anzunehmen, das bin ich wirklich. Warum also werde ich bei seinen rot?

»Ich habe kurz mit dem Gedanken gespielt, Koch zu werden.« Er steckt sich ein Stück Wurst den Mund und kaut.

»Du? Koch?«

»So habe ich James kennengelernt«, fügt er hinzu.

»Du meinst James Hamilton, den Chefkoch?«

Er nickt. »Ich bin sogar mit ihm in die Kochschule gegangen. Aber dann hatte mein Vater einen Herzinfarkt. Ich bin nach Hause gekommen und habe ihn geschwächt und dem Tode nahe vorgefunden. Er sagte mir, sein einziger Wunsch sei, dass ich in seine Fußstapfen trete.«

»Und du hast es getan«, sage ich.

»Ich wusste immer, dass ich irgendwann in den öffentlichen Dienst gehen würde. Kochen ist ein Hobby, das mir Spaß macht. Ich liebe es, mit Zutaten zu experimentieren, fast so sehr wie ich es genieße, die richtigen Leute zusammenzubringen, um eine Gruppe zu bilden, die die Stärken des Einzelnen nutzt, aber gemeinsam viel mehr ist als die Summe seiner Teile.«

Er schaut auf und legt den Kopf schief. »Das ist ein sehr nachdenklicher Blick, den du da hast.«

»Mein Vater war sehr fordernd gegenüber mir und meinem Bruder. Er hat mich eigentlich nie wie ein Mädchen behandelt. Er hat mir immer gesagt, dass ich alles, wozu mein Bruder in der Lage ist, besser machen kann. Ich fand seine Erwartungen sowohl erdrückend als auch anspornend. Und vielleicht habe ich mich dadurch in der Lage gefühlt, mich der Herausforderung zu stellen. Vielleicht hatte ich das Gefühl, dass ich seine Träume für mich erfüllen muss.«

»Und deshalb bist du Anwältin geworden?«

»Ja.« Ich klemme die Decke fest unter meine Arme. »Und dann habe ich meine eigene PR-Firma gegründet.«

»War das nicht zu gewagt und riskant?«

»Nicht gewagter als der öffentliche Dienst in deinem Fall.«

»Ich habe keine Scheu zuzugeben, dass die Arbeit meines Vaters und Großvaters mir Türen geöffnet hat, die mir sonst vielleicht verschlossen geblieben wären. Aber es folgten Vergleiche mit meinem Vater und Großvater. Allerdings war ich darauf vorbereitet. Ich habe es als Kompliment aufgefasst, dass die Leute meinen Stil mit ihrem verglichen haben. Ich wusste, dass ich mich auf meine Stärken konzentrieren muss, dass mit der Zeit mein Stil zum Vorschein kommen würde und dass ich meinen eigenen Ansatz, meinen eigenen Modus Operandi entwickeln würde.«

»Deine eigene Marke«, murmle ich.

»In der Tat. Das gilt auch für dich. Du bist eine verdammt mutige, furchtlose Verhandlungsführerin, die alles tut, um den Schutz ihrer Kunden zu gewährleisten. Du hast im Alleingang hartgesottene Journalisten dazu gebracht, Geschichten aus einem Blickwinkel zu schreiben, der deinen Auftraggebern nützt.«

»Vielen Dank«, sage ich und neige den Kopf. »Und du hast ein starkes Markenzeichen. Du bist nicht nur charismatisch, sondern dein Selbstvertrauen ist auch sehr attraktiv.«

»Wirklich?« Er grinst.

»Natürlich wird das dein ohnehin schon überdimensionales Ego noch mehr anschwellen lassen, aber da ich dieses Thema angesprochen habe, kann ich dir auch gleich sagen, dass du zudem vernünftig redest. Das ist mehr, als ich von vielen deiner Kollegen sagen kann.«

Er lacht. Es ist ein aufrichtiges Lachen, das aus seinem Inneren aufsteigt, seine Brust zum Beben bringt und seine Gesichtszüge aufhellt. Mit seinem zerzausten Haar und dem Dreitagebart – ganz zu schweigen von seinem durchtrainierten Körper – könnte er durchaus ein Sexgott sein. Eigentlich ist er tatsächlich einer. Einer, der auch hält, was sein Aussehen verspricht.

Er senkt den Kopf und beobachtet mich misstrauisch.

»Du hast nicht viel gefrühstückt.« Ich deute auf den halb gefüllten Teller.

»Das liegt daran, dass ich mir den Appetit für etwas anderes aufhebe.«

26

HUNTER

Ihre Augen blitzen auf und ihr Atem geht schwer. Sie rutscht unruhig unter der Decke, die zwischen ihren Brüsten herunterrutscht, hin und her. Ich stehe vom Bett auf, nehme das Tablett und stelle es auf dem Beistelltisch ab. Dann krümme ich einen Zeigefinger und bedeute ihr, zu mir zu kommen.

Sie errötet. Eine Sekunde lang rührt sie sich nicht, dann schüttelt sie den Kopf.

»Zara«, sage ich mit leiser Stimme, und sie zittert. Aber sie bewegt sich immer noch nicht.

»Wenn du nicht tust, was ich sage, muss ich das als Kampfansage interpretieren.«

»Oh, na dann …« Sie rutscht zur Bettkante und ich schnalze mit der Zunge.

»Weißt du noch, was ich gesagt habe? Du darfst das Bett nicht verlassen.«

»Ich muss auf die Toilette«, protestiert sie.

»Ich trage dich.«

Sie sieht mich böse an. »Ich bin keine Invalide.«

»Du hast einem One-Night-Stand zugestimmt. Unsere Vereinbarung ist jedoch in dem Moment ungültig, in dem deine Füße den

Boden außerhalb des Bettes berühren.«

»Ich muss den Boden des Badezimmers berühren«, sagt sie.

»Das ist erlaubt.«

Sie macht ein spöttisches Geräusch. »Wer macht eigentlich diese blöden Regeln?«

»Ich, Babe, das solltest du inzwischen wissen.«

»Das heißt aber nicht, dass ich ihnen folgen muss.« Sie streckt ein Bein aus, um vom Bett zu springen, und ich werfe mich der Länge nach auf die Matratze und packe sie um die Taille. Zara schreit auf, als ich mich auf sie lege.

»Lass mich los!« Sie beginnt, unter mir zu zappeln, und jedes Mal, wenn sie sich bewegt, stößt ihr Schenkel gegen meinen härter werdenden Schwanz. Sie muss es spüren, denn sie erstarrt. Ihr Gesicht ist hochrot und ihr gesamter Körper vibriert mit einer nervösen Energie, die mir sagt, dass sie sowohl Angst vor dem hat, was ich als Nächstes tun werde, als auch erregt darüber ist.

»Du bist ganz schön frech, was?«

»Du bist ganz schön dominant, hm?« Sie reckt das Kinn vor.

»So bin ich nun mal, Baby, und du findest es anziehend.«

»Nein.«

Ich beuge den Kopf hinunter und fahre mit der Nase seitlich an ihrem Hals entlang. Zara erschaudert.

»Du kannst versuchen, es zu leugnen, so viel du willst, aber dein Körper reagiert auf jede meiner Berührungen.«

»Das hat nichts zu bedeuten, wenn mein Geist nicht bei der Sache ist, oder?«

Ich versteife mich, dann ziehe ich mich zurück. »Willst du damit sagen, dass du nicht willst, dass ich dich berühre, Zara?«

Sie starrt mich an.

»Du brauchst nur dein Safeword zu sagen, dann höre ich auf.«

Sie schluckt.

»Was hättest du denn gern, Zara?«

»Ich habe das Safeword nicht gesagt, oder?«

Hitze strömt durch meine Brust. Ein Anflug von Triumph macht sich in mir breit. Hm? Hatte ich solche Angst, dass sie ihr Safeword benutzen würde? Und hätte ich ihr erlaubt zu gehen, wenn sie es getan hätte? Hätte ich mein Wort zurückgenommen? Gut, dass ich diese Fragen nicht beantworten muss. Ich rolle ich mich vom Bett, und sobald ich stehe, nehme ich sie in meine Arme.

»Was tust du da?«

»Ich kümmere mich um deine Bedürfnisse.« Ich drehe mich, gehe ins Bad und setze sie dann neben der Toilettenschüssel ab. Sie macht eine drehende Bewegung mit einem Finger. Ich verschränke lediglich die Arme vor der Brust.

»Warum drehst du dich nicht um?«

»Du darfst keine Fragen stellen, Feuer.«

Sie errötet. »Du kannst mich nicht zwingen, etwas zu tun, was ich nicht will.«

»Aber ich kann dich dazu verführen.«

Sie blinzelt, dann lacht sie. »Du hast mich durchschaut. Und warum sagst oder tust du jedes Mal, wenn ich wütend auf dich sein will, etwas, das mich zum Lachen bringt?«

»Vielleicht liegt es daran, dass wir auf der gleichen Wellenlänge sind.«

»Das ist verdammt unwahrscheinlich. Außerdem«, sie dreht sich um und setzt sich auf die Klobrille, »wenn du denkst, dass ich mich ziere, vor dir zu pinkeln, dann irrst du dich.«

Sie schaut mir in die Augen, dann erfüllt das Plätschern eines Wasserstrahls die Luft. Ihr Hals und ihre Wangen färben sich rot, aber sie schaut nicht weg. Diese Frau hat Nerven aus Stahl.

Wenn es jemanden gibt, der mir während der bevorstehenden Kampagne, die ich in Angriff nehme, um Premierminister dieses Landes zu werden, zur Seite stehen kann, dann ist sie es. Die Frage ist, wie kann ich sie davon überzeugen? Will ich sie überhaupt davon überzeugen? Denke ich wirklich daran, mich an jemanden zu binden, nachdem ich mich jahrelang nicht binden wollte? Ich bin mir der Optik einer Premierminister-Kampagne durchaus bewusst. Wenn ich eine Frau an meiner Seite habe, wird sie mir signalisieren, dass ich bodenständig und zuverlässig bin. Ein ernsthafter Mensch, der bereit ist, sich niederzulassen. Aber das ist nicht der Grund, warum ich Zara will. Sondern weil es sich richtig anfühlt, mit ihr zusammen zu sein. Sie an meiner Seite zu haben, fühlt sich an wie die Vollendung einer Reise, von der ich noch nicht einmal wusste, dass ich sie angetreten habe. Ich wollte sie zähmen, aber irgendwann begann sie, mich zu zähmen, und ich war mir dessen nicht einmal bewusst.

Das Geräusch der Wasserspülung reißt mich aus meiner Träumerei. Sie geht zum Waschbecken und wäscht sich die Hände. Ich gehe zu ihr, lege einen Arm um ihre Taille und ihren Kopf unter mein Kinn. Sie trocknet sich die Hände ab, dann schaut sie auf. Unsere Blicke begegnen sich. Der Kontrast zwischen uns könnte nicht größer sein. Sie ist nicht klein, aber auch nicht zu groß. Sie reicht mir bis zur Höhe meines Herzens und schmiegt sich an mich, als wäre sie für mich gemacht.

Ihre Haut ist gerötet, und ich weiß, dass sie sich weich anfühlt. Ihre Augen funkeln vor Intelligenz, vor Selbstbewusstsein, das ich schon immer so anziehend fand. Ihres hat etwas an sich, das mich anmacht. Es bringt mich dazu, sie besitzen zu wollen, sie zu der Meinen zu machen. Ich möchte mich mit ihr intellektuell messen und mit ihr feiern, wenn sie bei einem Streit gewinnt. Wow, das ist ja etwas ganz Neues. Ich war schon immer von meiner Fähigkeit zu gewinnen überzeugt, aber den Intellekt einer anderen Person anzuerkennen, ihre Stärken zu sehen und ihre Erfolge als die meinen zu betrachten? Das ist definitiv ein Novum.

Sie dreht sich in meinen Armen um und streicht die Falte zwischen meinen Augenbrauen glatt.

»Was immer du denkst, es beunruhigt dich«, murmelt sie.

Ich drücke sie fester an mich. »Nur, weil meine Gedanken Wege beschritten haben, die ich noch nie zuvor gegangen bin.«

Sie hebt den Kopf. »Ist das ein Geständnis?«

»Es ist eine Erkenntnis.«

»Oh.« Sie beißt sich auf die Unterlippe und mein Schwanz zuckt. Ich ziehe ihre Lippe zwischen ihren Zähnen hervor. »Niemand kann dir wehtun, Feuer. Keiner außer mir.«

Sie gibt einen spöttischen Laut von sich. »Hast du eine Ahnung, wie du dich anhörst?«

»Wie ein verrückter, besitzergreifender Bastard, der nicht genug von seiner Frau kriegen kann?«

»Ich bin nicht deine Frau«, entgegnet sie.

»Doch, und zwar für eine weitere Nacht.«

»Nur du kannst etwas, das sich über zwei Nächte erstreckt, als One-Night-Stand definieren.«

»Was immer nötig ist, um dich bei mir zu halten, Baby.« Ich lächle.

»Du bist so von dir eingenommen.«

»Und das gefällt dir an mir.«

Sie sieht mich eindringlich an. »Das ist wahr. Es ist nicht so, dass ich dich mag, und doch kann ich nicht die Finger von dir lassen.«

»Und ich mag dich auch nicht … nein … Meine Gefühle sind zu stark, um sie als *mögen* bezeichnen zu können«, sage ich.

Sie lacht. »Keiner von uns beiden kann ein Wortgefecht gewinnen.«

»Nur weil ich es nicht zulasse, dass du gewinnst.«

»Ach, ja? Du lässt mich nicht …« Sie keucht überrascht auf, als ich sie hochhebe und über eine Schulter werfe.

»Was tust du da?«

»Das Beste aus der Zeit machen, die uns noch bleibt.«

»Du setzt rohe Gewalt ein, um zu gewinnen.« Sie zappelt in meinem Griff, und ich lege einen Arm um ihre Taille, um sie festzuhalten.

»Lass mich los!«

»Du weißt, dass du das nicht sagen darfst, Feuer.«

»Und nenn mich nicht so!«, schnauzt sie.

»Ich nenne dich, wie ich will, und zwar wann ich will, und du wirst darauf reagieren, Feuer.«

Sie stöhnt verärgert auf. »Und wenn ich das nicht tue?«

»Bist du sicher, dass du es herausfinden willst?«

27

ZARA

»Zeig's mir, du Arschloch!«

Kaum haben die Worte meinen Mund verlassen, schießt mir ein weißer Hitzeschwall den Rücken hinauf. Ich schreie: »Du hast mir den Hintern versohlt, du … du … Arschloch!«

»Deine Beleidigungen wiederholen sich langsam«, entgegnet er und schlägt mich auf die andere Pobacke.

Ich schreie auf und zappele über seiner Schulter. Hunter geht unbeeindruckt weiter und ins Schlafzimmer, dann stellt er sich vors Bett.

»Lass mich los, Hunter! Jetzt sofort!«

»Wie du willst.« Er wirft mich auf die Matratze, und noch bevor ich meinen ersten Hüpfer gemacht habe, schiebt er seine Jogginghose – keinen Slip – nach unten und springt ebenfalls aufs Bett. Er bedeckt meinen Körper mit seinem, stützt sich mit den Ellbogen links und rechts von meinem Kopf ab und presst die Hüften gegen meine, sodass es keinen Zweifel daran gibt, wie er erregt ist. Die dicke Stange zwischen seinen Beinen schmiegt sich zwischen meine. Sein Gewicht drückt mich nach unten, und er presst seine Brust auf meine. Dabei graben sich seine wohldefinierten Muskeln in meine

Brüste. Die Hitze seines Körpers umhüllt mich und es ist, als wäre ich in einer Sauna.

Ich bekomme eine Gänsehaut. Feuchtigkeit sammelt sich zwischen meinen Beinen. Hunter rührt sich nicht, sondern starrt mich einfach nur an und lässt mich jeden Zentimeter seines harten Körpers spüren. Das hier fühlt sich richtig an und ich lasse diese Erkenntnis auf mich wirken. Meine Brustwarzen verhärten sich, mein Kitzler pocht. In meinem Magen bildet sich ein Knoten. Alle Zellen in meinem Körper öffnen sich und bereiten sich darauf vor, von ihm erobert zu werden. Er ist überall, umhüllt mich. Ich habe mich noch nie so zerbrechlich gefühlt, und mir war bislang nicht bewusst, wie viel größer er ist als ich.

Unsere Körper scheinen ohne Worte zu kommunizieren. Unsere Blicke begegnen sich. Der Knoten in meinem Inneren wird noch größer.

»Erinnerst du dich an dein Safeword?«

Seine Stimme ist hart. Sie enthält einen Befehlston, der den Teil in mir erreicht, den ich mir nie eingestehen wollte. Den Teil, der sich nach einem Mann sehnt, der stark genug ist, um mich zu überwältigen. Nach einem Mann, der genauso entschlossen ist wie ich. Nach jemandem, der intelligent genug ist, seinen Verstand mit meinem zu messen, schlagfertig genug, um mit mir Wortgefechte auszutragen, dominant genug, um mir Befehle zu erteilen, geschickt genug, um meinen Körper zu manipulieren, und rücksichtsvoll genug, um mich jedes Mal zum Orgasmus zu bringen. In alledem haben meine bisherigen Liebhaber kläglich versagt.

»Zara, erinnerst du dich?« Er schaut mir in die Augen.

Ich nicke.

»Sag es laut!«

»Ich erinnere mich an mein Safeword.« Meine Stimme klingt, als käme sie aus weiter Ferne. Mein Geist scheint sich von meinem Körper gelöst zu haben und irgendwo darüber zu schweben, während ich diese Szene beobachte. Ich sollte sie nicht so heiß finden, aber, o Gott, es ist so. Ich drücke meine Brust nach oben, sodass sich meine Nippel in seine unnachgiebigen Brustmuskeln bohren.

Hunter verzieht die Lippen. »Braves Mädchen.«

Ich erschaudere. Lust durchströmt mich und ich komme fast zum Orgasmus. Und alles nur, weil er mich gelobt hat? Herrje, was macht er nur mit mir?

Er stößt sich vom Bett ab und zeigt mit einem Finger auf mich. »Bleib so liegen!«

Ich könnte mich nicht vom Fleck bewegen, selbst wenn ich es versuchte. Der primitive Teil meines Gehirns hat erkannt, dass er der Herr ist. Und er kann mit mir machen, was er will – vorläufig. Alle meine Sinne sind auf ihn gerichtet, darauf, wie sich seine Oberschenkelmuskel zusammenziehen, während er zu seiner Tasche in der Ecke geht und darin wühlt, bevor er sich wieder mir zuwendet. Ein paar Seidentücher baumeln von seiner Hand.

»Was ist das?«

»Entspann dich, Feuer. Ich verspreche dir, dass du es genießen wirst.«

»Das hast du auch gesagt, als du mich in den Arsch gefickt hast … bei unserem allerersten Mal zusammen.«

Er erreicht das Bett und blickt auf mich herab. »Hat es wehgetan?«

»Was glaubst du denn?« Ich schaue ihn finster an.

»Dass du meinen Namen geschrien hast, als du so heftig gekommen bist, dass du dich danach kaum noch bewegen konntest. Und jetzt ist es dir peinlich.«

»Ich schäme mich für nichts.«

»Warum ist dein Gesicht dann so rot?«

»Es ist nicht …« Ich schürze die Lippen. »Gut, ich habe nicht erwartet, dass es so viel Spaß machen würde. Ich hätte auch nicht gedacht, dass du beim ersten Fick den falschen Eingang nehmen würdest.«

Er lacht. »Das ist eine kuriose Art, sich auf anal zu beziehen.«

»Ich glaube an die soziale, politische und wirtschaftliche Gleichberechtigung der Geschlechter. Das bedeutet nicht, dass ich nicht gut erzogen bin«, entgegne ich hochnäsig.

»Mir scheint, du glaubst auch an das anal vermittelte Vergnügen.«

Ich lache. Vergeblich versuche ich, ihm ein schlechtes Gewissen einzureden, weil er sofort Analverkehr mit mir wollte Ich habe noch nie einem meiner Partner erlaubt, sich diese Freiheit zu nehmen. Nicht einmal in meiner längsten Beziehung, die allerdings lediglich drei Monate gehalten hat. Und Hunter hat sich dorthin gewagt, wohin sich noch niemand zuvor gewagt hat.

»Warte mal kurz.« Er mustert mein Gesicht. »War das dein erstes Mal?«

Meine Wangen werden heiß. »Was? Mach dich nicht lächerlich.«

»Es war dein erstes Mal Analverkehr.«

Mein Gesicht ist jetzt so heiß, dass sicherlich Flammen darauf lodern. »Können wir diese Diskussion beenden?«

»Liegt es daran, dass Wörter mit vier Buchstaben für dich ein Problem sind?«, fragt er langsam.

»Verdammt, nein! Aber ich habe ein Problem damit, dass du die Spiele mit Analverkehr eröffnet hast.«

»Keine Sorge, Baby. Ich habe kein Problem mit Marathons und fünftägigen Kricketspielen.« Er legt ein Knie aufs Bett.

»Ich persönlich ziehe kurze, schnelle Stöße vor«, entgegne ich.

»Und ich ziehe es vor, meine Ausdauer im Blick zu behalten, sowohl was den Wahlkampf als auch meine sexuelle Leistungsfähigkeit betrifft.«

»Hast du gerade Politik mit Sex verglichen?«, frage ich und schnaube empört.

»In beiden Fällen gibt es ein ähnliches Hochgefühl, wenn man einen besonders hartnäckigen Gegner besiegt hat, meinst du nicht?«

Ich schaue ihn mit großen Augen an. »Und jetzt vergleichst du mich mit einem politischen Rivalen?«

»Du bist bei Weitem der schönste, vitalste und intelligenteste Gegner, gegen den ich je angetreten bin.«

»Wir haben also in wenigen Sätzen über Kricket, Politik und Sex gesprochen.« Drei Dinge, für die ich eine Leidenschaft habe. »Das ist ein …«

»Novum«, sagt er zur gleichen Zeit wie ich.

Die Luft zwischen uns verdichtet sich und wirbelt vor unausgesprochenen Worten. Vor der Art von Worten, die man nicht auszusprechen wagt, aus Angst davor, wohin das führen könnte. Und doch kann man es auch nicht ignorieren. Wann habe ich das letzte Mal mit einem Mann im Bett über ein so breites Spektrum an Themen geredet?

»Ich kenne nicht viele Frauen, die mit Kricket-Analogien vertraut sind«, sagt er, als ob er meine Gedanken gelesen hätte. Es ist keine Überraschung, dass ich das bin. Kricket ist das einzige Spiel, das wir als Familie angesehen haben, als ich aufgewachsen bin. Das waren die einzigen Male, dass mein Vater meinem Bruder und mir erlaubt hat, vom Lernen abzuschalten – wenn ein Kricketspiel im Fernsehen lief. Außerdem spielt mein Bruder jetzt Kricket für England, was ich nicht gern publik mache.

»Mein Bruder spielt Kricket für England«, sage ich und kneife dann die Augen zusammen. Habe ich das gerade laut gesagt? Ja, habe ich. Nicht einmal meine engsten Freunde wissen von Cade.

Es ist nicht so, dass ich etwas zu verbergen hätte. Es hat eher damit zu tun, dass es angesichts meines Jobs so einfacher ist, meine Familie aus dem Rampenlicht zu halten. Außerdem erregt Cade durch seine Sponsorentätigkeit eine Menge Aufmerksamkeit. Daher möchte ich den Fokus der Medien nicht auf die Tatsache lenken, dass wir Geschwister sind. Ich habe es sogar geschafft, ihn aus meiner Wikipedia-Seite herauszuhalten. Und jetzt habe ich das diesem Mann gesagt. Diesem Mann, den ich erst seit ein paar Tagen kenne … Okay, seit mehr als ein paar Tagen. Aber die Zeit, die wir bislang zusammen verbracht haben, lässt sich zu wenigen Tagen addieren.

»Zara, geht es dir gut?«

Ich nicke und halte die Augen geschlossen.

»Wovor hast du Angst?«

Ich reiße die Lider auf. »Wer hat etwas von Angst gesagt?«

»Warum bist du wütend?«

»Ich ziehe es vor, niemandem von meiner Familie zu erzählen. So schütze ich sie.«

»Verständlich, angesichts der Art deines Jobs. Aber es erklärt nicht, warum du so wütend auf dich selbst bist.«

»Ich bin nicht …« Er legt den Kopf schief und ich schürze die

Lippen. »Du hast recht, ich bin sauer auf mich selbst.« Ich wende den Blick ab und sehe ihn dann wieder an. »Das war mein erstes Mal.«

Seine Augenbrauen schießen in die Höhe. »Dein erstes Mal Analsex?«

Meine Wangen werden noch heißer, wenn das überhaupt möglich sein sollte. »Warum schreist du es nicht lauter, damit die Nachbarn dich hören können?«

Er zieht die Mundwinkel nach oben. »Unser nächster Nachbar ist meilenweit entfernt. Und es muss dir nicht peinlich sein, es zu genießen, Baby. Weißt du, was mich das fühlen lässt, dass ich eines deiner ersten Male hatte?«

Habe ich ihn richtig verstanden? Es sollte mir nichts bedeuten, was er gerade gesagt hat, und doch besteht mein Körper auf etwas anderem. Meine Oberschenkel zittern, und meine Knie drohen, sich in Nudeln zu verwandeln. Meine Zehen krümmen sich und ich muss tief in mich gehen, um die Kraft zu finden, nicht zusammenzubrechen. »Was fühlst du?«, presse ich schließlich hervor.

»Ich habe Lust, dich tagelang zu ficken, damit du nicht mehr geradeaus laufen kannst.« Er beugt seine Knie und schaut mir in die Augen. »Ich verspreche dir, bevor ich mit dir fertig bin, wirst du noch mindestens zehn Mal kommen.«

»Innerhalb von achtzehn Stunden?«, frage ich spöttisch.

»Gut, dann eben achtzehn Mal.«

»Ein Orgasmus pro Stunde?« Ich werfe den Kopf zurück und lache lauthals. »Nicht einmal du kannst das schaffen.«

»Sorg dafür, dass du mitzählst, Baby.«

Er hält mir eine Hand hin. Ich schaue darauf und dann in sein Gesicht. »Was willst du tun?«

»Tu nicht so, als wüsstest du nicht, was ich vorhabe«, erwidert er.

»Kannst du mir ausnahmsweise mal eine ehrliche Antwort geben?«

»Willst du wirklich behaupten, dass du nicht weißt, was als Nächstes kommt?« Er starrt mich an, und die Drohung in seiner Stimme läuft mir kalt den Rücken hinunter. In einer Sache hat er recht – es ist ein besonderer Kick, ihn zu drängen, frech zu sein und sich mir gegenüber dominant zu verhalten. Das befriedigt die masochistische Ader in mir. Moment mal, masochistisch? Habe ich mich gerade als masochistisch bezeichnet? Habe ich gerade zugestimmt, dass ich möchte, dass er sich mir gegenüber wie ein Sadist verhält?

Ich bin nicht prüde, wenn es um Sex geht, ehrlich nicht. Aber etwas in mir hat mich stets davon abgehalten, SM und alles, was es zu bieten hat, auszuprobieren. Das lag allerdings nicht an meiner strengen Erziehung.

Meine Eltern haben mir nicht erlaubt, mich zu verabreden, solange ich unter ihrem Dach gelebt habe. Wovon sie keine Ahnung hatten, waren die Jungs, die ich in mein Zimmer geschmuggelt habe, wenn sie im Geschäft waren. Auch mein Bruder hatte durchaus nicht wenige Mädchen, die er heimlich ins Haus gebracht hat. In gegenseitigem Einvernehmen haben wir nie darüber gesprochen. Dann, als ich sechzehn war, wurde Olly geboren, und all das hörte auf.

Als ich angefangen habe zu studieren, habe ich meine Freiheit gefeiert, indem ich mich mit diversen Jungs einließ, von denen einer auf SM stand. Ich habe ihm sehr deutlich gemacht, dass ich damit nichts zu tun haben will. Und er hat mich nie gedrängt, was mir zu verstehen gegeben hat, dass unsere Beziehung nur von kurzer Dauer sein würde. Mit diesem Typen hatte ich die dreimonatige Beziehung. Ich war diejenige, die Schluss gemacht hat, wie es normalerweise der Fall war. Alle Männer, mit denen ich zusammen war, haben meine Wünsche respektiert. Keiner von ihnen hat mich dazu gedrängt, meine Grenzen zu überdenken, wie Hunter es getan hat.

»Und wenn ich sage, dass ich lieber überrascht werden möchte?«

»Willst du überrascht werden, Feuer?«

Ich schaue ihm tief in die Augen und lege dann meine Hand in seine.

28

HUNTER

»Braves Mädchen.«

Ein Schauer scheint ihren Körper zu durchfahren. Ihre Pupillen weiten sich. O ja, sie liebt es, gelobt zu werden, und ich bin nur allzu gern bereit, das zu tun. Natürlich muss sie es sich verdienen, wie sie bereits gemerkt hat, aber das sollte das Lob, wenn sie es erhält, nur noch viel befriedigender machen.

Ich hebe einen ihrer Arme über ihren Kopf, schlinge einen Seidenschal um ihr Handgelenk und binde ihn ans Kopfteil.

Als ich meine andere Hand ausstrecke, legt sie ihre ohne zu zögern in meine. Ich binde sie ebenfalls ans Kopfende des Bettes und steige dann vom Bett. Ich gehe zu ihrem Fuß und umkreise ihren Knöchel mit den Fingern.

Sie versucht, ihr Bein wegzuziehen, aber ich halte es fest. »Du erinnerst dich doch an dein Safeword, oder?«

Sie nickt.

»Wirst du es benutzen?«

Sie schüttelt den Kopf.

»Dann lass mich das für dich tun, Zara. Ich verspreche dir, dass es dir gefallen wird … nach einer Weile.«

»Das ist nicht sehr beruhigend.«

»Du machst das so gut, Baby. Begib dich einfach in meine Hände.«

Sie schluckt, dann nickt sie.

»Das ist mein Mädchen.«

Diesmal entweicht ein Stöhnen ihren Lippen. Der Duft ihrer Erregung erfüllt die Luft. Meine Leistengegend spannt sich an, und ich beuge mich vor und binde erst ein Bein, dann das andere an das Fußteil. Ich richte mich auf und verschränke die Arme vor der Brust. Ausgiebig betrachte ich sie – ihre erröteten Gesichtszüge, ihre nach oben gerichteten Brüste, ihre schmale Taille und die ausladenden Hüften. Sie ist ein Anblick, den ich noch lange im Gedächtnis behalten werde.

»Du bist so schön, Baby«, murmle ich.

Sie schluckt und bekommt eine Gänsehaut.

»Hat man dir schon einmal gesagt, wie schön du bist? Wie spektakulär dein Körper ist? Wie unglaublich du aussiehst, wenn du zu meinem Vergnügen daliegst?«

Ich schlinge die Finger um meinen Schwanz und drücke zu. Ihr Körper zuckt. Sie windet sich, zerrt an ihren Fesseln, und das zieht sie nur noch fester an.

»Binde mich los, damit ich dich berühren kann«, keucht sie.

»Noch nicht.«

Ich massiere meinen Schwanz von unten nach oben, und ihre Pupillen weiten sich. Ihr Blick ist auf meinen Schritt gerichtet, ihre Lippen sind geschürzt.

»Willst du mich schmecken, Baby?«

Sie nickt.

»Willst du meinen Schaft in deiner Kehle haben?«

»Ja.« Sie leckt sich über die Lippen.

»Wirst du jeden einzelnen Tropfen schlucken und mich dann ablecken?«

Sie zerrt wieder an den Seidenschals und runzelt dann die Stirn. »Warum quälst du mich?«

»Weil du es liebst.«

»Ich habe nicht zugestimmt, verhöhnt zu werden.«

»Ach nein?« Ich fahre fort, meinen Schwanz zu streicheln. Ihre

Oberschenkelmuskeln verkrampfen sich. Sie versucht, die Beine zusammenzupressen, aber natürlich ist sie nicht in der Lage, sich von ihren Fesseln zu befreien.

»Hunter!«, knurrt sie.

Ich lache.

Zara runzelt die Stirn und hat den Blick noch immer nicht von meinem pochenden und sehr erigierten Schwanz abgewandt.

»Du willst das, nicht wahr, Feuer? Du willst, dass ich dein Gesicht ficke, dann deine Muschi und deinen Arsch … oder besser noch, dass ich alle deine Löcher gleichzeitig fülle, nicht wahr?«

»Fick dich, Hunter!«, schnauzt sie.

»Wenn du so denkst, dann …« Ich drehe mich um und tue so, als wolle ich weggehen, und sie stößt einen wütenden Schrei aus.

»Gut! Du Arschgesicht! Du Trottel! Du Wichser! Gut. Du hast gewonnen.«

»Ich liebe es, wenn du schmutzig redest, Baby.«

Sie holt tief Luft und stößt sie wieder geräuschvoll aus. »Ich habe dir doch gesagt, du hast gewonnen.«

»Das sind nicht die Worte, die ich hören will.«

»Was willst du von mir hören, du … du … Wichser?«

Ich ziehe eine Augenbraue hoch. »Du weißt es doch.«

»Ich kann keine Gedanken lesen«, schnauzt sie.

Ich zucke mit einer Schulter. »Aber du hast einen IQ von hundertsechzig. Ich bin sicher, dass du es herausfinden kannst.«

»Schade, dass ich das nicht auch von deinem EQ sagen kann. Du … du …«

»… charismatischer, attraktiver, faszinierender Mann. Ist es nicht das, was du sagen wolltest?« Ich grinse.

»Das hättest du wohl gern«, entgegnet sie.

»Also gut.« Ich drehe mich um und gehe auf die Tür zu.

Ich habe sie fast erreicht, da ruft sie: »Okay, okay, das wollte ich sagen.«

»Wie bitte? Ich habe dich nicht richtig verstanden.«

Sie atmet tief ein und aus. »Ich wollte sagen, dass du ein faszinierender, attraktiver, charismatischer Mann bist«, sagt sie schließlich.

Ich drehe mich um und schaue sie an. »Meinst du das ernst?«

»Ja.«

»Dann beweise es.« Ich gehe zum Bett und setze mich rittlings auf sie. »Nimm meinen Schwanz in den Mund wie eine richtige kleine Schlampe und blas mir einen!«

Der Puls an ihrem Hals schlägt schneller. Ihr Brustkorb hebt und senkt sich. Ihr Haar fällt in Wellen um ihr Gesicht wie bei einer antiken Göttin. Sie ist so verdammt schön, dass ich am liebsten ihre Fesseln lösen und sie zu mir ziehen würde, aber ich mache es nicht. Ich will, dass jeder ihrer Orgasmen besser ist als der vorherige. Ich will, dass Endorphine durch ihr Blut strömen. Ich will, dass sie so trunken von Glückshormonen ist, dass sie sich für den Rest ihres Lebens an diese Zeit erinnern wird. Ich möchte, dass sie diese Verbindung zwischen uns genauso intensiv spürt wie ich. Ich will, dass sie erfährt, wie sehr unsere Gedankengänge übereinstimmen, dass wir auf der gleichen Wellenlänge liegen, wie gut es ist, wenn wir uns beide füreinander öffnen, dass es nichts Vergleichbares zu den Empfindungen gibt, die unser gemeinsamer Sex in uns auslöst. Ich will alles von ihr. Ich will …

Ich rutsche an ihrem Körper hoch und positioniere mich dann über ihrem Gesicht.

»Mach den Mund auf, Baby!«

Das macht sie.

Ich fahre mit meiner feuchten Eichel über ihre Lippen, und Zara leckt sie. Meine Eier spannen sich an und ich drücke meinen Schwanz zusammen, um nicht gleich zu kommen.

»Denk daran, mir auf die Hand zu tippen, wenn du willst, dass ich ihn herausziehe.«

Sie nickt.

»Du hast den perfekten Mund, weißt du das? Als ich dich das erste Mal gesehen habe, konnte ich nur daran denken, dass ich diese schönen Lippen um meinen Schwanz haben will.«

»Ging mir ähnlich. Als ich dich das erste Mal gesehen habe, wusste ich, dass ich mich auf dein Gesicht setzen und an deinem Haar ziehen will.«

Ich blinzle, dann lache ich laut auf. »Das wirst du, versprochen.

Ich werde dir so viel Vergnügen bereiten, dass du alles außer meinem Namen vergisst.«

»Ach, das sind doch nur leere ...«

Mehr kann sie nicht sagen, weil ich meinen Schwanz zwischen ihre Lippen geschoben habe. »Noch weiter aufmachen!«, befehle ich.

Sie öffnet den Mund noch mehr und ich lasse meinen Schwanz in ihren Rachen gleiten. Sie atmet durch die Nase und Tränen steigen ihr in die Augen. Dann atmet sie durch den Mund, und ich ziehe meinen heraus, bis meine Eichel wieder zwischen ihren Lippen ist.

»Kannst du weitermachen?«

Sie nickt.

»Willst du wirklich nicht aufhören?«

Sie sieht mich finster an, dann hebt sie den Kopf und fährt mit der Zunge meinen Schwanz hinauf. Sie schließt die Lippen um meine Eichel und Hitze macht sich in meiner Brust breit. Zara zieht den Kopf zurück und ich fahre mit den Fingern in ihr Haar, um sie festzuhalten. Sie stöhnt um meinen Schwanz herum, und meine Eier pochen. Ich schiebe ihren Kopf zurück, bis meine Eichel wieder zwischen ihren Lippen ist, dann lasse ich meinen Schwanz noch einmal über ihre Zunge gleiten. Zara holt tief Luft, und mir dreht sich der Kopf. Ich umschließe ihren Hals, und verdammt, das Gefühl, während mein Schwanz in ihren Rachen gleitet, ist das Erotischste, was ich je erlebt habe.

Ihre goldenen Augen weiten sich und glühen mit einer Mischung aus Lust und Hitze und diesem Hauch von Trotz, der mich immer wieder zu ihr zieht. Diese Königin hat zugestimmt, mir einen zu blasen, und verdammt, wenn das nicht demütigend und erregend zugleich ist. Ich würde alles tun, was sie verlangt. Gut, dass sie das nicht weiß ... noch nicht.

»Ich werde dein Gesicht ficken, Baby.«

Sie schluckt und der Sog um meinen Schwanz bringt mich ein wenig aus dem Konzept. Ich knirsche mit den Zähnen und zwinge mich, langsamer zu werden. Mich auf die Lust zu konzentrieren. Ihr nur so viel Unbehagen zu bereiten, dass es sie erregt. Genug Reibung, um sie heiß zu machen, damit sie sich vorstellt, wie es sich anfühlen würde, meinen Schwanz in ihrer heißen, feuchten Muschi zu haben.

»Ich wette, dass du zwischen deinen Beinen verdammt feucht bist. Ein kräftiges Ziehen an deiner Klitoris, und du würdest explodieren, nicht wahr, Feuer?«

Sie stöhnt, und die Vibrationen wandern meinen Schwanz hinauf. Schweißperlen rinnen mir über die Stirn. Meine Eier ziehen sich zusammen. Ich steigere die Intensität meiner Bewegungen. In ihren Mund, in ihre Kehle und wieder heraus. Dann noch einmal. Und noch einmal. Ihr gesamter Körper zittert, und ich weiß, dass sie nahe dran ist, so nahe. Ich ziehe mich aus ihr zurück, gleite an ihrem Körper hinunter, vergrabe mein Gesicht zwischen ihren Beinen und sie schreit auf.

Ich schiebe die Hände unter ihren Hintern und drücke zu, während ich meine Zunge zwischen ihre Schamlippen schiebe. Ich ziehe ihren Kitzler in meinen Mund und sauge daran, und sie bricht zusammen. Sie wirft den Kopf zurück und schreit, als sie zum Höhepunkt kommt. Ich lecke ihre Säfte auf, dann rutsche ich hoch, bis ich wieder über ihrem Gesicht bin.

»Bist du bereit für mich, Baby?« Sie reißt die Lider auf, und der benommene, zufriedene Ausdruck in ihren Augen trifft mich ins Mark. So fühlt es sich also an, wenn ich das Vergnügen eines anderen über mein eigenes stelle. Es ist das erfüllendste, erotischste Gefühl, fast so gut, wie meine Ladung abzuschießen. Fast.

Ich schiebe meinen Schwanz zwischen ihre Lippen und halte ihren Blick fest, während ich ihr das Haar aus dem Gesicht streiche, damit ich meinen Schwanz in ihrem Mund verschwinden sehen kann. Ich ziehe ihn heraus, dann gleite ich wieder hinein, wieder und wieder. Sie schließt den Mund darum, und der Sog lässt meinen Schwanz zittern und drückt auf meine Eier, sodass ich mich in ihrer Kehle entleere.

Zara schließt die Augen und ihr Körper sackt in sich zusammen. Ich löse die Fesseln um ihre Handgelenke und dann diejenigen um ihre Knöchel. Ich lehne mich zurück, ziehe sie auf mich und halte sie fest, bis ihr Atem ruhiger wird. Schließlich hebt sie den Kopf und sieht mich mit ihren wunderschönen Augen an.

»Was … war das?«

»Was … war das?«

29

ZARA

»Ich glaube, das war dein erster von achtzehn Orgasmen. Und ich fange gerade erst an.«

»Ich bin gekommen … schon wieder«, sage ich ehrfürchtig, als hätte ich gerade zum ersten Mal Sex gehabt. Was ich in gewisser Weise auch hatte. Sex mit jemandem zu haben, zu dem man eine solche Verbindung hat, ist eine ganz neue Erfahrung.

»Das bist du, Feuer.« Er streicht mir eine Haarsträhne hinters Ohr. »Wie fühlst du dich?«

»Mir ist bisschen schwindlig, als hätte mich jemand aus einer Kanone geschossen und ich würde auf die Erde hinunterschweben.« Ich gähne.

»Du bist müde.«

»Nur satt.« Ich versuche, meine Augen offen zu halten, aber meine Lider scheinen zu schwer zu sein. »Vielleicht schlafe ich ein paar Minuten.« Ich drücke meine Wange an seine Brust.

Als ich die Augen öffne, liege ich allein im Bett, und das Licht draußen hat dieses Graublau, das darauf hindeutet, dass es später Nachmittag ist. Habe ich den Tag verschlafen?

Ich gähne, setze mich auf und zucke zusammen, als ich Hunter am Fußende des Bettes sitzen sehe.

»Tut mir leid, ich wollte dich nicht erschrecken.« Er beugt sich vor und streichelt meine Wange. »Hast du gut geschlafen?«

Ich nicke, unfähig zu sprechen. Die Worte lösen sich in mir auf … Meine Gehirnzellen scheinen nicht in der Lage zu sein, sie zu einem Satz zusammenzufügen. Meine Wangen werden heiß und Hunter beobachtet mich interessiert.

»Bist du gerade rot geworden?«

»Ich werde nicht rot«, protestiere ich.

»Ich sage es nur ungern, aber ich habe gesehen, wie dein Gesicht sich in den vergangenen Stunden in diverse Rotschattierungen verfärbt hat.«

»Nur weil du ein versauter Mann bist.« Ich versuche, die Decke hochzuziehen, aber ich kann sie nicht bewegen, weil er darauf sitzt.

»Bedecke dich nicht. Ich liebe deinen Körper.«

Ich lasse die Hände sinken und betrachte das T-Shirt, das er zu der grauen Jogginghose übergezogen hat, die er schon vorhin getragen hat. Wie schade, dass ich seine gemeißelten Bauchmuskeln nicht mehr sehen kann. Andererseits ist Hunter in seinem abgetragenen schwarzen T-Shirt und dem zerzausten Haar sowohl sexy als auch verdammt liebenswert.

»Komm her!« Ich strecke ihm eine Hand entgegen.

Seine Lippen zucken, aber dann beugt er sich vor und ich fahre mit den Fingern in sein Haar, ziehe ihn noch näher zu mir und streiche mit meinen Lippen über seine. Eigentlich sollte es nur ein kurzer Kuss sein, aber Hunter wäre nicht Hunter, wenn er den Kuss nicht vertiefen würde, bis es sich anfühlt, als würde er mir die Luft aus dem Körper saugen. Als er mich schließlich loslässt, schlägt mein Herz wie verrückt, das Blut pocht in meinen Ohren, und die Hitze zwischen meinen Schenkeln droht mir die Wirbelsäule hinaufzusteigen. »Wow!« Ich schlucke.

»In der Tat«, erwidert er grinsend. »Du hast doch nicht geglaubt, dass ich dich jetzt so einfach davonkommen lasse?« Er reibt seine Nase an meiner. »Hast du Hunger?«

»Ich könnte etwas essen«, gebe ich zu.

»Gut.« Er steht auf und geht zum Schrank in der Ecke des

Zimmers. Als er zurückkommt, hält er einen seidenen Bademantel in der Hand.

»Nein danke, ich würde mich lieber richtig anziehen.«

»Ich finde, du solltest das hier tragen.« Er hält ihn mir hin.

»Du akzeptierst kein Nein als Antwort, oder?«

Er lächelt, und das ist so sexy, dass mein Herz fast einen kleinen Salto macht. »Gut, aber nur dieses Mal.«

Er legt mir den Bademantel um die Schultern und ich schlüpfe hinein. Kaum habe ich den Gürtel um meine Taille gebunden, hebt Hunter mich hoch.

»Ich kann allein laufen.« Ich versuche, wütend zu klingen, aber meine Worte gehen in ein Kichern über. Mehrere Orgasmen können das bei einer Frau bewirken, nehme ich an. Außerdem ist der Schwanz, der mir diese Orgasmen beschert hat, unvergleichlich. Und was den Mann angeht, der an diesem Schwanz hängt? Er erweist sich als unersetzlich. Ich gebe es nur ungern zu, aber immer diejenige zu sein, die das Sagen hat und die Entscheidungen bei der Arbeit trifft … Nun, es ist erfrischend, sich zur Abwechslung mal auf jemand anderen zu stützen. Wahrscheinlich werde ich diese Gedanken später infrage stellen, aber jetzt halte ich mich an seinen Schultern fest, als er die Küche betritt. In der Spüle stehen Töpfe und Pfannen, und angesichts der geöffneten Gewürzflaschen, dem Schneidebrett und der Tüten mit dem halb verbrauchten Gemüse muss er gekocht haben. Ich schnuppere und atme die himmlischen Düfte ein. »Du hast wieder gekocht«, murmle ich.

»Das habe ich.«

Er lässt mich auf einen Stuhl sinken. Auf dem Esstisch ist ein frisches weißes Tischtuch ausgebreitet. Darauf stehen Teller, Besteck, zwei brennende Kerzen sowie ein Eimer mit Eis und eine Flasche Champagner. »Und du hast den Tisch gedeckt?«

»Du musst aufhören, so überrascht zu klingen.« Er lacht.

»Du bist Hunter Whittington. Londons berüchtigtster Jungge-selle, ein außergewöhnliches Alphatier, *GQ*s Mann des Jahres und eine der einflussreichsten Personen des Jahres laut *Time*. Ganz zu schweigen von der Person, der man zutraut, die Führungsrolle in diesem Land zu übernehmen. Dass du gekocht und den Tisch gedeckt hast, ist …«

»Nur ein weiterer Aspekt von mir. Einer, den ich der Welt nicht zeige …« Er richtet sich auf.

»Aber den du mir zeigst.«

»Genau«, stimmt er zu.

»Warum tust du das, Hunter?« Ich lehne den Kopf noch weiter zurück, um seinem Blick zu begegnen.

»Warum ich für dich koche?«

»Ja, warum das alles?« Ich zeige auf den schön gedeckten Tisch.

»Weil ich es will. Weil Weihnachten ist und ich mich freue, es mit dir zu verbringen.«

Ich blinzle. »O verdammt, es ist Weihnachten!«

»Ja, das stimmt.« Er geht zum Eimer, legt sich eine weiße Leinenserviette über den Arm und zieht mit der anderen Hand die Champagnerflasche heraus. Moët et Chandon Brut. Er lässt den Korken knallen, und das Geräusch dröhnt durch meine Adern. Er gießt Champagner zuerst in mein Glas, dann in seines. Er stellt die Flasche zurück in den Eimer und hebt sein Glas. »Auf uns!«

»Gibt es ein *Uns*?« Ich kneife die Augen zusammen.

»Du weißt, dass es so ist …« Etwas leiser fügt er hinzu: »Vorläufig.«

Okay, damit kann ich leben. Und vielleicht wäre es unhöflich von mir, darauf hinzuweisen, weil er sich doch so viel Mühe gegeben hat, ein spätes Mittagessen für uns beide zu kochen. Aber wenn ich zustimme, ohne es zu tun, könnte das Erwartungen wecken – in uns beiden –, und das wäre für keinen von uns fair. Es scheint noch wichtiger zu sein, uns beide daran zu erinnern, dass das hier – was auch immer es ist – nur vorübergehend ist, flüchtig. Wir sind lediglich zwei Menschen, die sich während der Feiertage in einem Ferienhaus mit einem Bett wiedergefunden haben. Ich zucke zusammen. Das klingt wie ein Klischee. Wie eine dieser Situationen, in die der Held und die Heldin eines Liebesromans geraten. Und natürlich kommen sie am Ende zusammen.

Im Gegensatz zu uns. Wir werden morgen früh getrennte Wege

gehen. Aber im Moment … in diesem Moment … Ja, es gibt ein *Wir*. Und noch siebzehn Orgasmen. Ich hebe mein Glas. »Zum Wohl!«

»Zum Wohl!« Er trinkt einen Schluck, ohne den Blickkontakt zu unterbrechen, und es ist, als würde er seine Zunge wieder zwischen meine Schenkel tauchen.

Einer seiner Mundwinkel zuckt, aber er unterlässt es, eine Bemerkung zu machen. Stattdessen beugt er sich vor, drückt mir einen harten Kuss auf den Mund, richtet sich dann auf und geht zum Tresen. Er zieht sich ein Paar Ofenhandschuhe an und holt ein Blech aus dem Ofen und stellt es vor mich hin. Ein würziger Duft weht herauf.

»Truthahn, gewürzt mit Kreuzkümmel, Ingwer, Knoblauch und weiteren Gewürzen. Außerdem mit Orangenschalen und Rosmarin«, verkündet er. »Und das ist nur der Hauptgang.«

»Es gibt noch mehr?«, rufe ich, aber er geht zum zweiten Ofen in der Ecke der Küche, den ich erst jetzt bemerke. Von dort holt er ein weiteres Blech heraus, kommt zu mir und stellt es auf den Tisch.

»Tarte Tatin mit Roter Bete und roten Zwiebeln.«

»Warte mal!« Ich blicke von einem Blech zum anderen und wieder zurück. Meine Nasenlöcher kitzeln. Mein Kopf fühlt sich zu leicht an im Vergleich zum Rest meines Körpers. »Du wusstest, dass ich scharfes Essen mag, also hast du den Truthahn entsprechend gewürzt. Und Rote Bete ist mein Lieblingsgemüse, nach Kartoffeln. Aber wie hast du …« Ich blicke zu ihm auf. »Wie hast du …«

»Wie ich gewusst habe, dass es dein zweitliebstes Gemüse ist? Ich sagte doch, ich habe meine Quellen. Und wirklich, es war kein Problem, den Truthahn nach deinem Geschmack zu würzen.«

»Trotzdem.« Ich schaue wieder auf den Tisch. Ich habe Amelie die Zutaten für meine Lieblingsspeisen geschickt. Aber dass Hunter nicht nur weiß, was ich mag, sondern dieses Wissen auch nutzt, um die Gerichte entsprechend zu kochen? Das zeugt von seiner Liebe zum Detail. Dass ich ihm wichtig bin. Es zeigt, dass er auf meine Vorlieben und Abneigungen Rücksicht genommen hat. Dass er etwas Besonderes für mich kreieren wollte. Und ich kann mich nicht erinnern, wann jemand das letzte Mal so etwas für mich getan hat.

»Zara, Baby, hey!« Er stellt sein Glas auf den Tisch und geht neben meinem Stuhl in die Hocke. »Weinst du etwa?«

»Nein, natürlich nicht«, erwidere ich, schniefe aber.

»Doch, du weinst.«

»Es ist nur Staub in meinen Augen«, lüge ich, ohne ihn anzuschauen.

»Hey, Feuer, nicht weinen, bitte.« Er drückt zwei Fingerknöchel unter mein Kinn und hebt es an, sodass ich keine andere Wahl habe, als seinem Blick zu begegnen.

»Ich kann immer noch nicht glauben, dass du das alles gekocht hast.«

»Ich sagte doch, ich koche gern.«

»Und ich habe fest geschlafen. Ich habe dir nicht einmal geholfen.« Noch mehr Tränen laufen mir über die Wangen, und er wischt sie mit dem Daumen weg.

»Ich habe ein paarmal nach dir geschaut, aber du warst so süß mit deinen geschlossenen Augen und unter der Decke vergraben, dass ich es nicht übers Herz gebracht habe, dich zu wecken.«

»Ich habe nicht einmal ein Geschenk für dich.«

»Du bist hier. Das ist mein Geschenk, Feuer.«

»Du weißt immer, was du sagen musst.« Ich werfe die Hände hoch. »Wie kannst du so perfekt sein?«

»Du bist also wütend, weil ich perfekt bin?«, fragt er.

»Das ist nicht fair. Ich versuche, dir zu widerstehen, und du tust all diese Dinge, die es mir unmöglich machen.«

Er lacht. »Und ich habe dir noch nicht einmal alle Orgasmen beschert.«

»Erinnere mich nicht daran.« Offensichtlich habe ich keine Chance. Wenn er mit mir fertig ist, habe ich kein Fünkchen Widerstand mehr in meinem Körper. Ich werde nicht mehr klar denken können. Ich werde seine Sexsklavin sein, ganz zu schweigen von der Sklavin seiner Kochkünste.

»Du denkst so viel nach, dass ich Kopfschmerzen bekomme.« Er nimmt mein Champagnerglas und reicht es mir. »Trinke und genieße es. Ich verspreche dir, du wirst es nicht bereuen, dass du zugestimmt hast, hier bei mir zu bleiben.«

Ich weiß mit Sicherheit, dass er recht hat, und das macht mich noch wütender. Es sollte nicht so sein. Es sollte sich mit ihm nicht so gut anfühlen. Ich sollte nicht ahnen, dass er mir fehlen wird, wenn wir wieder getrennte Wege gehen. Und er hat für mich gekocht. Mein Gott, er hat für mich gekocht! Wärme durchflutet mich. Ein Gefühl, das fast so angenehm ist wie die Orgasmen, die er mir bereits beschert hat. Fast.

Ich hebe mein Glas und trinke schließlich einen Schluck. Die Bläschen zerplatzen auf meiner Zunge. Aromen von Pfirsich und Kirsche, Zitrusfrüchten und Mandeln, Sahne und buttrigem Toast vermischen sich und kitzelt meinen Gaumen. Mir dreht sich der Kopf und ein Glücksgefühl durchströmt meine Adern.

»Er ist exquisit.«

»Nicht mehr als du, Baby.«

Ich kichere. »Du Süßholzraspler, du!«

»Schön, dass es dir besser geht.«

»Ich habe großen Hunger.« Es fühlt sich an, als hätte ich seit Tagen nichts gegessen. Mein Körper muss völlig geschwächt sein. Das könnte die Tränen erklären. Ja, ich bin mir sicher, dass es daran liegt.

Er blickt mir ins Gesicht, nickt und setzt sich. Dann schneidet er ein Stück vom Truthahn aus und legt es auf meinen Teller. Ich tue das Gleiche mit der Tarte Tatin und lege das Stück auf seinen.

Er schenkt uns Champagner nach und grinst dann. »Wollen wir essen?«

30

HUNTER

»Das war wirklich sehr, sehr gut.« Seufzend lehnt sie sich zurück.

Ihre Augen sind glasig und ich erkenne die klassischen Anzeichen eines Essenskomas. Mein Herz fühlt sich an, als würde es sich ausdehnen, bis es meinen gesamten Brustkorb ausfüllt. Zufriedenheit – das ist es. Ein Gefühl der Zufriedenheit, das so anders ist als alles, was ich bisher erlebt habe, dass ich ein wenig Zeit gebraucht habe, um es einzuordnen. Ich habe das Essen für meine Frau zwar nicht gejagt und erlegt, aber ich habe es gekocht und dafür gesorgt, dass es ihr schmeckt. Das ist das Wichtigste, was ich je erreicht habe, abgesehen davon, dass ich sie zum Orgasmus gebracht habe. Das ist lohnender als ein Wahlsieg, erfreulicher als alles, was ich in der Vergangenheit für mich selbst getan habe. Und alles, was dazu nötig war, war ein gutes Essen. Was hat diese Frau an sich, dass ich mich um alle ihre Bedürfnisse kümmern möchte?

»Du hast zwar gesagt, dass du eine Ausbildung zum Koch gemacht hast, aber das war dennoch außergewöhnlich.« Sie legt den Kopf in den Nacken.

»Freut mich, dass es dir geschmeckt hat.« Ich vertilge das restliche Essen auf meinem Teller und greife dann nach der Champagnerflasche. Erst schenke ich ihr ein, dann mir selbst.

»Wollen Sie mich betrunken machen, Herr Minister?« Sie blickt mich gespielt vorwurfsvoll an.

»Gelingt es mir?«

»Durchaus, denn du hast offensichtlich viele Talente.« Sie gluckst.

»Oh, du kennst uns Politiker doch. Wir müssen nicht nur Staatsmänner, sondern auch alles andere sein, um die Gunst der Menschen zu gewinnen. Und in meinem Fall ist das mit dem Bedürfnis verwoben, Gutes für mein Land zu tun.«

»Woher kommt das, dieses Bedürfnis, Gutes für dein Land tun zu wollen?«

»Das ist eine gute Frage.« Ich schaue in mein Champagnerglas. »Ich habe beschlossen, in meinem Wahlkreis zu kandidieren, weil es von mir erwartet wurde. Mein Vater hatte diesen Sitz inne, und davor mein Großvater, also wurde es von mir erwartet. Ich habe mich mein ganzes Leben lang darauf vorbereitet, doch als ich gewählt wurde, war niemand überraschter als ich.«

»Ich wäre überrascht gewesen, wenn du *nicht* ins Parlament gewählt worden wärst«, murmelt sie.

»Zwei Komplimente innerhalb von zwei Minuten. Ich glaube, Sie tauen auf, Frau Anwältin«, sage ich.

Zara zuckt mit einer Schulter. »Ich bin vielleicht nicht immer einer Meinung mit dir, aber von allen amtierenden Politikern bist du zweifellos derjenige, der die besten Absichten hat.«

»Vielen Dank, Feuer.«

Sie errötet, und verdammt, das ist so bezaubernd. Sie mag als hartgesottene Karrierefrau rüberkommen, aber ich kann die Frau sehen, die sie wirklich ist – weichherzig, großzügig, loyal. Ich kenne sie besser, als sie sich vorstellen kann.

»Ich sage nichts, was die Kritiker nicht bereits von sich gegeben haben«, entgegnet sie.

»Aber dass auch du es sagst, bedeutet mir viel.«

Sie stellt ihr Champagnerglas geräuschvoll auf den Tisch. »Nicht, bitte.«

»Ich darf dir kein Kompliment machen?«

Sie nickt.

»Du darfst mir also eines machen, aber ich darf es nicht erwidern?«

Sie verschränkt die Finger ineinander, ein sicheres Zeichen dafür, dass sie nervös ist. »Ich will nicht, dass du auf dumme Gedanken kommst.«

»Dumme Gedanken, hm?« Jetzt bin ich an der Reihe und stelle das Champagnerglas auf den Tisch. »Ich frage mich, welche das wohl sind …«

»Du weißt schon. Ich, du«, sie wedelt mit einer Hand zwischen uns, »diese Sache zwischen uns.«

»Welche Sache?«

»Du weißt schon, diese Anziehung, Chemie, Lust – wie auch immer du es nennen willst.«

»Und wenn ich sage, es ist mehr als das?«

Sie versteift sich. »Es ist nicht mehr als das.«

»Bist du sicher, Baby? Denn was auch immer wir vergangene Nacht getan haben, hat uns beide berührt, und ich glaube nicht, dass das einem von uns beiden schon einmal passiert ist.«

»Es war nur Sex.«

»Ich verstehe.« Ich streiche mit dem Daumen über meine Unterlippe, und ihr Blick fällt auf meinen Mund. Ihre Pupillen weiten sich, bis das Schwarz fast ihre gesamte Iris einnimmt und von dieser nur noch ein goldener Kreis zu sehen ist. Sie schluckt. »Nur Sex, hm?«

Sie blinzelt, dann schaut sie weg. »Nur Sex.« Sie greift nach ihrem Champagnerglas und hält es in meine Richtung. »Mehr.«

»Ich bin auf dieser Welt, um jeden deiner Wünsche zu erfüllen, Feuer.« Ich stehe auf und ihre Augen weiten sich. »Wohin gehst du?«

»Den Nachtisch holen.«

»Nachtisch?« Sie runzelt die Stirn.

Ich gehe zur Theke und nehme den Deckel einer Schüssel ab, die ich zum Abkühlen abgestellt habe.

»Du hast Nachtisch gemacht?« Ihre Stimme wird immer lauter.

»Gemacht wäre übertrieben. Ich habe nur die Verpackung abgezogen und sie zum Aufwärmen in den Ofen geschoben.«

»Und tatsächlich daran gedacht zu haben, ihn wieder herauszuholen, zählt als Sieg.«

»Du kochst wohl überhaupt nicht, nehme ich an?« Ich schaufle das Dessert auf zwei Teller.

»Nein, sehr zum Leidwesen meiner Mutter.« Sie streicht sich eine Haarsträhne aus dem Gesicht. »Meine Mutter arbeitet Seite an Seite mit meinem Vater, aber sie findet immer Zeit, für ihre Familie zu kochen. Ich gebe zu, dass mich das nicht sonderlich interessiert.«

Ich stelle den Teller auf den Tisch und verbeuge mich halb. »Voilà.«

»Ist das Christmaspudding?« Sie schnappt nach Luft.

»Christmaspudding mit Preiselbeeren und Schokolade.«

Sie wird ein wenig blass. »Das ist mein Lieblingsdessert.«

»Ich weiß.« Ich gebe etwas von dem Pudding auf einen Löffel und halte ihn ihr hin. »Mund aufmachen!«, sage ich mit fester Stimme.

Sie wird blass, sieht aus, als wolle sie protestieren, willigt dann aber ein. Gott sei Dank. Ich schiebe den Löffel mit dem Pudding zwischen ihre Lippen. Sie schließt sie darum und wischt ihn sauber. Ein Klecks Sahne klebt an ihrer Unterlippe. Ich wische ihn mit dem Daumen ab und führe ihn an meinen Mund. Als ich daran lutsche, stockt ihr der Atem.

Ich gebe erneut Pudding auf den Löffel und biete ihn ihr noch einmal an. Wieder beugt sie sich vor, nimmt ihn zwischen die Lippen und leckt das Dessert auf. Sie fährt sich mit der Zungenspitze über die Unterlippe, und Blut fließt in meinen Schwanz.

Ich lege den Löffel beiseite, fahre mit dem Finger durch den Pudding und nehme einen Klecks davon auf. Dann beuge ich mich vor und verteile ihn auf ihren Lippen, fahre anschließend mit dem Finger über ihr Kinn, ihren Hals, bis zum Tal zwischen ihren Brüsten.

»Was tust du da?« Ihre Stimme klingt atemlos.

»Ich glaube, ich würde dieses Dessert lieber von deiner Haut essen.«

»Du bist verrückt.«

»Und du hast zugestimmt, alles zu tun, worum ich dich gebeten habe.« Ich schaue ihr in die Augen. »Es sei denn, du willst dein Safe-word benutzen?«

Sie schweigt ein oder zwei Sekunden, dann schüttelt sie den Kopf.

»Braves Mädchen.«

Ihre Wangen erröten. Sie leckt etwas von dem Pudding von ihrer Unterlippe und ich schnalze mit der Zunge. »Ich habe dir nicht erlaubt, das zu tun.«

»Ernsthaft?«, entgegnet sie spöttisch.

»Widersetze dich mir nicht, Baby!«

Sie legt den Kopf schief. Ein nachdenklicher Ausdruck zeichnet sich in ihren Augen ab, dann taucht sie einen Finger in die Pudding-schale und führt ihn zu ihrem Mund. Sie lutscht daran und klimpert mir mit den Wimpern. »Ups.«

Mein Herz beginnt zu rasen. Adrenalin durchströmt mein Blut. »Jetzt hast du es geschafft, Feuer. Ich gebe dir Zeit, bis ich bis fünf gezählt habe.«

»Hm?« Sie senkt die Hand und blinzelt. »Was meinst du?«

»Lauf, Baby! Wenn ich dich erwische, werde ich dich nicht loslassen – nicht bevor ich dich die restlichen sechzehn Mal habe kommen lassen.«

»Siebzehn, um genau zu sein.« Sie zieht die Mundwinkel nach oben.

»Du hast also mitgezählt?«

»Ich nehme meine Orgasmen sehr ernst.«

»Ich auch.«

Wir beide stehen auf.

»Wenn du einen Vorsprung haben willst, schlage ich vor, du rennst jetzt los.« Ich rucke mit dem Kinn in Richtung Tür.

»Oh, ich habe solche Angst«, neckt sie mich.

»Das solltest du auch. Fünf.«

»Was tust du da?«

»Der Countdown läuft.« Ich grinse. »Vier.«

Sie kneift die Augen zusammen. »Ich dachte, du wolltest nicht, dass meine Füße den Boden des Hauses berühren?«

»Änderung der Regeln. Drei.« Ich drehe den Kopf und ihr ganzer Körper versteift sich.

Sie schaut zur Tür, dann wieder zu mir. »Meinst du das ernst?«

»Ich meine es immer ernst mit dir, Feuer. Zwei.« Ich knacke mit den Fingerknöcheln.

Sie schluckt. »Ich finde diese ganze Sache dumm. Du scheinst die Regeln jederzeit und ohne Vorwarnung ändern zu können.«

»Weil es meine Regeln sind. Ich ändere sie, wenn sie meinen Bedürfnissen entsprechen. Bis auf eine Sache. Wirst du dein Safeword benutzen?«

Sie schüttelt den Kopf langsam von links nach rechts.

»Braves Mädchen.«

Ihre Schultern zittern.

»Deine Zeit ist gerade abgelaufen, Feuer. Eins.« Ich beuge mich über den Tisch.

31

ZARA

Mein Herz schlägt mir bis zum Hals. Ich stoße mich so schnell vom Tisch ab, dass mein Stuhl auf den Boden kracht, trotzdem streifen seine Finger meinen Bademantel. Ich schreie auf und renne zur Tür. Hinter mir ertönen Schritte, und ich weiß, dass er mir auf den Fersen ist. Wie kann er sich nur so schnell bewegen? Er hat mich gewarnt, dass er mich jagen würde, aber ich habe ihn nicht ernst genommen. Ich dachte, er mache Witze … Offensichtlich habe ich ihn unterschätzt.

Sicherlich ist dies eine Art verdrehtes Spiel für ihn – eines, das ich nicht verlieren will. Ich beschleunige das Tempo und erreiche die Tür. Fast da, fast … Wenn ich es aus der Küche ins Schlafzimmer schaffe, kann ich die Tür hinter mir schließen, und dann … Etwas krallt sich in den Gürtel meines Bademantels und reißt ihn auf. Ich schreie und lasse das Kleidungsstück zurück. Kühle Luft berührt meine Haut. Verdammt! Jetzt bin ich auch noch nackt. Schritte donnern hinter mir, und mein Herz rast wie verrückt. Schweiß sammelt sich in meinen Achseln. Meine Knie zittern, aber ich laufe weiter.

Ich erreiche das Schlafzimmer, da schließt er die Finger um meinen Oberarm. Ich schreie erneut auf und versuche, mich aus seinem Griff zu winden. In der nächsten Sekunde steht die Welt auf dem Kopf. Hm? Wo zum Teufel bin ich? Was zum …? Mein Haar fließt mir über die Ohren – oder ist es hochgesteckt? Ich weiß es nicht. Ich stehe auf dem Kopf. Unten ist oben und oben ist unten. Warum zum Teufel habe ich diese unsinnigen Gedanken? Was ist nur los mit mir? Offensichtlich bin ich im Delirium.

Ich starre auf seinen Hintern – seinen spektakulären Hintern, der von seiner Jogginghose bedeckt ist.

»Verdammt! Was machst du denn da?«

»Ich habe dich erwischt, Feuer. Jetzt gehörst du mir.« Seine Stimme dröhnt von irgendwo über mir. Die Vibrationen wandern über seinen Rücken und meine Brust, die gegen seine Wirbelsäule gedrückt wird. Ich zapple und winde mich. Er legt einen Arm auf die Rückseite meiner Oberschenkel.

»Lass mich los, Hunter!«, schnauze ich.

»Auf keinen Fall, Baby.« Er geht aus dem Schlafzimmer und in die Küche, nähert sich dem Esstisch mit dem umgestürzten Stuhl und bleibt stehen.

»Was tust du da?«

»Ich habe meinen Nachtisch noch nicht gegessen.«

»Wie bitte?« Ich presse die Oberschenkel zusammen. Er kann es nicht ernst meinen … ganz sicher nicht. »Hunter, wag es ja nicht!«, schreie ich.

»Fordere mich nicht heraus, Schätzchen.« Er lässt mich auf den Tisch sinken. Ich springe sofort auf, aber er drückt eine Hand auf meine Brust. »Ich liebe es, wenn du dich gegen mich wehrst. Es macht mich verdammt an, weißt du das?«

Ich schaue auf das Zelt in seinem Schritt und dann zu ihm hoch. »Das sehe ich.« Ich stemme mich gegen seine Hand und er tritt vor, bis seine Knie meine berühren.

»Mach deine Beine für mich breit!«

»Nein.«

Seine Augen funkeln. »Verdammt, das macht mich nur noch mehr an.«

»Du bist ein Psychopath, weißt du das?«, knurre ich.

Er legt den Kopf schief, als ob er über meine Aussage nachdenken würde. »Nur in deiner Gegenwart. Aber da ich momentan verdammt erregt bin, müsstest du mich eigentlich als Sadist bezeichnen.«

Ich schlucke. Der Teil von mir, der sich danach sehnt, dass er meinen Körper so anfasst, wie es ihm passt, meine verborgene Seite, die es nicht erwarten kann, dass er mit mir macht, was er will, die unterwürfige Frau in mir, die ihre Schenkel für seine Zunge, seine Finger, seinen Schwanz öffnen will – im Idealfall alle diese Körperteile, in verschiedenen Löchern meines Körpers, zur gleichen Zeit – tritt in den Vordergrund. Er muss es spüren, denn er geht in die Knie und blickt mir in die Augen.

»Mach die Beine breit!«

Ich mache es.

»Braves Mädchen.«

Er stellt sich zwischen meine Schenkel, und mein Innerstes krampft sich zusammen. Dann beugt er sich vor und sein Hals streift meine Nase. Ich atme ein, und meine Lunge füllt sich mit Hunters Duft. Mir dreht sich der Kopf. Ich höre, wie das Geschirr zur Seite geschoben wird, dann drückt er sich auf meine Brust. Ich lehne mich zurück, bis mein Hinterkopf auf dem Tisch liegt.

»Mein Gott, sieh dich an!« Seine Stimme ist rau, als er den Blick von meinem Gesicht über meinen Bauch zu dem Bereich zwischen meinen Beinen schweifen lässt. »Verdammt, du bist erregt, nicht wahr, Baby?«

»Bin ich nicht.«

Er lacht, dann schiebt er zwei Finger in mich hinein. Ich stöhne auf, als sich meine Innenwände um sie schließen. Er zieht seine glitzernden Finger heraus und führt sie dann an meine Lippen. »Lutsch sie ab!«

Ich schaue ihn böse an.

»Sofort!«, befiehlt er.

Ich will es nicht tun. Aber die Frau in mir, die sich danach sehnt, ihm zu gehören, übernimmt die Kontrolle. Ich öffne den Mund, und er legt seine Finger auf meine Zunge. Ich schließe die Lippen darum und Hunter zieht sie wieder heraus. Ich presse die Lippen zusammen, schmecke mich und … ihn.

»Wie schmeckst du?«

»Wie du.«

Seine Augen verdunkeln sich, bis sie wie die Tiefen des Meeres erscheinen. Ich kann es deutlich sehen. Ich werde darin eintauchen, und wenn ich wieder an die Oberfläche komme, werde ich verändert sein. Mein Magen verkrampft sich. Meine Brust schmerzt. Werde ich das wirklich durchziehen? »Hunter, ich …«

»Pst, Baby, ich kümmere mich um dich.«

In seinen Augen sehe ich Lust und Verlangen und noch etwas anderes. Etwas viel Intensiveres. Dieses Gefühl, das er in den vergangenen Tagen angedeutet hat. Dieses Gefühl, das uns seit dem Moment, in dem ich ihn gesehen habe, verbindet. Die Verbindung, die ich zu verleugnen versucht habe, obwohl ich weiß, dass sie in mir Wurzeln schlagen wird. Die, die mich bereits an ihn gebunden hat. Egal, wie sehr ich es leugne, er hat sich in meinem Wesen eingenistet, und wenn ich von hier weggehe, werde ich mich leer fühlen. Ich werde ihn vermissen … Aber jetzt habe ich ihn, und ich habe vor, das Beste aus der Zeit zu machen, die wir haben.

Ich entspanne meine Muskeln, einen nach dem anderen, ohne den Blick von ihm zu wenden.

Er nickt, als ob er meine Unterwerfung spüren und sie als sein Recht akzeptieren würde. Dann zieht er sein T-Shirt aus und entblößt seinen perfekten Oberkörper. Er wirft es beiseite, und bevor ich noch etwas sagen kann, beugt er sich vor, schöpft etwas Pudding auf und verschmiert ihn auf meiner Brust.

32

HUNTER

Ich schaue auf den klebrigen Pudding, der ihre Brüste bedeckt, bis auf ihre Brustwarzen, die durch die klebrige Masse hindurchschauen. Sie sehen aus wie schwarze Johannisbeeren und verlocken mich dazu, sie mit den Lippen zu umschließen. Und genau das tue ich jetzt auch. Ich zwicke in eine Brustwarze und knabbere an der anderen. Ein Stöhnen entweicht Zara.

»Hunter!«, keucht sie und schlingt die Arme um meinen Hals. Ich lecke das Dessert von ihrer Brust. Die Süße von Rosinen und Mandeln, vermischt mit dem salzigen Geschmack ihrer Haut, ist eine perfekte Kombination aus gegensätzlichen Aromen. Ich lecke den letzten Rest der Sauce von der einen Brust, dann wende ich mich der anderen zu. Ich esse mich durch den Pudding, bevor ich an ihrer Brustwarze lecke, die sich weiter verhärtet. Ich fahre mit den Zähnen über die Knospe und Zara erschaudert.

»Du reagierst so verdammt schnell.« Ich hebe den Kopf und schaue ihr in die Augen. »Ich möchte dich am liebsten auffressen.«

»Ich dachte, das hättest du schon getan.«

»Ich habe noch nicht einmal angefangen.«

Sie gluckst. »Es sollte sich nicht so richtig anfühlen, Hunter. Warum fühlt es sich so richtig an?«

»Weil es so ist.«

»Aber es kann nicht richtig sein. Du und ich … das wird nie funktionieren.«

»Vertrau mir.« Ich gebe ihr einen festen Kuss auf die Lippen. Sie öffnet den Mund und ich sauge an ihrer Zunge. Ihr Geschmack ist intensiver als Schokolade, komplexer als Muskatnuss, würziger als Zitrusfrüchte und so widersprüchlich, wie Politik manchmal an der Oberfläche erscheinen kann. Sie drückt sich hoch und gegen mich, sodass unsere Haut aneinanderklebt. Sie gräbt die Finger in das Haar über meinem Nacken und zieht daran. Ich bekomme eine Gänsehaut, hebe den Kopf und schaue ihr ins Gesicht. Sie öffnet die Augen.

»Schau mich an, Baby. Ich will, dass du es siehst, wie ich dich vernasche.«

Ihre Augen weiten sich und sie öffnet den Mund, aber ich bin schon nach unten gerutscht, sodass mein Gesicht über ihrer Muschi ist. Ich puste auf ihre Schamlippen und sie zieht mich fester am Haar. Ich sinke auf die Knie und presse meinen Mund auf ihre Muschi. Zara stöhnt: »Hunter, bitte, bitte, bitte …«

Sie keucht laut, als ich meine Zunge in ihren klatschnassen Kanal stoße. Dann wirble ich darin herum und Zara schreit auf, als sie sich in Richtung Orgasmus bewegt. Ihre Säfte tränken meine Zunge und läuft an meinem Kinn hinunter. Ich schaue auf und sehe, dass ihre Lider geschlossen sind. Ich drücke ihren Oberschenkel. »Sieh mich an, Baby!«

Sie öffnet die Augen und blickt nach unten, während ich ihre Schamlippen lecke. Ich umkreise ihren geschwollenen Kitzler und reize ihn dann mit den Zähnen. Zaras gesamter Körper zuckt.

Ich richte mich auf, packe ihre Arme, halte sie über ihren Kopf und lasse Zara die Tischkante umfassen. »Halt dich fest!«

Ich nehme eine Handvoll von dem Pudding und klatsche ihn auf ihre Muschi. Zara reißt die Augen auf und beißt auf ihre Unterlippe, während ich wieder auf die Knie sinke. Ich werfe ihre Beine über meine Schultern, beuge den Kopf hinunter und streiche mit der Zunge über ihre Klitoris.

Zara windet sich unter mir und schlingt die Schenkel um meinen

Hals. Ich vernasche sie nun so richtig. Ich knabbere an ihrem Kitzler, lecke über ihre Schamlippen und stoße meine Zunge in ihren Schlitz. Ich schließe den Mund über ihrer Muschi und Zaras Augen rollen zurück.

»Ich kann nicht schon wieder kommen. Das halte ich nicht aus.«

»Doch.«

Ich stecke zwei Finger in ihre Muschi und bewege sie hinein und hinaus. Dann sauge ich an ihrer Klitoris und führe einen dritten Finger in sie ein, krümme ihn sowie die beiden anderen und Zara erschaudert.

»O Gott! O Gott! O Gott! O Gott!«, ruft sie.

Ich bearbeite ihre Muschi und Zara schreit auf. Ihr gesamter Körper zuckt, als sie zum Orgasmus kommt. Ich lecke die Feuchtigkeit von ihrer Muschi und den Innenseiten ihrer Oberschenkel, dann stehe ich auf. Ihr Brustkorb hebt und senkt sich und ihre Augen sind geschlossen. Ich drücke ihre Schenkel weiter auseinander und positioniere ihre Beine so, dass sie sie um meine Taille schlingen kann, dann schiebe ich meinen Hosenbund hinunter. Ich stecke meinen Schwanz in Muschi und Zara öffnet zitternd die Lider.

Ihre goldenen Augen sind beinahe farblos, ihre Wangen sind gerötet und ihr Haar fällt um ihr Gesicht wie der Heiligenschein einer Göttin.

»Noch einen?« Sie holt tief Luft und stößt einen Seufzer aus.

»Noch einen.« Ich lege eine Hand neben ihren Kopf und stoße meine Hüften nach vorn. Zara weitet die Augen, und mit einer geschmeidigen Bewegung vergrabe ich mich in ihr. Sie öffnet die Lippen und ich drücke den Mund auf ihren. Ich nehme ihren Schrei auf und stoße dann mit so viel Kraft in sie hinein, dass der ganze Tisch nach vorn rutscht. Das Besteck fällt hinunter. Einer der Teller schlägt auf dem Holzboden auf und rollt davon. Zara zuckt zusammen, aber ich lasse sie nicht los. Ich vertiefe den Kuss, während ich in sie stoße, wieder und wieder. Ich schiebe die Hände unter ihre Hüften, winkle sie genau richtig an und stoße dann weiter in sie hinein. Meine Eier klatschen gegen die Innenseiten der Oberschenkel. Ich nehme meinen Mund von ihrem und betrachte ihr Gesicht.

»Öffne die Augen!«

Als sich unsere Blicke begegnen, ziehe ich mich aus ihr zurück und stoße dann erneut in sie hinein. Mit einem Handballen drücke ich auf ihre Klitoris. »Komm mit mir!«, befehle ich.

Sie öffnet den Mund, und mit einem leisen Schrei zerbricht sie. Ich stoße einmal, zweimal, dreimal in sie hinein, dann folge ich ihr über den Rand.

»Ähm, was war das?« Sie reibt ihre Wange an meiner Brust.

Nachdem sie mit mir gekommen ist, habe ich sie ins Badezimmer getragen, wo wir geduscht haben. Dort habe ich sie geleckt und wieder kommen lassen, dann habe ich sie gegen die Duschwand gedrückt und sie in den Arsch gefickt. Daraufhin ist sie erneut gekommen. Zweimal.

»Das, Baby, war meine Aufwärmphase.«

Sie lacht und stöhnt dann. »Halt die Klappe, du egoistisches Monster!«

»Es ist wahr. Ich finde erst jetzt meinen Rhythmus.«

»Alles klar.« Sie drückt ihr Gesicht an meine Brust und atmet tief ein.

»Wonach rieche ich?«

»Nach Sex und Minze und Lust und etwas Süßem. Du riechst nach uns.«

Ich schlinge die Arme um sie, ziehe sie näher zu mir und wir verschmelzen miteinander.

»Wie viele, Baby?«

»Wie viele was?« Ihre Stimme ist gedämpft. Ihre Muskeln sind entspannt. Ihr noch feuchtes Haar liegt in langen Strähnen um ihre Schultern.

»Du weißt, was ich meine.«

»Nein, weiß ich nicht.« Sie räuspert sich.

»Den Grund, warum du in den vergangenen Stunden meinen Namen geschrien hast.«

»Das liegt daran, dass du es magst, wenn ich deinen Namen schreie.«

»Das tue ich natürlich. Aber du hast wohl vergessen, warum du es getan hast. Vielleicht muss ich dich daran erinnern?«

Als ich mich umdrehen will, schlägt sie mir auf eine Schulter. »Gut, gut, du Arschloch. Na schön. Weil du mich zum Orgasmus gebracht hast.«

Ich mache eine kreisende Bewegung mit den Fingern, um ihr zu signalisieren, dass sie weitersprechen soll.

Sie schnaubt. »Es waren fünf Orgasmen …«

»Sechs …«, korrigiere ich sie grinsend.

Sie wirft die Hände hoch. »Gut. Bislang sind es sechs. Bist du zufrieden?«

»Erst wenn ich dich noch zwölfmal habe kommen lassen.«

Ich habe sie noch dreimal hintereinander kommen lassen und danach haben wir beide ein paar Stunden lang geschlafen. Vor ein paar Minuten bin ich mit einem rasenden Ständer aufgewacht und habe eine Hand nach ihr ausgestreckt, nur um festzustellen, dass auch sie wach ist. Daraufhin habe ich sie leidenschaftlich geküsst. Sie hat ihre Arme um meine Schultern geschlungen und mich noch fester an sich gezogen. Jetzt positioniere ich mich zwischen ihren Beinen, und sie atmet tief ein.

»Ich kann nicht, Hunter. Ich kann nicht«, wimmert sie.

»Doch, Baby. Heb die Hüften, lass mich rein!«

Sie willigt ein, und Zentimeter für Zentimeter gleite ich in sie hinein.

»O Gott, du dehnst mich so sehr! Du bist so verdammt groß«, stöhnt sie.

Selbst nachdem ich mich wieder und wieder in ihr vergraben habe, fühlt es sich immer noch so an, als wäre es das erste Mal. Ich stütze mich auf den Ellbogen links und rechts von ihrem Kopf ab und schaue ihr in die Augen. Dann neige ich meine Hüften und versinke weiter in ihr.

Haarsträhnen kleben ihr an der Stirn. Ihr Gesicht ist gerötet, und ihre Augen, diese herrlichen goldenen Augen, haben sich silbern verfärbt und schimmern jetzt in einem durchscheinenden Grau. Die Ringe darunter versetzen mir einen Stich in der Brust. »Ich sollte dich schlafen lassen.« Ich setze zum Rückzug an, aber sie schließt ihre Knöchel um mich.

»Nicht so schnell, mein Lieber. Du schuldest mir noch neun Orgasmen.«

Ich streiche mit einem Daumen über ihren Wangenknochen. »Das können wir auch verschieben.«

Ihr Gesicht wird blass. Sie schaut weg, dann wieder zu mir. »Ich würde es vorziehen, den Scheck jetzt einzulösen.«

Es war einen Versuch wert. Ich habe gehofft, sie dazu zu verführen, sich wieder mit mir zu treffen, aber vielleicht ist es noch zu früh, um diese Zusage von ihr zu erhalten.

Ich streiche mit meinem Mund über ihren. »Bist du sicher, Baby? Du siehst müde aus.«

»Ach ja?« Sie klimpert mit den Wimpern. »Oder vielleicht bist du derjenige, der müde ist.«

»Meinst du?« Ich drehe meine Hüften, damit mein härter werdender Schwanz noch tiefer in sie hineinrutscht. Ihr Atem stottert. Ich grinse. »Fühlt sich das für dich müde an?«

»Das fühlt sich … sehr gut an.« Sie packt meine Schultern. »Warum fühlt es sich jedes Mal so an, als wäre es das erste Mal, wenn du mich fickst?«

Ihre Worte spiegeln meine Gedanken von vorhin wider. Ich fahre mit der Nase an ihrem Kiefer entlang und Zara zittert. Ich lege meine Zunge um ihre Ohrmuschel, und sie stöhnt. »Hunter, bitte.«

»Was willst du, Baby?« Ich drücke kleine Küsse auf ihre Wange bis hin zu ihrem Mundwinkel. »Sag es mir!«

»Du weißt, was ich will«, entgegnet sie.

»Nein, du musst es mir schon sagen.«

»Ich will, dass du mich fi…«, keucht sie, als ich mich zurückziehe und mit so viel Kraft in sie stoße, dass sich ihr gesamter Körper auf dem Bett bewegt. Ich stoße noch einmal zu, dann halte ich in ihr inne. Sie krümmt den Rücken und ihr Körper ist so angespannt, dass ihre Muskeln vibrieren. Sie ist so kurz davor.

Ich ziehe mich zurück und schaue ihr in die Augen. »Woran denkst du gerade?«

»An dich.«

»Von wem wirst du träumen, Feuer?«

Sie schluckt. »Von dir, Hunter.«

»Um wessen Schwanz willst du dich nur noch kümmern?«

Ihre Wangen erröten. »Um deinen, Hunter, nur noch um deinen.« Ich beuge den Kopf hinunter zu der Stelle, wo ihr Hals auf ihre Schulter trifft, dann beiße ich zu.

Sie stöhnt: »Hunter, o Gott, ich werde …«

»Komm mit mir, Baby!«

33

ZARA

Ich schwebe auf einer Wolke aus Wärme. Meine Muskeln sind so entspannt. Ich versuche, mich zu bewegen, aber meine Arme und Beine fühlen sich schwer an. Meine Oberschenkelmuskeln schmerzen und meine Schultern tun weh. Unter meiner Haut ist ein angenehmes Kribbeln, als hätte ich die Nacht an einem schwachen Stromgenerator verbracht. Oder als hätte ein ziemlich großer Monsterschwanz in mir gesteckt und mich mit Sperma vollgespritzt. *Habe ich das wirklich gerade gedacht? Natürlich habe ich das. Es ist ja nicht so, dass jemand anderer meine Gedanken kontrolliert.*

Ich drehe mich auf den Rücken, aber mein Körper protestiert. Mein Innerstes beklagt sich über die Leere, dann protestiert es gegen die Bewegung. Ich bin allein im Bett und vermisse ihn jetzt schon. Und ich bin mir sicher, dass ich es auf keinen Fall ertragen kann, noch einmal zu kommen. Nicht, nachdem er mich in allen erdenklichen Stellungen gefickt hat – jedenfalls so weit es das Bett, der Tisch und die Dusche zugelassen haben.

Natürlich wird er es nicht erlauben, dass meine Füße den Boden des Schlafzimmers berühren. Eine weitere seiner Regeln, die er nach Belieben ändern kann. Der Mann erfindet sie im Handumdrehen und ich bin unfähig mitzuhalten, was … eine weitere Premiere ist.

Jedes Mal, wenn ich denke, dass ich ihn fest im Griff habe, überrascht Hunter Whittington mich. Das macht meine Interaktionen mit ihm so interessant. Für eine zynische Medienhure, die so viel Zeit damit verbringt, mit Leuten zu interagieren, für die das Äußere alles ist, und die angenommen hat, dass Hunter einer von ihnen ist … Nun, er hat mir definitiv das Gegenteil bewiesen. Zum einen ist er fürsorglicher, als er rüberkommt. Viel menschlicher. Und er kann kochen. Gott, der Mann kann wirklich kochen. Und er weiß, wie er seinen Schwanz, seine Finger und seine Zunge benutzt. Und er konzentriert sich auf mein Vergnügen. Er hat tatsächlich nicht aufgehört, bis ich wieder und wieder gekommen bin.

Ich hätte den Überblick verloren, aber nach jedem Orgasmus hat er mich gefragt, wie viele Orgasmen ich hatte, und ich musste ihm die korrekte Zahl nennen. Und jeder Orgasmus wurde auf kreative Weise erreicht. Auf dem Rücken, auf der Vorderseite, auf Händen und Knien, ich auf der Seite und er hinter mir. Er kniend und ich auf seinen Schenkeln balancierend, im Brezel-Stil, im Bügeleisen-Stil, ich mit meinen Beinen über seine Schultern geworfen, ich auf ihm reitend, ich auf ihm reitend im Reverse-Cowgirl-Stil. Und dann der Schubkarren-Stil, bei dem er mich auf meinen Händen hat balancieren lassen, während er seine Füße auf den Boden hatte, sich zwischen meinen Schenkeln positioniert und mich von hinten genommen hat … Und … dann war da noch die magische Berg-Pose. O mein Gott! Ich habe darüber gelesen, sie aber noch nie ausprobiert. Er hat mich so hingestellt, dass ich mich mit angewinkelten Beinen auf meine Arme stützen konnte, dann hat er meine Haltung gespiegelt und sich auf mich zu bewegt. Schließlich hat er seinen Schwanz in mich hineingeschoben.

Und dann war da der denkwürdigste Orgasmus, das achtzehnte Mal. Das war, als das Licht der Morgendämmerung durch die Fenster gefallen ist. Diesmal waren wir in der Löffelchenstellung, allerdings von vorn, damit wir Blickkontakt halten konnten. Und das hat es so viel heißer, so viel intensiver gemacht. Er hat meinen Hintern gestreichelt, dann die Rückseite meines Oberschenkels gedrückt und mich so ermutigt, mein Bein zwischen seine zu schieben. Er hat sich Zeit gelassen, als er sich Zentimeter für Zentimeter in mich eingedrungen ist, während wir einander in die Augen gesehen haben. Die Position hat es ihm erlaubt, so in mich zu stoßen, dass er jedes Mal diese besondere Stelle in mir getroffen hat. Dann hat er mich so nahe an sich herangezogen, dass meine Klitoris gegen sein Becken gestoßen ist, was einen langen, langsamen, tiefen Orgasmus ausgelöst hat. Bei der Erinnerung daran läuft mir ein Schauer über den Rücken. O Gott, das war unglaublich. Ich bin wieder und wieder gekommen, dann muss ich ohnmächtig geworden sein, denn als ich aufwache, bin ich allein im Bett.

Mein Magen knurrt. Die Aktivitäten der vergangenen Nacht haben mir eindeutig Appetit gemacht. Das Einzige, was die Sache noch besser machen würde, wären Pfannkuchen zum Frühstück.

Ich sollte mich bewegen, sollte meine Beine über das Bett schwingen, mich anziehen und gehen. Dieser One-Night-Stand ist nun wirklich vorbei. Ich versuche, meinen Körper zur Kooperation zu zwingen, aber er scheint einen eigenen Willen entwickelt zu haben.

Alles, was man über das Körpergedächtnis hört, ist wahr. Ich kann immer noch die Berührung von Hunters Fingerspitzen auf meiner Haut spüren, seinen Atem auf meiner Wange, das Geräusch seines Atems, der sich beschleunigt, als er sich in mir vergräbt, die Vibrationen seines Herzschlags, der gegen seinen Brustkorb und in meine Brust donnert, während er in mich stößt. Das Echo seines Stöhnens, während er sich in mir entleert …

Ich reibe meine Wange an der weichen Baumwolle des Kissens. Meine Augenlider werden wieder schwer und ich versuche, erneut in meinem Traum zu versinken. Wenn ich das schaffe, muss ich mich nicht mit der Zukunft auseinandersetzen …

Mit den Tagen, an denen ich nicht bei ihm sein werde. Wenn ich in meine Welt zurückkehren muss, in meine Karriere – in die, die ich so lange aufgebaut habe. Eine Welt, die ich liebe, in der aber kein Platz für die Liebe ist. Kein Platz für jemanden wie ihn. Er macht mich nur schwach. Er bringt mich dazu, mich an ihn anzulehnen. Er bringt mich dazu, die Regeln aufzugeben, die ich vor so langer Zeit für den Erfolg aufgestellt habe. Er bringt mich dazu, Erfolg neu zu definieren und …

Das kann ich nicht tun. Ich darf nicht zulassen, dass ein Mann meine Denkweise, meinen Lebensinhalt ändert. Ich darf nicht zulassen, dass der zukünftige Kandidat für das Amt des Premierministers mich in genau die Art von Frau verwandelt, die ich geschworen habe, niemals zu werden. Eine Frau wie meine Mutter, die es zugelassen hat, dass ihr Leben von ihrem Mann bestimmt wurde. Das bin ich nicht.

Ich bin es mir selbst schuldig, mich über die Ereignisse der vergangenen Tage zu erheben. Sie dort zu belassen, wohin sie gehören – in meine Gedanken, in meine tiefsten Erinnerungen. Um nie wieder betrachtet zu werden. Ein Stich bohrt sich in meinen Brustkorb. Meine Eingeweide kribbeln. Ein verräterisches Brennen macht sich in meinen Augenhöhlen breit. Nein, ich werde nicht weinen, nicht jetzt. Ich habe auch nicht geweint, als bei Olly Autismus diagnostiziert wurde. Ich habe damals keine Träne vergossen, und ich werde es auch jetzt nicht tun.

Ich bin eine starke, unabhängige Frau. Ich weiß, was ich will. Ich weiß, was mich glücklich macht, und Hunter bringt mich dazu, mir selbst im Weg zu stehen. Er bringt meine versteckten, verwundbaren Seiten zum Vorschein, von denen ich nicht einmal wusste, dass sie existieren. Das würde mich davon abhalten, meine Arbeit gut zu machen. Also nein, es gibt keinen Platz für ihn in meinem Leben. Ich hatte meinen Spaß mit ihm, und jetzt ist es an der Zeit weiterzuziehen. Ich schlage die Decke zurück und setze mich auf. In diesem Moment geht die Tür auf und der Mann, der meine Gedanken beherrscht, kommt herein.

34

HUNTER

Ein Blick auf die Furche zwischen ihren Augenbrauen und die nach unten gezogenen Mundwinkel zeigt mir, dass sie eine Entscheidung über uns getroffen hat. Zwar funkeln ihre goldenen Augen, weil Zara sich bewusst ist, was in den vergangenen beiden Nächten zwischen uns passiert ist, und ihre Augenlider sind schwer von der Ekstase, die ihren Körper durchgeschüttelt hat, dennoch drückt ihre Haltung Abwehr aus.

»Tu das nicht!« Ich gehe zu ihr.

Sie will die Beine über die Kante schwingen, aber ich drücke sie zurück aufs Bett und bedecke ihren Körper mit meinem.

»Hunter!«, ruft sie lachend und versucht, mich von sich zu stoßen. »Was tust du da?«

»Was glaubst du denn, was ich hier tue?«

»Musst du immer auf jede Frage mit einer Frage antworten?«

»Und du?« Ich lege mich mit meinem ganzen Gewicht auf sie, und sie hört auf, sich zu wehren.

Sie schaut mir in die Augen und hebt dann das Kinn. »Es ist vorbei.«

»Es ist erst vorbei, wenn wir es sagen«, knurre ich.

»Es war ein One-Night-Stand, der sich auf zwei Nächte ausgedehnt hat«, murmelt sie. »Und jetzt ist die Sonne aufgegangen.«

Als wolle er ihre Worte unterstreichen, fällt ein Sonnenstrahl durchs Fenster auf unsere Gesichter. Er hebt das silberne Flackern in den Tiefen ihrer Augen hervor. In den Augen, die mich vom ersten Augenblick an in ihren Bann gezogen haben. In denen, die mir sagen, dass ihre Entscheidung längst nicht so gefestigt ist, wie sie mich glauben lassen will.

Ich streichle ihre Wange und Zara blinzelt. »Hunter, bitte.«

»Du weißt, dass ich dich nicht loslassen kann.«

Sie schaut weg und dann wieder zu mir. »Das war der Deal. Wir hatten diese gemeinsamen Nächte und jetzt ist es Zeit zu gehen.«

»Nicht bevor du versprichst, dass es zwischen uns nicht vorbei ist.«

»Ich kann nicht.« Sie schluckt. »Man darf uns nicht zusammen sehen. Dann reden die Leute nur.«

»Sollen sie doch reden.«

»Das haben wir schon besprochen. Ich kann es mir nicht leisten, mit dir in Verbindung gebracht zu werden.«

»Warum nicht?«

»Du weißt, warum.«

»Nein, weiß ich nicht.«

»Du wirst für das Amt des Premierministers kandidieren …«

»Und du wärst die Frau, mit der ich ausgehe.«

»Das ist es, was ich meine. Du wirst der Anführer sein, der Mann, der das Sagen hat, derjenige, der die Macht hat, und …«

»Du wärst mir ebenbürtig. In der Öffentlichkeit mag ich vielleicht der zukünftige Premierminister sein. Privat wäre ich der Mann, der dich so heftig kommen lässt, dass du tagelang keinen klaren Gedanken mehr fassen kannst.«

Sie lacht und ihre Gesichtszüge erhellen sich. Sie sieht so verdammt schön aus, also beuge ich mich vor und presse meinen Mund auf ihren. Sie öffnet die Lippen und ich vertiefe den Kuss. Als ich den Kopf wieder hebe, atmen wir beide schwer. Ich drücke die Beule zwischen meinen Beinen gegen sie. »Siehst du, was du mit mir machst, Feuer? Wie kannst du erwarten, dass ich dich nicht mehr umwerbe?«

»Weil dir deine Karriere wichtig ist …«

»Nicht mehr als die Frau, die ich an meiner Seite haben möchte.«

»Was?« Ihre Augen weiten sich. »Was hast du gesagt?« In ihrer Stimme liegt ein Hauch von Panik. Verdammt, das hätte ich nicht sagen sollen. Warum lösen sich meine Pläne immer in Luft auf, wenn ich mit ihr zusammen bin?

»Du hast mich schon verstanden. Ich möchte, dass du mit mir in den Wahlkampf ziehst.«

»Nein, auf keinen Fall. Ich darf nicht zulassen, dass wir aneinander gekettet werden. Ich will nicht, dass mein Privatleben zum Futter für Klatschblogs und für politische Kommentatoren wird.«

»Warum nicht? Wovor hast du solche Angst? Warum willst du immer hinter den Kulissen bleiben, Zara? Warum willst du dich nie dem Problem stellen, das direkt vor deiner Nase ist? Was verheimlichst du?«

Sie wird blass, dann stößt sie mich erneut. »Lass mich gehen!«

»Nein.«

»Lass mich gehen, Hunter!« Ihre Stimme ist so kalt, dass sie sich anfühlt wie ein Messer, das mir ins Herz gerammt wird. Ich werde sie verlieren. In diesem Moment vibriert das Telefon in meiner Hosentasche. Verdammt, ich hätte es nicht bereits einschalten sollen, aber ich habe gedacht, ich könnte etwas von meiner Arbeit erledigen, während sie noch schläft. Ich wollte mir ein wenig Zeit verschaffen, bevor mich die unvermeidlichen Anforderungen der Kampagne wegziehen würden. Die Tatsache, dass ich mein Handy in den vergangenen achtundvierzig Stunden nicht eingeschaltet habe, hat mein Team zweifellos in Panik versetzt. Es hat keine Rolle gespielt, dass Weihnachten war. Wenn man als Premierminister kandidiert, kann man sich nicht freinehmen. Das wusste ich und habe es verdrängt, weil ich Zeit mit ihr verbringen wollte.

»Du musst rangehen«, betont sie.

»Ich muss nichts tun, was ich nicht will.«

Es klingelt an der Tür und ich fluche laut. Sie legt den Kopf schief. Auf keinen Fall werde ich mich bewegen. Wenn ich es tue, verliere ich sie. Und wenn ich es nicht tue? Dann wird sie mich hassen, weil ich sie gegen ihren Willen hier festhalte.

Mein Telefon vibriert weiterhin und es klingelt erneut an der Tür. Dann folgt ein Klopfen. Mein Handy summt mit einer eingehenden Nachricht.

»Ich vermute, das ist dein Sicherheitsteam?«

»Verdammt!«, knurre ich.

»Du musst los. Wir hatten genug Zeit miteinander, meinst du nicht?«

»Wenn es um dich geht, ist es nie genug.«

Sie atmet scharf ein. Ihre Pupillen weiten sich. Ich beuge den Kopf hinunter und mein Telefon vibriert wieder und hört nicht mehr auf. Gleichzeitig klingelt es an der Tür. All das zerstört den Raum, den wir miteinander geschaffen haben.

»Es ist noch nicht vorbei, Zara.« Ich drücke ihr einen harten Kuss auf den Mund, dann rolle ich mich von ihr und stehe vom Bett auf.

Sie will sich erheben und ich zeige mit dem Finger in ihre Richtung. »Sorg dafür, dass du ordentlich angezogen bist, bevor du hinausgehst.«

Ich drehe mich um und verlasse das Zimmer.

»Ich rate Ihnen dringend, nicht noch einmal zu versuchen, uns abzuhängen, Sir. Wir tun nur unseren Job, um Sie zu beschützen, und wenn Sie davonfahren, ohne uns Bescheid zu sagen wohin, und dann den Peilsender Ihres Handys deaktivieren, bringen Sie sich in Gefahr und ...« Ralph, der Leiter meines Sicherheitsteams, unterbricht seine Tirade, als Zara ins Wohnzimmer stürmt, wo ich mich in den vergangenen fünfundvierzig Minuten mit ihm unterhalten habe.

Ich habe ihr gesagt, sie solle sich anständig anziehen, und ich habe keinen Zweifel daran, dass sie es gehasst hat, dass ich ihr das befohlen habe. Es hätte nicht geschadet, ein »Bitte« ans Ende meiner Aussage zu hängen, aber habe ich das getan? Nein, natürlich nicht. Ich war wütend auf mich selbst, dass ich keinen Weg gefunden habe, sie dazu zu bringen, sich wieder mit mir zu treffen. Als ich sie unter mir hatte, habe ich meinen Schwanz benutzt, um sie zu verführen, damit sie sich mir unterwirft, aber jetzt bin ich beinahe machtlos.

»Zara Chopra«, sagt sie und hält Ralph die Hand hin, als sie auf uns zukommt.

»Ralph Sanders, Mr. Whittingtons Sicherheitschef.« Er reicht ihr die Hand, und ich versteife mich.

Bevor ich mich zurückhalten kann, stelle ich mich zwischen sie und zwinge ihn zum Rückzug. Ich schneide ihm die Sicht auf Zara ab und starre ihn an. »Sollten Sie nicht draußen sein und die Umgebung absuchen?«

»Schon erledigt«, antwortet Ralph.

Hinter mir versucht Zara, sich an mir vorbeizudrängen, aber ich ändere meine Position.

»Und überprüfen Sie mein Auto, um sicherzugehen, dass es sicher ist zurückzufahren«, schnauze ich.

Ralph zieht die Augenbrauen zusammen. »Meine Männer sind dran.«

»Ms. Chopras Auto …«

»Parkt in der vorderen Garage.« Sie stößt mich am Arm, aber ich bewege mich nicht.

»Du hast in der vorderen Garage geparkt, was?«

»Und?« Sie runzelt die Stirn.

»Ich parke hinten.«

»Was willst du damit sagen?«

»Weston hat mir ausdrücklich gesagt, ich solle die Garage auf der Rückseite benutzen«, murmle ich.

»Hm.« Sie schürzt die Lippen. »Amelie hat mir geschrieben, dass ich die Garage am Eingang benutzen soll.«

»Verdammt.« Ich zucke mit den Schultern: »Du glaubst doch nicht …«

Sie runzelt die Stirn. »Doch, ich glaube schon.«

Unsere Blicke begegnen sich.

»Ich kann nicht glauben, dass sie das getan haben«, sagt sie schließlich.

»Ich schätze, ich schulde Weston etwas.« Ich erlaube mir ein Grinsen.

Ralph räuspert sich.

Ich versteife mich, dann drehe ich mich zu ihm. »Könnten Sie draußen warten, wenn Sie mit der Kontrolle unserer Autos fertig sind?«

»Natürlich, Sir. Ma'am.« Er geht zur Haustür hinaus, und Zara schlägt mir auf den Arm.

»Was zum Teufel ist los mit dir?«

»Wovon redest du?« Ich bemühe mich um einen, wie ich hoffe, unschuldigen Tonfall.

Sie geht um mich herum und stellt sich vor mich. »Du hast dich wie ein Neandertaler benommen und dich mit deinem hässlichen Arsch direkt vor mich …«

»So hast du ihn aber nicht genannt, als du gestern Abend deine Finger in diesen Teil meines Körpers gedrückt hast«, murmle ich.

»… gestellt. Du hast diesen Mann zurückgedrängt. Du hast ihn mein Gesicht nicht sehen lassen, während ich mit ihm gesprochen habe.«

»Glaub mir, wenn ich mich in deiner Nähe beherrschen könnte, würde ich es tun. Aber anscheinend bin ich noch nicht bereit, der Außenwelt zu erlauben, dich zu sehen.«

»Finde dich damit ab!« Sie wirft die Hände hoch. »Hast du dir eigentlich selbst zugehört? Du klingst wie ein Geistesgestörter. Wie ein übertrieben überfürsorglicher, dominanter, besitzergreifender Wichser.«

»Alles davon ist wahr, außer der letzten Beschreibung. Ich weiß nicht, ob ich damit einverstanden bin.«

»Das ist nicht zum Lachen, Hunter.«

»Siehst du mich lachen?«

Sie wirft mir einen wütenden Blick zu. »Du grinst. Das ist nahe dran.«

»Gut, ich gebe zu, dass mein Verhalten vielleicht ein wenig extrem war.« Ich zucke mit einer Schulter.

»Ein bisschen extrem? Und du hast ihm gesagt, wir würden eine Diskussion führen. Eine Diskussion!«

»Führen wir denn gerade keine?« Ich lege den Kopf schief.

»Das ist keine Diskussion. Das ist unser …«

»… erster Streit als Paar?«

»Wir sind kein Paar.«

»Seltsam, mir kam es gestern Abend anders vor.«

»Eine Nacht – okay, zwei Nächte Sex, egal wie fantastisch, wie phänomenal, wie überwältigend, wie …«

»Du gibst also zu, dass es überwältigend und phänomenal war?«, frage ich.

»Natürlich war es das, du Trottel. Das brauche ich dir nicht zu bestätigen. Und, oh, du unterbrichst mich ständig.« Sie stemmt die Hände in die Hüften. »Hunter, was machen wir hier?«

»Wir«, ich lege die Hände auf ihre Schultern, »werden von hier wegfahren, irgendwo schön frühstücken und dann nach London zurückkehren.«

35

ZARA

Ich schaue auf die Pfannkuchen auf meinem Teller, dann auf Hunters, auf dem Waffeln mit Sirup und Eiscreme liegen.

»Du hast das einzige Restaurant im Vereinigten Königreich gefunden, das Frühstücksgerichte nach amerikanischer Art serviert?«, frage ich. Wir sitzen an einem Tisch ganz hinten und direkt am Fenster. Und Hunter hat einen dritten Stuhl für meine Birkin hingestellt. In diesem Moment habe ich gespürt, wie etwas in mir wieder geschmolzen ist. Ich habe den Mund geöffnet, um ihm zu sagen, dass ich ihn vielleicht doch wiedersehen möchte, als die Kellnerin gekommen ist, um unsere Bestellungen aufzunehmen.

Hunter sitzt mit dem Rücken zur Tür. Er ist groß und muskulös genug, dass ich von seinen breiten Schultern verdeckt werde. Als wir das Lokal betreten haben, hat er ein Cap sowie eine Sonnenbrille getragen, die er abgenommen hat, als wir uns hingesetzt haben. Nicht dass er versucht hätte, sich zu verstecken. Er ist in den Medien bekannt, aber in der breiten Öffentlichkeit noch nicht so sehr. Das wird sich allerdings ändern, wenn er in den Wahlkampf zieht.

Auch die Kellnerin hat ihn nicht erkannt. Falls doch, hat sie es sich nicht anmerken lassen. Und das Lokal ist charmant. Ich schaue mir die hölzernen Abdeckungen an, den großen Kamin, die Holztische mit dem glänzenden Besteck, die Bar am anderen Ende, an der trotz der Tatsache, dass heute der zweite Weihnachtstag ist, ein paar Leute – offensichtlich Stammgäste – sitzen. Die Atmosphäre ist heimelig und das Essen sieht fantastisch aus.

»Du solltest inzwischen wissen, dass ich immer einen Weg finden werde, dir deine Herzenswünsche zu erfüllen.« Hunter senkt den Kopf.

»Ich habe dir nie gesagt, dass ich Pfannkuchen zum …« Ich halte inne, weil er mich mit einem allwissenden Blick fixiert.

»Woher wusstest du, dass ich Pfannkuchen zum Frühstück will?« Ich schaue ihn finster an.

»Ein Glückstreffer.«

»Verarsch mich nicht, Whittington. Hast du meine Vorlieben herausgefunden, weil du mich hast beschatten lassen?«

Er wirft mir lediglich einen kurzen Blick zu. Ich schätze, das ist ein Ja. Er schneidet ein großes Stück von einer Waffel ab und schiebt es sich in den Mund. Ein wenig Eis bleibt an seinem Mundwinkel kleben.

»Ähm, du hast da eine …« Ich nicke in seine Richtung.

»Was?«

Ich beuge mich vor, wische den Klecks Eiscreme mit einem Finger ab, führe ihn zum Mund und lecke ihn ab. »So, jetzt ist alles wieder in Ordnung.«

»Ist es das?« Seine Augen haben einen stürmischen grünen Farbton. Als ob in ihm Emotionen brodeln würden und er nicht wisse, wie er sie in Worte fassen soll.

»Ja, das ist es. Bald wird alles wieder in geregelten Bahnen laufen.«

Sein Blick wird intensiver und ein dumpfer Schmerz macht sich in meiner Brust breit. Ich wende den Blick von ihm ab und nehme Messer und Gabel in die Hand, schneide eine kleine Portion von den Pfannkuchen ab und stecke sie mir in den Mund. Der Bissen zergeht mir auf der Zunge. »Mmm, das schmeckt noch besser, als es aussieht.«

»Du auch.«

Ich huste, greife nach meinem Glas Wasser und spüle das Essen hinunter.

»Hunter, im Ernst, du musst wirklich damit aufhören.«

»Nenn mir einen Grund dafür«, schießt er zurück.

»Weil ich los muss.«

»Jetzt sofort?«

Ich schaue auf mein Handy, dann wieder zu ihm. »Jemand wartet auf mich.«

»Jemand, der wichtiger ist als das, was zwischen uns beiden ist?«

»Das ist auf jeden Fall wichtiger. Außerdem ...« Ich lege mein Besteck ab und verschränke die Arme vor der Brust. »Vergessen wir nicht, dass du von einer Nacht gesprochen hast. Ich habe dir zwei gegeben.«

»Du hast mir zwei gegeben? Als ob du nichts davon gehabt hättest? Außerdem bist du wegen des Sturms eine zweite Nacht geblieben«, entgegnet er.

Ich schaue beschämt weg. »Einverstanden. Aber jetzt müssen wir zu unserem Alltag zurückkehren.«

Er schaut mir in die Augen. »Ist das deine endgültige Entscheidung in dieser Sache?«

Ich schlucke und zwinge mich, seinen Blick zu erwidern. »Ja.« Ich räuspere mich. »Ja.«

Er schweigt ein paar Sekunden lang und nickt dann. »Okay.« Er holt sein Handy heraus und beginnt zu scrollen.

Ich blinzle. »Hast du *okay* gesagt?«

»Ich wiederhole mich nicht, Zara.«

Zara, nicht Feuer. Er hat mich früher Zara genannt, aber nicht so. Nicht, während seine Aufmerksamkeit auf etwas anderes als mich gerichtet ist. Nicht mit angespanntem Kinn. Nicht mit einer unsichtbaren Barriere, die er zwischen uns errichtet zu haben scheint. Was ist passiert? Ist es mir endlich gelungen, ihn wegzustoßen? Das ist es, was ich will. Das ist es, was ich erreichen wollte, seit ich ihn kennengelernt habe. Es ist mir gelungen, und jetzt vermisse ich ihn bereits. Er sitzt vor mir, aber es ist, als wäre er nicht mehr bei mir. So fühlt es sich an, wenn man nicht der Mittelpunkt von Hunter Whittingtons Aufmerksamkeit ist. Es fühlt sich an, als ob die ganze

Wärme im Raum verschwunden wäre. Als hätte eine Lawine Schnee über mich geschüttet, und jetzt bin ich wie erstarrt, kann meine Glieder nicht mehr spüren, während mein Herz in meiner Brust flattert wie ein eingesperrter Vogel.

Plötzlich blickt er von seinem Telefon auf und unsere Blicke begegnen sich. Und seine Augen? O Gott, seine Augen sind von einem kalten Blau, von einer eisigen Kälte, wie ich sie bisher nur erlebt habe, wenn er andere angesehen hat. Und jetzt zielt er mit dieser distanzierten Höflichkeit auf mich.

»Willst du dein Frühstück nicht aufessen?« Er schaut auf meinen Teller, dann auf mich.

»Ich habe keinen Hunger«, murmle ich.

Er scheint protestieren zu wollen, aber dann fängt er sich wieder. »Gut.« Er erhebt sich und geht am Tisch vorbei.

Mir fällt die Kinnlade herunter. Ich beobachte, wie er aus der Tür des Lokals schlendert, ohne auf mich zu warten. Er wartet nicht auf mich, bis ich fertig gegessen habe. Ich habe ihm zwar gesagt, dass ich keinen Hunger habe, aber er hätte mich wenigstens fragen können, ob ich es wirklich ernst meine. Wird es von nun an immer so sein? Will ich nicht, dass es von jetzt an so ist?

Ich springe auf, schnappe mir meine Tasche und verlasse das Lokal. Draußen am Parkplatz ist Hunter in ein Gespräch mit Ralph vertieft. Als ich sie erreiche, nickt Ralph Hunter zu. »Ich folge Ihnen zurück ins Büro, Sir.« Er nickt mir zu und sagt: »Ms. Chopra.« Dann geht er zu einem der beiden schwarzen Geländewagen, die neben dem Auto parken, mit dem Hunter uns gefahren hat.

»Du fährst ins Büro?«, frage ich Hunter, der meinen Autoschlüssel aus seiner Tasche zieht und ihn mir hinhält.

Ich nehme ihn und Hunter zieht seine Hand zurück, bevor sich unsere Finger berühren … Warum fühle ich mich so beraubt?

»Auf Wiedersehen, Zara.« Er macht einen Schritt zurück.

Ich will nach vorn springen und ihn am Ärmel packen, aber ich halte mich zurück. »So muss es nicht sein, Hunter.«

»Wie denn?«

»So …« Ich wedle mit einer Hand zwischen ihm und mir.

»Ich weiß nicht, wovon du sprichst.«

»Wenn du dich so unreif verhalten willst …«

»Ich gebe dir nur das, was du willst. Du willst nicht, dass wir eine Beziehung haben? Du willst nicht mit mir gesehen werden? So sieht es aus.«

»Können wir nicht Freunde sein?«

»Freunde?« Zum ersten Mal, seit er sein Handy im Restaurant herausgeholt hat, werden seine Augen mehr grün als blau. »Angesichts dessen, was ich für dich empfinde, können wir niemals Freunde sein.«

36

ZARA

»Das hat er gesagt? Dass ihr beide niemals Freunde sein könnt?«, fragt Solene auf dem Bildschirm meines Telefons.

»Das hat er gesagt.« Ich schenke mir eine Tasse Kaffee ein und gehe damit zu meinem Bürofenster.

Es ist drei Wochen her, dass Hunter mir diese Worte an den Kopf geworfen hat und mit seinem Auto weggefahren ist. Er hat einen seiner Sicherheitsleute zurückgelassen, der darauf bestanden hat, mir auf der Fahrt zurück nach London zu folgen. Sie haben dafür gesorgt, dass ich sicher in meiner Wohnung war, bevor sie wieder gefahren sind. Ich habe mich durch Hunters Geste beschützt gefühlt, denn trotz der Tatsache, dass wir uns eher distanziert getrennt hatten, hat er darauf bestanden, dass ich sicher nach Hause komme.

Allerdings hat er mich nicht gefragt, ob sein Team mich nach Hause begleiten soll. Er ist einfach davon ausgegangen, dass ich damit einverstanden bin, und hat es seinen Leuten befohlen. Ich konnte dem Sicherheitsteam daraufhin nicht sagen, dass ich das nicht will, denn das wäre unhöflich gewesen. Außerdem war ich froh, dass es mir nach Hause gefolgt ist, denn die Straßen waren nach dem Schnee von gestern Abend immer noch glatt. Ich habe ihr Angebot also angenommen.

Das heißt, er hat letztendlich gewonnen, obwohl er sich bereit erklärt hat, mich zu verlassen, wie ich es von ihm verlangt habe. Und jetzt spüre ich seinen Verlust so sehr, dass ich mir wie ein absoluter Loser vorkomme. Anstatt mich zu freuen, dass ich seinen Fängen entkommen bin, fühle ich mich innerlich leer. Als hätte ich eine Chance gehabt und sie vertan. Als ob in meinem Leben nur noch leere Abende und Nächte in einem Bett übrig wären, das sich zu groß und zu kalt anfühlt. Als ob ich einen Teil von mir verloren hätte, einen Teil, den ich hätte haben können, den ich aber nicht wollte.

»Zara, bist du noch da?«

»Hm?« Ich drehe mich zu meinem Handy um. »Was hast du gesagt?«

»Es sieht dir nicht ähnlich, dass du dich über die Worte eines Mannes so aufregst.«

Na ja, das hier ist nicht nur irgendein Mann. Es ist Hunter. Es ist der Mann, mit dem ich ständig auf Konfrontationskurs gehe. Der Mann, von dem ich sicher war, dass ich ihn nicht mag. Der Mann, der mir die denkwürdigste Nacht – okay, Nächte – meines Lebens beschert hat.

Das passiert, wenn Orgasmen einem das Hirn vernebeln. Man kann nicht mehr klar denken. Allerdings offenbar nicht bei diesem Arschloch. Er ist fast jede Woche in den Nachrichten, wird auf Eröffnungen und Galas gesichtet, jedes Mal mit einer anderen Frau am Arm. Und er hat mich nicht angerufen. Kein einziges Mal. Auch hat er mir keine Nachricht geschickt. Aber das habe ich auch nicht.

»Das muss ja ein toller Wochenendausflug mit ihm gewesen sein. Und der Sex war sicher phänomenal.«

Ich erröte. Ihr fällt die Kinnlade herunter. »O mein Gott, bist du gerade rot geworden, Zara?«

»Na und?« Ich werfe mein Haar über die Schulter und versuche, möglichst lässig dreinzublicken.

»Na und? Ich habe dich noch nie erröten sehen.«

»Nun ja, ich werde eben manchmal rot.« Vor allem, wenn ich in der Gegenwart dieses Arschgesichts bin.

»Nicht, wenn wir über Sex reden.«

Ich zucke mit einer Schulter. »Gut, das stimmt, denn ich habe grundsätzlich eine offene Haltung Sex gegenüber.«

»Und eine ziemlich niedrige Meinung von Männern«, betont sie.

»Aber jetzt …«, gebe ich zu.

»Jetzt etwa nicht mehr?«

»Doch, habe ich immer noch«, erwidere ich hastig.

»Hm, ich glaube dir nicht.« Sie gluckst.

»Können wir das Thema wechseln?« Ich schaue finster drein.

»Auf keinen Fall. Ich werde sogar Isla anrufen.«

»Nein, warte! Nein, nicht! Was machst du …«

Auf meinem Bildschirm verändert sich die Ansicht und ein drittes Fenster mit Islas erwartungsvollem Gesicht erscheint. »Was ist los? Was habe ich verpasst?«

»Hallo, Isla. Ich nehme an, du bist endlich aus euren Flitterwochen Nummer fünf zurück?«, frage ich in einem scherzhaften Ton.

»Es war eigentlich Nummer sechs. Obwohl, seit wir beschlossen haben, auf die Insel zu ziehen, fühlt sich jeder Tag mit Liam wie eine Hochzeitsreise an«, erwidert sie mit verträumter Stimme.

Solene und ich tauschen einen Blick aus. Es ist fast amüsant, wie sehr Isla in ihren Mann verliebt ist. Allerdings wissen wir, dass er ebenso verrückt nach ihr ist. Denn bei den wenigen Malen, an denen ich sie seit ihrer Hochzeit gesehen habe, konnten sie ihre Hände und Blicke nicht voneinander lassen.

»Wie auch immer«, Isla strahlt uns beide an, »ich bin nicht rangegangen, um über mich zu reden. Erzähl uns von deinem aktuellen Mann.«

Ich entgegne daraufhin: »Warum muss es um meinen Mann gehen?«

»Weil ich verheiratet bin und Solene mehr oder weniger in einer Beziehung ist.« Isla meint damit, dass Solene mit Hollywood-Schwarm Declan Beauchamp zusammen ist.

»Bin ich nicht!«, protestiert Solene.

»Okay, im Moment ist sie es nicht, aber da wir wissen, dass ihre

Höhen und Tiefen andauern, bis einer von ihnen den anderen vermisst und sie wieder zusammenkommen ...«

»Oder auch nicht«, unterbricht Solene sie.

»Oder auch nicht, was ich keine Sekunde lang glaube. Wie auch immer, es ist ja nicht so, dass sie an jemand anderem interessiert wäre. Du aber«, Islas Lächeln wird breiter, »bist Zara Chopra, Ms. Haifisch höchstpersönlich ...«

»Ich bin eine toughe Verhandlungspartnerin.« Ich zucke mit den Schultern über den Titel, den mir die Medien aufgedrückt haben.

»Das bist du. Und du bist nicht leicht zufriedenzustellen. Also, wenn du einen neuen Mann in deinem Leben hast ...«

»Habe ich nicht!«, schnauze ich.

Beide Frauen sehen mich eindringlich an.

»Okay, gut. Also, ich hatte vielleicht einen schmutzigen One-Night-Stand«, gebe ich schließlich zu.

»Ich wusste es.« Solene reckt eine Faust in die Luft.

»Es ist Hunter, nicht wahr?«, platzt Isla heraus.

Als ich darauf nichts erwidere, sagt Solene: »Es ist Hunter. Außerdem hat er ihr gesagt, dass sie niemals Freunde sein können.«

»Und warum stört dich das?«, fragt Isla.

»Es stört mich nicht.«

Sie mustert mich. »Hmm.«

»Wofür ist das *Hmm*?« Ich schaue auf meinen Kaffee. Es ist erst vier Uhr nachmittags. Wenn ich doch nur etwas Stärkeres trinken könnte. Aber es ist Januar und ich mache eine Entgiftung. Allerdings nicht nur bezüglich Alkohol, denn seit der Nacht mit Hunter will ich mit niemandem mehr schlafen. Und ich fühle mich seitdem auch zu niemandem hingezogen, wenn wir schon mal dabei sind. Ich kann nicht aufhören, an Hunter zu denken, und das ist ehrlich gesagt nicht gut.

»Nur so.« Islas Stimme hat einen verschmitzten Klang.

»Was geht in deinem Kopf vor?«

»Nichts.« Sie macht große Augen und ich seufze.

»Sag es mir doch bitte, ja?«

»Na gut. Ich finde nur, dass ihr beide ein gutes Paar abgeben würdet. Ich weiß natürlich, dass ihr nicht zusammen seid, aber wenn ihr es wärt, könntest du ihm bei seiner Wahlkampagne helfen.«

»Das wäre eine Katastrophe. Wir beide würden uns niemals einigen können. Er will jemanden, der unterwürfig ist, und ich mag es nicht, wenn man mir sagt, was ich tun soll.« Außer im Bett, und da auch offenbar nur, wenn *er* es mir sagt.

Isla blinzelt. »Ähm, reden wir hier von Sex oder davon, in den Wahlkampf zu ziehen?«

»Beides«, schieße ich zurück.

Es herrscht Schweigen, dann legt Solene einen Finger an ihre Wange. »Ich glaube, gerade weil ihr beide euch gegenseitig herausfordert, passt ihr so gut zueinander. Ich glaube sogar, dass du genau die Art von Person bist, die er für seine Kampagne braucht.«

»Was meinst du?«

»Seitdem mein Song viral gegangen ist, tauchen diverse Leute aus der Versenkung auf und machen wieder einen auf dicke Freunde. Sogar …«

»… Declan«, betont Isla.

»Sogar Declan«, stimmt Solene zu, allerdings ein wenig zögerlich.

Ich kneife die Augen zusammen. »Ist es die ganze Publicity um deinen Erfolg, die es euch beiden schwer macht, zusammen zu sein?«

»Es ist schon schwierig genug, dass wir beide in der Öffentlichkeit stehen«, antwortet sie und atmet tief durch. »Aber wenn dann noch hinzukommt, dass Declans letzter Film ein großer Erfolg war und die Medien über jeden unserer Schritte spekulieren, ist das gelinde gesagt eine Herausforderung.«

»Oh, Süße, es tut mir so leid«, sagt Isla mit sanfter Stimme.

»Der Umgang mit der Medienberichterstattung ist nie einfach. Der Trick ist jedoch, dem, was sie schreiben, keine Bedeutung beizumessen. Reagiere nicht auf darauf, lass dich nicht auf die Medien ein. Und google dich niemals selbst«, füge ich hinzu.

»Es ist aber nicht leicht, wenn man im Auge des Sturms steht …«

»Nur dort findest du Ruhe«, murmle ich.

»Kluge Worte.« Solene lacht. »Aber noch einmal, wir reden nicht über mich, und weder Isla noch ich lassen dich so einfach davonkommen.« Sie wedelt mit einem Finger. »Also, um auf den Sex und den heißen Kandidaten für das Amt des Premierministers zurückzukommen, du hast gesagt …«

»Ich habe weder mit seiner Kampagne noch mit dem Mann selbst etwas zu tun.«

»Bläst du deshalb Trübsal?« Solene senkt den Kopf.

»Ich blase keine Trübsal.«

»Du hast dich geweigert, dich mit einem von uns an Silvester zu treffen.«

»Ich war beschäftigt.« Ich verschränke die Arme vor der Brust.

Sie schürzt die Lippen. »Wie viele Silvesterabende hast du schon allein zu Hause verbracht?«

Dies war der erste. Eigentlich bin ich nicht der Typ, der lieber allein statt unter seinen Freunden ist. Auch macht es mir nichts aus, in einem Raum voller Fremder zu sein, mit denen ich mich unterhalten kann. Aber ich bin momentan so müde und schlecht gelaunt, dass ich nichts lieber tue, als um zweiundzwanzig Uhr die BBC-Nachrichten zu sehen und dann ins Bett zu kriechen. Ganz allein. Mein Gott, werde ich alt? Ich verziehe das Gesicht.

Solenes Ausdruck wird weicher. »Ich habe das nicht gesagt, damit du dich schlecht fühlst. Es ist nur so, dass du dunkle Ringe unter den Augen hast. Außerdem glaube ich, dass du abgenommen hast.«

»Danke«, erwidere ich.

»Solene hat recht.« Islas mustert mein Gesicht. »Du siehst ein bisschen angeschlagen aus. Hast du dir etwas eingefangen?«

»Mir geht's gut.« Ich führe meine Tasse Kaffee zum Mund und mein Magen krampft sich zusammen. Es gibt nichts Schlimmeres als lauwarmen Kaffee. Ich drehe mich um, gehe zurück zu meinem Tisch und stelle die Tasse darauf ab.

»Also, wann sehe ich euch beide wieder?«

»Ich werde in ein paar Wochen in London sein. Liams Vorstandssitzung steht an, und er muss daran teilnehmen. Außerdem habe ich ein paar neue Kunden, deren Hochzeiten ich planen soll und die ich gern persönlich kennenlernen würde.« Die Szene hinter

Isla ändert sich. Sie steigt die Treppe der Villa auf der Insel hinauf, die sie und Liam nun ihr Zuhause nennen.

»Ich werde versuchen, an meinen freien Tagen zwischen den Auftritten vorbeizukommen«, fügt Solene hinzu.

Mein Telefon summt wieder, weil ich angerufen werde. Ich runzle die Stirn. »Ich freue mich auf euch. Aber tut mir leid, Leute, ich bekomme gerade einen Anruf, den ich nicht ablehnen kann.«

»Bis bald.«

»Wir sehen uns.«

Beide Frauen legen auf. Ich stelle auf den anderen Anruf um. »Lord Alan?«

»Zara, meine Liebe, wie geht es Ihnen an diesem schönen Morgen?« Seine vertraute Stimme schallt durchs Telefon.

»Mir geht es gut, Sir, und Ihnen?«

»Es ging mir nie besser.« Er macht eine Pause, dann fährt er fort: »Erinnern Sie sich an unser letztes Gespräch? Ich habe jetzt mehr Details zu dem Projekt, über das ich mit Ihnen gesprochen habe. Ich nehme an, Sie sind daran interessiert?«

37

HUNTER

»Du startest also deinen Wahlkampf?« Sinclair lehnt sich in seinem Stuhl zurück.

»Ja«, bestätige ich.

»Wurde auch Zeit.« JJ Kane schlägt auf den Tisch vor ihm.

»Die Frage ist nur, warum du so lange gebraucht hast, dich zu entscheiden.« Michael legt die Fingerspitzen aneinander. Das ist das erste Mal, dass ich ihn seit Karmas Entbindung sehe. Er hat die vergangenen Monate zu Hause mit ihr und dem Baby verbracht. In Anbetracht von Karmas Gesundheitszustand und der Frühgeburt war er verständlicherweise sehr gestresst, aber Mutter und Kind geht es gut, und deshalb hat er zugestimmt, mit uns dreien an einem Treffen in meinem Büro teilzunehmen.

»In der Politik geht es um Timing und«, ich schaue in ihre Gesichter, »darum, wen du in deiner Ecke des Boxrings stehen hast.«

»Und ich nehme an, dass es außer uns dreien noch eine weitere Person gibt, deren Unterstützung du benötigst, um sich von deiner besten Seite zu zeigen?«, fragt Sinclair.

Ich erwidere ohne Umschweife: »Das kann man wohl sagen.«

»Und ist dieses Ass im Ärmel zufällig die gewiefteste PR-Expertin diesseits des Teiches?«, fragt Michael grinsend.

»Und ist sie zufällig ein dunkelhaariges Genie, das dafür bekannt ist, Skandale im Zusammenhang mit bekannten Persönlichkeiten zu entschärfen?« JJ Kanes Grinsen wird breiter.

»Es ist kein Geheimnis, dass Zara und ich eine Verbindung haben. Und es ist wahr, dass ich darauf gewartet habe, sie in mein Team aufzunehmen, bevor ich meine Kandidatur erklärt habe.«

»Und ist das klug?« Declans Stimme schallt aus meinem Handy.

Ich drehe mich zu dem Gerät um, das gegen mein Wasserglas auf dem Tisch gelehnt ist.

»Es wäre unklug gewesen, sie nicht einzubeziehen. Ich brauche ihre Einsichten, um meinen Fahrplan für die erste Führungsposition in diesem Land zu erstellen.«

»Aber weiß sie das denn?«, entgegnet Declan.

Ich reibe mir den Nacken. »Noch nicht.«

»Und wann wolltest du es ihr sagen?« Er runzelt die Stirn.

»Zum richtigen Zeitpunkt?«

»Ich schlage vor, dass du das nicht hinauszögerst. Nicht, wenn du wirklich willst, dass sie mit dir zusammenarbeitet«, murmelt JJ.

Ich hebe die Hände. »Ich habe verstanden, Jungs. Aber das ist nicht der Grund, warum ich euch heute hergebeten habe.«

»Könnte es etwas Wichtigeres geben, als sich über das eigene Privatleben klar zu werden und darüber, wie es sich auf das Berufsleben auswirkt?« Sinclair trommelt mit den Fingern auf den Tisch.

»Mein Privatleben ist meine Angelegenheit. Ich nehme all eure Ratschläge an und berücksichtige sie, aber letztendlich ist es meine Entscheidung, wie ich die Dinge vorantreibe.«

»Deine und ihre«, erinnert mich JJ.

»Die Abgebrühtheit eines Mannes, der sein Herz verloren hat, sich dessen aber noch nicht bewusst ist«, spottet Sinclair.

»Moment mal! Ich bin nicht abgebrüht, denn ich habe durchaus Gefühle für sie. Das heißt aber nicht, dass ich mein Herz verloren habe.«

Die drei Männer sehen einander an und brechen in Gelächter aus.

»Moment, was habe ich verpasst?« Ich schaue finster drein.

Die drei lachen weiter, und ich frage Declan: »Weißt du, worüber sie sich so amüsieren?«

Er fährt sich mit einer Hand übers Gesicht. »Ich bin nicht verheiratet, Kumpel, und bei der Geschwindigkeit, mit der alles um mich herum auseinanderfällt, werde ich es auch noch eine Weile nicht sein.«

Ich halte inne, dann nehme ich mein Handy in die Hand und betrachte Declans Gesicht. Seine Augen sind blutunterlaufen, sein Haar ist zerzaust und er hat Bartstoppeln am Kinn. »Alles in Ordnung, alter Knabe?«

»Nein, aber bald. Ruhm ist ein zweischneidiges Schwert, nicht wahr? Man verbringt sein halbes Leben damit, ihn zu erreichen. Man denkt, man will ihn haben. Und wenn man ihn dann hat, stürzt alles über einem zusammen.«

»Möchtest du mit uns über etwas reden?«, ruft JJ.

Ich lege das Telefon zurück auf den Tisch, damit die anderen Männer den Bildschirm sehen können.

»Nicht, dass wir sonderlich gut geeignet wären, Ratschläge zu geben, wenn man bedenkt, dass wir nach der Geburt unserer Kinder kaum die Augen offen halten können.« Sinclair gähnt. »Tut mir leid, der Junge hat gestern Abend ständig gequengelt, und ich war mit dem Fläschchen dran. Also, wie ich schon sagte …« Er schaut sich verwirrt am Tisch um. »Was habe ich gesagt?«

»Dass du nicht sonderlich gut geeignet für Ratschläge bist.« Declan lacht. »Im Moment scheinst du müder zu sein, als ich mich fühle.«

»Der Schlafmangel macht mich total kaputt. Man sollte meinen, ein Kind aufzuziehen, wäre ein Klacks. Das macht schließlich jeder. Aber nach der fünften schlaflosen Nacht in Folge würde ich alles dafür geben, einen Weg zu finden, ihn schlafen zu legen, damit ich um zweiundzwanzig Uhr ins Bett gehen kann.«

»Zweiundzwanzig Uhr?« Ich grinse. »Ist das derselbe Sinclair Sterling, der mit dem Rest der Sieben bis zum Morgengrauen gefeiert hat?«

»Die meisten von ihnen verbringen wahrscheinlich ihre Abende zu Hause auf dem Sofa, schauen Netflix und bestellen ein Curry mit ihren Frauen«, entgegnet er.

»Ja, ich würde alles für ein gutes Curry geben.« Michael nickt langsam.

»Mann, ich liebe Curry. Je schärfer, desto besser.« JJ grinst.

Ich schaue die drei an. »Ich übersehe definitiv etwas, oder?«

»Natürlich nicht. Du wirst wissen, wann es Zeit für ein außergewöhnliches Curry ist. Es gibt nichts Besseres als ein eigenes Rezept dafür.« JJs Grinsen wird breiter.

»Was redet ihr denn da?«

Die Tür geht auf und Lord Alan tritt ein. »Meine Herren, Minister.« Er nickt mir und den anderen zu.

JJ, Michael und Sinclair tauschen einen Blick aus, dann stehen sie gleichzeitig auf. »Wir waren gerade auf dem Weg nach draußen.« Sinclair gähnt, dann schüttelt er den Kopf, als wolle er ihn klären. Er sieht aus, als würde er jeden Moment umkippen.

JJ schüttelt Lord Alan die Hand. »Schön, Sie hier zu sehen. Ich werde den Minister in Ihre fähigen Hände geben.«

Er geht auf die Tür zu, als sie erneut geöffnet wird und Zara eintritt. Ihr Blick fällt direkt auf mich und sie wird blass. Sie öffnet den Mund, dann schüttelt sie den Kopf. Sie schaut zu Lord Alan, dann auf mich, und langsam scheint es ihr zu dämmern.

JJ nickt in Zaras Richtung und geht hinaus. Auch Sinclair und Michael schütteln Lord Alan die Hand. Sie nicken Zara zu, bevor sie JJ nach draußen folgen.

»Bis bald, Hunter! Halte mich auf dem Laufenden, wie sich die Dinge entwickeln.« Declan legt auf.

Lord Alan kommt zu mir und lässt sich auf einem Stuhl mir gegenüber nieder. Er winkt mit einer Hand in Zaras Richtung: »Ich glaube, Sie beide kennen sich schon?«

Zara kneift die Augen zusammen. »Ich glaube, wir sind uns schon ein oder zwei Mal begegnet.« Sie strafft die Schultern und betritt den Raum.

»Ms. Chopra, es ist mir ein Vergnügen.« Ich nicke kurz.

Sie bleibt neben dem leeren Stuhl mir gegenüber und neben Lord Alan stehen. »Mr. Whittington.«

»Bitte setzen Sie sich.«

»Ich bin mir nicht sicher, ob ich dafür lange genug hier sein werde.«

»Ach so?« Ich verschränke die Arme vor der Brust.

»Ich habe vor, von hier zu verschwinden, sobald ich mit Lord Alan gesprochen habe.« Sie wendet sich an den älteren Mann. »Ich bin mir nicht sicher, ob ich die richtige Person für dieses Projekt bin.«

Lord Alan stützt die Ellbogen auf die Stuhllehnen und verschränkt die Hände unter dem Kinn. »Sie lassen also Ihr Ego der Leitung einer Kampagne im Wege stehen, die einen vielversprechenden Kandidaten in die Downing Street bringen wird?«

Sie schluckt. »Ich bin nicht die Richtige für diese Aufgabe.«

Lord Alan brüllt vor Lachen. »Ich bin weder der Mentor von Narren noch von Verlierern. Und Sie sind weder das eine noch das andere. Sie sind nicht der Typ, der kampflos aufgibt, Zara, also warum tun Sie es jetzt?«

»Ich gebe nicht auf«, stottert Zara.

»Oh, doch.« Lord Alan lässt die Arme sinken.

»Nein, bin ich nicht. Es ist nur so, dass ich nicht mit ihm arbeiten möchte.« Sie zeigt mit dem Daumen in meine Richtung.

Ich fahre mit meinem wiederum über meine Unterlippe. »Ich fürchte, ich muss zugeben, dass wir beide nicht zusammenpassen.«

»Oder vielleicht haben Sie nicht tief genug gegraben, um eine gemeinsame Basis zu finden.« Lord Alan starrt mich an. »Wir brauchen Sie in der Downing Street, Whittington. Und wir brauchen Ihren«, er nickt in Zaras Richtung, »Verstand, Madam, und Ihre Fähigkeiten als Spin-Doctor. Ganz zu schweigen von Ihrem Geschick, die Medien nach Ihrer Pfeife tanzen zu lassen.«

Zara errötet. »Sie trauen mir zu viel zu, Lord Alan.«

»Keine falsche Bescheidenheit, das ist alles wahr.«

Sie richtet sich zu ihrer vollen Größe auf. »Sie haben recht. Ich bin verdammt gut in dem, was ich tue. Es gibt niemanden, der die PR-Kampagne des Ministers besser leiten könnte als ich. Ohne mich kann er jede Hoffnung aufgeben, dieses Amt auszuführen.«

»Jetzt warten Sie mal …«

»Nein, warten Sie einen Moment.« Lord Alan funkelt mich an. »Diese Frau ist alles, was zwischen einer guten Kampagne und einer brillanten Kampagne steht. Und sie wird Sie direkt auf das Siegertreppchen segeln lassen.«

Ich hebe die Hände. »Ich beuge mich Ihrem klugen Rat, Sir.« Dann füge ich hinzu: »Aber wenn Ms. Chopra diese Gelegenheit nicht nutzen möchte …«

»Ms. Chopra würde sich über diese Gelegenheit freuen, aber ich habe ein paar Bedingungen«, wirft Zara ein.

»Oh, gut, dann kann ich Sie beide ja die Details klären lassen.« Lord Alan erhebt sich und blickt mit einem nachdenklichen Gesichtsausdruck zwischen uns hin und her. »Natürlich muss ich Sie beide nicht warnen, dass alles, was über die Grenzen des Angemessenen hinausgeht, nicht nur Ihnen beiden, sondern auch der Partei schaden könnte.«

Ich blinzle. Lord Alan ist der Parteivorsitzende, und als solcher hat er das Recht, dafür zu sorgen, dass wir uns alle an die Regeln halten. In der Tat fällt alles, was dem Ansehen der Partei schaden könnte, in seinen Zuständigkeitsbereich. Aber auf die Möglichkeit von etwas hinzuweisen, das nicht im Rahmen des »Angemessenen« liegt, ist gelinde gesagt überraschend.

Ich schaue zu Zara, die einen ähnlich verwirrten Gesichtsausdruck hat. Ich signalisiere ihr mit meinem Blick, dass wir uns einigen müssen und später klären können, was er gemeint hat. Sie nickt leicht. »Natürlich, Sir Alan, nichts, was ich sage oder tue, wird dem Ansehen meines Mandanten schaden.«

»Und Sie kennen mich, Sir Alan, ich werde immer nur das tun, was im Interesse der Partei ist.«

»Gut.« Er klopft auf den Tisch. »Ich werde meine müden Knochen von hier wegbringen und Sie beide den Rest Ihrer Vereinbarung aushandeln lassen.«

Er geht an Zara vorbei und verlässt den Raum. Ein paar Sekunden lang sehen wir einander an. Die Stille dehnt sich aus. Dann stellt sie ihre Tasche auf den Stuhl, greift nach einem Buch auf meinem Tisch und hebt es auf. »Du hattest also keine Ahnung hier-von, oder?«

Ich werfe einen Blick auf das Buch, dann auf sie. »Du meinst, dass Lord Alan dich gebeten hat, als Kommunikationsmanagerin für meine Kampagne zu arbeiten? Nein, natürlich nicht.«

»Lügner!« Sie wirft das Buch in meine Richtung.

38

ZARA

Er duckt sich und das Buch fliegt an ihm vorbei. Wut lodert in mir. »Ich bin mir sicher, du wusstest, dass Lord Alan mich bittet, deine PR-Managerin zu sein.« Ich strecke den Arm aus und greife nach dem Briefbeschwerer. Wer hat heute noch einen Briefbeschwerer auf dem Schreibtisch? Natürlich dieser hochnäsige, privilegierte Arsch. Aber ich bin sehr froh darüber. Ich werfe den Briefbeschwerer nach ihm. Er bewegt sich so schnell, dass er fast verschwommen aussieht. Der schwere Gegenstand verfehlt ihn, kracht auf den Holzboden und rollt davon.

»Zara!«, knurrt er.

»Fang gar nicht erst an!« Meine Finger berühren eine Keramiktasse, aus der er vorhin Kaffee getrunken haben muss. »Du wusstest, dass er mich fragen würde und ich nicht in der Lage wäre abzulehnen. Du hast ihm gesagt, er solle deinen Namen nicht erwähnen, damit ich nicht weiß, von wem er spricht. Erst als ich in dieses Büro gekommen bin und dich gesehen habe.« Ich werfe die Tasse nach ihm. Diesmal holt er mit der Hand aus, fängt sie auf und stellt sie auf den Tisch.

Das Blut pocht in meinen Schläfen und mein Herz schlägt mir bis zum Hals. Ich nehme ein weiteres Buch vom Tisch und werfe es nach ihm. Dann schnappe ich mir einen Bleistift, einen Kugelschreiber und einen Tacker und werfe alles nach ihm, eins nach dem anderen. Er weicht ihnen mühelos aus und schlägt mit den Händen auf den Tisch. »Zara, hör auf damit! Du bist unvernünftig.«

»Du hältst das für unvernünftig? Das war doch noch gar nichts.« Ich greife nach seinem Telefon und er eilt um den Tisch herum. Ich hebe meine Hand, aber er greift nach oben und umschließt mein Handgelenk.

»Lass mich los!«

»Du musst dich erst einmal beruhigen.«

»Sag mir nicht, dass ich mich beruhigen soll, du Trottel!«, fahre ich ihn an.

Er lacht. »Wo hast du denn deine Gossensprache her, Baby?« Er packt meinen anderen Arm und dreht meine beiden Hände auf meinen Rücken.

»Nenn mich nicht Baby, du hinterhältiges Stück Scheiße!« Ich versuche, mich loszureißen, aber sein Griff um mich wird fester. Er drückt mein Handgelenk gerade so fest, dass ich meine Finger lockere. Das Handy gleitet mir aus der Hand. Er lässt mein Handgelenk los und fängt es auf, dann legt er es auf den Tisch. Gleichzeitig zieht er mich zu sich heran, sodass ich ihn an meinem Rücken, meinem Hintern, bis zu den Schenkeln spüren kann.

»Hunter, wag es ja nicht!«

»Du weißt, dass ich mich nicht zurückhalten kann, wenn ich herausgefordert werde.« Er stößt die Hüften nach vorn und die unverkennbare Beule in seinem Schritt bohrt sich in meinen Hintern.

»Fick dich!«, schnauze ich.

»Ich werde *dich* ficken, aber nur, wenn du mich nett bittest.« Er lehnt sich gegen mich, sodass ich gegen seinen Schreibtisch gedrückt werde. Dann umschließt er meine Handgelenke mit den Fingern der einen Hand. Die andere legt er zwischen meine Schulterblätter. Er übt Druck aus, und plötzlich bin ich über den Tisch gebeugt und mein Hintern stößt gegen den Schritt seiner Hose. Er ist noch erregter als vor ein paar Sekunden. Hitze schießt in meinen Unterleib. Ein Schauer des Verlangens steigt meine Wirbelsäule hinauf. Er muss es merken, denn er streicht mir das Haar aus dem Gesicht und legt es über eine Schulter. Dann beugt er sich vor und knabbert an meinem freigelegten Ohrläppchen.

Ich zittere. »Hunter, hör auf!«

»Erinnerst du dich an dein Safeword?«

Ich schlucke.

»Erinnerst du dich, Feuer?«

Ich nicke.

»Bis du es sagst, werde ich weitermachen.«

Ich atme röchelnd ein. Mein Herz schlägt so schnell, dass ich den Puls zwischen meinen Beinen, in den Kniekehlen, an den Knöcheln, an den Schläfen und sogar hinter meinen Augenlidern spüren kann.

»Willst du dein Safeword benutzen?«, knurrt er.

Ich zögere.

Sein gesamter Körper spannt sich an. Seine Brustmuskeln sind so hart, dass ich jeden einzelnen an meinem Rücken spüre. Sein Herz galoppiert gegen meinen Rücken. Das Tempo ist so schnell, dass es meines sogar übersteigt.

»Willst du das, Zara?« Er lässt mich los und tritt zurück. »Wenn du willst, dass ich aufhöre, dann benutze jetzt dein Safeword.«

Ich drücke die Augen zusammen. Meine Knie fühlen sich an, als würden sie zu Gelee werden. Er lässt mir eine Wahl, und das macht es noch viel schlimmer. Denn was ich jetzt tun werde, wird mir nur zeigen, wie leichtsinnig ich bin. Wie sehr mich seine Berührung erregt. Wie sehr ich das Gefühl seiner Haut auf meiner liebe, seine Wimpern, die meine Wange streifen, das Gefühl seiner harten Schenkel, die meine umklammern. Seinen Schwanz, der mich dehnt, während seine Finger die verbotene Stelle zwischen meinen Arschbacken erforschen.

»Zara, willst du, dass ich aufhöre?«

Ich schüttle den Kopf.

»Du musst es laut sagen, Baby.«

»Ich will nicht, dass du aufhörst.«

»Öffne die Augen und sag es so, dass ich dir glaube.«

Arschloch. Ich reiße die Lider auf und blicke ihn aus dem Augenwinkel an. »Ich will, dass du mich fickst, du Mistke…«

Hunter ist so schnell auf mir, dass ich nach Luft schnappe. Er schiebt meinen Rock bis zu meinen Hüften hoch, dann reißt er mir das Höschen herunter. Ein Stöhnen kommt mir über die Lippen. Mein Herz klopft so schnell, als würde ich einen Sprint absolvieren. »Was, wenn jemand hereinkommt?«

Er beugt den Kopf hinunter, bis er mir in die Augen sehen kann. »Du musst nur schnell genug kommen, damit uns niemand erwischt.«

Ein Beben durchzuckt meinen Unterleib. Meine Muschi krampft sich zusammen und meine Oberschenkelmuskeln zittern.

»Das macht dich an, nicht wahr?«, knurrt er.

»Nein, natürlich nicht.«

»Ach nein?« Er richtet sich auf, dann schiebt er meine Beine auseinander und führt ein paar Finger in mich ein – rücksichtslos und grob, genau wie ich es mag. Er zieht sie wieder heraus und hält sie mir vors Gesicht. Die Feuchtigkeit darauf verrät, wie erregt ich bin. »Dein Körper lügt mich nie an, Baby.« Er schiebt sie mir in den Mund. »Leck sie für mich sauber!«

Ich brauche keine zweite Aufforderung, denn ich liebe es, bestraft zu werden. So bin ich eben. Gott steh mir bei. Ich lecke meine Körpersäfte von seinen Fingern und ein Zittern erfasst Hunters Körper. Offenbar bin ich nicht die Einzige, die erregt ist. Ich beruhige mich ein wenig und mein Herz schlägt etwas langsamer. Ich werde es geschehen lassen, weil ich es will. Weil er es auch will. Denn wenn wir zusammen sind, sind wir so entflammbar wie trockenes Holz und Funken.

Er lässt die Finger sinken. Ich höre das Klimpern seiner Gürtelschnalle, und ein weiterer Hitzeschub pumpt durch meine Adern. Dann spüre ich seine feuchte Eichel an meinem Eingang.

»Ich werde schreien«, warne ich.

»Das hoffe ich doch.«

»An deiner Stelle würde ich das nicht hoffen, wenn deine Büroangestellten das hören.«

»Mein Arbeitszimmer ist schallisoliert, Baby.«

Ich schaue finster drein. »Wie viele Frauen hast du hier drinnen schon gefickt?«

Er hält inne, dann beugt er wieder den Kopf hinunter, sodass er auf Augenhöhe mit mir ist. »Eifersüchtig?«

»Ganz und gar nicht.«

»Lügnerin.« Er streicht mir eine Haarsträhne hinters Ohr. »Du bist die erste Frau, die ich auf diesem Schreibtisch nehme.«

Mein Herz scheint sich in meiner Brust zu öffnen. Ein freudiges Kribbeln schießt durch meine Adern. Er richtet sich auf und packt meine Hüften.

»Und du bist einzige Frau, die ich auf diesem Tisch immer wieder zu ficken gedenke.«

»Warte, was? Das wird nicht noch einmal pa…«

Ich keuche, als er seine Hüften vorschiebt und mich aufspießt. O Gott, dieser vertraute Umfang. Die Art und Weise, wie sich meine Muschi um seinen Schwanz herum ausdehnt. Es tut weh und doch ist es auch so erregend.

Er beugt sich vor und drückt meine Finger um die Schreibtischkante.

Dann stemmt er die Hüften in die Höhe und stößt mit einer solchen Wucht in mich, dass der ganze Tisch wackelt. Ich rutsche nach vorn und sein Griff um meine Hüften wird fester. Hunter zieht sich zurück, dann stößt er wieder in mich und seine Eier klatschen gegen die Innenseiten meiner Oberschenkel. Er greift unter mich und reibt meine Klitoris, und mein Höhepunkt entlädt sich in meinem Inneren. Hunter lässt meine Hüften los und legt seine Hand neben mein Gesicht. Er hat die Hemdsärmel hochgekrempelt und die Adern an seinen Unterarmen treten hervor. Zusammen mit den dunklen Haaren auf seinen Armen bringt mich das um den Verstand. Als er das nächste Mal in mich eindringt, zuckt mein gesamter Körper. Er beugt sich vor und seine breite Brust bedeckt mich, während er mich gegen den Tisch drückt. Dann legt er seine Wange an meine und knurrt: »Komm für mich, Feuer! Komm jetzt sofort!«

Ein Schrei entweicht meinen Lippen und ich habe auf der Stelle einen Orgasmus. Hunter fickt mich durch die Nachbeben, dann entleert er sich mit einem Stöhnen in mir.

Er bleibt auf mir liegen und sein Gewicht drückt mich nach unten. Seine Hitze hält mich gefangen, sein Sperma und meine

Feuchtigkeit laufen an meinem Bein hinunter und mein Kopf schwebt irgendwo über meinem Körper. Hunter zieht sich zurück, und ich zucke zusammen, weil ich seine Wärme verliere. Ich höre, wie er weggeht, und weiß, dass ich mich bewegen muss, aber meine Beine scheinen dazu nicht in der Lage zu sein. Dann höre ich seine Schritte, und etwas Kühles streift mich zwischen den Beinen. Er streicht mir den Rock herunter, dann zieht er mich hoch und dreht mich in seinen Armen herum. »Geht es dir gut?«

39

HUNTER

Sie hebt ihre schweren Lider und sieht mich mit einem befriedigten Ausdruck an. »Das wird nicht funktionieren.«

»Ich glaube schon.«

»Wir können nicht zusammenarbeiten. Nicht, wenn du mich jedes Mal ficken willst, wenn wir uns treffen, und ich dich nicht davon abhalten kann.«

Sie zieht sich von mir zurück und geht auf und ab. Ich knülle das Papiertuch, mit dem ich sie abgewischt habe, zusammen und will es wegwerfen, dann halte ich es an meine Nase und schnuppere daran.

In dem Moment dreht sie sich um und ihre Augen weiten sich. »Du bist ein Tier.«

»Nur wenn es um dich geht.«

»Siehst du?« Sie zeigt mit einem Finger in meine Richtung. »Das ist es, was ich meine. Wir können nicht einmal ein normales Gespräch führen, ohne dass es zu einem sexuellen Spielchen wird.«

»Zu einem, das mir Spaß macht.«

»Zu einem, das dein Team bemerken wird«, entgegnet sie.

»Nicht, wenn wir vorsichtig sind.«

Sie stemmt die Hände in die Hüften. »Glaubst du wirklich, dass deine Leute die Chemie zwischen uns nicht bemerken werden?«

»Nein«, gebe ich zu. »Aber genau wegen dieser Chemie ist es sinnvoll, dass du meine PR-Managerin bist. Du weißt, wie ich bin, wie ich denke. Keiner kennt mich besser als du. Und das kannst du zu deinem Vorteil nutzen.«

»Du wirst in dieser Sache nicht nachgeben, oder?«

Ich schüttle den Kopf.

Sie blickt weg, dann wieder zu mir. »Ich kann das nicht, Hunter. Es tut mir leid. Ich bringe mich und dich in Gefahr. Ich darf nicht zulassen, dass unsere Beziehung zu einem gefundenen Fressen für die Medien wird. Das würde mir jedes letzte Druckmittel nehmen, das ich bei den Nachrichtenleuten habe.«

Zara streicht sich den Rock glatt, fährt sich durchs Haar und greift dann nach ihrer Tasche. Sie dreht sich um und geht auf die Tür zu, da rufe ich: »Was glaubst du, wohin du gehst?«

»Wir können nicht zusammenarbeiten, Hunter. Auch wenn Lord Alan mich darum gebeten hat, es ist unmöglich. Bitte sag ihm, dass es mir leidtut.«

Ich greife nach meinem Handy und wische auf dem Bildschirm nach oben, dann tippe ich auf eine Taste. Das Geräusch ihres Stöhnens und das unverkennbare Klatschen von Haut auf Haut erfüllt den Raum.

Sie hält inne und dreht sich dann zu mir um. »Was ist das?«

»Warum kommst du nicht und siehst es dir selbst an?«

Sie kommt zum Schreibtisch, umrundet ihn und stellt sich neben mich. Auf meinem Handy läuft ein Video, das eine Frau zeigt, die über einen Schreibtisch gebeugt ist. Ihr Körper bewegt sich vor und zurück. Die Hand eines Mannes ist zu sehen, ansonsten jedoch nichts von ihm. Ihr Gesicht kann man allerdings gut erkennen.

Sie wirbelt herum und hebt einen Arm. Ich fange ihre Hand auf, bevor sie sie auf mein Gesicht klatschen kann. »Vorsicht, Feuer, es gibt eine Grenze, wie viel Spielraum ich dir gewähre.«

»Grenze? Und was ist mit dem, was du tust?«

»Das ist Selbsterhalt.«

»Du willst mich damit erpressen?«

»Wenn das bedeutet, dass du für mich arbeitest, dann ja.«

»Du bist noch verachtenswerter, als ich dachte.«

»Ist das ein Ja?«

Zara kneift die Augen zusammen. »Das werde ich dir nie verzeihen.«

»Du hast meine Frage noch nicht beantwortet.«

»Verdammt noch mal, ja. Ich werde für dich arbeiten. Lässt du mich jetzt los?«

»Unter einer Bedingung.«

»Du bist ein ganz schön sturer Bock, Hunter.«

»Nur wenn es um dich geht.«

»Hör auf, das zu sagen.«

»Aber es ist wahr. Es gibt keine Grenze, die ich nicht überschreiten würde, damit du mir gehörst, Zara.«

Sie schaut mir in die Augen und neigt dann das Kinn nach vorn. »Es gibt keine Grenze, die ich überschreiten würde, um nicht zu dir zu gehören.«

Ich verziehe die Lippen. »Wir werden sehen.«

»Okay.«

»Okay.«

Die Tür geht auf. »Oh, tut mir leid, Mr. Whittington, ich wusste nicht, dass Sie einen Gast haben.«

Ich lasse Zaras Hand los und trete zurück.

»Schon gut, Daniel, kommen Sie herein. Das ist Zara Chopra, meine neue PR-Managerin. Zara, das ist Daniel, mein Wahlkampfmanager.«

<hr>

»Das ist wie erwartet gelaufen.« Zara stößt sich vom Tisch des Konferenzraums ab und zuckt mit den Schultern.

Nach dem Treffen mit Daniel habe ich eine Teambesprechung anberaumt und Zara allen vorgestellt. Sie hat mich völlig beeindruckt, indem sie innerhalb weniger Minuten nach dem Kennenlernen damit begonnen hat, eine PR-Strategie für die Kampagne auszuarbeiten.

»Ich finde, das ist besser gelaufen als erwartet.«

»Du meinst, mindestens ein Viertel deines Teams nimmt es mir nicht übel, dass ich hier hereinmarschiert bin und die Kampagnenstrategie zur Hälfte neu entwickelt habe?« Sie schnappt sich ihren Notizblock, ihren Stift und ihr Handy und steckt alles in ihre Tasche.

»Ich meine, du hast das Durcheinander durchbrochen und eine kohärente Strategie zusammengestellt. Du hast in einer Stunde geschafft, woran mein Team und ich monatelang gearbeitet haben.«

Sie dreht sich auf ihrem Stuhl zu mir. »Ist das der Grund, warum du deine Kampagne nie gestartet hast? Weil du mit der bisherigen Strategie nicht zufrieden warst?«

»Unter anderem.«

»Warum sonst hast du dich zurückgehalten, wo doch jeder Tag, an dem du nicht erklärt hast, dass du kandidierst, es für dich schwieriger machen würde, zu gewinnen?«

»Ich starte immer noch vor Ablauf der Frist.«

»Wenn du vierundzwanzig Stunden vor Ablauf der Frist meinst, dann kommst du gerade noch so durch. Du hast schon so viel Zeit verloren ...«

»Aber ich werde einen guten Start hinlegen, und das ist wirkungsvoller, als einfach nur meine Kampagne anzukündigen.«

Sie legt den Kopf schief. »Manchmal bin ich gezwungen, dir zuzustimmen.«

»Wenn ich mich recht erinnere, warst du vorhin, als du über meinen Tisch gebeugt warst, sehr lautstark mit mir einverstanden. Ich kann mich sogar genau daran erinnern, dass du gesagt hast, du wolltest nicht, dass ich aufhöre, dass ich ...«

»Halt die Klappe, Hunter!« Sie blickt sich im Raum um, dann schaut sie wieder zu mir. »Wie kannst du nur so unvorsichtig sein?«

»Es ist niemand hier. Hier gibt es auch keine Kameras oder Wanzen.«

»Wie kannst du dir da sicher sein?« Sie runzelt die Stirn.

»Ich lasse die Räumlichkeiten jeden Morgen durchsuchen.«

»Aber nicht dein Büro, wo du Kameras aufgestellt hast, um jeden zu filmen, der dich aufsucht«, sagt sie bitter.

»Das ist eine Vorsichtsmaßnahme. Und nur ich habe Zugang zu den Aufnahmen.«

»Du kannst also Leute erpressen, damit sie tun, was du willst?«

»Wenn es sein muss.«

Sie hebt den Kopf. »Gibt es noch andere Indiskretionen, von denen du mir erzählen willst? Etwas, worauf ich als deine PR-Managerin vorbereitet sein muss?«

Ich trete vor sie, umfasse die Armlehnen ihres Stuhls und beuge mich vor, bis ich auf Augenhöhe mit ihr bin. »Ich habe die Kameras noch nie benutzt, um jemand anderen zu erpressen.«

»Dann bin also nur ich deinen üblen Machenschaften ausgesetzt?«

»So leicht lasse ich dich nicht gehen, Feuer.«

»Wir arbeiten jetzt zusammen. Es wäre das Beste, unsere Beziehung professionell zu halten, damit ich meine Arbeit tun kann.«

Wir schauen einander in die Augen. Ich sehe den Schmerz in ihren, und verdammt, ich hasse mich jetzt schon für das, was ich getan habe. Aber wenn es die einzige Möglichkeit ist, sie in meiner Nähe zu haben, dann bin ich froh, das Risiko eingegangen zu sein. Aber ich weiß auch, wann ich aufhören muss.

»Ich werde dich nicht mehr anfassen, du hast mein Wort. Es sei denn ...«

Sie schluckt: »Es sei denn?«

»Es sei denn, du bittest mich darum.«

»Das wird nie passieren«, spottet sie.

»Unterschätze nicht, wie sehr du es genießt, mit mir zusammen zu sein – in jeder Hinsicht.«

»Du unterschätzt, wie leicht es ist, eine Frau zu verärgern. Eine falsche Bewegung, und sie wird dir das nie verzeihen. Es sei denn, du kriechst mit eingezogenem Schwanz zu ihr zurück. Aber manchmal nicht einmal dann.« Liam beugt sich vor. »Und du hast mit dem, was du getan hast, eine Grenze überschritten.«

Dessen bin ich mir sehr wohl bewusst. »Ich hatte keine andere Wahl. Sie wollte zur Tür hinausgehen.«

»Und du hättest sie gehen lassen sollen.«

»Wie bitte?« Ich blinzle. »Hat der Mann, der noch nie vor einer

Firmenübernahme zurückgeschreckt ist, mir gerade sagt, ich hätte kampflos aufgeben sollen?«

»Wenn es um Herzensangelegenheiten geht, gelten andere Regeln als in den Vorstandsetagen.«

Ich drücke meine Fingerspitzen aneinander. »Wenn du meinst, dass ich nicht weiß, wann ich mich zurückhalten soll …«

»Was ich meine, ist, dass du dich in Herzensangelegenheiten auf andere Spielregeln einlassen musst.«

»Wir reden also von Hunters nicht vorhandenem Liebesleben?« Declan stürmt herein. Er lässt sich auf den Stuhl zwischen uns fallen und streckt die Beine aus. Seine Jeans ist an den Knien zerrissen, außerdem trägt er eine Schirmmütze und ein Sweatshirt, dessen Kapuze über die Mütze gezogen ist. Declan nimmt seine Sonnenbrille ab, die dunkle Augenringe und ausgehöhlte Wangenknochen zum Vorschein bringt.

»Du siehst beschissen aus, Kumpel«, kommentiere ich.

»Leck mich doch am Arsch!« Er greift nach der Flasche Macallan und nimmt einen Schluck.

»Soweit ich weiß, sind wir immer noch zivilisiert genug, um aus einem Glas zu trinken«, schimpft Liam.

»Du kannst gern einen auf englischer Gentleman machen. Ich hingegen brauche etwas Starkes, und zwar eine Menge davon, um den Rest dieses beschissenen Tages zu überstehen.« Er hebt die Flasche Macallan höher und trinkt noch mehr davon.

»Und ich dachte, ich hätte es schwer.« Ich paffe an meiner Zigarre.

Declan senkt die Flasche, wischt sich mit einer Hand über den Mund und stellt den Whisky auf den Tisch. »Keine Angst. Wenn es darum geht, wie man eine Beziehung ruiniert, kann man mich als Experten bezeichnen.«

»So schlimm kann es doch nicht sein, oder?« Liam lehnt sich zurück. Der Bastard sieht völlig entspannt aus. Er strahlt dieses Glück aus, das Männer, die in einer festen Beziehung leben, zu haben scheinen. Vorübergehend ist er aus Italien zurück, und das Leben im Ausland tut ihm offensichtlich gut.

»Nein, es ist schlimmer.« Declan verschränkt die Arme vor der

Brust. »Aber das kommt davon, wenn man nicht nur eine, sondern zwei Karrieren jonglieren muss. Ganz zu schweigen von einer aufkeimenden Beziehung im Rampenlicht.«

»Apropos, solltest du überhaupt hier sein? Haben deine Fans nicht schon längst den Club umzingelt?«

»Nein, in London ist es etwas besser, solange ich mein Gesicht verstecke. Ich bin sogar mit der U-Bahn hergekommen.«

»Beeindruckend.«

Er greift wieder nach der Flasche, aber Liam nimmt sie aus seiner Reichweite, gießt ihm ein Glas ein und schiebt es zu Declan, der in einem Zug leert. »Genug von mir geredet. Wie läuft's mit deinem Spin-Doctor?«

»Sie ist jetzt die offizielle PR-Managerin meiner Kampagne.« Ich betrachte die Asche, die sich an der Spitze meiner Zigarre bildet.

Declan richtet sich auf seinem Stuhl auf. »Das ist doch gut, oder?«

»Nicht gut ist, wie er sie dazu gebracht hat, den Job anzunehmen«, wirft Liam ein.

»Möchte ich das wissen?«

»Nein«, erwidern Liam und ich gleichzeitig.

»Okay, aber wenn du dadurch Zeit mit ihr verbringen kannst, ist es das vielleicht wert?«

»Das hoffe ich sehr.«

»Und was machst du dann hier?«

Ich blicke ihn streng an. »Was meinst du?«

»Wenn du sie willst, musst du ihr den Hof machen. Warum verschwendest du deine Zeit hier mit uns?«

»Unsere Beziehung ist jetzt rein beruflich.« Ich paffe erneut an der Zigarre und blase eine Rauchwolke aus. »Ich kann also nicht ohne Grund in ihrer Wohnung auftauchen. Das würde nicht so gut rüberkommen.«

»Aber ein Arbeitstreffen würde nicht die gleiche Aufmerksamkeit auf sich ziehen, oder?«

»Hmm.« Ich lege die Zigarre in die Kerbe des Aschenbechers, dann beuge ich mich vor und umfasse seinen Nacken. Was wohlgemerkt einfacher war, als er noch ein dünnes Bürschchen war, das von den anderen Jungs immer als der schmächtigste der Bande beschimpft wurde. Jetzt ist er einen Meter neunzig groß und hat Schultern wie ein Quarterback. Trotzdem behandle ich ihn nach wie vor wie ein freches jüngeres Brüderchen.

»Hey, sieh dich vor, Mann!« Er packt mich ebenfalls am Nacken.

Ja, er ist definitiv erwachsen geworden. Das heißt aber nicht, dass ich aufhören werde, ihn beschützen zu wollen. »Manchmal gibst du weise Worte von dir.«

Liam schnippt mit den Fingern. »Der V&A-Ball! Da musst du hingehen und sie ebenfalls dazu einladen.«

Ich schaue von ihm zu Declan und wieder zurück. »Ich gehe unter einer Bedingung.«

40

ZARA

»Wie sehe ich aus?« Ich hebe eine Hüfte und das Licht bricht sich an den Swarovski-Kristallen, die mein silbern schimmerndes Kleid zieren. Es schmiegt sich an mich, als wäre es für mich gemacht, was es wahrscheinlich auch ist, wenn man bedenkt, dass es erst vor ein paar Stunden per Eilzustellung geliefert wurde. Beinahe hätte ich es weggeworfen, bis ich das Etikett auf dem Karton bemerkte: Armani. Nur ein Idiot würde sich die Gelegenheit entgehen lassen, ein Original von Armani zu tragen, und so dumm bin ich nicht. Dennoch habe ich gezögert, als der Kurier mir die zweite Schachtel überreicht hat. Auf diesem stand *Manolo Blahnik*. Und wenn ich noch Zweifel gehabt haben sollte, dann hat die dritte Schachtel – die mit dem Birkin-Label – mich vollends überzeugt.

»Und?« Ich hebe eine Augenbraue und schaue zu meinem Handy, das ich an den Spiegel gelehnt habe.

»Du siehst umwerfend aus. Das Kleid sieht aus, als wäre es aufgemalt«, antwortet Solene auf dem Bildschirm.

»Das habe ich auch gedacht.« Ich drehe mich zur Seite und fahre mit einer Hand über meinen Bauch.

»Du siehst toll aus, Z.«

»Das liegt an dem Kleid«, entgegne ich.

»Es liegt an der Frau in dem Kleid. Ihr Selbstvertrauen strahlt durch.«

»Das ist das Glitzern der Swarovski-Kristalle.« Ich lache leise.

»Der Mann kennt deine Schwäche.« Sie gluckst.

»Das stimmt allerdings.« Falls ich noch Zweifel gehabt haben sollte, das Kleid anzunehmen, so waren sie verschwunden, sobald ich es angezogen habe. Etwas an dem Rot und dem One-Shoulder-Schnitt verleiht dem Outfit etwas Royales. Was die Größe angeht, so hat Hunter sich meine Kurven gemerkt. Anders hätte das Kleid gar nicht passen können, ohne dass ich es vorher anprobiert habe. Ich strecke ein Bein aus, und der Stoff, dessen Schlitz fast bis zu meiner Taille reicht, teilt sich, um meinen Oberschenkel zu enthüllen. Die Manolo Blahniks haben einen Bondage-ähnlichen Riemen, der sich um meinen Knöchel schmiegt.

»Allein diese Schuhe werden den Mann in den Wahnsinn treiben.«

»Ich hoffe es.« Ich betrachte mich selbst kritisch. Ich bin angezogen, um einen Mann in die Knie zu zwingen. Und er muss gewusst haben, dass dies das Ergebnis sein würde, als er mir all dies geschickt hat.

»Bist du dir da sicher?« Solenes Stimme reißt mich aus meiner Träumerei.

»Du meinst, ob ich wirklich die Sachen tragen soll, die er mir geschickt hat?«

»Es sind deine Lieblingsdesigner. Außerdem Kreationen, die du unmöglich von der Stange kaufen kannst, also überrascht es mich nicht, dass du sie nicht abgelehnt hast. Es ist nur ... Wird er die Tatsache, dass du die Sachen, die er dir geschickt hat, nicht als Ermutigung interpretieren?«

»Das könnte er.« Ich fahre mit den Händen über den mit Swarovski-Kristallen besetzten Stoff. »Wenn ich nicht gehe, hätte er gewonnen, und das darf ich nicht zulassen.«

»Diese Sache zwischen euch beiden ist kein Spiel«, mahnt sie.

»Das weiß ich. Ich komme schon damit klar«, murmle ich.

»Ich will nur nicht, dass du verletzt wirst, Babe.«

Dafür ist es vielleicht ein bisschen zu spät. Ich drehe mich um und schaue sie auf dem Handy-Display an. »Ich werde vorsichtig sein, versprochen.«

»Gut. Du bist eine starke Frau, Zara, aber du hast ein Herz, das leicht gebrochen werden kann.«

Verdammt, wenn die eigenen Freunde einen so klar sehen, ist das demütigend. »Du bist eine gute Freundin, Solene.«

»Weil ich mich um dich sorge?« Sie lacht. »Wenn unsere Rollen vertauscht wären, würdest du das Gleiche tun. Das weißt du doch.«

»Ja, das weiß ich.«

Es klingelt an der Tür.

»Das müssen Liam und Isla sein.« Ich hauche einen Kuss in Richtung des Telefons. »Ich habe dich lieb, Babe. Kann es kaum erwarten, dich bald wieder in echt zu sehen.«

»Ich auch. Und vergiss nicht, mir alles darüber zu erzählen.«

»Ich verspreche es.« Ich lege auf und stecke das Handy zusammen mit meinem Lippenstift und dem Hausschlüssel in meine Abendtasche. Ein letzter Blick auf mein Spiegelbild, dann schnappe ich mir meinen Mantel und gehe zur Tür. Als ich sie öffne, steht er da, eine Hand gegen den Türrahmen gedrückt.

Ich öffne und schließe meinen Mund. Schließlich presse ich hervor: »Was tust du denn hier?«

»Liam und Isla sind spät dran, also habe ich angeboten, dich abzuholen.«

»Ich habe nichts von Isla gehört«, entgegne ich und schaue ihn finster an.

»Hast du deine Nachrichten gelesen?«

Ich hole mein Handy heraus, checke meine Nachrichten, und tatsächlich, da ist eine von Isla.

Isla:

Es tut mir so leid, Baby. Liams Mutter hat sich nicht gut gefühlt – jetzt ist alles wieder in Ordnung –, aber Liam wollte nach ihr sehen, bevor wir zum Ball fahren, also sind wir spät dran. Ich hoffe, es macht dir nichts aus, dass Hunter dich abholt. Ich weiß, dass es zwischen euch schwierig ist, aber ihr arbeitet ja jetzt zusammen, und er hat es angeboten. Es wird nicht lange dauern, das verspreche ich. Wir sehen uns bald wieder.

In der ganzen Aufregung über das neue Kleid und die Accessoires habe ich ihre Nachricht wohl übersehen. Ich rufe die App eines Taxiunternehmens auf, da legt Hunter eine Hand auf meine. Wärme durchflutet mich. Rasch ziehe ich meine Hand zurück.

»Was tust du da?«

»Ich bestelle ein Taxi.«

»Es ist Freitagabend. Du wirst nicht mehr rechtzeitig eines bekommen.«

»Wir werden sehen.« Ich tippe mein Ziel ein und drücke die entsprechenden Tasten, aber es tut sich nichts. »Verdammt.« Ich versuche es wieder und wieder. Jedes Mal kommt kein Ergebnis.

»Ich bin mit meinem Wagen hier, Zara.«

Ich ignoriere ihn und drücke wie eine Verrückte auf meinem Handy herum. »Verdammter Mist!« Ich stecke das Telefon wieder in meine Abendtasche und sehe Hunter finster an. »Du hast das alles geplant, nicht wahr? Mich zum Ball einzuladen ...«

»Als meine PR-Beauftragte. Das ist nichts Persönliches.«

»Dann hast du irgendwie dafür gesorgt, dass Liam und Isla mich nicht abholen können.«

»Du denkst, ich hätte dafür gesorgt, dass Liams Mutter krank wurde?« Er macht große Augen. »Nicht einmal ich könnte so etwas durchziehen.«

»Hm.« Ich mustere sein Gesicht. Er hat sein Haar zurückgekämmt und trägt einen Smoking, der seine breiten Schultern betont. Sein weißes Hemd spannt über seiner Brust. Außerdem ist er frisch rasiert und die Fliege an seinem Hals lässt ihn geradezu verboten sexy aussehen. Warum muss er so verdammt attraktiv sein? So heiß? So verlockend? So alles? Ich runzle die Stirn. Er hebt eine Augenbraue.

»Stimmt etwas nicht?«

»Du hast da einen ...« Ich beuge mich vor und drücke mit einem Daumen auf einen Blutfleck an seinem Unterkiefer. Ich zeige ihm den scharlachroten Tropfen, dann führe ich den Finger zum Mund und sauge daran.

Seine Nasenlöcher blähen sich. Seine blaugrünen Augen verdunkeln sich, bis sie wie tiefblaue Seen aussehen. »Ich muss mich beim Rasieren geschnitten haben.«

»Genau.« Ich schlucke, schaue weg, dann wieder zu ihm. »Wenn ich mit dir im selben Auto fahren soll, brauchen wir Regeln.«

»Regeln?« Erneut zieht er eine Augenbraue hoch.

»Nicht ohne Erlaubnis anfassen.«

»Das gilt für uns beide«, betont er.

Ich erröte, dann richte ich mich auf. »Das war eine instinktive Reaktion.«

»Bei mir auch.«

Ich nicke langsam. »Sieh mich nicht so an, als wolltest du mich …«

»… ficken?«, wirft er ein.

Hitze läuft mir den Rücken hinunter. »Ganz genau. Du musst dich zurückhalten, wenn wir zusammen in der Öffentlichkeit sind.«

»Ich werde mein Pokerface aufsetzen.«

»Küssen verboten.«

»Ich küsse dich nur, wenn du mich darum bittest.«

»Du darfst nicht in meinen persönlichen Bereich eindringen.«

»Du meinst das?« Er nähert sich mir, bis das Revers seines Jacketts fast mein Kleid berührt. Bis sein Atem meine Wange küsst. Bis die Wärme seines Körpers mich umhüllt und sein Duft – sein herrlich würziger, testosterongeladener Duft – meine Poren und meine Zellen durchdringt, in mein Blut sickert und mein Innerstes zum Pulsieren bringt.

»Du hast es versprochen«, flüstere ich.

»Du hast die Regeln festgelegt, ich habe ihnen aber nicht zugestimmt«, entgegnet er. Seine Stimme ist genauso leise wie meine.

»Wir dürfen das nicht tun, Hunter, bitte.« Ich schlucke.

Er schaut mir in die Augen, nickt dann und tritt zu meiner Erleichterung einen Schritt zurück. »Wollen wir?«

»Du hast alle Register gezogen, nicht wahr?« Ich nehme mein Champagnerglas entgegen und betrachte den Innenraum des Jaguars. Er ist mit seiner Bar und der Verkleidung zwischen den Vorder-

und Rücksitzen, die momentan hochgeklappt ist, definitiv eine Sonderanfertigung.

»Es gibt keinen Grund, nicht stilvoll zu reisen.« Er stellt die Flasche Moët & Chandon Esprit du Siècle Brut zurück in den Eiskübel und hebt sein Glas. »Auf den Abend, der vor uns liegt!«

Wir stoßen an und ich halte das Glas unter die Nase. Die feinen Aromen von Zitrusfrüchten und Birne, durchzogen von Lakritze, kitzeln meine Geruchsknospen. Mein Magen kribbelt. Ich hebe das Glas an meinen Mund und trinke einen Schluck. Das mulmige Gefühl wird noch stärker. Ich schaffe es, den Champagner hinunterzuschlucken, ohne zu würgen, und stelle das Glas zurück auf den Tisch.

»Gut?«, fragt er.

»Du weißt, dass er gut ist.« Erleichterung macht sich in mir breit, als sich mein Magen beruhigt. Ich habe vergessen, zu Mittag zu essen. In Zukunft darf ich wirklich keine Mahlzeiten mehr auslassen.

»Es gibt nichts Schöneres, als das aus deinem Mund zu hören.«

Ich kichere. »Sehr charmant.«

»Dir schmeckt der Champagner also?«

»Ja, er schmeckt. Und hör auf, mich immer so zu drängen.«

Er lacht und sein Gesicht strahlt daraufhin. Dieses kantige Kinn, diese aristokratische Nase, diese hohen Wangenknochen – einfach herrlich. Und in seinem Designer-Smoking ist er der schönste Mann, der mir je begegnet ist.

»Du starrst, Zara.«

Ich schaue weg. »Gedanklich war ich ganz weit weg.«

»Ach, wirklich?« Ich höre die Ungläubigkeit in seiner Stimme.

»Ich habe an ein bevorstehendes Familientreffen gedacht, das genauso stressig zu werden verspricht wie die vorherigen.« Und das ist die Wahrheit. Allerdings habe ich nur einen Bruchteil meiner Gedanken darauf verschwendet.

Der Mann ist also Sex am Stiel, aber das weiß ich ja bereits. Warum bin ich dann so aufgeregt, dass ich ihm so nahe bin? Vor allem, weil ich ihm in der Vergangenheit schon viel näher war.

»Du verstehst dich nicht mit deinen Eltern?«

»Doch, eigentlich schon. Bis etwas einen von uns aus der Fassung bringt, und dann bricht die Hölle los.«

»Du hast einen Bruder?«

Ich zögere. »Er ist mein zweieiiger Zwilling, aber das weißt du ja schon.«

Jetzt ist es an ihm zu zögern. »Ja, aber es ist etwas anderes, es von dir zu hören, als es in Unterlagen zu lesen.«

Ich greife nach meinem Champagnerglas und trinke einen weiteren Schluck. »Mein Großvater stammt aus Indien und kam hierher, als er fünf Jahre alt war. Er hat meine Großmutter, die ebenfalls Inderin ist, hier im Vereinigten Königreich kennengelernt. Mein Vater wurde hier geboren. Meine Mutter ist Engländerin. Sie hat meinen Vater in dem Lebensmittelladen kennengelernt, den sein Vater gegründet hatte. Es ist derselbe Laden, den sie und mein Vater jetzt führen. Als meine Eltern uns bekommen haben, waren sie fest entschlossen, dass wir es zu etwas bringen.«

»Und das habt ihr beide auch.«

Ich schaue weg, dann wieder zu ihm. »Sie waren nicht sehr erfreut, als ich nach dem Examen diesen *gottlosen* Beruf ergriffen habe.« Ich mache mit den Fingern Anführungszeichen in der Luft.

»Eltern ändern normalerweise ihre Meinung, wenn sie sehen, dass ihre Kinder glücklich sind.«

»Oh, und vergessen wir nicht, ich bin nicht mehr im besten Alter und nicht verheiratet. Ich habe sie also doppelt enttäuscht.«

»Wie alt bist du?«

»Neunundzwanzig. Aber das weißt du ja …«

»… bereits, ja. Können wir dennoch so tun, als ob ich das nicht wüsste?«

»Ein bisschen schwierig, wenn man bedenkt, dass ich als deine PR-Managerin Zugang zu den intimsten Details deines Lebens habe.«

Seine Lippen zucken. »Nicht zu allen.«

»Nein?«

»Nein.« Er tippt sich an die Schläfe »Nicht zu denen, die ich hier drinnen trage. Oder«, er tippt auf die Stelle über seinem Herzen, »hier.«

Ich blinzle und schaue dann weg.

Er atmet tief ein und aus. »Ich wollte das eigentlich nicht sagen. Aber wenn ich mit dir zusammen bin, kann ich mich offenbar nicht zurückhalten.«

»Dann streng dich an, Hunter. Du scheinst zu vergessen, dass es um unsere beiden Karrieren geht.«

»Und ich verspreche dir, dass ich da draußen mein Pokerface aufsetzen werde.«

Ich trinke den Rest des Champagners aus und stelle das Glas zurück auf den Tisch.

»Dein Bruder wird also an diesem Familientreffen teilnehmen?«

»Ja, und er ist der Liebling meiner Eltern. Wie du weißt, spielt er Kricket für England. Er ist berühmt und hat in ihren Augen Erfolg. Und natürlich ist es ihnen egal, dass er weder verheiratet ist noch Kinder hat. Es ist die Tochter, die immer die Hauptlast dieser Denkweise zu tragen hat.«

»Ich bin mir sicher, du wirst deine Eltern vom Gegenteil überzeugen.«

»Oh, wenn ich bei ihnen bin, sind all meine Kenntnisse und Kompetenzen wie weggeblasen. Ich scheine wieder fünf Jahre alt zu sein und muss mir demütig ihre Schimpftiraden anhören.« Ich will mir das Haar über die Schulter streichen, da fällt mir ein, dass ich es hochgesteckt habe. Also begnüge ich mich damit, die Finger zu verschränken und aus dem Fenster zu schauen.

»Das tun sie, weil du ihnen wichtig bist«, murmelt er.

»Was du nicht sagst.«

»Sie scheinen sehr hingebungsvolle Eltern gewesen zu sein.«

»Zu hingebungsvoll, wenn sie da waren. Sie haben immer versucht, die Tatsache zu kompensieren, dass sie nicht immer da sein konnten, weil sie den Laden führen«, entgegne ich schnaubend.

»Ich wünschte, dass meine hingebungsvoller gewesen wären.«

Ich werfe ihm einen Seitenblick zu. Er schaut in sein Champagnerglas und eine Furche bildet sich auf seiner perfekten Stirn.

»Deine Eltern waren nicht so oft da, wie du es dir gewünscht hättest, nehme ich an.«

»Eher gar nicht.« Er blickt auf und sieht mir in die Augen. »Ja, ich bin das Paradebeispiel des armen kleinen, reichen Jungen«, sagt er selbstironisch.

»Haben sie dich auch *allein zu Haus* gelassen, Kevin?«

Er blinzelt, dann bricht er in Gelächter aus. »Sehr gut, Chopra.«

»Warum nennst du mich bei meinem Nachnamen, wenn du findest, dass ich besonders witzig bin?«

Er zuckt mit einer Schulter. »Warum nicht?«

»Wenn ich unerwartet geistreich bin, schreibst du meine Intelligenz irgendwie dem Patriarchat zu.«

Er reißt die Augen auf. »Und das alles, weil ich dich mit deinem Nachnamen angesprochen habe?«

»Überleg mal. Wenn du erregt bist, sprichst du mich mit meinem Spitznamen an. Wenn du findest, dass ich aufmüpfig bin, schimpfst du mit mir, indem du mich bei meinem Vornamen nennst. Und wenn ich etwas besonders Witziges sage, sprichst du mich mit meinem Nachnamen an.«

»Ich versteh's immer noch nicht.« Er schüttelt den Kopf.

»Das ist das Problem. Euch eingebildeten Schnöseln, die ihr auf private Internate gegangen seid, wurden emotionale Kälte und Loyalität zu euren elitären Clubs beigebracht. Und ihr alle seid von Frauenfeindlichkeit durchdrungen.«

»Du meinst wohl eher, dass ich meine prägenden Kindheitsjahre in Internaten verbracht habe und von Erwachsenen betreut wurde, die mich nicht geliebt haben«, entgegnet er lachend.

»Versuchst du, mein Mitleid zu erregen?«

»Ich sage dir nur, dass du mich und die anderen *eingebildeten Schnösel*«, er macht Anführungszeichen mit den Fingern, »zu hart verurteilst.«

Ich kneife die Augen zusammen. »Du findest also, ich solle meine Meinung über dich und die anderen eingebildeten Schnösel, die ihr nie erwachsen werden wollt, überdenken? Über euch, die meinen, sie könnten alles tun und es gäbe keine Konsequenzen?«

»Ich finde«, er neigt den Kopf, »dass du das Ganze aus meiner Perspektive betrachten solltest. Meine Kindheit war von entsetzlichem Heimweh geprägt und die Bindung an mein Zuhause und meine Familie wurde mehrmals im Jahr abrupt unterbrochen. Ich habe alles verloren – Eltern, Haustiere, Spielzeug, jüngere Geschwister ... Natürlich konnte ich weinen, wenn ich wollte, aber niemand konnte mir helfen.«

Er fährt sich mit dem Daumen unter die Unterlippe, und meine Brustwarzen werden hart. Ich ignoriere die Reaktion meines Körpers und hebe den Kopf. »Du hast also gelernt, nach außen hin kühl und abgebrüht zu erscheinen. Du konntest entweder du selbst sein – krank vor Heimweh, verwundbar, nach Liebe hungernd und verängstigt – oder du konntest vorgeben, loyal, resilient und selbstbewusst zu sein. Du konntest eine tapfere Miene aufsetzen und dich von deinen Gefühlen distanzieren, um so zu sein wie die anderen Reichen. Und du hast dich für Letzteres entschieden. Du hast dir schon früh eingeredet, dass du eigentlich auch ohne Liebe klarkommst. Du hast beschlossen, dich wie ein Erwachsener zu verhalten, selbst als du noch sehr jung warst, denn das bedeutete, dass du niemanden brauchst. Die Erfahrungen, die du gemacht hast, haben dich so gestählt, dass du später im Leben, wenn du andere Menschen weinen gesehen hast, kein großes Bedürfnis verspürt hast, ihnen zu helfen. Darauf willst du doch hinaus, oder? Dass es nicht deine Schuld ist, wie du dich entwickelt hast. Es waren die Umstände, die dich zu dem gemacht haben, was du bist.«

»Haben deine Umstände dich nicht zu dem gemacht, was du heute bist?«, entgegnet er.

»Ich glaube kaum, dass unsere Hintergründe vergleichbar sind.«

»Ganz im Gegenteil.« Er stellt das Champagnerglas auf dem kleinen Tisch ab und dreht sich zu mir. »Du verstehst mich so gut, weil du die gleichen Erfahrungen gemacht hast wie ich, wenn auch in einem anderen Milieu.«

Ich lache spöttisch. »Vergleichst du meine Erziehung mit der deines privilegierten Lebensstils?«

Er schaut mir in die Augen. »Wir sind beide das Produkt sehr ambitionierter Eltern, die wollten, dass ihre Kinder zu Überfliegern werden.«

»Und hier sind wir nun«, murmle ich.

»In der Tat. Wir sind beide leistungsorientierte, zielstrebige Menschen, die sich nie mit dem Status quo zufriedengeben. Und«, sein Blick wird eindringlich, »ich war noch nie so glücklich wie jetzt, während ich neben dir sitze.«

Ich schlucke, dann entgegne ich spitz: »Du hast vergessen hinzuzufügen, dass das nie hätte passieren dürfen.«

»Du bist jetzt hier, nicht wahr?« Seine Schultern sind entspannt, doch an seiner Schläfe pulsiert eine Ader. Hunter fläzt regelrecht auf dem weichen Ledersitz, aber sein Blick ist wachsam. Dieser Mann ist so voller Gegensätze, dass mir schwindlig wird. Er ist mir ein völliges Rätsel. Er beflügelt mich und räumt gleichzeitig meine Vorbehalte aus – all die Hürden, die ich mir selbst in den Weg gelegt habe und die erklären sollen, warum ich nicht mit ihm zusammen sein kann.

»Du bist so …«

»Klug, witzig, gebildet?«, ergänzt er.

»Ein Arsch!«, schnauze ich.

»Und bald werde ich wieder in deinem Arsch stecken.«

Ich blinzle und mache einen würgenden Laut. »Ich kann nicht glauben, dass du das gerade gesagt hast.«

»Es war eine gute Retourkutsche, gib's zu.« Er grinst.

»Du denkst immer nur an das eine.«

»Sag mir nicht, dass du in diesem Moment nicht daran denkst, rittlings auf mir zu sitzen, während ich in dich eindringe.«

Mein Bauch krampft sich zusammen. Meine Muschi pulsiert. Ich spüre, wie sich die Erregung in meinem Unterleib ausbreitet und … O Gott, meine Brüste tun weh, meine Schenkel spannen sich an. Und mein Innerstes? Es fühlt sich so leer an, so verlassen. Es sehnt sich nach der Empfindung, wenn sein großer, harter Schwanz in mir ist. Warum machen mich seine Worte so an? Warum bin ich so unfähig, ihm zu widerstehen? Ich presse die Schenkel zusammen und tue so, als würde ich ihn anstarren.

»Hunter«, sage ich in einem warnenden Ton.

Er lacht und hebt beide Hände. »War nur ein Scherz, Feuer.«

»Jetzt nennst du mich also wieder Feuer, ja?«

»Du hast meine Welt in Brand gesetzt.«

Ich grinse kurz, dann wende ich mich ab. Ich schüttle den Kopf und versuche, mich zusammenzureißen. Leider bin ich mir nur allzu bewusst, dass sein großer Körper so viel von diesem kleinen, geschlossenen Raum einnimmt. Dass sein schwerer Duft mich einhüllt. Dass die Hitze, die von ihm ausgeht, mich zu versengen droht. Seine Dominanz lässt meine Kehle trocken werden und mein Innerstes vor Vorfreude beben. Und, o Gott, ich verliere mich. Ich werde in der Hölle schmoren für das, was ich als Nächstes tun werde, aber ich kann mich nicht mehr dagegen wehren, kann nicht mehr gegen uns ankämpfen.

Ich lasse die Schultern hängen. »Also …«, sage ich, »das Szenario, von dem du vorhin gesprochen hast, willst du es in die Tat umsetzen?«

41

HUNTER

»Welches?« Ich betrachte ihre leuchtenden Augen, ihr dichtes Haar, das zu einer komplizierten Frisur hochgesteckt ist, in die ich schon seit geraumer Zeit meine Finger schieben möchte. Ich will die Nadeln herausziehen, damit ihr Haar wieder in dicken Strähnen um ihr Gesicht fallen kann. Offensichtlich hat sie unser Gespräch verarbeitet und ist in ihrem Kopf zu einer Schlussfolgerung gekommen, deren Ergebnis ich gleich erfahren werde.

»Dieses.« Sie steht auf. Dann, in einer schnellen Bewegung, die mir den Atem raubt, schiebt sie sich das Kleid über die Hüften und setzt sich rittlings auf mich.

Mein Herz schlägt gegen meinen Brustkorb. Mein Puls schießt in die Höhe, bis ich das Blut in meinen Ohren rauschen höre. Ich umfasse ihre Hüften.

»Verdammt, Zara, du trägst ja gar keinen Slip«, knurre ich.

»Ach, jetzt nennst du mich also Zara, ja? Willst du mit mir schimpfen, weil ich so frech bin?«

»Du spielst mit dem Feuer, Feuer.«

»Und vielleicht brauche ich dich dieses Mal als Schwefel. Damit wir beide in der Zeit, die wir noch bis zur Gala brauchen, verbrennen können.«

»Mr. Whittington, in acht Minuten sind wir am Ziel, Sir.« Die Stimme meines Chauffeurs ertönt aus dem Lautsprecher.

Sie runzelt die Stirn.

Ich lege die Finger auf ihre schöne Stirn und streiche die Falten darauf glatt.

»Ich habe ihn gebeten, mir Bescheid zu sagen, wenn wir kurz davor sind.«

»Weil du damit gerechnet hast, dass wir uns in dieser Situation befinden würden?«

»Kann sein ...«

»Verdammt noch mal! Gerade habe ich angefangen zu denken, dass du vielleicht doch nicht so ein Wichser bist, wie du dich selbst gern darstellst.« Sie will wegrutschen, aber ich halte sie fest.

»Ich verarsche dich nur wieder, Baby. Nein. Ausnahmsweise wollte ich dich nur bei mir haben, damit ich auf legitime Weise Zeit mit dir verbringen kann, und zwar auf professioneller Basis.«

»Gemeinsam fotografiert zu werden, lässt es kaum professionell erscheinen.«

»Du begleitest mich als meine PR-Spezialistin. Gut, du bist meine Begleitung für den Abend, aber wir verheimlichen nichts. Wenn überhaupt, wird es nur noch offensichtlicher, dass nichts zwischen uns ist, wenn wir uns öffentlich zeigen.«

»Oder vielleicht bemerken die Leute die Chemie zwischen uns.« Sie runzelt die Stirn.

»Wenn du so besorgt warst, warum hast du dann nicht früher etwas gesagt?«

»Wegen des Kleides ... und der Schuhe ... und der Tasche.« Sie funkelt mich an. »Du hast mich mit meinen Lieblingsmarken überrumpelt. Ich bin eine stolze Frau, aber selbst ich verneige mich vor dem Altar von Armani. Und dann noch Manolo Blahnik und Birkin. Du wusstest, dass ich es nicht zurückgeben würde.« Sie bohrt mir einen Finger in die Brust. »Schon gar nicht, nachdem ich dieses Kleid anprobiert habe.«

»Ich mag dich sogar noch lieber, wenn du nur die Blahniks trägst und sonst nichts.« Ich umfasse ihre herrlichen Pobacken und massiere sie.

Jetzt ist sie an der Reihe zu stöhnen.

Ich ziehe sie noch näher an mich heran, sodass sich ihr weicher Kern in meinen Schritt drückt.

Diesmal atmen wir beide heftig aus.

»Ich werde einen feuchten Fleck auf deiner Hose hinterlassen«, protestiert sie.

»Scheiß drauf!« Ich neige die Hüften, sodass sie meinen Schwanz noch besser spüren kann.

Sie stöhnt und meine Eier spannen sich an. »Baby, ich muss in dir sein«, knurre ich.

»Du hast weniger als acht Minuten, um mich zum Kommen zu bringen.« Ihre Stimme zittert vor Verlangen, aber ihr Blick ist wachsam. Ihr Gesicht ist errötet, aber die Vorfreude darauf ist nicht zu übersehen.

»Ich werde dich mindestens dreimal kommen lassen, bevor wir unser Ziel erreicht haben.« Ich schlinge die Finger um ihren Nacken und ziehe sie an mich. Unsere Lippen berühren sich, unsere vorderen Zähne prallen aufeinander, unsere Zungen umschlingen sich. Ich küsse sie und sie küsst mich auch. Ich lecke über ihren Mund und sie beißt mir auf die Unterlippe. Mein Schwanz bohrt sich in den Stoff meiner Hose. Ich reiße meinen Mund von ihrem und schaue ihr in die Augen. Dann öffne ich meine Gürtelschnalle, schiebe meinen Reißverschluss herunter und hole meinen Schwanz heraus. Ich positioniere Zara über meiner Eichel und stoße dann nach oben und in sie hinein. Ihre Augen weiten sich. Aus ihrem Mund dringt ein leises Keuchen. Ihre goldenen Augen lodern und eine Sekunde lang ist es, als würde ich mein Schicksal sehen, eine Zukunft, die uns beiden gehört. Es ist beängstigend und gleichzeitig so verdammt richtig, dass es mich noch mehr anmacht.

»Ich werde dich ficken, Feuer.«

Sie packt mich an den Schultern und schluckt. »Wage es nicht, dieses Kleid zu ruinieren.«

»Ich kaufe dir hundert neue.«

»Ich kaufe sie mir lieber selbst«, entgegnet sie hochnäsig.

»Und ich bevorzuge es, wenn du dich nur auf mich konzentrierst.«

»Fühlst du dich bereits ausgegrenzt?« Sie spannt ihre inneren Muskeln an und die Empfindungen laufen über meine gesamte Wirbelsäule.

»Du bist so heiß, so eng und so verdammt feucht für mich, Baby.« Ich stoße in sie hinein und treffe die Stelle tief in ihr, die sie aufschreien lässt. Sie wirft den Kopf zurück und ich beiße in die Wölbung ihrer Brust. Sie stöhnt und der Laut steigt mir in den Kopf. Etwas in mir explodiert.

»Sieh mich an!« Ich drücke die Nase gegen ihren Hals und Zara öffnet die Augen.

Ich schaue ihr in die Augen und übe Druck auf ihre Klitoris aus, woraufhin Zara heftig kommt. Der Orgasmus scheint sie zu überraschen, denn ihr gesamter Körper zuckt. Feuchtigkeit benetzt meinen Schwanz, und sie legt schaudernd ihre Stirn an meine.

»O mein Gott.«

»Du meinst *o Hunter*, nicht wahr?«

»Warum finde ich deine Arroganz so erregend?«

»Weil du darauf stehst, wenn ein Mann selbstbewusst genug ist, dich zu dominieren, Baby.«

Sie öffnet die Augen und starrt mich an. »Dein Ego wird dir noch zum Verhängnis werden.«

»Im Moment geht es bergauf, Feuer.« Ich hebe die Hüften und bohre meinen Schwanz in sie.

Sie stöhnt. »O Gott, o Gott, o Gott!«

»Hunter.«

»Was?«, knurrt sie.

»Sag meinen Namen!«

»Nein.«

»Ach nein?« Ich schiebe sie von mir weg und sie blickt nach unten, wo mein Schwanz zwischen uns stramm steht.

»Warum hast du das getan?«, jammert sie.

»Damit ich das tun kann.« Ich schiebe sie weiter zurück und drücke dann eine Hand auf ihre Muschi.

»Was zum …«, heult sie. »Was machst du da?«

»Ich will, dass du meinen Namen sagst.«

»Wage es nicht, Whittington!«

Ich schlage auf ihre Muschi.

Ihr Rücken wölbt sich. »Fick dich, Hunter!«

»Sag meinen Namen!«

»Auf keinen Fall.«

Ich klopfe noch einmal auf die Klitoris, dann noch einmal, und sie kommt erneut heftig.

42

ZARA

Heilige Scheiße! Ich habe noch nie einen Orgasmus bekommen, nur weil ich zwischen den Beinen versohlt wurde. Das ist eine Premiere für mich. Eine weitere besteht darin, dass ich mich aus freien Stücken entschieden habe, meine Karriere aufs Spiel zu setzen, indem ich mit ihm fahre. Und weil das offenbar noch nicht genug war, habe ich außerdem beschlossen, ihn auf dem Weg zur Veranstaltung zu ficken. Aber ich bereue es nicht. Zumindest vorläufig nicht. Denn der Zeitdruck auf dem Weg zur Gala scheint meine Fähigkeit, einen Orgasmus nach dem anderen zu bekommen, deutlich zu erhöhen. Der Höhepunkt schießt durch mich hindurch, um dann ebenso rasch wieder abzuebben. Ich lasse mich nach unten sinken, aber Hunter hält mich aufrecht.

»Schau mich an!«

Ich öffne die Lider, die dank des letzten Orgasmus wohl von selbst zugegangen sind. Dann blicke ich in seine nun mitternachtsblauen Augen und sämtliche Gedanken verschwinden.

Er löst seinen Griff um meinen Nacken, umfasst meine Hüften und hält mich erneut über seinen Schwanz. Er stößt mit der Eichel an meine Öffnung und meine Beine zittern. Meine Zehen krümmen sich. Ein Schauer durchfährt meinen Unterleib, dabei ist er noch nicht einmal in mir.

»Hunter«, krächze ich.

Seine Augen blitzen. Ein zufriedener Ausdruck macht sich auf seinem Gesicht breit. Er drückt mich nach unten und auf seinen Schwanz. »Du gehörst mir. Ist das klar?« Dann stößt er tief in mich.

Ich kann nur keuchen, während ich mich an seinen Umfang gewöhne. Immer noch gibt er mir das Gefühl, als würden wir zum ersten Mal miteinander schlafen. Doch gleichzeitig fühlt er sich auch vertraut an. Der süße Schmerz seines Eindringens fährt meine Wirbelsäule hinauf. Es fühlt sich so richtig an. So heiß. So alles. Ich kann mich nicht zurückhalten, beuge mich vor und drücke meine Lippen auf seine.

Er übernimmt sofort die Kontrolle. Natürlich. Er presst seinen Mund auf meinen und saugt an meinen Lippen, als wolle er meine Essenz in sich aufnehmen. Dann fickt er mich. Er dringt mit solcher Wucht in mich ein, dass die gesamte Karosserie zu wackeln scheint. Dann zieht er sich zurück und rammt seinen Schwanz erneut in mich. Dann noch einmal. Er trifft wieder und wieder die richtige Stelle. Diesmal beginnt das Zittern irgendwo an meinen Zehen und steigt spiralförmig nach oben bis in mein Innerstes. Hunter zieht sich zurück, stößt nach oben und in mich hinein. Gleichzeitig schlingt er die Finger um meinen Hals. »Komm mit mir, Zara!«, befiehlt er.

Das mache ich. Ich komme zum dritten Mal zum Höhepunkt, und während Hunter mir in die Augen sieht, entleert er sich in mir. Ich sinke wieder hinunter, und dieses Mal legt er seine Stirn an meine. Ein paar Sekunden lang starren wir einander an, dann hören wir die Stimme des Chauffeurs: »Zwei Minuten bis zur Ankunft, Mr. Whittington. Zwei Minuten.«

Er küsst mich heftig. Ich nicke. Wir verstehen uns ganz ohne Worte. Ich rutsche von ihm herunter und er hilft mir, die Füße auf den Boden zu stellen. Ich greife nach den Papierhandtüchern am Fenster, aber er schlingt die Finger um mein Handgelenk. »Ich möchte, dass du spürst, wie mein Sperma aus deiner Muschi tropft, wenn du heute Abend mit den Leuten plauderst.«

Ich erröte. »Du bist ganz schön versaut.«

»Und du liebst es.«

Ich will protestieren, halte mich aber zurück. Leider hat er nicht ganz unrecht. Also packe ich seinen Kragen und beiße ihm in den Hals. »Jetzt sind wir quitt.«

Dann ziehe ich mein Kleid über meine Hüften und setze mich neben ihn. Er reibt mit dem Daumen über die gerötete Stelle an seinem Hals, dann nimmt er seine Fliege ab und wirft sie beiseite.

Ich starre ihn an. »Was tust du da?«

»Ich werde dein Zeichen mit Stolz zur Schau stellen, Baby.«

»Aber das würde nur zu Spekulationen führen.«

»Ich kann damit leben, wenn du es auch kannst.«

Hunter schaut auf meine Brust. Ich neige den Kopf und stelle fest, dass sich auf meiner linken Brust etwas befindet, das man nur als doppelte rötliche Markierung bezeichnen kann. »Verdammt.« Ich starre ihn an. »Das hast du absichtlich gemacht.«

»Nein, *das* hast *du* absichtlich gemacht.« Er zeigt auf das, was jetzt eindeutig wie ein Knutschfleck an seinem Hals aussieht.

Ich ziehe die Nadeln aus meinem Haar und meine Strähnen fallen über meine Schultern. Ein paar lege ich mir über das Dekolleté. Hoffentlich verdecken sie das Mal.

»Schlau!« Er neigt den Kopf. »Sie sind gewieft, Frau Stadträtin. Ein echter PR-Profi.«

»Und Sie, Sir, leben gefährlich. Im Ernst, du musst vorsichtiger sein, sonst ist deine Kampagne zu Ende, bevor sie begonnen hat.«

»Wirklich?« Er grinst.

Und dann ist da noch dieses Selbstvertrauen, das ich gleichzeitig liebe und hasse und von dem ich befürchte, dass es mir zum Verhängnis werden wird. Ein Mann, der weiß, was er will, und der es um jeden Preis durchsetzt, hat etwas Verführerisches an sich. In diesem Fall hat er es auf mich abgesehen und das flaue Gefühl in meinem Magen sagt mir, dass er kurz davor ist zu bekommen, was er will. Irgendwie fühlt es sich aber nicht mehr so an, als wäre es ein Verlust für mich oder ein Spiel zwischen uns. Es ist so viel mehr geworden, ohne dass ich es überhaupt richtig gemerkt habe.

»Geht es dir gut?« Er streicht mir eine Haarsträhne hinters Ohr.

»Bald.«

Er sieht mir in die Augen und nickt. Die Limousine kommt zum Stehen. Er blickt aus dem Fenster, durch das ich die Umrisse der Paparazzi erkennen kann, die sich links und rechts vom roten Teppich aufgereiht haben.

»Bist du bereit?«

Ich hätte mir keine Sorgen um die Fotografen machen müssen, denn dass wir uns gemeinsam in der Öffentlichkeit blicken lassen, scheint als Bestätigung zu gelten, dass ich als seine Arbeitskollegin an seiner Seite bin. Und das, obwohl die Paparazzi, als wir das Krankenhaus gemeinsam verlassen haben, sofort vermutet haben, wir seien zusammen. Aber jetzt, da wir gemeinsam an einer Veranstaltung teilnehmen, haben wir ja nichts mehr zu verbergen, oder? Die Medien sind wirklich äußerst wankelmütig. Man kann nie vorhersagen, wie sie sich verhalten werden.

Als sie mich gefragt haben, warum ich bei ihm bin, habe ich geantwortet: »Ich bin seine PR-Beraterin und er ist mein Kunde. Also bin ich nur hier, um dafür zu sorgen, dass Mr. Whittington einen guten Kampagnenstart hinlegt.«

Danach bin ich zur Seite getreten, obwohl Hunter mich gebeten hatte, an seiner Seite zu bleiben. Ich habe ihn der Gnade der Kameras und Reporter ausgesetzt. Allerdings ist er auch allein gut darin, sich aus jeder Situation herauszureden. Ein echter Politiker eben. Außerdem hatte er es verdient, nach seinem Auftritt in der Limousine noch ein wenig länger den Wölfen geopfert zu werden. Glücklicherweise ist sein Hemdkragen hoch genug, um den Knutschfleck zu verdecken, den ich ihm verpasst habe. Und die fehlende Fliege unterstreicht sein schneidiges Aussehen nur noch.

Niemand hat den Knutschfleck auf meinem Dekolleté bemerkt. Wenn man ihn entdeckt hätte, wäre ich nicht mit einer einfachen Erklärung davongekommen. Ich kann darüber jammern, so viel ich will, aber Tatsache ist, dass die Medien und die Öffentlichkeit

Frauen immer noch durch eine andere Brille betrachten und beurteilen als Männer. An der Doppelmoral wurde bislang nicht gerüttelt.

Ich kann nur versuchen, dagegen anzugehen, und hoffen, dass meine Töchter es einmal leichter haben werden.

Meine Schritte werden langsamer und ich wäre beinahe gestolpert. Meine Töchter? Habe ich gerade an *meine Töchter* gedacht? Warum denke ich an *meine Töchter*? Ich habe nie vorgehabt, ein Kind zu bekommen. Jetzt denke ich plötzlich an Nachwuchs, und das auch noch im Plural. Mir ist auf einmal schwindlig.

Ich schaffe es, wieder einen klaren Kopf zu bekommen, als ich am Eingang mein Telefon ein letztes Mal überprüfe. Die Veranstaltung ist eine handyfreie Zone. Trotz der hochkarätigen Teilnehmer haben die Organisatoren darauf bestanden, da dies die einzige Möglichkeit sei, den Gästen Entspannung zu ermöglichen. Offenbar wollen sie außerdem die stille Auktion, die am Ende der Veranstaltung stattfinden soll, geheim halten.

Ich betrete den riesigen Ballsaal. Er ist wunderschön, aber ich schenke den Fresken an der Decke kaum Beachtung. Stattdessen schaue ich mich nach einem Platz um, an dem ich mich kurz hinsetzen, verschnaufen und vielleicht etwas essen kann. Ein Kellner kommt mit Canapés vorbei. Ich winke ihn herbei, nehme ihm ein paar ab und verschlinge hastig die Hors d'œuvres. Hoffentlich hat mir keiner dabei zugesehen.

Leider waren sie viel zu klein. Wie kommt es, dass der Alkohol bei derartigen Events erstklassig ist, aber die Portionen beim Essen winzig sind? Ich schaue mich nach einem anderen Kellner um, den ich herbeiwinken kann, als mir ein Teller mit Essen unter die Nase gehalten wird. Keine Canapés, sondern Vorspeisen mit mehr Substanz. »Suchst du das hier?«

Mein Blick wandert von der Hand, die den Teller festhält, über den Arm und dann hinauf zu einem vertrauten Gesicht, das mich anstrahlt.

»Isla!«, rufe ich freudig.

»Du siehst ausgehungert aus«, entgegnet sie und grinst mich an.

Ich beuge mich über den Teller und umarme sie. »Du hast mir gefehlt, Babe.« Wir haben viel über FaceTime geredet, aber nichts geht darüber, seine Freunde persönlich zu sehen. Da Isla meist in Italien ist, Solenes Karriere an Fahrt aufnimmt und der Rest der Schwesternschaft der Sieben — so nennen sich die Frauen und Freundinnen der Sieben — entweder schwanger ist oder vor Kurzem entbunden hat, wie im Fall von Karma und Summer, habe ich gar nicht gemerkt, wie einsam ich war. Tränen treten mir in die Augen und ich blinzle sie weg. Wie seltsam. Erst denke ich zum ersten Mal in meinem Leben an eigene Kinder, dann werde ich emotional, als ich Isla sehe. Ich verhalte mich immer eigenartiger.

»Du hast mir auch gefehlt.« Isla streicht mir über eine Schulter.

Ich schniefe und sie fragt. »Zara, geht es dir gut?«

»Natürlich.« Ich trete zurück und hebe das Kinn. »Lass mich dich ansehen.« Ich betrachte ihr Gesicht. Strahlende Augen, strahlende Haut, kurzum, sie strahlt von innen heraus und ist der Inbegriff von Zufriedenheit.

»Die Ehe scheint dir gutzutun.«

»Ich weiß.« Ihr Lächeln wird breiter. »Liam ist der absolut beste Ehemann aller Zeiten. Er bedient mich von vorn bis hinten, kümmert sich um mich, lässt mich nicht aus den Augen. Und der Sex …« Ihr Blick wird verträumt.

Ein Stachel von etwas durchbohrt mich. Was ist es, Eifersucht? Nein, eher ein Verlangen, ein Bedürfnis, das zu fühlen, was sie fühlt, in diesem glückseligen Zustand zu sein, in dem man das Gefühl hat, jemanden an seiner Seite zu haben, einen Partner, der einem den Rücken freihält, egal was passiert. Jemanden wie Hunter. Was soll das? Nur weil sein Sperma an meinem Oberschenkel herunterläuft, heißt das nicht, dass ich Gefühle für ihn entwickelt habe. Besonders jetzt nicht, da er mein Kunde ist. Den ich auf dem Weg hierher in seiner Limousine gefickt habe. Herrje, was für ein Schlamassel!

Ich muss unbewusst einen Laut von mir gegeben haben, denn Isla sieht mich mit gerunzelter Stirn an. »Bist du sicher, dass es dir gut geht, Zara?«

»Ich habe nur Hunger.« Wie auf Kommando knurrt mein Magen.

Ich greife nach dem Teller mit dem Essen und schaue mich dann nach einem Tisch um, um ihn abzustellen.

»Hier drüben.« Isla führt mich zu einem dieser Hochtische, die sich perfekt zum Anlehnen eignen, genauer gesagt zu einem, der hinter einer großen Topfpflanze zur Seite geschoben wurde.

Ich stelle den Teller mit dem Essen darauf ab, greife dann nach Messer und Gabel, die sie darauf gelegt hat, und fange an zu essen. Ich schaufle die gebratenen Mozzarella-Sticks in mich hinein, dann die Ziegenkäse-Crostini – lecker –, gefolgt von den glasierten Pekannüssen und den Truthahn-Avocado-Ecken.

Ich winke einen vorbeikommenden Kellner herbei und schnappe mir ein Glas Apfelsaft.

»Du trinkst keinen Champagner?«, fragt sie überrascht.

»Mein Magen verträgt in letzter Zeit keinen Alkohol mehr. Auch keinen Kaffee, wenn ich so darüber nachdenke. Vielleicht habe ich es über Weihnachten übertrieben.«

»Weihnachten ist fast drei Wochen her«, entgegnet sie.

»Ich schätze, es dauert noch, bis sich mein System stabilisiert hat.« Ich zucke mit einer Schulter.

»Und wie lange hast du diese Magenverstimmung schon?«

Ich beiße mir auf die Innenseite meiner Wange. »Seit etwa einer Woche?«

Schweigen.

Ich blicke auf und merke, dass Isla mich anstarrt.

Ich schlucke den Bissen in meinem Mund hinunter und runzle die Stirn. »Was?«

»Dein Magen scheint das Essen aber gut zu vertragen.«

»Hm.« Ich blicke auf den fast leeren Teller vor mir. »Du hättest mich sehen sollen, nachdem ich heute Morgen versucht habe zu frühstücken. Ich konnte nichts bei mir behalten. Eigentlich«, ich stelle das nun leere Glas auf den Tisch, »geht das schon die ganze Woche so.«

»Ist dir morgens übel?«

Ich nicke.

»Und du verträgst weder Kaffee noch Alkohol?«

Ich schüttle langsam den Kopf.

»Hmm.«

Ich umklammere die Tischkante mit feuchten Fingern. »O nein, nein, nein! Es ist nicht das, was du denkst.«

»Ich habe doch gar nichts gesagt«, murmelt sie.

Mein Herz scheint für eine Sekunde aufzuhören zu schlagen. »Das kann nicht sein. Es ist einfach unmöglich.« Ich schaue mich in dem sich schnell füllenden Raum um, dann wieder zu Isla. »Kann es sein?«

»Sag du es mir, Liebes. Ich nehme an, du warst vorsichtig bei all den horizontalen Aktivitäten, die du mit …«

»Sag nicht seinen Namen!«, rufe ich panisch.

Sie hebt die Hände. »Okay.«

»Ich nehme die Pille.« Ich umklammere den Tisch fester. »Ich kann nicht … ich kann wirklich unmöglich …« Ich kann das S-Wort nicht aussprechen. Wenn ich es sage, wird alles sehr real erscheinen. Außerdem muss ich es auch gar nicht. »Ich bin nicht … du weißt schon.« Ich schaue sie eindringlich an.

»Ich habe nicht gesagt, dass du es bist. Aber vielleicht solltest du einen Test machen?«

»Test?« Ich spüre, wie mir das Blut aus dem Gesicht läuft.

»Das Wort, das ich jetzt nicht aussprechen sollte. So einen Test?«, fragt sie sanft.

»Schon klar.« Mein Kopf fühlt sich an, als ob er sich von meinem Körper gelöst hätte. Ich habe eine außerkörperliche Erfahrung. Das ist die einzige Erklärung für diese seltsame Unterhaltung, die ich gerade führe.

»Zara, Babe. Es wird alles wieder gut.« Sie legt einen Arm um meine Schulter. »Du wirst wieder werden.«

»Da bist du ja!« Liam taucht neben Isla auf und blickt dann zwischen uns hin und her. »Alles in Ordnung?«

»Natürlich«, antworten wir beide gleichzeitig.

Er runzelt die Stirn, geht aber nicht weiter darauf ein. »Da ist jemand, den ich dir gern vorstellen möchte«, sagt er zu Isla.

»Oh, aber ich will bei Zara bleiben«, protestiert sie.

»Unsinn, mir geht's gut. Geh ruhig mit Liam mit«, beharre ich.

»Es ist nicht dringend«, wendet er ein, aber ich winke ab.

»Bitte nimm deine hübsche Frau und mischt euch unter die Leute. Dafür ist dieser Rummel schließlich da.«

»Aber …«, will Isla protestieren.

Ich drehe mich zu ihr und umarme sie. »Mir geht es gut, und wenn ich etwas brauche, melde ich mich bei dir.«

Sie umarmt mich zurück. »Versprochen?«

»Versprochen.«

Sie tritt zurück und drückt mir die Schulter. »Du sagst mir Bescheid, wie es gelaufen ist, okay?«

Ich schlucke, denn ich weiß, dass sie sich auf den Test bezieht, dessen Name ich nicht nennen will. »Okay«, erwidere ich mit einer Stimme, die so gar nicht nach den kleinen nervösen Schmetterlingen klingt, die sich in meinem Bauch breit gemacht haben.

Sie nickt, dann nimmt Liam ihre Hand und sie gehen weg.

Ich bleibe noch ein paar Sekunden am Tisch stehen. Das sieht mir so gar nicht ähnlich, mich in einer Ecke zu verstecken. Ich muss meinen eigenen Rat befolgen und mich ins Getümmel stürzen, um meinem Ruf als *Ms. Haifisch* gerecht zu werden. Die Frau, die es liebt, sich unter die Leute zu mischen und den neuesten Klatsch und Tratsch herauszufinden, der gerade die Runde macht – und das bin ich im Moment noch nicht. Mein Magen verkrampft sich. Nein, nein, nein, ich werde mich nicht übergeben, nicht jetzt! Ich atme ein paarmal tief ein und aus. Zu meiner Erleichterung richtet sich mein Magen wieder auf. Okay, das ist gut.

Ich schnappe mir meine kleine Tasche und gehe auf die Menge zu. Das Orchester hat einen Walzer angestimmt und einige Gäste haben sich auf die Tanzfläche begeben. Die Kronleuchter an der Decke heben die Farben der Abendkleider hervor. Winzige LED-Lichter, die in regelmäßigen Abständen aufgehängt sind, verwandeln den gesamten Raum in eine märchenhafte Kulisse. Das Gebäude ist im Stil der italienischen Renaissance gehalten und trägt ebenfalls zum märchenhaften Flair bei.

Ich höre Schritte hinter mir. »Möchtest du tanzen?«, fragt eine Stimme von irgendwo über mir.

Ich drehe mich um und sehe einen Mann, dessen Gesichtszüge mir bekannt vorkommen. Er ist groß, hat breite Schultern und dunkles Haar. Außerdem trägt er den obligatorischen Smoking und sieht darin äußerst schneidig aus. Natürlich nicht so schneidig wie Hunter. Aber vielleicht ist es an der Zeit, dass ich eine Weile nicht mehr an ihn denke.

Ich ergreife seine angebotene Hand. »Warum nicht?«

43

HUNTER

»Du stehst in den Umfragen gut da«, sagt JJ Kane und legt einen Arm um seine Freundin. Seine deutlich jüngere Freundin, die vorher mit seinem Sohn zusammen war. Doch JJ und Lena sind mittlerweile so glücklich miteinander, dass man nicht ahnen würde, welche Hürden sie meistern mussten.

Lena sieht ihn voller Bewunderung an, bevor sie sich mir zuwendet. »Sie haben meine Stimme, Herr Minister.«

»Danke.« Ich neige den Kopf.

»Deine Strategie, deine Kampagne etwas später als die anderen Kandidaten zu starten, hat sich ausgezahlt.«

»Dank der harten Arbeit meines Teams«, wende ich ein.

»Es hat hervorragende Arbeit geleistet, um dir einen guten Start zu ermöglichen.« Sinclair Sterling kommt mit seiner Frau Summer zu uns. Lena und Summer umarmen sich. Sinclair nimmt zwei Gläser mit Saft von dem Tablett, das uns ein Kellner hinhält, und reicht eines an Summer weiter.

»Danke, Liebling.« Sie trinkt einen Schluck und Sinclair stellt sein Glas auf den Tisch zwischen uns.

Ich schaue darauf und dann wieder auf ihn.

»Summer stillt. Ich leiste ihr Gesellschaft.« Er zuckt mit einer Schulter.

»Ich habe Sinclair gesagt, dass er für uns beide trinken kann, aber er besteht darauf, dass er erst dann wieder damit anfängt, sobald ich das Baby vollständig entwöhnt habe«, ergänzt Summer lachend.

»Er hat recht.« Ich erhebe mein Glas in ihre Richtung. »Elternschaft ist verdammt harte Arbeit. Nicht, dass ich etwas davon verstehen würde. Aber Hut ab vor euch, ihr macht das wirklich toll.«

»Sinclair ist so hilfreich. Er besteht darauf, nachts aufzustehen, wenn das Baby zu schreien beginnt, und ist wirklich gut darin, es wieder ins Bett zu bringen.«

»Wie schön.« Auch JJ erhebt sein Glas in ihre Richtung.

»Das ist unser erster Abend, an dem wir ausgehen können, seit«, Sinclair schüttelt den Kopf, »einer Ewigkeit. Apropos«, er nimmt die Hand seiner Frau in seine, »ich gehe mit meiner Frau tanzen.«

»Nur zu.« Ich lache und trinke einen Schluck von meinem Champagner.

Sinclair zieht sich mit Summer zurück. JJ dreht sich zu Lena und fragt: »Willst du tanzen?«

Sie schüttelt den Kopf, dann legt sie einen Arm um seine Taille. »Ich schaue lieber zu.«

Er zieht sie noch näher zu sich heran. »Und ich liebe es, dich anzuschauen.«

Sie werfen sich einen liebevollen Blick zu, und es ist ein so intimer Moment, dass ich das Gefühl habe, ich würde stören. »Ich glaube, ich sollte mich ein wenig unter die Leute mischen.«

JJ und Lena sehen mich an. »Bist du sicher, dass du …« Er schaut an mir vorbei und runzelt die Stirn.

»Was ist?«

Lena folgt seiner Blickrichtung und macht große Augen.

Ich will mich gerade umdrehen, als JJ den Kopf schüttelt. »Nein!«

Ich ziehe eine Augenbraue hoch. »O doch, jetzt erst recht.«

Ich schaue über meine Schulter und alle meine Muskeln spannen sich an. Die Härchen auf meinen Unterarmen stellen sich auf. Ich umfasse den Stiel des Glases so fest, dass er zerspringt. »Verdammt.« Ich strecke meine andere Hand aus und fange das Champagnerglas auf, bevor es an den Rand rollen kann. Ich stelle es umgedreht auf die Mitte des Tisches, damit es nicht herunterfällt, und schüttle dann die Tropfen ab, die auf meine Hand gelaufen ist. Zum Glück habe ich mich nicht geschnitten. Ich ziehe ein Taschentuch hervor und trockne mir die Finger ab, bevor ich es wieder einstecke.

»Entschuldigt mich.«

Ich wende mich zum Gehen, als JJ mich an der Schulter packt. »Sei nicht unvorsichtig.«

Ich halte inne.

»Die Klatschbasen lechzen nach Klatsch und Tratsch. Deine Feinde können es kaum erwarten, dass du einen falschen Schritt machst. Es geht um deine Karriere.«

»Und um ihre«, fügt er hinzu.

Ich atme tief ein und zwinge meine Muskeln, sich zu entspannen. Als ich nicke, lässt er mich los. Daraufhin drehe ich mich um und gehe in Richtung der Tanzfläche, auf der sie mit einem anderen Mann tanzt. Ich weiß, dass sie sich unter die Gäste mischen muss. Das ist ihr Job. Das gehört dazu, wenn man ein PR-Profi ist. Sie muss über die Ereignisse auf dem Laufenden bleiben. Das ist mir klar. Aber hier ziehe ich die Grenze. Sie ist mit mir zu dieser Veranstaltung gekommen und jetzt tanzt sie mit einem anderen. Wie kann sie es wagen, mit einem anderen Mann zu tanzen?

Seine Haltung und seine Gesichtszüge kommen mir irgendwie bekannt vor, aber ich bin mir sicher, dass ich diesen Mann noch nie zuvor gesehen habe. Er ist viel größer als sie – so groß wie ich – und im Vergleich dazu wirkt sie winzig, zerbrechlich. Sein strenges Aussehen kontrastiert mit ihrer Zartheit. Mit seinem dichten dunklen Haar und Zaras dunklen Locken, die über ihren Rücken fließen, sind sie ein auffälliges Paar.

Meine Brust spannt sich an. Mein Herz pumpt so stark, dass die Schläge in meinen Zellen widerhallen. Der Bastard hat eine Hand um ihre schmale Taille gelegt, mit der anderen hält er ihre Hand. Kurz lässt er sie los, nur um sie dann wieder zu sich zu wirbeln. Zara lacht dieses herzhafte Lachen, das direkt in meinen Schwanz schießt.

Er beugt sich vor, bis sein Gesicht nahe an ihrem und sein Mund nahe an ihrem Ohr ist, bis es sich anfühlt, als wäre sein ganzer Körper nur noch eine Haaresbreite davon entfernt, ihren zu umschließen. Da halte ich es nicht mehr aus.

Ich schlängele mich durch die Leute, die am Rand stehen, dann an den anderen Tanzpaaren vorbei und stelle mich neben sie.

Eine Sekunde lang bemerken sie mich nicht, so vertieft sind sie ineinander, und das schürt das brennende Gefühl in meiner Brust nur noch mehr.

»Lassen Sie sie los!« Ich höre die Worte, und erst dann merke ich, dass ich sie ausgesprochen habe.

Beide drehen sich zu mir um.

Ihr Gesicht wird blass. »Hunter, wir tanzen nur.«

Ich starre sie an und dann wieder den Wichser, der sie immer noch festhält.

»Lassen Sie sie verdammt noch mal los!«

Er schaut zwischen uns hin und her. »Gehörst du zu ihm?«

»Nein!«, schnauzt sie, während ich knurre: »Ja.«

Er runzelt die Stirn. »Vielleicht wäre es besser, wenn ich das Feld räume.«

»Das wäre das Beste für uns alle, Sie Wichser!«, knurre ich.

»Es gibt keinen Grund zu fluchen«, entgegnet er mit fester Stimme. »Ich gehe, sobald ich mich vergewissert habe, dass es Zara gut geht.« Er dreht sich zu ihr. »Alles in Ordnung, Z?«

»Was zur Hölle?« Er nennt sie bei ihrem Spitznamen? Wie kann er es wagen? Niemand darf das, außer mir.

Ich starre auf seine Hand, die immer noch auf Zaras Hüfte liegt. »Lassen Sie sie verdammt noch mal los.«

»Und wenn ich es nicht tue?«

Ich hebe einen Arm und schlage ihm meine Faust ins Gesicht.

»Wirklich?« Sie geht in dem kleinen Raum, in den wir uns zurückgezogen haben, auf und ab. »Was hast du dir dabei gedacht, Hunter?«, schnauzt sie.

Ich habe überhaupt nicht gedacht.

Ich habe seine Hände auf ihr gesehen, zugeschlagen und sein Gesicht getroffen. Der Typ ist zurückgetaumelt und hat dann ausgeholt, um wiederum nach mir zu schlagen. Ich habe mich natürlich geduckt und Zara angeknurrt, sie solle zur Seite treten, was sie auch getan hat. Als ich sicher war, dass sie weit genug weg ist, habe ich erneut nach ihm geschlagen und wir beide gingen zu Boden.

»Du hattest Glück, dass Michael Sovrano zufällig da war und den Feueralarm ausgelöst hat«, zetert sie.

Dadurch wurde auch die Sprinkleranlage an der Decke des Ballsaals in Gang gesetzt und es hat auf uns herabgeregnet. Das war wie eine kalte Dusche für mich. Buchstäblich. Ich habe mich zurückgezogen und der Fremde auch. Wir haben einander angestarrt, schwer atmend und mit gerunzelter Stirn. Eigentlich hätte ich mich bei ihm entschuldigen müssen, weil ich den Streit angefangen hatte. Was ich nicht getan habe.

»Und dann hast du ihn angeknurrt, er solle sich von dem, was dir gehört, fernhalten.« Sie dreht sich zu mir um. Aus ihren Augen scheinen goldene Funken zu sprühen und ihr Haar fällt ihr in wogenden Locken um die Schultern. Ihr wunderschönes Kleid bringt ihre spektakulären Hüften perfekt zur Geltung. »Wer sagt so etwas Neandertalerisches?«

»Gibt es dieses Wort überhaupt?«, frage ich in mildem Ton.

Ihre ohnehin schon rosigen Wangen erröten jetzt. »Ist das dein einziger Kommentar zu dem, was ich gesagt habe?«

»Nein.«

»Ach ja?« Sie stemmt die Hände in die Hüften.

Ich nicke. »Ich möchte auch sagen, dass ich es nicht ertragen kann, wenn dich jemand anderes berührt. Wenn dich ein anderer Mann auch nur ansehen sollte, werde ich ihn töten.«

Sie wirft die Hände in die Luft. »Du hast erklärt, dass du für das höchste Amt in diesem Land kandidieren willst. Du kannst es dir nicht leisten, wegen einer so trivialen Angelegenheit die Beherrschung zu verlieren.«

»Trivial?« Die Wut schlägt mir mit solcher Wucht in die Eingeweide, dass mir schwarz vor Augen wird. Ich stehe auf und gehe auf sie zu. »Er hatte seine Hände auf dir!« Ich bleibe vor ihr stehen und blicke ihr in die Augen. »Er hat mit dir getanzt. Du hast über etwas gelacht, was er gesagt hat, du …«

»Er ist mein Bruder, Hunter.«

Ich erstarre und glotze sie an. »Hm?«

»Er ist mein Bruder. Cade Kingston.«

»Das war Cade Kingston, alias der König, der Kapitän des englischen Kricket-Teams?«

Sie nickt.

Ich schüttle den Kopf. »Er sieht anders aus als auf den Fotos.«

»Er hat sich den Bart abrasiert und sein Haar schneiden lassen.«

Natürlich weiß ich, dass Cade Kingston ihr Bruder ist. Und er kam mir irgendwie bekannt vor … Aber ich war so von Wut zerfressen und er sah so anders aus als auf den Bildern, dass ich ihn nicht in einer Million Jahren als ihren Bruder erkannt hätte.

Ich reibe mir den Nacken. »Verdammte Scheiße«, murmle ich.

»Das kannst du laut sagen.« Sie verschränkt die Arme vor der Brust. »Hättest du eine Minute innegehalten und nachgedacht, oder besser noch, dich entschieden, mit etwas anderem als deinem Schwanz zu denken …«

»Was mir sehr schwer fällt, wenn es um dich geht.«

»Dann hättest du bemerkt, dass er seine Hände nicht in einer liebenden, sondern in einer brüderlichen Art und Weise auf mir hatte.«

»Dennoch hat er dich berührt.«

»Hast du nicht gehört, was ich gesagt habe?« Sie blickt finster zu mir auf. »Er ist mein Bruder!«

»Er ist ein Mann. Er ist nicht ich. Und er hat dich berührt.«

Sie wirft die Hände hoch. »Und?«

»Und?« Ich schaue ihr in die Augen. »Ich werde nicht dulden, dass du mit einem anderem zusammen bist. Eher setze ich die Welt in Brand, als dass ich zulasse, dass dich jemand anderes berührt, und das gilt auch für deine Geschwister.«

»Herr, gib mir Geduld!« Sie holt tief Luft, dann bohrt sie einen Finger in meine Brust. »Diese Leidenschaft, die du hast? Diese obsessive Aufmerksamkeit für das, was du willst, dieses Vergessen von allem anderen, außer der einen Sache, die dir am wichtigsten ist? Diese … diese … alles verzehrende Leidenschaft ist das, was du in den Wahlkampf einbringen musst.«

Ich blinzle. »Du vergleichst meine Gefühle für dich mit den Emotionen, die ich in den Wahlkampf einbringen muss?«

»Auf jeden Fall.«

Ich starre sie an. Sie wird blass, wendet aber nicht den Blick ab.

»Dieses Feuer in dir, dieses Bedürfnis, das zu erreichen, was du willst. Dieser absolute Fokus auf mich ist das Schmeichelhafteste auf der Welt.«

»Das empfinde ich nun mal für dich«, knurre ich.

»Das ist dein wahres Ich.« Sie drückt ihre Hand flach gegen meine Brust. »Das, was du deinen Wählern zeigen musst. Diesem Land.«

Diese Frau! Nur sie könnte meine Worte gegen mich verwenden. Und doch … Ein Teil von mir fragt sich, ob sie nicht die Wahrheit sagt. Ist es das, was im Vorfeld meiner Kampagne gefehlt hat? Warum war ich nicht in der Lage, meine Kräfte dafür zu mobilisieren? Warum hat es sich leer angefühlt, sogar für mich, als ob etwas fehlen würde? Warum fühle ich mich nur lebendig, wenn ich mit ihr zusammen bin? Warum brauche ich sie an meiner Seite, um mich ganz zu fühlen?

»Du hast recht.«

Jetzt ist sie an der Reihe, verblüfft dreinzuschauen. »Wirklich?«

Ich nicke. »Seit ich dich kennengelernt habe, ist etwas in mir zum Leben erwacht, von dem ich nicht einmal wusste, dass ich es habe. Bis jetzt bin ich den Weg gegangen, der von mir erwartet wurde. Nun, auch mein Instinkt hat mir gesagt, dass dies der richtige Weg für mich ist. Dass ich tief im Inneren meinem Land dienen will. Aber nur, wenn ich mit dir zusammen bin, fühle ich mich geneigt, meiner Wahrheit zu folgen. Denn du bist meine Wahrheit, Zara.«

Alle Farbe verschwindet aus ihrem Gesicht. Sie zieht ihre Hand zurück, aber ich schließe meine Finger um ihr Handgelenk. »Tu es nicht. Verleugne nicht, was zwischen uns ist.«

»Hunter, aber …«

»Kein Aber. Du hast mich da draußen gesehen. Du hast gesehen, dass ich mich in deiner Nähe nicht beherrschen kann. Und du hast recht. Ich muss diese Leidenschaft nutzen, dieses Gefühl, wenn man etwas unbedingt will, diese rücksichtslose Entschlossenheit zum Erfolg, diesen aggressiven, hartnäckigen Drang nach Dominanz, den ich spüre, wenn ich mit dir zusammen bin, den ich nur spüre, wenn ich mit dir zusammen bin. Ich bin all das, wenn du bei mir bist, an meiner Seite. Wenn ich in deiner Gegenwart bin, bin ich lebendig. Es ist deine Nähe, die mich beflügelt. Es ist dein Blick, deine Berührung, das Gefühl deiner Haut auf meiner, dein Atem, der sich mit meinem vermischt, das Klopfen deines Herzens, das meines widerhallt, das Trommeln deines Pulses, das im Takt mit meinem schlägt … Das warst immer du.«

»Hunter, nicht«, flüstert sie.

Sie versucht, sich zurückzuziehen, aber ich halte sie fest.

»Ich bin nur dann wirklich ich, wenn ich deine Hand halte, Zara.«

Ich schaue hinunter auf die Stelle, an der ich ihr Handgelenk umklammere.

Sie folgt meinem Blick.

Ich lege meine andere Hand auf ihre und halte ihre kleinere zwischen meinen beiden Händen, dann gehe ich auf ein Knie.

44

ZARA

»Warte, was? Er hat dir einen Antrag gemacht?«, kreischt Solene.

Ich halte mein Handy vom Ohr weg und blicke zu Isla, die auf dem Stuhl mir gegenüber sitzt. Sie hebt eine Schulter in einer Geste, die die Verwirrung verkörpert, die ich in diesem Moment empfinde.

»Sieht so aus.« Ich wende mich wieder dem Bildschirm zu.

»Und was hast du geantwortet?«

»Nichts.«

Solenes Augen weiten sich. »Du hast ihm keine Antwort gegeben?«

»Nö.« Streng genommen wäre ich dazu nicht in der Lage gewesen, denn mir ist die Kinnlade heruntergeklappt. Er ist auf ein Knie gegangen und hat mir in diesem Raum einen Heiratsantrag gemacht. Und ich war sprachlos. Das war das erste Mal. Ich habe ihn ein paar Sekunden lang angestarrt, dann habe ich meine Hand aus seiner gezogen. Und dieses Mal hat er mich gewähren lassen. Ich bin zurückgewichen, bis meine Kniekehlen genau diesen Stuhl berührt haben – auf dem ich immer noch sitze. Auf diesen habe ich mich fallen lassen.

Zum Glück ist mir eine Antwort erspart geblieben, denn Liam und Isla sind gleich darauf durch die Tür gestürmt.

Isla hat mich angesehen, ist zu mir gekommen und hat meine Hand in ihre genommen, während ich versucht habe, irgendwo anders hinzustarren als in Hunters Gesicht, was mir nicht gelungen ist. Seine blaugrünen Augen waren fast farblos. Seine Züge waren wie aus einem Material gehauen, das nicht erahnen ließ, was er denkt.

»Ich warte auf deine Antwort«, hat er gesagt und ist mit Liam im Schlepptau hinausgegangen. Ich habe Isla alles erzählt, was passiert ist, und sie hat mir gesagt, ich solle aufhören und Solene anrufen, damit ich sie über die Seifenoper, die derzeit mein Leben ist, auf den neuesten Stand bringen kann.

Mein Telefon vibriert. Ja, ich habe ein Handy in einem Geheimfach meiner Tasche versteckt. Was denn? Ich bin PR-Profi und die Medien sind mein Lebenselixier. Ich würde doch keine Sekunde ohne meinen elektronischen Rettungsanker auskommen. Aber dieses Mal habe ich mich nicht getraut, meinen Posteingang, meine Nachrichten oder einen der Social-Media-Kanäle zu überprüfen – noch nicht.

In Anbetracht der Krise von Mount-Everest-Ausmaßen, die sich vorhin zugetragen hat, muss es im Internet verrückt zugehen. Aber es hilft nicht, wenn ich in die Online-Spekulationen hineingezogen werde. Gleich nachdem Hunter gegangen ist, habe ich mein Team angerufen, es informiert und ihm gesagt, es solle sich zur Schadenbegrenzung an wichtige Influencer wenden. Wenn es wirklich schlimm wäre, würden sie mich anrufen, aber wenn man bedenkt, dass fünfzehn Minuten vergangen sind und es keine SOS-Anrufe bei mir gegeben hat … noch nicht … Vielleicht haben wir es geschafft, die Sache im Keim zu ersticken. Aber dennoch muss ich gewappnet sein. Die Stunden und Tage nach einem Ausrutscher wie dem, der zwischen Hunter und Cade passiert ist, ist zwar der Stoff, auf den Blogger und Social-Media-User auf der ganzen Welt gewartet haben. Allerdings ist die Gefahr, dass er später zum unpassendsten Zeitpunkt wieder auftaucht, auch nicht zu verachten.

»Und was wirst du Hunter sagen?«, fragt Solene.

Ich tausche einen Blick mit Isla und schüttle dann den Kopf. »Ich habe nicht die leiseste Ahnung.«

»Was sagt dir dein Instinkt?«, murmelt Isla.

»Von hier abzuhauen. Mich zu weigern, weiterhin seine PR-Managerin zu sein. Alle Verbindungen abzubrechen, in ein anderes Land zu ziehen und mein Leben neu zu erfinden.«

Eine Sekunde lang ist es still, dann lacht Solene. »Das würdest du nie tun. Du bist nicht der Typ, der abhaut. Du bist die stärkste Frau, die ich kenne, Zara. Ich habe mir immer gewünscht, so zu werden wie du, wenn ich groß bin.«

Ich erröte ein wenig. »Sei nicht albern, Sabatini, ich bin nicht gerade ein Musterbeispiel dafür, wie man sein Leben leben sollte.«

»Bis jetzt machst du das fabelhaft, Zara.«

»Deshalb hatte ich einen One-Night-Stand, der zu einem Two-Night-Stand wurde, mit dem möglichen zukünftigen Premierminister dieses Landes. Und ich könnte mit seinem Kind schwanger sein.«

Stille senkt sich über den Raum.

Isla sieht mich besorgt an. Solene starrt mich entsetzt an.

Eine Frau räuspert sich. »Ähm, tut mir leid, lassen Sie sich nicht stören. Cade hat mich geschickt, um nachzusehen, ob es Ihnen gut geht. Aber ich werde ihm sagen, dass dem so ist.«

Ich blicke auf und sehe eine Frau in der Tür stehen. Ich schaue sie finster an, und sie hebt die Hände mit den Handflächen nach vorn. »Die Tür war offen.«

Fantastisch.

»Wer sind Sie noch mal?«, frage ich sie.

»Äh, ich bin die Schwester von Cades Freund. Cade hatte kein Date für die Gala. Das ist der einzige Grund, warum er mich zum Ball eingeladen hat und … O Gott, ich rede zu viel, oder? Ich schwöre, ich wollte nicht hereinplatzen und lauschen. Und nein, ich habe nicht gehört, dass Sie schwanger sind – ich meine, möglicherweise schwanger – mit dem Kind des Mannes, der unser nächster Premierminister werden könnte und … Hey, werden Sie ihn heiraten?« Schließlich scheint ihr die Luft auszugehen, und sie blickt zwischen mir und Isla hin und her. Wenn Islas Gesicht dem meinen ähnelt, dann ist es eine Mischung aus Entsetzen, Überraschung, Wut und vielleicht sogar einem Funken Amüsement – denn, seien wir ehrlich, die ganze Sache hat einen Hauch von Absurdität.

Isla ist die erste, die sich erholt. Sie steht auf, marschiert zur Tür, schließt und verriegelt sie, dann deutet sie auf das Sofa. »Nehmen Sie bitte Platz. Wie war noch mal Ihr Name?«

»Abigail. Meine Freunde nennen mich Abby … Aber Sie sind nicht meine Freunde … noch nicht … Aber ich möchte, dass Sie es werden. Immerhin sind Sie Cades Schwester.« Sie sieht mich mit großen Rehaugen an, die mehr als nur einen Hauch von Heldenverehrung in sich tragen. O Gott, sie ist in meinen Bruder verknallt, und wie es scheint, irgendwie auch in mich.

»Ähm, Abigail …«

»Nennen Sie mich bitte Abby.« Sie verschränkt ihre Finger vor sich in einer Geste, die ihre Nervosität nicht verbergen kann.

»Abby, bitte setz dich doch. Ist es in Ordnung, wenn wir uns alle duzen?« Ich nicke in Richtung des Sofas.

»Natürlich.« Sie steuert auf das Sofa zu, lässt sich darauf nieder und blickt wieder zwischen uns beiden hin und her.

»Du bist also die Freundin von Zaras Bruder?«, fragt Solene am Telefon.

Abby presst eine Hand auf ihre Brust. »O nein, nein, nein, nicht seine Freundin.« Ihre Wangen werden rosa. »Ich bin, äh, die Schwester seines Freundes.«

»Und du bist mit ihm auf dem Ball«, murmelt Isla, bevor sie sich wieder setzt.

»Ja, und ich habe gesehen, was passiert ist.« Abby dreht sich zu mir. »Das war ein toller Kampf, nicht wahr? Sie haben sich beide behauptet.«

»Geht es Cade gut?«, frage ich.

»Er hat ein Veilchen, aber das macht ihn nur noch schneidiger.« Sie beißt sich auf die Unterlippe.

Isla und ich tauschen einen weiteren Blick aus.

»Also, was du gehört hast, als du hereingekommen bist …«

»Oh, du musst dir keine Sorgen machen.« Abby wedelt mit einer Hand in der Luft. »Ich habe es bereits vergessen, ganz sicher. Zum einen Ohr rein, zum anderen wieder raus. Außerdem weiß ich, wie man Geheimnisse bewahrt.« Sie tut so, als würde sie ihre Lippen versiegeln.

»Hm.« Ich schaue sie genau an. Ihr Blick ist offen. Ihr Ausdruck zeigt, dass sie nichts zu verbergen hat.

»Nein, wirklich. Ich weiß, dass man in so einer Situation fürchtet, der andere würde sein Geheimnis ausplaudern. Aber ich weiß auch, wie schwierig es sein muss, eine Beziehung zu führen, wenn die Medien einen ständig beobachten. Du kannst dich also auf meine Diskretion verlassen.«

Ich drücke einen Finger an meine Wange. Kann ich ihr glauben? Sollte ich ihr glauben? Genauer gesagt: Wann bin ich so zynisch geworden, dass ich die Aussage eines Menschen nicht mehr für bare Münze nehmen kann? Oh, Moment, das liegt daran, dass ich in einem knallharten Beruf arbeite, in dem ich darauf trainiert bin, den Worten der Menschen zu misstrauen, und normalerweise bestätigen sie meinen Verdacht. Trotzdem sagt mir mein Instinkt, dass Abby es ernst meint, wenn sie sagt, dass sie es niemandem erzählen wird. Das heißt aber nicht, dass ich nicht einen Weg finden werde, um sicherzustellen, dass sie ihr Wort hält. »Also, Abby, was machst du denn beruflich?«

»Äh, ich arbeite in einer Kommunikationsagentur.«

»Ach ja?« Ich neige den Kopf. »Hast du zufällig Lust auf eine berufliche Veränderung?«

45

ZARA

»Kluge Idee, ihr einen Job anzubieten«, sagt Isla, nachdem Abby gegangen ist.

Auch Solene verabschiedet sich am Telefon, nachdem sie mich gebeten hat, sie über die Ergebnisse des Schwangerschaftstests auf dem Laufenden zu halten. Den werde ich sofort machen, nachdem ich die Folgen des spontanen Sparrings zwischen meinem Bruder und meinem Chef – der außerdem mein Liebhaber ist – ausgebügelt habe.

»Es heißt doch, dass man seine Feinde in seiner Nähe behalten sollte. Das ist etwas, das ich mehr als einmal beherzigt habe.« Nicht, dass Abby mein Feind wäre. Weit gefehlt. Die junge Frau ist fast in Ohnmacht gefallen, als ich ihr einen Job als Führungskraft in meiner Agentur angeboten habe. Eine Verbesserung gegenüber der unbezahlten Praktikantenstelle, die sie in den vergangenen sechs Monaten innehatte. Sie hat sich ausgiebig bedankt und versprochen, ihr Bestes zu geben. Ich habe das Angebot angenommen und ihr gesagt, sie solle alle Erwähnungen in den Medien über den heutigen Vorfall recherchieren – sofern vorhanden. Ich lehne mich zurück und lege die Hände auf meinen Bauch, der in den vergangenen zehn Sekunden ziemlich rumort hat.

Isla wirft mir einen weiteren besorgten Blick zu. »Glaubst du wirklich, du bist …«

»Schwanger?« Ich muss mich dazu zwingen, das Wort auszusprechen. »Ich habe den Test noch nicht gemacht, aber mein Instinkt sagt mir, dass ich es bin. Wenn man bedenkt, dass ich schon eine Woche zu spät dran bin.«

»Vielleicht ist es nur der ganze Stress.«

»Ich blühe im Stress auf. Es gab noch nie einen Tag, an dem ich nicht gestresst war. Und meine Periode ist noch nie ausgeblieben.«

»Hmm.« Sie tippt mit den Fingern auf die Armlehne. »Wirst du es ihm sagen?«

»Ich weiß es nicht«, antworte ich ehrlich.

»Ich nehme an, es passt ganz gut, dass er dir einen Antrag gemacht hat, oder?«

Ich schaue sie böse an. »Ich werde ihn nicht heiraten, nur weil ich schwanger bin.«

»Das ist ein Grund wie jeder andere.«

»Wenn ich heirate, dann nicht nur, weil ich in den Mann verliebt bin, sondern weil ich ihn in jeder Hinsicht als Partner ansehe.«

»Und bei Hunter ist das nicht der Fall?«

Ich kneife mir in den Nasenrücken. »Ich weiß nicht.«

»Ich glaube, du weißt es, aber du willst es nicht wahrhaben.«

»Hm?« Ich lasse meinen Arm sinken und starre sie an. »Wovon redest du?«

»Du warst von Anfang an Hunter gegenüber voreingenommen und hast ihm seine gehobene Herkunft zum Vorwurf gemacht.«

»Nein, habe ich nicht.« Ich starre sie an.

»Doch, das hast du sehr wohl.« Sie lächelt leicht. »Aber das ist normal. Du hast hart gearbeitet, um dorthin zu kommen, wo du jetzt bist, und ein Teil von dir nimmt es ihm übel, dass ihm scheinbar alles so leicht gefallen ist.«

Ich rutsche auf meinem Stuhl hin und her. Ist das wahr? Missgönne ich Hunter seinen bisherigen Erfolg? Habe ich ihn mit einem von mir selbst geschaffenen Maßstab gemessen und festgestellt, dass er unzulänglich ist? Nur weil er aus reichem Hause stammt … Nehme ich ihm das übel? Ist sein Erfolg weniger glaubwürdig, weil er im Gegensatz zu mir nicht ganz von unten anfangen musste, um dorthin zu gelangen, wo er jetzt ist? Ich lasse den Kopf sinken. »O Gott, Isla, glaubst du, ich habe ihn falsch eingeschätzt? Glaubst du, ich setze ihn auf eine Stufe, die er nie erreichen kann?«

»Zara, ich …«

Ein Klopfen an der Tür unterbricht uns. Dann streckt Liam den Kopf herein. »Alles in Ordnung hier drinnen?«

»Hey, Babe«, sagt Isla und winkt ihm zu. Liam geht zu ihr und lehnt sich mit der Hüfte an ihre Armlehne. Die beiden küssen sich, und das, obwohl sie erst seit einer halben Stunde getrennt sind. Sie sind so süß zusammen, das ist fast zu viel.

Ich höre Schritte. Hunter betritt den Raum, gefolgt von meinem Bruder. Cade hat ein Veilchen, was ihn nur noch besser aussehen lässt. Die beiden bleiben auf halbem Weg im Zimmer stehen und schauen einander an. Okay, was auch immer sie besprochen haben, ist offenbar nicht gut angekommen.

Isla steht auf. »Ich glaube, Liam und ich werden jetzt gehen.« Sie kommt zu mir und küsst mich auf die Wange. »Halte mich über alles auf dem Laufenden«, sagt sie mit leiser Stimme. Ich nicke und umarme sie ebenfalls. Sie tritt zurück und geht dann auf meinen Bruder zu.

»Ich bin Isla, Zaras Freundin.«

Cade lächelt sie an. »Ist mir ein Vergnügen.« Er führt ihre Hand an seine Lippen und küsst sie.

Liam tritt sofort neben sie und legt einen Arm um Isla. »Gut gespielt bei Ihren letzten Innings. Das war ein rekordverdächtiges Spiel.« Er bezieht sich auf das letzte Kricketspiel, bei dem mein Bruder genug Punkte erzielt hat, um das Turnier für sein Team zu gewinnen.

»Danke, Mann.« Er lässt Islas Hand los und nickt in Liams Richtung.

Liam streckt eine Hand aus. »Liam Kincaid.«

»Cade Kingston.«

Die beiden Männer geben sich die Hand.

»Ich freue mich darauf, Sie nächsten Monat in *Lord's* spielen zu sehen.« Liam bezieht sich auf das bevorstehende Spiel auf dem bekannten Kricketplatz.

»Ich kann es kaum erwarten, dort zu spielen. Es ist mein Lieblingsort«, gibt Cade zu.

»Wir gehen dann mal.« Liam und Isla bewegen sich in Richtung Tür. Er und Hunter nicken einander mit dem Kinn zu, wie zwei Freunde, die sich gut genug kennen, um wortlos miteinander kommunizieren zu können. Die Tür fällt zu.

Ich schaue zwischen den beiden Männern hin und her, die einander nicht ansehen. Was bedeutet, dass sie mich anstarren. Ich atme tief ein und aus. »Möchtet ihr euch setzen? Oder wollt ihr lieber dastehen und einander ignorieren?«

»Ich entscheide mich fürs Ignorieren«, antworten sie gleichzeitig.

Ein dumpfer Schmerz pocht hinter meinen Augen. Mein Magen rebelliert daraufhin. Ich schließe die Augen, reibe mir eine Schläfe und widerstehe dem Drang, mir über den Bauch zu streichen. O Gott, ich kann doch nicht wirklich schwanger sein … Und wenn doch? Am besten warte ich den Test ab, bevor ich in Panik gerate. Aber ein Teil von mir weiß es ehrlich gesagt schon.

»Zara, geht es dir gut?« Hunters Stimme erreicht mich. Ich öffne die Augen und sehe Besorgnis auf seinen Zügen.

»Was denkst du denn? Mein Chef hat meinen Bruder verprügelt. Und du hast wahrscheinlich mit dieser dummen Aktion Schlagzeilen gemacht.«

Mein Bruder zuckt zusammen. »Es ist nicht angenehm, sich mit ihr anzulegen«, sagt er im Plauderton.

»Das habe ich bereits festgestellt.« Hunters Lippen zucken.

Schließlich sehen sie einander misstrauisch an. Offenbar sind sie sich über etwas einig, und natürlich geht es um ihre Meinung über mich. Ich gebe einen Laut von mir, und beide Männer sehen mich besorgt an.

»Bist du dir sicher, dass es dir gut geht, Z?«, fragt mein Bruder, der Trottel.

»Frag mich das nicht ständig, als wäre ich ein Weichei, das verhätschelt werden muss.«

Cade hebt die Hände. »Nur brüderliche Sorge, das ist alles.«

»Und wo warst du all diese Monate? Erst reist du beruflich durch die Welt und dann tauchst du bei einer Gala auf. Du hättest mir sagen können, dass du kommst.«

»Ich wusste nicht, dass du hier bist«, protestiert mein Bruder.

»Das größte Event der Saison, bei dem Influencer, Entertainer und Politiker anwesend sind, und du hast nicht gedacht, dass mein Job es erfordert, dass ich teilnehme?«

Mein Bruder fährt sich mit den Fingern durchs Haar. »Du hast recht. Darauf hätte ich kommen sollen. Und ich hätte nachfragen sollen, wie es dir geht. Ich habe es mir leicht gemacht und bin weggeblieben, damit ich unsere Eltern nicht besuchen muss. Und dich anzurufen, hätte mich daran erinnert, dass ich mich auch bei ihnen nicht gemeldet habe.« Er zuckt mit einer Schulter. »Das war feige von mir. Es tut mir leid.«

Meine Wut verfliegt ein wenig. Es ist schwer, verärgert zu sein, wenn der eigene Bruder so vernünftig ist.

Hunter schaut von Cade zu mir und dann wieder zu Cade. »Wie konnte ich eure Ähnlichkeit nicht erkennen?«

»Wahrscheinlich, weil du vor Wut rot gesehen hast?«, erwidere ich.

Cade pfeift. Hunter scheint Schwierigkeiten zu haben, sein Lachen zu unterdrücken.

Ich schaue ihn böse an. »Du wirst nicht mehr lachen, wenn dein Ausraster in den sozialen Medien geteilt wird und ihr beide zu einem Meme werdet.«

Er beugt sich leicht vor. »Keine Handys auf der Gala, schon vergessen?«

Ich mache ein spöttisches Geräusch. »Glaubst du, dass sich da drinnen alle an die Regeln gehalten haben? Es gibt sicher jemanden, der ein Handy versteckt hat. Jemanden, der in diesem Moment die Aufnahmen deines Fauxpas ins Internet hochlädt, während wir hier reden.«

Dieser Schwachkopf grinst. Er grinst tatsächlich. »Du vergisst, dass ich die beste PR-Managerin der Stadt habe, die zweifellos verhindern wird, dass so etwas passiert«, murmelt er.

»Du hättest mir die Kopfschmerzen ersparen und einfach deine grauen Zellen benutzen können. Ich gehe mal davon aus, dass du welche hast, schließlich kandidierst du für den höchsten Posten im Land. Du hättest dich beherrschen können, bevor du deine Fäuste hast fliegen lassen«, fahre ich ihn an.

Hunter richtet sich zu seiner vollen Größe auf. »Ich habe einen Fremden gesehen, der seine Hände überall auf dir hatte. Was sollte ich denn deiner Meinung nach tun?«

»Du hättest mir vertrauen sollen.«

»Ich kann nicht wegsehen, wenn mein …«

»Stopp!«, belle ich und werfe meinem Bruder einen Blick zu. Zum Glück ist er, wie die meisten Männer, ahnungslos genug, was die feinen Untertöne und die Chemie im Raum angeht. Wenn überhaupt, dann ist ihm das lediglich unangenehm.

»Äh, Abby wartet draußen auf mich. Ich glaube, es ist das Beste, wenn ich jetzt gehe, damit ihr beide die Sache klären könnt.«

»Nein!«, platzte ich heraus.

»Das ist eine gute Idee«, erwidert Hunter und nickt.

Er und ich starren uns ein paar Sekunden lang an.

In diesem Moment fällt bei Cade der Groschen, denn er zieht plötzlich die Schultern hoch. »Warte mal, bist du …« Er schaut zu Hunter. »Du bist doch nicht …« Er sieht mich an. »Seid ihr zwei … seid ihr …«

»Nein!«, schnauze ich.

»Doch.« Hunter nickt wieder. »Ihre Schwester und ich haben eine Beziehung. Ich habe sie sogar gefragt, ob sie mich heiraten will.«

46

HUNTER

»Du wirst ihn heiraten?«, fragt Cade.

»Ich habe noch nicht Ja gesagt«, wirft Zara ein.

»Ach so.« Cade fährt sich mit den Fingern durchs Haar. »Ich glaube, ich sollte euch zwei das herausfinden lassen, aber zuerst …« Er lässt seine Hand sinken, und mit einer schnellen Bewegung packt er mich am Kragen. »Wenn du ihr wehtust, wirst du es mit mir zu tun kriegen.«

Ich balle meine Hände zu Fäusten, allerdings mehr aus Instinkt als aus dem Bedürfnis heraus, noch einmal einen Streit mit ihm anzufangen. Außerdem ist er ihr Bruder und es ist daher nur natürlich, dass er mir droht. Besonders jetzt, da er merkt, dass ich nicht nur ein eifersüchtiger Freund bin, sondern ein potenzieller Ehemann.

»Hast du mich verstanden?«, knurrt er.

»Selbstverständlich.« Ich trete einen Schritt vor, sodass unsere Schuhspitzen einander berühren. »Wir beide müssen uns unterhalten. Allein.«

»Nein, auf keinen Fall!«, ruft Zara und springt auf.

»Darauf kannst du wetten«, erwidert Cade zur selben Zeit.

»Verdammt!« Zara scheint zu schwanken, dann lässt sie sich wieder auf ihren Stuhl sinken.

Ich befreie mich aus Cades Umklammerung und eile zu ihr. »Hey, Feuer, geht es dir gut?« Ich hocke mich vor sie. »Was ist los? Ist dir schwindlig? Liegt es an dem Stress aufgrund dieser Situation? Es tut mir leid, dass es so weit gekommen ist. Ich verspreche, dass ich mich nie wieder streiten werde – es sei denn, es ist unvermeidlich.« Ich nehme ihre Hand zwischen meine. Ihre Finger sind eiskalt.

»Mist!« Ich drehe mich zu Cade. »Dr. Weston Kincaid – er ist in meiner Kontaktliste. Ruf ihn an! Sage ihm, er soll sofort herkommen!«

»Keinen Arzt«, sagt Zara schwach.

»Spar dir deine Kräfte, Baby.« Ich ziehe mein Handy heraus, entsperre es und werfe es Cade zu. Er fängt es in der Luft auf und verlässt den Raum.

»Hör auf mit dem Theater!« Sie runzelt die Stirn. Ihre Stimme ist kräftiger, aber ihr Gesicht ist immer noch blass.

»Ich werde keine Kompromisse eingehen, wenn es um deine Gesundheit geht.«

»Weißt du eigentlich, dass du ein absoluter Sturkopf bist?«, murmelt sie. Ihr Gesichtsausdruck ist jedoch alles andere als wütend. Im Gegenteil, sie sieht mich warmherzig an.

»Ich bin froh, dass ich meinem Ruf gerecht werde.«

»Außerdem«, sie runzelt die Stirn, »warum hast du dein Handy dabei?«

»Warum hast du deines dabei?«

Sie zieht die Mundwinkel nach oben, und Gott, ihr Lächeln ist so schön, so betörend, so alles. Ich führe ihre Hand zu meinem Mund und küsse ihre Fingerspitzen.

Ihr Telefon summt. Sie streckt die Hand nach ihrer Tasche aus, aber ich ergreife sie als Erster. Ich halte sie hoch und außerhalb ihrer Reichweite.

»Hey, gib mir mein Telefon!«

»Erst wenn der Arzt dich untersucht und für gesund erklärt hat.«

»Mir geht es wirklich gut, Hunter«, sagt sie leise.

»Lass das den Arzt entscheiden.«

Sie schaut mir in die Augen und atmet dann aus. »In Ordnung, wenn er sagt, dass es mir gut geht, fahre ich nach Hause. Allein, und du folgst mir nicht.«

»Auf gar keinen Fall! Du bist mit mir hergekommen und ich setze dich zu Hause ab.«

»Lass mich von deinem Chauffeur absetzen, aber ich fahre allein. Nach all den Spekulationen, die zweifellos unter den Gästen kursieren, ist es das Mindeste, was wir tun können, um sicherzustellen, dass kein weiterer Klatsch verbreitet wird.«

»Es ist mir scheißegal, was die Leute sagen.«

»Aber mir nicht. Deine Kampagne liegt mir am Herzen. Ich will, dass du gewählt wirst, Hunter.«

Mir fällt die Kinnlade herunter und ich betrachte den Ausdruck auf ihrem Gesicht. Er spiegelt die Sturheit wider, die mein Markenzeichen ist und die, wie ich feststellen muss, auch für sie zur zweiten Natur geworden ist. »Du lässt nicht locker, was?«

»Es geht ihr also gut?« JJ beugt sich vor und füllt mein Glas mit Whisky auf. Als er Sinclair die Flasche anbietet, lehnt dieser ab. Michael ebenso. Beide Männer trinken so lange nicht, wie ihre Frauen noch stillen.

»Als ich sie nach Hause gebracht habe, schien es ihr gut zu gehen, aber ich verstehe nicht, warum sie mir nicht erlaubt hat, bei der Untersuchung dabei zu sein.« Ich schaue in mein Glas.

Cade hat Weston erreicht, der in den nächsten zehn Minuten aufgetaucht ist. Zara hat darauf bestanden, dass ich gehe. Ich habe mich geweigert und sie wurde zunehmend unruhig. Weston hat mich beiseite gezogen und mir gesagt, es sei das Beste, ihre Wünsche zu respektieren. Ich wollte nicht, dass sie noch gestresster ist – ihre Gesundheit ist von größter Bedeutung –, und so habe ich den Raum verlassen.

Während der halben Stunde, die der Arzt für die Untersuchung gebraucht hat, bin ich draußen auf- und abgegangen. Cade hat mich mit einem neugierigen Ausdruck im Gesicht beobachtet, aber er hat mir keine weiteren Fragen über meine Beziehung zu seiner Schwester gestellt. Gott sei Dank. In der Zwischenzeit hat ihr Telefon ununterbrochen vibriert, genau wie meines. Ich habe mich jedoch geweigert, auf einen der beiden Bildschirme zu schauen. Um ehrlich zu sein, konnte ich mich auf nichts konzentrieren, bis Weston endlich aus dem Zimmer gekommen ist. Er hatte einen seltsamen Gesichtsausdruck, und mein Herz schlug mir kurzzeitig bis zum Hals. Dann hat er gelächelt und mir versichert, dass es ihr gut gehe. Vielleicht ein bisschen erschöpft. Nichts, was eine gute Nachtruhe nicht heilen könnte.

Die Anspannung ist von meinen Schultern abgefallen und ich habe mich schwach gefühlt. Erst dann wurde mir klar, wie überreizt ich wegen ihres Zustands bin. Etwas beruhigt habe ich mich bei ihm bedankt und bin ins Zimmer gegangen. Zara bestand darauf, dass es ihr gut gehe. Dann hat sie mich gebeten, meinem Chauffeur zu sagen, dass er sie nach Hause bringen solle. Ich war damit nicht einverstanden.

Auf keinen Fall hätte ich zugelassen, dass sie allein zurückfährt. Sehr zu ihrer Bestürzung habe ich ihr gesagt, dass ich mein Wort brechen und mit ihr zurückfahren würde. Cade hat mich unterstützt, und da wir beide gegen sie waren, hat sie schließlich nachgegeben.

Ich habe den Wagen bis zur Hintertür vorfahren lassen, damit wir unbeobachtet einsteigen konnten. Dann habe ich sie in ihre Wohnung gebracht und darauf bestanden, sie nach oben zu begleiten und ins Bett zu bringen. Zu diesem Zeitpunkt war sie so erschöpft, dass sie nicht protestiert hat. Sie ist sofort eingeschlafen, als ihr Kopf das Kissen berührt hat. Ich habe sie zugedeckt und ihr Telefon – nachdem ich es auf lautlos gestellt hatte – neben ihr Bett gelegt. Bis in die frühen Morgenstunden habe ich über sie gewacht, dann bin ich nach Hause gefahren und habe einen ganzen Tag lang gearbeitet, bevor ich den *7A Club* besucht habe. Ich habe den privaten Raum betreten, der zum inoffiziellen Treffpunkt für mich und den Rest der Sieben sowie für die Sovranos und die uns bekannten Personen geworden ist.

»Du hast ihre Privatsphäre respektiert und den Raum verlassen, als der Arzt sie untersucht hat? Ich nehme an, du lässt sie beobachten?« Michael sieht mich eindringlich an.

»Ich kandidiere für ein Amt. Ich muss die höchsten ethischen Standards einhalten«, ich schaue zwischen den Gesichtern meiner Freunde hin und her, »aber wenn es um sie geht, gibt es keine Regeln. Ich werde alles tun, damit sie in Sicherheit ist. Selbst wenn es bedeutet, sie vor sich selbst zu schützen.«

»Du lässt sie also beschatten.« Michael nickt.

»Auf ihrem Handy, ihrem Laptop, in ihrem Haus.« Und jetzt werde ich endlich herausfinden, warum sie sich dem Ermittler, den ich auf sie angesetzt hatte, immer wieder entzogen hat. Ja, so bin ich, wenn ich in die moralische Grauzone vorstoße.

Während Zara geschlafen hat, habe ich Axel Sovrano und sein Sicherheitsteam angerufen. Axel ist Michaels jüngerer Bruder. Er ist ein ehemaliger Polizist, der jetzt eine Agentur leitet und auf dessen Diskretion ich zählen kann. Ich habe ihm erklärt, was ich brauche, und er hat mir seine Mithilfe zugesichert. Sein Team ist innerhalb einer Stunde angerückt und hat die Sicherheitsmaßnahmen umgesetzt.

Nachdem das Team gegangen ist, habe ich für Zara eine frische Kanne Kaffee gekocht und ihr einen Teller mit Frühstück hingestellt. Eine Frau muss schließlich essen, um bei Kräften zu bleiben. Erst dann bin ich gegangen.

»Dir ist klar, dass das nichts Gutes für dich verheißt? Was du getan hast, wird irgendwann ans Licht kommen. Und wenn das passiert, wird sie stinksauer sein.« Sinclair trommelt mit den Fingern auf die Armlehne seines Stuhls.

»Darum werde ich mich kümmern, wenn es so weit ist.«

»Ich verstehe, warum du es getan hast, aber warte nicht zu lange, es ihr zu gestehen. Es ist das Beste, die Wahrheit zu sagen.«

»Sollte der künftige Premierminister dieses Landes seinen Ruf nicht um jeden Preis wahren?«, verkündet eine neue Stimme.

Ich blicke auf, sehe Cade an der Tür und stöhne. »Was zum Teufel machst du denn hier?«

»Ich könnte euch allen die gleiche Frage stellen.« Er blickt sich am Tisch um. Das Veilchen um sein Auge hat einen interessanten violetten Farbton angenommen. Nicht, dass ich bereue, dass ich es ihm verpasst habe.

Nur, dass er Zaras Bruder ist … ihr Zwilling … was bedeutet, dass ich das Ganze ins Reine bringen muss. Das ist der einzige Grund, warum ich frage: »Kennt ihr alle Cade?«

JJ bittet ihn herein. »Tolles letztes Inning bei *Lord's*.«

»Danke.« Cade geht zu JJ und hält ihm eine Hand hin. »Cade Kingston.«

JJ schüttelt sie. »JJ Kane.«

»Sinclair Sterling.«

»Michael Sovrano.«

Die Männer geben sich die Hände.

»Cade ist zufällig auch Zaras Bruder«, werfe ich ein.

Die Männer schauen ihn an, dann mich.

»Ah.« JJ zündet seine Zigarre an. »Ich kann die Ähnlichkeit sehen. Aber warum habt ihr unterschiedliche Nachnamen?«

»Ich habe den Nachnamen unserer Mutter angenommen, Zara den unseres Vaters.« Er zuckt mit einer Schulter. »Familiendynamik kann komplex sein.«

»Wem sagen Sie das«, erwidert JJ in einem selbstironischen Ton. Ich habe keinen Zweifel daran, dass er sich auf die Beziehung zwischen ihm und Lena sowie seinem Sohn bezieht. »Diese Dinge klären sich von selbst«, sagt er schließlich.

»Sie haben meine Familie noch nicht kennengelernt.« Cade schüttelt den Kopf. »Apropos … wie geht es Zara?« Er dreht sich zu mir.

»Als ich sie das letzte Mal sah, schien es ihr gut zu gehen.« Das war über die Kamera-App auf meinem Handy, die mir gezeigt hat, dass sie wieder in ihrem Büro arbeitet. Es schien ihr gut zu gehen, zumindest auf den ersten Blick. Nach ihr zu sehen, sich zu vergewissern, dass es ihr gut geht, jetzt, da ich sie mit einem Wisch über den Bildschirm sehen kann, wird zu einer gefährlichen Sucht. Zumindest habe ich es geschafft, mich zurückzuhalten, seit ich im Club angekommen bin.

»Und die Folgen der V&A-Gala?«

»Scheinen minimal zu sein.« Außerdem habe ich Axels Team ermächtigt, jeden aufzuspüren, der Clips von der Veranstaltung in die Hände bekommen hat, und ihn dafür zu bezahlen, dass er sie entfernt. Er wird alles im Alleingang steuern. Mein Name wird da völlig herausgehalten. Nicht, dass ich Zara und ihrem Team nicht zutraue, die Sache in den Griff zu bekommen, aber wenn ich ihr den Stress ersparen kann, irgendeinen Hinweis auf den Kampf zwischen Cade und mir zu finden, dann kann das nur hilfreich für sie sein, oder?

»Ich nehme an, das Veilchen stammt daher?« Sinclair ruckt mit dem Kinn in Cades Richtung. Ich habe ihnen erzählt, was auf der Gala passiert ist, aber ich habe nicht erwähnt, dass Cade Zaras Bruder ist. Jetzt werfen mir alle drei Männer wissende Blicke zu. Ja, es war dumm von mir, unüberlegt zuzuschlagen, und ich entschuldige mich nur ungern dafür. Außer, dass er Zaras Bruder ist. Also …

Zerknirscht gebe ich zu: »Wenn es dich tröstet, du hast auch ein paar gute Treffer gelandet.« Ich bewege meinen Kiefer von einer Seite zur anderen.

»Das will ich doch hoffen.« Cade ballt eine Hand zur Faust. Die Haut über seinen Fingerknöcheln ist rau.

»Ich muss mich bei dir entschuldigen.« Ich halte ihm eine Hand hin.

Er starrt darauf, dann auf mich. »Das ändert nichts. Zara mag stark wirken, aber im Inneren ist sie zerbrechlich. Sie ist eine verdammt gute Kämpferin, aber du hast sie nicht verdient.«

»Das sehe ich auch so.« Ich neige den Kopf.

Er sieht mich finster an. »Wenn du ihr wehtust, breche ich dir das nächste Mal den Kiefer.«

»Wenn ich ihr wehtue, werde ich dich nicht aufhalten«, stimme ich zu.

Schließlich schüttelt er meine Hand. »Um Zaras willen«, murmelt er.

Als ich sie wieder zurückziehe, vibriert mein Handy. Ich werfe einen Blick auf die Kamera-App, dann stehe ich auf.

»Schön, dich wiedergesehen zu haben.« Ich schaffe es, einen

Hauch von Aufrichtigkeit in meine Stimme zu legen, dann wende ich mich an die anderen. »Bis später, meine Herren.«

Ich verlasse den Club und weise meinen Chauffeur an, mich zu ihrer Wohnung zu fahren. Zwanzig Minuten später drücke ich auf die Klingel ihrer Wohnungstür.

Ich höre eine Bewegung dahinter, bevor sie aufgerissen wird. »Ach du bist es!«

47

ZARA

»Hast du jemand anderen erwartet?« Hunter steht grinsend im Türrahmen.

»Eine Lebensmittellieferung, um genau zu sein.« Ich recke das Kinn vor.

»Lügst du, Feuer?« Sein Grinsen wird breiter.

»Du bist der Politiker, nicht ich, schon vergessen?«

Er gluckst. »Touché, Frau Anwältin.«

»Ich wünschte, du würdest mich nicht so nennen. Ich bin keine praktizierende Anwältin mehr.«

»Du hast es aber wirklich drauf, verbal zu parieren.«

Ich mache große Augen. »Ist das ein echtes Kompliment?«

»Es ist nicht das Einzige, das ich dir bislang gemacht habe.« Er senkt die Stimme und sein Ton ist so intim, dass ich den Schauer nicht unterdrücken kann, der mir über den Rücken läuft.

»Was machst du hier?«

»Ich bin gekommen, um mit dir auszugehen.«

»Ich kann mich nicht erinnern, dass ich dem zugestimmt habe«, erwidere ich spöttisch.

»Es ist ein kurzfristiger … Arbeitstermin.« Er sieht mich unschuldig an.

Von wegen Arbeitstermin. »Nennt man das heutzutage so?«

»Es ist nicht meine Schuld, wenn du an Dinge denkst, an die du nicht denken solltest.«

Ich erröte. »Ich gehe nirgendwohin mit dir.«

»Willst du damit sagen, dass du dich weigerst, den Kandidaten, für den du eine PR-Kampagne führst, und deinen De-facto-Chef, in einer wichtigen beruflichen Angelegenheit zu treffen?«

Ich atme tief ein und aus. »Meine Lebensmittel …«

»Schick eine Nachricht und verschiebe die Lieferung auf morgen!«, befiehlt er.

»Oh, jetzt änderst du also meine Termine, damit meine Abläufe deinen Bedürfnissen entsprechen?«

»Würdest du deinen Zeitplan nicht ändern, um mir entgegenzukommen?«, murmelt er.

»Wenn es um ein berufliches Thema geht, natürlich.«

Er hebt die Hände. »Ich lade dich auch nur zu einem Geschäftstreffen ein, das ist alles.«

»Wenn ich die Lebensmittellieferung verschiebe, habe ich heute Abend nichts zu essen.« Meine Stimme klingt weinerlich, sogar in meinen eigenen Ohren. Mein Gott, wann bin ich nur so ein kleines, jammerndes Miststück geworden?

»Deshalb lade ich dich ja auch zum Essen ein.«

»Wie hast du das geschafft?« Ich schaue auf die Decke, die er auf dem Boden des Unterhauses im Westminsterpalast ausgebreitet hat. Ja, des Unterhauses, über das so oft im Fernsehen berichtet wird, wenn die Mitglieder der Regierungspartei der Opposition in der Fragestunde gegenüberstehen, die von Montag bis Donnerstag während der Arbeitszeit stattfindet. Heute ist Freitag. Es ist auch nach Feierabend, sodass das gesamte Parlamentsgebäude menschenleer ist.

»Du solltest es besser wissen, als mich so etwas zu fragen.« Er stellt den Picknickkorb an den Rand der Decke. Er hat ihn aus dem

Auto geholt und viele steile Treppenstufen hinaufgeschleppt, ohne ins Schwitzen zu kommen oder außer Atem zu geraten.

Ich drehe mich langsam um und betrachte die Galerien auf beiden Seiten. Die Bänke sind, wie auch andere Einrichtungsgegenstände im Saal, grün, ein Brauch, der dreihundert Jahre zurückreicht. Die Anordnung der Bänke, nämlich dass sie einander gegenüberliegen, stammt aus der Zeit, als dieser Saal noch zur St. Stephen's Chapel gehörte und als Gemeindesaal genutzt wurde. Es gibt so viel Geschichte in diesem Raum. Wenn ich die Augen schließe, kann ich fast das Echo einer Debatte zwischen den Regierungs- und Oppositionsparteien hören.

»Du hattest einen Picknickkorb im Kofferraum deines Autos, als du zu meiner Wohnung gekommen bist?«

Er richtet sich auf und fixiert mich mit seinem typischen Hunter-Blick – hochgezogene Augenbrauen, ein Grinsen auf den Lippen und dieses teils unschuldige, teils verruchte Funkeln in seinen Augen, das zu implizieren scheint, dass die ganze Welt eine Bühne und er ein Spieler ist und alles aus Spaß an der Freude getan wird. Und wenn er etwas falsch gemacht hat, dann bittet er gern um Verzeihung … im Nachhinein.

»Du hast ein ganz schön großes Ego, nicht wahr?«

»Das haben wir schon oft festgestellt.« Er holt sein Handy heraus und wischt mit dem Finger über den Bildschirm. Das Licht in der Kammer wird gedimmt.

»Wow!« Ich schüttle den Kopf. »Du hast für stimmungsvolles Licht gesorgt?«

»Nicht nur das.« Jetzt schnippt er mit dem Finger und eine Arie erklingt aus dem Lautsprecher seines Telefons. Er lehnt es gegen den Korb, dann richtet er sich auf und streckt eine Hand aus.

Als ich zögere, lacht er. »Ich werde dich nicht beißen.«

»Da bin ich mir nicht so sicher«, murmle ich.

Seine Nasenlöcher blähen sich. Seine blaugrünen Augen nehmen einen dunklen Farbton an – ein untrügliches Anzeichen dafür, dass er erregt ist. Eine Hitzewolke wogt von seiner Brust. Sie prallt auf mich und scheint mich zu fixieren. Ich schnappe nach Luft, unfähig, mich zu bewegen, unfähig, irgendetwas anderes zu tun, als seine schiere Selbstsicherheit zu genießen – dieses vollkommene Gefühl der Richtigkeit, das mich erfüllt, wann immer wir zusammen sind. Er muss etwas von den Gefühlen spüren, die mich durchströmen, denn er schließt den Abstand zwischen uns, legt einen Arm um meine Schultern und zieht mich an sich. Ich drücke die Stirn an seine Brust und schlinge nach einer Sekunde die Arme um seine Taille. Wir wiegen uns auf der Stelle, während die eindringliche Melodie den Raum erfüllt.

»*La fleur que tu m'avais jetée* aus *Carmen*, auch bekannt als das Blumenlied«, murmelt er.

»Es ist wunderschön.« Ich schließe die Augen, und zum ersten Mal, seit ich in meinem Bett aufgewacht bin und festgestellt habe, dass er weg ist, entspannen sich meine Muskeln. Der Stress des Tages verblasst, und ich drücke mich fester an ihn. Er hat einen Arm sicher um mich gelegt und drückt meinen Kopf unter sein Kinn. Das Pochen seines Herzens ist ein beruhigendes Vibrieren an meiner Wange. Sein intensiver Duft ist mir so vertraut wie mein eigener. Irgendwann in den vergangenen Monaten ist er mir unter die Haut gegangen und die Hauptfigur meiner Gedanken und schmutzigen Fantasien geworden. Er ist ein Teil von mir geworden, ohne dass ich es gemerkt habe. Oder vielleicht war ich mir dessen sehr bewusst und habe nichts dagegen getan. Wie auch immer, ich kann nicht leugnen, dass ich von ihm abhängig geworden bin. Als ich vorhin die Tür geöffnet und ihn gesehen habe, hat sich in meiner Brust ein Anflug von Freude breitgemacht. Oh, ich habe es hinter den klugen Worten versteckt, die ich ihm an den Kopf geworfen habe, aber tief in meinem Inneren habe ich mich gefühlt, als ob wieder Weihnachten wäre. Er streicht mit einer Hand in langsamen Kreisen über meinen Rücken und ein Kribbeln strömt durch meine Glieder.

Keiner von uns sagt ein Wort, und die Arie verdrängt den letzten Stress, der sich in meinen Zellen eingenistet haben mag. Die letzten Töne verklingen, und wir tanzen weiter, langsam … langsamer … bis wir zum Stillstand kommen, die Arme umeinander gelegt. Keiner von uns beiden scheint sich bewegen zu wollen. Ich wünschte, ich könnte diese Stille einfangen, die in meinem Herzen ist, damit ich sie später wieder hervorholen kann, wenn dieser Moment vorbei ist.

»Baby, ich glaube, es ist an der Zeit, dir etwas zu essen zu geben.« Seine Stimme grollt unter meiner Wange.

Ich schüttle den Kopf, weil ich mich nicht von ihm lösen will. Ich will mich noch nicht von ihm trennen.

Dann knurrt mein Magen.

»Du brauchst auf jeden Fall Nahrung.« Seine Augen blitzen auf und ich frage mich, ob das, was er mir in den Mund zu stecken gedenkt, etwas anderes ist als das, was im Korb liegt.

Ich lasse meine Hand zwischen uns gleiten und lege sie zwischen seine Beine, auf die Stelle, an der sich schon vor einer Weile eine Beule bemerkbar gemacht hat.

Seine Nasenlöcher blähen sich. Dann beugt er sich herunter und drückt mir einen festen Kuss auf die Lippen. »Richtiges Essen, das deinen Magen beruhigen wird.« Er zieht sich zurück und bedeutet mir, mich auf die Picknickdecke zu setzen.

»Das war ein toller Aufstrich.« Ich tupfe mir mit der Papierserviette aus dem Korb den Mund ab. Wir haben von Keramiktellern und mit Besteck gegessen, das nicht aus Plastik ist. Er hat mir Champagner angeboten, und als ich ablehnte, hat er mich nicht gedrängt. Er hat auch keine Fragen gestellt. Stattdessen hat er mir einfach Apfelsaft eingeschenkt, der köstlich ist.

»Ich kann immer noch nicht glauben, dass du das alles arrangiert hast.« Ich stelle meinen nun leeren Teller auf die Decke und schaue mich im Raum um.

»Ich wollte, dass es etwas Besonderes ist. Schließlich ist dir das wichtig.«

Ich schaue ihn streng an. »Bin ich so leicht zu durchschauen?«

»Du hast als Anwältin praktiziert und bist dann aus Leidenschaft für die Medien in die PR gegangen. Und du bist in deinem Element, wenn du dich mit mir streitest. Du hattest außerdem einige hochkarätige Politiker als Kunden und hast verhindert, dass deren Namen durch Skandale in Verruf geraten. Man muss kein Genie sein, um zu erkennen, dass du das Besondere – vor allem besondere Herausforderungen – liebst.«

Ich schaue weg. Wie kann er mich so klar sehen, wo das doch nicht einmal meine Familie und vielleicht sogar auch viele meiner Freunde nicht können?

»Hey, versteck dich nicht vor mir.« Er streckt eine Hand aus und streicht mir eine Haarsträhne hinters Ohr. »Warum bist du eigentlich nicht selbst in die Politik gegangen?«

Ich schaue ihn erschrocken an.

»Bestimmt hast du darüber nachgedacht.« Er hält meinen Blick fest.

»Ja, habe ich«, gebe ich zu. »Aber das Timing hat sich nicht richtig angefühlt.«

»Wenn du mich heiratest, hast du die Möglichkeit, das zu ändern.«

Ich stelle mein Glas auf die Decke und sehe ihn finster an. »Ich habe nicht Ja gesagt.«

»Aber das wirst du.«

»Und da ist es wieder, das eingebildete Arschloch. Gerade als ich dachte, wir würden uns so gut verstehen.«

»Wechsle nicht das Thema! Du bist wie geschaffen für eine politische Karriere. Mit deinen Kommunikationsfähigkeiten, deiner Intelligenz, deiner Herkunft …«

»Du meinst, die Tatsache, dass ich aus der Arbeiterklasse stamme, wird deine Herkunft aus der Upper Class ergänzen und den Wählern eine ganzheitlichere Dimension vermitteln.«

Er runzelt die Stirn. »Ich meine, dass du ein Produkt der modernen britischen Gesellschaft bist. Du stehst für alles, was an diesem System gut und richtig ist. Du bist ein Vorbild für so viele junge Frauen. Wenn du an meiner Seite bist, würde das eine positive Botschaft in alle Parteien senden.«

Ich schüttle den Kopf. »Das wird nie funktionieren.«

»Warum gibst du uns nicht eine Chance? Warum kannst du kein einziges Mal die Möglichkeit in Betracht ziehen, dass es funktionieren könnte?«

»Weil …« Ich schüttle den Kopf. »Weil ich nicht kann.«

»Wenn du Olly meinst …«

»Erwähne Olly nicht!« Ich stehe so schnell auf, dass mir schwindlig wird, und schwanke offenbar, denn in der nächsten Sekunde ergreift er meine Arme und stützt mich.

»Geht es dir gut, Zara?«

Ich schüttle den Kopf. »Ich würde jetzt gern nach Hause gehen.«

»Sieh mich an!« Er umfasst meine Schultern. »Es tut mir leid, wenn ich dich beunruhigt habe. Das war überhaupt nicht meine Absicht.«

Ich schaue weg.

»Du bist sehr zurückhaltend und teilst nichts mit mir. Deshalb versuche ich immer wieder, dich zu drängen, auch wenn ich weiß, dass es falsch ist.«

Als ich mich nach wie vor weigere, ihm in die Augen zu sehen, stößt er hörbar den Atem aus. »Zara, bitte, ich wollte dich wirklich nicht verletzen.«

»Und doch hast du es getan.« Ich drehe mich um und blicke ihn streng an. »Können wir jetzt bitte gehen?«

48

HUNTER

»Bist du dir sicher, dass es ihr gut geht?«, belle ich in den Hörer.

»Stellst du mein berufliches Urteilsvermögen infrage?«, knurrt Weston zurück.

Ich fahre mir mit den Fingern durchs Haar und kneife mir dann in den Nasenrücken. »Nein, natürlich nicht. Es tut mir leid, dass ich dich um diese Uhrzeit geweckt habe.«

Es folgt eine Pause. »Das gehört zu meinem Beruf dazu«, erwidert Weston schließlich. »Ich kann dir versichern, dass mit Zaras Gesundheit alles in Ordnung ist. Was den Rest angeht, ist es ihre Sache, wann sie sich dir anvertraut.« Er legt auf.

Ich starre auf mein Display und lege mein Handy auf den Tisch. Es geht ihr also gut. Es ist alles in Ordnung mit ihr. Doch sie ist definitiv blass geworden, als sie vorhin bei unserem improvisierten Picknick zu schnell aufgestanden ist. Und dann wurde sie wütend, als ich Olly erwähnt habe. Was ein taktischer Fehler war. Aber sie musste doch wissen, dass ich von dem Unfalltod ihres jüngsten Bruders, als er drei Jahre alt war, erfahren habe.

Sie war erst neunzehn, als er gestorben ist, und hat kurz darauf ihr Elternhaus verlassen. Ich habe es eigentlich nicht erwähnen wollen, aber ich wollte ihr versichern, dass es keine Rolle spielt, was auch immer in ihrem Leben ist, das sie davon abhalten könnte, eine Zukunft mit mir in Betracht zu ziehen. Ich habe nicht erwartet, dass sie sich so aufregen würde, als ich Olly erwähnt habe. Was, wie ich jetzt feststelle, verständlich ist. Ein Geschwister zu verlieren, vor allem ein so junges, muss verheerend für sie gewesen sein. Und ich habe es erwähnt, ohne auf ihre Gefühle Rücksicht zu nehmen. Nach diesem Fauxpas meinerseits haben wir die Reste unseres Picknicks eingepackt. Ich habe sie zu Hause abgesetzt und mich vergewissert, dass sie die Tür hinter sich absperrt. Dann bin ich in mein Büro zurückgekehrt, da ich wusste, dass ich heute Nacht nicht schlafen würde.

Ich lehne mich auf meinem Stuhl zurück und starre auf meinen schwarzen Computerbildschirm. Etwas passt da nicht zusammen. Warum wehrt sie sich so sehr gegen eine Beziehung mit mir? Gut, sie ist meine PR-Managerin und gehört zu meinem Wahlkampfteam, aber ich möchte offen über unsere Beziehung sprechen. Ja, es würde unser Verhältnis und unseren Umgang völlig verändern. Es würde bedeuten, dass sie nicht mehr nur für die PR zuständig wäre, sondern an meiner Seite bei wichtigen Entscheidungen mitreden könnte. Bei dem Gedanken wird mir ganz warm ums Herz. Sie wäre perfekt. Sie wäre wie geschaffen für diese Rolle. Nein, Tatsache ist, dass sie für größere Aufgaben als die der Wahlkampfleiterin geschaffen ist. An meiner Seite könnte sie wichtigere Entscheidungen beeinflussen. Sie könnte sich eine Rolle erarbeiten, die meine politische Karriere ergänzt und die zweifellos viel erfüllender wäre als die eines Spin-Doctors. Also, was hält sie auf?

Ich kneife mir erneut in den Nasenrücken, als mein Telefon summt. Gleichzeitig erwacht mein Computerbildschirm aufgrund einer eingehenden E-Mail zum Leben. Dann folgt eine weitere, dann noch eine. Mein Handy summt erneut, dann klingelt es. Ich sehe Zaras Namen und gehe sofort ran.

»Alles in Ordnung?«

»Man hat uns entdeckt, Hunter!« Ihr Gesicht füllt den Bildschirm. »Wir sind überall in den sozialen Medien!«, ruft sie.

»Was?«

»Ja. Da ist ein Bild von uns …«

»Was für ein Bild?«

»Ich schicke dir einen Link.« Sie schaut auf den Bildschirm, dann vibriert mein Handy. Ich klicke auf den Link, den sie mir geschickt hat, und sehe eine Nachricht in einer Boulevardzeitung. Da ist ein Foto von ihr und mir, aufgenommen durch ein Fenster. Es ist körnig, aber klar genug. Die beiden Gesichter im Profil sind erkennbar. Zara wischt mir gerade etwas vom Mundwinkel. Wir lachen beide und sehen uns auf eine Weise an, die keinen Zweifel zulässt. Es ist ein Bild von zwei Menschen, die Gefühle füreinander haben.

»Das ist von unserem Frühstück im Diner«, murmle ich.

Sie nickt grimmig. »Was sollen wir tun?«

Ich stehe auf. »Ich komme zu dir.«

»Nein!«, schreit sie. »Es stehen schon Paparazzi vor meiner Tür.«

»Ein Grund mehr, dass ich bei dir bin.«

»Aber …«

»Kein Aber. Du bleibst, wo du bist, und …«

»Nein, hör mir zu! Ich bin der PR-Profi hier …«

»Du bist mein …«

»Mein …?« Sie kneift die Augen zusammen. In ihrer Stimme liegt so etwas wie eine Aufforderung.

»Du bist mein Ein und Alles, Zara. Was auch immer wir tun müssen, wir werden es gemeinsam durchstehen.«

Sie verzieht das Gesicht. Eine Träne kullert über ihre Wange.

Mein Herz krampft sich zusammen. »Nein, nicht weinen, Baby. Ich verspreche dir, wir werden das überstehen.«

Sie schnieft. »Ich weiß. Ich bin hier der PR-Profi, schon vergessen?«

»Es ist okay, sich auf mich zu stützen, Baby.«

Sie wischt sich die Träne weg. »Kommst du hierher, oder willst du deine Zeit damit verschwenden, mit mir zu telefonieren?«

Ich lache. »Bin schon unterwegs.«

»Sind Sie und Zara Chopra zusammen, Herr Minister?«

»Welche Auswirkungen hat das auf Ihre Kandidatur?«

»Werden Sie und Ms. Chopra heiraten?«

»Herr Minister, wie lange sind Sie schon zusammen?«

Die Fragen häufen sich, während ich mir einen Weg durch die Menge der Reporter bahne. Gerade als ich die Eingangstür des Wohnhauses erreiche, geht sie auf. Zara muss mich von oben gesehen haben. Ich nehme zwei Stufen auf einmal und eile dann den Korridor zu ihrer Wohnung hinunter. Bevor ich auf die Klingel drücken kann, schwingt die Tür auf.

»Hey.« Ich mustere ihr Gesicht.

»Hey.«

Ich folge ihr in ihre Wohnung und die Tür schnappt hinter mir zu. Sie geht zum Fenster und späht durch den Spalt zwischen den Vorhängen. »Es sind mehr da als noch vor ein paar Minuten.«

»Wie kommst du klar?«

Sie dreht sich zu mir. »Ich habe damit gerechnet, dass so etwas passiert, nur nicht so schnell.«

Ich betrachte ihr blasses Gesicht. »Du siehst aufgeregt aus.«

»Mir geht es gut«, entgegnet sie und fährt mit einer Hand durch die Luft. »Wir werden es natürlich leugnen.«

»Wie bitte?«

Sie beginnt auf- und abzugehen. »Wir werden leugnen, dass da etwas zwischen uns läuft.«

»Das Bild lässt etwas anderes vermuten«, entgegne ich sanft.

»Wir könnten sagen, wir seien Freunde.«

»Du streichst über meinen Mundwinkel. Es ist ein intimes Bild.«

»Mist!« Sie bleibt stehen und stemmt die Hände in die Hüften. »Natürlich ist es ein intimes Bild. Es sieht genau nach dem aus, was es ist – dem Morgen nach einer durchfickten Nacht.«

»Zwei Nächten, um genau zu sein.«

Sie funkelt mich an. »Nimmst du das überhaupt ernst?«

»Ich bin hier, oder etwa nicht?«

Sie kommt auf mich zu und bleibt vor mir stehen. »Du scheinst von der ganzen Sache nicht sonderlich erschüttert zu sein.«

»Sollte ich das?«

»Was redest du da?« Sie wirft die Hände hoch. »Du weißt, dass das bedeutet, dass es dich und mich aneinander bindet. Es bedeutet, dass meine Kompetenz infrage gestellt wird, meine Karriere, alles, wofür ich gearbeitet habe.«

»Dieses Bild zeigt nur, dass wir eine Beziehung haben. Es schmälert nicht deine Kompetenz, denn du hast dir bereits ein hervorragendes Image als PR-Beraterin erarbeitet. Und zwar, bevor wir uns kennengelernt haben. Natürlich habe ich dich aufgrund deiner Fähigkeiten eingestellt. Du bist kein Neuling. Dieser Vorfall schmälert in keiner Weise deine Kompetenz und deine Erfahrung als PR-Beraterin.«

Sie sieht mir ins Gesicht. »Das ist es, was du willst, nicht wahr? Du willst, dass es herauskommt, dass wir zusammen sind, damit du mich dazu drängen kannst, es mit dir publik zu machen. Damit du der Welt verkünden kannst, dass wir heiraten werden. Ich kann mir die Schlagzeilen schon vorstellen.« Sie formt mit den Fingern ein Rechteck. »Die Liebesgeschichte des Jahrzehnts.« Sie lässt die Hände wieder sinken. »Es ist die Art von Geschichte, die dich bis in die Downing Street bringen könnte.«

»Du musst zugeben, dass das selbst die zynischsten Herzen erweichen wird. Es gibt nichts Besseres als eine Heirat, um die Umfragewerte anzukurbeln«, gebe ich zu.

»Es würde mich sogar nicht wundern«, sie kneift die Augen zusammen, »wenn du das Bild weitergegeben hast.«

Ich versuche, einen entsetzten Gesichtsausdruck aufzusetzen, aber ich bin wohl zu langsam. Ihre Kinnlade fällt herunter. »O mein Gott, du hast es getan. Du hast das Bild an die Medien weitergegeben. Und zwar deshalb, um mich in Zugzwang zu bringen.«

Ich blicke hinunter auf meine Füße. Natürlich könnte ich es leugnen, aber es ist nicht mein Stil, mich hinter Lügen zu verstecken. Außerdem bereue ich es nicht, es getan zu haben. Wenn das der einzige Weg ist, sie dazu zu bringen, mich zu heiraten, dann soll es so sein. Wenn wir erst einmal zusammen sind, kann ich alles andere ausbügeln. Ich kann mich um sie kümmern, dafür sorgen, dass sie nicht zu gestresst ist und dass sie die Art von Karriere macht, die sie verdient. Sie soll zu einer Person werden, die Schlagzeilen macht, die einen positiven Einfluss auf die Gesellschaft und die Gemeinschaft ausübt. Sie hat so viel Potenzial, diese Frau. Sie braucht nur jemanden, der ihr hilft, es zu entfalten … Und das werde ich tun, ich …

»Nein.« Sie macht einen Schritt zurück.

»Hm?«

»Ich werde es nicht tun. Ich werde dich nicht heiraten. Ich werde keine gemeinsame Erklärung mit dir abgeben. Ich lasse mich nicht in eine Situation manipulieren, in der du mir das Gefühl gibst, dass ich keine Wahl habe. Ich habe immer eine Wahl, und ich entscheide mich dafür, nicht bei deinem Plan mitzumachen.«

49

ZARA

»O mein Gott, Zara, wie geht es dir?« Auf Solenes Gesicht spiegelt sich ein Ausdruck absoluten Entsetzens, gepaart mit Mitleid. Sie ist ein absoluter Medienliebling und der künftige Musik-Superstar. Von all meinen Freunden ist sie diejenige, die am ehesten versteht, was es heißt, im Zentrum eines Shitstorms zu stehen.

»Ich bin mir nicht sicher, ehrlich gesagt.« Ich drücke die Schultern durch, in denen sich ein permanenter Schmerz eingenistet zu haben scheint. »Ich war immer nur auf der anderen Seite des Skandals. Ich bin die Problemlöserin und nicht diejenige, die im Auge des Sturms stehen sollte.«

Ich schaue aus dem Fenster meiner Wohnung, in der ich mich während der vergangenen achtundvierzig Stunden verkrochen habe. Die Schar der Paparazzi ist seit der Auseinandersetzung mit Hunter nur noch größer geworden. Danach ist er gegangen, ohne sich zu äußern, was die Journalisten nur noch mehr in Aufruhr versetzt hat.

Die Spekulationen über unsere Beziehung haben exponentiell zugenommen. Von Online-Blogs und sozialen Medien über Boulevardzeitungen bis hin zu den großen Tageszeitungen und heute zu den Schlagzeilen der führenden Wirtschaftszeitung. Alle fragen, ob wir zusammen sind, und wenn ja, was wir zu verbergen haben, da wir uns nicht die Mühe gemacht haben, zu den Gerüchten Stellung zu nehmen. Einer von ihnen fragte, ob ich schwanger sei. Ich habe den Artikel gelesen, bin dann sofort ins Bad geeilt und habe mich übergeben.

Danach habe ich aufgehört, das Internet nach den neuesten Beiträgen zu dieser Sache zu durchsuchen. Stattdessen behält mein Team die Berichterstattung im Auge. Abby hält mich auf dem Laufenden, indem sie mich von den Details abschirmt. Wichtige Meldungen leitet sie jedoch an mich weiter. Sie ist erst seit ein paar Tagen meine Mitarbeiterin, aber sie lernt schnell. Kate und der Rest meines Teams haben mich davor gewarnt, dass jede Minute, in er ich nichts sage, die Spekulationen über unsere Beziehung nur weiter anheizt. Als ob ich das nicht wüsste. Es ist das Einmaleins der PR, etwas direkt anzusprechen, um Spekulationen im Keim zu ersticken. Wenn man sich die Ohren zuhält und die Gerüchte ignoriert, verschwinden sie selten. In den meisten Fällen entwickeln sie ein Eigenleben, das sich wie ein Schneeball auf andere Bereiche des eigenen Lebens auswirkt. So wie es jetzt bei Hunter der Fall ist.

Die Spekulationen wirken sich auf seine Umfragewerte aus, wie die jüngsten Ergebnisse zeigen. Seine Zustimmungswerte sind um fünf Punkte gesunken, seit unser Bild publik gemacht wurde. Natürlich könnte man argumentieren, dass er sich das selbst zuzuschreiben hat. Und doch … Er hat es getan, weil er mich so sehr wollte, um alles zu riskieren. Er hat meinen Zorn riskiert, seine Karriere, so viel mehr, nur damit er mich dazu zwingen konnte, ihn zu heiraten. Natürlich hätte er einfach fragen können … Aber als er das getan hat, habe ich mich geweigert, ihm eine Antwort zu geben. Ich habe es immer noch nicht getan. Ich kann ihm keine Antwort geben, nicht wenn in meinem Leben so vieles noch unbeantwortet ist.

Ich sehe mich in meiner Wohnung um. Ich muss von hier weg und an den einzigen Ort fahren, an dem ich etwas Ruhe zum Nachdenken finde. Allerdings darf ich nicht die Aufmerksamkeit der Fotografen erregen. Ich brauche eine Ablenkung.

Ich nehme mein Telefon in die Hand und tätige ein paar Anrufe.

»Bist du dir sicher?«, fragt Isla.

»Es wird doch funktionieren, oder?«, fragt Abby nervös.

Nur Kate scheint von meinem Vorschlag völlig unbeeindruckt zu sein. Die Frau ist cool, wenn sie unter Druck steht. Fast so gelassen wie ich normalerweise – wenn es sich um eine Situation handelt, bei der ich nicht im Mittelpunkt stehe. Es ist so viel einfacher, eine Krise zu bewältigen, wenn man nicht selbst die Zielscheibe ist. Ich werde den Mut meiner Kunden nach dieser Erfahrung nie wieder unterschätzen.

Ich brauche nur eine neue Perspektive auf die Situation. Eine Chance, mich zu orientieren und zu sammeln, dann wird alles gut. Ich traue mir zu, die richtige Entscheidung zu treffen, allerdings brauche ich dafür ein wenig Abstand.

»Es wird funktionieren.« Ich schaue zwischen ihnen hin und her. »Ihr müsst sie nur lange genug aufhalten, damit Isla und ich uns hinten hinausschleichen können.«

»Bist du dir sicher, dass du es riskieren willst, ausgerechnet heute zu fahren, wo die Wahrscheinlichkeit groß ist, dass du verfolgt wirst?«, wirft Isla ein.

»Ich muss dorthin, zumindest für eine kurze Zeit.«

»Okay.« Sie nickt.

»Okay.« Ich atme tief durch und drehe mich dann zu Abby und Kate um. »Seid ihr bereit?«

Am Ende hat alles gut funktioniert. Kate und Abby sind auf die Treppe meines Wohnhauses gegangen und haben eine Erklärung abgegeben – eine Mär, voll von Getön, die nichts bedeutet. Im Wesentlichen waren es hohle Phrasen, ein paar Brotkrumen für die Presse, die jedoch keinerlei Licht auf die Situation geworfen haben. Was die Reporter wussten. Und sie wussten, dass wir es wussten. Und die Klügeren unter ihnen waren darüber nicht erfreut. Aber alle haben die Scharade mitgemacht, weil sie froh waren, etwas zu haben, womit sie die Seiten und ihre Blogs füllen konnten.

Ich habe mir eine Baseballmütze und eine Brille aufgesetzt sowie die weiteste Jogginghose – igitt – angezogen, die Isla finden konnte, zusammen mit einem Sweatshirt und Turnschuhen. Insgesamt ein Outfit, das so gar nicht das ist, was ich normalerweise trage. Aber es hat funktioniert, denn wir sind an dem einsamen, gelangweilten Journalisten vorbeigeschlüpft, der sich am Hinterausgang des Gebäudes aufgehalten hat, uns aber ohne einen Blick zuzuwerfen passieren ließ. Erst als Isla mit dem Auto weggefahren ist, habe ich bemerkt, dass er uns nachgesehen hat, aber da waren wir schon unterwegs.

Jetzt schaue ich auf das gedrungene, graue Gebäude, vor dem sie stehen geblieben ist. Auf dem Schild am Tor stand *Presley Academy.*

»Geht es dir gut?«, fragt sie zum fünften Mal, seit wir losgefahren sind.

»Bald.« Ich drehe mich zu ihr, beuge mich vor und küsse sie auf die Wange. »Danke, Isla.«

»Gern geschehen, Babe.« Sie schenkt mir ein Lächeln. »Bist du dir sicher, dass ich nicht warten soll?«

Ich schüttle den Kopf. »Ich rufe an und lasse mich nach Hause fahren.«

Sie betrachtet mein Gesicht. »Das war's also?«

Ich nicke, öffne die Autotür, steige aus und betrete die Schule.

»Hey Naz«, begrüße ich den Mann hinter dem Empfangstresen.

»Hey, Zara. Du bist gekommen!« Er lächelt mich strahlend an.

»Natürlich bin ich das.« Ich gehe den Korridor entlang, die Treppe hinauf und in Richtung der Turnhalle im ersten Stock der Schule.

»Zara, schön, dich zu sehen!« Debs, die Leiterin dieser Trainingseinheit, begrüßt mich. Ich stelle meine Tasche in den Klassenraum neben der Turnhalle und gehe dann zu den anderen Freiwilligen.

»Wir machen Aufwärmübungen, dann Basketball, dann ein bisschen Kricket, wobei wir uns in zwei Teams aufteilen. Wenn alles gut läuft, spielen wir Plumpsack und am Ende das Fallschirmspiel. Wenn ihr Hilfe bei der Kommunikation mit den Kindern braucht, könnt ihr die Bildkarten benutzen.« Debs schaut zwischen uns hin und her. »Denkt daran, Trainer, ihr seid

Vorbilder für die jungen Athleten. Gleichzeitig sollt ihr Spaß haben. Fragen?«

Die anderen und ich schütteln den Kopf. Dann tue ich mich mit Samira, meiner Trainer-Kollegin, zusammen und wir beginnen mit den Aufwärmübungen. Bald stürmt das erste Kind in die Turnhalle.

»Jeremy, hallo.« Einer der anderen Trainer geht mit seinem Kollegen auf den Jungen zu und sie folgen dem Kind, das durch die Turnhalle läuft, bevor es sich auf den kleinen Laufstall zubewegt, der in einer Ecke aufgebaut ist, mit Spielzeug, das die Kinder während des Trainings benutzen können.

Tracy, meine Schützling, trifft ein, und Samira und ich verbringen die nächsten anderthalb Stunden damit, mit ihr zu spielen, sie in Ruhe zu lassen, wenn sie Raum für sich braucht, und sie zu überreden, an den Gruppenaktivitäten teilzunehmen, was sie schließlich tut. Tracy liebt das Plumpsack-Spiel, und bald sitzen wir alle. Die Kinder gehen abwechselnd im Kreis herum und tippen jedem Spieler auf den Kopf, bis sie schließlich jemanden antippen und »Plumpsack« sagen.

Die Härchen in meinem Nacken stellen sich auf. Ich hebe den Kopf und bin kaum überrascht, ihn an der Tür der Turnhalle stehen zu sehen.

In diesem Moment beschließt eines der Kinder, dass ich der Plumpsack bin. Ich eile dem Kind hinterher, aber es nimmt meinen Platz ein. Ich laufe langsam weiter und tippe ein anderes Kind an. Nachdem ich mich gesetzt habe, schaue ich wieder zur Tür der Turnhalle, die jetzt geschlossen ist. Er ist nicht mehr da. Hm, habe ich mir das nur eingebildet?

In den letzten zehn Minuten des Trainings spielen wir das Fallschirmspiel, bei dem sich die Kinder auf dem Boden ausbreiten, während die Erwachsenen das große bunte Tuch über ihnen auf und ab schweben lassen. Die Kinder starren zu den Farben hinauf. Einige haben ein Lächeln im Gesicht. Alle sind ruhiger als zu dem Zeitpunkt, als ihre Eltern sie abgesetzt haben. Dann beenden wir das Spiel.

Die Tür der Turnhalle geht auf und die Eltern strömen herein. Tracys Mutter kommt lächelnd auf uns zu. Tracy springt auf und rennt ihr entgegen. Ich gehe zur Bank an der Seite der Turnhalle, hebe Tracys Tasche und Jacke auf und übergebe sie ihrer Mutter.

»Wie war sie heute?«, fragt sie mich.

»Sie war einfach großartig.«

»Vielen Dank.« Tracys Mutter ergreift meine Hand. »Was ihr Freiwilligen jedes Wochenende macht, ist ein Geschenk des Himmels. Es verschafft mir die dringend benötigte Zeit, in der ich durchatmen kann, weil ich weiß, dass sie in guten Händen ist.«

»Ja, dies ist der einzige Ort, an dem mein Yacine er selbst sein kann und nicht verurteilt wird«, stimmt eine andere Mutter in der Nähe zu.

»Das ist alles Debs und dem Team zu verdanken, die diese Wohltätigkeitsorganisation gegründet haben und seit zehn Jahren am Laufen halten.« Ich nicke mit dem Kinn in Debs' Richtung.

Die Eltern gehen mit ihren Kindern weg und wir betreten das Klassenzimmer nebenan.

»Vergesst nicht, die Feedback-Formulare auszufüllen, bevor ihr nach Hause fahrt. Das hilft uns, die Fortschritte unserer Athleten zu verfolgen.« Debs deutet auf die Tafeln auf dem Tisch neben dem Eingang. »Vielen Dank, das war ein tolles Training.«

Samira und ich füllen das Feedback-Formular für Tracy aus. Dann verabschiede ich mich von den anderen Freiwilligen, nehme meine Tasche und gehe zur Eingangstür der Schule. Ich trete hinaus und sofort sehe ich ihn.

50

HUNTER

Zara tritt aus der Tür des Schulgebäudes und ihre Augen weiten sich. Sie zieht die Schultern nach oben, dann lässt sie sie wieder hängen und kommt in meine Richtung. Ihr Duft dringt in meine Nasenlöcher und sie geht an mir vorbei. Ich folge ihr durch das Schultor und dann den Bürgersteig hinunter, bis sie ein Café erreicht. Mit mir im Schlepptau geht sie hinein. Wir setzen uns einander gegenüber. Sie ignoriert mich und studiert die Speisekarte. Als die Kellnerin kommt, bestelle ich für sie einen Chai Tea Latte und für mich einen Kaffee.

Nachdem die Kellnerin wieder gegangen ist, richtet Zara den Blick auf mich. »Gibt es keinen Aspekt meines Lebens, von dem du nicht weißt?«

»Ich wusste nicht, dass du dich ehrenamtlich um schwer erziehbare Kinder kümmerst.«

Sie schaut zur Seite und verschränkt die Finger in ihrem Schoß. »Wie hast du mich gefunden? Hast du mein Telefon verwanzt? Hast du mich so ausfindig gemacht?«

Als ich nicht antworte, schaut sie wieder in meine Richtung. Sie bemerkt meinen Gesichtsausdruck und ihr fällt die Kinnlade herunter. »Nein!«

»Ich muss mich vergewissern, dass du in Sicherheit bist.«

»Was denkst du denn, was mir zustoßen könnte? Wir leben in einem relativ sicheren Land. Oder hast du das vergessen?«

»Du vergisst, dass du mit mir verbunden bist. Das Medieninteresse an mir wird nur noch größer werden und alle möglichen Leute aus der Versenkung auftauchen lassen. Ich muss sicherstellen, dass du jederzeit geschützt bist. Deshalb werfe ich ein Auge auf dich. Solange es dir gut geht, kann ich mich auf meine Arbeit konzentrieren.«

»Ich nehme an, du hast auch Sicherheitskräfte für mich?«

Ich nicke.

Sie holt tief Luft und kneift sich in den Nasenrücken. »Das ist doch beschissen, Hunter! Ist dir klar, was du da tust? Du bist besessen von mir. Du verfolgst mich, aber du bist vielleicht bald der nächste Premierminister dieses Landes.«

Ich starre sie an. »Solange es dir gut geht, kann ich mich auf andere Dinge konzentrieren.«

»Du hast also mein Telefon und, wie ich annehme, auch meinen Computer verwanzen lassen? Was ist mit meiner Wohnung und meinem Büro?«

Ich zucke mit einer Schulter.

Ihre Augen weiten sich. »Du hast meine Wohnung und mein Büro verwanzt?«

»Dort sind Kameras, ja.«

Sie starrt mich an, dann hebt sie eine Hand. »Du hast völlig den Verstand verloren.«

»Das stimmt. Ich kann nicht nachdenken. Kann mich nicht auf meine Kampagne konzentrieren. Kann nachts nicht schlafen, wenn ich mir nicht zu mentalen Bildern von dir unter mir einen runterhole. Kann nicht essen, wenn ich mich nicht an den Geschmack deiner Muschi erinnere, während du auf meiner Zunge kommst.«

Ihr Atem stockt. Ihre Augen blitzen.

»Ich vergleiche jede Frau, die ich sehe, mit dir und finde sie jedes Mal mangelhaft. Dein Mut, deine Hartnäckigkeit und deine Stärke faszinieren mich. Ich wusste schon immer, dass du ein großes Herz hast, und was ich heute gesehen habe, hat mir nur bestätigt, dass ich die ganze Zeit recht hatte. Es gibt niemanden für mich außer dir, Feuer. Ich verbringe meine Tage lieber damit, dich zu lieben, als meine Zeit damit zu verschwenden, einer Berufung zu folgen, die sich sinnlos anfühlt, wenn du nicht an meiner Seite bist.«

Er hält inne und wir sehen einander an, als die Kellnerin eintrifft und unsere Getränke auf den Tisch stellt.

»Ich sollte es dir übel nehmen, dass du dich in mein Leben einmischst. Ich sollte dich dafür hassen, dass du das Foto von uns veröffentlicht und meinen Ruf zerstört hast. Ich sollte«, sie beißt sich auf die Innenseite ihrer Wange, »dich dafür verabscheuen, dass du mich so hart gefickt hast, dass du mich für alle anderen verdorben hast. Dass du mich in eine Lage manipuliert hast, aus der der einzige Ausweg darin besteht, mich mit dir zu verbünden, deinen Heiratsantrag anzunehmen … Und doch kann ich das nicht.« Sie schaut mir in die Augen. »Warum ist das so, Hunter?«

»Du weißt, warum.«

Sie schluckt, dann legt sie ihre Hand in meine. Ich verschränke meine Finger mit ihren, und ein Gefühl, dass all das richtig ist, ergreift mich. Ein Gefühl des Friedens hüllt mich ein. Das Gefühl, dass ich sie nie wieder loslassen möchte, lässt meinen Griff fester werden. Sie drückt meine Hand und mein Herz setzt einen Schlag aus. Das eiserne Band um meine Brust, dessen ich mir erst jetzt bewusst werde, lockert sich. Ich atme ein, und der Sauerstoff, der in meine Lunge strömt, macht mich schwindlig.

»Ich arbeite mindestens alle zwei Wochen an einem Tag ehrenamtlich in der Schule. Eine kleine Wohltätigkeitsorganisation bietet diese Sportkurse für Kinder mit sonderpädagogischen Bedürfnissen an.«

»Wegen Olly?«

Sie nickt. »Er hatte ASS, eine Autismus-Spektrum-Störung. Und er war der schönste kleine Junge, den ich je gesehen habe. Ich war erst sechzehn, als er geboren wurde, und er war mein Ein und Alles. Meine Eltern waren mit dem Laden beschäftigt. Cade war bereits ein angehender Kricketspieler im englischen Junioren-Kricketteam und ist oft zu Spielen gereist. Also war ich für ihn verantwortlich und habe jede freie Minute mit Olly verbracht. An diesem Tag«, sie blinzelt schnell, »habe ich ihn zum Spielen in den Park mitgenommen. Aber ich hatte gerade mein erstes Handy erhalten und konnte nicht aufhören, darauf herumzudrücken. Ich habe Olly für ein paar Sekunden aus den Augen gelassen, und als ich aufgeblickt habe, war er weg. Ich habe ihn im ganzen Park gesucht. Beim Ausgang habe ich schließlich das Quietschen von Bremsen gehört. Ich wusste es sofort. Ich wusste, was ich sehen würde, noch bevor ich die Straße erreicht hatte. Er war vor ein fahrendes Auto gelaufen und wurde überfahren. Er war sofort tot.« Sie zieht ihre Hand aus meiner. »Aber du hast mich ja beschatten lassen, also weißt du das wahrscheinlich alles schon.«

Ich zögere kurz und erwidere dann: »Ich wusste, dass du ein jüngeres Geschwister hattest, das bei einem Unfall ums Leben gekommen ist.«

Eine Träne kullert über ihre Wange.

Mein Herz fühlt sich an, als ob es gleich zerspringen würde. »Zara, Baby, bitte.« Ich lege einen Arm um sie, und zu meiner Erleichterung erlaubt sie mir, dass ich sie an mich ziehe.

»Es war meine Schuld«, sagt sie mit leiser Stimme.

»Es war ein Unfall.«

»Ich hätte aufmerksamer sein müssen.« Ihr Kinn zittert.

»Du warst selbst kaum erwachsen.«

Sie öffnet die Augen und sieht zu mir auf. »Ich war neunzehn. Ich wusste um meine Verantwortung und habe ihn aus den Augen gelassen.«

»Seitdem bestrafst du dich selbst.« Ich beuge mich vor, führe ihre Hand zu meinem Mund und küsse ihre Fingerspitzen. »Deshalb arbeitest du so hart. Deshalb bist du so auf deine Karriere konzentriert.«

»Du hast viel Zeit damit verbracht, mich zu analysieren, nicht wahr?« Sie runzelt die Stirn.

»Ich bin besessen von dir, erinnerst du dich?«

Ihre Mundwinkel bewegen sich nach oben. »Und ich bin von dir besessen.«

»Ich weiß.«

»Verdammt, aber dieses übergroße Ego ...«, murmelt sie.

»Das ist nicht das Einzige, was momentan übergroß ist.«

Sie macht ein spöttisches Geräusch. »Behalte ihn in der Hose, mein Lieber. Wir müssen hinausgehen, um uns den Fotografen zu stellen, die vor der Tür warten.«

Ich verschränke ihre Finger in meinen. »Sie haben uns gefunden?«

»Sie haben länger gebraucht als erwartet. Offenbar verlieren sie ihren Jagdinstinkt.«

»Oder du bist zu schlau für sie.«

»Du Schmeichler, du.«

»Das gehört zum Geschäft, Baby.«

Ich beuge mich vor und sie ebenfalls. Dann presse ich meine Lippen auf ihre. Ich küsse sie sanft, langsam, behutsam, und ein Seufzer entweicht ihr. Ich neige den Kopf zur Seite und vertiefe den Kuss. Schließlich beende ich ihn.

»Bist du dir sicher, dass du das jetzt tun willst?«

Sie sieht mir in die Augen und nickt.

»Okay.«

»Okay.«

Ich stehe auf, und Hand in Hand gehen wir aus dem Café. Wir treten nach draußen und werden mit Fragen bombardiert.

»Sind Sie beide zusammen, Mr. Whittington?«

»Werden Sie Zara heiraten, Mr. Whittington?«

»Sind Sie schwanger, Zara?«

»Ja.«

Ich höre ihre Antwort, registriere sie zunächst aber nicht wirklich. Schließlich erreicht das Gesagte mein Gehirn. Auch die Journalisten müssen überrascht gewesen sein, denn eine Sekunde lang herrscht Schweigen. Ich schaue sie an und versuche, jedweden Ausdruck aus meinem Gesicht zu verbannen, und hoffe, dass es mir gelingt.

»Herzlichen Glückwunsch! In der wievielten Woche sind Sie, Zara?«

»Sind Sie beide bereits verlobt?«

»Wo ist Ihr Ring, Zara?«

»Werden Sie an Mr. Whittingtons Seite sein, wenn er den Wahlkampf führt, anstatt hinter den Kulissen?«

Ich drücke ihre Hand und Zara erwidert den Druck. Sie ist schwanger. Mit meinem Kind. Und sie hat nicht daran gedacht, mir davon zu erzählen? Ist das ihre Art, sich an mir zu rächen, weil ich sie in eine Situation gedrängt habe, in der sie keine andere Wahl hat, als mich zu heiraten? Und da sie schwanger ist, wäre das nicht außerdem das Beste für das Kind? Ich hebe eine Hand und warte, bis die Journalisten verstummen.

»Zara und ich sind zusammen. Wir haben noch keine Pläne für eine Hochzeit geschmiedet. Wenn diese stehen, lassen wir es Sie wissen. Das ist alles, was ich im Moment sagen werde.«

Ich will mir einen Weg durch die ersten Reihen der Fotografen bahnen, aber Zara zerrt an meinem Arm. Ich drehe mich um und sehe, dass sie sich nicht von der Stelle gerührt hat. Sie reckt das Kinn in die Höhe. »Ich habe etwas zu sagen.«

»Jetzt?«

Sie nickt.

Ich runzle die Stirn und versuche, ihren Gesichtsausdruck zu deuten, aber ich kann nicht verstehen, was dieser Blick in ihren Augen bedeutet. Sie schweigt, also wende ich mich den Journalisten zu, hebe noch einmal die Hand und zeige auf Zara. »Meine zukünftige Frau möchte Ihnen etwas mitteilen.«

Ich trete wieder an ihre Seite und sie drückt meine Hand. Ihre Finger sind wieder kalt. Ihr Körper zittert. Dann senkt sie das Kinn. »Es tut mir leid, Hunter, aber es ist das Beste, wenn alles auf einmal herauskommt.«

Bevor ich nachfragen kann, was sie meint, hat sie sich wieder den Journalisten zugewandt.

»Ich wurde schwanger, als ich sechzehn war, und verlor meinen Sohn mit neunzehn.«

51

ZARA

»Du hast mir nicht genug vertraut, um es mir zu erzählen, bevor du es an die Medien weitergibst?« Hunter starrt mich von der anderen Seite seines Büros aus an.

Nachdem ich der Presse alles über meine Vergangenheit erzählt hatte, wurden wir mit weiteren Fragen bombardiert. Hunter jedoch hat sich mit mir im Schlepptau einen Weg durch das Gedränge gebahnt. Sein Sicherheitsdienst ist mit einem Auto vorgefahren und wir haben uns schnell aus dem Staub gemacht. Während der ganzen Fahrt haben wir uns weder angesehen noch miteinander gesprochen. Unsere Telefone haben pausenlos vibriert, aber in gegenseitigem, unausgesprochenem Einverständnis hat keiner von uns draufgeschaut. Er hat auch meine Hand nicht losgelassen.

Wir sind zu seinem Büro gefahren und er hat mich zwischen den Schreibtischen seines Teams hindurchgeführt. Die meisten seiner Mitarbeiter haben emsig gearbeitet, ungeachtet der Tatsache, dass Wochenende ist. Das liegt in der Natur eines Wahlkampfes. Es gibt keine freien Tage, nicht bis zur Bekanntgabe der Wahlergebnisse — und auch nicht danach, wenn die eigentliche Arbeit beginnt. Die meisten Mitarbeiter sind jedoch in unserem Kielwasser verstummt. Der Anblick ihres Chefs, der Hand in Hand mit mir an ihnen vorbeieilte, hat ausgereicht, um ihnen klarzumachen, dass sich die Dinge geändert haben.

Er hat seinen Assistenten angebellt, er solle niemanden hereinlassen, dann hat er mich in sein Büro geführt, die Tür geschlossen und sie sicherheitshalber verriegelt. Erst dann hat er meine Hand losgelassen. Ich bin sofort zu dem Sofa gegangen, das an die Wand gelehnt ist. Darauf habe ich mich niedergelassen, meine Tasche neben mich gestellt und die Hände im Schoß gefaltet. Jetzt beobachte ich, wie er auf dem Teppich auf und ab geht.

»Ich dachte, du wüsstest es bereits«, erwidere ich schließlich.

Er dreht sich zu mir. »Ist das alles, was du draufhast?«

»Das ist eine begründete Vermutung. Du hast mich überprüfen lassen. Du weißt alles über mich, bis hin zu meinem bevorzugten Heißgetränk. Natürlich habe ich angenommen, dass du meine Vergangenheit kennst.«

»Offenbar haben meine Ermittler nicht herausgefunden, dass das verstorbene Geschwister nicht dein Bruder, sondern dein Sohn war.«

Ich zucke zusammen und schließe die Augen. »Ich sollte wohl dankbar sein, dass die Leute, die ich angeheuert habe, um dieses Detail meiner Vergangenheit auszulöschen, es geschafft haben.« Ich reibe mir die Brust. »Mein Sohn. Ich habe ihn auf die Welt gebracht und dann zugesehen, wie er begraben wurde. Dann habe ich seine Verbindung zu mir ausgelöscht. Ich bin eine schreckliche Mutter.«

»Das bist du nicht, Zara. Du bist der stärkste und mutigste Mensch, den ich je kennengelernt habe.«

Hitze steigt mir in die Wangen. Ich lasse die Hände neben mich fallen und hebe den Kopf. »Du hast vergessen zu sagen, dass ich eine Problemlöserin bin. Das kann ich am besten. Wie könnte ich mein Talent besser einsetzen, als meine Vergangenheit in Ordnung zu bringen. Ich habe die Tatsache, dass Olly mein Kind ist, vertuscht, als wäre es ein schmutziges Geheimnis.« Mein Herz krampft sich in meiner Brust zusammen. Meine Eingeweide ebenfalls. »Ich bin ein schrecklicher Mensch. Ich habe die Existenz meines eigenen Sohnes ausgelöscht. Welche Mutter tut so etwas?«

»Du hast getan, was du für richtig gehalten hast. Und was nötig war, um zu überleben. Du hast deinen Sohn geliebt. Das sieht man daran, wie du über ihn sprichst. Du hast dein Bestes getan, um für ihn zu sorgen. Du bist nicht schuld an dem, was ihm passiert ist.«

Ich lache spöttisch. »Stell mich nicht als etwas hin, das ich nicht bin. Hast du vergessen, dass ich dir nichts von Olly erzählt habe? Dass ich die Wahrheit über ihn an die Presse weitergegeben habe, ohne es dir vorher zu sagen?«

»Olly war dein Geheimnis, das du verraten wolltest, als du gedacht hast, es wäre der richtige Zeitpunkt. Und du hast es getan, bevor du die Nerven verloren hast.« Sein Blick wird weicher.

Es liegt so viel Verständnis in seinem Gesicht. So viel Liebe. So viel von allem. Der Druck hinter meinen Augen wird größer. Mein Herz fühlt sich an, als ob es zerspringen würde. »Ich … hätte es dir sagen können, als wir noch allein waren.« Ich verschlucke mich. »Ich bin ein schlechter Mensch. Du verdienst etwas Besseres, Hunter.«

Seine blaugrünen Augen färben sich in jenes stürmische Grün, von dem ich weiß, dass es bedeutet, dass er wütend ist. Und er hat auch allen Grund dazu. Wenn ich an seiner Stelle wäre, würde ich auf der Stelle alle Beziehungen zu mir abbrechen. Die Furche zwischen seinen Augenbrauen vertieft sich.

Schließlich sagt er: »Ich weiß, was du hier tust.«

»Ach ja?«

Er nickt. »Du denkst, weil du mich so überrascht hast, und das vor den Augen der Medien, werde ich unsere Beziehung aufgeben. Aber du irrst dich.«

Ich blinzle. »Ich irre mich?«

Er kommt zu mir und hockt sich vor mich. »Du vergisst, wie hartnäckig ich bin, Feuer. Ich bin nicht so weit gekommen, nur um dich wegen etwas zu verlassen, das in deiner Vergangenheit passiert ist.«

Ich recke mein Kinn vor. »Ich habe dir viele Dinge verschwiegen, Hunter. Ich habe dir nicht gesagt, dass ich eine Teenager-Mutter eines Jungen mit Autismus war, der gestorben ist, weil ich mich nicht um ihn kümmern konnte.«

»Du hast dein Bestes getan.«

Eine Träne tritt aus meinem Augenwinkel. »Du hast keine Ahnung, was ich getan oder nicht getan habe.«

Er beugt sich vor und streicht mir die Träne von der Wange. »In der ganzen Zeit, seit ich dich kenne, hast du dich nie – kein einziges Mal – vor deiner Verantwortung gedrückt.« Er führt seinen feuchten Finger an seine Lippen und saugt daran. Mein Herz fühlt sich an, als würde es zerspringen.

»Du nimmst dir Zeit, dich ehrenamtlich um Kinder zu kümmern.« Er sieht mir in die Augen.

»Das ist doch nichts.«

»Du schenkst ihnen deine Zeit. Es ist nicht so, dass du einen Scheck ausstellst und es dann vergisst. Das bedeutet etwas.« Er nimmt meine Hand in seine. Ich versuche mich loszureißen, aber er umklammert sie fester. »Du hast dich weit über deine Pflicht hinaus engagiert. Ich weiß, wie du deinen Freunden beigestanden hast, wenn sie dich gebraucht haben, wie du für jeden deiner Kunden dein Bestes gegeben hast und ihnen in Situationen geholfen hast, in denen jeder andere die Nerven verloren hätte. Aber nicht du, Zara. Du stellst dich jeder Herausforderung und gehst als Siegerin hervor. Ich bin stolz auf dich.«

Der Druck hinter meinen Augen verstärkt sich noch mehr. »Ich habe dir nicht gesagt, dass ich schwanger bin.«

»Ich wusste es.«

Mir fällt die Kinnlade herunter, schon wieder. So oft, wie dieser Mann mich überrumpelt hat, habe ich fast genauso oft versucht, ihm den Boden unter den Füßen wegzuziehen – und bin gescheitert. »Du meinst …?«

»Du hast zweimal Champagner abgelehnt. Außerdem …«

»Die Wanze in meinem Handy.« Ich lasse mich aufs Sofa fallen. »Natürlich, das wusstest du.«

»Tut mir leid, dass ich dir die Überraschung verdorben habe.« Er schürzt seine schönen Lippen und ein Feuer entfacht tief in meinem Bauch.

»Ich sollte diejenige sein, die sagt, dass es mir leidtut. Ich hätte dir alles erzählen sollen – das mit der Schwangerschaft, das mit Olly. Einfach alles. Es ist nur«, ich schaue weg, dann wieder zu ihm, »es war alles zu viel für mich und ich musste es zunächst verarbeiten. Es war ein solcher Schock, als ich erfahren habe, dass ich schwanger bin.«

Er steht auf und setzt sich neben mich. »Du hättest mich für dich da sein lassen sollen.«

»Ich hatte in den vergangenen Wochen morgendliche Übelkeit, deshalb hatte ich den starken Verdacht, schwanger zu sein. Der Test war nur eine Formalität, aber als ich die rosafarbene Linie sah – zum zweiten Mal in meinem Leben – wurden leider Erinnerungen wach.«

Er legt einen Arm um meine Schultern und zieht mich an sich. »Es tut mir leid, dass du das allein durchmachen musstest.«

Ich entspanne mich in seiner Umarmung, Muskel für Muskel. »Ich wollte es in meinem eigenen Tempo machen. Ich habe den Schwangerschaftstest immer wieder aufgeschoben, bis das nicht mehr möglich war. Und als ich heute Morgen das positive Ergebnis gesehen habe, brauchte ich etwas Zeit, um das alles zu verarbeiten. Deshalb wusste ich, dass ich in die Schule gehen und Zeit mit ein paar meiner Lieblingsmenschen verbringen musste.«

»Den Kindern.«

»Den Kindern«, stimme ich zu.

Wir sitzen noch ein paar Sekunden schweigend da, dann sehe ich zu ihm auf. »Ich schätze, ich werde dich doch heiraten müssen.«

»Willst du mich denn heiraten, Zara?«

»Willst du denn, dass ich dich heirate, Hunter?«

Er lacht. »Du bist so verdammt stur, aber ich werde dich noch kleinkriegen.« Er geht zum zweiten Mal in unserem Leben auf ein Knie und zieht einen Ring aus seiner Tasche. Dann hält er mir seine Hand hin, und ich lege meine Hand in seine. Er steckt mir den Ring an den linken Ringfinger. Der gelbgoldene Edelstein in der Mitte ist von winzigen Diamanten umgeben. Ich neige meine Hand und das Licht aus dem Fenster hebt die goldenen Funken im Herzen des Saphirs hervor.

»Feuer für mein Feuer.«

»Hunter«, hauche ich. Ich hatte zwar einen Ring erwartet, aber nicht so einen unbeschreiblich schönen. Er ist einzigartig und genau die Art von Ring, die ich für mich selbst gewählt hätte.

»Er ist antik.« Hunter reibt mit dem Daumen über den glänzenden, goldenen Feuerball an meinem Finger. »Er gehörte meiner Großmutter. Sie war der einzige Mensch in meinem Leben, der mich wirklich geliebt hat. Sie hinterließ ihn mir mit der Anweisung, ihn der Frau meiner Träume zu schenken. Der Frau, die ich mir von Herzen wünsche. Der Frau, die alles ist, was ich brauche. Du bist meine Hoffnung, meine Liebe, mein Anfang und mein Ende. Du bist alles, was ich brauche. Ich liebe dich mit jedem Atemzug mehr. Du bist der Grund, warum ich lebe. Du gibst meinem Leben einen Sinn. Und ich möchte den Rest des Lebens damit verbringen, dir und unseren Kindern«, er legt seine andere Hand auf meinen Bauch, »alles zu geben, was ihr benötigt.«

»Hunter.« Ich schlucke. Es gibt so viel, was ich sagen möchte, aber meine Gehirnzellen scheinen nicht in der Lage zu sein, die notwendigen Verbindungen herzustellen, damit ich die Worte formulieren kann. »Hunter.« Eine weitere Träne kullert über meine Wange, und diesmal beugt er sich vor und küsst sie weg.

»Heirate mich, Zara. Heirate mich, und ich werde dir all die Jahre zur Seite stehen. Auch wenn ich Fehler machen werde, werde ich dir nie das Herz brechen. Ich verspreche, dich so glücklich zu machen, dass die einzigen Tränen, die du vergießt, glückliche sein werden. Heirate mich, weil ich lieber einen Kuss von deinen Lippen, eine Berührung deiner Finger auf meinen, ein Streichen deines Haares auf meiner Haut, deinen Herzschlag gegen meinen hören möchte, als mein Leben weiterhin ohne dich zu verbringen. Heirate mich …«

»Ja.« Ich drücke meine Lippen auf seine. »Ja!«

52

HUNTER

»Herr Minister, haben Sie und Zara schon einen Termin für die Hochzeit festgelegt?«, fragt der Journalist.

Wir befinden uns in dem kleinen Wintergarten, der an mein Stadthaus in Primrose Hill angebaut ist. Wir sind übereingekommen, dass es am besten wäre, eine Pressekonferenz abzuhalten, zu der wir eine ausgewählte Anzahl von Nachrichtenleuten einladen würden.

Wir haben eine Liste mit Personen erstellt, von denen wir wussten, dass sie mit uns sympathisieren würden. Aber wir haben auch solche eingeladen, von denen wir wussten, dass sie unangenehme Fragen stellen würden. Das war Zaras Idee. Sie war außerdem der Meinung, dass es am besten wäre, die Pressekonferenz an einem Ort abzuhalten, der ein Gefühl der Privatsphäre vermittelt. Das würde die Medien beruhigen und ihnen das Gefühl geben, dass sie unsere Gäste seien und nicht unsere Gegner. Ich habe den an mein Wohnzimmer angebauten Wintergarten vorgeschlagen und sie war einverstanden. Ich war begeistert. Das bedeutete, dass sie in meinem Revier, in meinem Haus sein würde, auch wenn sie noch nicht eingewilligt hatte, bei mir einzuziehen. Daran arbeite ich noch. Allerdings werde ich sie bestimmt bald überzeugen können.

Ich habe die gesamte Veranstaltung in ihre Hände gelegt. Sie ist nach wie vor die Leiterin der Kommunikationsabteilung meiner Kampagne. Außerdem ist sie meine Partnerin. Nachdem ich ihr zum zweiten Mal einen Heiratsantrag gemacht habe und sie ihn angenommen hat, haben wir uns geküsst und rumgemacht, und zwar wieder in meinem Büro. So gut habe ich meinen Schreibtisch noch nie genutzt.

Als wir aus meinem Büro herauskamen, hat mein gesamtes Team geklatscht. Meine Mitarbeiter hatten die Clips von der spontanen Begegnung mit den Journalisten am Eingang des Cafés gesehen. Dann habe ich Zara in meinem Büro hinter mir her gezerrt und alle haben sich ihre eigenen Gedanken gemacht. Und dann war da noch der Ring an ihrem Finger. Der Ring, der der Welt verkündet, dass sie zu mir gehört. Dass sie unter meinem Schutz steht, mit mir verbunden ist und ich sie nie wieder loslassen werde. Es ist also für jeden klar, dass wir zusammen sind.

Jetzt drehe ich mich zu meiner Verlobten, die auf dem Stuhl neben mir sitzt. »Das muss Zara entscheiden.«

Die Blicke der Journalisten wandern in ihre Richtung.

»Da ich dem Minister gern Überraschungen bereite …«

Ein Raunen geht durch die Gruppe.

»Ich würde nur meiner Neigung nachgehen, ihn zu schockieren, wenn ich ihm sage, dass ich tatsächlich ein Datum festgelegt habe.«

Alle halten den Atem an. Ich beobachte sie stolz.

Diese Frau könnte die Welt regieren, wenn sie wollte. Doch sie hat sich entschieden, stattdessen meine Welt zu regieren. Jeden Tag danke ich dem Himmel dafür, dass sich unsere Wege gekreuzt haben. Sie gibt meinem Leben einen Sinn. Sie ist der rote Faden in meinen Gedanken. Sie bestimmt den Rhythmus meines Herzschlag. Die Farbe in meinen Träumen. Sie bildet die einzige Realität, in der es sich zu leben lohnt. Sie gehört zu mir und das macht mich zum glücklichsten Mann der Welt.

»Hunter?«

Ich blinzle, als ich merke, dass sie mich anschaut. »Was immer du willst«, murmle ich.

»Du bist also einverstanden, wenn wir sofort heiraten?«

Ich blinzle. »Sofort?«

»Wir haben unsere Gäste«, sie nickt in Richtung der versammelten Journalisten, »und was die Freunde angeht ...« Sie lächelt jemanden an, der an mir vorbeigeht. Ich drehe den Kopf und sehe Liam und Isla, die den Wintergarten durch den Seiteneingang betreten. Sie haben auch ihren Hund mitgebracht – eine Deutsche Dogge, die an der von Liam gehaltenen Leine zerrt.

Hinter ihnen stehen Sinclair und Summer, Michael und Karma. Weston und Amelie – die mir und Zara gestanden haben, dass sie uns reingelegt haben, und die über das Ergebnis des Ganzen sehr erfreut sind – winken uns zu.

Dahinter stehen JJ und Lena und Saint und Victoria.

Das Schlusslicht bildet Cade Kingston, allerdings ist er ganz allein. Sein Blick ist auf etwas – oder jemanden – auf der anderen Seite des Podiums gerichtet. Ich folge seinem Blick und sehe Abby, die Cade finster ansieht. Sie neigt den Kopf. Dann wendet sie ihm in einer Geste der absichtlichen Brüskierung den Rücken zu. Sie beugt sich vor, um mit einem ihrer Teamkollegen zu sprechen. Steve, glaube ich. Ich schaue zurück und stelle fest, dass Cade die Augenbrauen zusammengezogen hat. Es scheint ihm schwer zu fallen, sich zu beherrschen. Er macht ein paar Schritte nach vorn, aber in diesem Moment dreht sich Lena um und sagt etwas zu ihm. Er reißt den Blick von Abby los und antwortet Lena. Jemand, den ich seit vielen Monaten nicht mehr gesehen habe, betritt hinter Cade den Raum.

»Ist das ...?«

»Edward Chase, einer der Sieben«, bestätigt Zara.

»Was macht er denn wieder im Lande?« Ich habe von Sinclair gehört, dass Edward das Priesteramt aufgegeben hat und in die Welt hinausgezogen ist.

»Er war zufällig zu Besuch, und da ich heute Morgen beschlossen habe, dass wir heute heiraten sollten, habe ich ihn gleich gebeten, die Trauung zu vollziehen.«

»Er ist kein Priester mehr.«

»Er kann uns immer noch verheiraten«, entgegnet sie.

»Und sobald ich es einrichten kann, gehen wir zum Standesamt, um unsere Ehe rechtlich zu besiegeln.«

Sie zieht die Mundwinkel nach oben. »Du willst kein Risiko eingehen, oder?«

»Ich werde nicht eher ruhen, bis du mir in jeder Hinsicht gehörst.«

Ihre goldenen Augen funkeln. Die Ader an der Basis ihrer Kehle schlägt schneller. Wir beugen uns zueinander und unsere Atemzüge vermischen sich. Ich senke den Kopf, bis meine Wimpern ihre berühren.

Jemand räuspert sich. Ich sehe auf und entdecke Abby, die zwischen uns hin und her blickt. »Äh, wir sind bereit für Sie beide.«

Zara runzelt die Stirn. »Ich habe nichts weiter geplant.«

»Ich schon.« Ich stehe auf und halte ihr eine Hand hin. »Du bist nicht die Einzige, die für Überraschungen sorgen kann, Feuer.«

Sie sieht mich verblüfft an, dann kichert sie. »Ich hätte nichts anderes von dir erwartet.«

Wir gehen hinaus in den Garten.

»Wow!« Zara betrachtet die Heizstrahler, die an strategisch günstigen Stellen auf dem Rasen aufgestellt wurden. Die Stühle sind in Reihen aufgestellt, in der Mitte befindet sich ein Gang. Er führt zu einem Bogen aus Pampasgras, der mit gelben und violetten Blumen geschmückt ist.

»Wann hast du das alles gemacht?«

»Genau genommen waren es Abby und dein Team, die beim Aufbau geholfen haben.« Ich nicke Abby dankend zu, die die Hände verschränkt. »Ich hoffe, es gefällt dir.«

Kate kommt zu uns. »Und wenn nicht, ist das auch nicht weiter schlimm. Es ist das Beste, was wir in der kurzen Zeit auf die Beine stellen konnten, während ihr in der Pressekonferenz wart.«

Steve stellt sich neben Abby. »Wir hatten viel Spaß dabei, nicht wahr?«

Kate verdreht Augen. »Wie du meinst. Aber es ist für deine Hochzeit, Zara. Ich hätte übrigens nie gedacht, dass wir das je erleben würden. Aber wenn man schon vorhat zu heiraten, würde ich sagen, dass es ein verdammt guter Schachzug ist, die Person zu wählen, die der nächste Premierminister des Landes werden könnte.«

Zara gluckst. »Danke, Kate.«

Die Journalisten strömen auf den Rasen. Abby, Kate, Casey und Steve führen sie zu den Stühlen. Unsere Freunde nehmen ihre Plätze in der ersten Reihe ein, und Edward geht an uns vorbei und wartet am oberen Ende des Ganges auf uns.

Ich nehme Zaras Hände in meine und führe sie an meine Lippen. »Wir sehen uns auf der anderen Seite.«

53

ZARA

Habe ich wirklich geglaubt, ich könnte meinen Mann noch einmal überraschen und damit durchkommen? Er ist nicht umsonst als der klügste Politiker unserer Zeit bekannt. Die ganze Zeit dachte ich, ich sei ihm einen Schritt voraus, aber er hat mich bei jeder Gelegenheit überlistet. Er hat mein Telefon und meinen Computer verwanzt, Kameras in meiner Wohnung und meinem Büro angebracht – und ich habe nichts davon mitbekommen. Natürlich habe ich es ihm heimgezahlt, indem ich die Presse mit der Wahrheit über meine Vergangenheit konfrontiert und offenbart habe, dass ich schwanger bin. Aber er hat es bereits geahnt.

Er hat mir einen Heiratsantrag gemacht und ich habe Ja gesagt.

Wieder einmal ist er mir zuvorgekommen. Er hat geahnt, dass ich etwas im Schilde führe, als ich zugestimmt habe, die Pressekonferenz bei ihm abzuhalten. Er hat mein gesamtes Team angeheuert, um bei den Vorbereitungen für die Hochzeit zu helfen. Gut, dass ich doch noch die Gelegenheit habe, ihn zu überrumpeln.

Ich nicke Abby zu, die zu Cade hinübergeht. Sie verwickelt ihn in ein Gespräch. Er runzelt die Stirn, als sie in Hunters Richtung zeigt. Schließlich folgt er ihr widerwillig dorthin, wo Hunter mit Edward spricht. Die vier stehen zusammen und unterhalten sich. Ich trete zurück und gehe nach drinnen in das Gästezimmer am Ende des Ganges. Ich schließe die Tür hinter mir und gehe zum Bett. Darauf liegt ein schlichtes weißes Etuikleid, entworfen von einem aufstrebenden britisch-asiatischen Designer, dessen Karriere ich mit großem Interesse verfolge und dessen Entwürfe ich liebe. Ich ziehe meinen Hosenanzug aus und schlüpfe in das Kleid. Als ich mir die Ärmel über die Schultern schiebe, geht die Tür auf.

»Bin ich zu spät?« Abby stürmt herein und bleibt hinter mir stehen.

»Du kommst gerade rechtzeitig.«

Sie zieht mir den Reißverschluss hoch. Ich steige in die weißen Satin-Stilettos, die vom selben Designer stammen, streiche mir durchs Haar, das ich heute Morgen hochgesteckt habe, und setze mir dann den einreihigen Schleier im Vintage-Stil auf den Kopf. Abby hilft mir, ihn zu befestigen. Ich frische mein Make-up auf und ziehe das Netz über meine Augen.

»Wie sehe ich aus?« Ich betrachte mein Spiegelbild.

»Umwerfend. Du siehst sowohl sexy als auch elegant aus. Hunter ist ein glücklicher Mann.«

»Ich glaube, wir haben beide Glück, dass wir einander gefunden haben.« Ich begegne ihrem Blick im Spiegel. »Ganz zu schweigen davon, dass es ein Wunder ist, dass wir es bis zum Altar geschafft haben, ohne uns gegenseitig umzubringen.«

»Ich glaube, ihr werdet beide sehr glücklich sein«, sagt sie mit sanfter Stimme.

»So wie du es sein wirst, wenn du und mein Bruder beschließt, eure Differenzen zu überwinden.«

»Hm?« Sie blinzelt schnell. »So etwas gibt es zwischen uns nicht.« Sie wedelt mit einer Hand in der Luft. »Außerdem ist er der beste Freund meines Bruders. Auf keinen Fall können wir ein Paar werden.«

»Hmm.« Ich beschließe, nicht weiter darauf einzugehen. Jeder von uns hat eine Reise vor sich, bis er schließlich sein Happy End findet. Und wenn man bedenkt, wie Hunter und ich uns gegenseitig in die Mangel genommen haben … Nun, ich bin mir nicht sicher, ob ich die Richtige bin, um ihr einen Rat zu geben. Trotzdem biete ich ihr an: »Wenn du reden willst, bin ich für dich da, und zwar nicht nur als deine Chefin.«

Sie scheint verblüfft zu sein, nickt dann aber. »Als ich dir zum ersten Mal begegnet bin, fand ich dich ganz schön furchteinflößend. Jetzt weiß ich, dass du unter dieser ganzen Frau-von-Welt-Persönlichkeit ein weiches Herz hast. Du kümmerst dich um deine Freunde und dein Team. Ich bin froh, dass du mich unter deine Fittiche genommen hast.«

»Freu dich nicht zu früh! Wir haben noch eine Menge harter Arbeit für die bevorstehende Kampagne vor uns.«

»Ich freue mich darauf.« Sie reicht mir meinen Blumenstrauß. »Aber zuerst müssen wir zu einer Hochzeit.«

»Zara, du siehst …« Cade schüttelt den Kopf. Ausnahmsweise scheint mein großspuriger, klugscheißender Bruder nicht in der Lage zu sein, Worte zu finden. »Du siehst absolut umwerfend aus.« Er beugt sich vor und küsst mich auf die Wange. »Es tut mir leid, dass Mum und Dad nicht dabei sind.«

Ich zucke mit den Schultern und versuche, es abzutun, aber in Wahrheit tut es weh, dass meine Eltern wieder einmal den Laden über mich stellen. Man sollte meinen, dass die Hochzeit ihrer Tochter wichtiger wäre als der Erhalt des Ladens, aber anscheinend ist das nicht der Fall.

»Sie haben mir eine Nachricht geschickt, dass ich herzlich eingeladen bin, sie zu besuchen und meinen Ehemann mitzubringen«, murmle ich.

»Das ist doch was, oder?« Er schiebt meine Hand in seine Armbeuge. »Es ist ja nicht so, dass sie dich nicht lieben.«

»Sie waren einfach nicht erfreut darüber, dass ich als Teenager Mutter geworden bin und dann dem Anwaltsberuf den Rücken gekehrt habe, um das zu tun, was ich liebe.«

»Sie haben dich aber unterstützt. Sie waren bereit, Olly als ihr Kind zu adoptieren.«

»Nicht, dass ich es erlaubt hätte.« Ich verlagere mein Gewicht von einem Fuß auf den anderen. »Aber du hast recht. Letzten Endes haben sie mich nicht verleugnet. Sie waren für mich da, als ich sie am meisten gebraucht habe. Sie sind nur nicht glücklich über meine Lebensentscheidungen, das ist alles.«

»Werdet du und Hunter sie besuchen?«, fragt Cade.

»Wenn er die Wahl gewonnen hat und Premierminister geworden ist. Dann ist er wahrscheinlich gut genug für sie als Schwiegersohn.«

Wir lachen beide.

Schritte ertönen. Abby erreicht uns. »Wir sind bereit für dich.« Sie ignoriert Cade und sieht nur mich an.

»Danke, Abby.«

Sie nickt, dann dreht sie sich um und geht. Cade sieht ihr mit einem Stirnrunzeln nach.

»Was soll das alles?« Ich nicke in ihre Richtung. »Läuft da etwas zwischen euch?«

»Nein. Mein bester Freund Knight ist ihr Bruder. Glaub mir, er wäre mehr als sauer, wenn zwischen mir und Abby etwas laufen würde.«

»Wann hat dich das jemals aufgehalten?« Ich betrachte sein Gesicht. »Warte! Vielleicht empfindest du tatsächlich etwas für diese junge Frau. Ist das der Grund, warum du es vorziehst, mit ihr leidenschaftliche Blicke auszutauschen, anstatt deinem Herzen zu folgen?«

»Leidenschaftliche Blicke?« Er schüttelt den Kopf. »Nur weil man verliebt ist, muss nicht die Welt aufhören sich zu drehen.«

»Aha!« Ich lächle süffisant. »Du bist also in sie verliebt?«

»Äh, nein, natürlich nicht! Ich habe nicht vor, mich in nächster Zeit an jemanden zu binden.«

»Die berühmten letzten Worte.« Ich tätschle seine Hand. »Ich werde dich daran erinnern, wenn du wie ich vor dem Traualtar stehst.«

»Ich glaube nicht, dass mir ein weißes Kleid stehen würde.«

Ich lache. »Du weißt, was ich meine.«

»Ich werde nicht heiraten. Zumindest jetzt noch nicht. Apropos …« Er wendet sich der Tür zu, die zum Garten führt. »Du willst doch nicht zu spät zu deiner eigenen Hochzeit kommen, oder?«

54

HUNTER

Die Menge verstummt. Die Härchen in meinem Nacken stellen sich auf. Ich drehe mich um und sehe sie in den Gang treten – und mir stockt der Atem. Verdammt, sie ist wunderschön! Eine leibhaftige Göttin. Ich bin mir nicht sicher, wie sie es geschafft hat, sich so schnell umzuziehen, aber es hat sich gelohnt. Das weiße Kleid bedeckt ihre Schultern und lässt ihr Dekolleté leicht erahnen. Es wird an der Taille enger, weitet sich dann über ihre spektakulären Hüften und fällt schließlich bis zu den Zehen hinab. Spitze umspielt ihre Arme und ihre wunderschöne Haut lugt hindurch. Cade führt sie den Gang entlang und sie sieht einfach nur atemberaubend, erhaben, exquisit aus. Und ich bin der glücklichste Mann auf diesem Planeten.

Sie erreichen mich. Cade küsst Zara auf die Wange, schüttelt meine Hand und legt dann ihre Hand in meine. Ich küsse ihre Fingerspitzen und die Menge jubelt. Zara lächelt zu mir hoch. Ich senke unsere Hände, dann drehen wir uns beide zu Edward.

Er blickt zwischen uns hin und her und ein Lächeln umspielt seine Lippen. Ich sehe, wie sich seine Lippen bewegen und muss die entsprechende Antwort geben, ebenso wie Zara. Dann drehe ich mich wieder zu ihr. Ich ziehe den Platinring aus meiner Tasche und stecke ihn ihr an den Finger, über ihren Verlobungsring.

Sie steckt mir ebenfalls einen Platinring an den Finger.

»Ich schätze, wir hatten beide die gleiche Idee, hm?« Ich grinse.

Sie lacht. »Offenbar sind wir endlich auf derselben Seite.«

»Heißt das, du hörst mit deinem verbalen Sparring auf?« Ich trete näher, sie auch.

»Was meinst du?«, murmelt sie.

»Ich glaube«, ich lege einen Arm um ihre Taille und ziehe sie an mich, »dass du mich immer auf Trab halten wirst. Und ich möchte nicht, dass sich das jemals ändert.«

Sie schaut mir in die Augen. Deren goldene Farbe wird heller, bis sie dem Sonnenlicht gleicht. »Ich liebe dich, Ehemann.«

Mein Herz schlägt wie verrückt in meiner Brust. Wärme pulsiert durch meine Adern. Ich ziehe sie näher an mich heran und beuge den Kopf hinunter, bis meine Lippen ihre berühren. »Ich liebe dich mehr als mich selbst. Ich verspreche, dich stets zu respektieren. Ich schwöre, dass ich dich und unsere Familie über alles andere stellen werde.«

Ihr Kinn zittert. »Unser Land braucht dich ebenfalls.«

»Und ich verspreche, mit Leidenschaft und Hingabe zu dienen und mehr als mein Bestes zu tun, um dieses Land in eine sichere Zukunft zu lenken.«

»Du machst mich stolz.« Sie hebt den Kopf und schließt die Augen, und ich drücke meinen Mund auf ihren. Ich küsse sie leidenschaftlich. Sie öffnet die Lippen und ich lasse meine Zunge über ihre gleiten. Ich sauge an ihrem Mund, bis ein Stöhnen über ihre Lippen kommt, sie sich an mich schmiegt, in meinen Armen dahinschmilzt und ich sie noch enger an meine Brust drücke. Ich küsse sie weiter, bis ich schließlich Klatschen höre. Langsam beende ich den Kuss, streiche mit meinen Lippen ein-, zweimal über ihre und ziehe mich schließlich zurück. Ihr Brustkorb hebt und senkt sich, ihre Haut ist gerötet. Als sie schließlich die Lider öffnet, sind ihre Augen mehr silber- als goldfarben.

»Das war ein toller Kuss.« Sie räuspert sich.

»Er war das Versprechen meiner Treue zu dir und meinem Kind, das du in dir trägst.«

Sie schluckt. »Du bringst mich noch zum Heulen.«

»Nur solange es Tränen der Freude sind.« Ich streichle ihr Gesicht. »Ich liebe dich, Zara.«

Ein Stuhl kracht auf den Boden, dann schreit eine Frauenstimme: »Tiny!« Wir blicken auf und sehen, dass sich die Dogge aus Liams Griff befreit hat. Der Hund rennt zu einem Tisch, an dem die Getränke ausgeschenkt werden.

»Tiny!« Isla rafft ihren Rock und eilt ihm hinterher. »Tiny, bleib stehen!«

Der Kellner, der gerade Champagner in ein Glas gießt, hält auf halbem Weg inne. Tiny springt auf den Tisch, der unter seinem Gewicht zusammenbricht. Der Kellner macht einen Satz nach hinten und die Flasche fällt ihm aus den Händen. Tiny fängt sie in der Luft auf, kippt sie nach unten und säuft den Champagner aus.

»Tiny, du bist ein böser Junge!« Isla reißt die Flasche aus Tinys Maul. Liam erreicht sie und packt den Hund an seinem Halsband.

»Hat der Hund gerade Champagner getrunken?«, fragt Edward verwirrt.

Zara und ich lachen. Ich drehe mich zu ihm und erwidere: »Wir müssen dir noch einiges erzählen, bis du wieder auf dem neuesten Stand bist.«

»Hat diese Dogge eine Vorliebe für Champagner, oder sehe ich das falsch?« Edward schaut von Isla zu Liam.

»Es ist der Hund ihrer Mutter.« Liam hebt die Hände. Als ob das alles erklären würde.

»Wir passen auf ihn auf, während meine Mutter mit ihrem Strickclub unterwegs ist«, erklärt Isla.

»Und er hat eine Vorliebe für Sekt?«, fragt Edward mit ungläubiger Stimme.

»Seit damals, als wir zum ersten Mal eine Champagnerflasche vor ihm aufgemacht haben. Und es scheint ihm überhaupt nicht zu schaden.« Isla zuckt mit einer Schulter. »Gelegentlich hat er einen Kater und dann wird meine Mutter richtig sauer auf ihn.«

»Aber er ist so süß.« Abby beugt sich vor und umarmt die Deutsche Dogge. Liam hat Tinys Leine an seinem Stuhl festgebunden und momentan sitzt der Hund brav da und beobachtet die Menschen neugierig.

»Er ist ein Schatz, außer wenn er in der Nähe von Champagner ist«, stimmt Isla zu.

»Nicht, dass ich ihn ermutigen will oder so, aber er kann meinen Anteil haben, da ich nicht trinke«, verkündet meine Frau.

»O mein Gott, ich habe ganz vergessen, dir zu gratulieren!« Solene beugt sich vor und umarmt Zara.

Declan beobachtet sie von der anderen Seite des Tisches aus stirnrunzelnd. Die beiden sind getrennt zur Hochzeit gekommen, haben seither kein Wort miteinander gewechselt und sitzen einander an den beiden Enden eines der Tische gegenüber. Interessant. Nicht, dass es mich etwas angehen würde. Aber jetzt, da ich verheiratet bin, wünsche ich mir das Gleiche für meine Freundin.

»Ich freue mich so für euch.« Isla schenkt meiner Frau ein Lächeln. »Heiraten und ein Baby, gleich hintereinander. Wer hätte gedacht, dass du mir in Sachen Baby zuvorkommen würdest?«

»Es war ein Unfall«, murmelt Zara.

»Aber einer, auf den ich mich wirklich freue«, werfe ich ein.

Isla schaut dann zwischen uns hin und her. »Das wird auch gut für die Umfragewerte sein, oder?«

Zara und ich sehen einander an. »Es kann nicht schaden«, antwortet Zara schließlich.

»Die Berichterstattung war eigentlich sehr positiv.« Abby fuchtelt mit ihrem Handy in der Luft herum. »Ich wollte euch nicht belästigen, da es genau genommen immer noch eure Hochzeit ist, aber die Presse hat sich darauf gestürzt. Es gibt bereits überschwängliche Berichte über die Hochzeit und das Baby. Und die letzten Umfragen zeigen erhöhte Zustimmungsraten für Mr. Whittington.«

»Bitte nenn mich Hunter.«

Abby errötet ein wenig. »Ja, Sir, Mr. Hunter.«

»Nur Hunter.«

»Das habe ich gemeint. Deine Idee einer Überraschungshochzeit, zu der die Presse eingeladen wird, war ein Hit. Natürlich klagen einige, dass sie gern vorher Bescheid gewusst hätten, um sich entsprechend zu kleiden, aber ansonsten ist es ein großes Liebesfest.«

»Eine gute Art, unsere Flitterwochen zu beginnen, was?« Ich streiche eine Haarsträhne hinter das Ohr meiner Frau. *Meiner Frau.* Wie konnte ich nur so viel Glück haben?

»Unsere Arbeitsflitterwochen.« Zara hebt ihr Saftglas an die Lippen und trinkt einen Schluck. »Du hast noch eine Kampagne zu führen.«

»Du wirst mich auf dem rechten Weg halten, hmm?«

»Du weißt, dass das unmöglich ist. Du hast deinen eigenen Kopf, Baby. Ich versuche nur, dir Optionen zu geben. Ich weiß, dass du dir immer deine eigene Meinung bilden wirst, aber das wird mich nicht davon abhalten, meinen Standpunkt zu vertreten.«

Ich nehme ihre Hand in meine und küsse ihre Knöchel. »Ich möchte, dass du mit mir aktiv Wahlkampf betreibst und über die Dinge sprichst, die dir am Herzen liegen. Ich möchte, dass du einen Fonds leitest, der Frauen in Not, benachteiligten Menschen und Kindern mit besonderen sozialpädagogischen Bedürfnissen hilft.«

Ihre Gesichtszüge werden weicher. »Bist du dir sicher?«

»Absolut.«

Ich beuge mich vor, um sie zu küssen, da räuspert sich jemand. Ich schaue auf und sehe Abby neben uns stehen. Sie lächelt kurz in Zaras Richtung. »Äh, ich glaube, ich gehe zurück ins Büro.«

»Du gehst jetzt schon zurück?« Zara runzelt die Stirn.

»Die Kampagne ist noch im Gange, und die Berichterstattung über die Hochzeit erfordert eine Menge Nacharbeit. Es wäre am besten, das jetzt zu tun, während das Interesse an dem, was ihr beide als Nächstes vorhabt, groß ist. Ich dachte, ich könnte eine Strategie entwerfen, die ich mit euch teilen kann.«

»Eine Strategie?« Zara senkt den Kopf.

Abby nickt. »Wenn das in Ordnung ist und es dir nichts ausmacht? Ich meine …«

»Ich halte das für eine großartige Idee.«

Abbys Gesichtszüge hellen sich auf. »Wirklich?«

»Auf jeden Fall. Ich«, Zara sieht mich an, »*wir* würden uns freuen, deine Vorschläge zu hören, wie wir die Öffentlichkeitsarbeit für die Kampagne nutzen können.«

»Ganz genau«, stimme ich zu.

»Toll.« Abby holt ihr Handy aus ihrer Hosentasche. »Ich bestelle mir ein Taxi.«

»Das ist nicht nötig, ich kann dich hinfahren.« Cade erhebt sich von seinem Platz auf der anderen Seite des Tisches.

»Was? Nein!« Abby schüttelt den Kopf. »Ich meine, du musst eine Menge Champagner getrunken haben, also kannst du bestimmt nicht fahren.«

»Ich habe Wasser getrunken.« Cade hebt sein Glas in ihre Richtung. »Ich bin mitten im Training, also kein Alkohol.«

»Oh …« Abby blickt erst nach links, dann nach rechts. »Aber du bist doch sicher anderweitig beschäftigt.«

»Ich habe für den Rest des Tages nichts vor.« Er grinst.

»Du hast doch sicher etwas Besseres zu tun, als mich ins Büro zu fahren.«

»Eigentlich kann ich mir nichts Schöneres vorstellen, als deinen Chauffeur zu spielen.«

55

ZARA

Acht Monate später

»Ich verspreche, dem Land mit Integrität, Demut und Mitgefühl zu dienen. Ich verspreche, mein Bestes für mein Land und für Sie, die Sie mich gewählt haben, zu tun. Ich werde die Versprechen einlösen, die ich Ihnen während meines Wahlkampfes gegeben habe.« Der neu gewählte Premierminister des Landes, der zufällig auch mein Ehemann ist, lässt den Blick über die Menge schweifen. »Natürlich wird es Herausforderungen geben, aber ich lasse mich nicht entmutigen. Ich hoffe, dass ich den Anforderungen meines Amtes gerecht werde und das Vertrauen, das Sie in mich gesetzt haben, erfüllen kann. Ich werde unser Land in eine glückliche Zukunft führen. Ich werde Ihre Bedürfnisse über die Politik stellen. Gemeinsam können wir wunderbare Dinge erreichen. Wir werden eine Zukunft schaffen, die der Opfer würdig ist, die so viele gebracht haben. Ich danke Ihnen.«

Er entfernt sich vom Podium und hält mir eine Hand hin. Ich gehe vorsichtig zu ihm, denn mein Bauch ist bereits kugelrund.

Es sind acht Monate vergangen, seit dem Tag, an dem wir geheiratet haben.

Acht Monate lang habe ich Seite an Seite mit ihm gearbeitet und im ganzen Land Wahlkampf betrieben. Ich habe seine PR-Strategie bis zu dem Tag geleitet, an dem er die Wahlen gewonnen hat. Zu diesem Zeitpunkt habe ich meine PR-Agentur an Kate verkauft. Es war eine schwierige Entscheidung, aber die richtige. Niemand weiß besser als ich, wie anstrengend die Übernahme der Führungsrolle in diesem Land sein wird. Da ich mit dem Premierminister verheiratet bin, würde jeder Kunde, den ich annehme, sehr genau unter die Lupe genommen werden. Und obwohl ich nichts Falsches tun würde, indem ich meinen eigenen Job ausübe, könnte es Interessenkonflikte mit dem Amt meines Mannes geben. Also habe ich beschlossen, einen klaren Schnitt zu machen und meine Rolle als First Lady des Landes anzunehmen. Ich habe außerdem Hunters Angebot angenommen, ein Projekt ins Leben zu rufen, das sich um die Interessen von Frauen, sozial Schwachen und Kindern mit besonderen Bedürfnissen kümmert. Das ist meine Leidenschaft, und es fühlt sich richtig an, meine Energie dafür einzusetzen, den Schwächeren zu helfen.

Und in der ganzen Zeit, in der wir auf Wahlkampftour waren, ist das Kind, das ich in mir trage, gewachsen. Inzwischen ist mein Bauch riesig. Eigentlich sollte ich es hassen, wie füllig ich geworden bin, aber jedes Mal, wenn ich meinen Bauch sehe, spüre ich diese unbändige Zärtlichkeit und Liebe.

Ich habe ihm versprochen, dass ich mich bis nach seiner Vereidigung zurückhalten würde. Jetzt, da wir für Fotos posieren, hat er einen Arm um mich gelegt und den anderen über meinen Bauch. Unsere spontane Hochzeit und meine Schwangerschaft haben in den Medien für viel Aufhebens gesorgt, aber die Wähler haben es schließlich akzeptiert. Viele Journalisten haben meinen Mut gelobt, mit meiner Schwangerschaft im Teenageralter und dem darauf folgenden Verlust an die Öffentlichkeit zu treten. Natürlich gab es auch einige, die mich als ungeeignet bezeichnet haben, die Frau des künftigen Staatsoberhauptes zu sein, aber insgesamt war das Feedback positiv. Seit ich das erste Mal an Hunters Seite aufgetaucht bin, wurde ich mit guten Wünschen überhäuft.

Gern würde ich glauben, dass unser Kind uns einen Glücksfall beschert hat, der Hunter den Weg geebnet hat, die Verantwortung für dieses Land zu übernehmen. Ich lächle und winke den Journalisten zu, die uns auffordern, für sie zu posieren. Das geht mehrere Minuten lang so. Ich habe es geschafft, meine geschwollenen Füße in High Heels zu zwängen, aber jetzt bereue ich es.

Hunter spürt mein Unbehagen und nickt den Nachrichtenleuten ein letztes Mal zu. Dann nimmt er mich in die Arme. Sofort gehen hinter uns die Blitzlichter an, und die Journalisten eilen herbei, um den Moment festzuhalten.

»Hunter, was tust du da?«, frage ich überrascht.

»Ich trage meine Frau über die Schwelle.« Er geht in die Downing Street Number 10 und seine Mitarbeiter kommen zu uns, um uns zu begrüßen.

Meine Wangen werden heiß und ich drücke mein Gesicht an seine Schulter. »Ich finde, du solltest mich jetzt runterlassen«, sage ich leise.

»Wenn ich so weit bin.«

»Hunter, bitte.« Ich lache halb, dann sehe ich zu ihm auf. »Warum bin ich nicht überrascht von deiner übertriebenen Geste?«

»Weil du mich liebst?« Er grinst.

»Das tue ich, Herr Premierminister, und zwar sehr.«

Seine Gesichtszüge werden weicher. Er beugt sich vor und erobert meine Lippen. Der Kuss ist sanft und süß, aber auch leidenschaftlich und sehr heiß. Ich gebe mich ihm hin und öffne den Mund, und Hunter knabbert an meiner Unterlippe. Er vertieft den Kuss und diese vertraute Weichheit durchdringt meine Glieder.

Jemand räuspert sich und ich erstarre. Hunter küsst mich noch ein paar Sekunden lang. Als er den Kopf hebt, sind meine Wangen ganz heiß und mein Atem geht unregelmäßig.

Er mustert mein Gesicht und nickt dann. »Kommst du zurecht?«

»Mir geht es mehr als gut, solange ich dich an meiner Seite habe.«

»Du hast mich, Baby, für immer und ewig. Ich liebe dich so sehr.« Er küsst mich auf die Stirn, dann stellt er mich auf die Füße.

Ich trete einen Schritt zurück, dann nicke ich seinem Team zu. »Gehen Sie ruhig weiter, Ihr Land braucht Sie.«

»Du stehst immer an erster Stelle, Feuer. Bist du sicher, dass du zurechtkommst?«

Ein Stechen fährt durch meinen unteren Bauch. Ich widerstehe dem Drang, darüber zu reiben, sondern nicke und erwidere: »Du weißt, dass ich klarkommen werde.«

»Hm.« Er sieht mich eine weitere Sekunde lang eindringlich an, dann beugt er sich vor und küsst mich erneut auf die Lippen, bevor er sich den Leuten zuwendet.

Ich ziehe mich zurück und beobachte, wie sie Schlange stehen, um mit ihm zu sprechen. Er schüttelt jeder Person die Hand und schenkt ihr seine volle Aufmerksamkeit. Das Land mag ihn jetzt voll in Anspruch nehmen, aber ich werde immer seine Zuneigung und Aufmerksamkeit haben. Ich werde ihn mit der Welt teilen müssen, solange er Premierminister ist, und wahrscheinlich noch darüber hinaus, da er den größten Teil seines Lebens in irgendeiner Form im öffentlichen Dienst tätig sein wird. Aber ich habe keine Zweifel, dass ich und unsere Familie für ihn immer an erster Stelle stehen werden.

Ein weiterer Krampf erfasst meinen Bauch, und zwar diesmal so heftig, dass ich keuche. Ich schaue mich um, aber niemand hat es bemerkt. Es zahlt sich ausnahmsweise einmal aus, nicht im Mittelpunkt zu stehen. Hunter ist wahrscheinlich der Einzige, dem ich das nicht missgönnen würde. Schließlich bin ich nicht nur in die PR-Branche eingestiegen, weil es mir Spaß macht, die Medienpräsenz meiner Kunden zu erhöhen, sondern auch, weil ich Aufmerksamkeit liebe. Die vergangenen Monate waren die befriedigendste Zeit meines Lebens, nicht nur, weil ich so viel Zeit mit Hunter auf dem Wahlkampftrip verbringen konnte, sondern auch, weil es eine persönliche Verbindung zu meiner Arbeit gab. Natürlich habe ich für jeden Kunden mein Bestes gegeben, aber bei Hunter habe ich all mein Wissen und Können in die Öffentlichkeitsarbeit für seine Kampagne gesteckt.

Ich wollte unbedingt, dass er gewinnt. Ich habe den Mann hinter der öffentlichen Fassade kennengelernt und mir war klar, dass er sein Bestes für das Land geben würde. Er hat eine Vision für die Zukunft und er wird sie auf jeden Fall verwirklichen. Mehr noch, er ist aufrichtig und loyal und will seine Intelligenz und alles, was ihm zur Verfügung steht, einsetzen, um eine bessere Zukunft für die jüngere Generation zu schaffen.

Gut, er kommt aus reichen Verhältnissen, aber gerade das hat ihn selbstlos gemacht. Lange Zeit habe ich ihm sein Geld und seine Privilegien vorgeworfen. Ich habe über ihn geurteilt und damit den gleichen Fehler begangen, den ich anderen vorwerfe, wenn sie mich in eine Schublade stecken. Ich kann nicht in eine solche gesteckt werden und Hunter auch nicht. Wir sind beide komplexe Individuen mit vielen Facetten. Unsere Hintergründe sind nur eine davon.

Mir ist klar, dass ich mir zu schnell eine Meinung über ihn gebildet habe, als wir uns das erste Mal begegnet sind, aber Hunter hat alle vorgefassten Meinungen, die ich über ihn hatte, komplett über den Haufen geworfen. Ich weiß jetzt, dass er der zärtlichste, besitzergreifendste und fürsorglichste Mann ist, den ich je kennenlernen werde. Ich weiß auch, dass er bereit ist, die Grenze zwischen Recht und Unrecht zu überschreiten, um sich um mich zu kümmern. Vielleicht sollte mich das stören, aber irgendwie kann ich ihm das nicht übel nehmen. Die Grautöne in seiner Persönlichkeit machen ihn nur noch interessanter. Mache ich mir Sorgen, dass das auf sein Berufsleben übergreifen könnte? Nein, denn nur ich bringe diesen Teil seiner Persönlichkeit zum Vorschein.

Ein dritter Schmerzstoß durchfährt meinen Unterbauch. Es fühlt sich an, als ob ich von einer Welle überrollt würde. Ich keuche und beuge den Oberkörper nach vorn. Auf einmal ergießt sich Wasser zwischen meinen Beinen und sammelt sich um meine Füße. Entsetzt blicke ich auf meinen inzwischen durchnässten Rock hinunter. Ich blicke auf und sehe, dass Hunter sich zu mir umgedreht hat. Er bemerkt, dass ich die Arme um mich geschlungen habe, also richte ich mich auf und atme tief ein. Mit zwei Schritten ist er bei mir und nimmt mich wieder in die Arme.

»Hunter, was tust du da? Du machst deinen Anzug schmutzig.«

»Das ist mir egal. Ich bringe dich ins Krankenhaus.«

Zu behaupten, die nächsten Stunden seien dramatisch gewesen, wäre gelinde ausgedrückt. Hunter hat darum gebeten, dass der Wagen des Premierministers – ein riesiger Jaguar Sentinel – durch den Hintereingang gebracht wird. Dann hat er mir geholfen, mich auf den Rücksitz zu setzen, hat neben mir Platz genommen und dem Fahrer befohlen, uns ins Krankenhaus zu bringen. Das Sicherheitsfahrzeug vor uns hat seine Sirene eingeschaltet, und ich wusste, dass wir von einem anderen Fahrzeug verfolgt werden. Zwei weitere Mitglieder seines Sicherheitsteams auf Motorrädern haben uns flankiert und wir haben das Krankenhaus in weniger als zehn Minuten erreicht.

Hunter hat darauf bestanden, mich aus dem Auto zu tragen und in die Notaufnahme zu bringen, wo wir sofort durchgewunken wurden. Er hat mich festgehalten, bis die Ärzte sich durchgesetzt haben, dass er mich auf ein Bett legt, damit sie mich untersuchen können. Sie haben erklärt, dass mein Muttermund sechs Zentimeter geweitet sei und wir Zeit hätten, bis das Baby käme. Das war vor zehn Stunden.

Ich habe die Zeit damit verbracht, die Agonie der Wehen auszuhalten und meine Kräfte für den nächsten Schub zu sammeln. Und bei alledem hat Hunter meine Hand gehalten, mich mit Eiswürfeln gefüttert und mir den Schweiß von der Stirn gewischt. Er hat nicht einmal mit der Wimper gezuckt, als ich ihn lautstark dafür verflucht habe, dass er mich in diese Lage gebracht hat.

Karma und Summer, gefolgt von Isla und Abby, sind an mein Bett gekommen, um mich wissen zu lassen, dass sie mit mir warten würden. Ich habe ihnen gesagt, sie sollten nach Hause gehen, schließlich könne noch Stunden dauern, bis das Baby da wäre. Aber sie haben sich geweigert. Mein Bruder ist auf einer weiteren Kricket-Tour, aber Abby sagte mir, sie habe ihm eine Nachricht geschickt und er sei auf dem Rückweg.

Ich schaue in Hunters Gesicht, als er sich auf dem Stuhl neben meinem Bett zurücklehnt.

»Du solltest dir einen Kaffee holen.«

»Auf keinen Fall«, knurrt er.

»Es könnte noch eine Weile dauern, bis ...« Ich zucke zusammen.

Er beugt sich vor und sieht mich besorgt an. »Geht es dir gut?«

Ich atme durch den inzwischen vertrauten Schmerz, der meine Wirbelsäule hinaufwandert. Nur dieses Mal wird er immer stärker, bis er wie eine Wand ist, die sich in mich hineindrückt, in mich hineinschiebt, mich durchschneidet. Ich keuche, schließe die Augen und schreie. Vielleicht werde ich sogar kurzzeitig ohnmächtig. Als ich die Lider wieder öffne, ist Hunter blass. Die Ringe unter seinen Augen sind ausgeprägter und an seiner Unterlippe klebt ein Blutstropfen. »Hast du dich verletzt? Hast du dir auf die Lippe gebissen?«

Er öffnet den Mund, dann schließt er ihn wieder. »Ich werde dir das nie wieder antun.« Seine Stimme klingt heiser.

»Die berühmten letzten Worte.« Ich lache, dann keuche ich wieder, als der Schmerz wieder zunimmt. »O nein, nein, nein, das ist zu stark!«

Hunters Augen weiten sich. Er drückt auf den Schalter neben dem Bett. »Ich rufe die Hebamme.«

»Er ist wunderschön.« Hunters warme Stimme umhüllt mich wie Balsam.

Nachdem er die Hebamme gerufen hat, hat es weitere drei Stunden gedauert, bis das Baby schreiend auf die Welt gekommen ist. Ich war völlig fertig, wie betäubt und bis ins Mark erschüttert. Mein ganzer Körper hat sich angefühlt, als würde er durch einen Betonmischer gejagt werden. Und ich hatte den Eindruck, als hätte man mir die Eingeweide herausgerissen ... Na ja, in gewisser Weise hat man das auch. Und dann hat die Hebamme das Baby auf meine Brust gelegt.

Ich berühre seine kleine Stupsnase, betrachte seine Wimpern, die rosafarbenen Lippen – und ich verliebe mich Hals über Kopf. Zum dritten Mal in meinem Leben. Ich halte ihn im Arm und ein Tsunami der Liebe durchströmt jede Faser meines Wesens. Ich vermisse Olly so sehr. Er hätte seinen jüngeren Bruder geliebt.

Ich habe mit diesem kleinen Jungen eine zweite Chance bekommen und ich werde alles in meiner Macht Stehende tun, um sie nicht zu vermasseln. Tränen laufen aus meinen Augenwinkeln. Ich kann sie nicht zurückhalten, während ich meinen Sohn ansehe. Hunter legt einen Arm um mich und zieht mich an seine Brust, was mich nur noch mehr zum Schluchzen bringt. Dann öffnet das Baby die Augen und sieht mich an. Mein Atem stockt in meiner Brust und ich falle beinahe in Ohnmacht. Blaugrüne Augen. Hunters Augen schauen mich an, und ich verliebe mich erneut in meinen Mann und meinen Sohn.

Als der Arzt mir meinen Sohn zum ersten Mal zum Trinken an meine Brust legt, saugt dieser nach nur kurzem Zureden daran. Das Gefühl bringt einen neuen Schwall Tränen hervor. Hunter hält mich fest, bis das Schluchzen nachlässt und mein Sohn während des Stillens einschläft. Ich wische ihm vorsichtig den Mund ab, ziehe meinen Krankenhauskittel zu, und wir beide starren auf das Wunder, das wir geschaffen haben.

Ein Summen erfüllt den Raum. Hunter ignoriert es. Es hört auf und fängt dann erneut an. »Ich glaube, du solltest rangehen«, murmle ich.

»Wenn ich das tue, bedeutet das, dass ich zu meinen Pflichten zurückkehren muss.« Er runzelt die Stirn.

»Du kannst es nicht länger aufschieben.« Ich werfe ihm einen Seitenblick zu. Sein Haar ist zerzaust, sein Hemd zerknittert. Bartstoppeln überziehen seine Wangen. Er sieht müde aus – und so verdammt lecker.

»Sie sind wunderschön, Herr Premierminister.«

Er lacht. »Wenn du mich mit diesem Titel und deiner heiseren Stimme ansprichst, macht mich das total an.«

»Schön, dass du momentan an so etwas denken kannst.«

Das Summen seines Telefons erfüllt wieder den Raum. »Du musst wirklich rangehen, Hunter.«

»Ich hätte mein Telefon nie einschalten sollen, das hätte ich müssen.« Er sieht mich eindringlich an. »Ich werde nie vergessen, was du für mich, für unsere Familie getan hast. Du bist der tapferste und mutigste Mensch, der mir je begegnet ist. Ich fühle mich geehrt, dass du meine Frau geworden bist. Ich danke dem Himmel für den Tag, an dem sich unsere Wege gekreuzt haben. Wenn ich wiedergeboren werde, Feuer, hoffe ich, dass du mir die Ehre erweist, auch in dem Leben meine Frau zu sein – und in all unseren zukünftigen gemeinsamen Leben.«

Tränen brennen mir in die Augen. Ich schlucke den Klumpen hinunter, der meine Kehle zusammenschnürt. »Hör auf, du bringst mich wieder zum Weinen.«

»Nicht weinen, Baby. Jetzt ist es an der Zeit, glücklich zu sein.« Er beugt sich vor und küsst mich auf die Stirn.

»Oh, ich hoffe, ich störe nicht?«

Wir blicken auf und sehen Abby im Türrahmen stehen. »Ich kann später wiederkommen.« Sie dreht sich um, als wolle sie gehen.

»Du störst nicht.« Hunter steht auf. »Tatsächlich würde es mich beruhigen, wenn du Zara Gesellschaft leistest, während ich ein paar Anrufe tätige.«

Mit einem letzten Blick auf mich geht er hinaus.

»Komm herein!«

Abby betritt das Zimmer mit einem großen Blumenstrauß in der Hand. Sie stellt ihn auf einen Tisch, auf dem bereits lauter Sträuße und Spielzeug stehen. »Wow, hier riecht es wie in einem Garten«, sagt sie.

»Alle Sieben und ihre Ehefrauen haben mir Blumen und Spielzeug für das Baby geschickt«, murmle ich.

»Du meinst die Sieben, die die Firma *7A* leiten?«

»Ja. Und die Sovranos.«

Sie macht große Augen. »Die Sovranos, also die italienische Mafia?«

»Wie bei der Cosa Nostra«, erwidere ich nickend.

Ihre Augen werden noch größer. »Sind das nicht Kriminelle?«, flüstert sie.

»Hat nicht jeder eine Leiche im Keller?«, entgegne ich.

Sie errötet ein wenig, blickt weg und dann wieder zu mir. Nun, da ist jemand ganz schön schuldbewusst.

»Du bist nicht gut darin, deine Gedanken zu verbergen, nicht wahr?«

Ihre Wangen werden heller, falls das überhaupt möglich ist. »Das ist das Problem, wenn man so helle Haut hat.«

»Oder einen reinen Geist.« Ich lächle halb. »Es ist okay, unschuldig zu sein. Es ist sogar besser, wenn man sich einen Kern von Unschuld im Herzen bewahrt. Sei nur nicht naiv, wenn es darum geht, Entscheidungen zu treffen, okay?«

Sie nickt. »Danke, Zara. Ich weiß es wirklich zu schätzen, dass du mich unter deine Fittiche genommen hast.«

»Du hast dich in den vergangenen Monaten im Wahlkampf wirklich unersetzlich gemacht. Ohne deinen Einsatz hätte mein Mann nicht zum Premierminister gewählt werden können.«

Sie zieht die Schultern nach vorn. »Vielen, vielen Dank.«

»Kinn hoch!«

»Hm?« Sie blinzelt.

»Heb dein Kinn, Mädchen, und nimm das Lob an! Du bist besser als du denkst.«

Abby lacht verlegen, dann blickt sie auf das kleine Bündel in meinen Armen. »Er ist ja sooo klein.«

»Er hat sich nicht so klein angefühlt, als ich ihn aus meiner Va… ähem …ina gepresst habe. Kannst du das nachvollziehen?«

»O Gott, das sind zu viele Informationen«, sagt eine neue Stimme.

Ich blicke auf und sehe meinen Bruder im Türrahmen stehen. Er sieht aus, als hätte er in eine Zitrone gebissen.

»Du weißt genau, wie der Geburtsvorgang abläuft!«, schimpfe ich.

»Ja, aber bisher waren Geburten und alles, was damit zu tun hat, nur ein Konzept. Und die Tatsache, dass du jetzt Mutter bist, habe ich immer noch nicht ganz verarbeitet.«

Er kommt zu mir und stellt sich an die Seite des Bettes gegenüber von Abby. In den Händen hält er einen rosa und einen blauen Luftballon, jeweils mit der Aufschrift *Baby Boy* und *Baby Girl*.

»Ich wollte auf Nummer sicher gehen«, erklärt er mir und blickt dann auf das Baby. »Wow, du bist wirklich Mutter.«

»Und du bist Onkel.«

Cades Gesicht erhellt sich. Er streckt die Brust heraus, drückt die Schultern zurück und verschränkt die Arme vor der Brust. »Ich kann es kaum erwarten, ihm Kricket beizubringen.«

»Möchtest du ihn zuerst halten?«

Cade blickt erschrocken drein. »Ich?«

»Ja, du.«

»Hm. Er ist so zerbrechlich. Vielleicht, wenn er ein bisschen älter ist.« Dann macht er einen Schritt zurück, um seine Worte zu unterstreichen. Die Luftballons flattern über ihm. »Ich sollte sie irgendwo festbinden.« Er dreht sich um und geht quer durch den Raum zu einem der Stühle und bindet sie an der Lehne fest. Offenbar braucht mein Bruder etwas länger, bis er sich mit dem Gedanken anfreunden kann, seinen Neffen zu halten.

»Oh, jetzt sehe ich es! Auf dem rosa Ballon steht *Baby Boy*«, erklärt Abby.

»Ich bin mir dessen bewusst.« Cade dreht sich um, geht zurück und stellt sich wieder auf die ihr gegenüberliegende Seite des Bettes. Diesmal in einem gebührenden Abstand zu mir und dem Baby.

»Sollte es nicht … ich meine … sollte es nicht umgekehrt sein?« Abby kaut auf ihrer Unterlippe, und ich merke, wie sich die Schultern meines Bruders anspannen. Sein Blick ist auf ihren Mund gerichtet, und in seinen Augen liegt ein Ausdruck, den ich nur als Lust bezeichnen kann. Apropos zu viele Informationen …

Ich räuspere mich und mein Bruder scheint aus seiner Träumerei aufzuwachen.

»Wen besuche ich denn, hmm?« Er richtet seine Frage an Abby.

»Zara.« Sie runzelt die Stirn.

»Wer ist Zara?«

»Deine Schwester?«, antwortet sie zögerlich.

»Und?«

»Sie ist Feministin, eine starke Frau, und …« Sie hebt beide Brauen. »Jetzt verstehe ich es! Du hast das absichtlich gemacht, weil du wusstest, dass es ihr gefallen würde.«

Mein Bruder grinst. »Du bist schlauer, als du aussiehst.«

Abby presst die Lippen zusammen. »Und so dumm, wie du aussiehst, bist du auch nicht.«

Mein Bruder blinzelt. »Dumm? Hast du mich gerade dumm genannt?«

»Du weißt ja, was man sagt: Wenn man ein hübsches Gesicht hat, stehen die Chancen gut, dass man nichts im Kopf hat.«

Cade bleibt der Mund offen stehen, dann kommentiert er lachend: »Sehr gut.«

»Du redest so, als würdest du mir nicht zutrauen, dass ich mich in einem Gespräch behaupten kann«, entgegnet Abby schnaubend.

»Oh, ich bin sicher, dass du das kannst. Sonst hätte meine Schwester dich nicht eingestellt.«

»Ich habe sie eingestellt, weil Abby viel Potenzial gezeigt hat. Tatsächlich ...« Ich drehe mich zu Abby. »Ich sehe etwas von mir in dir.«

Ihre Gesichtszüge erhellen sich. »Wirklich?«

Ich nicke. »Du hast den gleichen Hunger und den starken Wunsch, dich zu beweisen. Du dürstest nach Erfolg, was dich antreibt, dich noch mehr anzustrengen.«

»Deshalb glaube ich, dass du perfekt für die Position als meine neue Kommunikationsmanagerin geeignet bist«, fügt Cade sanft hinzu.

Abby starrt ihn an. »Was meinst du?«

»Ich brauche Hilfe bei der Verwaltung meiner Social-Media-Profile und meiner PR. Und du hast meine Schwester gehört, du gehörst zu den Besten in ihrem Team. Also habe ich beschlossen, dass du für mich arbeitest.«

Abby versteift sich. Sie verschränkt die Arme vor der Brust und spiegelt damit Cades Körpersprache von vorhin wider. »Und wenn ich mich weigere?«

Um herauszufinden, wie es weitergeht, lies **Hier** *die Geschichte von Cade und Abby in The Agreement.*

Lies einen Auszug aus Cades und Abbys Geschichte

Abby

»Du warst so ein gutes Mädchen.« Seine raue, samtene Stimme hallt in meinen Ohren wider und macht mich rasend.

Warum sind seine Worte so erregend? Ich schließe die Augen und höre Shane East in meinen Kopfhörer brummen. Seit ich zum ersten Mal eine Geschichte mit ihm als Sprecher gehört habe, bin ich ihm verfallen. Es ist die perfekte Art, mich in der U-Bahn zu entspannen, auf dem Heimweg von meinem Job – meinem unglaublich stressigen Job in einer Kommunikationsagentur im Zentrum Londons. Es sollte eigentlich mein Traumjob sein, aber es hat sich herausgestellt, dass ich lediglich für meine Chefs Kaffee hole, am Kopiergerät herumstehe und mich um die Social-Media-Feeds des Unternehmens kümmere. Letzteres macht mir nichts aus, wenn es nur nicht so viele Gebote und Verbote gäbe, was ich in den sozialen Medien teilen darf und was nicht.

Man sollte meinen, dass eine Agentur, die in der PR-Branche eine Vorreiterrolle einnehmen will, mit ihrer Kommunikationsstrategie Risiken eingehe, aber nein. Die Chefs sind übervorsichtig und total traditionell in ihrer Einstellung zum Online-Marketing. Ich soll Beiträge teilen, die sich so lesen, als wären sie von jemandem aus dem viktorianischen Zeitalter verfasst worden. Was in gewisser Weise auch zutrifft, da der Eigentümer der Agentur angeblich ein entfernter Cousin der Königsfamilie ist. Verdammt!

Endlich habe ich einen Job gefunden, ohne den Einfluss meines Vaters zu nutzen. Und wieder einmal habe ich das Angebot meiner Eltern abgelehnt, ihr Apartment in Chelsea zu bewohnen. Stattdessen habe ich mir eine Einzimmerwohnung in Hackney gesucht, einem Teil Londons, dessen Existenz meine Eltern nicht anerkennen. Aber alles, was außerhalb des Royal Borough of Kensington and Chelsea liegt, wo meine Eltern leben und ich aufgewachsen bin, ist für meine Eltern ohne Bedeutung. Nur für die City of Westminster machen sie eine Ausnahme, und auch nur, weil sich dort der Buckingham Palace befindet. So, da habt ihr es.

Meine Eltern sind Snobs, und obwohl ich in einer privilegierten Umgebung aufgewachsen bin, habe ich den größten Teil meines Lebens damit verbracht, mich von meinen Wurzeln zu distanzieren. Ich wollte immer eine Self-made Woman sein. Jemand, der unabhängig ist und sich nicht auf andere verlassen muss, um sein Einkommen zu sichern. Jemand, der tun und lassen kann, was er will. Der nicht an Traditionen und Geschichte gebunden ist wie meine Eltern. Trotzdem fällt es mir schwer, die Verbindung zu ihnen ganz abzubrechen. Immerhin bin ich ihr Fleisch und Blut.

Und ich lebe und arbeite in London und reihe mich in die Scharen von Menschen ein, die täglich zur Arbeit und zurück fahren. Die Leute hassen das tägliche Pendeln. Ich liebe es verdammt noch mal. Vor allem, weil es eine der wenigen Gelegenheiten ist, bei denen ich meine Kopfhörer einstecken und meiner heimlichen Leidenschaft für pikante Hörbücher frönen kann. Wenn ich Schweinkram höre, bin ich nicht länger eine leicht pummlige Frau mit einer gitarrenförmigen Figur. Nein, ich bin eine Frau mit vielen Kurven, die bereit ist, jeden Gedanken an Feminismus aufzugeben, wenn die Hauptfigur knurrt: *»Gibst du mir, was ich will, Kleines?«*

»Ja, ja«, haucht sie. »Nimm mich, bitte.«

Von einem Ellbogen werde ich in die Seite gestoßen. Ich reiße die Augen auf und sehe eine junge Frau neben mir, die mich mit gerötetem Gesicht anstarrt. Ich nehme einen Knopf aus dem Ohr und sehe sie stirnrunzelnd an. »Was?«

»Ich werde dich auf meinen Schoß legen und …«

Meine Augen weiten sich. Nein, nein, nein! Ich kann immer noch Shanes Stimme hören, was bedeutet, dass ich meine Kopfhörer nicht richtig mit meinem Telefon verbunden habe, was wiederum bedeutet, dass jeder in der U-Bahn mitbekommen kann, was ich höre. Ich wische mit den Fingern über das Display meines Handys, verfehle den Button, drücke ihn erneut und schalte das Hörbuch aus.

Ich atme keuchend. Mein Herz flattert wie ein Schmetterling, der sich in einem Netz verfangen hat. Ich schaue mich um und stelle fest, dass mich alle Leute anschauen, manche mit einem Grinsen im Gesicht. Hitze brennt auf meinen Wangen. Meine Arme und Beine zittern. O Gott, o Gott, o Gott! Ich sacke gegen die Rückenlehne des Sitzes und versuche, zu schrumpfen und unsichtbar zu werden. Was leider nicht möglich ist.

Die Bahn fährt in die nächste Station ein und hält an. Die Menschen steigen aus. Andere schlurfen herein und setzen sich auf einige der freien Plätze. Gerettet! Ich wische mir den Schweiß von der Stirn, da sagt meine Sitznachbarin: »Das war heiß.«

Ich werfe ihr einen Seitenblick zu und sehe, dass sie mich anlächelt.

»Sehr heiß«, stimme ich zu.

»Ich liebe pikante Bücher.« Ihr Grinsen wird breiter.

»Ich auch.« Ich erlaube meinen Lippen, sich zu einem zaghaften Lächeln zu verziehen.

»Ich bin übrigens Mira.«

»Abby.« Ich strecke eine Hand aus und sie schüttelt sie.

»Ich ziehe es vor, meine schmutzigen Bücher zu lesen, aber du hast meine Meinung nach diesem heißen Kapitel vielleicht geändert.« Sie fächelt sich selbst Luft zu. »Wenn jetzt nur mein Freund in die Fußstapfen der männlichen Charaktere treten würde.«

»Oh, das klingt gut.«

»Hast du einen Freund?«

Ich schüttle den Kopf.

»Dann begeh nicht den gleichen Fehler wie ich.«

»Welcher wäre das?«

»Wenn du einen findest, stell ihn auf die Probe.«

»Auf die Probe?«

Sie nickt. »Bitte ihn, deine pikanten Lieblingsszenen nachzuspielen. Und wenn er es schafft, dass du genauso«, sie macht Anführungszeichen in der Luft, *»hart und schnell* kommst wie dein weiblicher Lieblingscharakter, dann weißt du, dass er es wert ist.«

»Oh, wow.« Ich starre sie an. »Daran habe ich noch gar nicht gedacht.« Warum ist mir das noch nie in den Sinn gekommen? »Das ist eine gute Idee.«

»Ich weiß, nicht wahr?« Sie zwinkert mir zu. »Du solltest unserem Strickclub beitreten.«

»Strickclub?«

»Wir sind der Londoner Ableger des Lymington Strickclubs. Wir treffen uns an den meisten Wochenenden, stricken, trinken Alkohol und tauschen uns über unsere liebsten pikanten Szenen aus.«

»Ein Treffen, um pikante Szenen zu besprechen, klingt toll«, erwidere ich. »Aber ich kann nicht stricken.«

»Keine Sorge, es ist ganz einfach. Wir werden es dir beibringen. Und es macht wirklich Spaß. Es wird dir gefallen. Wie lautet deine Telefonnummer?«

»Hm?«

»Deine Telefonnummer, Babe.« Sie blickt auf, als die Bahn in die nächste Haltestelle einfährt. »Das ging aber schnell. Ich schwöre, die Strecke zwischen der vorherigen Station und meiner vergeht immer wie im Flug. Da denke ich meist, ich hätte dort aussteigen und zu Fuß gehen sollen.« Sie lacht. »Aber das schaffe ich nie.« Sie wendet sich wieder mir zu. »Deine Telefonnummer?«

Ich schaue auf mein Handy, rufe dann meine Kontaktliste auf und reiche es ihr. »Hier, trag deine Telefonnummer ein und ich rufe dich an.«

»Okay.« Sie nimmt mein Telefon, tippt ihren Namen und ihre Rufnummer ein und gibt es mir dann zurück.

Die Bahn kommt zum Stehen und sie springt auf. »Ciao, Abby! Vergiss nicht, mich anzurufen.« Sie hängt sich den Riemen ihrer Tasche über die Schulter und eilt zur Tür.

Ich nehme auch meinen zweiten Kopfhörer heraus und stecke beide zusammen mit meinem Telefon in meine Tasche. Es dauert noch zehn Minuten, dann erreiche ich meine Haltestelle und gehe durch die Fahrkartenschranken nach draußen. Ich trete hinaus in die kühle Abendluft. Es ist zwar erst September, aber die Nächte werden schon jetzt kürzer. Es ist erst einundzwanzig Uhr, also ist es noch nicht zu spät. Ich gehe den Bürgersteig entlang und biege dann in meine Straße, da zerrt jemand an meiner Handtasche. Sie wird mir von der Schulter gerissen und ich sehe einen Mann weglaufen. Und er hat meine Tasche. Verdammt! Ich öffne den Mund und will um Hilfe schreien, aber es kommt nichts heraus. Meine Gehirnzellen scheinen auf einmal einen Kurzschluss erlitten zu haben. Ich muss etwas rufen, etwas tun, aber was? O mein Gott! O mein Gott! O mein Gott!

»Was zum Teufel? Geht es dir gut?« Eine tiefe Stimme, so samtig wie die von Shane East, gefüllt mit dunkler Schokolade und Noten von Kaffee und Sahne, umhüllt mich. Meine Arme und Beine zittern, diesmal jedoch nicht vor Angst.

Das ist nicht Shane Easts Stimme. Verdammt, ich habe Shane East nie kennengelernt. Aber diesen Mann? Den kenne ich sehr wohl. Tatsächlich ist seine Stimme die einzige, die ich noch besser kenne als die von Shane East. Die Stimme, die meine Träume erfüllt und lustvolle Bilder in meinem Kopf hervorruft. Ich atme ein und der Duft von Kardamom und Minze mit einer Prise Moschus und allem, was sündig ist, füllt meine Nasenlöcher.

Mein Magen bebt. Mein Puls hämmert an den Handgelenken, an den Schläfen, hinter den Augäpfeln. Das kann doch unmöglich er sein … Ich schaue nach oben und lege den Kopf in den Nacken, um in die blauen Augen des Mannes sehen zu können, der vor mir steht. Nein, nicht blau. Seine eine Iris ist blau, die andere grau. Heterochromie. Er hat unterschiedliche Augen, und zwar von der Art, die tief in einen zu blicken scheinen. Von der Art, die einen zu Wackelpudding reduzieren kann. Von der Art, die schon immer meine verborgenen Seiten gesehen hat und genau weiß, wie sie mir das Gefühl geben kann, dass ich nicht verankert bin, keine Bodenhaftung habe, in der Luft schwebe. Die Art von Blick, die mich in meine Teenagerzeit zurückversetzt.

»Geht es dir gut, Abby?«, fragt er erneut.

»Du …« Ich blinzle schnell hintereinander. »Was tust du denn hier?«

Cade

»Ich rette deinen Arsch, wie es aussieht.« Ich zeige mit einem Finger auf sie und befehle: »Bleib hier stehen!«

Ich verfolge den Mistkerl, der es gewagt hat, ihre Handtasche zu stehlen. Dieser Scheißkerl! Wie kann er es wagen, etwas anzufassen, das ihr gehört? Ich renne schneller. Wie kann er es wagen, ihr Schaden zuzufügen? Adrenalin durchflutet mein Blut. Alle meine Sinne sind in Alarmbereitschaft. Ich kneife die Augen zusammen, renne schneller und hole den Idioten allmählich ein. Ich beschleunige, bis es scheint, als würde ich nicht einmal den Boden berühren. Ich rase den Bürgersteig entlang, komme dem Kerl ein Stückchen näher … noch näher … Ich bin fast an ihm dran, dann werfe ich mich nach vorn und packe ihn an der Taille.

Er fällt zu Boden und ich werfe mich auf ihn. Ein gurgelnder Schrei ertönt, seine Hand wird zur Seite geschleudert und die Tasche fliegt aus seinem Griff. Ich springe auf, ziehe ihn hoch und drehe ihn herum, dann schlage ich ihn. Meine Handfläche trifft auf sein Gesicht. Das Geräusch von brechendem Knorpel erfüllt die Luft. Blut spritzt aus seiner gebrochenen Nase. Ich schlage erneut mit der Faust zu, diesmal auf seinen Unterkiefer. Er heult auf und schlägt nach dem Arm, mit dem ich ihn festhalte. Erneut verpasse ich ihm einen Schlag ins Gesicht. Er brüllt und schlägt noch vehementer um sich. Ich hole wieder aus, da höre ich ihre Stimme.

»Hör bitte auf! Du bringst ihn ja noch um.« Abby keucht, als sie näher kommt.

Ich zögere und der Wichser reißt sich los. Er dreht sich um und humpelt davon. Ich mache einen Schritt in seine Richtung, aber jemand packt mich am Ärmel.

»Bitte tu es nicht, Cade!«, fleht sie.

Sie *fleht.* Ich drehe mich zu ihr um, die Fäuste immer noch erhoben. Sie weicht zurück. Ihre großen grünen Augen sind voller Schock und … Angst?

Hat sie Angst vor mir? Das sollte sie auch. Wenn ich ihr nahe komme, weiß ich nicht, was ich machen werde. Dann habe ich mich nicht mehr unter Kontrolle. Ich schüttle ihren Griff ab.

Ein verletzter Ausdruck huscht über ihre Züge. Meine Brust krampft sich zusammen. Verdammt. Das ist der Grund, warum ich mich all die Jahre von ihr ferngehalten habe. Deshalb habe ich die erstbeste Gelegenheit genutzt, um Abstand zwischen uns zu bringen. Aber ihr Bruder? Knight ist immer noch mein bester Freund. Und ihm wird es nicht gefallen, dass ich mich wieder in Abbys Leben einmische. Ich zögere. Nicht, dass ich ihm das sagen würde – noch nicht. Nicht bevor ich mich dafür gerächt habe, was sie mir angetan hat. Und obwohl Knight meine Beweggründe verstehen würde, wird er alles andere als glücklich darüber sein. Er wird sogar stinksauer auf mich sein … Aber darüber mache ich mir Gedanken, wenn es so weit ist.

Ich hebe ihre Tasche auf, klopfe den Dreck ab, drehe mich um und stoße mit ihr zusammen.

Sie stolpert. Ich packe sie an der Schulter, um sie festzuhalten, und eine Hitzewelle läuft meinen Arm hinauf. Ich atme ein und der Duft von Kirschen umspielt meine Nase. Mein Schwanz wird hart. Verdammte Scheiße!

All diese Jahre später riecht sie immer noch göttlich. Sie riecht wie der köstlichste Leckerbissen aller Zeiten. Ich kann es kaum erwarten, mit der Zunge über ihre Haut zu streichen. Oder noch besser meine Zähne in ihr zu versenken. Aber ich würde sie zerreißen, sie zerstören. Genau das wird passieren, wenn ich sie in die Finger bekomme. Deshalb muss ich mich verdammt noch mal von ihr fernhalten.

Ich lasse sie so plötzlich los, dass sie erneut stolpert. Ich beuge mich nach vorn, will sie stützen, aber ich zwinge mich, einen Schritt zurück zu treten. Dann noch einen. Ich bringe so viel Abstand zwischen uns, dass ich sie nicht mehr riechen kann. Mist, der Drang, über ihren Mund zu lecken und meine Zähne in der Stelle zu versenken, an der ihre Schulter auf ihren Hals trifft, lässt sich nicht so leicht unterdrücken. Sie ist so wunderschön geworden. Das exquisiteste Geschöpf, das ich je gesehen habe. Aber ich werde sie mir nie genehmigen. Ich fahre mir mit den Fingern durchs Haar und sie keucht.

»Oh, Cade, deine armen Knöchel!« Sie streckt eine Hand aus.

Ich schlage sie weg. »Nicht!«

Sie wird blass und ihre Pupillen färben sich hellgrün wie junge Blätter an einem Trieb, wie Moos an einer Gartenmauer, wie frisches Gras an einem Sommertag. Wie der kostbarste aller Jadesteine. Ich halte ihr die Tasche hin und sie drückt sie an ihre Brust.

»Was zum Teufel ist los mit dir?«, schnauze ich sie an.

Sie öffnet und schließt den Mund, dann steigt wieder Farbe in ihre Wangen. »Was mit mir los ist? Was ist mit dir los?«

»Wie kannst du es wagen, so spätnachts noch unterwegs zu sein?«

»Es ist erst einundzwanzig Uhr.«

»Du solltest längst zu Hause sein«, entgegne ich mit zusammengebissenen Zähnen.

Ihre Lippen sind fest aufeinander gepresst. »Wer bist du, dass du
mir sagst, was ich tun soll?«

»Jemand, der dich schon lange kennt.«

Abby macht ein spöttisches Geräusch. »Ich habe dich seit Jahren
nicht gesehen. Apropos …« Sie kneift die Augen zusammen. »Was
machst du überhaupt hier?«

»Würdest du mir glauben, wenn ich sage, dass ich zufällig in der
Gegend bin?«

»Woher weißt du, dass ich hier wohne?«, kontert sie.

»Weiß ich nicht.« Ich zucke mit einer Schulter. »Ich bin wirklich
zufällig vorbeigekommen und habe dich gesehen.«

»Und das soll ich dir glauben?«

»Glaub, was du willst, solange …« Ich gehe an ihr vorbei zu
meinem Auto, das am Straßenrand steht. Ich öffne die hintere Tür
und sage: »Steig ein!«

Sie versteift sich. »Nein, werde ich nicht.«

Ich stoße einen Atemzug aus. »Warum bist du so stur?«

»Warum lügst du mich an?«

»Ich lüge dich nicht an.«

»Du tauchst also einfach so in East London auf und kommst
zufällig zur selben Zeit wie ich an meiner U-Bahn-Station vorbei?«
Sie gibt einen ungläubigen Laut von sich.

Ich neige den Kopf. »Wie wahrscheinlich ist das, hm?«

»Woher wusstest du, dass ich hier bin?«

»Ich wusste es nicht. Ich bin hier, um eine Bekannte abzuholen
und …«

»Eine Bekannte?« Sie runzelte die Stirn. »Du meinst deine
Freundin?«

»Eine Frau, die zufällig meine Freundin ist«, antworte ich langsam.

Sie drückt die Schultern zurück. »Deine Gewohnheiten als Frau-
enheld haben sich also überhaupt nicht geändert, oder?«

»Warum sollte ich, wenn die Damen mich unwiderstehlich
finden?« Ich grinse.

Abby sieht mich finster an. »Und dein Ego ist größer, als ich es in Erinnerung habe.«

»Nicht nur mein Ego, Spätzchen.«

»O Gott! Hast du gerade angedeutet, was ich denke, dass du angedeutet hast?« Sie macht ein angewidertes Geräusch. »Und nenn mich nicht bei diesem Spitznamen.«

»Warum? Gefällt er dir nicht?«

»Ich hasse ihn.« Sie streicht sich das Haar über eine Schulter.

»Dann werde ich ihn öfter benutzen.«

Sie öffnet und schließt den Mund. »Du bist ein Arschloch.«

Ich schaue sie von oben bis unten an. »Und du bist immer noch eine verwöhnte Mafiaprinzessin.«

Ihre Wangen färben sich dunkelrot. Dann schiebt sie sich den Riemen ihrer Handtasche über die Schulter. »So erfreulich dieses Wiedersehen auch war, ich muss jetzt weiter.«

Sie will an mir vorbeigehen, als ich die Stimme senke und sage: »Spätzchen, steig in den Wagen!«

UM HERAUSZUFINDEN, WIE ES WEITERGEHT, LIES HIER DIE GESCHICHTE VON CADE UND ABBY IN THE AGREEMENT.

LIES **HIER** EINEN AUSZUG AUS SUMMERS (KARMAS SCHWESTER) UND SINCLAIRS GESCHICHTE IN A FAKE WIFE FOR THE CEO: EIN ENEMIES-TO-LOVERS-LIEBESROMAN (BAD-BOY-MILLIARDÄRE)!

Summer

»Klaps, Klaps, Kuss, Kuss.«

»Hm?« Ich starre den Barkeeper an.

»Soll bedeuten, da ist ein schmaler Grat zwischen Liebe und Hass.« Er schüttelt die purpurfarbene Flüssigkeit in mein Glas.

»Nee.« Ich schnaube. »Warum sollte sie ihm erlauben, sie zu kontrollieren, nachdem er sie beleidigt hat?«

»Es ist die Chemie zwischen ihnen.« Er senkt den Kopf. »Du musst zugeben, wenn der Mann arrogant ist und die Frau sich wehrt, ist es für beide eine Herausforderung, zu sehen, wer zuerst blinzelt, oder?«

»Warum?« Ich fuchtle mit der Hand in der Luft herum. »Weil sie sich hassen?«

»Weil«, schmunzelt er, »das Mädchen in der Schule, an dessen Zöpfen ich gnadenlos gezogen und das ich immerzu gehänselt habe, dasjenige ist, dem …«

»Du einen Antrag gemacht hast?« Ich schnaube.

Sein Gesicht erhellt sich. »Verstehst du es jetzt?«

Ja. Nein. Meine Schläfen pochen. Dieser Crashkurs in Pop-Psychologie ist nicht der Grund, warum ich in meine Lieblingsbar in Islington gekommen bin. Ich möchte mich mit meiner besten Freundin treffen, die – ich werfe einen Blick auf das Display meines Handys – dreißig Minuten zu spät ist.

Ich leere meinen Drink in einem Schluck und seine Augenbrauen heben sich.

»Was?« Ich funkle den Barkeeper an. »Ich kann den Alkohol kaum schmecken. Außerdem sind die Happy-Hour-Drinks für Frauen doch kostenlos, oder?«

»Die endet in genau«, er hält fünf Finger hoch, »Minuten.«

»Oh. Juhu.« Ich hebe spottend die Faust. »Das reicht für einen weiteren.«

Ein Schluckauf schnürt mir die Kehle zu und ich schlucke ihn nickend hinunter.

Man muss tun, was man tun muss … wenn alles andere auf der Welt den Bach hinuntergeht.

Hinter meinen Augen brennt es heiß und meine Brust zieht sich zusammen. Ist es das, was die Leute erwachsen werden nennen?

Der Barkeeper schwenkt seinen Mixbehälter und gießt eine frische Ladung der rubinroten Flüssigkeit in das Glas vor mir.

»Salut.« Ich nicke dankend und kippe das Glas. Der Inhalt landet in meinem Magen und Feuerfäden krabbeln meine Wirbelsäule hinauf. Ich huste.

Mein Kopf dreht sich. Es brennt warm in meiner Brust und das Feuer breitet sich in meinen Gliedmaßen aus. Ich kann meine Finger und Zehen nicht mehr spüren. Gut so. Fast geschafft. »Noch einen.«

»Bist du sicher?«

»Ja.« Ich straffe meine Schultern und greife nach dem Getränk.

»Nein. Sie hatte genug.«

»Was zum …?« Ich drehe mich auf dem Barhocker.

Indigoblaue Augen bohren sich in meine.

Unergründlich. Tiefschwarz. Und intensiv. Er streckt seinen Arm aus, packt das Glas und hält es hoch. Seine kräftigen Finger lassen das Glas winzig erscheinen. Sie sind an den Seiten schmaler, die Nägel kurz und rau. *Gut geeignet, um dich damit zu packen.* Ich schlucke.

»Gefällt dir, was du siehst?«

Ich erröte und schaue ihm ins Gesicht.

Harte Wangenknochen, Vertiefungen darunter und eine winzige Narbe, die sich über seine linke Augenbraue zieht. *Woher hat er die?* Nicht, dass es mich interessiert. Mein Blick wandert zu seinem Mund. Die Oberlippe ist schmal, die Unterlippe voll. Schmollend mit einem Hauch von Bad Boy. *Oh.* Meine Zehen krümmen sich. Meine Oberschenkel spannen sich an.

Sein Mundwinkel krümmt sich nach oben. *Arschloch.*

Ich wette, für ihn ist das Leben ein einziges Fest der Selbstgefälligkeit. Ich grinse, greife nach meinem Glas und er hält es gerade so, dass ich es nicht erreichen kann.

Mit finsterer Miene sage ich: »Gib mir das Glas!«

Er schüttelt den Kopf.

»Das ist mein Drink.«

»Nicht mehr.« Er schiebt mein Glas in Richtung Barkeeper. »Wasser für sie! Mir bringst du einen Whiskey – pur!«

Ich stottere, dann greife ich wieder nach meinem Drink. Der Barhocker kippt in seine Richtung. In diesem Moment falle ich gegen ihn und meine Brüste prallen auf seine harte Brust, deren Muskeln sich kräuseln und wölben, während er sich zur Seite dreht und gegen die Theke drückt. Der Boden hebt sich und kommt mir entgegen.

Was zur Hölle?

Ich drehe meinen Oberkörper in letzter Sekunde und mein Hintern stößt mit dem Boden zusammen. *Aua.*

Ich atme schwer. Mein Haar wirbelt um mein Gesicht. Ich ringe nach Halt und mein Knie trifft auf sein Bein.

»Pass auf!« Er steigt um mich herum und stellt sich vor mich.

»Du bist ausgewichen?« Ich stottere. »Du hast mich fallen lassen?«

»Hmpf.«

Ich neige mein Kinn ganz nach hinten und betrachte die muskulösen Oberschenkel, die den seidenen Stoff seines Anzugs ausfüllen. *Was hat er da an? Kann ein Anzug einem Mann mit solcher Präzision passen?* Zweifelsohne handgefertigt in Saville Row. Ich werfe einen Blick auf die Wölbung, die den Stoff zwischen seinen Beinen beansprucht. Oh. Ich blinzle.

Schau weg, schau weg! Ich strecke meinen Arm aus. Er wird mir doch wenigstens aufhelfen, oder?

Er blickt auf meine Handfläche und wendet sich dann ab. *Nein, das hat er nicht wirklich getan, auf keinen Fall.*

Ein Glas mit bernsteinfarbener Flüssigkeit erscheint vor ihm. Er hebt den Becher an seinen wohlgeformten Mund.

Seine Kehle kräuselt sich; starke Sehnen, die sich beugen. Er neigt den Kopf zurück und die Säule seines Halses bewegt sich beim Schlucken. Dunkles Haar bedeckt sein Kinn – ein unharmonischer Akkord in diesem sauberen Profil, der mich erschaudern lässt. Er würde diese raue Haut an meinem Kern entlang schaben. Er würde meinen Innenschenkel markieren, meine Knospe lecken, seine Zunge in meinen schmelzenden Kanal schieben und aus meiner Pussy trinken. *O Gott!* Ich fröstle.

Niemand hat das Recht, so wunderschön auszusehen, so umwerfend attraktiv. Er ist zu schön für sein eigenes Wohl. Wut wallt in meiner Brust auf.

»Arroganter Wichser.«

»Ich werde das in Betracht ziehen.«

»Du bist ein Idiot, weißt du das?«

Er presst seine Lippen aufeinander. Die Furchen auf beiden Seiten seines Mundes vertiefen sich. Himmel, der Mann hat offensichtlich noch nie in seinem Leben gelacht. Ich wette, dieser Stock in seinem Arsch ist unangenehm. Ich gluckse.

Er lässt seinen Blick über meine Gesichtszüge, meine Brust und meine Zehen gleiten und gähnt dann.

Zum Teufel. Ich werde mich nicht von ihm provozieren lassen. Niemals. »Gefällt dir, was du siehst?« Ich recke mein Kinn vor.

»Tut mir leid, du bist nicht mein Typ.« Er schiebt eine Hand in die Tasche seiner perfekt geschnittenen Hose und schiebt sie über die schwere Beule.

Es kocht tief in meinem Bauch.

Es ist nicht fair, dass er sich eine Garderobe leisten kann, die eindeutig seinen Status und den Jahreshaushalt eines kleinen Dritte-Welt-Landes widerspiegelt. Meine Brust brennt.

Er riecht nach Privileg, danach, dass er seinen Status im Leben als selbstverständlich ansieht.

Während ich um jeden Zentimeter des Weges kämpfen musste. Verdammt, ich kämpfe immer noch darum, das letzte bisschen an Balance zu bewahren.

»Letzte Chance.« Ich wackle mit den Fingern, während ich zu seinen Füßen auf dem Boden liege. »Noch kannst du dich rehabilitieren …«

»Okay.« Er stellt das Glas auf den Tresen, dann beugt er sich vor und streckt seine Hand aus. Ein Hauch von verfärbtem Stahl an seinem Handgelenk erregt meine Aufmerksamkeit. Hm?

Er trägt eine billige Uhr?

Das muss den Nettowert seiner Anwesenheit um mehr als tausend Prozent senken. Seltsam.

Ich greife nach oben und er richtet sich auf.

Ich falle zurück.

»Ups, ich habe es mir anders überlegt.« Seine Lippen kräuseln sich.

Ein heißes, brennendes Gefühl durchzuckt mich. Ich bin kein gewalttätiger Mensch, wirklich nicht. Aber diesem arroganten Arsch hier muss eine Lektion erteilt werden.

Ich mache mich länger und trete ihm die Füße unter den Beinen weg.

Sinclair

Meine Knie geben nach und ich stürze zu Boden.

Was zum …? Ich wirble herum und strecke meine Arme aus. Meine Handflächen treffen auf den Boden. Der Aufprall durchzuckt meine Ellbogen. Ich spanne meinen Bizeps an und lande über ihr, ohne sie zu berühren.

Ein schnaubendes Geräusch dringt an mein Ohr.

Ich drehe mich um und sehe meinen Whippet Max, der mit offenem Maul dasteht und hechelt. Ich runzle die Stirn und er legt die Ohren an.

Alle meine Geschäfte sind hundefreundlich. Bevor du daraus Schlüsse ziehst, dass ich ein fürsorglicher Mensch bin oder so ein Scheiß – es zieht die Kundschaft an.

Max mustert das Mädchen und schaut dann zu mir. *Hm?* Er hasst Frauen, aber sie anscheinend nicht.

Ich richte mich auf und meine Nase streift ihre.

Meine Arme ruhen zu beiden Seiten ihres Kopfes. Ihre Brust hebt sich. Der Stoff ihres Kleides spannt sich über ihre wunderschönen Brüste. Meine Finger kribbeln; meine Handflächen schmerzen, wollen diese Titten umfassen und die harten Nippel drücken, die sich gegen dieses … Moment mal, was hat sie da an? Ein Tunikahemd in einem glitzernden Pink … und sind das Schulterpolster?

Ich schaue auf und ein Quietschen entweicht ihren Lippen.

Rosa Haar umrahmt ihr Gesicht. Rosa? Wer färbt sich sein Haar jenseits des achtzehnten Lebensjahres in dieser Farbe?

Ich starre ihr Gesicht an. *Wie alt ist sie?* Eine faltenlose Stirn, dunkle Wimpern, die gegen blasse Wangen flattern. Eine kleine Nase und dieser Mund – verführerisch, betörend. Ein Hauch ihres Duftes – Kirsche und Karamell – überwältigt meine Sinne. Mir läuft das Wasser im Mund zusammen. *Was zur Hölle?*

Sie öffnet ihre Augen und unsere Wimpern berühren sich. Ihr Blick weitet sich. Er ist grün wie die Blätter des Immergrüns, und in seinen Tiefen funkelt ein Hauch von Gold. »Was?« Sie funkelt mich an. »Willst du mir die Plank-Position zeigen?«

»Eigentlich«, sage ich und lasse mein Gewicht auf sie sinken, wobei sich die Spitze meiner Härte in die Weichheit zwischen ihren Beinen schiebt, »habe ich an etwas ganz anderes gedacht.«

Sie schluckt und ihre Pupillen weiten sich. *Ah, sie spürt es also auch?*

Ich lasse meinen Kopf zu ihr sinken, näher, näher.

Farbe durchströmt das cremige Weiß ihres Halses. Ihre Augenlider flattern nach unten. Sie neigt ihr Kinn nach oben.

Ich stoße mich von ihr ab und richte mich auf.

»Das … Schätzchen, ist ein deutliches ›Nein danke‹ zu allem, was du mir anbietest.«

Ihre Augenlider springen auf und ihre Wangen werden rosa. Bezaubernd. Eine solche Bandbreite an Emotionen in wenigen Sekunden auf diesen wunderschönen Zügen? Was verbirgt sich sonst noch unter ihrem exquisiten Äußeren?

Mit funkelnden Augen rappelt sie sich auf.

Ah. Der kleine Vogel versucht zu fliegen? Mein Schwanz zuckt. Meine Leistengegend verhärtet sich. *Warum macht mich ihre Wut so an?*

Sie tritt vor und stößt mir einen Finger in die Brust.

Mein Herz beginnt zu pochen.

Sie blickt unter ihren geschwungenen Wimpern hervor. »Wach auf und probier das Wasabi, Arschloch!«

»Was soll das überhaupt heißen?«

Sie gibt einen Laut von sich, der tief aus ihrer Kehle kommt. Mein Schwanz zuckt. Mein Puls beschleunigt sich.

Sie dreht sich um und schnappt sich einen halb vollen Bierkrug, der auf dem Tresen steht.

Ich knurre. »O nein, das wirst du nicht tun.«

Sie dreht sich um und schleudert mir das Bier entgegen. Der Geruch von Hopfen erfüllt den Raum.

Ich starre auf das mit Bier bespritzte Hemd; das Revers meiner kamelfarbenen Jacke färbt sich zu einem stumpfen Braun. Wut verkrampft meine Eingeweide.

Ich balle meine Finger zu Fäusten und stelle mich breiter hin.

Sie kichert.

Ich neige mein Kinn nach oben. »Das wirst du noch bereuen.«

Das Lächeln verschwindet aus ihrem Gesicht. »Hm.« Sie stellt den nun leeren Becher auf die Theke.

Ich mache einen Schritt nach vorn und sie weicht zurück. »Es sind doch nur Klamotten.« Sie schluckt. »Die kann man waschen.«

Ich starre sie an und sie schluckt und wedelt mit den Fingern durch die Luft. »Ich hätte wissen müssen, dass du keinen Sinn für Humor hast.«

Ich stoße meinen Kiefer nach vorn. »Du hast einen zehntausend Pfund teuren Anzug zerstört.«

Sie wird blass und strafft dann die Schultern. »Du wolltest wohl ein heißes Date beeindrucken, was?«

»Eigentlich«, ich schnippe etwas von der Flüssigkeit von meinem Revers, »war ich hinter dir her.«

»Hinter mir?« Sie runzelt die Stirn.

»Wir müssen reden.«

Sie wirft einen Blick auf den Barkeeper, der auf der anderen Seite der Bar steht. »Ich kenne dich nicht.« Sie kaut auf ihrer Unterlippe herum und kratzt dabei etwas von dem heißen Pink ab. Wie würde es wohl aussehen, wenn sie diesen Schmollmund um meinen Schwanz legen würde?

Das Blut schießt so schnell in meine Leistengegend, dass sich mein Kopf dreht. Mein Puls beschleunigt sich. Konzentriere dich! Konzentriere dich auf die Aufgabe, für die du hergekommen bist!

»Es wird nur ein paar Sekunden dauern.« Ich mache einen Schritt nach vorn.

Sie weicht zur Seite.

Ich runzle die Stirn. »Du willst das hören, versprochen.«

»Scher dich zum Teufel!« Sie dreht sich um und stürmt vorwärts.

Ich lasse sie los, einen Schritt, noch einen, weil … ich es kann? Außerdem macht es Spaß, zuerst die Illusion von Freiheit zu schaffen; das macht die Jagd so viel unterhaltsamer, oder?

Ich stürze mich auf sie, lege einen Arm um ihre Taille und ziehe sie zu mir heran.

Sie schreit auf. »Lass mich los!«

Gut, dass die Bar noch nicht voll ist. Es ist noch zu früh für die üblichen Bürobesucher. Und die Mitarbeiter …? Nun, sie wissen genau, wer ihre Gehaltsschecks kürzt.

Ich drehe sie herum und drücke sie gegen die Theke, dann lasse ich sie los. »Du wirst mir zuhören.«

Sie schluckt und schaut dann von links nach rechts.

Ich lasse dich noch nicht gehen, kleiner Vogel. Ich bewege mich in ihre Komfortzone, bedränge sie.

Sie hebt ihr Kinn an. »Was auch immer du verkaufst, ich bin nicht interessiert.«

Ich lasse zu, dass sich meine Lippen kräuseln. »Mir machst du nichts vor.«

Eine Röte stiehlt sich ihren Hals hinauf, verbrennt ihre Wangen. So winzig, so unschuldig. So eine gute kleine Lügnerin. Ich verenge meinen Blick. »Jede Handlung hat ihre Konsequenzen.«

»Bist du verrückt?« Sie blinzelt.

»Diese Maskerade, die du da abziehst?« Ich drücke mein Gesicht in ihr Gesicht. »Die funktioniert nicht.«

Sie blinzelt, dann wird ihre Wange rot. »Du bist vollkommen verrückt …«

»Ich habe deine Beleidigungen satt.«

»Es ist wahr! Alles, was ich gesagt habe.« Sie streicht sich die Haarsträhnen aus dem Gesicht.

Ihre Fingernägel sind lackiert … Genau, rosa.

»Und da ist noch etwas. Du bist ein selbstsüchtiger, egoistischer Trottel.«

Ich grinse. »Du fängst an, deine Beleidigungen zu wiederholen, und dabei habe ich dich noch nicht einmal geküsst.«

»Wage es ja nicht!« Sie schluckt.

Ich lege den Kopf schief. »Ist das eine Herausforderung?«

»Es ist eine …« Sie mustert den Raum und dreht sich dann zu mir um. Ihre Lippen sind fest. »Eine Warnung. Du hast Wahnvorstellungen, du Trottel.« Sie atmet tief ein. »Dein Ego ist größer als ein schwarzes Loch.« Sie kichert. »Ich wette, damit kompensierst du deinen Mangel an Eiern.«

Und – das war's. Ich habe genug von ihrem Mundwerk, das nicht aufhören will, Worte zu speien. Wie viele Beleidigungen kann diese kleine Frau mir entgegenschleudern? Antwort: zu viele, um sie zu zählen.

»Du …«

Ich senke mein Kinn und berühre mit meinen Lippen die ihren.

Hitze, Süße, der Honig ihrer Essenz explodiert auf meinem Gaumen. Mein Schwanz zuckt. Ich neige meinen Kopf, vertiefe den Kuss und strebe nach mehr … Mehr von dem Duft, den sie auf ihrer Haut trägt, durchdrungen von ihrem Atem, der meine Sinne überflutet und meine Wirbelsäule hinunterrauscht. Mein Unterleib verhärtet sich, mein Schwanz wird länger. Ich schiebe meine Zunge zwischen diese wütenden Lippen.

Sie gibt einen kehligen Laut von sich und mein Herz beginnt zu pochen.

So unschuldig und doch so verschlagen. Wunderschön und temperamentvoll. Genau die Art von Komplikation, die ich in meinem Leben nicht brauche.

Ich bevorzuge die Geradlinigkeit. Grau und schwarz, so definiere ich meine Welt. Sie mit ihrem bunten Haar und den Lippen, die mich in den Wahnsinn zu treiben drohen, ist die Personifikation dessen, was ich hasse.

Gib mir eine Frau, die ihre Prioritäten im Leben gesetzt hat: mich zu befriedigen, mich zum Orgasmus zu bringen und dann zu gehen, bevor ihre Gefühle überhandnehmen. Ja, genau. Das ist es, was ich bevorzuge.

Nicht dieses … verrückte Ding, das seine Arme um meine Schultern schlingt, seine Brüste an meine Brust drückt, sein Kinn anhebt, seinen Mund öffnet und mich einlädt, zu nehmen und zu nehmen.

Hat sie keinen Selbsterhaltungstrieb? Glaubt sie, dass ich auf ihre großen Augen hereinfallen werde? Da wird sie sich noch wundern.

Ich reiße meinen Mund weg und sie protestiert.

Sie verschränkt ihr Bein mit meinem, schiebt ihre Hüften nach oben, sodass die schmelzende Weichheit zwischen ihren Schenkeln meine schmerzende Härte umschließt.

Ich starre ihr ins Gesicht und sie hält meinem Blick stand.

Sie richtet ihre grünen Augen auf mich. Ihre Wangen sind knallrot gefärbt. Ihre Lippen öffnen sich und ein Stöhnen entweicht ihrem Mund. Das Blut strömt in meinen Schwanz, der augenblicklich dicker wird. *Verdammt.*

Es ist Zeit, Abstand zwischen die Situation und mich zu bringen.

So ziehe ich es vor, die Dinge zu regeln. Die Kontrolle zu behalten, immer. Ich schalte alles aus, was mein Gleichgewicht stören könnte. Schalte es ab oder kaufe es auf. Reduziere es auf eine Transaktion. Das verstehe ich.

Die Macht des Geldes, Zahlen und Logik kaufen und verkaufen zu können. Das ist es, was bisher für mich funktioniert hat.

»Wie viel?«

Sie legt die Stirn in Falten.

»Was auch immer es ist, ich kann es mir leisten.«

Ihre Kinnlade lockert sich. »Du glaubst … du …«

»Eine Million?«

»Was?«

»Pfund, Dollar … Du nennst die Währung und das Geld wird auf deinem Konto sein.«

Ihre Kinnlade erschlafft. »Du bietest mir Geld an?«

»Für deine Zeit und dafür, dass du meinem Plan zustimmst.«

Sie wird rot. »Du denkst, ich bin käuflich?«

»Das ist jeder.«

»Ich nicht.«

Jetzt geht das schon wieder los. »Ist das eine Herausforderung?«

Die Farbe verschwindet aus ihrem Gesicht. »Geh weg von mir!«

»Bist du schüchtern? Ist es das?« Ich runzle die Stirn. »Du kannst deinen Preis auch auf einen Zettel schreiben, wenn du willst.« Ich schaue auf und bemerke, dass der Barkeeper uns beobachtet. Ich bewege mein Kinn in Richtung der Servietten. Er schnappt sich eine und bietet sie ihr an.

Sie wirft ihm einen Blick zu. »Hast du ihn auch gekauft?«

»Was denkst du?«

Sie blickt sich um. »Ich denke, dass alle hier uns ignorieren.«

»Zu erwarten.«

»Warum ist das so?«

Ich wedle mit dem Papiertaschentuch vor ihrem Gesicht herum. »Was denkst du?«

»Gehört dir der Laden?«

»So, wie du mir gehören wirst.«

Sie sieht mich kühl an. »Lass mich gehen und du wirst nichts bereuen.«

Ein Glucksen sprudelt in mir auf. Ich schlucke es hinunter. Das ist kein Grund zum Lachen. Ich lächle nie während einer Transaktion. Schon gar nicht, wenn ich über eine neue Anschaffung verhandle. Und das ist alles, was sie ist. Das letzte Teil des Puzzles, das ich zusammensetze.

»Mir droht niemand.«

»Du hast recht.«

»Hm?«

»Ich folge lieber meinem Instinkt.«

Sie verzieht die Lippen, ihr Blick verengt sich. Alle meine Sinne warnen mich schreiend.

Nein, das würde sie nicht tun, auf keinen Fall. Schmerz durchschneidet meine Mitte und Funken sprühen hinter meinen Augen.

UM HERAUSZUFINDEN, WIE ES WEITERGEHT, LIES A FAKE WIFE FOR THE CEO: EIN ENEMIES-TO-LOVERS-LIEBESROMAN (BAD-BOY-MILLIARDÄRE)

LIES HIER DIE GESCHICHTE VON KARMA & MICHAEL IN MAFIA KING!

LIES EINEN AUSZUG HIER

Karma

»Der Morgen kam und ging ... er kam und brachte keinen Tag ...«

Tränen treten in meine Augen. Gottverdammter Byron! Seine Worte schleichen sich in mein Herz, wenn ich am schwächsten bin. Nicht, dass ich süchtig nach Gedichten wäre, aber Worte sind meine Schwäche. Sie sind der einzige Trost, den ich habe. An ihnen kann ich mich halten, wenn alles andere in der Welt nicht stimmt. Sie sind da – freundlich, beständig und mit offenen Armen.

Das spezielle Gedicht hat sich in meinem Blut festgesetzt, kroch in meinen Bauch, als ich es zum ersten Mal las. Die Dunkelheit lebt in mir zusammengefaltet wie eine heimtückische Schlange, die ihren Kopf hebt, wenn ich es am wenigsten erwarte. So wie jetzt, während ich vom grasbewachsenen Abhang des Waterlow Park auf die noch schlafende Stadt London blicke. Irgendwo da draußen macht die Mafia Jagd auf mich. Deshalb haben meine Schwester Summer und ihr neuer Mann Sinclair Sterling darauf bestanden, dass ich mein eigenes Sicherheitsteam erhalte. Ich willigte ein … um sie zu besänftigen … und dann heute Morgen meinem Bodyguard den Laufpass zu geben. Ich bin hier, weil ich normalerweise nicht herkomme — jedenfalls nicht so früh am Morgen. Hier werden sie nicht nach mir suchen — zumindest nicht so schnell. Ich kneife die Lippen zusammen, schließe meine Augen.

Stille.

Das Rascheln des Windes in den Blättern.

Das schwache Plätschern des Wassers der nahen Quelle.

Ich könnte der letzte Mensch auf diesem Planeten sein — allein, unbesungen, auf dem Weg in mein Grab.

Stopp! Halt! Genau hier.

Ich fahre mir mit dem Handrücken über die Nase. Versuche es noch einmal, konzentriere mich, bringe die Worte heraus, eins nach dem anderen wie Schritte meines traurigen Lebens.

»Der Morgen kam und ging und kam und … und …« Meine Stimme bricht. »Verdammte Scheißhölle!« Ich kralle meine Finger ins Gras, nehme eine Handvoll und schleudere sie von mir weg. Noch einmal. Von ganz oben.

»Der Morgen kam und ging und kam und …«

»… brachte keinen Tag.« Eine raue Stimme vervollständigt meinen Satz.

Ich drehe meinen Kopf. Seine Silhouette füllt mein Blickfeld aus. Er sitzt auf der gleichen Anhöhe wie ich, doch ich muss meinen Hals verrenken, um sein Profil zu erkennen. Die Sonne steht in seinem Rücken, sodass ich seine Gesichtszüge nicht erkennen kann. Ich kann seine Augen nicht sehen … nur sein dunkles Haar, das von einer unbarmherzigen Hand, die kein Maß kennt, zurückgekämmt wurde. Meine Kehle wird trocken.

Dickes dunkles Haar, an den Schläfen von Grau durchzogen. Er trägt sein Alter wie ein Abzeichen. Ich weiß nicht, warum, aber ich ahne, dass seine Jahre nicht einfach waren. Dass er viel gesehen hat, sich viel gegönnt und an den Folgen seiner Handlungen erfreut hat, wie extrem sie auch immer gewesen sein mögen. Er ist kein normaler, gewöhnlicher Mensch – dieser Mann. Er arbeitet nicht von morgens bis abends, er führt kein durchschnittliches Leben und ist schon gar kein Mann, der am Ende des Tages zu Frau und Haus zurückkehrt. Er ist … anders, einzigartig, böse … monströs. Ja, er ist eine Bestie – eine, die das Gesicht eines Mannes trägt, aber in ihrem Inneren die Art von Dunkelheit beherbergt, die mich anspricht.

Ich schlucke.

Eine dominante Nase prangt in seinem Gesicht, eine dünne Oberlippe, eine volle Unterlippe – eine, die verborgene Begierden andeutet, Hitze und Lust. Da ist die Vorstellung davon, wie dieser bärtige Kiefer über meine intimsten Stellen gleitet. Über die Innenseite meines Oberschenkels, bis zu dem Kern in mir, der pocht, sich zusammenzieht, schmilzt, um den Stich seiner Zunge zu spüren, den Stoß seiner Härte, wenn er mich aufspießt, mich nimmt, mich zu seiner macht. Eine Gänsehaut prickelt auf meiner Haut. Ich lenke meinen Blick von seinem Mund auf die Narbe, die sich quer über seinen Hals zieht. Ein kaltes Gefühl macht sich in meiner Brust breit. Wer oder was hat ihn auf so grausame Weise verletzt?

»… fühlten sich im Stich gelassen, vergaßen ihre Leidenschaften. Herzen gefroren, frönten dem Gebet um Licht …«, fährt er in diesem rasselnden, kehligen Ton fort. Ist es die Wunde unter der Narbe, die seine Stimme so … kiesig … so tief … so … heiß macht?

Schweiß perlt auf meinen Handflächen, und die Haare in meinem Nacken stellen sich auf. »Wer bist du?«

Er starrt vor sich hin, während seine sich Lippen bewegen. »Die Wälder brannten, schwanden Stund um Stund, zerfielen, Stümpfe knisterten, erloschen, ein letztes Knirschen … und alles war schwarz.«

Ich schlucke, Feuchtigkeit sammelt sich in meinem Inneren. Wie kann ich durch die bloße Kadenz der Stimme dieses Fremden feucht werden?

Ich springe auf meine Füße.

»Setz dich!«, befiehlt er.

Seine Stimme ist ruhig, beinahe träge, sein Rückgrat aufrecht. Seine schwarze Jacke spannt über der Breite seiner massiven Schultern. Sein Haar ... ich habe mich geirrt – zwischen der Dunkelheit, die sich bis in den Nacken ergießt, sind Fäden aus dunklem Gold verwoben. Eine Haarsträhne fällt ihm in die Stirn. Ich starre sie an. Dann streicht er sie weg. Irgendwie verleiht ihm diese Geste einen Hauch von Verletzlichkeit. Etwas, das so sehr im Widerspruch zum Rest seiner Persönlichkeit steht, dass ich mich sicherlich täusche. Meine Kopfhaut juckt. Ich atme ein und meine Lunge brennt. Dieser Mann ... Er hat den gesamten Sauerstoff in diesem offenen Bereich aufgesaugt, als gehöre er ihm, als sei er der Herr über alles. Herr über mich. Über meinen Tod. Mein Leben. Ein Schauer läuft mir über den Rücken. Geh weg, geh jetzt weg, solange du noch kannst. Ich richte meinen Körper auf, bereit, von ihm davonzulaufen.

»Ich werde nicht noch einmal bitten.«

Bitten. Befehlen. Mich zwingen, zu tun, was er will. Er wird mich auf den Rücken, auf die Seite, auf die Knie, über ihn, unter ihn zwingen. Er könnte mich umzingeln, mich überwältigen, mich mit der Kraft seiner Persönlichkeit festhalten. Sein Charisma, sein überlebensgroßes Wesen könnte alles andere aus mir herausquetschen und ich ... ich würde es lieben.

»Nein.«

»Doch!«

Eine Tatsache. Eine Absichtserklärung, laut ausgesprochen. So wahr. So echt. Zu echt. Zu sehr. Zu schnell. All meine Albträume ... meine Träume werden lebendig. Alles, was ich will, befindet sich hier vor mir. Ich werde tausend Tode sterben, bevor er mit mir fertig ist ... Und dann? Werde ich wiedergeboren? Für ihn. Für mich. Für mich selbst. Ich lebe vor allem, um die Frau zu sein, die ich bin ... die ich sein soll.

»Willst du weglaufen?«

Nein.

Nein.

Ich nicke.

Er sieht mich an und alle Luft verlässt meine Lunge. Blaue Augen – tiefblau, dunkel wie der Morgenhimmel, tief wie die Nacht … verborgene Ecken, Geheimnisse, die ich nicht zu lüften wage. Er wird mich zerstören, mein Herz haben und es beiläufig brechen. Meine Kehle brennt und ein kochendes Gefühl drückt auf meine Brust.

»Dann geh, meine Schöne, flieg! Du hast Zeit, bis ich bis fünf zähle. Wenn ich dich fange, gehörst du mir.«

»Und wenn nicht?«

»Dann werde ich dich verfolgen, dich in jedem Augenblick deines Lebens verfolgen, von deinen Albträumen Besitz ergreifen und dich mitten in der Nacht entführen, und dann …«

Ich atme zitternd ein, während flüssige Hitze zwischen meinen Beinen entsteht. »Und dann?«, flüstere ich.

»Dann werde ich dafür sorgen, dass du nie wieder jemandem gehörst, dass du nie wieder das Licht der Welt erblickst, denn jeder Atemzug, jede wache Sekunde, deine Gedanken, deine Taten … und alle deine Worte, jedes einzelne, werden mir gehören.« Er schürzt seine Lippen und seine Zähne glitzern im ersten Morgenlicht. »Nur mir.« Er richtet sich auf und wird größer und größer. Dieser Mann … Er ist gewaltig. Ein Ungeheuer, das immer seinen Willen bekommt. Meine Eingeweide kribbeln. Meine Zehen krümmen sich. Etwas Urzeitliches in mir besteht darauf, dass ich mich wehre. Ich darf ihm nicht nachgeben. Ich darf ihn nicht gewinnen lassen, was auch immer es wäre. Ich muss meinen Standpunkt klarmachen, in irgendeiner Form. Sag etwas! Irgendetwas. Zeig ihm, dass du keine Angst hast!

»Warum?« Ich lehne meinen Kopf zurück, weit nach hinten. »Warum sagst du das?«

Er legt den Kopf schief, seine Ohren heben sich von seinem Profil ab.

»Tust du es, weil du es kannst? Ist es eine … eine«, ich blinzle, »irgendeine Schuld?«

Er schweigt.

»Mein Vater … es geht darum, dass er die Mafia verraten hat, richtig? Du bist einer von ihnen?«

»Gut geraten.« Seine Lippen verziehen sich. »Es geht um deinen Vater und dass er dich mir versprochen hat. Er hat sein Versprechen gebrochen, und jetzt bin ich hier, um es einzulösen.«

»Nein.« Ich schlucke hart …

Nein, nein, nein.

»Doch.« Seine Kiefer verhärten sich.

Jegliche Mimik ist aus seinem Gesicht gewischt, und da weiß ich, dass er die Wahrheit sagt. Es geht immer um die Vergangenheit. Mein trauriger Scherbenhaufen einer Vergangenheit … Warum holt sie mich immer wieder ein? Du kannst weglaufen, aber du wirst dich nie verstecken können.

»Tick tack, Schönheit.« Er bewegt sich und seine Schultern versperren den Blick auf die Sonne, den Morgenhimmel, den Horizont, die Stadt in der Ferne, das Murmeln des Grases, die Bäume, das Rascheln der Blätter. All das verblasst und lässt nur mich und ihn übrig. Uns. Lauf!

»Fünf.« Er ruckt mit dem Kinn, krempelt die Manschetten seiner Ärmel auf. Meine Knie zittern.

»Vier.«

Mein Puls beschleunigt sich. Ich sollte rennen. Davonlaufen. Aber meine Füße sind in der Erde verankert. In diesem Stück Land, auf dem wir uns zum ersten Mal trafen. Was bin ich, nur ein Teil im großen Plan der Dinge? Um verletzt zu werden. Um vergessen zu werden. Um genommen zu werden, ohne eine Unze Vergeltung zu erhalten. Um bestraft zu werden … von ihm.

»Drei.« Er streckt seine Brust heraus, verbreitert seine Statur, jeder Muskel in seinem Körper wirkt entspannt. »Zwei.«

Ich schlucke. Der Puls pocht an meinen Schläfen. Mein Blut pulsiert. »Eins.«

Michael

»Lauf!«

Sie dreht sich um und rennt den Hang hinunter. Ihr dunkles Haar weht hinter ihr her. Ihr Duft – sexy Weiblichkeit und silberne

Mondblumen – steigt in meine Nase und verfliegt wieder. Er ist so vertraut, dieser Duft.

Ich habe ihn schon einmal gerochen, habe mich an ihm erfreut. Habe ihn in meine Lungen gesogen, als sie unter ihren dichten Wimpern zu mir hochschaute. Ihr Blick war auf meinen gerichtet, ihre Lippen waren geöffnet, als sie meinen Kuss willkommen hieß. Wie sie ihre Arme um meinen Nacken geschlungen hat, diese süßen Brüste nach oben drückte und sie an meine Brust presste. Wie sie ihre Beine spreizte, als ich meinen Schenkel zwischen sie zwängte. Ich habe sie schon einmal gesehen ... in meinen Träumen. Ich versteife mich.

Sie kann doch nicht dieselbe sein, oder?

Ich strecke mein Kinn vor und schnuppere in der Luft, aber da ist nur der feuchte Duft der Morgendämmerung, vermischt mit dem üblen Geruch von Abgasen, während sie von mir wegrennt. Sie stolpert und ich springe nach vorn, halte inne, als sie sich aufrichtet. Warte! Warte! Gib ihr einen Vorsprung! Lass sie glauben, dass sie es fast geschafft hat, gesiegt hat ... Als ob?!

Ich balle die Fäuste an den Seiten, zwinge mich zu entspannen. Und warte. Warte. Sie erreicht den Fuß des Abhangs, dreht sich um.

Ich stürme vorwärts, setze einen Fuß vor den anderen. Meine Fersen graben sich in die grasbewachsene Oberfläche und Schlamm fliegt auf, bleibt am Saum meiner viertausend Pfund teuren italienischen Hosen kleben. Als ob mich das interessieren würde. Woher das kommt, gibt es noch viel mehr. Ein großer begehbarer Kleiderschrank, voll mit Kleidern nach Maß, für jeden Anlass, mit allen möglichen Accessoires, die ein Mann in meiner Position braucht, um zu beeindrucken ...

Ich habe alles ... Bis auf die eine Sache, die ich von dem Moment an begehrt habe, als ich sie erblickte. Wie sie da auf dem Grashang saß, mit Tränen in den Augen und ... Byron rezitierte? Um Himmels willen! Von allen Dichtern der Welt musste sie den Herrn der Finsternis wählen.

Ich bin sauer. Alles nur ein Trick. Offensichtlich wusste sie, dass ich neben ihr saß ... Nein, nicht möglich. Ich ging auf sie zu und sie rührte sich nicht. Sie bemerkte mich gar nicht. Ja, so gut bin ich. Ich bin bekannt dafür, einem Mann die Kehle von einem Ohr zum anderen aufzuschlitzen, während er wach und bei vollem Verstand ist. In der einen Sekunde lebendig, in der nächsten tot. So ist das in meiner Welt. Du willst es, du nimmst es. Und ich ... ich will sie.

Ich beschleunige mein Tempo, verkleinere den Abstand zwischen mir und ihr ... Das ist alles, was sie ist. Ein Mädchen, ein flüchtiges Ding, ein schlanker Fleck in der Bewegung. Eine Schönheit im Verborgenen. Ein Diamant, der darauf wartet, dass ich ihn in die Finger bekomme, poliere ... ihr zeige, was es heißt ... tot zu sein.

Sie ist tot. Deshalb bin ich hier.

Ein Hauch von Haut, ein cremefarbener Schenkel. Meine Leistengegend verhärtet sich und meine Beine spannen sich an. Ich stolpere über eine Bodenunebenheit. Was zum Teufel? Ich richte mich auf, springe vorwärts, komme näher ... näher. Sie erreicht eine Biegung im Weg und verschwindet aus meinem Blickfeld.

Mein Herz hämmert in der Brust. Ich darf sie nicht verlieren – werde es nicht. Hier, Schönheit, komm zu Daddy!

Der Wind pfeift mir um die Ohren. Ich spanne meine Beine an, verlängere meine Schritte, biege um die Ecke. Es ist niemand da. Hm?

Mein Herzschlag beschleunigt sich und das Blut pocht in meinen Handgelenken, meinen Schläfen. Adrenalin pulsiert in meinen Adern. Ich werde langsamer, bleibe stehen. Ich scanne die Lichtung. Die Härchen auf meinen Unterarmen kribbeln.

Sie ist hier. Nicht weit weg, aber wo? Wo ist sie?

Ich schleiche hinüber zum Rand der Lichtung, zu dem Baum mit den ausladenden Ästen. Wenn ich dich in die Finger bekomme, Schönheit, werde ich deine Beine spreizen wie die Seiten eines Gedichtbandes. Werde in deine honigartige Süße eintauchen wie ein Federkiel in Tinte. Werde meinen schmerzenden Schaft über deinen schmelzenden, weinenden Eingang streifen.

Meine Eier pochen. Mein Unterleib spannt sich an. Das Knacken eines Astes über mir lässt meine gedehnten Nervenenden erzittern. Ich stürze nach vorn, strecke meine Arme aus und schließe meinen Griff um die zitternde, sich windende Masse kostbarer Weiblichkeit. Ich drücke sie eng an meine Brust, mein Herz klopft wie wild und überwältigt jeden anderen Gedanken.

Mein. Ganz mein. Was ist bloß los mit mir? Sie zappelt mit ihrem kleinen Körper und ihre Kurven gleiten über meine Unterarme. Meine Schultern straffen sich und meine Finger kribbeln. Sie stößt sich mit den Beinen ab, wölbt ihren Rücken und hebt ihre Brüste hoch, sodass sich ihre Brustwarzen gegen den Stoff ihres BHs abzeichnen. Sie hat es gewagt, in diesem Aufzug zu erscheinen? In diesem Fetzen Stoff, der kaum ihr üppiges Fleisch bedeckt?

»Lass mich los!« Sie wirft ihren Kopf zur Seite und ihr Haar fließt um ihre Schultern und über ihr Gesicht. Sie pustet es aus dem Weg. »Du Monster, geh weg von mir!«

Wut drückt gegen meine Augen und das Verlangen zerrt an meiner Leiste. Ihr Duft ist die reinste Folter – etwas, von dem ich in der Dämmerung geträumt habe, als sie zur Nacht wurde. Sie ist nicht real. Sie ist nicht die Frau, für die ich sie halte. Sie ist mein Verhängnis. Mein süßes Gift. Die bittere Medizin, die ich zu mir nehmen muss, um die Übel zu heilen, die mich plagen.

»Gut.« Ich lasse meine Arme sinken, und sie stürzt ins Gras und landet mit dem Hintern zuerst auf dem Boden.

»Wie kannst du es wagen?« Sie stößt einen heftigen Atemzug aus, ihr Haar ist wirr über ihr Gesicht verteilt.

Ich schiebe meine Hände in die Hosentaschen, die Knie leicht angewinkelt, die Beine gespreizt. Ich neige mein Kinn nach unten und beobachte sie, während sie sich zu meinen Füßen ausstreckt. »Du … hast mich fallen lassen!« Sie gibt einen Laut von sich, tief in ihrer Kehle.

So verdammt liebenswert. »Dein Wunsch war mir Befehl.« Ich verziehe die Lippen.

»Das meinst du nicht ernst.«

»Stimmt.« Ich verlagere mein Gewicht nach vorne auf meine Fußballen und sie zuckt zusammen.

»Was … was willst du?«

»Dich.«

Sie wird blass. »Du willst … mich berauben? Ich habe nichts von Bedeutung.«

»Oh, doch, das hast du, Schönheit.«

Ich lehne mich vor und jeder Muskel in ihrem Körper spannt sich an. Das ist gut. Sie ist misstrauisch. Das sollte sie auch sein. Sie hätte wachsam genug sein müssen, um sofort wegzulaufen, als sie meine Anwesenheit spürte. Aber das ist sie nicht.

Ich sollte sie verschonen, weil sie die Frau aus meinen Träumen ist … aber ich werde es nicht tun. Sie ist eine Schuld, die ich einzutreiben gedenke. Sie ist mir etwas schuldig, und ich habe das, was geschehen sollte, lange genug hinausgezögert. Ich ziehe die Waffe aus dem Halfter und richte sie auf sie. Ihr Blick weitet sich und ihr Atem stockt. Ich erwarte, dass sie mich um ihr Leben anfleht, aber sie tut es nicht. Sie starrt mich mit ihren großen, weit aufgerissenen Augen an, leckt sich über die Lippen und das Blut fließt in meine Leistengegend. *Che cazzo!* Warum macht mich ihr Mangel an Angst so an?

»Dein Telefon«, murmle ich, »hol dein Telefon raus!«

Sie holt tief Luft, greift in ihre Tasche und holt ihr Handy heraus.

»Ruf deine Schwester an!«

»Was?«

»Ruf deine Schwester an, Schönheit. Sag ihr, dass du mit deinem neuen Freund auf eine lange Reise nach Sizilien gehst.«

»Was?«

»Du hast mich verstanden.« Ich kräusle die Lippen. »Tu es, sofort!«

Sie blinzelt, sieht aus, als wolle sie protestieren, dann fliegen ihre Finger über das Telefon.

Verdammt, und ich hatte mich schon darauf gefreut, sie dazu überreden zu müssen, meinen Willen zu befolgen.

Sie hält das Telefon an ihr Ohr. Ich höre, wie es auf der anderen Seite klingelt, bevor die Mailbox angeht. Sie sieht mich an und ich zucke mit dem Kinn. Sie wendet den Blick ab, holt tief Luft und sagt dann mit fröhlicher Stimme: »Hi Summer, ich bin's, Karma. Ich, äh, muss für eine Weile verreisen. Dieser neue … äh, Freund von mir … Er hat ein zusätzliches Ticket und er hat mich nach Sizilien eingeladen, um etwas Zeit mit ihm zu verbringen. Ich … äh, ich weiß nicht genau, wann ich zurück bin, aber ich werde dir eine Nachricht schicken und es dich wissen lassen. Pass auf dich auf! Ich liebe dich, Schwesterherz, ich …«

Ich entreiße ihr das Telefon, trenne die Verbindung und halte ihr dann die Pistole an die Schläfe. »Auf Wiedersehen, Schönheit.«

Um herauszufinden, wie es weitergeht, lies hier MAFIA KING!

Lies HIER einen Auszug aus Isla und Liams Geschichte in The Proposal

Isla

»Soll ich ihn heiraten? Was denkst du?«

Ich wusste es. Ich *wusste,* ich hätte ihre Einladung zu einem Drink nicht annehmen sollen. Nachdem das Gespräch mit Liam fast in die Hose gegangen wäre – und das wäre es auch, wenn ich es nicht beendet hätte –, habe ich mich verabschiedet und bin gegangen.

Nur eine Stunde später, als ich den Schlüssel in das Schloss meiner Wohnungstür gesteckt habe, hat mein Handy mit Lilas Nachricht vibriert. Sie wollte, dass ich mich mit ihr auf einen Drink treffe. Fast hätte ich ihr eine Nachricht geschickt, dass ich zu müde sei. Aber mein Pflichtgefühl hat mir gesagt, ich solle sie nicht abwimmeln. Das und die Tatsache, dass ich Lila aufrichtig mag. Ihr Vater mag auf der Forbes-Liste der wohlhabendsten Menschen stehen, und sie ist unbestreitbar verwöhnt, aber sie strahlt auch eine gewisse Verlorenheit aus. Allerdings ist da auch eine Verspieltheit, die mir auf Anhieb gefallen hat. Es macht einfach großen Spaß, mit ihr Zeit zu verbringen.

Wir verstehen uns sehr gut, und seit wir mit der Planung ihrer Hochzeit begonnen haben, stehen wir jeden Tag in Kontakt. In letzter Zeit kommunizieren wir fast stündlich, während wir die Details der Hochzeit ausarbeiten. Auch wenn ich unser Verhältnis rein beruflich halten wollte, haben wir uns irgendwann angefreundet. Und die Nachricht hat nach einer Freundin geklungen, die dringend Hilfe benötigt. Außerdem besteht ein Teil der Arbeit einer

Hochzeitsplanerin darin, zu wissen, wann man da sein muss, um das Selbstvertrauen der Braut zu stärken.

Trotz meiner Erschöpfung und meines seltsamen Bauchgefühls, das mich gewarnt hat, mich heute Abend besser nicht mit ihr zu treffen, bin ich zum Dorchester gefahren. Jetzt halte ich inne, das Tequila-Glas auf halbem Weg zum Mund haltend, und – verdammt, verdammt, verdammt – ich *weiß* ganz genau, dass ich nicht hätte kommen sollen.

Natürlich bin ich hier, um sie zu beruhigen, zu ermutigen und ihr zu versichern, dass alles in Ordnung ist. Und wenn es eine andere Braut wäre, würde ich ihr gut zureden und ihr bestätigen, dass sie die richtige Entscheidung getroffen hat. Aber sie ist Lila. Sie ist die Frau, die ich inzwischen als Freundin betrachte. Und ich lüge meine Freunde nicht an.

»Isla?« Lila beugt sich über den Tisch. »Was denkst du?«

Ich führe das Tequila-Glas schließlich an meine Lippen und leere es. Dann huste ich, bis mir Tränen über die Wangen laufen.

»Oje! Hier.« Sie schiebt mir eine Bierflasche herüber, und ich schnappe sie mir und trinke die Hälfte aus. Nicht, dass es das Brennen in meiner Brust lindert. Und es hat auch nichts damit zu tun, wie ich diese Frage beantworten werde, oder? Ich stelle die Flasche wieder auf den Tisch und achte darauf, dass sie genau auf dem feuchten Kreis steht, den ich vorhin hinterlassen habe.

»Geht es dir gut?« Sie schaut mir in die Augen. »Möchtest du ein Wasser?«

Ich wische mir die Tränen aus dem Gesicht. »Mir geht es gut.« Ich räuspere mich.

»In Ordnung.« Sie lächelt.

Ich versuche, ihren Gesichtsausdruck nachzuahmen, aber die Muskeln in meinem Gesicht sind wie eingefroren. *Frag mich nicht noch einmal, bitte frag mich nicht …*

»Also, was denkst du? Soll ich Liam heiraten?« Lila klingt ernst. Die Haut um ihre Augen ist gespannt. Sie sieht mich an, und, o Gott, sie wird Schweigen nicht als Antwort akzeptieren. Sie will, dass ich ihr meine Meinung sage. Ich habe gewusst, dass es falsch ist, die Grenzen meiner beruflichen Beziehung zu Lila zu überschreiten.

Aber sosehr ich ihren zukünftigen Ehemann auch hasse, ich habe eine wunderbare Freundschaft zu ihr entwickelt.

Als sie Liam Kincaid kennengelernt hat und die beiden eine rasante Beziehung eingegangen sind, die darin gegipfelt ist, dass Liam ihr einen Heiratsantrag gemacht hat, wurden die Society-Ladys sowohl im Vereinigten Königreich als auch auf der anderen Seite des großen Teichs hellhörig. Außerdem hat Lilas Vater dem Paar seinen Segen gegeben. Schließlich ist Liam einer der begehrtesten Junggesellen der Welt, einer der wenigen, die ihrem Vater auf Augenhöhe begegnen kann – und dessen Bankkonto mit seinem vergleichbar ist.

Von Liams Verhalten her erinnert er mich jedoch eher an einen dämlichen Ochsen. Ich habe ihn von dem Augenblick an nicht gemocht, als er den Mund aufgemacht hat. Er hat so einen langen Stock im Hintern stecken, dass man ihn wahrscheinlich nie wird herausziehen können. Ich hasse diesen Typen sogar so sehr, dass ich beinahe den Auftrag abgelehnt hätte – und das will schon etwas heißen, wenn man bedenkt, dass jeder Hochzeitsplaner auf dieser Welt nach einem Projekt wie diesem giert. Und ich habe den Auftrag bekommen. Also werde ich ihn auch durchziehen.

»Ähm, Lila … ich bin mir nicht sicher, ob du mit *mir* darüber reden solltest.«

»Du bist die *Einzige*, mit der ich darüber reden sollte«, entgegnet sie.

»Warum das denn?« Ich schaue sie streng an.

»Meine sogenannten *Freunde*«, sie macht Anführungszeichen mit den Fingern, »sind von meinem Geld und dem Status meines Vaters zu geblendet, um mir zu sagen, was sie wirklich denken. Und was meine Familie angeht …« Sie fährt mit einer Hand durch die Luft. »Ob ich glücklich bin, ist ihr völlig egal. Sie will nur, dass ich nicht unter meinem Stand heirate. Und in dieser Hinsicht ist Liam ein guter Fang.«

»Er ist in jeder Hinsicht ein guter Fang.« Ich schaue weg.

»Siehst du? Du konntest mir nicht einmal in die Augen sehen, als du das gesagt hast.« Sie reckt das Kinn in die Luft.

Ich hebe die Hände. »Ich versuche nur, dir zu sagen, was alle von ihm denken.«

»Aber das ist nicht das, was du von ihm denkst.«

»Hm …« Ich reibe mir den Nacken. »Aber meine Meinung ist wirklich nicht wichtig.«

»Im Gegenteil …« Sie streckt eine Hand aus und umfasst meinen Arm. »Deine Meinung ist das, was am meisten zählt. Du bist die Einzige, die sich einen Dreck um meinen Reichtum oder meinen Status schert.«

»Das stimmt nicht. Der Grund, warum diese Hochzeit so wichtig für mich ist, sind dein Reichtum und dein Status.«

»Das eigentliche Event, ja …« Sie streicht sich eine Haarsträhne aus dem Gesicht. »Aber was mich betrifft, bist du – obwohl ich dich erst seit relativ kurzer Zeit kenne – die Einzige unter all meinen Freunden und meiner Familie, die mich wirklich sieht.«

Sie zieht die Mundwinkel nach unten. Mir wird ganz flau im Magen. Verdammt! Warum sage ich immer offen, was ich denke? Warum kann ich nicht einen Filter haben und genau überlegen, welche Gedanken ich laut ausspreche und wem gegenüber?

»Außerdem warst du die Einzige, die ehrlich war, als ich dich nach deiner Meinung zu diesem wirklich schrecklichen Hochzeitskleid gefragt habe.«

»Es war furchtbar.« Ich erschaudere.

»Schrecklich.« Sie erschaudert ebenfalls. »Und das teuerste von allen. Nur weil es ein Designer war, der mir sofort mehr Follower beschert hätte, ist das kein Grund, ein Kleid zu tragen, in dem ich wie ein umgedrehter Kuchen aussehe.«

»Eigentlich eher wie eine viktorianische Biskuit-Torte«, schlage ich vor.

»Genau!« Sie nimmt ihr immer noch volles Tequila-Glas in die Hand. »Außerdem, Lila und Liam. Was wäre unser Hochzeit-Hashtag? Hashtag lilam?« Sie verzieht das Gesicht.

»Guter Punkt«, stimme ich zu.

»Deshalb brauche ich deine ehrliche Meinung. Und ich will nicht, dass du etwas zurückhältst. Schließlich geht es hier um mein Leben.«

Das weiß ich. Und ich mag Lila. Auch wenn sie aus der Oberschicht stammt, ist sie überraschend bodenständig, intelligent und hat den gleichen schrulligen Sinn für Humor wie ich. Deshalb haben wir uns auch so schnell so gut verstanden. Deshalb weiß ich auch, dass ich keine andere Wahl habe, als ihr die Wahrheit zu sagen.

Ohne mit der Wimper zu zucken, trinkt sie ihren Tequila aus und knallt das Glas kopfüber auf den Tisch. »Glaube nicht, dass mir entgangen ist, wie du ihm aus dem Weg zu gehen versuchst.«

»Ich gehe ihm nicht aus dem Weg ...«

»Du hast dafür gesorgt, dass deine Assistentin den letzten Probedurchlauf beaufsichtigt hat.«

»Nur weil ich mich um die Hochzeitstorte gekümmert habe, und die Hochzeitstorte ist sehr wichtig.«

»Du hast mir gesagt, dass du da sein würdest. Als ich dir dann eine Nachricht gesendet habe, dass Liam mitkommt, hast du stattdessen deine Assistentin geschickt, ohne mir vorher Bescheid zu sagen.«

Ich verziehe das Gesicht. Das ist wahr. Aber ich bin nicht wegen Liam nicht hingegangen. Zumindest nicht *nur* wegen ihm. Okay, ich geb's zu, es war *nur* wegen ihm. Ich hatte keine Lust auf sein mürrisches Gesicht, also habe ich beschlossen, stattdessen meine Assistentin hinzuschicken.

Mein Handywecker klingelt. Mist, ich muss meine Nahrungsergänzungsmittel nehmen. Es ist doch okay, sie mit Alkohol hinunterzuspülen, oder? Ja, ganz bestimmt. Und wenn nicht, Pech gehabt. Ich nehme sie besser jetzt, ansonsten vergesse ich sie wieder. Also hole ich das Fläschchen aus meiner Tasche, schüttle zwei Pillen heraus und schlucke sie mit dem Bier hinunter.

»Äh, was nimmst du da?« Lila runzelt die Stirn.

»Vitamine. Ich habe vergessen, sie vorhin zu nehmen.«

Ihr Stirnrunzeln vertieft sich. »Vitamine? Zu dieser Tageszeit? Ist es nicht besser, sie morgens zu nehmen?«

Ich stelle meine Bierflasche auf den Tisch und schaue Lila eindringlich an. »Es tut mir leid, dass ich es nicht zum letzten Probedurchlauf geschafft habe, aber Jen, meine Assistentin, ist wirklich gut in dem, was sie tut.«

Es ist ein Themenwechsel, auf den Lila prompt eingeht. »Das ist sie, aber darum geht es nicht.« Sie zeigt mit einem Finger in meine Richtung. »Du weißt genau, wovon ich rede, also versuche nicht, dich aus der Sache herauszuwinden.«

Okay, das hat also nicht so gut geklappt. Allerdings, wenn man bedenkt, dass sie mich deshalb herbestellt hat, lässt sich das Thema nur schwer vermeiden. Ich lasse die Schultern hängen. *Mist!* Wie konnte ich mich nur in diese Situation hineinmanövrieren lassen? Das ist der wahr gewordene Albtraum einer jeden Hochzeitsplanerin.

Einerseits betrachte ich Lila als Freundin. Andererseits? Wenn ich ihr die Wahrheit sage, wird sie die Hochzeit dann abblasen und dadurch meinen Ruf ruinieren? Es ist eine unausgesprochene Regel in meinen beruflichen Kreisen. Wenn eine bevorstehende Hochzeit aus welchem Grund auch immer abgesagt wird, haftet der Planerin das Stigma des Pechvogels an, das sich nur schwer wieder abschütteln lässt. Das gilt umso mehr, wenn es sich um die *Hochzeit des Jahrhunderts* handelt.

Eine Schweißperle läuft mir den Rücken hinunter. Ich nehme eine Papierserviette und wische mir über die Stirn. »Äh, hier drinnen ist es sehr heiß, oder? Meinst du, man hat vergessen, die Heizung abzustellen, obwohl es draußen schon wärmer geworden ist? Vielleicht sollte ich mal nachfragen.« Ich rutsche von meinem Barhocker, aber Lila streckt eine Hand aus und ergreift meine. »Wir sind im Dorchester. Es ist verdammt unwahrscheinlich, dass man hier vergessen hat, die Heizung gegen die Klimaanlage auszutauschen.«

Erwischt! Ich ziehe die Schultern ein.

»Willst du mich wirklich zwingen, es laut auszusprechen?«

Sie nickt.

»Das ist nicht fair, Lila. Du benutzt unsere Freundschaft als Druckmittel, um dir meine Meinung zu sagen.«

»Verdammt richtig.« Sie blinzelt mehrmals schnell hintereinander. »Isla, bitte sag mir, was du denkst. Soll ich diese Hochzeit durchziehen? Deine Meinung hierzu würde mir sehr viel bedeuten. Ich weiß, dass du kein Lippenbekenntnis ablegen, sondern mir die Wahrheit sagen wirst.« Ihr Kinn bebt.

Alle Hoffnung verlässt mich.

Verdammt, das ist es also. Ich habe keine andere Wahl. Ich werde ihr meine Meinung sagen müssen. Und dann? Auf Wiedersehen, *Hochzeit des Jahrhunderts*. Auf Wiedersehen, finanzielle Sorglosigkeit. Auf Wiedersehen, in die Liste der zehn besten Hochzeitsplaner der Welt aufgenommen zu werden. Auf Wiedersehen, Ruhm. Hallo, Pechvogel-Image. Hallo, Versagen. Aber wenigstens werde ich eine gute Freundin sein.

»Isla, bitte.« Sie kaut auf ihrer Unterlippe. »Sag mir, was ich tun soll.«

Liam

»Wo ist sie?«

Die Empfangsdame starrt mich mit großen Augen an. Ihre Lippen bewegen sich, aber es kommen keine Worte heraus. Sie räuspert sich, blickt seitlich zur Tür und hinter sich, dann wieder zu mir.

»Ich nehme an, sie ist da drin?« Ich dränge mich an ihr vorbei und sie springt auf. »Sir, Sie können da nicht reingehen.«

»Sieh zu!« Ich starre sie an.

Sie stottert und schluckt dann hart. Schweißperlen stehen auf ihrer Stirn. Sie weicht zurück und ich stürme an ihr vorbei. Gibt es wirklich niemanden, der es mit mir aufnehmen kann? All dieses Säbelrasseln und sich über mich lustig machen? Das ist genug, um einen Mann in die Langeweile zu treiben. Ich brauche eine Herausforderung.

Als meine Ex-Verlobte mir per SMS mitgeteilt hat, dass sie unsere Hochzeit absagt, war ich wütend. Aber als sie mir verriet, dass unsere Hochzeitsplanerin recht hat und sie aus Liebe heiraten muss und nicht wegen einer familiären Verpflichtung, hat mich die Wut gepackt. Ich habe mein Handy so fest gepackt, dass der Bildschirm kaputtgegangen ist. Fast hätte ich das Gerät quer durch den Raum geschleudert. Nachdem ich mich wieder im Griff hatte, durchfuhr mich zum ersten Mal seit langer Zeit ein Schauer, der an Erregung erinnert. Endlich, verdammt!

Dieser vertraute Adrenalinstoß pulsiert durch meine Adern. Dieses Gefühl kenne ich von dem Beginn meines Unternehmens.

Seit mein Vater gestorben ist und ich die Leitung der von ihm geführten Unternehmensgruppe übernommen habe, bin ich von einem Gefühl der Zielstrebigkeit erfüllt. Ich will mich beweisen und sein Erbe weiterführen. Ich will meine Unternehmensgruppe an die Spitze bringen. Ich will so viel Geld verdienen und so viel Macht anhäufen, dass ich eine ernstzunehmende Kraft bin. Ich gehe jedes Geschäftstreffen mit einem Eifer an, dem keiner meiner Gegner widerstehen kann. Aber mit jedem Jahr, das vergeht – wenn ich die Ziele, die ich mir gesetzt habe, übertreffe, wenn meine Bilanz gesund ist, meine Bargeldreserven anwachsen und die Menschen, die für mich arbeiten, anfangen, mich mit der Art von Respekt zu behandeln, die normalerweise für überlebensgroße Ikonen reserviert ist – lässt ein Teil dieses Enthusiasmus nach. Ich wache zwar immer noch auf und gebe jeden Tag mein Bestes, aber der Eifer, der mich einst beflügelte, lässt nach und ein Gefühl der Ziellosigkeit entsteht. Das Einzige, was mich am Laufen hält, ist die Sicherung meines Erbes. Um sicherzustellen, dass das Unternehmen, das ich aufgebaut habe, endlich auf meinen Namen übertragen wird. Mein Vater hat mir aufgegeben, dass ich dafür heiraten muss.

Deshalb habe ich nach langer Recherche Lila Kumar ausfindig gemacht, sie umworben und ihr einen Antrag gemacht. Und jetzt kommt ihre aufdringliche Hochzeitsplanerin daher und stellt alle meine Pläne auf den Kopf. Jetzt packt mich das gleiche Gefühl der Zielstrebigkeit. Der Laserfokus, der mir gefehlt hat, umhüllt mich und erfüllt mein ganzes Wesen. Alle meine Sinne sind geschärft, als ich die Tür zu ihrem Büro aufstoße und hineinstürme.

Dieser Duft ergreift mich zuerst. Die üppigen Noten von Veilchen und Pfirsichen. Anziehend und fruchtig. Komplex, aber mit einem geheimnisvollen Kern, der darum bittet, enträtselt zu werden. Hä? Ich bin nicht der Typ, der sich von dem Duft einer Frau beeinflussen lässt, aber das … ihr Duft … Er hat schon immer an meinen Nervenenden gekratzt. Die Haare auf meinen Unterarmen richten sich auf.

Mein Inneres verknotet sich und mein Herz schlägt wild in

meiner Brust. Das ist nicht angenehm. So ein Gefühl hatte ich, als ich das erste Mal Wildwasser-Rafting gefahren bin. Eine Mischung aus Nervosität und Aufregung, als ich meine ersten Stromschnellen bewältigt habe. Ein Gefühl, das inzwischen längst abgeklungen ist. Seitdem habe ich mich immer wieder zu Extremsportarten hinreißen lassen. Ich hätte nicht gedacht, dass ich es im Büro einer Hochzeitsplanerin finden würde.

Meine Füße stampfen auf dem Holzboden auf und ich sehe mir den Raum an, der nur ein Viertel so groß ist wie mein eigenes Büro. In der hinteren Ecke steht ein Bücherregal mit vielen Büchern. Auf der gegenüberliegenden Seite steht eine bequeme Couch, vollgepackt mit Kissen, die Frauen so sehr zu mögen scheinen. Darüber ist eine bunte Patchworkdecke geworfen und dahinter befindet sich ein Fenster, das auf die Rückseite des angrenzenden Bürogebäudes zeigt. Auf dem Couchtisch vor dem Sofa steht eine Schale mit kristallenen Objekten, die das Licht der Stehlampen reflektieren. An der Wand hängen Bilder, die Strandszenen darstellen. Zweifellos die Art von Bildern, mit denen sie leichtgläubigen Bräuten eine Hochzeitsreise schmackhaft machen will. Ich vermute, dass der gesamte Raum Frauen ansprechen soll. Mit seiner stimmungsvollen Beleuchtung und dem gemütlichen Ambiente lädt er dazu ein, sich zurückzulehnen, zu entspannen und seine Probleme loszuwerden. Eine List, auf die ich nicht hereinfallen werde.

»Du!« Ich zeige mit dem Finger in Richtung der Frau, die hinter einem antiken Schreibtisch sitzt. »Ruf Lila an, sofort, und sag ihr, dass sie die Hochzeit durchziehen muss. Sag ihr, dass sie keinen Rückzieher machen kann. Sag ihr, dass ich die richtige Wahl für sie bin.«

Sie blickt hinter einer großen, schwarz umrandeten Brille auf der Nase zu mir auf. »Nein.«

Ich blinzle. »Wie bitte?«

Sie lehnt sich zurück. »Das werde ich nicht tun.«

»Warum nicht?«

»Bist du denn die richtige Wahl für sie?«

»Natürlich bin ich das.« Ich starre sie an.

Ein Teil der Farbe verschwindet aus ihren Wangen. Sie tippt mit ihrem Stift auf den Tisch und reckt dann ihr Kinn vor. »Wie kommst du darauf, dass du der richtige Mann für sie bist?«

»Wie kommst du darauf, dass ich es nicht bin?«

»Liebst du sie?«

»Das geht niemanden etwas an, nur mich und sie.«

»Du liebst sie nicht.«

»Was hat das denn damit zu tun?«

»Wie bitte?« Sie schiebt sich die Brille weiter die Nase hoch. »Fragst du ernsthaft, was die Liebe zu der Frau, die du heiraten wirst, damit zu tun hat, ob du sie heiraten sollst?« Ihre Stimme pulsiert vor Wut.

»Ja, genau. Warum erklärst du es mir nicht?« Der Sarkasmus in meinem Ton ist nicht zu überhören.

Sie starrt mich durch diese großen Gläser an, die sie eigentlich eulenhaft und nerdig aussehen lassen sollte, aber sie verleiht ihr etwas, das ich nur als schrullig-sexuell bezeichnen kann. Die wenigen Male, die ich sie bisher getroffen habe, ging sie mir so sehr auf die Nerven, dass ich es kaum erwarten konnte, von ihr wegzukommen. Jetzt, da ich ihr meine volle Aufmerksamkeit schenke, stelle ich fest, dass sie eigentlich ziemlich auffällig ist. Und dann auch noch mit dieser Brille? Verdammt, ich hätte nie gedacht, dass ich eine Schwäche für Frauen mit Brillen habe. Vielleicht habe ich mich geirrt. Oder vielleicht ist es gerade diese Frau, die eine Brille trägt … Am besten nur diese Brille und sonst nichts.

Hmm. Interessant. Diese Reaktion auf sie. Sie ist ungerechtfertigt und nichts, womit ich gerechnet habe. Ich verbreitere meinen Stand, vor allem, um die Dicke zwischen meinen Beinen auszugleichen. Eine Unannehmlichkeit … die ich vielleicht zu meinem Vorteil nutzen kann? Ich fahre mit dem Daumen unter meine Unterlippe.

Ihr Blick fällt auf meinen Mund, und wenn ich mich nicht irre, stockt ihr der Atem. Sehr interessant. Hat sie schon mal so auf mich reagiert? Nein, das hätte ich bemerkt. Wir haben immer versucht, so wenig wie möglich miteinander zu tun zu haben. Wie ich sagte, interessant. Und ungewöhnlich.

»Erstens«, sie trommelt mit den Fingern auf den Tisch, »wirst du meine Frage beantworten?«

Ich lege den Kopf schief, während die ersten Ideen durch meine Synapsen schwirren. Aber ich brauche ein bisschen Zeit, um sie auszuarbeiten. Das ist der einzige Grund, warum ich mich herablasse, ihre Frage zu beantworten, zu der ich, seien wir ehrlich, nicht verpflichtet bin. Aber im Moment liegt es in meinem Interesse, sie bei Laune zu halten und mir ein wenig Zeit zu verschaffen. »Lila und ich passen in jeder Hinsicht gut zueinander. Wir kommen aus guten Familien ...«

»Du meinst aus reichen Familien?«

»Das auch. Unsere Familien bewegen sich in denselben Kreisen.«

»Du meinst langweilige Country Clubs«, sagt sie mit einer Stimme, die vor Abneigung trieft.

Ich runzle die Stirn. »Unter anderem. Wir haben einen Stammbaum, eine Blutlinie, unsere Hintergründe decken sich und wir sind in der Lage, eine Koexistenz zu arrangieren, die beide Seiten so wenig wie möglich stört.«

»Das klingt, als würdest du eine Fusion arrangieren.«

»Eine Übernahme, aber was soll's?« Ich hebe eine Schulter.

Ihr finsterer Blick vertieft sich. »So gehst du an die bevorstehende Hochzeit heran ... und du fragst dich, warum Lila dich verlassen hat?«

»Ich habe ihr den größten Ring geschenkt, den man für Geld kaufen kann ...«

»Du warst nicht einmal bei der Verlobungsfeier.«

»Ich habe alle Kosten für die bevorstehende Hochzeit abgesegnet ...«

»Deine eigene Verlobungsfeier. Du bist nicht erschienen. Du hast sie allein gelassen, und sie musste sich ihrer Familie und ihren Freunden allein stellen.« Ihr Tonfall wird schärfer. Ihre Wangen sind gerötet. Man könnte meinen, dass sie über ihre eigene Hochzeit spricht, nicht über die ihrer Freundin. Tatsächlich ist es unterhaltsamer, mit ihr zu reden, als mit meinen Angestellten über geschäftliche Angelegenheiten zu diskutieren. Wie interessant.

»Du bist auch zu den meisten Proben nicht aufgetaucht.« Sie funkelt mich an.

»Bei der letzten war ich da.«

»Nicht, dass das einen Unterschied gemacht hätte. Entweder hast du auf die Uhr geschaut und gesagt, dass es Zeit ist zu gehen, oder du hast die Pläne, die besprochen wurden, mit finsterem Blick betrachtet.«

»Ich habe doch dieser grässlichen Hochzeitstorte zugestimmt, oder nicht?«

»Andererseits ist es wahrscheinlich gut, dass du nicht zu den letzten Proben gekommen bist. Wenn du das getan hättest, hätten Lila und ich dieses Gespräch vielleicht schon früher geführt ...«

»Aha!« Ich richte mich auf. »Du gibst also zu, dass Lila wegen dir die Hochzeit abgesagt hat.«

Sie neigt ihren Kopf nach hinten. »Wohl kaum. Eher deinetwegen.«

»Das sagst du, aber deine Schuld steht dir ins Gesicht geschrieben.«

»Schuld?« Ihre Gesichtszüge erröten. Die Farbe bringt den taufrischen Farbton ihrer Haut zum Vorschein und das Blau ihrer Augen wird noch tiefer, bis sie mich an Vergissmeinnicht erinnern. Nein, eher an das Königsblau der Tinte, die auf mein Papier verschüttet wurde, als ich das erste Mal versucht habe, mit einem Füller zu schreiben.

»Die einzige Person hier, die sich schuldig fühlen sollte, bist du, weil du versucht hast, eine unschuldige junge Frau zu einer Vereinbarung zu zwingen, die sie für ihr ganzes Leben gefangen hätte.«

Wut pocht gegen meine Schläfen. Mein Puls rast. »Ich muss Frauen nie zwingen. Und was du als *gefangen* bezeichnest, bezeichnen die meisten Frauen als Sicherheit. Aber das weißt du natürlich nicht, wenn man bedenkt«, ich fuchtle mit der Hand in der Luft, »dass du es vorziehst, dein Geschäft am Küchentisch zu betreiben, mit dem du zweifellos kaum über die Runden kommst.«

Sie lockert ihren Griff um den Bleistift und er fällt mit einem Klappern auf den Tisch. In ihren Augen blitzen Funken auf. Was habe ich vorhin über Königsblau gesagt? Streich das! In den Tiefen ihres Blicks ist ein silbernes Flackern versteckt. Ein Flackern, das sich verstärkt, wenn sie verärgert ist. Wie wäre es, wenn ich sie zum Äußersten treiben würde? Wie wäre es, ihre Leidenschaft, ihre

Inbrunst, ihren Eifer zu spüren … diese absolute Begierde, wenn sie mit dem Moment eins ist? Wie würde es sich anfühlen, ihren Geist zu zügeln, ihn aufzusaugen, von ihm zu trinken, in ihm zu schwelgen und ihn zu nutzen, um Farbe in mein Leben zu bringen?

»Geschäft am Küchentisch?« Sie macht ein knurrendes Geräusch. »Du wagst es, in mein Büro zu kommen und mein Unternehmen zu beleidigen? Das Unternehmen, das ich ganz allein aufgebaut habe …«

»Und abgesehen von deiner Assistentin«, ich nicke Richtung Tür, durch die ich gekommen bin, »bist du die einzige Angestellte, nehme ich an?«

Sie wird noch blasser. »Ich arbeite mit einer Gruppe von Verkäufern zusammen.«

Ich lache. »Keiner von ihnen kann von dir zur Rechenschaft gezogen werden, wenn sie nicht liefern.«

»… die sorgfältig geprüft wurden, um sicherzustellen, dass sie immer liefern«, sagt sie gleichzeitig. »Aber was kümmert dich das, wenn du nicht auf eine Hochzeit gehen musst?«

»Genau da liegst du falsch.« Ich ziehe meine Lippen zurück. »Ich lasse mich nicht als Witz des Jahrhunderts abstempeln. Nicht, nachdem die Medien es als *Hochzeit des Jahrhunderts* bezeichnet haben.« Ich mache Anführungszeichen mit meinen Fingern. Es war Islas Idee, die Hochzeit mit den Medien zu teilen. Sie wollte Influencer aus allen Bereichen des Lebens einladen, aber ich habe kein Interesse daran, meine Hochzeit in einen Zirkus zu verwandeln. Deshalb habe ich mein Veto gegen die Idee eingelegt, Journalisten persönlich einzuladen. Ich habe jedoch zugestimmt, dass die Veranstaltung von Profis aufgezeichnet wird und exklusive Clips mit den Medien und den Influencern geteilt werden. Auf diese Weise erhalten wir die notwendige PR-Berichterstattung, ohne dass die Medien vor Ort sind.

Fairerweise muss man sagen, dass die Publicity, die die bevorstehende Hochzeit mit sich bringt, schon jetzt von Vorteil ist. Es ist nicht so, dass ich es ihr jemals sagen werde, aber Isla hatte recht, das Interesse der Öffentlichkeit an dem bevorstehenden Ereignis zu wecken. Offenbar können nicht einmal die hartgesottensten Investoren den warmen, wohligen Gefühlen widerstehen, die eine Hochzeit hervorruft. Und das kann für den Börsengang, den ich für das wichtigste Unternehmen in meinem Portfolio geplant habe, nur hilfreich sein.

»Für mich hängt sehr viel von dieser Hochzeit ab.«

»Schade, dass du keine Braut hast.«

»Ah«, ich grinse, »aber ich habe eine.«

Sie runzelt die Stirn. »Nein, hast du nicht. Lila …«

»Ich spreche nicht von ihr.«

»Von wem redest du dann?«

»Von dir.«

Um herauszufinden, wie es weitergeht, lies hier die Geschichte von Liam und Isla in The Proposal.